“圣杯神器”系列

第二部

CITY OF GLASS

CASSANDRA CLARE

玻璃之城

〔美〕卡桑德拉·克莱尔 著　茹静 管阳阳 龚萍 译

人民文学出版社
PEOPLE'S LITERATURE PUBLISHING HOUSE

著作权合同登记号　图字 01-2016-4689

图书在版编目(CIP)数据

玻璃之城/(美)卡桑德拉·克莱尔著；茹静，管阳阳，龚萍译. —北京：人民文学出版社，2016
("圣杯神器"系列)
ISBN 978-7-02-011957-8

Ⅰ. ①玻…　Ⅱ. ①卡…　②茹…　③管…　④龚…　Ⅲ. ①长篇小说-美国-现代　Ⅳ. ①I712.45

中国版本图书馆 CIP 数据核字(2016)第 197388 号

责任编辑：**朱卫净　周　洁**
封面设计：**汪佳诗**

出版发行　**人民文学出版社**
社　　址　**北京市朝内大街 166 号**
邮政编码　**100705**
网　　址　**http://www.rw-cn.com**

印　　刷　**上海利丰雅高印刷有限公司**
经　　销　**全国新华书店等**

开　　本　**720 毫米×1000 毫米　1/16**
印　　张　**21.25**
字　　数　**379 千字**
版　　次　**2016 年 11 月北京第 1 版**
印　　次　**2016 年 11 月第 1 次印刷**

书　　号　**978-7-02-011957-8**
定　　价　**68.00 元**

目 录

卷·一 火星飞腾

卷·二 厄运缠身

卷 · 三　天堂之路

谨以此书献给我的母亲

“我只在乎闪耀的时光。”

· 致谢 ·

回首创作的过程，你必须认识到这是团队何等努力的结果，倘若没有朋友们的帮助，整件事就会像“泰坦尼克号”一样沉没得那么快。这个想法一直铭刻于我心头：感谢NB团队和麻省全明星，感谢艾尔卡、爱米莉和克里欧花了数小时的工夫来谋划协助事宜，感谢霍莉·布莱克不厌其烦地反复阅读同样的故事情节。感谢力巴·布雷为我提供面包圈和坐在上面创作的沙发，感谢罗宾·瓦瑟曼防止我因《绯闻女孩》的剧集而分心，感谢莫琳·约翰逊目光凶狠地盯着我去工作，感谢贾斯丁·拉巴勒斯蒂尔和斯科特·韦斯特菲尔德迫使我离开沙发到别处去写作，也要感谢艾欧安娜帮助我构思（并不存在的）罗马尼亚人。永远感谢我的经纪人巴里·戈德布拉特、在背后默默支持本系列的西蒙-舒斯特和沃克图书公司的团队，以及莎拉·佩恩在逾期很久之后仍不断修改。当然也要感谢我的家人——我的母亲、父亲、吉姆和凯特以及爱森家族，当然还有乔希，他仍然笃信西蒙是以他为原型的（或许他是对的）。

道路漫长而艰苦，地狱一出即光明。

——约翰·弥尔顿，《失乐园》

卷·一

火星飞腾

人生在世必遇患难，

如同火星飞腾。

——《圣经·旧约·约伯记》第五章第七节

第一章

移空门

上个礼拜寒冷凌厉的天气终于结束，克拉丽急匆匆地穿过卢克家布满尘埃的前院时阳光明媚，她拉上夹克帽以防发丝吹散到脸颊上。天气可能已经转暖，但从东河吹来的风仍然凛冽。风里隐约夹杂着化学药品的气味，混杂着布鲁克林地区的柏油马路和汽油的味道，还有从南边街道上废弃的工厂里传来的焦糖味。

西蒙在前院的门廊上等她，他四仰八叉地躺在一张弹簧已经坏掉的摇椅上，把 DS 影音播放器稳当地放在穿着蓝色牛仔裤的膝盖上，手指费力地拨弄着唱针。"搞定了，"她往台阶走过来的时候他说道，"我在打'马里奥赛车'，正在兴头上呢。"

克拉丽把兜帽往后拉下，甩头将遮着眼睛的头发移开，在口袋里乱翻一气找钥匙。"你去哪里了？我给你打了一早上的电话。"

西蒙站起身，把一闪一闪的播放器乱塞进斜挎包里。"我在埃里克家里，乐队训练。"

克拉丽停下转动锁眼里的钥匙——它总是转不动，她停顿的时间久得足以使她冲他发脾气。"乐队训练？你的意思是你还在——"

"乐队里？为什么不去呢？"他来到她身后，"来，让我来吧。"

克拉丽一动不动地站在那里，西蒙则娴熟地转动钥匙，力道不大不小正好打开这把拧不动的老古董锁。他的手擦碰到她的手，他皮肤冰凉，和外面的气温一样。她打了个冷战。他们上周刚刚结束了谈恋爱的尝试，克拉丽每次看见他还会有些迷惑。

"谢谢。"她拿回钥匙没有看他。

起居室里很热。克拉丽把夹克挂在玄关里的挂钩上，径直向客房走去，西蒙跟在她身后。她皱了皱眉。她的行李箱像蛤壳一样摊开在床上，衣服和素描册撒得到处都是。

"我以为你在伊德里斯只待几天呢。"西蒙看着眼前凌乱的一切说，脸上露出一丝淡淡的气馁。

“我是只去几天，但我搞不清楚该带些什么。我几乎没有礼服或裙子，如果在那里我不能穿长裤怎么办？”

“为什么在那里你就不能穿长裤？那只不过是另一个国度，并不是另一个世纪。”

“但暗影猎手们那么老套，伊莎贝尔总是穿裙子——”克拉丽话没说完就弱弱地叹了口气，“没什么。我只是把对妈妈的担忧转移到了衣服上。我们谈些别的吧。训练进展如何？还是没想好乐队名吗？”

“很顺利，”西蒙跳到桌子上，两条腿垂悬在两侧，“我们正在考虑一个新的名号。有些讽刺的名字，比方说‘我们看见过一百万张脸孔，曾令八成人震惊’。”

“你跟埃里克和其他人说过——”

“我是吸血鬼吗？没有，这可不是聊天时随便就能提及的事情。”

“或许吧，但他们是你的朋友。他们应该知道。此外，他们只会认为这使你更像个摇滚天王，和那个吸血鬼莱斯特一样。”

“黎斯特，”西蒙说，“你说的是吸血鬼黎斯特，而且他是虚构的。不管怎样，我可不觉得你会跑去告诉你所有的朋友你是暗影猎手。”

“什么朋友？你是我的朋友，”她重重地往床上一躺，仰望着西蒙，“而且我告诉你了，是不是？”

“因为你没有选择。”西蒙把头靠在一边，端详着她。床头灯映照着他的眼眸，使它们蒙上一层银色的光芒。“你不在的时候我会想念你的。”

“我也会想念你。”克拉丽说，尽管她有种紧张的预感，使她浑身犹如针刺一般，难以集中精神。我要去伊德里斯！她思绪飞扬。我就要看见暗影猎手的祖国玻璃之城了。我要救我妈妈。

我要跟杰斯在一起。

西蒙迅速地眨了眨眼，仿佛读懂了她的心思，但他的声音很温柔。“再告诉我一次——为什么你要去伊德里斯？为什么玛德莱娜和卢克没有你就处理不了这件事呢？”

“我妈妈是因为巫师拉格纳·菲尔施的魔法才陷入目前这种状况的。玛德莱娜说如果我们想知道如何解开魔咒就得追踪到他。但他不认识玛德莱娜。他认识我妈妈，玛德莱娜认为他会信任我，因为我长得很像她。而卢克不能跟我去。他能去伊德里斯，但很显然得不到圣廷的批准他不能进入阿利坎特，而圣廷不会同意。对了，别跟他提及此事，求你了——不能跟我一起去他真的很不开心。要是他以前不认识玛德莱娜的话，我想他根本不会让我去。”

“但莱特伍德一家也会去那里。杰斯也会去。他们会帮助你。我是说杰斯确实说过他会帮助你，是不是？他难道不介意你去？”

“当然啦，他会帮助我，”克拉丽说，“而且他当然不介意。他对这件事没意见。”

但就这一点而言，她知道，那是骗人的。

克拉丽在医院跟玛德莱娜谈过之后就径直赶往学院了。杰斯是她分享妈妈的秘密的第一人，然后才轮到卢克。她说话时，杰斯站在那里目不转睛地看着她脸色愈来愈苍白，仿佛她不是在跟他讲如何救她妈妈的方法，而是在一点点残忍地吸干他的血似的。

“你不能去，”她话音刚落他就说，“你不能去伊德里斯，否则我会把你绑起来守住你，直到你一时头脑发热的疯狂念头平静下来。”

克拉丽感到就像被他掴了一巴掌似的。她原本以为他会很高兴。她从医院一路跑到学院就是为了告诉他这个好消息，结果他却站在入口处怒气冲冲地瞪着她，一脸阴冷凉透了她的心。“但你要去。”

“是的，我们要去。我们不得不去。圣廷已下令召唤每个能抽身的机动人员返回伊德里斯参加大规模长老会议。就如何应对瓦伦丁一事他们要进行投票，由于我们是见过他的最后一批人——”

克拉丽对此不予理会。“既然你要去，为什么我就不能跟你去呢？”

这个问题咄咄逼人，似乎使他更加生气了。“因为你在那里不安全。”

“哦，那么这里很安全吗？过去一个月我有不下十几次差点儿就被害死，而且每一次都是在纽约。”

“那是因为瓦伦丁一直专注于寻找藏在此地的两件致命秘器，”杰斯咬牙切齿地说道，“现在他要把注意力转移到伊德里斯了，我们都知道这——”

“我们对一切并没有那么确定。”玛丽斯·莱特伍德说道。她一直站在走廊门口的阴影处，他们俩都没看见她。现在她向前走来，走进入口处这刺眼的光亮里。这里的光线照亮了她脸部的轮廓，上面写满了疲惫不堪。她丈夫罗伯特·莱特伍德在上周的战斗中因恶魔毒液而受伤，从那以后就需要人日夜悉心照料，克拉丽想象得出她有多么累。“而且圣廷希望会见克拉丽。你知道这一点，杰斯。”

“去他妈的圣廷！”

“杰斯，”玛丽斯说道，转换成十足的家长语气，“注意文明用语。”

“圣廷想要很多东西，”杰斯更正道，“它不该想要什么就要什么。”

玛丽斯朝他看了一眼，好像她千真万确地知道他在说什么却并不欣赏。“圣廷通常是正确的，杰斯。在克拉丽经历了这一切之后，他们想要跟她谈一谈并不是不合理。她能告诉他们的事情——”

“我会告诉他们想要知道的一切。”杰斯说。

玛丽斯叹了口气，蓝眼睛将视线转到克拉丽身上。“那么你想去伊德里斯，我说得没错吧？”

“只是去几天，我不会惹麻烦的，”克拉丽越过杰斯愤怒的眼神恳切地看着玛丽斯，“我发誓。”

“问题不在于你是否惹麻烦，问题在于你到了那里是否愿意见圣廷。他们想跟你谈一谈。如果你说不的话，我怀疑我们无法获准把你带上跟我们一起去。”

“不——”杰斯刚开口，克拉丽就打断了他。“我会见圣廷。”尽管想到这事就令她浑身打冷战。她所知道的唯一的圣廷使者就是大审判官，她可不是什么善类啊。

玛丽斯用指尖挠了挠太阳穴。“就这么定了。”不过，她的语气并不坚定，她的声音紧张而脆弱，就像绷得过紧的小提琴的琴弦那样。“杰斯，送克拉丽出去，然后到书房来见我。我要跟你谈一谈。”

她连一句再见也没说，就再次消失在阴暗之中。克拉丽注视着她越走越远的身影，有种浑身被冰水淋湿了的感觉。亚历克和伊莎贝尔似乎真的很爱他们的母亲，她确定玛丽斯不是坏人，真的，但她并不是那种热情的人。

杰斯的嘴巴抿成一条线，一脸严厉。“瞧你做的好事！”

“我需要到伊德里斯去，即使你不理解为什么，”克拉丽说，“为了妈妈我需要这么做。”

“玛丽斯太信任圣廷了，”杰斯说，“她相信他们是完美无缺的，我不能告诉她其实他们并不是那样，因为——”他突然停了下来。

“因为那是瓦伦丁会说的话。”

她猜想他会爆发，但他只说了句“没有人是完美的”。他伸手用食指戳了一下电梯按钮。“圣廷也不例外。”

克拉丽双手环抱在胸前。“这就是你真的不想我去的原因吗？因为不安全？”

一丝惊讶从他脸上一闪而过。“你是什么意思？还有其他原因吗？”

她咽了下口水，说：“因为——”因为你告诉过我你不再对我有感觉，你瞧，这非常尴尬，因为我仍然对你有感觉。而且我打赌你知道这事儿。

“因为我不想我的小妹妹随时随地跟着我？”他的声音里夹着一种尖刻的语气，

有些嘲讽，又有些其他的意味。

电梯哐当一声到了。克拉丽把门推到一边，走了进去，转过身看着杰斯。“我去那里不是因为你要去，而是因为我要帮助我妈妈。我们的妈妈。我必须帮她。难道你不明白吗？如果我不这么做的话，她可能再也不会醒过来。你至少可以假装有那么一点点在乎。”

杰斯双手放在她的肩膀上，他的指尖轻轻划过她领口边裸露出来的皮肤，使她全身一阵既毫无结果又不由自主的悸动。克拉丽情不自禁地注意到了，他有黑眼圈，颧骨也阴郁地凹陷下去。他穿的那件黑色毛衣使他伤痕累累的皮肤越发显眼，乌黑的睫毛也一样。他简直就是对比的象征，涂着黑色、白色和灰色的色调，为了加强效果还泼溅上了金色，一如他的眼睛。

“让我来吧，”他的声音柔和而急促，“我能为你帮助她。告诉我去哪里，问谁。我会办到你需要做的事。”

“玛德莱娜告诉巫师我是要去找他的那个人。他会等待乔斯琳的女儿，而不是她的儿子。”

杰斯紧紧地抓住她的肩膀。“那么告诉她计划有变。我要去，不是你。不是你。”

“杰斯——”

“我会做一切，”他说，“一切你想要做的事，如果你答应待在这里。”

“我不能。”

他松开她，仿佛她将他推开一般。“为什么不能？”

“因为，”她说，“她是我的妈妈，杰斯。”

“也是我的，”他语气冷冰冰的，“实际上，为什么玛德莱娜在这件事情上不来找我们俩呢？为什么只是你呢？”

“你知道原因。”

“因为，”他说，而这一次他的语气更加冰冷了，“对她而言你是乔斯琳的女儿，而我永远都是瓦伦丁的儿子。”

他砰的一声关紧拦在他们之间的那扇门。她透过门凝视着他好一会儿——门的网格将他的脸分割成一系列的钻石形状，轮廓宛若金属般僵硬。一只金色的眼睛透过一枚钻石形状的网格盯着她，眼眸深处闪过一丝盛怒。

“杰斯——”她刚开口，电梯猛地一拉，哐当一声启动了，把她径直送到漆黑寂静的教堂下面。

“回到人间，克拉丽，”西蒙对着她摆手，“你醒了吗？”

“是啊，对不起。”她坐起身，摇着头消除倦怠。那是她最后一次见杰斯。她后来打电话给他，他也没接，所以她利用亚历克来当那个心不甘、情不愿、尴尬不堪的打头阵的人，帮她安排与莱特伍德一家一起去伊德里斯的所有计划。可怜的亚历克，在杰斯和他母亲之间左右为难，总是努力做正确的事情。“你说什么事了吗？”

“我只是觉得卢克回来了，”西蒙说着从桌子上跳下来，正好卧室的门打开了，“他来了。”

“嘿，西蒙。”卢克声音平静，或许有些累吧——他穿一件磨破的牛仔夹克，法兰绒衬衣，灯芯绒裤子塞进靴子里，看起来好像它们最风光的时候已经是十年前的事情了。他的眼镜被推到棕色头发上，两鬓的白发似乎比克拉丽记忆中的要多一些。他胳膊下夹着一个正方形包裹，上面还系着一条绿色的丝带。他把它递给克拉丽。“我为你的旅行准备了这个。”

“你不必这样做！”克拉丽抗议道，“你已经做了这么多……”她想到她所有的一切被毁后他给她买的衣服，他问也没问就给她买了个新手机，还有新的绘画用品。现在她所拥有的一切几乎全都是卢克送的礼物。而且你甚至根本不赞同我要去伊德里斯这件事。最后这个想法他俩心里都明白，一切尽在不言中。

“我知道，但我看见这个就想到你了。”他把盒子递过来。

里面的东西缠在一层又一层的薄纸里。克拉丽撕开纸，手摸到像小猫皮毛一样柔软的东西。她不禁惊呼一声。是一件深绿色天鹅绒外套，旧式的那种，金丝衬里，铜纽扣，还有一个大风帽。她把它摊开在腿上，喜爱地用手抚摸着这柔软的布料。“看起来像伊莎贝尔会穿的衣服，”她大声说道，“像暗影猎手的旅行斗篷。”

“一点儿不错。既然你到了伊德里斯，就要穿得更像他们中的一员。”卢克说。

她抬头看着他。“你希望我看起来跟他们一样吗？”

“克拉丽，你是他们中的一员，”他的微笑中掺杂着一抹悲伤，“此外，你知道他们如何对待外来者。为了融入他们，你能做的一切……”

西蒙奇怪地哼了哼，克拉丽内疚地看着他——她几乎忘记了他的存在。他故意看了看手表。“我该走了。”

“但是你才来啊！”克拉丽抗议，“我还以为我们要一起出去玩呢，看场电影之类的——”

“你要收拾行李。”西蒙像雨后的阳光一样微笑起来。她几乎要相信没什么事会让他烦心。“在你走之前我会过来跟你道别。”

“哦，别这样，”克拉丽抗议，“留下——”

“我不能，”他语气坚决，“我要见迈亚。”

“哦，好极了。”克拉丽说。迈亚很不错，她告诉自己。她聪明伶俐，漂亮可爱，还是狼人，一个对西蒙有好感的狼人。或许事情本该如此，或许他的新朋友应该是暗影魅族。毕竟，现在他自己也是暗影魅族了。严格说来，他不应该跟像克拉丽这样的暗影猎手在一起。“那么，我猜你最好去吧。”

“我猜我最好去。”西蒙的黑眼睛让人读不懂。这是全新的体验——以前她总能读懂西蒙的心思。她不知道这是不是变成吸血鬼的副作用，或许完全是其他原因使然。“再见。”他说着弯腰做出像要吻她脸颊的姿势，一只手把她的头发推到耳后。然后他停了下来，缩了回去，脸上露出不确定的表情。她惊讶地皱起眉头，但他已经转身离开，在门口与卢克擦肩而过。她听见远处传来大门砰的一声关上的声音。

“他的行为好诡异，”她大声叫道，把天鹅绒外套抱在怀里寻求安慰，“你觉得这都是因为变成吸血鬼了吗？”

“或许不是，”卢克淡淡地打趣道，“变成暗影魅族并不改变你对事情或人的感觉。给他一点时间。你确实跟他分手了？”

“我没有。他跟我分手了。”

“因为你不爱他。那可是有疑问的提议，我认为他这么做很有风度。许多小伙子会生气的，甚至带着便携式大录音机埋伏在你的窗外。”

“没人再用便携式大录音机了，那可是八十年代的东西。”克拉丽快速爬下床，套上外套。她扣上纽扣，一直扣到脖子下面，纵情享受着天鹅绒带来的柔软感。“我只是希望西蒙恢复正常。”她扫了一眼镜子里的自己，惊喜地发现绿色衬托着她的红头发，她眼睛的颜色显得更加明亮了。她转身看着卢克。“你觉得怎么样？”

他斜靠在门边，双手插进口袋里。他打量她的时候一丝阴郁从他脸上闪过。“你妈妈在你这个年纪时有一件一模一样的外套。”他就说了这一句。

克拉丽紧紧抓住外套的袖口，手指深深地插进柔软的内里。这句话与他脸上悲伤的表情交织在一起使她很想哭出来。“我们今天稍晚会去看她，对吧？”她问，“我想走之前去道别，告诉她——告诉她我要做的事情，还有她会好起来的。”

卢克点点头。“我们今天稍晚会去医院。而且，克拉丽？”

“怎么啦？”克拉丽几乎不想直视他，不过，让她如释重负的是，当她看着他的时候，悲伤已经从他的眼睛里消失了。

他微笑起来。“所有被吹捧的事物都不正常。”

西蒙向下扫了一眼手里的报纸，然后又扫了一眼大教堂，在午后的太阳照射下他的眼睛眯成了一条缝。学院在高高的蓝色天空映衬下拔地而起，一块厚实的花岗岩上凿刻着宛若窗户般的尖状拱形，四周环绕着高高的石墙。滴水兽的脸不怀好意地从檐口斜睨着下面，仿佛在挑战他敢不敢靠近大门。这里似乎全然不像他第一次看见它时的样子，那时它还伪装在摇摇欲坠的废墟之下，不过魔力对暗影魅族不起作用。

你不属于这里。这些话像酸液一样尖刻刺耳。西蒙不确定是滴嘴兽还是他脑海里的声音在说话。这里是教堂，而你受到诅咒。

“闭嘴，”他了无兴趣地咕哝道，“此外，我才不在乎教堂呢。我是犹太人。”

金银丝雕花铁门嵌入石墙内。西蒙把手放在门闩上，略有期待地等着皮肤灼烧的痛楚，但什么也没发生。很显然，大门自身也并不是特别神圣。他推开门，走在通往正门裂缝斑驳的石板小路上，这时他听到了有人说话的声音——有几个人，而且很熟悉——就在附近。

或许并不是那么近。他几乎忘记自己的听力和他的视力一样从被转变的那一刻起，变得有多么敏锐了。听起来声音仿佛是从他的肩膀上方传来的，但随着他沿着狭窄的小径转到学院内部，他看见一些人站在比较远的地方，在地面的尽头。这里野草丛生，半掩映着许多分岔的小径，这些小径一直通往曾经打理得井井有条的玫瑰花丛。那里甚至还有石椅，分散在葱郁的草丛中。这里在暗影猎手接管之前是一座真正的教堂。

他首先看到的是马格纳斯，他正斜靠在一面长满青苔的石墙上。注意不到马格纳斯绝对是难事一桩——他穿着一件白色喷绘 T 恤衫，下面搭配的是彩虹皮裤，像温室里的兰花一样引人注目，他被一群一身黑的暗影猎手包围在中间：亚历克，脸色苍白而且很不自在；伊莎贝尔，黑色的长发盘成辫子，上面还系着银丝带；她站在一个小男孩旁边，这小男孩肯定是最年幼的麦克斯。旁边是他们的母亲，看起来像是她女儿的翻版，只不过个头更高，更骨感，也留着一袭黑色的长发。她旁边则站着一个西蒙不认识的女人。起初，西蒙以为她很老，因为她的头发几乎花白，但紧接着她转身对玛丽斯说话时，他发现她可能不超过三十五或四十岁。

接着就是杰斯，站在离他们稍远的地方，好像他并不属于这里。他像其他暗影猎手一样一身黑。西蒙穿一身黑衣时看起来就像是要去参加葬礼的样子，但杰斯看起来坚韧而危险，而且皮肤显得更白皙，头发显得更金黄。西蒙感到肩膀一紧，不禁好奇是否会有什么事情、时间抑或遗忘曾冲淡他对杰斯的记忆。他不想感觉到他，但他就在那里，犹如压在他不再跳动的心脏上的一块石头。

这群人聚集在一起的样子让人有种古怪的感觉——就在那时杰斯转过身面对着他，仿佛感觉到他的存在，西蒙即使从这么远的地方也能看见他喉咙上的那条细小的白色疤痕，就在他的衣领上方。他胸中的憎恨消退成别的东西。杰斯朝他这边稍微点了点头。“我马上回来。”他对玛丽斯说，西蒙绝不会用那种口吻跟自己的母亲说话。他的语气听起来像是个大人在跟另一个大人讲话。

玛丽斯心不在焉地挥手准许。“我不明白为什么要那么久，”她在跟马格纳斯说话，“这样正常吗？”

“不正常的倒是我给你的折扣，”马格纳斯用靴子的后跟踢了踢墙壁，“正常情况下我收取两倍的价钱。”

“只不过是个临时移空门，只要送我们到伊德里斯就行了。结束后我期望你再关上。这是我们达成的协议。”她转身对她旁边的女人说：“玛德莱娜，你留在这里看着他关上？”

玛德莱娜。那么这位就是乔斯琳的朋友。不过没时间再看了——杰斯已经一把拉住西蒙的胳膊，把他拖到教堂的另一边，远离其他人的视线。这边的杂草更深，长得更茂密，小径上到处都是蜿蜒如蛇的矮树丛带。杰斯把西蒙推到一棵大橡树后面，方才松开他，他飞快地朝四周扫了一眼，仿佛是要确保他们没被人尾随。“好了，我们可以在这里谈。”

这里当然安静很多，约克大道上喧嚣的车水马龙在庞大的学院背后变得不那么吵闹了。“是你叫我来这里的呢，”西蒙指出，“我今天早上起来的时候看到你贴在我窗户上的留言。难道你不能像正常人那样用电话吗？”

“我能不用就不用，吸血鬼。”杰斯说。他若有所思地端详着西蒙，仿佛他正在阅读一本书似的。他的表情里交织着两种矛盾的情绪：一种依稀可见的惊奇和一种西蒙认为的失望。“这样说来还是真的啰？你能走在阳光下，就连正午的太阳也不会烧死你。”

“不会，”西蒙说，“但是你知道啊——你当时在场啊。”他没必要详细解释“在场”是什么意思。他从对面这个男孩的脸上看出他记得那条河、卡车的后部、太阳从水面上升起、克拉丽在大声呼喊。他对这件事的记忆跟西蒙一样清晰。

“我还以为这种能力或许会逐渐消失呢。”杰斯说，可他的语气有些言不由衷。

“如果我有想要燃烧成火焰那种强烈冲动的话，我会让你知道的，”西蒙对杰斯从来没什么耐心，“听着，你叫我大老远跑到住宅区这边来就是为了直勾勾盯着我，好像我是皮氏培养皿里的什么东西似的？下回我会送你一张照片。”

“我呢会给它镶个框，然后放在我的床头柜上，”杰斯说，但他的语气不像他心里想的那般刻薄，“听着，我叫你来这里是有原因的。吸血鬼，我们有共同之处，尽管我很不愿意承认这一点。”

“帅呆了的头发？”西蒙想起来，但他的心思也不在这上面。杰斯脸上的某种神情使他更加不安。

“克拉丽。”杰斯说。

西蒙不由大吃一惊。“克拉丽？”

“克拉丽，”杰斯又说了一遍，“你知道：个子矮小，头发棕红，坏脾气的那个家伙。”

“我倒没看出来克拉丽是我们共同的地方。”西蒙说，尽管他心知肚明。然而，这不是他想跟杰斯讨论的话题，特别在此刻，确切地说是永远都别有这样的谈话。难道不是有某种男性之间心照不宣的规范杜绝此类有关感情的讨论吗？

很显然是的。“我们都很在乎她，”杰斯直言不讳，脸上写满慎重的表情，“她对我们俩都很重要，对吗？”

“你是问我是否在乎她？”“在乎”似乎并不足以表达这层含义。他怀疑杰斯是不是在取笑他——这显得格外残忍，甚至对杰斯而言亦是如此。杰斯让他大老远赶过来，只是为了嘲笑他一番，因为克拉丽和他自己没法发展成恋人？尽管西蒙还怀有希望，哪怕只有一点点，他仍然希望事情还有转机，杰斯和克拉丽对彼此的感觉会回到情理之中，那种兄妹之间应有的感情——

他看着杰斯凝视的眼神，渺茫的希望顿时化为乌有。对方脸上流露出的分明不是哥哥在谈论妹妹时的那种表情。另外，很显然杰斯让他赶过来并不是为了嘲弄他的感情，西蒙深有体会的那种痛苦一览无余地显现在他的脸庞上，又反射在杰斯的眼神里。

“别以为我喜欢问你这些问题，”杰斯气恼地说，“我需要知道你会为克拉丽做什么。你会为了她撒谎吗？”

“为什么事撒谎？到底发生了什么事？”西蒙顿时明白暗影猎手们聚集在花园里到底是怎么回事。“等等，”他说道，“你们此刻就要动身前往伊德里斯？克拉丽以为你们今晚离开。”

“我知道，”杰斯说，“而且我需要你告诉其他人克拉丽叫你过来告诉大家她不去了。告诉他们她不再想去伊德里斯了，”他的语气略显紧张——西蒙几乎没辨认出来，抑或是因为杰斯居然也会这样未免太奇怪了，他一时没反应过来，杰斯是在恳求他，“他们会相信你。他们知道你们有多——多亲密。”

西蒙摇摇头。“我不能相信你。你的做法像是希望我为了克拉丽好，但实际上你是希望我为了你做事，”他准备转身离开，“没门。”

杰斯一把拽住他的胳膊，让他转回身来。“这是为了克拉丽。我想要保护她。我原本以为你在这一点上至少会帮我一把呢。”

西蒙恼火地看着杰斯紧紧抓住他胳膊的那只手。“你都不告诉我事情的原委，我又怎能保护她呢？”

杰斯没放手。“难道你就不能单纯地相信这件事很重要吗？”

“你不理解她多么想去伊德里斯，”西蒙说，“如果我要阻止她去，最好要有个说得通的理由吧。”

杰斯缓慢地舒了一口气，不情愿地松开了西蒙的胳膊。“克拉丽在瓦伦丁的船上所做的，”他压低声音说道，“墙上的如尼文——开启如尼文——好吧，你亲眼看见了所发生的一切。”

“她摧毁了那艘船，”西蒙说，“救了我们所有人的命。”

“小声点。”杰斯焦躁不安地看了看四周。

“你言下之意是没有其他人知道这件事，是不是？”西蒙难以置信地追问。

“我知道，你知道，卢克知道，还有马格纳斯知道。再就没别人了。”

“他们那帮人认为发生了什么事？轮船碰巧散架了？”

“我告诉他们瓦伦丁的转换仪式出了差错。”

“你向圣廷撒了谎？”西蒙不知该为此感到印象深刻，还是该感到错愕万分。

“是的，我向圣廷撒了谎。伊莎贝尔和亚历克知道克拉丽有创造新如尼文的能力，所以，我担心自己不能继续向圣廷或新任大审判官隐瞒这件事。倘若他们知道克拉丽有这种能力——将普通如尼文放大从而使之具有难以置信的摧毁力量，他们就会希望她成为战士，成为为其效命的武器。而她没接受过这方面的训练。她不是在这样的成长环境下长大的——”看到西蒙直摇头，他说到一半停了下来，“怎么了？”

“你是拿非力人，”西蒙不疾不徐地说，“难道你不应该为圣廷的至上利益着想吗？如果利用克拉丽……”

“你希望他们控制她？让她战斗在前线，对抗瓦伦丁和他培育的军队？”

“不希望，”西蒙说，“我不希望那样。但我不是你们其中的一员。我没必要问自己孰先孰后的问题，是克拉丽或者是我的家人。”

杰斯的脸慢慢涨得通红。“事情不是那样。要是我认为这么做会对圣廷有帮助，当然这种事不会发生。她只会为此而受伤——”

“即使你认为这对圣廷有帮助，”西蒙说，“你也绝不会让圣廷拥有她。”

“你为什么这么说，吸血鬼？”

“因为除了你没有人可以拥有她。”西蒙说。

杰斯顿时失色。“那么你不会帮我，”他不相信地说道，“你不会帮助她？”

西蒙进退维谷——他还没来得及回答，一个响声打破了他们之间的沉默，是一声尖叫，绝望得令人恐惧，更糟糕的是余音未了便戛然而止。杰斯倏地转过身。“那是怎么回事？”

其他哭喊的声音接踵而至，一声刺耳的哐当声令西蒙的耳鼓疼痛不已。“出事了——其他人——”

但杰斯已经离开，沿着小路疾跑而去，在灌木丛中躲闪。犹豫片刻之后，西蒙跟了过去。他忘了自己能跑多快，不一会儿他就追上了杰斯，他们一起绕过教堂的角落，冲向花园。

出现在他们眼前的是一片慌乱的景象。一层白雾笼罩住花园，空气中弥漫着浓重的气味——一股强烈刺鼻的臭氧味，其中隐隐约约夹杂着某种甜得发腻的味道。人影如鬼魅般窜来窜去——西蒙只能看到他们的轮廓，他们在烟雾的缝隙间闪现而后又消失不见了。他瞥见了伊莎贝尔，她的头发犹如黑色的绳子一样扫来扫去，手中还挥动着鞭子，在黑暗中发射出致命的金色叉状闪电。她正在防御一个巨大笨拙、行动缓慢的怪物的进攻，是恶魔，西蒙心想——但光天化日之下怎么可能有恶魔呢！他跌跌撞撞地往前走时才看清这个怪物形如人类，但背部隆起，奇形怪状，感觉不对劲。它一只手拿着一块厚重的木板，向伊莎贝尔不停地挥动着鞭子，但几乎毫无章法可言。

就在不远处，透过一堵石墙上的裂口，西蒙还能看清约克大道的车辆静静地穿梭而过。学院之外的天空晴朗无云。

“弃魔，”杰斯低语道，他从皮带中抽出一把六翼天使时脸上闪耀着怒火，“有十几个。”他推开西蒙，动作几近粗鲁，“待在这里，听明白了吗？待在这里。”

杰斯冲进薄雾中时西蒙僵立了片刻。他手中的六翼天使发出的光使他周遭的雾披上了一层银色，里面的黑影冲来冲去，西蒙感觉就像自己正透过一层磨砂玻璃凝视着里面，不顾一切地想搞清楚里面究竟发生了什么事。伊莎贝尔消失了；他看见亚历克，他的胳膊在流血，他刺穿了弃魔战士的胸膛，看着它倒在地上。

另一个从身后向他偷袭过来，就在这时杰斯出现了，他两只手上各有一把六翼天使。他纵身一跃，举起手中的武器，然后双手作剪刀式前后挥舞着俯冲下来——弃魔的头突然与颈项分离，翻滚着跌落下去，黑乎乎的血飞溅着喷涌出来。西蒙的胃一紧——这血散发着一股呛人的毒药味。

他听得见薄雾中暗影猎手们在呼喊彼此，尽管弃魔完全没有出声。薄雾突然散尽，西蒙看见马格纳斯正两眼发直地站在学院的院墙旁边。他的双手举了起来，两手之间闪耀着蓝色的闪电，就在他身后的那堵墙上有个正方形的黑洞，好像是石头中的开口，里面并不是空荡荡的，也不是完全意义上的一片漆黑，反而像是一面闪光的镜子，玻璃镜面里有一团无法迸发的熊熊燃烧的火焰。“移空门！”他大声喊着，“快穿过移空门！”

顷刻间，好几件事同时发生了。玛丽斯·莱特伍德出现在薄雾中，怀里抱着一个男孩，是麦克斯。她停下来，别过头喊着什么，然后冲向移空门，穿了过去，消失在墙里面。亚历克紧随其后，拽着伊莎贝尔，她那沾满血迹的鞭子在地面上拖曳着。他拉着她向移空门冲过去，就在这时，他们身后的薄雾中突然有东西升腾起来——是弃魔战士，手里挥舞着一柄双刃刀。

西蒙不再呆若木鸡地僵立在原地了。他向前疾奔过去，呼喊着伊莎贝尔的名字——接着他重心不稳，一个踉跄朝前栽倒下去，狠狠地撞在地面上，差点没了气，倘若他还有呼吸的话。他挣扎着坐起身来，转过身想看清楚是什么把他绊倒了。

是一具尸体，一具女人的尸体，她的喉咙被撕开，两只蓝色的眼睛睁得圆圆的，死了。鲜血染红了她的头发。是玛德莱娜。

“西蒙，快逃！”是杰斯在大叫。西蒙望过去，看见这个男孩从薄雾中向他跑过来，手里拿着一把沾满血渍的六翼天使。紧接着他抬头一看，那个追赶着伊莎贝尔的弃魔战士阴森森地向他逼近，伤痕密布的脸扭曲成龇牙咧嘴状。双刃刀朝下向他砍来时，西蒙翻身后撤，纵使他的反应能力已经大有提高，仍然躲闪得不够快。一阵灼痛向他袭来，顷刻间他眼前一片漆黑。

第二章

阿利坎特的恶魔塔

克拉丽和卢克已经在这一街区来回绕了三次了，她心想，再多的魔法也无法在纽约城的大街上变出新的停车位。卡车无处可停，半条街密密麻麻塞的全是车。卢克终于在一个消防栓旁边停下来，叹着气把皮卡调到空挡位。“快去吧，”他说，“让他们知道你到了。我去给你拿行李箱。”

克拉丽点点头，不过在伸手拉门把手时犹豫了。她心中惴惴不安，希望卢克跟她一起去，这并不是头一遭。“我总以为我第一次出国至少要携带护照。”

卢克没有笑。“我知道你很紧张，”他说，“不过没事，莱特伍德一家会好好照顾你的。”

我跟你可说过无数次了，克拉丽心想。她轻轻地拍了一下卢克的肩膀，然后跳下皮卡。“待会儿见。”

她沿着裂开的石头小道往前走，向教堂大门靠近时熙熙攘攘的车来车往声逐渐隐退了。这一次她费了好一会儿工夫才将学院的魔力剥离出去。这座旧教堂仿佛披上了另一层伪装，就像新上了一层油漆似的。凝神将其刮除使她备感艰难，甚至有些疼痛。最终魔力解除，她能看清教堂的原貌了。高高的木门散发着微光，仿佛它们刚刚被打磨过一样。

空气中弥漫着一种奇怪的味道，像臭氧和燃烧的味道。她皱了皱眉，把手放在球形柄上。我是克拉丽，拿非力人之一，我请求进入学院——

门突然打开了，克拉丽走了进去。她环顾四周，眨了眨眼睛，想要辨认出那种感觉有些不同于大教堂内部的东西。

门在她身后突然关上的刹那间她明白了，此刻她被困在一片漆黑之中，唯一的安慰仅仅是那个从头顶上高高的玫瑰形窗户投射下来的昏暗的光。以前她从入口进入学院时，长凳之间的过道两边都插着一排排的火把点亮这座精心设计的大教堂，而这一次完全相反。

她从口袋里拿出巫光石，举了起来，光迸发出来，从她的手指间投射出一束束光柱。她朝空无一物的神坛附近的电梯走过去，一路上她手上的巫光石照亮了教堂内部布满尘埃的角落，她不耐烦地按着呼叫按钮。

什么动静都没有。半分钟之后她又按了一下按钮，然后又按了一下。她把耳朵贴在电梯门上听。没有声音。学院变得黑暗而寂静，就像机器玩偶的发条心脏停止走动了一般。

她的心脏怦怦地跳动起来，克拉丽赶紧朝过道跑去，将厚重的门推开。她站在教堂大门口的台阶上，慌乱地四处张望。头顶上的天空越来越暗，变成了钴蓝色，空气中弥漫着一种更浓烈的燃烧味道。这里失过火吗？暗影猎手们撤离了吗？但是这个地方看起来没有人碰过啊……

“不是火。”这个声音很柔和，像天鹅绒一般，也很熟悉。一个高大的身影从阴影中走过来，头发直刷刷地竖起来，形成一个难看的冠状。他身穿一件黑色真丝外套，里面搭一件微微闪光的鲜绿色衬衣，细长的手指上带着明亮的珠宝戒指，还有别具特色的靴子和许多亮片。

“马格纳斯？”克拉丽轻轻地问。

“我知道你在想什么，”马格纳斯说，“没有火。这个气味是地狱迷雾——一种恶魔烟雾，会消除某些魔法的效果。”

“恶魔迷雾？那么有——”

“学院遭到袭击，是的，今天下午早些时候。是弃魔——很可能有十多个呢。”

“杰斯，”克拉丽轻声说，“莱特伍德一家——”

“地狱迷雾消除了我有效对抗弃魔的能力，也消除了他们的。我不得不通过移空门把他们送到伊德里斯去。”

“但他们没有人受伤吧？”

“玛德莱娜，”马格纳斯说，“玛德莱娜遇害了。我很抱歉，克拉丽。”

克拉丽几乎昏倒在台阶上。她对这个年纪较长的女人不是很了解，但玛德莱娜跟她妈妈有某些千丝万缕的联系——她母亲真实的身份，那个克拉丽从来不曾了解的坚强的暗影猎手战士。

“克拉丽？”卢克穿过越发黑暗的小道朝她走来。他的一只手提着克拉丽的行李箱。“出了什么事？”

克拉丽坐在台阶上双手抱着膝盖听马格纳斯解释。在她为玛德莱娜感到痛苦的同时，她内心充满着一种内疚的安慰。杰斯安然无恙。莱特伍德一家安然无恙。她一遍又一遍默默地告诉自己。杰斯安然无恙。

“弃魔，”卢克说，“它们都被杀掉了吗？”

“不是全部，”马格纳斯摇了摇头，“我把莱特伍德一家送过移空门后，弃魔解散了。它们似乎对我不感兴趣。在我关闭移空门之前，它们就全部消失不见了。”

克拉丽抬起头。“移空门关闭了？不过——你还能送我到伊德里斯，对吗？”她问，“我的意思是，我能穿过移空门在那里跟莱特伍德一家会合，是不是？”

卢克和马格纳斯交换了一下眼色。卢克把行李箱放在脚边。

“马格纳斯？”克拉丽的音量增大了，她自己听起来都很刺耳，“我必须去。”

“移空门关闭了，克拉丽——”

“那么再开一扇！”

“并不是那么容易，”巫师说，“圣廷谨小慎微地防备任何借助魔法进入阿利坎特的人。他们的首都对他们而言是神圣之地——就像他们的梵蒂冈、紫禁城一样。暗影魅族未经允许不得进入，普通盲呆也不行。”

“但我是暗影猎手！”

“勉强算吧，”马格纳斯说，“此外，塔楼防备直接通过移空门进入城内。要打开一扇穿越至阿利坎特的移空门，我还得守在另一边等你。如果我尝试凭一己之力将你送过去，就会间接触犯《大律法》，就算我个人再怎么喜欢你，小美女，也不愿意为了你冒这样的险。”

克拉丽看了看一脸遗憾的马格纳斯，又看向满脸警觉的卢克。“但我需要去伊德里斯，”她说，“我需要帮助我母亲。肯定还有别的办法能到那里，别的不必用到移空门的办法。”

“最近的机场也要横跨一个国家，”卢克说，“如果我们能过边境——这个‘如果’还得打个大问号——此后还有一段险象环生、横跨大陆的漫长旅程，穿越各种各样的暗影魅族的领土。到那里得要好多天呢。”

克拉丽两眼如炷。我不会哭，她告诉自己。我不会。

“克拉丽，”卢克的声音很柔和，“我们会跟莱特伍德一家联系。我们会确保他们获得给乔斯琳找到解药所需要的所有信息。他们可以联系菲尔——”

他话音未落，克拉丽已经站起身，摇着头。“这事得由我来做，”她说，“玛德莱娜说过菲尔不会跟别的人谈。”

“菲尔？拉格纳·菲尔？”马格纳斯随声附和，“我可以试着跟他留言。让他知道等的是杰斯。”

卢克脸上的担忧消散了一些。“克拉丽，你听明白了吗？有马格纳斯帮忙——”

但克拉丽不想再听什么有关马格纳斯帮助的话。她什么也不想听。她曾经以为自己会去救妈妈，可是现在她什么也做不了，除了守在她的病榻旁，握着她软弱无力的手，希望别人在别的地方能够做她力所不能及的事情。

她踉踉跄跄地走下台阶，卢克伸手想要拉住她，却被她推开了。“我只想自己静一静。”

“克拉丽——”她听见卢克在身后叫她的名字，但仍然径直走开，飞奔着绕到了大教堂的另一边。不经意间她发现自己走的是那条有岔道的石径，朝着学院东面的小花园跑去，那边弥漫着烧成灰烬的味道——里面还隐约有股浓厚刺鼻的气味。那是恶魔魔法的味道。花园里还有薄雾，宛若云朵飘过时留下的痕迹，轻纱薄幔似的飘散在玫瑰花丛的边缘或藏匿在石缝下面。她看得出早前打斗把哪些泥土给掀翻了——那里有一摊深红色的血迹，就在石凳旁边，她可不想再多看一会儿。

克拉丽把头转开，然后停下脚步。就在那里，肯定错不了，就在大教堂墙壁的正前方有许多具有魔力的如尼文印记，在灰色石头的映衬下散发着炙热却逐渐消退的蓝光。它们形成的轮廓略成方形，就像环绕在一扇半开着的门四周的光的轮廓一样。

移空门。

她百感交集。她还记得其他的符号，危险诡谲地在光滑的轮船金属架构上闪耀。她还记得轮船猛然扭断时东河的黑水涌入引发的震动。它们只不过是如尼文，她心想。记号。我会画。如果我妈妈能把圣杯困在一张纸里面，那么我就能画一个移空门。

不经意间她发现自己正向大教堂的墙壁走去，她的手伸进口袋里拿石杖。她尽量保持稳定不让手颤抖，把石杖的尖端放在了石头上。

她紧紧闭上眼睑，在一片漆黑之中开始构思由光组成的曲线，这些线条在她心中显示出来的是门道，由旋转的空气支撑，是旅行之门，能通往遥远的地方。她笔下勾画出的曲线以如尼文的形式完美地呈现出来，犹如飞鸟一样优美流畅。她不知道这个如尼文以前是否存在，也不清楚是否是她发明的，但现在它真实地存在了，仿佛它一直就存在似的。

移空门。

她开始画，各种印记从石杖尖部跳出来，呈现出木炭黑的线条。石头发出嘶嘶声，刺鼻的酸味很呛人。炙热的蓝光在她紧闭的眼睑前面越来越亮。她感到脸上很热，仿佛她站在一团火前面一样。她喘了一口粗气，然后放下手臂，睁开眼睛。

她画的如尼文是绽放在石墙上的一朵黑色花朵。她凝神观察时发现这朵花的线条似乎在消融变化，缓缓地向下流淌着舒展开来，自动变换形状。不一会儿，如尼文的形状完全改变，变成一扇熠熠发光的门道轮廓，比克拉丽本人高出些许。

她无法将视线从门道上移开，它和多萝西娅夫人家窗帘后面的那扇移空门一样散发着黑色的光芒。她伸手去摸——

然而她退缩了。要使用移空门，那种下沉的感觉她记忆犹新，你得想象自己想要去哪里，你希望移空门把你带向何处。但是她从未去过伊德里斯，当然有人曾跟她描述过。那个地方山谷青青，森林葱郁，清波碧水，湖光山色，交相辉映，阿利坎特是一座由玻璃塔楼构成的城市。她想象得出它的样子，但想象力还不够，对这样的魔法而言还不够。要是……

她猛地吸了一口气，但她曾看见过伊德里斯，她在梦里见过，她知道这是一个真实的梦，尽管她还不知道自己是怎样得知的。难不成是因为杰斯在梦中跟她说起过有关西蒙的事情吗？说他不能待在那里，因为“这是活人生活的地方”吗？而且没过多久，西蒙就死了……

她让自己回忆起那个梦。她在阿利坎特的一个舞厅里跳舞，金黄色和白色相间的墙壁，头上的屋顶是透明的，宛若钻石。那里还有个喷泉——中央矗立着一个银盘，上面还有一尊美人鱼雕塑，窗户外面的树上挂着一排排的灯，克拉丽穿着绿色天鹅绒礼服，和她现在穿的一模一样。

仿佛她仍在梦中，她伸手去够移空门，手指下面一抹亮光扩散开来，一扇门打开了，通往远方那个光亮的地方。她忽然发现自己目不转睛地盯着一个旋转着的金色大漩涡，它开始缓慢地转变成辨别得出的各种形状——她以为她会看见山脉的轮廓，看到一片天空——

“克拉丽！”是卢克飞快地朝小径跑过来，脸上写满怒气和惊愕。他身后跟着马格纳斯，他那双猫眼炯炯有神，像光芒四射的炙热的移空门里的金属一般，整个花园都沐浴在这金色的光里。“克拉丽，停下！那里戒备森严，很危险！你会置自己于死地的。”

但现在已经停不下来了。移空门那头金色的光越来越亮。她曾在梦中想到过大厅的金色墙壁，金色的光芒从刻花玻璃上折射出来，无处不在。卢克错了。他不了解她的天赋，不了解这种天赋如何产生作用——只要画一下就能创造自己的现实，魔法屏障又有什么关系呢？“我一定要去，”她叫道，张开手指朝前走去，“卢克，我很抱歉——”

她朝前迈了一步——卢克最后身手矫捷地往前一跳来到她身边，抓住她的手腕，就在这时移空门似乎在他们身边爆炸开来。像把树连根拔起的龙卷风一样，这股力量把他们扯离地面。克拉丽最后瞥了一眼曼哈顿街头的汽车和建筑，它们在旋转着离她而去，然后消失得无影无踪，与此同时，这阵猛烈晃动的风的旋涡攫住她，使她不由自主地飞旋起来，她的手腕仍然被卢克抓得紧紧的，最后他们被卷入那片旋转的金色混沌之中。

西蒙在有节奏拍打的水声中苏醒过来。他坐起来，油然而生的恐惧令他的心顿感冰凉——上一次他随着水波荡漾的声音醒来时成了瓦伦丁轮船上的阶下囚，这种柔和液体的嘈杂声把他的记忆立马拉回到那段可怕的时光，同时就像冰水猛地泼在脸上那样让他备感凄凉。

不会啊——迅速环顾四周之后，他才明白自己身处完全不同的地方。他在一个墙壁都涂成浅蓝色的干净的小房间里，正躺在一张舒适的木床上，身上盖着柔软的毯子。黑乎乎的窗帘拉下来挡住了窗户，但边缘透过来的昏暗的光线足以令他那双吸血鬼的眼睛看清一切。地板上有一块颜色鲜艳的地毯，另一面墙上嵌着一个带镜子的壁柜。

床边还有一把扶手椅。西蒙坐起身，毯子滑落下去，他立即意识到两件事：一、他仍然穿着赶往学院去见杰斯时所穿的牛仔裤和T恤衫；二、坐在扶手椅里的那个人正在打瞌睡，手臂支起她的头，长长的黑发像带流苏的披肩一样散落下来。

“伊莎贝尔？”西蒙说。

她惊愕地抬起头，像装在盒子里打开匣盖即自行弹起的玩偶似的，倏地睁开了眼睛。“哦！你醒了！”她坐直身体，把头发甩到脑后，“杰斯总算能松口气了。我们差点就肯定你会死掉呢。”

“死掉？”西蒙重复了一遍。他感到头晕，还有些恶心。“为什么？”他四下扫了一眼房间，眨了眨眼睛。“我在学院里吗？”他问道，不过就在话脱口而出的那一刻他意识到这当然是不可能的事情，“我的意思是——我在哪里？”

不安的神情从伊莎贝尔的脸上飘闪而过。“噢……你不记得花园里发生的事情了？”她紧张地猛拉装饰扶手椅的钩织花边，“弃魔袭击了我们。来了很多，在迷雾中与它们战斗困难重重。马格纳斯打开移空门，正当我们全都朝它奔跑过去时，我看见你朝我们跑过来。你被绊倒了——被玛德莱娜的尸体绊倒了，一个弃魔就在你身后。你肯定看不见它，但杰斯看见了。他想要赶到你那里，但太迟了。弃魔一刀刺进你的身体。你流血了——流了很多。杰斯杀死弃魔，背着你，拖着你和他一起穿过了移空门。”她讲完了事情的经过，语速快得使每句话都混杂在一起，西蒙花了九牛二虎之力才听明白，“而我们已经进入另一边，让我告诉你吧，杰斯背着你穿过来，满身沾满你流的血时，我们大家都非常吃惊。执政官大为不悦。”

西蒙的口很渴。“弃魔一刀刺进我的身体？”似乎不可能。但他以前痊愈过，就在瓦伦丁割断他的喉咙之后。他还是应该记得起来才对啊。他晃了晃脑袋，低头打量自己的身体。“哪里？”

“我指给你看。”令他非常惊讶的是，伊莎贝尔就在他的床边坐了下来，她那双凉凉的手正好放在他的腹部中央。她撩起他的T恤衫，一片苍白的肚子露了出来，一条细细的红线将之分成两半。几乎看不出是一条疤痕。“就在这里，”她的手指在疤痕上面划过，“疼不疼？”

“不——不疼。”西蒙第一次看见伊莎贝尔时，觉得她美艳惊人，活力四射，充满生命的朝气和能量，他本以为自己终于找到一个热情洋溢的女孩，足以将那个一直以来在他眼前挥之不去的克拉丽的影子遮蔽住。后来，她在马格纳斯·贝恩的派对上把他变成了一只老鼠，就在那一刻他意识到伊莎贝尔身上释放的热情对像他这样的普通人而言太过炽烈了。“伤疤不疼。”

“但是我的眼睛很疼。”门口传来一个冷静的打趣声。是杰斯。他进来的时候静悄悄的，就连西蒙也没听见。他关上身后的门，伊莎贝尔拉下西蒙的衣服时他露齿一笑。“你是不是趁吸血鬼身体虚弱无力时借机揩油，伊莎？”他问道，“我很肯定这至少触犯了一条《圣约》。”

“我只是指给他看哪里被刺了。”伊莎贝尔抗议道，不过她倒是飞快地坐回到椅子上，动作显得太过仓促。“楼下怎么样啦？”她问，“大家是不是还惊魂未定？”

杰斯脸上的笑容不见了。“玛丽斯和帕特里克一起去防御厅了，”他说，“圣廷正在开会，马拉奇认为如果她……亲自……解释一下，可能会好一些。”

马拉奇。帕特里克。防御厅，这些不熟悉的名字在西蒙脑子里打转。“解释什么？”

伊莎贝尔和杰斯交换了一下眼色。“解释你，”杰斯终于说道，“解释我们为什么把一个吸血鬼带到阿利坎特来，依据《大律法》，这是明目张胆的违法行为。”

“到阿利坎特？我们在阿利坎特？”西蒙一时蒙了，一阵恐慌涌遍他的全身，紧接着就被他腹部传来的一阵疼痛代替了。他弯下腰，大口喘着气。

“西蒙！”伊莎贝尔伸出手，一双乌黑的眼睛充满警觉，“你没事吧？”

“走开，伊莎贝尔。”西蒙捏紧拳头按住腹部，抬头看着杰斯，央求道：“让她走。”

伊莎贝尔退了回来，脸上露出受伤的表情。“很好。我会走。你没必要告诉我两次。”她愤然起身，气冲冲地走出房间，砰的一声甩手关上门。

杰斯转过头看着西蒙，他那琥珀色的眼睛毫无神采可言。“到底是怎么回事？我还以为你正在痊愈呢。”

西蒙举起一只手警告对方离他远一些。他的喉咙深处有股金属般的味道在灼烧。“不是因为伊莎贝尔，”他呻吟着道出个中原委，“我没受伤——我只是……饿了。”他感到自己的脸颊在燃烧，“我失血了，所以——我需要补充。”

“当然。”杰斯说，他的语气和某个人豁然领悟一个有趣但并非特别必须的科学事实时会有的那种口吻如出一辙。他脸上隐隐约约的担忧不见了，取而代之的是在西蒙看来好像是揶揄的轻蔑，这点燃了他胸中的怒火，要不是因为他此刻痛苦得虚弱无力，他就会从床上纵身跃起，愤怒地扑向这个家伙。在某种程度上，他现在所能做的只不过是大口喘粗气。“去你的，维兰德。”

“维兰德，是吗？”揶揄的表情还停留在杰斯的脸上，不过他的手伸向自己的喉咙，开始拉开夹克衫的拉链。

“不行！”西蒙躺倒在床上，“我不在乎自己有多么饿。我不要——再次——喝你的血。”

杰斯撇了撇嘴巴。“好像我要让你喝似的。”他把手伸进夹克内袋里，拿出一个玻璃长颈瓶，里面装着半瓶稀薄的红棕色液体。“我想到你可能需要这个，”他说，“我从厨房里的几磅生肉中挤出这些来。我已尽了最大的努力。”

西蒙从杰斯手中接过长颈瓶，他的手颤抖得太厉害，杰斯只好帮他打开瓶盖。里面的液体很难闻——既薄又咸，根本不是适合喝的血，隐隐约约散发着一股令人不适的味道，西蒙由此知道肉已经有几天了。

“呃，”吞下几口之后，他说，“死猪的血。”

杰斯皱眉道：“所有的血难道不都是死的吗？”

“血离死亡的时间越长，口感就越差，”西蒙解释，“新鲜的更好。”

“但你从没喝过新鲜的血，是不是？”

西蒙条件反射地挑起眉毛。

“好吧，当然，除了我的以外，”杰斯说，“而且我肯定我的血口感超级棒。”

西蒙把空长颈瓶放在床边椅子的扶手上。“你的问题很严重，”他说，“我的意思是，心理方面。”他的嘴巴里还残留着不新鲜的血液味道，但他已经不再痛苦。他感觉好多了，而且更强壮了，仿佛血液是一剂立竿见影的速效药，是一种他不得不赖以为生的毒品。他怀疑这跟海洛因瘾君子的症状是否一样。“那么我在伊德里斯啰。”

“具体说来是阿利坎特，”杰斯说，“首都之城。事实上是唯一的城市。”他走近窗口，拉起窗帘。“潘海洛夫妇并不真的相信我们说的话，”他说，“他们不相信太阳对你没有任何影响。他们拉起遮光窗帘，不过你应该看一看。”

西蒙从床上起身，走到窗口，站在杰斯旁边，然后凝神观看。

几年前，他妈妈带着他和姐姐到托斯卡纳旅行——整整一个星期他们吃的是口味很重、陌生奇异的意大利面大餐、新鲜的面包，层林尽染的棕色乡村傲立于寒风之中。他妈妈在狭窄蜿蜒的公路上开快车，差一点就把他们的那辆菲亚特撞进那些美丽的古老建筑里，显然他们来这里的目的就是为了来欣赏它们的。他记得他们停靠在一个山坡上，正对着一个名叫圣吉米纳罗的小镇，锈色斑驳的建筑星星点点地散落在小镇的每个角落，高高的塔楼巍然耸立，直入云霄。倘若他眼前的这一切使他想起什么的话，无疑就是这些。但眼前的这番景色同时又如此陌生，真的与他之前见过的一切截然不同。

他正从较高的一个窗户往外看，想必他所处的这座房子地势相当高。向上望去，他能看见石头屋檐和远处的天空。对面是另一座房子，没有这一幢高，一条狭窄乌黑的运河从它们之间流淌而过，一座座桥横跨运河——他以前倒是听说过水源在哪里。这座房子似乎建在半山腰上——在它下面，一幢幢蜂蜜色的石头房子簇拥在一条条狭窄的街道边，一直延伸到一圈绿色的边缘——那是树林，被远处的群山环绕着。从这里望去，它们像长长的绿黄色布条，生机盎然的秋色点缀在上面。群山后面参差不齐的山脉拔地而起，上面还覆盖着皑皑白雪。

但这一切都与奇怪无关。奇怪的倒是城里的每个地方——尽管貌似未经规划过——都巍然耸立着高塔，塔尖由反射出银白色光芒的材料建成。它们像闪闪发光的匕首一样直插云霄，西蒙意识到自己以前在什么地方见过这种材料：在暗影猎手们携带的那些坚硬的玻璃状武器里，即他们称之为六翼天使的那种武器。

“那些是恶魔塔，”杰斯回答了西蒙未问出口的问题，“它们控制那些保护城市的魔法屏障。由于它们的存在，任何恶魔都进不了阿利坎特。”

窗外吹进来的风冰冷而洁净，在纽约城不可能呼吸得到这样的空气：没有任何味道，既没有灰尘或烟尘的气味，也没有金属或其他人的味道。只是空气的味道。西蒙深深地吸了一口这样的空气，尽管这显得多余，然后转身看着杰斯。某些人类的习惯很顽固。“告诉我，”他说，“带我到这里来是个意外。告诉我这可不是你为了阻止克拉丽跟你一起来这里的计划。”

杰斯没看他，但他的胸脯一起一伏，动作很快，有种克制喘息的感觉。“对，”他说，“我创造了一帮弃魔战士，让它们攻击学院，杀害玛德莱娜，它们差点还杀掉我们其余人，就是为了让克拉丽待在家里。你瞧，我的恶魔计划成功了。”

“对，是成功了，”西蒙平静地说，“不是吗？”

“听着，吸血鬼，”杰斯说，“防止克拉丽来伊德里斯是我的计划。带你来这里可不是计划之中的事情。我把你带过移空门是因为倘若我把流血不止、不省人事的你抛在身后的话，弃魔就会把你杀死。”

“你也可以跟我一起留在那里——”

“它们会杀死我们俩。我甚至分辨不出它们到底有多少个，在恶魔迷雾中我看不出。况且我也打不过一百个弃魔。”

“可是，”西蒙说，“我敢说承认这一点倒是令你很痛苦。”

“你是个混蛋，”杰斯不动声色地骂道，“就算在暗影魅族界也是。我救了你的命，而且这么做是违反圣廷《大律法》的，这可不是第一次，我再补充一句。你多少应该表现出一些感激。”

“感激？”西蒙感到自己的手指拳曲起来，顶住了掌心，“倘若你没把我拖进学院，我就不会到那里去。我从来都不同意这件事。”

“你说你愿意为克拉丽做任何事，这就表示你同意了，”杰斯说，“这就是任何事。”

西蒙正要气愤地反唇相讥，门外传来一阵敲门声。“你好？”伊莎贝尔从门外喊道，“西蒙，你喜怒无常的时刻结束了吗？我有事跟杰斯说。”

“进来，伊莎。”杰斯的视线没有离开西蒙。他眼里有种愤怒的电火花，有种挑衅的感觉，使西蒙很想拿起重物朝他砸去，比如皮卡车。

伊莎贝尔一阵风似的走进来，乌黑的长发迎风飞扬，银色的裙裾随身飘逸。她身上穿着的那件象牙色紧身胸衣使她的胳膊和肩膀裸露在外面，一条条墨黑的如尼文交织在一起。西蒙猜想对她而言能够在一个没有人会认为他们与众不同的地方炫耀自己的印记倒是一种美妙的改变。

“亚历克打算去防御厅，”伊莎贝尔直入主题，“他想在离开之前跟你讨论一下西蒙的事情。你能到楼下来吗？”

“当然。”杰斯朝门口走去，刚走到一半，却发现西蒙跟着他，他面露愠色地转过身。“你待在这里。”

“不行，”西蒙说，“既然你们要讨论的是关于我的事情，那么我当然想要参加。”

顷刻间，杰斯冷冰冰的平静好像就要失控了。他满脸通红，张开嘴巴，目光如炬。但不一会儿，愤怒消失了，显然是被他的意志按压下去的。“下楼来吧，吸血鬼。你会见到幸福的一大家子人。”

克拉丽第一次穿过移空门时有种飞翔的感觉，仿佛失重坠落一般。这一次感觉就像径直插入龙卷风的风眼一样。咆哮的风撕扯着她的手，迫使她松开卢克的手，嘴巴不由自主地尖叫起来。她旋转着穿过了金黑色的大漩涡的中心。

一个平坦坚硬、像镜面一样的银色物体在她面前升起。她尖叫着朝它俯冲过去，甩开双手捂住脸。她撞击在表面上，穿了过去，跌入寒冷凛冽、令人窒息的世界里。她正在往一片深蓝色的黑暗里沦陷，想要呼吸，却无法将空气吸进肺里，只感受到更多冰冷——

突然，她的外套后襟被抓住，朝上抛了出去。她无力地踢着，却虚弱得无法挣脱。她被向上拽着，周遭深蓝色的黑暗逐渐变成了浅蓝色，然后又变成了金色，这时她钻出了水面——是水——然后猛地吸了一口气，或者说是想要这么做。相反，她呛了一口气，呕吐起来，眼前闪烁着黑点。她被拽出水面，速度很快，胳膊和腿上面还缠绕着水草——她被人紧抓着转过身来，一眼瞥见一个令人恐怖的东西的轮廓，既不像狼，又不像人，耳朵像匕首一样尖，嘴唇向后缩，露出锋利的白牙。她想要尖叫，结果却吐出一口水。

一会儿之后，她脱离水面，被抛在一片紧实潮湿的地面上。有一双手搁在她的肩膀上，使她脸部朝下，轻轻地拍打着她。这双手拍着她的后背，一遍又一遍，直到她的胸脯开始痉挛，咳出一股苦涩的水之后才停下来。

这双手把她翻转过来让她躺在地面上时，她还在咳嗽。她正看着卢克，一个黑色的影子背对着高高在上的蓝天白云。她习惯在他脸上看到的那种温和不见了。他不再是狼形，但他看起来很愤怒。他一把扶着她坐起来，拼命地把她摇晃个不停，直到她急促地喘着气，虚弱无力地拍打他。“卢克！住手！你弄痛我了——”

他的手松开她的肩膀。不过，他用一只手抓住她的下巴，迫使她抬起头，双眼打量着她的脸。“水，”他说，“你把水全咳出来了吗？”

“我想是的。”她轻声答道，声音若有似无地从她肿胀的喉咙里发出来。

“你的石杖呢？”他追问，看到她犹豫的表情，卢克的语气变得更严厉了，“克拉丽。你的石杖。找到它。”

她挣脱他，在她那湿漉漉的口袋里搜寻，她的心脏一紧，直往下沉，她的手指什么也没摸到，除了潮湿的布料。她悲伤地抬头看着卢克。“我想我肯定把它掉在湖里了，”她抽噎起来，“我……我妈妈的石杖……”

“上帝啊，克拉丽。”卢克站起来，心不在焉地用手拍打着他的脑袋。他也像个落汤鸡，水从他的牛仔裤上流淌下来，厚厚的法兰绒外套变成了稠密的小溪流。他平时戴在鼻梁上的那副眼镜也不见了。他神情凝重地看着她。“你没事了，”他说，这倒不是在问她，“我的意思是，现在，你感觉还好吗？”

她点点头。“卢克，怎么啦？为什么我们需要石杖？”

卢克什么也没说。他环顾四周，好像是希望从他们周遭的环境里一点点收集有帮助的东西。克拉丽顺着他的目光看去。他们站在宽阔的泥岸上，一大片湖泊就在眼前。湖水是淡蓝色的，阳光照射在水面上，波光粼粼。她怀疑这就是自己穿过半开着的移空门时看见的金色光源。此刻她站在湖畔而不是深陷其中，这片湖泊一点儿也不那么阴森，那么险恶了。郁郁葱葱的山岭环绕在湖边，树林里秋意才上枝头，到处都是星星点点的赤褐色和金色。山的那边耸立着高高的山脉，山峰上覆盖着皑皑白雪。

克拉丽一颤。“卢克，我们在湖里时——你是不是变成了狼？我以为我看见——”

“游泳时，我的狼身比人身要好，”卢克不耐烦地回答她，“而且要强壮一些。我得把你从水里拖出来，你可没怎么配合。”

“我知道，”她说，“我很抱歉。你不——你不应该跟我来的。”

“要是我不来，你现在就死了，”他指出，“马格纳斯告诉过你，克拉丽。除非有人在另一边等你，否则你不能使用移空门进入玻璃之城。”

“他说这是违法的。他可没说如果我尝试到那里的话，会被反弹出去。”

“他告诉过你城上面建有防备通过移空门进入城内的魔法屏障。你决定要弄你几乎还不了解的魔法可不是他的错。你拥有能力并不等于你知道如何使用它。”他紧皱双眉，满脸不悦。

“对不起，”克拉丽小声地说，“不过——你知道现在我们在哪里吗？”

“林恩湖，”卢克说，“我想移空门尽力将我们送到了离城最近的地方，然后把我们扔了下来。我们在阿利坎特郊外。”他看了看四周，半惊叹半疲倦地摇摇头，“你做到了，克拉丽，我们到伊德里斯了。”

“伊德里斯？”克拉丽附和道，然后傻傻地站起来朝湖那边望去。蓝蓝的湖水朝她眨着眼睛，这片湖未受干扰，很宁静。“但——你说过我们在阿利坎特郊外，这里根本看不到城市啊。”

“还有很远的路要走，”卢克指出，“你看见远处的那些群山了吗？我们得越过那些山，城市就在山那边。如果我们有车的话，只消一个小时就能抵达，但我们只能步行了，很可能得走一个下午。”他眯着眼看着天空，“我们现在最好动身。”

克拉丽沮丧地低头看着自己，一想到要穿着湿漉漉的衣服走一整天就让人懊恼。“难道没有其他……”

“其他我们能做的？”卢克接过话，他的声音里突然冒出一股怒气，尖锐而刺耳，“你有其他建议吗，克拉丽？既然是你带我们来这儿的。”他把原本指着湖的手指指向别处，“那条路是山脉。只有在盛夏才能徒步通过，否则会在山峰冻死。”他转过身，手指戳向另一个方向，“那条路是绵延数英里的树林，它们一直延伸到边境。那里杳无人迹，至少没有人类居住。阿利坎特那头有农田和乡村住宅。或许我们能从伊德里斯出去，但我们还是得穿过城市。那座城市，我得补充一句，不会欢迎像我这样的暗影魅族。”

克拉丽张开嘴巴看着他。“卢克，我不知道——”

“你当然不知道。你对伊德里斯一无所知。你甚至根本不在乎伊德里斯。你只是因为被抛弃而感到难过，像个小孩子似的闹脾气。那，现在我们到这里了。既不知道身处何地，又湿淋淋的，都快冻僵了——”他话没说完就打住了，脸绷得很紧，“来吧，我们开始走吧。”

克拉丽沿着林恩湖畔的路跟在卢克身后，悲伤得一言不发。在赶路过程中，太阳晒干了她的头发和皮肤，但天鹅绒外套像海绵一样吸着水，一如铅做的窗帘挂在她身上，她在石头和泥泞中跌跌撞撞地疾步快走，尽力跟上卢克的大步流星。好几次她试着想要跟他讲话，但卢克顽固地沉默不语。她以前从未做过这么糟糕的事情，就连道歉也无法使卢克消气。这一次，似乎不一样。

他们继续前进，悬崖在湖边升高了，到处布满漆黑的斑点，像泼溅出去的黑色颜料一样。克拉丽更仔细地观察后发现，它们是岩石里的孔洞。有些看起来非常深邃，弯弯曲曲地一直延伸到黑暗之中。她想象着可能有蝙蝠和令人汗毛倒竖的爬行动物藏在幽暗处，不禁打了个寒颤。

终于，一条从悬崖之间横穿而过的隘道带着他们通向一条两侧铺着碎石的宽阔大路。湖面弯弯曲曲地消失在他们身后，在傍晚的阳光中散发着深蓝色的光。大路穿过一片青草茂盛的平原，地势逐渐升高一直连接到远方连绵起伏的群山。克拉丽的心一沉。视野中没有城市的踪影。

卢克凝视着远处的群山，一脸凝重。“我们要走的路比我料想的多。已经过了这么久……”

“或许，如果我们找到一条更宽阔的路，”克拉丽提议，“我们就能搭便车，或者搭车到城里，或者——”

“克拉丽，伊德里斯没有汽车，”看到她震惊的表情，卢克毫无兴致地大笑起来，“魔法屏障破坏机械。大多数技术在这里都不能用，像移动电话、电脑之类的。阿利坎特自身基本上是由巫光照亮并提供能量的。”

“哦，”克拉丽小声地说，“好吧——我们离城里还有多远？”

“远得很，”卢克没看她，举起双手耙了耙自己的短发，“有些事我最好还是告诉你。”

克拉丽顿时紧张起来。之前她还满心期望卢克跟她讲话，但现在她不再这么想了。“好吧——”

“你注意到了吗？”卢克问，“林恩湖上没有船——没有码头——没有任何标记显示伊德里斯的人们可能在使用这片湖。”

“我还以为是因为湖太偏僻了呢。”

“没有那么偏僻。步行到阿利坎特只要几小时。事实上，湖——”卢克欲言又止，叹了口气，“你是否注意到在纽约学院里图书室地板上的图案？”

克拉丽眨了眨眼睛。“我注意到了，但我没弄明白那是什么。”

“那是从湖里升腾而起的天使，握着圣杯和圣剑。这种主题常见于拿非力人的各种装饰。传说天使拉结尔从林恩湖中升起，第一次出现在暗影猎手乔纳森、即第一位拿非力人面前时，拉结尔送给他一些致命秘器。从那时起，湖就——”

“受到尊崇？”克拉丽暗示道。

“受到诅咒，”卢克说，“湖水不知怎地对暗影猎手有毒，但不会伤害暗影魅族——精灵们称之为梦之镜，他们饮用湖水，因为他们宣称湖水赋予他们洞察真相的能力。但暗影猎手喝湖水却很危险，会产生幻觉，发烧——会使人发疯。”

克拉丽浑身冰凉。“那就是为什么你尽力要我把水吐出来的原因。”

卢克点点头。“而且也是我希望你找到石杖的原因。有了治愈如尼文，我们就能避开湖水产生的影响。没有它，我们需要尽可能快地将你送到阿利坎特。那里有药品和草药，可以帮上忙，我知道有人肯定拥有这样的东西。”

“莱特伍德一家？”

“不是莱特伍德一家，”卢克的声音很坚定，“是别人。我认识的一个人。”

“谁？”

卢克摇摇头。“就让我们祈祷这个人在过去的十五年中没有搬家吧。”

“但你说过，暗影魅族未经允许进入阿利坎特是违法的。”

他回应的笑容使她想起小时候她从攀爬架上摔下来时接住她的那个卢克，那个永远保护她的卢克。“有些法律本来就是用来违反的。”

潘海洛家的房子使西蒙想起了学院——也有那种属于另一个年代的感觉。过道和楼梯很窄，由石头和深褐色木头制成，窗户又高又小，透过窗户可以看到城市的风景。室内的装饰有种鲜明的亚洲风韵：日式轻便拉门位于一楼平台，窗台上摆放着高高的中国漆花花瓶。墙壁上也有许多丝网印刷图案，内容都是相关暗影猎手传说的，但由于它们有种东方风情——手持闪闪发光的六翼天使的巫师特征被鲜明地突显出来，旁边是五颜六色的龙形生物，以及眼睛突出的滑动着的恶魔。

“潘海洛夫人——一家——过去负责北京的学院。她有时在这里，有时在紫禁城，”西蒙停下来端详一个图案时，伊莎贝尔解释道，“而且潘海洛是古老的家族，很有钱。”

“看得出来。”西蒙咕哝着抬头看着枝形吊灯，雕花玻璃的水晶像泪滴一样垂挂下来。

杰斯站在他们身后的台阶上，咕哝起来。“快走啊。我们可不是来这儿考察历史的。”

西蒙酝酿着粗暴地反驳他，但最终觉得根本犯不着。他飞快地走完剩下的几级台阶。台阶最底部通往一个宽敞的房间，这里新旧混杂，有种怪异的感觉：玻璃观景窗面朝运河，立体声唱机里传来音乐，尽管西蒙没看到它摆放在哪里。但这里没有电视机，没有一排排的 DVD 或 CD 碟片这类使西蒙联想到现代卧室的废物。相反，在火焰劈啪作响的大壁炉周围摆放着许多被人坐得满满的长沙发。

亚历克站在壁炉旁边，穿着一身黑色暗影猎手战斗服，正在戴手套。西蒙走进房间时他抬头看了看，习惯性地绷着脸，但什么也没说。

长沙发上坐着两个少年，一个男孩，一个女孩，西蒙以前从未见过。女孩身材苗条，一头乌黑的长发梳到脑后，脸上露出调皮的表情。她精致的下巴很尖很窄。她算不上漂亮，但却很引人注目。

她旁边的黑发男孩远非引人注目能形容。他可能跟杰斯差不多高，不过看起来更高，哪怕坐着也看得出。他身材修长，肌肉发达，脸色苍白却不失优雅，颧骨突出，眼睛乌黑，流露出一种焦躁不安的神情。他给人一种奇怪的熟悉感，仿佛西蒙在哪里见过他一样。

女孩先开口。“他就是那个吸血鬼吗？”她上下打量着西蒙，似乎是在掂量他的分量，“我以前还真没这么接近过吸血鬼——至少没接近过我不打算干掉的那种。”她的头一歪，“他很可爱，对暗影魅族而言。”

“你得原谅她。她长着天使的面孔，行为举止却好像莫洛克魔。”男孩起身笑着说。他向西蒙伸出手。“我是塞巴斯蒂安·维莱克。这位是我的表妹艾琳·潘海洛。艾琳——”

“我不和暗影魅族握手，”艾琳说着缩回去靠在沙发靠垫上，“他们没有灵魂，你知道。吸血鬼。”

塞巴斯蒂安的笑容消失了。“艾琳——”

“这是真话。那就是为什么他们在镜子里看不见自己，也不能出现在太阳下。”

西蒙故意后退了几步，正好退到窗户前面那束阳光下。他感到后背和头发被太阳晒热了。他也有影子，又长又黑，映在地板上，几乎就要挨到杰斯的脚。

艾琳猛吸一口气，但什么也没说。开口说话的是塞巴斯蒂安，他看着西蒙，乌黑的眼睛充满好奇。“那么这是真的啰，莱特伍德一家说过，但我没想到——”

“我们说的是真话？”杰斯接话道，这是他们下楼后他第一次开口说话，“我们不会因为这样的事情撒谎。西蒙……独一无二。”

“我曾吻过他。”伊莎贝尔说，并没有针对任何人。

艾琳的眉毛都竖起来了。“在纽约，他们真的让你们随心所欲，是不是？”她半带恐怖、半带羡慕地说，“上次我见到你时，伊莎，你甚至根本不会考虑——”

“上一次我们见面时伊莎只有八岁，”亚历克说，“情况变了。现在，妈妈不得不仓促离开这里，所以得有人接收她的留言，并替她上报给防御厅。我是这里唯一年满十八岁的，所以我是唯一能参加圣廷会议的人。”

“我们知道，”伊莎说，一屁股坐在沙发上，“你已经跟我们说过好像不下五次了。”

亚历克露出事关大局的表情，没理会她。“杰斯，你把吸血鬼带到这里来，所以你要对他负责。不要让他到外面去。”

吸血鬼，西蒙心想。亚历克装作不知道他的名字，搞得像真的一样！他曾经救过亚历克的命。现在他居然用“吸血鬼”这个词来代替他。虽然亚历克很容易陷入莫名其妙的郁郁寡欢之中，但这种事就算发生在他身上也难免令人极度不快。或许这跟身处伊德里斯有关吧。或许亚历克在这里更需要维护自己暗影猎手的身份。

“你让我下楼来就是为了告诉我这个吗？不要让吸血鬼出去？无论如何，我也不会这么做啊，”杰斯滑到艾琳旁边的沙发上，艾琳则喜形于色，“你最好赶紧去防御厅，然后赶回来。天知道没有你的监护，我们这里会堕落成什么样子。”

亚历克带着平静的优越感盯着杰斯。“尽量保持理智，我半小时后回来。”他穿过一个通往长走廊的拱门，然后消失了，从远处的某个地方传来哐当的关门声。

“你不应该故意激怒他，”伊莎贝尔严厉地瞪了杰斯一眼，“他们的确让他负责这件事。”

西蒙看见艾琳坐得离杰斯非常近，想不注意到都不行：他们的肩膀靠在一起，尽管他们周围的沙发空间还绰绰有余。“你有没有想过，亚历克前世是个养着九十只猫的老妇人，总是嚷嚷着让邻居家的孩子们别踩她的草坪？我就这么想过，”他说，艾琳咯咯地笑起来，“就因为他是唯一能去防御厅的那个人——”

“防御厅是什么？”西蒙问，他已经厌烦了不知道这些人在谈论什么。

杰斯看着他。他的表情很冷漠，也不友好，他的手放在艾琳搁在大腿的手上面。“坐下，”说着，他的头猛然一动示意他坐在一张扶手椅上，“或者你打算像只蝙蝠似的盘旋在角落里？”

好极了。拿蝙蝠开玩笑。西蒙很不自在地在扶手椅上坐下。

“防御厅是圣廷官方召开会议的地方，”塞巴斯蒂安说，显然他很同情西蒙，“《大律法》就是在那里制定的，执政官和大审判官也住在那里。圣廷会议期内，只有成年暗影猎手才被允许进入其领地。”

“会议？”西蒙想起早些时候杰斯在楼上说过的话，“你的意思是——并不是因为我？”

塞巴斯蒂安笑起来。“不是。是因为瓦伦丁和致命秘器。大家全都来到这里也是因为这个缘故。要讨论瓦伦丁接下来想要干什么。”

杰斯什么也没说，但听到瓦伦丁的名字时，他绷紧了脸。

“哦，他会寻找圣镜，”西蒙说，“第三件致命秘器，对吗？它在伊德里斯这儿吗？那是不是大家来这里的原因？”

伊莎贝尔回答之前有片刻的沉默。“关于圣镜的难题就在于没人知道它在哪儿。实际上，根本没人知道它是什么。”

“是一面镜子，”西蒙说，“你知道，就是那种反光的玻璃。我只是胡乱猜猜。”

“伊莎贝尔的意思是，”塞巴斯蒂安友好地说，“大家对圣镜一无所知。在暗影猎手的历史中有各种各样的说法，但对其位置、外观，或者最重要的是，有何作用，并没有具体说明。”

“我们猜想瓦伦丁想要得到它，”伊莎贝尔说，“但这帮不上什么忙，因为没人知道它到底在哪里。无声使者可能知道，但瓦伦丁把他们全都杀了。至少在一段时间内不会有其他无声使者。”

“他们所有人？”西蒙吃惊地追问，“我以为他只杀害了纽约的无声使者。”

“骸骨之城实际上并不在纽约，”伊莎贝尔说，“就像——还记得中央公园里去希丽宫的入口吗？就因为入口在那里并不等于希丽宫就在公园下面。骸骨之城也是如此。有许多入口，但骸骨之城本身——”伊莎贝尔话还没说完，艾琳就快速地示意她别再说了。西蒙看看她的脸，然后看看杰斯的，最后又看看塞巴斯蒂安的。他们全都是一副警觉的表情，好像他们刚刚意识到自己在干什么一样：把拿非力人的秘密告诉一个暗影魅族。一个吸血鬼。确切地说，不是敌人，但肯定不是能够被信任的人。

艾琳是第一个打破沉默的。她那双漂亮乌黑的眼睛盯着西蒙，说道：“那么——当吸血鬼感觉怎么样？”

“艾琳！”伊莎贝尔吓得脸色惨白，“你不能随便问别人当吸血鬼感觉如何这样的问题。”

“我不明白为什么，”艾琳说，“他变成吸血鬼的时间还不长，是不是？那么他肯定记得当人类时的感觉。”她又看着西蒙。“血的味道对你而言还像血吗？还是变成别的味道了，比如橙汁之类的？因为我觉得血的味道会——”

“味道像鸡肉。”西蒙这么说只是想让她闭嘴。

“真的吗？”艾琳一脸震惊。

“他在跟你开玩笑，艾琳，”塞巴斯蒂安说，“当然他完全有理由这么做。西蒙，我再次为我表妹向你道歉。在伊德里斯外面长大的那些人一般比较熟悉暗影魅族。”

“不过难道你不是在伊德里斯长大的吗？”伊莎贝尔问，“我以为你父母——”

“伊莎贝尔。”杰斯打断她，不过已经太迟了，塞巴斯蒂安的脸色阴沉下来。

“我父母去世了，”他说，“死在加来[①]附近的一个恶魔老巢，没关系，这是很久以前的事情了。”他一挥手，拒绝了伊莎贝尔投来的同情的目光，“我姑姑——我父亲的妹妹在巴黎的学院把我抚养长大。”

“那么你会讲法语吗？”伊莎贝尔感叹道，“我希望自己能说一门其他的语言。但霍奇认为除了古希腊语和拉丁语之外，我们根本用不着学别的东西，但是现在没有人说这些语言了。”

“我也会说俄语和意大利语。还会一些罗马尼亚语，”塞巴斯蒂安谦虚地笑了笑，“我可以教你一些短语——”

“罗马尼亚语？太令人赞叹了，”杰斯说，“没有多少人会说呢。”

---

① 加来（Calais），法国北部渡口，经历了长时间围城之后，该城于一三四七年被爱德华三世攻克，归英国所有，直至一五五八年被法国收回。

“你会吗？”塞巴斯蒂安饶有兴致地问。

“不太会，”杰斯冲他一笑，使对方消除疑虑，但西蒙知道他在撒谎，“我的罗马尼亚语仅限于有用的短语，比如，‘这些蛇有毒吗？’和‘不过你看起来太年轻了，不像警察。’”

塞巴斯蒂安没有笑。他的表情不对劲，西蒙想。是那种和善的表情，他浑身上下给人一种平静的感觉——但西蒙总觉得在和善背后隐藏着某种东西，给人外表平静的假象。“我的确喜欢旅行，”他看着杰斯的眼睛说，“但回来是好事，不是吗？”

杰斯停下玩弄艾琳的手指。“你是什么意思？”

“就是世界上没有哪个地方能跟伊德里斯相媲美，无论我们拿非力人在其他地方活得多么舒服自在。难道你不同意吗？”

“你为什么问我呢？”杰斯表情冰冷。

塞巴斯蒂安耸了耸肩。“哦，你小时候生活在这里，是不是？而且过了好多年你才回来。我有没有弄错？”

“你没弄错，”伊莎贝尔不耐烦地说，“杰斯喜欢假装别人不是在讨论他的事情，哪怕他心知肚明。”

“他们当然是在讨论我。”尽管杰斯满眼怒火地盯着他，塞巴斯蒂安看起来仍然泰然自若。西蒙感到自己有点儿半不情愿地喜欢上了这个黑头发的暗影猎手男孩。鲜有人会对杰斯的嘲弄无动于衷。“在伊德里斯，这可是近来人们讨论的全部内容。你，致命秘器，你父亲，你妹妹——”

“克拉丽莎应该跟你们一起回来的，是不是？”艾琳说，“我一直期待见到她呢。发生了什么事？”

尽管杰斯不动声色，但他从艾琳的手里抽回了自己的手，握成了拳头。“她不想离开纽约。她妈妈生病住院了。”他从来不说我们的妈妈，西蒙心想。总是她妈妈。

“奇怪，”伊莎贝尔说，“我真的以为她很想来呢。”

“她想来，”西蒙说，“实际上——”

杰斯站起身，速度快得连西蒙都没看到他移动。“我想起来了，我有事要跟西蒙谈。私下里。”他扭头示意着房间那头的双扇门，眼睛里闪烁着挑衅的光芒。“来吧，吸血鬼，”他说，那种语气明确无误地让西蒙感到倘若他拒绝的话，肯定会打起架来，“我们谈一谈。”

第三章

阿玛提斯

傍晚时分，卢克和克拉丽已经把林恩湖远远地抛在身后，正大步流星地走在一片宽阔平坦的繁茂草原上。随处可见地势和缓上升，逐渐形成高高的山峰，顶上布满黑色的岩石。克拉丽跌跌撞撞地翻山越岭，一座接一座，简直是精疲力竭，她的靴子在潮湿的青草上打滑，仿佛走在油腻腻的大理石上一样。他们终于将原野抛在身后迈向一条狭窄的土路，此时她的手已经在流血，而且沾满了青草色。

卢克步履坚定地在她前面昂首阔步。他像这个世界上最郁闷的导游一样，偶尔会严肃地指出一些名胜古迹。“我们刚刚横穿过布罗斯林德平原，”他说道，他们爬上一座小山坡，凌乱不堪纠缠在一起的黑乎乎的森林出现在眼前，一直向西延伸到夕阳西下的地方，“这是森林。以前森林覆盖了这个国家大部分的低地。很多树木被砍伐，为了给城市腾地方——也为了肃清常常在那里意外出现的狼群和吸血鬼老巢。布罗斯林德森林一直以来都是暗影魅族的藏身之地。”

他们一路沉默地跋涉着，大路始终沿着森林蜿蜒，突然峰回路转。树林似乎脱离地面抬了起来，像悬在他们头顶上的山脊一样，当他们转到一座高山脚下时，克拉丽眨了眨眼睛——除非她的眼睛欺骗了她，山下面居然有房子。很小，一排排白色的房子，像小人国的村庄一样井然有序。“我们到了！”她欢呼着向前冲去，突然倏地停了下来，这时她才意识到卢克已经不在她身旁。

她转过身，看见他站在尘土飞扬的大路中央。“还没到，”他说着朝她走过来，“那里不是城市。”

“那么，是个小镇吗？你说过这附近没有城镇——”

“是墓地。是阿利坎特的骸骨之城。你认为骸骨之城是我们唯一的安息之地吗？”他的语气充满悲伤，“这里是大墓地，我们把那些死在伊德里斯的人埋葬在这里。你瞧。我们要从这里穿过去才能到达阿利坎特。”

克拉丽穿过像白色丝带般将一座座陵墓连接起来的狭窄小路，她上一次到墓地还是西蒙死去的那个晚上，想到这她不禁浑身直哆嗦。有人照看这个地方。大理石闪闪发亮，仿佛刚刚擦洗过似的，草地也修剪得很整齐。坟冢上到处可见白色的花束。她本以为那是百合花，但它们散发出一股不熟悉的浓郁气味，这使她想知道这些花是不是在伊德里斯土生土长的。每座坟冢看起来都像一间小房子，有些甚至还有金属门或栅栏铁丝门，上面雕刻着暗影猎手家族的名字。卡特莱特、梅里威特、海陶尔、布莱克维尔、米德韦恩特。她在一扇门前停了下来。希伦戴尔。

她转身看着卢克。“那是大审判官的名字。”

“这是她家族的墓。瞧。”他指出。在门边有一些白色的文字刻入灰色的大理石。那些都是人名。马库斯·希伦戴尔。斯蒂文·希伦戴尔。他们死于同一年。尽管克拉丽非常讨厌大审判官，但她心里仍然很不是滋味，她情不自禁地同情她。丧夫丧子，而且接踵而至……斯蒂文的名字下方有三个拉丁文：AVE ATQUE VALE。

“那是什么意思？”她转头问卢克。

“意思是‘致敬告辞’。来自卡图卢斯①的一首诗。不知从何时起，它成为拿非力人在葬礼上或有人死于战斗时的惯用语。好了——最好不要沉迷于这种事，克拉丽。”卢克扳过她的肩膀，把她轻轻地从坟墓边拉开。

或许他是对的，克拉丽心想。或许此刻最好不要想太多有关死亡和要死的事情。他们穿过墓地时，她一直让眼睛看向别处。就快穿过另一头的铁门时，她注意到一座更小的墓，像长在一棵枝叶茂密的橡树下的白色伞菌。门上的名字闯入她的视线，仿佛它们是用光写就一般。菲尔柴尔德。

“克拉丽——”卢克伸手想拉住她，但她已经跑远了。他叹了口气跟着她来到树荫下，她一动不动地站在那里，读着祖父母和曾祖父母的名字，她根本不知道自己有这些亲人。阿洛伊修斯·菲尔柴尔德、阿黛尔·菲尔柴尔德、B. 奈特谢德、格兰维尔·菲尔柴尔德。在这些名字下面写着：乔斯琳·摩根斯特恩、B. 菲尔柴尔德。

一阵寒意涌遍克拉丽的全身。看见她妈妈的名字在那里就像重回她做过的噩梦那般，在梦里她参加母亲的葬礼，却没人告诉她发生了什么事，也没人告诉她妈妈是怎么死的。

“但她没有死，”她抬头看着卢克说，“她没有——”

“圣廷不知道这件事。”他温柔地告诉她。

克拉丽大吃一惊。她听不见卢克的声音，也看不见他就站在她面前。在她眼前升起一座崎岖的山坡，墓碑像断裂的骨头一样从地面凸起。一块黑色的墓碑渐

---

① 加伊乌斯·瓦列留斯·卡图卢斯（约公元前 87 年—约前 54 年），罗马诗人，以爱情诗闻名。

渐向她逼近，上面不规则地写着：

克拉丽莎·摩根斯特恩（生于一九九一年，卒于二〇〇七年）

这排字下面粗糙地画着一个小孩的头颅，眼窝深陷，不见眼珠。克拉丽尖叫起来，摇摇晃晃地向后退。

卢克抓住她的肩膀。"克拉丽，怎么啦？出了什么事？"

她指着前面。"那里——看——"

但眼前的一切消失不见了。她面前是一片青草地，郁郁葱葱，整整齐齐，白色的墓地整齐划一地排列着。

她转身抬头看着他。"我看见我自己的墓碑，"她说，"上面写着我会死——现在——今年。"她不寒而栗。

卢克脸色沉重。"是湖水的关系，"他说，"你开始产生幻觉了。来吧——我们剩下的时间不多了。"

杰斯押着西蒙走上楼，来到一条两侧都有门的很短的过道。他停下来，伸直手臂推开一扇门，一脸不悦。"进去。"他说，用手把西蒙半推进门口。西蒙看见里面的摆设像个图书馆：一排排的书架，长长的长条沙发，还有扶手椅。"我们应该私下——"

杰斯的话只说了一半，就看见一个人影紧张兮兮地从一把扶手椅上站起来。是个棕色头发，戴眼镜的小男孩。他的脸庞很小，但一脸严肃，一本书紧握在他的一只手里。由于西蒙对克拉丽阅读过的书非常熟悉，哪怕离得很远，他也能一眼看出那是一套漫画系列。

杰斯皱着眉。"对不起，麦克斯。我们需要这个房间。大人要谈话。"

"但是伊莎和亚历克已经把我赶出了客厅，也说是大人谈话，"麦克斯抱怨，"我应该去哪里？"

杰斯耸了耸肩。"你的房间？"他朝大门竖起大拇指，"是你为国家效力的时候了，伙计。快走开。"

麦克斯一脸委屈地从他们俩身边踱过，书紧紧抱在胸口。西蒙心里一阵同情——年纪已经大到想知道发生了什么事，但又小得总被人不当回事，这种感觉真糟糕。小男孩从他身边经过时看了他一眼——那是害怕怀疑的一瞥。是那个吸血鬼，他的眼神表明。

“进来。”杰斯催促西蒙进屋，随后关上门，还上了锁。门关上后，房间的光线变得很幽暗，就连西蒙也觉得很黑。里面有股灰尘的味道。杰斯从地板上走过去，在房间的最那头扯开窗帘，一扇高大的单体落地窗出现在眼前，外面运河的风景尽收眼底。水拍打着屋子的一侧，就在他们脚下不远处，在雕刻着久经风霜的如尼文和星星图案的石栏杆下面。

杰斯紧皱眉头转身看着西蒙。“你到底有什么问题，吸血鬼？”

“我的问题？实际上是你拉着我的头发把我从那里拽进来的。”

“因为你差点就要告诉他们克拉丽根本没有取消过她来伊德里斯的计划。你知道会有什么样的后果吗？他们会联系她，并安排她来。而且我已经告诉过你为什么不能让那样的事情发生。”

西蒙摇摇头。“我不明白你的意思，”他说，“有时候你表现得很关心克拉丽，然后你又表现得——”

杰斯目不转睛地盯着他。空气里飞舞着尘埃，仿佛是挡在两个男孩之间的闪烁着微光的窗帘。“表现得像什么？”

“你跟艾琳调情，”西蒙说，“你好像根本就不在乎克拉丽啊。”

“这跟你没关系，”杰斯说，“此外，克拉丽是我妹妹。你早知道这一点。”

“我也在精灵王宫啊，”西蒙回答道，“我记得希丽宫女王说的话。使女孩获得自由的是她最渴望的吻。”

“我确信你记得这些。刻进了你的脑袋里，是不是，吸血鬼？”

西蒙在喉咙里发出一个声音，他自己都没意识到自己居然能发出来。“哦，不，你不是吧。我不是要吵架。我不会跟你争克拉丽。太可笑了。”

“那么为什么你提这件事？”

“因为，”西蒙说，“如果你希望我撒谎——不是对克拉丽，而是对你所有的暗影猎手朋友们撒谎——如果你希望我假装是克拉丽自己决定不来这里的，如果你希望我假装不知道她的能力，或者她真正有能力做到的事情，那么你就得为我做点事。”

“好极了，”杰斯说，“你想要什么？”

西蒙沉默了片刻，望着波光粼粼的运河前面的那排石房子。在钝锯齿形房顶的那头，他能看见恶魔塔闪烁着微光的塔尖。“我希望你尽可能让克拉丽相信你对她没有感觉。而且不要——不要告诉我你是她哥哥，我已经知道了。既然你知道你们两个之间无论如何都是没有未来的，那么就别再跟她藕断丝连。我这么说不是因为我自己想拥有她。我这么说是因为我是她的朋友，我不想她受到伤害。”

杰斯低头看着他的手，看了很久也没回答。他的手很瘦削，手指和指关节上面布满老茧。手背上的旧印记像细细的白线缠绕在一起。这是一双战士的手，不是少年的手。“我已经这么做了，”他说，“我告诉过她我只有兴趣做她的哥哥。”

“哦。”西蒙本来期望杰斯就这件事跟他打一架，跟他针锋相对，而不仅仅是放弃。一个只会放弃的杰斯是全新的——这几乎让西蒙为自己提出这样的要求感到惭愧。克拉丽从来没跟我提过这件事，他想要说，但她为什么要跟他提呢？这倒让他想起来，最近只要提到杰斯的名字克拉丽就会表现得出奇地平静和沉默。“好吧，那就抵消了，我猜。还有最后一件事。”

“哦？”杰斯说话时没有流露出明显的兴趣，“那又是什么？”

“克拉丽在船上画出那个如尼文时，瓦伦丁说的是什么？听起来像外语。Meme 什么的——”

“Mene mene tekel upharsin，”杰斯淡淡地笑道。“你没听出来吗？来自《圣经》，吸血鬼。《旧约》，那是你读的书，难道不是吗？”

“我是犹太人并不等于我记得住《旧约》。”

“是灾祸将临的预兆。‘上帝已经数算你国的年日到此完毕。就是你被称在天平里，显出你的亏欠。’[①] 这是厄运降临的征兆——意思是帝国的灭亡。”

“但这跟瓦伦丁有什么关系？”

“不仅仅是瓦伦丁，”杰斯说，“跟我们所有人都有关系。圣廷和《大律法》——克拉丽的能力推翻了他们已知的一切的真实性。没有人类能创造新的如尼文，也不能画出克拉丽会画的那种如尼文。只有天使才拥有这种能力。既然克拉丽能做到——好吧，这就好似厄运的征兆一样。情况在改变。《大律法》在改变。古老的方式不再是正确的方式。正如天使的反叛终止了世界原本的样子——它将天堂一分为二，创造了地狱——这可能意味着拿非力人目前生存状况的终结。这是我们在天堂的战争，吸血鬼，只有一边能赢。我父亲心想他会是赢家。”

尽管空气还是寒冷，克拉丽穿着湿漉漉的衣服已经汗流浃背了。汗水像小溪流一样从她的脸颊上流淌下来，打湿了她外套的衣领，卢克一只手抓住她的胳膊，牵着她在快速变暗的天空下赶路。现在他们已经能看见阿利坎特了。这座城市坐落在浅浅的山谷里，一条银色的河流把它分成两半，这条河流到城市的一头后好像就消失不见了，然后又从另一头流出来。蜂蜜色的建筑杂乱无章地依山而建，屋顶由红色板岩铺设而成，一条条蜿蜒陡峭的黑色街道背靠着一座陡直的山坡，

① 摘自《圣经》新世纪和合本。

相互盘绕在一起。山顶上耸立着一座乌黑的石头大厦，尖尖的屋顶直入云霄，从每个基点方向都能看到一座闪闪发光的塔楼。分散在其他建筑周围的是一些同样高大、狭窄得像玻璃一样的塔楼，每一座塔楼都像石英一样闪烁着微光。它们像插入天空的玻璃针。渐渐褪色的阳光从它们的表面上反射出来，宛若昏暗的彩虹，像火柴擦亮后闪烁的火花一样。眼前的景色美丽而陌生。

见过阿利坎特的玻璃塔楼之后你才算见过城市。

“怎么啦?”卢克无意中听到她在说话，“你说什么?”

克拉丽没意识到自己说出声来了。她不好意思地重复了那句话，卢克惊讶地看着她。“你在哪里听说的?”

“霍奇，”克拉丽说，“是霍奇告诉我的。”

卢克眯眼看着她，想看得更清楚。“你脸红了，”他说，“你感觉怎么样?”

克拉丽的脖子很疼，整个身体像火烧，口也很渴。“我很好，”她说，“我们赶紧到那里去，好吗?”

“好。”卢克指着远处。在城市的边缘，建筑群消失了，克拉丽看到一个拱门，两侧拱起至中央形成一个尖顶。一个穿黑色战斗服的暗影猎手站在拱门的阴影里站岗。“那是北门——从这里暗影魅族们可以合法地进入城里，倘若他们有相关文书的话。那里日夜都有哨兵站岗。现在，如果我们是官方行为或者获准到这里的话，就可以从这里过去。”

“但城里没有任何围墙啊，”克拉丽指出，“看起来不太像城门。”

“魔法屏障是隐形的，但它们存在着。恶魔塔控制着它们。它们已经有一千年的历史了。你通过时就能感觉到了，”他又瞟了一眼她绯红的脸，眼角写满了担忧，“你准备好了吗?”

她点点头。他们绕开城门，沿着城市的东边走，那里的建筑聚集得更紧密一些。卢克示意她别出声，把她拉向两座房子之间狭窄的空地里。他们靠近时，克拉丽闭上了眼睛，他们一踏上阿利坎特的街道，她差不多就做好了一脸撞上隐形围墙的准备。但实际情况并非如此。 她突然感到一阵压力，仿佛她身处一架正在下降的飞机。她的耳朵竖了起来——然后这种感觉消失了，接着她就站在两幢房子之间的巷子里了。

和纽约的巷子一样——显然和世界上的任何巷子都一样——有股猫骚味。

克拉丽盯着一幢房子的一个角落看了看。一条更宽阔的街道一直延伸到山上，街道两边有商店和房子。“这附近没有人。”她注意到，觉得有些惊讶。

在逐渐暗淡的光线里，卢克看起来很苍老。“防御厅肯定在开会。这是唯一能让所有人立刻离开街道的事情。”

“那样难道不好吗？没人看见我们。”

“既好又不好。街道上几乎空无一人，这是好事情。但有人碰巧经过的话，就可能更会注意到我们，并谈论到我们。”

“你说过每个人都在防御厅呢。”

卢克浅浅地笑了笑。“别这么死抠字眼，克拉丽。我的意思是城里大多数人。孩子们，青少年，豁免不必参会的一些人，他们不会去开会。”

青少年。克拉丽想到杰斯，她的脉搏不能自已地跳跃起来，像赛马场上刚刚冲出起跑线的骏马一样。

卢克皱起眉头，他差不多能读懂她的心思。“到目前为止，我未在门口向圣廷通报而进入阿利坎特已经是违反《大律法》了。如果有人认出我来，我们就会惹上真正的麻烦了，”他朝上望了一眼屋顶之间那片看得见的狭小天空，“我们得离开街道。”

“我以为我们要去你朋友家。”

“我们是要去。确切地说，她不是朋友。”

“那么是谁？”

“跟我来。”卢克猫着腰走进两座房子之间的通道，这条路很窄，他们沿着这条路往北走去，来到一条弯弯曲曲的铺满鹅卵石的街上，街道两边都是商店。建筑本身的风格介于哥特式梦境和童话故事之间。石头墙面雕刻着神话传说中各种各样的生物——恶魔的头特点鲜明，其间穿插着张开翅膀的马，看起来像立在鸡腿上的房子的东西，美人鱼，当然还有天使。怪兽状滴水嘴从每个角突出来，嗥叫的脸扭曲变形。到处都是如尼文：点缀在门上，藏在雕刻的抽象图案里面，像在风中摇摆的风铃一样悬挂在细细的铁链上。这些如尼文的功能各不相同：有祈求平安的，有祈祷好运的，甚至还有希望生意兴隆的。盯着这些如尼文，克拉丽感到有些眩晕。

他们默默地在阴影里走着。鹅卵石街道上空无一人，商店大门紧闭，栅栏也上了锁。经过时，克拉丽偷偷地朝窗户里看了一眼。眼前的一切让人觉得很奇怪：一个橱窗里摆放着包装昂贵的巧克力，另一个橱窗里却陈列着同样奢华的看起来很致命的武器，有短剑、权杖、狼牙棒，还有一排尺寸各异的六翼天使。“没有枪。”她说。她自己的声音听起来很遥远。

卢克朝她眨了眨眼睛。“什么？”

“暗影猎手们，”她说，“他们好像从不用枪。”

“如尼文阻止火药点燃，”他说，“没有人知道原因。不过，人们一直知道拿非力人偶尔使用来复枪对付狼人。不用如尼文就能杀掉我们——只需要银弹。”他语气沉闷。突然他抬起了头。在逐渐暗淡的光线下，运河里的水看起来几近黑色。克拉丽现在自己也能听见各种声音了，是从附近的街道上传来的，嗓门很大且听起来很生气。克拉丽感到更加眩晕了——她觉得地面在她脚下倾斜，就要使她四脚朝天地摔倒了。她赶紧靠在巷子边的墙壁上，大口地喘着气。

“克拉丽，”卢克说，“克拉丽，你还好吗？”

他的声音听起来很浑厚，也很陌生。她看着他，喉咙里喘不过气来。他的耳朵变得很尖很长，牙齿像剃刀一样锋利，眼睛也变成了凶猛的黄色——

“卢克，”她轻声叫道，“你怎么啦？”

“克拉丽，”他伸手去拉她，但他的手奇怪地被拉长，指甲很尖，呈铁锈色，“有什么不对劲吗？”

她尖叫起来，转身逃离他。她不确定自己为什么这么害怕——她以前看见过卢克变形，他从未伤害过她。但恐惧活生生地存在于她的心中，无法控制。卢克抓住她的肩膀，她畏惧地往后退，逃离他那黄色的动物眼睛，根本没理会他要她小声一点，用他那普通的人类声音祈求她安静。“克拉丽，请你——”

“放开我！放开我！”

但是他没有。“是湖水的关系——你出现幻觉了——克拉丽，保持镇静。”他拉着她朝一座桥走去，几乎是半拖着的。她感觉得到眼泪从她的脸上流淌下来，冷却她滚烫的脸颊。“那些都不是真的。挺住，求你了。”他说着扶着她走上桥。她闻得到桥下河水的气味，是一种绿绿的淡淡的味道。有东西在水面下移动。她注视着河面，突然，一根黑色的触须浮出水面，像海绵一样的头上长着一排排针尖似的牙齿。她害怕地从水边逃开，不能尖叫，喉咙里只发出一声轻轻的呻吟。

她膝盖一弯，卢克一把接住她，随即把她抱了起来，一步步地走下桥。自从她五六岁起卢克就再也没抱过她了。“克拉丽。”他喊着她的名字，但他说的话全都混在一起，变成模糊不清、毫无意义的咆哮。他们快步走过一排排高高窄窄的房子，它们几乎使克拉丽想起布鲁克林的联排式住宅——或者她可能只是幻想到了自己住的小区？他们继续赶路，周围的空气似乎也不正常了，房子里灯火通明，像火把一样把他们周围照得很亮，运河微光闪闪，散发出一种邪恶的磷光。克拉丽感到自己的骨头快要散架了。

“到了。”卢克在一幢运河边的高房子门口突然停了下来。他用力地踢门，大声叫喊。门油漆成鲜艳的红色，红得有些太鲜艳了，一条金色的如尼文点缀在上面。克拉丽凝神注视时，如尼文逐渐融化，然后开始跑动，最后形成一个极其丑陋露出牙齿的头颅。这不是真的，她激动地告诉自己，捏紧拳头以防尖叫出来。她咬紧嘴唇直到嘴巴里有血的味道。

疼痛让她暂时清醒过来。门猛地打开了，一个身穿黑色衣裙、脸上布满皱纹、显得既愤怒又惊讶的妇女出现在他们眼前。她的头发很长，两条辫子里跑出一团乱蓬蓬的灰棕色头发。她的蓝眼睛看上去很熟悉，手里握着一颗散发着微光的巫光如尼石。“是谁啊？”她质问道，“你想干什么？”

“阿玛提斯，”卢克抱着克拉丽走进巫光的光圈里，“是我。”

妇人的脸顿时变得惨白，身体摇摇晃晃，只得伸出一只手扶住门廊支撑自己。“卢西恩？”卢克想要往前走近一步，但这个妇人——阿玛提斯——挡住了他的路。她激动地摇着头，两条辫子来回地甩来甩去。“你怎么能来这里，卢西恩？你怎么敢来这里？”

“我没有选择。”卢克把克拉丽抱得更紧了，她咬紧嘴唇叫了一声。她的整个身体像着了火一样，每根神经末梢灼痛难忍。

“那么，你必须走，”阿玛提斯说，“如果你马上走的话——”

“我来这里不是为了我自己。我来这里是为了这个女孩。她就快死了。”妇人目不转睛地盯着他，他则说道：“阿玛提斯，求你了。她是乔斯琳的女儿。”

接下来是一段很长时间的沉默，阿玛提斯像一尊雕像似的立在门口，一动不动。她好像冻僵了一般，克拉丽猜不出是因为惊讶还是因为恐惧。克拉丽握紧拳头——她的手掌上因为紧握着的指甲扎进了掌心而出血了，黏糊糊的——但现在就连疼痛也无济于事了。世界在柔和的色彩中分崩离析，像智力拼图似的在水面漂流。这个年长的妇女从门口向后退了一步，说道：“好吧，卢西恩。你把她抱进来吧。”而此刻，克拉丽几乎听不见阿玛提斯的声音了。

西蒙和杰斯返回起居室时，艾琳已经在两张长沙发之间的茶几上摆好吃的了。有面包和奶酪，一块块蛋糕，苹果，甚至还有一瓶酒，他们不让麦克斯碰这个。他坐在一个角落里，手里拿着一盘蛋糕，一本书摊开在膝盖上。西蒙很同情他。在大声欢笑和尽情聊天的这群人中，他感到特别孤独，或许麦克斯也一样吧。

他注视着艾琳伸手拿一片苹果时用手指碰了一下杰斯的手腕，他感到自己心里一紧。但这是你希望他做的事情，他告诫自己，然后不知为何他无法排解克拉丽正在受到漠视的感觉。

杰斯越过艾琳的脑袋，看着他的眼睛，微笑起来。不知怎么回事，即使他不是吸血鬼，他也能挤出一个貌似露出满口尖牙的笑容。西蒙别开头，扫视了一下房间，没理睬他。他注意到先前他听到的音乐不是从立体声机传来的，而是从一个外观复杂的机器装置里发出的。

他本想跟伊莎贝尔说说话，但她正在跟塞巴斯蒂安聊天，他低着头，那张优雅的脸正专注地看着她，听她讲话。杰斯以前还嘲笑过西蒙对伊莎贝尔的迷恋，但塞巴斯蒂安毫无疑问能搞定她。暗影猎手们所受的教养就是为了对付任何事情，难道不是吗？尽管杰斯表示他计划只做克拉丽的哥哥时脸上流露出的表情让西蒙感到怀疑。

“我们没有酒了，”伊莎贝尔宣布，她砰的一声把酒瓶放在茶几上，“我再去倒一些。”她朝塞巴斯蒂安眨了眨眼睛，然后消失在厨房里。

“你好像有些安静，如果你不介意我这么说的话。”塞巴斯蒂安开口说，他斜靠在西蒙的椅背上，脸上挂着让人消解怒容的笑容。对一个头发如此乌黑的人而言，西蒙心想，塞巴斯蒂安的皮肤格外白皙，仿佛他没怎么晒过太阳一样。“一切都好吗？”

西蒙耸了耸肩。“在这场谈话中可没多少我插话的空间啊。似乎都是些我从未听说过的暗影猎手的政治事件或知名人物，或者是两者兼而有之的话题。”

笑容消失了。“我们可以成为非常亲密的圈子，我们拿非力人。那些被外界排除的人就是按照这种方式团结起来的。”

“难道你不认为是你们把自己排除在外的吗？你们鄙视普通人类——”

“‘鄙视’这个词有点严重，”塞巴斯蒂安说，“你真的以为人类世界想跟我们有任何关系吗？我们存在的全部意义就在于，无论何时他们自我安慰说这个世界上没有真正的吸血鬼，没有真正的魔鬼或恶魔时，我们作为活着的记忆，提醒他们这不过是在自欺欺人罢了。”他扭头看着杰斯，西蒙意识到他已经一言不发地盯着他们俩好几分钟了，“难道你不同意吗？”

杰斯笑道：“De ce crezi că vă ascultam conversatia？”①

塞巴斯蒂安兴致勃勃地直视他的眼神，满脸愉悦。“M-ai urmărit de cǎnd ai ajuns aici，”他回答，“Nu-mi dau seama dacă nu mă placi ori dacă ești atât de bănuitor cu totată lumea.”② 他站起身来，“我很喜欢练习罗马尼亚语，倘若你不介意的话，我要去看一看伊莎贝尔怎么在厨房待了那么久。”他走进过道，然后消失了，留下杰斯盯着他的背影，一脸的迷惑不解。

---

① 罗马尼亚文，大意为：“为什么你认为我在听你们讲话呢？”

② 罗马尼亚文，大意为：“你来到这里后就一直跟着我。我不确定你是不喜欢我呢，还是你对每个人都那么怀疑。”

“有什么问题吗？他完全不会说罗马尼亚语吗？”

“会说，”杰斯说，稍稍皱起了眉头，“他会说，他说得还挺好。”

西蒙还没来得及问他这么说是什么意思时，亚历克进来了。他皱着眉，和他离开时一样。他的眼神在西蒙身上停留了片刻，那双蓝色的眼睛里几乎写着困惑两个字。

杰斯抬头看着他。“那么快就回来了？”

“不会待很久。”亚历克弯腰从茶几上顺手抓起一只苹果，手上还戴着手套。“我回来就是要带走——他，”他说，用拿着苹果的手指了指西蒙，“防御厅要召见他。”

艾琳一脸惊讶。“真的吗？”她说，但杰斯已经从沙发上站起来，挣脱了她的手。

“召见他做什么？”他问，平静背后危险逼人，“我希望你——至少在答应把他交上去之前弄清楚原因。”

“我当然问过了，”亚历克厉声说，“我又不笨。”

“哦，得了。”伊莎贝尔说。她和塞巴斯蒂安一起出现在门口，后者手里还拿着一瓶酒。“有时候你有点儿傻，你知道。只是有一点儿。”她重复了一遍，亚历克则愤怒地给了她一个杀死她的眼神。

“他们要把西蒙送回纽约，”他说，“通过移空门。”

“但是他才到这里！”伊莎贝尔嘟着嘴抗议，“那可不好玩！”

“本来就不是玩来着，伊莎。西蒙来到这里只是个意外，所以圣廷认为最好的办法就是送他回家。”

“好极了，”西蒙说，“说不定在我妈妈注意到我失踪之前我就能回家了呢。这里和曼哈顿的时差有多少？”

“你有妈妈？”艾琳惊叹道。

西蒙故意没理会。“真的，”西蒙说话时，杰斯和亚历克交换了个眼色，“没事。我只想离开这个地方。”

“你跟他一起去？”杰斯问亚历克，“要确保一切顺利，好吗？”

他们两个人相互看着对方，那种神情是西蒙熟悉的。他和克拉丽有时候彼此互看时也会这样，他们不想父母知道他们在计划什么时会交换带着暗号的眼神。

“怎么啦？”他看着一个，然后又看向另一个，问道，“出什么事了吗？”

他们没再看对方，亚历克看向别处，杰斯则看了看西蒙，眼神空洞却含有笑意。“没什么，”他说，“一切正常。恭喜你，吸血鬼——你就要回家了。”

第四章

日光行者

夜幕降临在阿利坎特，西蒙和亚历克离开潘海洛家赶往山上的防御厅。城市的街道很狭窄，弯弯曲曲的，在月光中像苍白的石头丝带一样慢悠悠地向上迂回。

亚历克一路上沉默不语，大步走在西蒙的前面，好像假装他是一个人似的。如果是转变之前西蒙必须气喘吁吁才能跟得上，但现在他发现只要加快步伐他就能赶上亚历克。“肯定糟透了，”西蒙终于开口说，而亚历克则闷闷不乐地盯着前方，“我的意思是，被迫护送我。”

亚历克耸了耸肩。“我已经十八岁，成年了，所以我必须肩负责任。我是圣廷在会议期间唯一能进出防御厅的人，此外，执政官认识我。”

“执政官是干什么的？”

“他像圣廷的高官，负责计算长老会的投票数，解释圣廷的《大律法》，下达《大律法》并通知大审判官。如果你主管学院并遇到自己不知道如何解决的问题，你可以联系执政官。”

“他通知大审判官？我以为——难道大审判官不是死了吗？”

亚历克不屑地哼了一声。“这就好比在说‘难道总统不是死了吗？’是啊，大审判官死了；现在有新的了，大审判官奥尔德特里。”

西蒙往山下瞟了一眼，远远地看见山下运河的水变成黑乎乎的了。他们已经离城很远，正吃力地走在一条狭窄的大路上，两边并立着苍郁的树木。“听我说，大审判官们以前并没有很好地为我们老百姓服务，”亚历克的脸上毫无表情，“别介意，这就像盲呆的历史笑话一样。你不会感兴趣。”

“你不是盲呆，”亚历克指出，“那就是艾琳和塞巴斯蒂安为什么那么兴奋地想看你一眼的原因。不过你在塞巴斯蒂安身上看不出来这一点，他的行为举止显得好像他什么都见过似的。”

西蒙想都没想就接过话茬。“他和伊莎贝尔是……他们两个是不是有些那个啊？”

他这么一问反而使亚历克吃惊地大笑出来。“伊莎贝尔和塞巴斯蒂安？几乎不可能。塞巴斯蒂安人品不错——伊莎贝尔只喜欢跟我父母讨厌的那些彻头彻尾不合适的男孩子交往。盲呆、暗影魅族、小混混……”

“谢啦，”西蒙说，“我很高兴被归入具有犯罪元素的那一类。”

“我想她这么做是为了引起别人的关注，”亚历克说，“她也是家里唯一的女孩，所以她得不断地证明自己是多么的坚强。或者说，至少她心里是这么想的。”

“也可能是她想掩护你，以免引起别人的关注，”西蒙几乎心不在焉地说道，“你知道，因为你父母完全不知道你是同志啊。”

亚历克在路当中突然停了下来，西蒙差一点就撞到他身上。“是不知道，”他说，“显然其他人都知道。”

“除了杰斯，”西蒙说，“他不知道，是不是？”

亚历克深深地吸了一口气。他脸色苍白，西蒙心想，或者是因为月光洗去了万物的色彩。他的眼睛在黑暗中很黑。“我真不知道这跟你有什么关系。除非你是想威胁我——”

“想威胁你？”西蒙大吃一惊，“我没有——”

“那么为什么？”亚历克质问道，他的声音中突然多了一种因为脆弱而更显尖锐的语气，这让西蒙吓了一跳，“为什么提起这件事？”

“因为，”西蒙说，“你大多数时候似乎都很讨厌我。我并没那么往心里去，即使我救过你一命。你似乎有点憎恨全世界。此外，我们俩实际上根本没什么相同点。但我看见你看杰斯的眼神，从中我看到自己就是这样看克拉丽的，我猜——或许我们有一点是相同的。或许这会让你不那么讨厌我吧。”

“那么你不打算告诉杰斯吗？”亚历克说，“我的意思是——你向克拉丽表白过，而……”

“而这并不是个好主意，”西蒙说，“我现在一直在想，像这样的事情发生之后又如何能回到从前。我们俩是否还能继续做朋友，或者我们曾经拥有的会被破坏得支离破碎。并不是因为她，而是因为我。或许如果我能找到别人……”

“别人。”亚历克附和道。他又开始走路了，走得非常快，眼睛盯着前方。

西蒙赶紧跟上。“你懂我的意思。比如，我觉得马格纳斯·贝恩真的很喜欢你。而且他很酷。不管怎样，他常常开很棒的派对。即使那时候我确实被变成了老鼠。”

“感谢你的建议，”亚历克冷冰冰地说，“但我认为他并没有那么喜欢我。他来学院打开移空门时都没怎么跟我讲过话。”

“或许你该打电话给他，”西蒙建议，尽量不去想给恶魔猎手出主意怎样才可能跟巫师约会有多诡异。

“不能，”亚历克说，“伊德里斯没有电话。不过，没关系。”他的语气很生硬，“我们到了，这里是防御厅。”

一座高墙矗立在他们面前，上面镶嵌着两扇巨大的门，门上雕刻着棱角分明的螺旋状如尼文，尽管西蒙没法像克拉丽那样读懂它们，但他看得出这些复杂的符号里蕴含着一种令人眩晕的东西，从中散发出一种力量感。天使石雕在两边守卫着大门，它们的脸凶猛而美丽。每个天使手里都握着一柄雕刻的剑，在它脚下躺着一个身体扭曲的小东西，已经奄奄一息了——它是老鼠、蝙蝠和蜥蜴三种动物的混合体，露出恶心的毒牙。西蒙站着看了很久。恶魔，他猜——但它们也极有可能是吸血鬼。

亚历克把门推开，示意西蒙走过去。一走进来，西蒙就迷茫地眨着眼睛四处张望。自从他变成吸血鬼以来，他的夜视能力强化了许多，能在黑暗中看得清清楚楚，堪比激光扫描。但通往防御厅大门的路两侧排列着的许多火把是由巫光制成，刺眼的白光似乎将周遭一切的细部全都漂白了。他迷迷糊糊地意识到亚历克正领着他沿着一条狭窄的石头小路往前走，反射的巫光把路照得闪闪发亮，接着有人站在他面前的小道上，抬起一条胳膊挡住了他的去路。

“他就是那个吸血鬼吗？”说话的声音低沉得近乎雷鸣。西蒙仰起头来看，先前使他眼睛刺痛的光现在则开始让眼睛灼痛难忍了——倘若他还能流泪的话，眼泪早就流出来了。巫光，他心想，天使之光可以烧死我。我猜这一点儿也不意外。

站在他们面前的那个人非常高大，菜黄色的皮肤松垮垮地挂在突出的颧骨上。一圈黑色的头发剪得很短，额头很高，尖尖的鼻子呈鹰钩状。他低头看着西蒙时，让人不禁想起某个乘坐地铁上下班的乘客看见一只大老鼠在铁轨上跑来跑去，恨不得火车进站时把它一下子给碾死的那种表情。

“这位是西蒙，”亚历克介绍他的时候略有些迟疑，“西蒙，这位是执政官马拉奇·迪厄多内。先生，移空门准备好了吗？”

“准备好了。”马拉奇说。他的声音很刺耳，略带一些口音。“一切准备妥当。来吧，暗影魅族，”他向西蒙点头示意，“这一切结束得越早越好。”

西蒙向这位最高官员走过去，但亚历克一把抓住他的胳膊制止了他。“等一下，”他对执政官说道，“他会被直接送回曼哈顿吗？那边会有人等着他吗？”

“实际上，”马拉奇说道，“是大巫师马格纳斯·贝恩。既然是他不明智地允许吸血鬼进入伊德里斯，那么就该由他负责接他回去。”

“如果马格纳斯没让西蒙穿过移空门的话，他早就死了。”亚历克有些尖锐地说道。

“可能吧，”马拉奇说，“那是你父母的说法，圣廷选择相信他们。实际上，这有违我的建议。任何人不得轻率地带暗影魅族进入玻璃之城。”

“这件事跟轻率毫无关系，”愤怒在西蒙的心里翻滚起来，“我们遭到袭击——”

马拉奇转而盯着西蒙。“没人问你可别多嘴，暗影魅族。”

亚历克的手把西蒙抓得更紧了。他脸上有种表情——一半犹豫，一半怀疑，仿佛他在怀疑带西蒙来这里到底是不是明智之举。

“啊，执政官，真的！”穿透花园的声音很尖，有点喘不过气来，西蒙有些吃惊地看见说话的是个男人——一个身材矮小圆滚滚的男人一路小跑着朝他们奔过来。他穿着一件灰色斗篷，下面是一身暗影猎手战斗服，秃顶的头在巫光下闪着光。“没必要惊动我们的客人。”

“客人？”马拉奇勃然大怒。

小个子男人在亚历克和西蒙面前停了下来，对他们俩笑着说：“我们很高兴——实际上是很满意——你决定与我们合作，同意我们返回纽约的请求。这让我们的事好办多了。”他朝西蒙眨了眨眼睛，西蒙则一脸茫然地看着他。他想自己从未见过哪个暗影猎手看到他会很开心——他还是盲呆时就不会，现在他变成了吸血鬼就更不可能了。“噢，我差点忘记了！”小个子男人自责地拍了拍自己的额头，“我都忘了介绍自己。我是大审判官——新的大审判官。大审判官奥尔德特里就是在下。”

奥尔德特里向西蒙伸出手，尽管西蒙心里一片混乱，他还是握住了他的手。“那么你，你的名字是西蒙啰？”

“是的。”西蒙说着赶紧把手抽了回来。奥尔德特里的手黏糊糊的，很不舒服。“没必要感谢我。我只想回家。”

“我肯定你想回家，我肯定你想回家！”尽管奥尔德特里的语气很愉悦，他说话的时候脸上却闪过一丝西蒙无法确定的表情。那表情不一会儿就消失了，奥尔德特里笑了笑，用手指着弯弯曲曲沿着防御厅延伸开去的一条狭窄小路。“请走这边，西蒙，如果你愿意的话。”

西蒙往前走，亚历克正准备跟过去。大审判官举起一只手。“我们需要你做的就到此为止了，亚历山大。谢谢你的帮助。”

“但西蒙——”亚历克刚开口。

“会没事的，”大审判官宽慰他道，“马拉奇，请送亚历克出去。给他一根巫光如尼石杖，让他带回家，要是他自己没带的话。晚上路途险恶啊。”

他又欢乐地笑了笑，赶紧带着西蒙离开了，只留下亚历克眼巴巴地看着他们离去的背影。

整个世界突然在克拉丽的身边燃烧起来，几乎只留下触摸得着的一片模糊。卢克抱着她跨过门槛，走进一条长长的过道，阿玛提斯则手里拿着巫光石快速地走在他们前面。她神志不清地睁眼看着走廊在眼前展开，变得越来越长，就像进入梦魇的长廊一般。

世界倒向一边。突然她躺在一个冰冷的平面上，双手摩擦着盖在身上的一条毯子。一双蓝色的眼睛一动不动地俯视着她。“她似乎病得很重，卢西恩，”阿玛提斯说道，她的声音像旧唱片一样扭曲变形，“发生了什么事？”

“她喝了很多林恩湖的水。”卢克的声音渐渐远去，克拉丽的视线突然清晰起来：她正躺在厨房里铺了瓷砖的冰凉地面上，在她头上方的某个地方，卢克正在一个柜子里翻找东西。黄色的厨房墙壁已经斑驳脱落，旧式黑色铸铁炉靠着另一侧墙壁。火焰在炉子后面嗤嗤地跳跃着，刺痛她的双眼。“茴芹，颠茄，菟葵……”卢克转身离开柜子，抱了一堆瓶瓶罐罐，“你能把它们一起煮了吗，阿玛提斯？我要把她抱到炉子边上去，她在颤抖。”

克拉丽想说话，想说她不需要烤火，自己像火在燃烧，但从她嘴里跑出来的声音不是她想要的那种。卢克扶她起来时，她听见自己的呻吟声，接着传来一阵热量，使她左侧的身体开始融化——她根本没意识到自己很冷。她的牙齿咔嗒咔嗒地紧紧咬在一起，嘴巴里有股血腥味。世界开始在她周围像杯子里的水一样颤抖起来。

“梦之湖？”阿玛提斯满腹疑惑地问道。克拉丽看不清她的样子，但她似乎站在炉子边上，手里拿着一把长柄勺。“你们在那里干什么？乔斯琳知道你们——”

就在这时世界消失了，至少是真实的世界消失了，黄色墙壁的厨房，炉格下面舒适宜人的火。取而代之地，她看见林恩湖的水，里面反射着火焰，仿佛就在一片磨光玻璃的表面上一样。天使正走在玻璃上——天使的白色翅膀沾满鲜血，从背部撕裂，垂落下来，每个天使都长着杰斯的脸。接着又有其他的天使，长着黑色阴影的翅膀，他们用手触摸着火焰大声笑着……

“她一直在喊她哥哥，”阿玛提斯的声音听起来很空洞，仿佛从高得无法企及的头顶上过滤下来一样，“他与莱特伍德一家在一起，是不是？他们住在普林斯沃特大街的潘海洛家里。我可以——”

“不要，”卢克尖声说道，“最好不要让杰斯知道这件事。”

我在呼唤杰斯吗？我为什么会这么做？克拉丽想知道，但这个念头转瞬即逝。黑暗再次袭来，幻觉又攫住了她。这一次她梦见了亚历克和伊莎贝尔，他们俩看起来仿佛刚刚经历过一场激战似的，脸上满是污垢和眼泪。接着他们也不见了，她又梦见了一个没有脸孔的男人，背上长着一对像蝙蝠一样的翅膀。他笑的时候血从嘴巴里流出来。天哪，这一幕赶紧消失吧，克拉丽紧紧地闭上双眼……

过了很久她才再次浮出水面，听见身体上方的声音。“喝了这个，”卢克说，“克拉丽，你要喝掉这个。”接着一双手托住她的背部，液体从一个浸湿的碎布滴进她的嘴巴里。这个东西味道很苦，很难吃，她一下子噎住想要作呕，但托住她后背的手抓得很紧。她咽了下去，液体穿过她肿痛的喉咙。“就是这样，”卢克说，“就是这样，这样应该会好很多。”

克拉丽慢慢地睁开眼睛。跪在她旁边的是卢克和阿玛提斯，他们俩的眼睛几乎是完全一样的蓝色，都充满了同样的关心。她扫了一眼他们身后，什么也没看见——没有天使，也没有长着蝙蝠翅膀的恶魔，只有黄色的墙壁和淡粉色的茶壶摇摇晃晃地放在窗台上。

“我会死吗？”她轻声问道。

卢克憔悴地笑了笑。“不会。完全恢复还得要一段时间，不过——你会活下来。”

“好吧。”克拉丽精疲力竭，什么都感觉不到，就连宽慰也感觉不到了。她感到所有的骨头都被抽掉了，只剩下软弱无力的皮肤。她昏昏欲睡地透过眼睫毛朝上看去，几乎不假思索地说道：“你们的眼睛一样。”

卢克眨了眨眼睛。“和什么一样？”

“和她的一样，”克拉丽说，疲倦不堪地将视线转移到一脸迷惑的阿玛提斯身上，“一样的蓝。”

一丝笑意从卢克的脸上闪过。“好吧，想来这没什么好惊讶的，”他说，“我之前一直没机会介绍你们认识。克拉丽，这位是阿玛提斯·希伦戴尔，我的姐姐。”

等亚历克和最高官员一走远，大审判官就没开口说话了。西蒙跟着他走上那条狭窄的巫光小道，尽力不看向那些光。他知道防御厅耸立在他的周围，就像轮船一侧的轮廓从海面上升起一样。光从窗户里耀眼地散发出来，使夜空蒙上一层银色的光。也有低矮的窗户，跟地面齐平。有几扇被封死了，里面黑漆漆的。

他们终于来到一扇镶嵌进大楼一侧的木门门口。奥尔德特里走向前打开锁，西蒙心里一紧。人类，自从他变成吸血鬼以后他就注意到，散发出一股随着情绪改变而改变的气味。大审判官发出一股苦涩而浓烈的味道，有点像咖啡，但更不好闻。西蒙感到下巴传来一阵刺痛，那意味着他的毒牙就要出来了，大审判官穿过大门时他赶紧向后退了回去。

眼前的门厅又长又白，几乎算得上是隧道，仿佛是用白岩刻凿出来的一样。大审判官急匆匆地往前走，手里的巫光从墙壁上反射出明亮的光来。对于这么矮小的一个人而言，他走得出奇地快，他一边走一边东张西望，还皱起鼻子仿佛是在闻空气的味道。西蒙只得赶紧跟上，他们穿过一扇巨大的双门，门像张开的翅膀那样开得很大。西蒙可以看见门那边的房间是个半圆形剧场，里面摆着一排排的椅子，每张椅子上都坐着个一身黑的暗影猎手。声音在墙壁上回响，许多人生气地提高了音量，经过时西蒙听见了谈话的片段，由于讲话的人七嘴八舌的，他们讲话的内容变得模糊难辨。

“但我们没有证据证明瓦伦丁想要什么。他从不跟别人交流他的想法——”

“他想要什么有何干系？他是叛徒，是骗子。你真以为任何息事宁人的努力最终会给我们带来好处吗？”

“巡逻队在布罗斯林德郊外发现了一具狼人小孩的尸体，你知道吗？血全被吸干了。看起来很像瓦伦丁已经在伊德里斯这里完成了仪式。”

“他得到了两件致命秘器，他拥有的力量超过了任何拿非力人有权拥有的。我们可能没有选择——”

“我的侄子死在了纽约的轮船上！在瓦伦丁作恶多端之后，我们不可能让他逃之夭夭！他必须得到惩罚！”

西蒙犹豫了一下，好奇地想听到更多，但大审判官像只不耐烦的肥蜜蜂一样在他旁边嗡嗡作响。“快点，快点，”他边说边在他面前晃动巫光，“我们没有多少时间可以浪费。我得在会议结束前赶回去。”

西蒙不情愿地任由大审判官推着他走在走廊上，“惩罚”这个词一直在他脑海里回荡。轮船上的那一夜留下的只有冰冷不悦的回忆。他们来到一扇刻着一枚黑色星形如尼文的大门前，大审判官掏出钥匙，打开门，张开胳膊摆出一个夸张的欢迎姿势，领着西蒙走了进去。

里面的房间空荡荡的，只有一张挂毯装饰，上面绣着天使从湖面升腾而起，一只手紧握圣剑，另一只手握着圣杯的图案。他见过圣杯和圣剑，这一事实暂时转移了西蒙的注意力。听见门哐当一声在他们身后锁上，西蒙方才意识到大审判官锁上了门，把他们两个关在了里面。

西蒙四下扫了一眼。除了一张凳子和旁边的一张桌子之外，房间里没有家具。一个装饰用的银铃摆放在桌子上。“移空门……在这里吗？”他不确定地问。

“西蒙啊西蒙，”奥尔德特里搓着双手，仿佛满心期待着生日派对或其他令人快乐的活动似的，“你真的那么着急离开吗？ 有几个问题我一直那么希望先问问你……”

“好吧，”西蒙不自在地耸了耸肩，“我想，问我你想问的任何问题吧。”

“你多么配合啊！多么高兴啊！”奥尔德特里面露喜色，“那么，准确来说，你变成吸血鬼有多久了？”

“大约两星期。”

“怎么发生的？你在街上被袭击，还是在晚上睡觉时？你知道是谁转变了你吗？”

“哦——不太确定。”

“但，我的孩子！”奥尔德特里叫起来，“你怎么可能不知道这样的事情呢？”他侧目投给西蒙的神情是开朗而充满好奇的。他好像没什么恶意，西蒙心想。就像某个人的爷爷或滑稽的老叔叔一样，那股苦味肯定是自己想象出来的。

“事情真的没那么简单。”西蒙说，然后解释了两次去迪蒙酒店的经过，一次是被变成老鼠，另一次是感到一种强烈的冲动，就像一只巨大的钳子抓住他推着他前往它们希望他去的任何地方那样。“你瞧，”他说完后感叹道，“我一走进酒店就遭到攻击了——我不知道他们当中哪一个转变了我，也不知道是不是他们每个人都有份。”

大审判官咕哝了几声。“噢，天啊，噢，天啊。那一点儿也不好。那非常令人难过。”

“我当然这么想。”西蒙同意道。

“圣廷不会满意。”

“什么？”西蒙迷惑不解，“为什么圣廷要关心我是怎么变成吸血鬼的？”

“好吧，你被袭击是一回事，”奥尔德特里抱歉地说，“但你自己走到那里去，好吧，将自己完全交给吸血鬼任其摆布，你明白了吗？看起来你好像倒有些想要变成吸血鬼。”

“我不想变成吸血鬼！那不是我去酒店的原因！”

“当然啦，当然啦，”奥尔德特里安抚地说道，“让我们换个话题，好吗？”没等西蒙回答，他就继续发问了，“吸血鬼让你活着再次站起来是怎么回事啊，年轻的西蒙？鉴于你擅闯他们的领地，按照他们的正常程序应该是吸干你的血直到你死亡为止，然后烧掉你的尸体以防你再次站起来。”

西蒙张嘴回答，告诉大审判官拉斐尔把他带到学院，克拉丽、杰斯和伊莎贝尔把他带到墓地，看着他从自己的墓穴里爬出来的来龙去脉。接着他犹豫了。他完全不知道《大律法》是怎么运作的，但他不知为何怀疑眼睁睁地看着吸血鬼站起来可能不是暗影猎手的标准程序，给他们提供血液也不是。“我不知道，”他说，“我不知道他们为什么没有直接杀死我而是转变了我。”

“但他们其中之一肯定让你喝了他的血，否则你不会……好吧，不会是你现在的样子。你是在说你不知道你的吸血鬼之父是谁吗？”

我的吸血鬼之父？西蒙从来没想过这件事——他把拉斐尔的血喝到嘴里几乎是个意外。而且很难把那个吸血鬼男孩跟父亲之类的联想到一起。拉斐尔看起来比西蒙小。“我恐怕不知道。”

“哦，天啊，”大审判官叹了一口气，“非常不幸。”

“什么不幸？”

“好吧，你对我撒谎啊，我的孩子，”奥尔德特里摇着头，“我是那么希望你会合作。这很糟糕，真的很糟糕。你不告诉我实情吗？就算帮个忙也行啊。”

“我跟你讲的就是实情！”

大审判官像没浇过水的花儿一样蔫了。“真可耻，”他又叹了口气，“真可耻。”接着他走到房间的另一边，急促地拍打着门，边拍打还边摇着头。

“怎么回事？”西蒙既感到警觉，又感到迷惑，“移空门呢？”

“移空门？”奥尔德特里轻声笑起来，“你当真以为我会让你离开，是吗？”

西蒙一个字都还没来得及说，门就砰的一声打开了，穿着黑色战斗服的暗影猎手涌入房间，架住了他。强有力的手紧紧抓住他的两条胳膊，他开始挣扎。一个头罩套在他的头上，遮住了他的眼睛。他在黑暗中乱踢一气。他的脚被绑了起来，还听到有人骂骂咧咧的。

有人狠狠地把他往后推，一个生气的声音在他耳边低吼：“再来啊，吸血鬼，我会把圣水倒进你的喉咙，看着你口里喷血而亡。”

“够了！”大审判官细细的担忧的声音像气球一样升了起来，“威胁够了！我只是想教训一下我们的客人。”他肯定是向前移动过，因为西蒙又闻到了那股奇怪的苦味，尽管他被紧紧地捂在头罩里。“西蒙啊西蒙，”奥尔德特里说道，“见到你我真的很高兴。我希望在防御厅的监牢里过一夜会产生预期的效果，第二天早上你会更加合作一些。一旦我们克服了眼前的这点小挫折，我仍然相信我们的前途是光明的。”他把手放在西蒙的肩膀上。“带他下楼，拿非力人。”

西蒙大叫起来，但是他的声音湮没在头罩中。暗影猎手们把他拖出房间，推着他往楼下走，一路上他们经过像迷宫一样永无止境的走廊，弯弯曲曲，百转千回。最后他们来到楼梯口，其中一个把他往前一推，他的脚底在台阶上打滑。他分辨不出他们身处何方——除了周围有一股潮湿黑暗的气味，像湿淋淋的石头一样。他们往下走的时候空气变得越来越潮湿，也越来越冰冷。

他们终于停了下来。传来一个刮擦声，像铁从石头上拖过一样，又有人把西蒙往前一推，他一下子趴倒在坚硬的地面上。接着传来响亮的哐啷声，是用力关门时金属碰撞发出的声音，然后传来一阵渐行渐远的脚步声。紧贴在他脸周围的那股令人窒息的炙热感消失了，他克制住想要大口喘气的冲动——他不需要呼吸。他知道这不过是条件反射罢了，但他胸口疼痛，仿佛他真的很缺氧似的。

他被关在一个四四方方、空无一物的石头房间里，一扇带铁栅栏的窗户嵌在墙壁里，窗户下放着一张看起来很硬的小床。通过一扇低矮的门，西蒙看见一个很小的卫生间，里面有水槽和厕所。西面的墙壁也装上了栅栏——粗厚的铁条连接着地面和天花板，深深地陷入地底下。一扇上了锁的铁门由铁条做成嵌入墙壁里，上面装着一个铜把手，一个复杂难懂的黑色如尼文刻在把手的表面。实际上，所有的铁栅栏上面都刻有如尼文，就连窗户上的铁条也包裹着细长的如尼文，犹如蛛丝一般。

尽管知道门肯定锁上了，西蒙还是忍不住大步走过去，一把抓住把手。一阵剧痛传遍他的手臂。他大叫一声把胳膊抽了回来，直勾勾地盯着自己的手。一缕烟从他被灼伤的手掌上升起来，皮肤上烫下一个错综复杂的图案。看起来像大卫星[①]镶嵌在圆圈里面，线条之间的空白处都画上了精致的如尼文。

这种痛感觉就像白热一样。一阵急促的喘息破口而出，西蒙的手本能地蜷缩起来。“这是什么？”他低声问道，尽管他知道没人听得见他讲话。

“是所罗门封印，”一个声音说道，“据他们所说，它包含着上帝的一个真名。由于它是你信仰的标志，故具有除恶降魔的功能，也包括你的族类。”

西蒙吓得直起身来，几乎忘记了手上的痛。“是谁啊？谁在说话？”

先是一阵停顿，接着这个声音说道：“我住在你隔壁的监牢里，日光行者。”是一个成年男子的声音，略有些沙哑。“这里的卫兵大半天都在讨论该怎么把你关进来。所以，我是不会费尽心机尝试把门打开的。你最好保留体力直到你弄清楚

---

① Star of David，✡，又称六芒星、大卫之星、所罗门封印、犹太星等，又或者直接被称为六角星，是犹太教和犹太文化的标志。以色列建国后将大卫星放在以色列国旗上，因此大卫星也成了以色列的象征。

圣廷想要从你这里得到什么。"

"他们不能把我关在这里，"西蒙抗议道，"我不属于这个世界。我的家人会发现我失踪了——我的老师——"

"他们会处理的。有一些简单得很的咒语——就连还处于初学阶段的巫师也能用——它们会让你父母产生一种错觉，使他们相信你有充分的理由不在家。学校组织的旅游啊，家访啊，这些都能做到，"这个声音说话时的语气既没有威胁也没有伤感，只是就事论事，"难道你真的以为他们以前没有让暗影魅族消失过吗？"

"你是谁？"西蒙声音沙哑地问，"你也是暗影魅族吗？这是他们关押我们的地方吗？"

这一次没有回答。西蒙又大叫了一声，但他的邻居显然已经说完了他想说的话。西蒙的叫声没有得到回应，回答他的只有沉默。

他的手没那么疼了。西蒙低头看着自己的手，他发现皮肤不再像之前烫伤得那么厉害了，但封印的痕迹印在了他的手掌上，好像是用墨水画在那里的一样。他回头望了一眼牢房的栅栏，现在他才意识到并不是所有的如尼文都是如尼文：刻在它们之间的是大卫星和和希伯来文中的托拉①线条。刻痕看起来是新的。

这里的卫兵大半天都在讨论着该怎么把你关进来，那个声音之前说过。

但这不仅仅是因为他是吸血鬼，真可笑。在一定程度上是因为他是犹太人。他们用半天的工夫在门把手上刻上了所罗门封印，这样一来他用手摸到时就会烫伤。他们花那么多功夫绞尽脑汁竟是为了利用他的信仰来对付他。

不知为何认识到这一点剥夺了西蒙最后的自信。他无力地坐到床上，双手抱着头。

亚历克从防御厅回来时，普林斯沃特大街一片漆黑，家家户户门窗紧闭，拉上了窗帘，偶尔有巫光路灯散发出一束白色的光投射到鹅卵石上。潘海洛家是这一街区最亮的一户人家——窗口散发着蜡烛的光芒，前门微开，洒落下一片黄色的光，一直延伸到人行道上。

杰斯坐在潘海洛家前院边的低石墙上，离他最近的街灯照亮了他的头发。亚历克走近时，他抬起头，稍稍打了个冷战。他只穿了一件薄外套，亚历克注意到，

---

① 托拉（Torah），犹太教的律法书，上帝向摩西启示的律法，记录于《旧约》首五卷，即《摩西五经》。

太阳落山后温度下降不少。晚秋的玫瑰散发出的清香飘散在寒冷的空气里。

亚历克在杰斯旁边坐了下来。“你一直在外面等我吗?”

“谁说我在等你?”

“一切顺利，如果那是你担心的事情的话。我把西蒙交给大审判官了。”

“你离开他了? 你没等到查明一切顺利之后才离开?”

“一切顺利，”亚历克重复道，“大审判官说他要亲自带他进屋，然后送他回去——”

“大审判官说，大审判官说，”杰斯打断他，“我们上次遇到的大审判官完全越权了——倘若她没死的话，圣廷会将她解职，或许甚至会诅咒她。谁又能保证这个大审判官不会也是个疯子呢?”

“他看起来还好啦，”亚历克说，“甚至算得上友善。他对西蒙彬彬有礼。瞧，杰斯——这是圣廷做事的规矩。我们没法控制发生的一切。但你得信任他们，要不然一切都会乱套的。”

“但是他们最近搞砸了不少事情——你得承认这一点。”

“或许吧，”亚历克说，“假如你开始认为自己比圣廷更英明，比《大律法》更明智，那到底是什么使你比大审判官更好呢? 或者比瓦伦丁更好呢?”

杰斯畏缩了，他的表情就像是被亚历克打了一顿似的，甚至更糟。

亚历克的心一沉。“对不起，”他伸出一只手，“我不是那个意思——”

突然一束明亮的黄色光芒划过花园。亚历克抬头看见伊莎贝尔站在大门口，光从她周围泼洒出来。只是个黑色剪影，但从她把手叉在腰间的姿势就看得出她很恼火。“你们俩在外面干什么?”她大喊道，“大家都在担心你们俩跑到哪里去了。”

亚历克转过头看着他的朋友。“杰斯——”

但杰斯站起身来，没理睬亚历克伸出来的手。“最好你对圣廷的看法是对的。”他只说了这么一句。

亚历克看着杰斯气冲冲地走进屋里。西蒙的声音不请自来地在他的脑海里响起。我现在一直在想，像这样的事情发生之后又如何能回到从前。我们俩是否还能继续做朋友，或者我们曾经拥有的会被破坏得支离破碎。并不是因为她，而是因为我。

大门关上了，留下亚历克一个人孤零零地坐在昏暗的花园里。他闭了一会儿眼睛，一张脸在他眼前摇摆。不是杰斯的脸，这一次变了。脸上的那双眼睛是绿色的，瞳孔裂成一条缝。是猫眼。

他睁开眼睛，把手伸进口袋里，掏出一支笔，从他用来写日记的螺旋装订的笔记本上撕下一张纸来。他在上面写了几个字，然后，用石杖在页脚处画了一个生火的如尼文。火点燃的速度比他预期的要快。纸张燃烧时他赶紧松开手，纸片像萤火虫一样飘浮到了半空中。没过多久就只剩下一片灰烬，像白色的粉末一样轻轻飘落到玫瑰花丛上。

第五章

记忆问题

午后的阳光惊醒了克拉丽，一束苍白的光直接照在她的脸上，把她的眼睑内部照成了炙热的粉红色。她在焦躁不安中醒来，疲倦地睁开眼睛。

她已经不再发烧了，骨头散架的感觉也消失了。她坐起来，好奇地四下张望。她肯定是在阿玛提斯的客房里——房间很小，墙壁粉刷成白色，床上铺着一条颜色鲜艳的旧羊毛毯。圆形窗户上方的蕾丝窗帘拉了起来，一圈圈光照射进来。她慢慢地坐起身，等待眩晕向她袭来。但什么也没发生。她感到健康得很，甚至休息得也很充分。起床之后，她低头打量了一番自己。有人给她换上了一套硬挺的白色睡衣，不过现在已经皱巴巴的，而且穿在她身上也显得太大。长长的袖子滑稽地挂在她的手指上。

她向一扇圆形窗户走过去，眯着眼睛向外望。许多古金色石头房子在一座坡上拔地而起，屋顶上的木瓦好像镀成了铜色。房子的这面背对着运河，面对着一个狭小的花园，里面秋意正浓，满园的棕色和金色。藤蔓顺着格棚爬到房子的一面墙上，最后一朵玫瑰悬挂在上面，棕色的花瓣低垂下来。

门把手嘎嘎地响了一声，克拉丽赶紧爬回床上，这时阿玛提斯走了进来，手里端着一个盘子。看见克拉丽醒了，她的眉毛都竖起来了，但她什么都没说。

“卢克在哪里？”克拉丽问，她把毯子紧紧地拉扯到身旁以寻求安慰。

阿玛提斯把餐盘放在床边的桌子上。上面有一杯热的东西，还有几片黄油面包。“你该吃点儿东西，”她说，“这样的话，你会感觉好很多。”

“我很好，”克拉丽说，“卢克呢？”

桌子旁边有一把高背椅，阿玛提斯坐了下来，双手叠在一起放在膝盖上，平静地看着克拉丽。在日光中，克拉丽能更清楚地看出她脸上的皱纹——她看上去比克拉丽的母亲大许多岁，尽管她们的年龄可能并没有相差那么大。她那棕色的头发上已经爬满了银丝，眼周也是一圈圈的深粉色，仿佛她一直都在哭泣似的。“他不在这里。”

“不在这里是指他去街角的杂货店买六瓶无糖可乐和一盒香脆甜甜圈呢，还是……”

“他今天早上离开了，大概黎明时分，在你身旁守了一整夜之后。至于他要去哪里，他没讲得很清楚，”阿玛提斯不动声色，要是克拉丽没有正在难过的话，她或许还会颇有兴致地注意到这种说话方式使她更像卢克了，“他住在这里的时候，在他离开伊德里斯之前，在他被……转变之后……他率领一支狼群在布罗斯林德森林那里安家。他说他要回到他们那里去，但他不愿意说出个中原委，也没有说去多久——只是交代说过几天就回来。”

“他就……就这样把我留在这里了？我是不是该坐在这里等待他回来？”

“哦，他没办法把你带在身边吧，可不是？”阿玛提斯问道，“你们回家也不容易。像你这样来到这里已经触犯了《大律法》，圣廷不会无视此事，也不会大度地放你们走。”

“我不想回家，”克拉丽努力打起精神，“我来这里是为了……见一个人。我有事要办。”

“卢克告诉我了，”阿玛提斯说，“让我给你个建议吧——只有当拉格纳·菲尔想现身的时候你才能找到他。”

“可是——”

“克拉丽莎，”阿玛提斯若有所思地看着她，“我们时刻提防着瓦伦丁发动攻击。在伊德里斯几乎每个暗影猎手都在城里，在魔法屏障里面。留在阿利坎特对你而言是最安全的选择。”

克拉丽一动不动地坐着。理智告诉她阿玛提斯的话很有道理，但她的话没法平息她心中不能继续等待的尖叫声。她现在就要去找拉格纳·菲尔，她现在就要救她妈妈，她现在就要去。她吞下心中泛起的恐慌，尽量用漫不经心的语气说话。“卢克从来没跟我说起过他有个姐姐。”

“没有，”阿玛提斯说，“他不会说的。我们不是——很亲。”

“卢克说你姓希伦戴尔，”克拉丽说，“但那是大审判官的姓，难道不是吗？”

“是的，”阿玛提斯说，她的脸绷紧了，仿佛这些话令她感到痛苦，“她是我的婆婆。”

卢克告诉过克拉丽有关大审判官的什么事情来着？他说过她有个儿子，与一个有“让人不齿的亲戚”的女人结了婚。“你嫁给了斯蒂文·希伦戴尔？”

阿玛提斯大吃一惊。“你知道他的名字？”

“我知道——卢克告诉过我——但我以为他的妻子已经去世了。我以为那就是为什么大审判官那么——”可怕，她想要说，但这么说好像很残忍，“充满怨气。”

阿玛提斯伸手去接她拿过来的杯子，举起杯子时她的手有些颤抖。“是的，她确实死了。那位是瑟琳娜——斯蒂文的第二任妻子。我是第一任。”

“你们离婚了吗？”

“差不多是那样，”阿玛提斯把杯子塞给克拉丽，“听着，喝了这个。你得往肚子里塞点东西。”

克拉丽心不在焉地接过杯子，咽下一口热乎乎的东西。里面的液体很浓稠，有点儿咸——不是茶而是汤，跟她想的不一样。“好吧，”她说，“那么，怎么会这样呢？”

阿玛提斯望着远处。“当卢克被——当卢克遭遇了那一切之后，瓦伦丁需要一名副手。他选择了斯蒂文——我们俩刚刚加入集团。他选择斯蒂文时就确定他最亲密的朋友和顾问的妻子有这样的亲属关系恐怕不太适合，她的弟弟是——”

“狼人。”

“他用了另外一个词，”阿玛提斯的语气充满怨恨，“他使斯蒂文信服到宣告我们的婚姻无效，还为他找了另一个妻子，瓦伦丁专门为他挑选的。瑟琳娜那么年轻，对他言听计从。”

“那太可怕了。”

阿玛提斯摇着头冷淡地大笑起来。“那是很久以前的事情了。我觉得斯蒂文人很好——他把房子留给了我，回到希伦戴尔庄园跟父母和瑟琳娜住在一起。在那之后我再也没见过他。当然，我离开了集团。他们不会再想要我。他们当中唯一来看我的那个人就是乔斯琳。她甚至还告诉我自己去看卢克时……”她把一缕灰发推回到耳后，“事情发生很多天之后我才听说斯蒂文的死讯。而瑟琳娜——我曾经恨过她，但那时我为她感到难过。她割脉自杀了——到处都是血——”她深深地吸了一口气，“我后来在葬礼上看见过伊莫金，他们把斯蒂文安葬在希伦戴尔家的墓园里。她好像连我也没认出来。从这之后没过多久，他们就任命她为大审判官。圣廷觉得没有哪个人会像她那样残酷无情地追捕集团以前的成员——他们是对的。假如她能用他们的血洗却她对斯蒂文的记忆的话，她就会那么做。”

克拉丽想到大审判官冰冷的双眼，她冷酷无情、眯起眼睛盯着别人的眼神，不禁为她感到难过。“我想这让她发了疯，”她说道，“真的疯了。她对我极不友好——但大多数时候是对杰斯，就好像她要置他于死地似的。”

“这也说得过去，”阿玛提斯说，“你跟你妈妈很像，你妈妈抚养你长大，而你哥哥——”她把头歪向一边，“他跟瓦伦丁长得很像吗？就像你跟你妈妈很像那样。”

“不像，”克拉丽说，“杰斯就像他自己。”想到杰斯让她浑身一颤，“他在阿利坎特，”她不由自主地把心里的想法说了出来，“如果我能见到他——”

“不行，”阿玛提斯严厉地说，“你不能离开这座房子。不能见任何人。而且绝对不可以见你哥哥。”

“不能离开这座房子？”克拉丽感到太可怕了，“你的意思是我就困在这里了？像囚犯一样？”

“只需要一两天，”阿玛提斯规劝她，“此外，你还没好。你需要康复。湖水差点要了你的命。”

“但是杰斯——”

“是莱特伍德家的一员。你不能到那里去。他们一看到你就会报告圣廷你来这儿了。接着你就不会是唯一违反《大律法》的人。卢克也会遇到麻烦。”

但莱特伍德家不会背着我报告圣廷。他们不会那么做——

她欲言又止。她不可能使阿玛提斯信服，十五年前她认识的莱特伍德一家已经不复存在，罗伯特和玛丽斯不再是盲从的狂热分子了。这个女人可能是卢克的姐姐，但对克拉丽而言她仍然是陌生人。对卢克而言几乎也是陌生人。他有十六年没见过她了——他甚至从没提起过有这么个人存在。克拉丽斜靠在枕头上，佯装累了。“你说得对，”她说，“我感到不舒服。我想我最好睡觉吧。”

“好主意，”阿玛提斯探过身体，从她手里接过空杯子，“如果你想冲个澡的话，盥洗室就在门厅对面。床脚下面有一只大箱子，里面装着我的旧衣服。你的身材看起来跟我当年这么大的时候差不多，所以，你可能穿得上。不像睡衣。”她补充了一句，然后笑了笑，这个笑容很淡，克拉丽没有回给她一个笑容。她正忙着克制由于挫败而捏紧拳头击打床垫的冲动，无暇他顾。

门在阿玛提斯身后关上后，克拉丽立马就从床上爬起来，朝盥洗室走去，希望站在热水里能帮助她清醒一下。令她欣慰的是，暗影猎手们尽管各方面都很老派，但他们似乎还是相信现代化管道和冷热自来水。甚至还有一块散发着浓烈柑橘味的肥皂洗去她头发上挥之不去的林恩湖的味道。她裹着两条浴巾出来的时候，感觉好多了。

回到卧室，她就开始在阿玛提斯的箱子里翻来翻去。她的衣服收纳得整整齐齐，每层之间还隔着挺括的纸。里面放着的衣服看起来像校服——美利奴羊毛外套，胸口处的口袋上背靠背缝着四个C形图案，百褶裙，还有袖口窄小、领尖钉有纽扣的衬衣。一条白色连衣裙裹在一层层的薄纸里，小心翼翼地单独收纳在一边——是结婚礼服，克拉丽心想。下面还有另一条裙子，是银色丝质面料做成的，细长的镶珠肩带支撑起裙子轻薄的重量。克拉丽想不出阿玛提斯穿着它的样子，但——这肯定是我妈妈和瓦伦丁跳舞时会穿的礼服，她情不自禁地想道，不由自主地让裙子从手中滑落到箱子里，它的面料柔软而凉爽。

接着是一套暗影猎手战斗服，收纳在最底层。

克拉丽拉出这些衣服，好奇地在膝盖上把它们铺开。她第一次见到杰斯和莱特伍德一家时，他们都穿着战斗服：由耐磨面料做成的紧身黑衣裤。近观之下，她发现面料本身没有弹性，反而很僵硬，是一种皮料，只有在连续重击后才会变得平坦而富有弹性。上衣是拉链式夹克款，裤子上有做工精美的皮带环。暗影猎手的皮带很大，也很结实，是用来挂武器的。

她当然应该穿其中一件毛衣，或许再配一条裙子。那或许是阿玛提斯希望她穿的衣服。但战斗服却对她有种莫名的吸引力。她一直很好奇，一直想知道穿上这身衣服会有什么样的感觉……

几分钟后浴巾挂在了床尾的横杆上，克拉丽看着镜子里的自己备感惊讶，但却没有感到一丝乐趣。战斗服很合身——很贴身，但又不是太紧，紧紧裹着她的腿和胸部，凸显出她身体的曲线。实际上，这使她看起来有曲线，这倒是新鲜事一桩。衣服没让她看起来令人望而生畏——她怀疑没什么东西能做到这一点——但至少她看起来要高一些，头发在黑色面料的映衬下显得格外亮眼。实际上，我看起来像妈妈，克拉丽心里不由一惊。

而她的确像母亲。乔斯琳在她那张娃娃般的脸庞下隐藏着一颗坚韧如钢的心。克拉丽常常想知道，在母亲身上曾经发生了什么事才使她变成如今的她——坚强不屈，顽固无畏。你的哥哥跟你像乔斯琳一样像瓦伦丁吗？阿玛提斯曾经问过，克拉丽本来想回答她说自己一点都不像她妈妈，她妈妈很美，但她不美。不过，阿玛提斯认识的乔斯琳是那个策划推翻瓦伦丁的女孩，她秘密地打造了拿非力人和暗影魅族界的联盟，从而粉碎了集团，并拯救了《圣约》。那个乔斯琳绝不会同意在她世界里的一切都崩溃的时候仍然静悄悄地待在这个房子里坐以待毙。

克拉丽没停下来想一想就穿过房间，闩上门闩并锁上锁，接着她走到窗户边，推开窗。格子架就在那里，紧紧地靠着石头墙壁的一侧——就像一部梯子，克拉丽告诉自己。就像一部梯子——而且梯子是绝对安全的。

深深地吸了一口气，她向外爬上了窗台。

第二天卫兵回来押解西蒙，他们把他从睡梦中摇醒，他本来已经累得不行，还一阵阵地做着奇奇怪怪的梦。这一次他们把他带上楼时没有给他戴上头罩，他飞快地透过隔壁牢房的铁栅栏门朝里望了一眼。倘若他期望看到前一天晚上跟他说话的那个沙哑声音的主人，那他注定要失望了。透过铁栅栏唯一看得清的只是好像没有人要的破布堆。

卫兵们赶着西蒙走过好几条灰色的长廊，只要他往任何方向稍微看得久一些，他们就会赶过来使劲摇晃他。最终他们在一间贴着许多墙纸的房间停了下来。里面挂着许多身着暗影猎手战斗服的男男女女的画像，相框上装饰着图案各异的如尼文。在其中一幅最大的画像下面摆放着一张红色长沙发，大审判官就坐在这里，手里还拿着一个看起来像银质杯状的东西。他把它递给西蒙。“血？”他询问道，“你现在肯定饿了。”

他把杯子朝西蒙倾斜，一看见里面盛着的红色液体，他就感受到巨大的冲击，这与他闻到血液气味的反应如出一辙。他的血管因此紧绷起来，宛若被操纵木偶的人手中的线控制一样。这种感觉很不舒服，几乎令人痛苦。“这个是……人血吗？”

奥尔德特里轻声笑了。“我的孩子！别犯傻了。这是鹿血。非常新鲜。”

西蒙什么也没说。他的下嘴唇一阵刺痛，毒牙随即滑出鞘状覆盖层，他在自己的嘴巴里已经尝到了血的味道，这使他满心厌恶。

奥尔德特里的脸像一枚干瘪的李子一样皱成一团。“哦，天哪，”他转身对卫兵说道，“绅士们，请你们暂时回避一下。”他们闻声转身离开。只有执政官在门口停顿下来，回头飞快地朝西蒙看了一眼，脸上分明写着厌恶。

“不了，谢谢你，”西蒙喘着粗气说道，“我不想要这血。”

“你的毒牙想的正好相反，年轻的西蒙，”奥尔德特里和善地回答，“给你，拿着。”他递过杯子，血液的味道像玫瑰的芬芳穿过花园似的在房间里飘散开来。

西蒙的门牙向下刺出来，现在完全延伸开来，切开了他的嘴唇。疼痛就像受了掌掴似的。他几乎是不由自主地走向前去，一把夺过大审判官手里的杯子，接着他三口就喝光了全部，意识到他所做的一切之后，他把杯子放在了长沙发的椅背上。他的手在颤抖。大审判官还是个东西，他心想，而我什么都不是。

“我相信你在牢房里的这一夜过得不太舒服吧？我不想用它们来刑讯逼供，我的孩子，我还是本着提供反省空间这一原则。我发现反省绝对是以心智为中心的，你不这么认为吗？这有助于有条理地思考。我希望你在里面进行了一些思考。你看起来像是个有思想的年轻人，”大审判官把头偏向一边，“我亲手给你送过去一条毯子，你知道。我可不想你冻着。”

“我是吸血鬼，”西蒙说，“我们不会冷。”

“哦。”大审判官一脸失望。

“我很感激大卫星和所罗门封印，”西蒙冷淡地补充道，“有人对我的信仰感兴趣总是很好。”

“哦，是的，当然，当然！”奥尔德特里脸上冒光，“很精美，我是说雕刻，是不是？绝对很有魔力，万无一失。我想只要尝试触摸一下牢房的门就会把你手上的皮肤融化掉！”他轻声地笑起来，很显然这个想法令他很开心，“以防万一。你可以往后退一步，离我远一点儿吗？小伙子，帮个忙，完全是帮个忙，你了解的。”

西蒙往后退了一步。

什么也没发生，但是大审判官的眼睛睁大了，眼周肿胀的皮肤看起来舒展开来，闪闪发亮。“我明白了。”他轻声说道。

“你明白什么了？”

“瞧一瞧你在哪里，年轻的西蒙。往四周都看一看。”

西蒙朝周围扫了一眼——房间里的一切还是老样子，没有改变，过了一会儿他明白奥尔德特里的意思。他正站在一束明亮的阳光里，是透过头顶上方高高的窗户折射进来的。

奥尔德特里几乎兴奋得身体扭动起来。“你正站在直射的阳光下，但是这对你没产生任何影响。我几乎不相信这件事——我的意思是，当然曾经有人告诉过我，但我以前从来没见过这样的事情。”

西蒙什么也没说。好像没什么可说的。

“当然了，要向你提的问题是，”奥尔德特里继续道，“你是否知道自己这个样子的原因。”

“或许我只不过比其他吸血鬼人品好一点儿吧。”西蒙一开口就感到后悔了。奥尔德特里的眼睛眯了起来，太阳穴上的一根血管像一条肥大的虫子似的鼓了起来。显然，他不喜欢玩笑，除非他是开玩笑的那个人。

“非常有意思，非常有意思，”他说，“让我这样问你吧：你从坟墓里站立起来的时候就变成了日光行者吗？”

“不是，”西蒙思忖着回答，“不是。起初太阳会烧伤我。哪怕只有一小束阳光也会灼伤我的皮肤。”

“确实如此，”奥尔德特里有力地点了点头，仿佛在说事情就该是这个样子，“那么你是什么时候第一次注意到你能在日光下行走而不觉得痛苦的呢？”

“是在瓦伦丁的轮船上大战后的那天早上——”

“那时候瓦伦丁抓住了你，是不是这样？他抓住了你，并且把你囚禁在了轮船上，本想利用你的血完成地狱转换仪式。”

“我猜你已经什么都知道了，”西蒙说道，“你根本不需要我嘛。”

“哦，不，才不是呢！”奥尔德特里挥舞着手臂叫起来。他的手非常小，西蒙注意到，小得跟他那双臃肿的胳膊根部不太相称。“你有那么多可以贡献的，我亲爱的孩子！比如，我情不自禁地想知道在船上发生的某件事情，某件改变了你的事情。有什么你能想起来的事情吗？”

我喝了杰斯的血，西蒙想道，向大审判官交代这件事情感觉有些卑鄙——接着，他感到一惊，意识到自己喝了杰斯的血。会不会是这件事改变了他呢？这可能吗？不管这可能与否，他能告诉大审判官杰斯所做的事情吗？保护克拉丽是一回事，保护杰斯则是另一回事。他不欠杰斯任何人情。

但严格意义上而言，这么说并不符合实际。杰斯主动把自己的血给他喝了，并因此救了他的命。另外一个暗影猎手会为吸血鬼做这样的事情吗？即使他只是为了克拉丽才这么做的，这有关系吗？他想到他自己亲口说的话，我可能会杀死你。而杰斯呢，他则说：我会让你这么做。如果圣廷知道杰斯救了西蒙的命，而且知道他采取的方法的话，他会陷入何种麻烦就不得而知了。

“我记不起船上发生的任何事情了，”西蒙说，“我想瓦伦丁肯定是给我下了药之类的。”

奥尔德特里的脸耷拉了下来。“那可是坏消息。太坏了。听到这个我感到很抱歉。”

“我也很抱歉。”西蒙口是心非地说道。

“那么你记不起哪怕一件事情啰？没有一点有趣的细节吗？”

“我只记得瓦伦丁攻击我的时候我晕过去了，后来我醒了过来……在卢克的卡车上，在赶回家的路上。我不记得其他事了。”

“哦，天哪，哦，天哪，”奥尔德特里把他的披风拉扯到自己周围，“我明白莱特伍德一家似乎对你非常的厚爱，但圣廷的其他成员并没有这样……善解人意。你被瓦伦丁俘获，接着又从这场战斗中幸存下来，还拥有了一种你之前并不具备的崭新的能力，而现在你到达了伊德里斯的心脏。你真的明白这一切会让别人怎么看吗？”

倘若西蒙的心脏还能跳动的话，现在肯定是怦怦直跳了。“你认为我是瓦伦丁的间谍？”

奥尔德特里一脸惊愕。“我的孩子，我的孩子——我当然信任你。我无条件地信任你！但圣廷，哦，圣廷，我恐怕他们会觉得非常可疑。我们曾如此希望你能够帮助我们。你明白——我不该告诉你这些，但我觉得我能向你吐露实情——亲爱的孩子——圣廷现在遇到了可怕的麻烦。”

“圣廷？”西蒙惊呆了，“但这有什么关系——”

“你瞧，”奥尔德特里继续说道，“圣廷从权力中心分裂了——自身就在内耗。有人犯了许多错，以前的大审判官以及其他人——或许不去纠缠此事会更好。但你明白，圣廷、执政官和大审判官的权威本身受到了质疑。瓦伦丁似乎总是先我们一步，仿佛他事先知道我们的计划似的。长老会既不会听从我的建议，也不会听马拉奇的，在纽约发生了这一切之后他们不会听。”

“我以为那是原来的大审判官——”

“马拉奇是任命她的那个人。呃，当然啦，他不知道她居然会变得这么疯狂——”

“但，”西蒙有点儿尖酸地说道，“还是有别人如何看待这件事情的问题啊。”

血管又在奥尔德特里的额头上鼓了起来。“聪明，”他说，“而且你是对的。表面的东西很重要，在政治中没什么事比这个更重要的了。如果剧情编得很好，就能动摇王权。”他身体向前倾，眼睛锁定在西蒙身上，“现在，让我给你讲个故事。事情是这样的，莱特伍德夫妇曾经是集团成员。在某个时候他们放弃了这一信仰，他们有条件地获得了宽恕，即离开伊德里斯，前往纽约并负责那里的学院。他们清白的记录让他们赢回圣廷的信任。但一直以来他们都知道瓦伦丁还活着。一直以来他们都是他忠诚的仆人。他们领养了他的儿子——”

“但是他们不知道——”

“安静！”大审判官厉声说道，西蒙闭上了嘴，“他们协助他找到致命秘器，并协助他进行地狱转换仪式。当大审判官发现他们密谋的事情之后，他们安排了轮船上的战斗谋害了她。现在他们来到这里，来到圣廷的心脏，来窥探我们的计划，并将其透露给瓦伦丁，这样他就能打败我们，最终使全体拿非力人臣服于他。他们带着你一起来——你，一个能够忍受阳光的吸血鬼——是为了掩人耳目，使我们注意不到他们的计划，即恢复集团昔日的荣光，摧毁《大律法》。”大审判官身体前倾，一双小猪眼闪着微光，“你觉得这个故事编得怎么样，吸血鬼？”

“我认为这太疯狂了，”西蒙说，“简直漏洞百出，比布鲁克林肯特大街上的洞还要多，而后者已经好多年没有再出现过了。我不知道你希望用这个故事达到什么目的——”

“希望？”奥尔德特里重复道，“我不是希望，暗影魅族。我心里知道。我知道挽救圣廷是我的神圣职责。”

“不惜谎言？”西蒙说。

“是故事，”奥尔德特里说，“伟大的政客编织神话以鼓舞人心。”

“把一切责任推卸到莱特伍德一家身上可没什么鼓舞人心的——”

“有些人必须要牺牲掉。”奥尔德特里说。他的脸上因为流汗而泛着光。“一旦长老会有了共同的敌人，有了再次信任圣廷的理由之后，他们就会团结起来。跟所有这一切比起来，牺牲一个家庭又算得了什么？实际上，我倒怀疑莱特伍德家的孩子们不会有什么事。他们不会受到责备。好吧，或许大儿子会。但是其他人——”

“你不能这么做，”西蒙说，“没有人会相信这个故事。”

“人们相信他们想要相信的东西，”奥尔德特里说，“圣廷需要有人接受责罚。我能给他们这些。我所需要的一切就是你。”

“我？这跟我有什么关系？”

“坦白，”大审判官的脸现在兴奋得红彤彤的，“坦白你效力于莱特伍德，你们与瓦伦丁结盟。坦白的话，我会对你宽大处理。我会送你回到自己的家人身边。我保证这一点。但我需要你坦白以便让圣廷相信。”

“你要我承认谎言是真的。”西蒙说。他知道自己只是在重复大审判官已经说过的话，但他的脑子一片混乱。他似乎完全不得要领。莱特伍德一家人的面庞在他的脑海中旋转——亚历克在通往防御厅的路上屏住呼吸；伊莎贝尔抬起黑色的眼眸看着他；麦克斯低头看着一本书。

还有杰斯。杰斯就是他们家的一员，仿佛他身体里流淌着莱特伍德家族的血液一样。大审判官没有说出他的名字，但西蒙知道杰斯会跟其余的人一起受到惩罚。不管他受到何种痛苦，克拉丽也会感同身受。西蒙心想，这一切是如何发生的，他跟这些人紧密联系在一起——在这些人心目中他不过就是个暗影魅族，最多不过是半个人类而已？

他抬起头直视着大审判官的眼睛。奥尔德特里的眼睛是一种古怪的炭黑色，凝视着它们犹如凝视着黑暗一般。“不，”西蒙说，“不，我不会这么做。”

“我给你的血，”奥尔德特里说，“会是你看到的全部的血，直到你给我不同的答案。”他的声音里毫无善意，就连伪装的善意都没有，“你会惊讶地发现自己会变得多么饥渴。”

西蒙什么也没说。

“那么再在牢房里待一晚上，”大审判官说着站起身，伸手去按铃呼叫卫兵，“下面很安静，是不是？我确实觉得安静的氛围对记忆问题有帮助——你不这么认为吗？”

尽管克拉丽告诉自己要记住前天夜里跟卢克来时的路线，结果证明这并不可行。径直朝市中心赶去好像是弄清方向最好的赌注，不过一旦她找到那个有口废弃不用的井的石头院子，她就记不起来是该左拐还是右拐了。她向左拐，结果走进了一个街道弯弯曲曲的人口密集区，这里的每条街道都差不多，每转一个弯就让她更加绝望，不可能找到出路了。

终于她走到一条较宽敞的街道上，两边是林立的商店。行人行色匆匆地从两侧的马路上走过，没有人多看她一眼。也有几个人穿着战斗服，尽管大多数人都没穿：外面凉意习习，旧式长外套是风尚。风很清爽，克拉丽想到她那件绿色的天鹅绒外套还挂在阿玛提斯的客房里，心里一阵痛楚。

卢克说过暗影猎手们从世界各地赶来参加峰会，他并没有撒谎。克拉丽从一个身穿华美的金色纱丽的印度妇女身边经过，她腰间的链子上挂着一对弯曲的天使刃。一个身材高大，皮肤黝黑的男子，有一张棱角分明的阿兹特克人的脸，正凝视着摆满各式武器的橱窗，一圈圈的手镯套在他的手腕上，也是用跟恶魔塔相同的牢固的闪亮材料做成的。远远的在街道的另一头，有个身穿白色游牧民族长袍的男子拿着一张街道地图在问路。看到他使克拉丽鼓起勇气向一个路过的身穿厚重的织锦外套的妇女走过去，并问她普林斯沃特大街怎么走。如果什么时候本地市民不会怀疑有人居然不认路的话，就是现在了。

她的本能是对的。没有一丝犹豫，她急匆匆地给她指了一系列的方向。“然后在老城堡运河的尽头右边，走过那座石头桥，那里就是你要找的普林斯沃特大街，”她朝克拉丽笑了笑，“想要拜访哪户人家吗？”

“潘海洛家。”

“哦，是那幢蓝色的房子，镶金边的，背靠运河。那个地方很大——你不会走错的。”

她只说对了一半。这个地方是很大，但是克拉丽还是直接从它门口走过之后才意识到自己弄错了，然后她又折回来再看了看。这座房子的颜色与其说是蓝色，不如说是深蓝色，她心想，不过并不是所有人都对颜色有这样的观察力。大多数人区别不出柠檬黄和橘黄色。仿佛它们是两种很相近的颜色！房子上的镶边也不是金色，是古铜色。是一种漂亮的浅铜色，仿佛房子已经存在了很多年，或许它的确很古老了。这个地方的一切都显得那么古老——

够了，克拉丽对自己说。她紧张的时候常常这么做，让思绪毫无方向地神游。

她在裤子两侧擦了擦手，手心流着汗，湿乎乎的。裤子的布料贴着皮肤，感觉又硬又干，像蛇的鳞片。

她登上台阶，紧紧地抓住了大门的门环。门环的形状犹如一对天使的翅膀，她放下时，听到一阵犹如巨铃响起时发出的回声。一会儿，门被拉开了，伊莎贝尔·莱特伍德站在门槛上，目瞪口呆。

“克拉丽？”

克拉丽弱弱地一笑。“嗨，伊莎贝尔。”

伊莎贝尔靠着门柱，一脸阴郁。“哦，糟糕。”

回到牢房后西蒙躺倒在床上，听着卫兵们离开牢房门口时的脚步声。又是一夜。在监牢里再过一夜，而大审判官则等着他“记起来”。你真的明白这一切会让别人怎么看。 在他最惧怕的事情中，在他最糟糕的梦魇中，西蒙从来没想过有人会认为他跟瓦伦丁是一伙的。瓦伦丁憎恨暗影魅族，因为这一点而臭名昭著。瓦伦丁刺伤了他，还吸干了他的血，扔下他不管任凭他死去。尽管老实说大审判官并不知道这些事。

牢房墙壁的另一边传来一阵沙沙声。“我得承认，我很好奇你怎么回来了，”那个沙哑的声音说道，西蒙记得这是前一天晚上的那个声音，“我想你没有给大审判官他想要的东西吧？”

“我想没有。”西蒙说着靠近墙壁。他在石头上弹着手指头，好像要在里面找出一条裂缝，找出能让他看穿的东西，但什么也没发现。“你是谁？”

“他是个顽固的人，奥尔德特里，”这个声音继续说，仿佛西蒙没说过话似的，“他一直在撒谎。”

西蒙斜倚在潮湿的墙壁上。“那么我猜我要在这下面待一段时间了。”

“我想你不愿意告诉我他想从你这儿得到什么吧？”

“为什么你想知道？”

回答西蒙的低笑声听起来像金属刮擦石头的声音。“我在这个牢房里待的时间比你长，日光行者，如你所见，这里没什么事情能让你专注很久。任何转移注意力的东西都很有用。”

西蒙用手抚摸着肚子。鹿血缓和了他的饥饿感，但还是很不够，他的身体还是因为饥渴而疼痛不已。“你一直叫我那个，”他说，“日光行者。”

“我听到卫兵谈论你。一个能在阳光下行走的吸血鬼。以前没有人看到过类似的事情。”

“但你却有个专门的词汇。很方便。”

“那是暗影魅族的词语，不是圣廷的。他们有关于你这类生物的传说，我很惊讶你居然不知道。”

“我变成暗影魅族的时间还不是很长，”西蒙说，“而你似乎对我了解的很多啊。”

“卫兵们喜欢闲聊，”那个声音说，“莱特伍德一家人穿过移空门，还带着一个奄奄一息满身是血的吸血鬼——那可是很好的谈资啊。尽管我得说我没料到你会出现在这里——直到他们开始为你准备牢房。我很惊讶莱特伍德家会容忍此事。”

“为什么他们不会呢？”西蒙怨恨地说，“我什么都不是，我是个暗影魅族。”

“或许对执政官而言是这样，”那个声音说，“但是莱特伍德——”

“他们怎么样？”

停顿了片刻。“那些生活在伊德里斯之外的暗影猎手们——特别是那些负责学院的暗影猎手们往往更加宽容。本地的圣廷则要……思想守旧得多。”

“那你呢？”西蒙说，“你是暗影魅族吗？”

“暗影魅族？”西蒙不能确定，但陌生人的声音里夹着一丝愤怒，仿佛他讨厌这个问题似的，“我叫塞缪尔，塞缪尔·布莱克彭恩。我是拿非力人。许多年前，我是集团成员，追随瓦伦丁。我在大叛乱中杀了很多暗影魅族，我跟他们不是一伙的。”

“哦。”西蒙用力咽下一口唾液。他的嘴巴有股咸味。瓦伦丁的集团成员被圣廷抓捕并遭到惩罚，他记得——除了像莱特伍德夫妇那样，他们设法与圣廷达成妥协或接受流放以获得宽恕。“你从那时起就被关在这里了吗？”

“不是。在大叛乱之后，我在被抓捕之前逃出了伊德里斯。我逃离了许多年——许多年——直到像个傻瓜一样以为自己已经被遗忘，就回来了。当然我刚回来他们就抓住了我。圣廷有跟踪敌人的手段。他们把我拖到大审判官面前，我被盘问了很多天。问完后，他们把我扔到了这里，”塞缪尔叹了口气，“法语里这种监狱叫做 oubliette[①]，就是‘遗忘之地’的意思。这是你扔掉不想记起的垃圾的地方，就这样任其腐烂而不必受其恶臭的侵扰。”

“好极了。我是个暗影魅族，那么我是垃圾。但你不是，你是拿非力人啊。”

“我是曾经与瓦伦丁暗中勾结的拿非力人，这可没让我比你好到哪儿去。甚至更糟。我是叛徒。”

---

① 一种仅头顶有口可出入的暗牢。

“但有许多暗影猎手曾经是集团成员啊——莱特伍德和潘海洛——”

“他们全都变节了，背叛了瓦伦丁。我没有。”

“你没有？但为什么没有呢？”

“因为我害怕瓦伦丁胜过害怕圣廷，”塞缪尔说，“如果你很明智的话，日光行者，你也会。”

“但你应该在纽约啊！”伊莎贝尔惊呼道，“杰斯说你改变主意不来了。他说你想陪在你妈妈身边！”

“杰斯撒谎了，”克拉丽断然说道，“他不想我来这里，所以他向我虚报你们要离开的时间，接着跟你们撒谎说我改变主意了。记得吗？你告诉我他从不撒谎的，这压根不是真的。”

“正常情况下，他绝不撒谎，”伊莎贝尔说道，脸色变得惨白，“瞧，你到这里来——我的意思是，这跟西蒙有关吗？”

“跟西蒙？不是，西蒙安全地待在纽约，感谢上帝。尽管我没跟他道别，他肯定会非常生气，”伊莎贝尔茫然的表情开始让克拉丽感到恼火，“得了，伊莎贝尔。让我进去。我需要见杰斯。”

“那么……你自己一个人来这里的？你获得圣廷的批准了吗？请告诉我你获得了圣廷的批准。”

“不是这样的——”

“你违反了《大律法》？”伊莎贝尔的音量高了八度，接着又压低声音几乎是耳语般地继续说道，“要是杰斯发现的话，他会疯的。克拉丽，你得回家。”

“不，我应该在这里，”克拉丽说，她自己甚至都不太确定她的顽固是从哪里来的，“而且我需要跟杰斯谈一谈。”

“现在时机不对，”伊莎贝尔焦急地看了看四周，仿佛希望有人过来帮忙把克拉丽从房屋前面带走似的，“求你了，回纽约去。求你了？”

“我以为你喜欢我的，伊莎。”克拉丽开始打内疚牌。

伊莎贝尔咬紧嘴唇。她穿着一条白裙子，头发盘了起来，看起来比实际年龄要小一些。在她身后克拉丽看见一条天花板很高的通道，里面挂着许多看起来很古老的油画。“我确实喜欢你。只是杰斯——哦，天哪，你穿的是什么？你从哪里弄来的战斗服？”

克拉丽低头看着自己。“说来话长。”

“你不能像这样来这里。如果杰斯看到你——”

“哦，那么如果他看到我又怎么样呢。伊莎贝尔，我来这里是为了我妈妈——为了我妈妈。杰斯或许不希望我来这里，但是他不能强迫我待在家里。我应该来这里。我妈妈期望我为她这么做。你也会为你妈妈这么做，是不是？”

“我当然会，”伊莎贝尔说，“但，克拉丽，杰斯有他自己的理由——”

“那么我倒想听听是什么理由。”克拉丽猫着腰从伊莎贝尔的胳膊下面钻过去，走进了房子的入口。

“克拉丽！”伊莎贝尔大叫起来，飞奔着跟在她后面，但克拉丽已经走了一半快到大厅了。她的心思并没有怎么放在躲避伊莎贝尔身上，她看见这座房子造得和阿玛提斯的很像，很高很窄，但要宽敞得多，装修也要华丽得多。大厅通向一间窗户面向宽阔运河的房间。白色的船只在河上来来往往，它们的帆像在风中飘荡的蒲公英一样漂浮在水面。一个黑头发的男孩坐在窗下的沙发上，显然在读书。

“塞巴斯蒂安！”伊莎贝尔叫道，“不要让她上楼！”

男孩抬头一看，露出震惊的表情——不一会儿，他就站在了克拉丽的面前，挡住了她通往楼梯的去路。克拉丽倏地停了下来——她以前从没见过谁动作如此敏捷，除了杰斯。那个男孩甚至没有喘一口气。实际上，他在对她微笑。

“那么，这位就是鼎鼎有名的克拉丽啰。”他的笑容在脸上荡漾开来，克拉丽感到一阵气短。多年来她一直在画自己的绘画故事书——传说国王的儿子遭到诅咒，他所挚爱的每个人都会死。她搜肠刮肚地梦想着自己那位浪漫忧郁的黑发王子，现在他出现了，就站在她的面前——同样苍白的皮肤，同样凌乱的头发，同样乌黑的眼睛，瞳孔似乎与虹膜融合在了一起。同样高高的颧骨，深凹的眼窝上长着长长的睫毛。她知道自己以前从没见过这个男孩，然而……

男孩看起来很迷惑。“我不认为——我们以前见过吗？”

克拉丽无语地摇了摇头。

“塞巴斯蒂安！”伊莎贝尔的头发从发夹里滑出来，披在肩膀上，她满眼怒火，“不要对她友善。她不应该在这里。克拉丽，回家去。”

克拉丽努力地将目光从塞巴斯蒂安身上移开，愤怒地看了一眼伊莎贝尔。“什么，回到纽约去？我怎样才能回去呢？”

“你怎么来这里的？”塞巴斯蒂安问道，“偷偷溜进阿利坎特可是大事一桩啊。”

“我是穿过移空门进来的。”克拉丽说。

“移空门？”伊莎贝尔一脸错愕，“但是纽约已经没有移空门了。瓦伦丁把两个都毁掉了——”

“我不告诉你，”克拉丽说，“除非你也告诉我。至少一件事，杰斯在哪里？”

“他不在这里。”伊莎贝尔说道，而塞巴斯蒂安异口同声地答道：“他在楼上。”

伊莎贝尔转身看着他。“塞巴斯蒂安！闭嘴！”

塞巴斯蒂安面露不解之色。“但她是他妹妹。难道他不想见到她吗？”

伊莎贝尔欲言又止。克拉丽看得出来伊莎贝尔在拿捏向完全不知情的塞巴斯蒂安解释他俩的复杂关系与带给杰斯不那么开心的惊讶相比，哪个更合适。最终，她绝望地举起手。“好吧，克拉丽，”她带着一种生气的口吻——这在伊莎贝尔身上并不常见，说道，“去吧，做你想做的任何事情，不管谁会受伤。不管怎样，你还是会这么做的，是不是？”

克拉丽带着责备的眼神看了一眼伊莎贝尔，然后转身看着塞巴斯蒂安，他一言不发地让开了。她从他身边飞奔上楼，模糊地听见楼下的声音，那是伊莎贝尔冲着可怜的塞巴斯蒂安在发脾气。但伊莎贝尔就是这样——如果旁边有个男生，正好她又需要找个人责难的话，伊莎贝尔就会把怒气发泄在这个男生身上。

楼梯在平台处变宽了，那里有个面向城市的凸窗凉亭。一个男孩坐在凉亭里，读着书。他抬头看见克拉丽爬上楼梯，惊讶地眨了眨眼睛。“我认识你。”

“嗨，麦克斯。我是克拉丽——杰斯的妹妹。记得吗？”

麦克斯开心起来。“你教过我怎么读《火影忍者》，”他说着把书递给她，“瞧，我又有一本了。这本书叫——”

“麦克斯，我现在不能聊天。我答应你稍后再来看你的书，不过你知道杰斯在哪里吗？”

麦克斯的脸阴沉了下来。“那个房间，”他说，指着走廊尽头最后一扇门，“我想跟他一起进去，但他告诉我他要做些大人的事情。每个人都总是这么跟我说。”

“很抱歉。”克拉丽说，但她的心思已经不在谈话上，已经跑到很远去了——她看见杰斯时要跟他说什么呢？他会对她说什么呢？她一边往走廊那头走，一边想，友善一些会比较好，不要生气，对他大叫只会让他更具防备心。他得理解她属于这里，就像他一样。我不必像易碎的瓷器那样被保护。我坚强得——

她一把推开门。房间像是个图书室，墙上一排排都是书。里面光线很亮，光线从一个高大的落地窗照射进来。房间中央站着杰斯。不过，他不是一个人——很容易就看得出。他身边站着一个黑头发少女，克拉丽以前没见过这个女孩，他们两个人正激情地拥抱在一起。

第六章
怨仇液

眩晕涌遍克拉丽的全身，房间里的空气仿佛全都被吸干了。她努力地朝后退，结果却一个踉跄肩膀撞到了门。门砰的一声关上了，杰斯和那个女孩赶紧分开了。

克拉丽僵立在原地。他们两个人都盯着她。她注意到这个女孩有一袭黑色的头发，长及肩膀，而且相当的漂亮。她上衣上方的几粒纽扣已经解开了，露出蕾丝文胸的肩带。克拉丽觉得自己就快吐出来了。

女孩用手遮住衬衣，迅速地扣上纽扣。她没有不开心的表情。“不好意思，”她皱着眉头问，“你是谁？”

克拉丽没有回答——她看着杰斯，杰斯也不敢相信地盯着她。他的脸上没有一丝血色，眼周的黑眼圈更加明显了。他像低头凝视着一杆枪的扳机一样看着克拉丽。

“艾琳，”杰斯的声音没有暖意，也没有感情，“这是我妹妹，克拉丽。”

“哦，哦，”艾琳的脸放松下来，变成略显尴尬的微笑，“对不起！居然这样跟你见面。嗨，我是艾琳。”

她朝克拉丽走过去，仍然在微笑，伸出一只手。我想我不能碰她，克拉丽心想，一种恐惧的感情让她的心往下沉。她看着杰斯，他似乎读懂了她的眼神。他没有微笑，扶着艾琳的肩膀在她耳边说了些什么。她面露惊色，耸了耸肩，没有说一句话就朝门口走去。

这样只剩下克拉丽和杰斯单独在一起了。单独和一个一直盯着她看、仿佛她是他最糟糕的噩梦一样的那个人待在一起，而这个噩梦还变成了现实。

“杰斯。”她说着朝他走近了一步。

他则往后退了一步，仿佛她身上披着有毒的东西似的。“以天使之名，克拉丽，你在这里做什么？”他问。

撇开这一切，他严厉的语气令她心痛。“你至少可以假装看到我很高兴。至少有一点点。”

“我看到你不高兴。”他说。他脸上的颜色恢复了一些，但眼底的阴影仍然很深。克拉丽等着他说些别的，但他似乎很满意地盯着她，毫不掩饰自己的恐惧。她心烦意乱却很清楚地注意到他穿着一件黑色毛衣，松垮垮地挂在他的手腕上，仿佛他变瘦了似的，他手指上的指甲被咬得所剩无几。“一点儿也不。”

“这不是你，”她说道，“我讨厌你假装这样——”

“哦，你讨厌这样，对吗？好吧，那么，我最好停止这么做，是吧？我的意思是，我做你要我做的每件事。”

“你没有权利那么做！”她打断他，突然火冒三丈，“像那样跟我撒谎。你没有权利——”

“我有一切权利！”他大叫起来。她甚至想不起来他以前曾对自己这样吼叫过。“我有一切权利，你这个傻姑娘。我是你哥哥，我——”

“你什么？你拥有我？你无权拥有我，不管你是不是我哥哥！”

克拉丽身后的门猛地打开了。是亚历克，他着装正式，穿着一件长长的深蓝色夹克衫，一头黑发很凌乱。他脚上穿着一双沾满泥巴的靴子，通常很平静的那张脸上露出一副不敢相信的表情。“究竟这里发生了什么事？”他说着，惊叹的目光从杰斯身上转移到克拉丽身上，“你们两个是要杀掉对方吗？”

“根本不是。”杰斯说。克拉丽看见，仿佛是通过魔法一般，所有的一切全都扫净了：他的盛怒，他的恐慌，现在他又平静如冰了。“克拉丽正准备离开。”

“好的，”亚历克说，“因为我需要跟你谈一谈，杰斯。”

“难道这个房子里的每个人都不再说‘嗨，见到你很高兴’了吗？”克拉丽没特别跟谁说话。

让亚历克内疚比让伊莎贝尔内疚要容易许多。“见到你真好，克拉丽，”他说，“当然除了你真的不应该在这里这个事实之外。伊莎贝尔跟我说你不知怎么自己到这里来了，我印象深刻的是——”

“能不能别再鼓励她了？”杰斯询问道。

“不过，我真的，真的需要跟杰斯讨论一些事情。你能给我们几分钟吗？”

“我也需要跟他谈一谈，”她说，“关于我们的妈妈——”

“我不想谈，”杰斯说，“实际上，不想跟你们任何一个谈。”

“不是的，你想谈的，”亚历克说，“你真的要跟我谈一谈这件事。”

“我对此表示怀疑。”杰斯说，他又回过头看着克拉丽。“你不是一个人来的吧，是吗？”他放慢语速问道，仿佛意识到情况比他想象的还严重，“谁跟你一起来的？”

似乎没有理由撒谎。“卢克，”克拉丽说，“卢克跟我一起来的。”

杰斯的脸变得惨白。“但卢克是暗影魅族。圣廷会怎样对付那些未经登记擅闯玻璃之城的人——那些未经允许穿越魔法屏障的人，你知道吗？来到伊德里斯是一件事，但进入阿利坎特呢？没告诉任何人？”

“没有，”克拉丽几乎是半耳语地说道，“但我知道你要说什么——”

“如果你和卢克不立即回纽约的话，你们就会被发现？”

杰斯沉默了片刻，直视着她的眼睛。他眼神里的绝望令她震惊。毕竟他才是威胁她的那个人，而不是反过来。

“杰斯，”亚历克在一片沉默中说着话，声音不自觉地流露出一丝恐慌的情绪，“难道你不想知道我一整天都去哪里了吗？”

“你穿了一件新外套，”杰斯没看他的朋友一眼就说，“我猜你去逛街了。尽管我不知道你为什么那么急切地想要打扰我。”

“我没去逛街，”亚历克恼火地说，“我去——”

门又开了。白裙窸窸窣窣地一阵响，伊莎贝尔快步走进来，关上门。她看着克拉丽，摇了摇头。“我告诉过你他会吓坏的，”她说道，“是不是啊？”

“啊，‘我告诉过你的’，”杰斯说，“总是那么漂亮的说辞。”

克拉丽恐怖地看着他。“你怎么还能开玩笑？”她轻声说道，“你刚刚威胁了卢克。卢克，他喜欢你，而且信任你。就因为他是个暗影魅族。你哪里不对劲？”

伊莎贝尔面露惧色。“卢克在这里？哦，克拉丽——”

“他不在这里，”克拉丽说，“他离开了——今天早上——我不知道他去哪里了。但我现在明白他为什么要走。”她几乎无法忍受再看着杰斯，“好吧，你赢了。我们本来就不该来。我本来就不该造那个移空门——”

“造移空门？”伊莎贝尔一脸迷惑不解，“克拉丽，只有巫师才能造移空门，而且能干这件事的巫师并不多。伊德里斯唯一的移空门在防御厅里面。”

“这就是我要跟你讨论的事情，”亚历克厉声对杰斯说——克拉丽惊讶地看见杰斯的脸色似乎比之前更糟糕了，他看起来好像要晕过去了似的，“关于昨天我跑腿做的事情——我不得不交给防御厅的那个东西——”

“亚历克，别说了。别说了。”杰斯说，他声音里尖锐的绝望情绪打断了另一个男孩。亚历克闭上嘴，站在那里盯着杰斯。杰斯看着克拉丽，双眼像玻璃一样冷酷无情。他终于开口说话了。“你是对的，”他哽咽着说道，仿佛他不得不挤出要说的话一样，“你们就不应该来。我知道我告诉过你这里对你而言不安全，但那不是真的。实情是我不想你到这里，因为你既鲁莽，又轻率，你只会搞砸所有的事情。你就是这个样子。你很马虎，克拉丽。”

“搞砸……所有的事情？”克拉丽无法呼吸，只能轻声低语。

“哦，杰斯。”伊莎贝尔悲伤地说道，仿佛他才是那个受伤害的人似的。他没有看她，他的眼睛定格在克拉丽身上。

“你总是不动脑筋就往前冲，”他说，“你了解这一点，克拉丽。要不是因为你，我们根本不会到迪蒙酒店去。”

“而西蒙就不会死！难道那也算在所有的事情里面？或许是很鲁莽，但——”

他抬高音量。“或许？”

“但我做的每个决定并不像你说的那么糟！你说过的，我在船上做过那件事情之后，你说过我救了大家——”

杰斯脸上残留的一丝血色消失殆尽。他突然带着令人震惊的恶毒口吻说道：“闭嘴，克拉丽，闭嘴——”

“在船上？”亚历克的眼神在他们两个身上移动，一脸迷惑，“船上发生的事情是怎么回事？杰斯——”

“我这么跟你说只是为了让你不再哀嚎！”他大声叫道，没理睬亚历克，没理睬周遭的一切，除了克拉丽。她感到他突如其来的怒火的力量，就像是在她脚下威胁着将她吞没的波浪一般。“你是我们的灾难，克拉丽！你是个盲呆，你永远都是，你永远都不可能成为暗影猎手。你不知道怎么像我们一样思考，像我们一样为所有人的安危着想——你想到的一切只不过是你自己！但现在要打仗了，或者说战争就要打响了，我没有时间也没有意愿跟在你身后，想方设法地确保你不会害死我们当中的任何一人！”

她只是目不转睛地看着他。她想不出还能说什么，他从来都没这样跟她说过话。她从来都不曾想到他会这样跟自己说话。不管她过去让他多么生气，他以前都没这样对她说过话。

“回家去，克拉丽。”他说。他听起来很疲惫，仿佛用尽了他全部的气力。“回家去。”

她所有的计划都化作泡影——她已经想到一半的计划全都落空了：跑去见菲尔，拯救她妈妈，甚至找到卢克——一切都不再重要，什么都说不出来。她从地板上走过。亚历克和伊莎贝尔为她让路，他们俩谁都没有看她。他们看向了别处，脸上露出震惊和尴尬的表情。克拉丽知道她或许应该觉得受到羞辱，也应该感到生气，但她没有。她只是觉得心死了。

她转身朝门口走去，回头看了一眼。杰斯盯着她的背影。从他身后的窗户上照射进来的光使他的脸笼罩在阴影里。她能看到的一切只是阳光照耀在他的金发上，像一片片破碎的玻璃。

“当你第一次告诉我瓦伦丁是你父亲时，我不相信，”她说，“不仅仅是因为我不想相信，而是因为你不像他。我从来没觉得你像他。但你像他。你像他。”

她走出房间，随手关上了门。

“他们打算饿死我。”西蒙说。

他躺在地牢的地板上，他背下的石头给人一种冰凉的感觉。不过，从这个角度看，他还是能透过窗户看见一片天空的。在西蒙变成吸血鬼之后的许多天里，当他想到自己再也不能见到阳光时，他发现自己不断地想到太阳和天空。想象着白天天空如何改变颜色：早晨天空是苍白的，中午天空变成炙热的天蓝色，黄昏时分又变成深钴蓝色。他躺在黑暗中满脑子想的都是各种各样的蓝色。现在，躺在防御厅下的地牢里，他怀疑自己是否能重新拥有阳光和蓝色天空，靠着这些想法，他就能在这个狭小的空间里度过短暂而不快的生活，哪怕只能透过嵌入墙壁里的仅有一根栅栏的窗户看着这一小片蓝天。

“你听见我说的话了吗？”他提高音量，“大审判官打算饿死我。不再给我血了。”

传来一阵沙沙声，接着是听得见的叹息声，然后塞缪尔开口说话了。“我听见了。我只是不知道你希望我怎么做，”他顿了一顿，“我为你感到难过，日光行者，如果这么说你好过一点的话。”

“一点也不好过，真的，”西蒙说，“大审判官希望我撒谎。希望我告诉他莱特伍德跟瓦伦丁暗中勾结。然后送我回家。”他翻了个身趴在地上，石头戳痛了他的皮肤，“别介意。我不知道我为什么告诉你这些。你可能不知道我在说什么。”

塞缪尔发出一个介于轻笑和咳嗽之间的声音。“实际上，我知道。我认识莱特伍德，我们曾经一起效忠于集团。莱特伍德、维兰德、潘波恩、希伦戴尔和潘海洛。阿利坎特所有体面的家族我都认识。”

“还有霍奇·斯塔克韦德，”西蒙说道，他想起了莱特伍德家的家庭教师，“他也是，是不是？”

“他也是，”塞缪尔说，“但他的家族不是受人尊敬的那种。霍奇曾经显得很有前途，但恐怕他辜负了别人的期望。”他停顿下来，“奥尔德特里一直憎恨莱特伍德，当然啦，从我们孩提时代起就是这样。他既不富有，又不聪明，也没有魅力，好吧，他们对他不算友善。我认为他对此还耿耿于怀呢。”

“富有？”西蒙说，“我以为所有的暗影猎手都是由圣廷支付薪酬的呢。就像……我不知道，共产主义之类的。”

“理论上，所有的暗影猎手都获得公平相等的报酬，”塞缪尔说，“有一些人，像那些在圣廷里身居要职的人，或者那些承担重大责任的人——比如，负责学院——他们的薪水要高一些。还有那些生活在伊德里斯之外的人，他们选择在盲呆的世界里赚钱。这并不被禁止，只要他们交一部分钱给圣廷就可以了。但——”塞缪尔犹豫了，“你看见潘海洛家的房子了，是不是？你觉得它怎么样？”

西蒙回想起来。“非常豪华。”

“它可是阿利坎特最奢华的房子之一，”塞缪尔说，“他们还有另一幢房子，在乡下有一座庄园。几乎所有最有钱的家庭都有庄园。你瞧，拿非力人还有别的办法积累财富。他们称之为‘战利品’。被暗影猎手杀掉的恶魔或暗影魅族所拥有的任何东西都归暗影猎手所有。所以，如果一个富有的巫师违反《大律法》，而且被拿非力人杀掉的话……”

西蒙一颤。“所以杀害暗影魅族是一桩赚钱的营生？”

“可以这么说，”塞缪尔怨恨地说，“如果你对要杀的对象不是那么挑剔的话。你现在明白了为什么有那么多人反对《圣约》。这切断了人们的经济来源，谋杀暗影魅族时还要特别小心。或许那就是我加入集团的原因吧。我的家庭一直都不富有，而且因为不接受沾满鲜血的钱而遭到歧视——”他说不下去了。

“但集团也谋杀暗影魅族啊。”西蒙说。

“因为他们认为那是他们神圣的职责，”塞缪尔说，“而不是出于贪婪。虽然我现在不能想象当时我为什么会觉得这点很重要。”他听起来精疲力竭，“是瓦伦丁。他很有办法。他能让你信服一切事情。我曾经双手沾满鲜血站在他的旁边，看着一个死去的女人的尸体，只想到我所做的一切一定是正义的，因为瓦伦丁是这么说的。”

“一个死去的暗影魅族？”

塞缪尔在墙壁的另一边气喘吁吁。最后他说道：“你必须理解，我会做他要我做的任何事情。我们任何人都会这么做。莱特伍德也会。大审判官知道这一点——如果你屈服于他，并将责任全部推卸到莱特伍德夫妇身上，他很可能照样会除掉你灭口。是否仁慈一点取决于这种感觉是否能令他感到自己很有权力，很强大。”

“没关系，”西蒙说，“我不会这么做。我不会背叛莱特伍德。”

“真的吗？”塞缪尔听起来并不信服，“有什么理由吗？你真的那么喜欢莱特伍德一家吗？”

“我告诉他的任何事情都会是谎言。”

“但可能是他愿意听的谎言。你确实想回家，是不是？”

西蒙盯着墙壁，仿佛他有办法看穿墙壁看见墙那边的那个人。“你会那样做吗？对他撒谎？”

塞缪尔咳嗽起来，是那种呼哧呼哧的咳嗽声，听起来身体状况欠佳。下面这种潮湿阴冷的环境，虽然没让西蒙烦心，但很可能会对普通人产生很大的影响。“我不会接受自己的道德忠告，”他说，“不过是的，我可能会。我总是首先想到自保。”

“我肯定那不是真的。”

“实际上，”塞缪尔说，“是真的。随着年纪的增长，西蒙，你会知道当人们告诉你他们自己身上不太好的地方时，一般都是真的。”

但我不会变老，西蒙心想。他大声说道：“这还是你头一次叫我西蒙。西蒙，而不是日光行者。”

“我猜是的。”

“而对于莱特伍德一家，”西蒙说，“并不是因为我那么喜欢他们，我的意思是，我喜欢伊莎贝尔，我也有点喜欢亚历克和杰斯，但还因为一个女孩。杰斯是她的哥哥。”

当塞缪尔回答时，从他的语气判断他感到很有趣，这还是头一次。“难道不都是为了一个女孩子吗？”

门在克拉丽身后一关上，杰斯就无力地靠在墙上，仿佛他的腿被砍断了似的。他看起来很苍老，各种感情交织在一起，恐惧、震惊和几乎看起来像是……大灾难中绝处逢生时的那种欣慰。

“杰斯，”亚历克向他的朋友走近一步，说道，“你真的认为——”

杰斯小声地打断亚历克。“出去，”他说，“出去吧，你们两个。”

“那么你能做什么呢？”伊莎贝尔追问，“进一步地糟蹋自己的生命？这到底是为了什么？”

杰斯摇摇头。“我赶她回家了。这样对她而言最好。”

“你何止是把她赶回家啊。你毁了她。你看见她的脸了吗？”

“这样也是值得的，”杰斯说，“你不会明白。”

“或许对她而言是，”伊莎贝尔说，“我希望最终对你而言也是值得的。”

杰斯别开脸。“只是……让我一个人静一静，伊莎贝尔，求你了。”

伊莎贝尔惊讶地看着她的哥哥。杰斯从来不说“求你”这两个字。亚历克把一只手放在她的肩膀上。“没关系，杰斯，”他尽可能友好地说道，“我相信她会没事的。”

杰斯抬起头，看着亚历克，但眼神根本就没真正地看他——他似乎茫然地望着远处。“是的，她不会有事，”他说，“不过我知道这一点。说到这里，你现在不妨告诉我你要告诉我什么事，似乎非常重要。”

亚历克放下搁在伊莎贝尔肩膀上的手。“我不想当着克拉丽的面告诉你——”

杰斯的眼神终于聚焦在亚历克身上。“不想在克拉丽面前告诉我什么？”

亚历克犹豫了。他极少看见杰斯如此难过，而他只能想象进一步令人不悦的惊讶会对他产生什么样的影响，但又不可能隐瞒这件事。杰斯必须得知道。“昨天，”他说道，声音很小，“当我把西蒙带到防御厅去的时候，马拉奇告诉我马格纳斯·贝恩会在移空门的另一头，在纽约，接西蒙。所以我给马格纳斯火信。今天早上我收到他的回信。他没有在纽约接西蒙。实际上，他说自从克拉丽穿过移空门之后，纽约就没有移空门活动了。”

“或许马拉奇错了，”伊莎贝尔飞快地看了杰斯灰白的脸之后建议，“或许有其他人在另一头接西蒙呢。马格纳斯可能误判了移空门活动——”

亚历克摇摇头。“今天早上我和妈妈又去防御厅了。我本想亲自问马拉奇，但当我看见他时，我改变了主意，躲在了一个角落里——我也说不出为什么要这么做。我无法正视他。然后我听见他跟一个卫兵讲话，告诉他们把吸血鬼带到楼上去，因为大审判官想要再跟他谈一谈。”

“你确定他们说的是西蒙？”伊莎贝尔问，但她的声音很犹豫，“或许……”

“他们在谈论暗影魅族有多么愚蠢，竟然相信不经盘问他们就会直接把他送回纽约。其中一个人还说他不敢相信有人胆敢把他偷偷摸摸地带进阿利坎特。而马拉奇说：‘好了，你对瓦伦丁的儿子有什么期待？’”

“哦，”伊莎贝尔低声说，“哦，我的上帝。”她望向屋子的另一边，“杰斯……”

杰斯的手攥紧拳头放在身侧。他的眼睛凹陷得很深，仿佛要缩回头骨里一般。在别的情况下，亚历克会把一只手放在他的肩膀上，但他没有。杰斯的样子使他克制住了。“倘若不是我把他带进来的话，”杰斯斟酌后小声地说道，仿佛是在背诵什么东西似的，“或许他们就会直接放他回家。或许他们就会相信——”

“不是，”亚历克说，“不是这样，杰斯，这不是你的错。你救了他。”

“救了他，所以圣廷才能折磨他，”杰斯说，“帮倒忙。克拉丽发现的话……”

他盲目地摇着头，“她会认为我是故意带他来这里的，明明知道他们会怎么做，还把他交给圣廷。”

“她不会那么想的。你没理由做那样的事情。”

“或许吧，”杰斯慢慢地说，“但在我那样对待她之后……”

“没有人会认为你会那么做，杰斯，”伊莎贝尔说，“了解你的人都不会。没有人——”

但杰斯没等弄明白她的话，就转身朝面向运河的落地窗走去。他在那里站了一会儿，透过窗户照射进来的光把他的发梢变成了金色。然后他开始行动，动作如此之快，亚历克完全没来得及反应，当他明白将要发生什么事飞奔向前阻止时，为时已晚。

一声巨响——是破碎的声音——突然喷洒起一阵碎玻璃片，像下起了参差不齐的星星雨一般。杰斯低头看着他的左手，关节处布满了鲜红色的血迹，他带着一种超然的兴致看着大大的血滴聚集起来，溅落在他脚下的地板上。

伊莎贝尔的目光从杰斯身上移到窗户上的洞上，一条条线从空洞的中心辐射开来，细细的银色裂缝像蜘蛛网一样。“哦，杰斯，”她说话的声音很柔和，亚历克从来没听过她这样说话，“我们到底该怎么向潘海洛家解释这件事呢？”

克拉丽不知怎地竟然走出了房子。她不确定自己是怎么做到的——楼梯和通道飞快地在眼前一闪而过，只剩一片模糊的印象，接着她朝大门奔跑出去，然后就来到了潘海洛家正门的台阶上，试着要不要在他们的玫瑰花丛上呕吐。

这可是呕吐的理想之地啊，她的胃痛苦地翻滚着，但是，她想起自己实际上只喝了一些汤而已。她想不起来胃里还有什么好吐出来的。相反，她艰难地走下楼梯，茫然地绕过正门——她再也想不起来自己是从哪个方向来的了，也不知道怎么回到阿玛提斯家里去，但这一切似乎都不重要。她倒并不着急赶回去向卢克解释他们得离开阿利坎特，否则杰斯会把他们交给圣廷。

或许杰斯是对的。或许她是很鲁莽，很轻率。或许她从没考虑过自己所做的一切会对她所爱的人造成什么样的影响。西蒙的脸在她眼前闪过，像照片一样清晰刺眼，接着是卢克的——

她停下脚步，斜靠在一根路灯杆上。正方形的玻璃灯罩看起来像那种高挂在公园坡褐砂石建筑前面的老式灯柱上的煤气灯。不知为什么，这似乎让人有些欣慰。

“克拉丽！”是个男生的声音，很焦急。克拉丽立即想道，杰斯。她转过身来。

不是杰斯，是塞巴斯蒂安，那个在潘海洛家的客厅里站在她前面的黑发男孩，他有些气喘吁吁的，仿佛他是一口气追着她来到街上一样。

之前有过的那种感觉再次爆发，那是她第一次见到他——是一种似曾相识的感觉，掺杂着她还无法辨认的其他情绪。这跟喜欢或不喜欢无关——是一种牵引，仿佛有什么东西拖着她向这个她还不认识的男孩靠近。或许只是因为他的外形吧。他很英俊，和杰斯一样英俊，尽管杰斯身上金色的部分在这个男孩身上全是苍白和阴影。虽然她现在更仔细地看着他，却看得出他跟她梦中的白马王子其实并不是那么像。甚至他们的肤色也不一样。只不过是他的脸形，他的姿态，和他眼睛里的那种黑色的诡秘……

“你没事吧？”他说道，他的声音很柔和，“你跑出房子，像……”他骤然打住了。她仍然紧紧地抓着灯柱，仿佛没了它的支撑她就会站不起来似的。“发生了什么事？”

“我跟杰斯吵了一架，”她说着努力保持平静的语气，“你知道这是什么样的感觉。”

“实际上，我不知道，”他几乎有种道歉的语气，“我没有兄弟姐妹。”

“很幸运。”她说道，声音里传递出的委屈使她大吃一惊。

“你不是这个意思。”他朝前迈了一步，向她靠近，他移动时，街灯倏地闪亮了，在他们的头顶上投下一圈白色的巫光。塞巴斯蒂安抬头看着光，微笑起来。“是征兆。”

“什么征兆？”

“是你应该让我送你回家的征兆。”

“但我不知道它在哪里，”她说道，才想起来这一点，“我偷偷地溜出家跑到这里来。我不记得来时的路了。”

“好吧，你住在谁家里？”

她犹豫着要不要回答。

“我不会告诉别人，”他说，“我以天使之名发誓。”

她盯着他，对暗影猎手来说，那可是很严肃的誓言。“好吧，”她说的时候还没来得及过多思考自己的决定，“我住在阿玛提斯·希伦戴尔家。”

“好极了。我恰好知道她住在哪里，”他伸出自己的胳膊，“我们走吧？”

她挤出一个笑容。“你有点专断。”

他耸了耸肩。“我对深陷痛苦的少女很迷恋。”

“别性别歧视。”

“根本不是。我的服务也提供给深陷痛苦的绅士，这可是同等机会的迷恋。”他说着一挥手，又伸出了自己的胳膊。

这一次，她挽住了。

亚历克关上身后小阁楼房间的门，转身面对杰斯。他的眼睛在正常情况下是林恩湖的颜色，一种苍白而未受侵扰的蓝色，但他眼睛的颜色常常随着情绪的变化而变化。此刻它们是东河雷暴时的颜色。他的表情也和乌云密布时一样。“坐下，”他指着三角墙边上的一个矮凳对杰斯说，“我去拿绷带。”

杰斯坐下来。他和亚历克共用的房间在潘海洛家的最上层，很小，里面摆着两张狭窄的床，每张床都靠着一堵墙。他们的衣服就挂在墙上的一排矮挂钩上。只有一扇窗，透过昏暗的光——现在天变黑了，玻璃窗外的天空已经是靛蓝色。杰斯看着亚历克跪在地上，从他的床下拉出圆筒状旅行袋，把它打开。他在里面胡乱地翻找一通，然后站起身来，手里拿着一个盒子。杰斯认出来，这是医药盒，有时候如尼文不是上选时他们会用，里面装着抗菌剂、绷带、剪刀和纱布。

“难道你不打算用治愈如尼文吗?”杰斯问，多半是出于好奇而不是别的原因。

“是的，你只能——”亚历克话没说完就把盒子扔到床上，发出一声听不出来的诅咒。他走到靠着墙壁的小水槽边上，用力地冲洗双手，力道大得使水柱朝上喷洒开来。杰斯带着一种冷淡的好奇心注视着他。他的手开始有种灼烧的感觉，隐隐作痛，像火在灼烧的那种痛。

亚历克重新拿回盒子，把椅子拖到杰斯对面，旋即坐在上面。“把你的手给我。”

杰斯摊开手。他不得不承认伤口很严重。四个指关节像红色星爆似的全都裂开了。干枯的血迹还沾在手指上，像一只红棕色的薄手套。

亚历克一脸苦相。“你是个傻瓜。”

“谢谢。”杰斯说。他耐心地看着亚历克低头用一把镊子轻轻地把嵌入他皮肤的玻璃碎片夹出来。“那么，为什么不呢?”

“为什么不什么?”

“为什么不用治愈如尼文呢?这又不是恶魔伤口。”

“因为，”亚历克拿出蓝瓶抗菌剂，“我想让你感觉到痛苦对你有好处。你可以像盲呆一样被治愈，慢慢地，还会留下丑陋的疤痕。或许你会有所收获。”他把液体洒在杰斯的伤口上，令他一阵刺痛，“尽管我对此表示怀疑。”

“我可以自己画治愈如尼文，你知道。”

亚历克开始把一段绷带绑在杰斯的手指上。“除非你希望我告诉潘海洛他们的窗户到底是怎么回事，而不是让他们认为是意外造成的，”他把绷带打了个很紧的结，杰斯疼得不禁一缩，“要是我知道你会对自己做这样的事情，我什么都不会告诉你。”

“不，你会的，”杰斯歪着头，“我没意识到我击打落地窗会让你那么不高兴。”

“只是——”绑好绷带后亚历克低头看着杰斯的手，这只手仍然握在他的手心里。上面是一层白色的绷带，亚历克的手指触碰过的地方渗出点点血渍。“你为什么要这样对自己？不仅仅是你对窗户干的好事，还有你跟克拉丽说话的方式。你为什么要这样惩罚自己？你无法控制你的感觉。”

杰斯的语气很平静。“我有什么感觉？”

“我看得出你看她的眼神，”亚历克的眼神飘渺，越过杰斯看到了别的东西，别的不在眼前的东西，“而你无法拥有她。或许你只不过是不知道想得到你无法拥有的东西是一种什么样的感觉。”

杰斯沉着地看着他。“你和马格纳斯·贝恩之间怎么样啦？”

亚历克猛地抬起头。“我没有——什么也没有——”

“我不傻。你跟马拉奇谈完之后直接去找马格纳斯，在跟我或伊莎贝尔或其他人谈之前——”

“因为他是唯一能回答我的问题的人，原因就是这样。我们俩之间没什么，”亚历克说道——然后，他看着杰斯的脸，非常不情愿地补充道，“不再有。我们俩之间不再有什么了，好吗？”

“我希望那不是因为我。”杰斯说。

亚历克脸色惨白，抽回手，仿佛他正准备挡住别人的攻击。“你是什么意思？”

“我知道你对我的感觉，”杰斯说，“不过，你不懂。你喜欢我只是因为我很安全，没有危险。然后你就不必尝试发展真正的恋情，因为你能把我当借口。”杰斯知道他这么说很残忍，但他不在乎。当他有这种情绪时，伤害他爱的人就和伤害他自己的感觉一样好。

“我明白了，”亚历克勉强地说，“首先是克拉丽，然后是你的手，现在是我。你去下地狱吧，杰斯。”

“你不相信我？”杰斯问，“好吧。来吧，现在就吻我吧。”

亚历克满脸恐惧地盯着他。

“千真万确。尽管我的外表好看得令人惊叹，你实际上对我并不是那种喜欢。如果你跟马格纳斯吹掉的话，并不是因为我，而是因为你太害怕，不敢告诉你真爱的那个人。爱使我们撒谎，”杰斯说，“希丽宫女王告诉过我。所以，别因为我对自己的感情撒谎而评判我。你也在这么做。”他站起来，“现在我希望你再做一次。”

亚历克感到很受伤，脸绷得很紧。“你是什么意思？”

“为我撒谎，”杰斯说，他取下挂在挂钩上的夹克，耸动肩膀穿上去，“太阳下山了。现在他们差不多从防御厅回来了。我希望你告诉大家我不舒服，所以我不下楼了。告诉他们我晕倒摔了一跤，窗户就是这样打破的。”

亚历克歪着头，抬头正视着杰斯。“好吧，”他说，“如果你告诉我你到底准备去哪里的话。”

“到防御厅去，”杰斯说，“我要把西蒙从监狱里救出来。”

克拉丽的妈妈总是把傍晚和夜幕降临之间的那段时间称之为“蓝色时光”。她说这段时间的光线是最强的，也是最不平常的，这是画画最好的时候。克拉丽从未真正理解过她的意思，但现在，在傍晚穿过阿利坎特的时候，她明白了。

纽约的蓝色时光并不是真正的蓝色，街灯和霓虹灯把它冲得很淡。乔斯琳心里想的肯定是伊德里斯。在这里光洒落下来，照射在城市的金色石制品上，是一片片纯紫罗兰色。巫光街灯洒落下一圈圈白色的光，那么明亮，克拉丽从里面穿过时期盼着感到一股热量。她希望妈妈跟自己在一起。乔斯琳就会指出阿利坎特的哪些地方是她所熟悉的，哪些地方在她的记忆中占有一席之地。

但她从来没跟你说过这些事情。她故意向你隐瞒了这些事情。而现在你或许再也不可能知道这些秘密。一阵尖锐的痛——一半是气愤，一半是遗憾——攫住了克拉丽的心。

“你太文静了。”塞巴斯蒂安说。他们正穿过一座运河上的桥，桥上的石雕里刻着如尼文。

“只是在想我回去后会有什么样的麻烦。我不得不爬上窗户逃出去，但阿玛提斯现在很可能已经注意到我不见了。”

塞巴斯蒂安皱起眉头。“为什么溜出来？难道他们不准你去看自己的哥哥？”

“我根本就不应该出现在阿利坎特，”克拉丽说，“我应该在家里，当个局外人袖手旁观。”

“啊，这解释了不少事情。”

“是吗？”她侧目好奇地扫视着他。他的黑头发上出现了蓝色的阴影。

“早些时候你的名字一出现大家的脸色似乎都变得惨白。我推断你哥哥和你之间有怨仇。”

“怨仇？好吧，这也算是一种说法。”

“你不是很喜欢他？”

“喜欢杰斯？”过去几个星期她考虑了很多关于自己是否爱杰斯·维兰德，怎么会这样之类的问题，她从来没有停下来想一想自己是否喜欢他。

“对不起。他是家人——这倒不是关于你是否喜欢他的问题。”

“我确实喜欢他，”她说的时候自己也很惊讶，“我确实喜欢，只是——他使我很恼火。他告诉我什么事情我能做，什么事情我不能做——”

“似乎不是很有用啊。”塞巴斯蒂安注意到。

“你是什么意思？”

“无论如何，你似乎还是做了自己想做的事情啊。”

“我猜是的，”这种洞见令她惊叹，一个几乎完全陌生的人竟然都看出来了，“但这似乎使他非常生气，比我预想的要严重。”

“他会消气的。”塞巴斯蒂安的语气很不屑。

克拉丽好奇地看着他。“你喜欢他吗？”

“我喜欢他。但我觉得他不是很喜欢我，”塞巴斯蒂安的语气有些懊恼，“我说的一切似乎都让他很生气。”

他们从街上拐弯来到一个宽敞的鹅卵石广场上，四周有一座座高大狭窄的建筑。广场中央是一尊天使铜像——那个天使，那个牺牲自己的血而创造了暗影猎手族群的天使。广场的北角有个巨大的白色石头建筑。瀑布式的大理石宽台阶通往一个柱状拱廊，后面是一对巨大的双门。在傍晚的余晖中，整体效果令人叹为观止——又有种奇怪的熟悉感。克拉丽怀疑自己以前是不是看见过这个地方的画。或许她妈妈曾经画过一幅？

“这是天使广场，”塞巴斯蒂安说，“那是天使大厅。《圣约》最初是在那里签署的，自从暗影魅族们不被允许进入防御厅后，现在这里就更名为圣约大厅了。这是最重要的会议地点——庆祝仪式在那里举行，婚礼啊，舞会之类的。这里是市中心。他们说条条大路通大厅。”

“看起来有点像教堂——不过你们这里没有教堂，是不是？”

“不需要，”塞巴斯蒂安说，“恶魔塔庇佑我们的安全。我们不需要其他东西。那就是我为什么喜欢来这里的原因。这里感觉……很宁静。”

克拉丽惊讶地看着他。“那么你不住在这里？”

“不，我住在巴黎。我只是来拜访艾琳——她是我表妹。我母亲和她父亲、我的舅舅帕特里克是兄妹。艾琳的父母负责北京的学院多年。他们大约十年前搬回阿利坎特。”

“他们是——潘海洛夫妇不是集团成员，是吗？”

震惊的神色从塞巴斯蒂安的脸上一闪而过。他沉默不语。他们转弯离开广场，朝大杂院似的黑漆漆的街道走去。“你为什么会问这个？”他终于开口说道。

“哦——因为莱特伍德夫妇啊。”

他们从街灯下穿过。克拉丽偷偷地看了看塞巴斯蒂安。他穿着黑色的长外套和白色衬衣，在白色的光圈下，他看起来就像是维多利亚时代剪贴簿上的绅士的黑白插图。他的黑发紧贴着太阳穴拳起来，使她有迫不及待地想把他画下来的心情。“你得理解，”他说，“伊德里斯的一大半年轻的暗影猎手都曾是集团成员，他们当中有许多人也不在伊德里斯。帕特里克舅舅是比较早期的，但当他意识到瓦伦丁多么危险时，他就脱离集团了。艾琳的父母都没参加过大叛乱——我舅舅去北京以远离瓦伦丁，在那里的学院他遇见了艾琳的母亲。莱特伍德夫妇和其他集团成员因反叛圣廷罪而遭审判时，潘海洛夫妇投了宽恕票，并使他们被送往纽约，而不是遭到诅咒。所以莱特伍德夫妇一直以来都很感激他们。”

“那你的父母呢？”克拉丽问，“他们属于集团吗？”

“并不全然是。那时候，我妈妈比帕特里克年轻一些——他去北京时把她送到巴黎去了。她在那里遇见了我父亲。”

“那时候你妈妈比帕特里克小？”

“她死了，”塞巴斯蒂安说，“我父亲也死了。我的姑妈艾洛蒂抚养我长大。”

“哦，”克拉丽感到自己很蠢，“我很抱歉。”

“我不记得他们了，”塞巴斯蒂安说，“并不真的记得。我小的时候，期望有个姐姐或哥哥，有个人能告诉我父母是什么样的。”他若有所思地看着她，“我能问你一件事吗？克拉丽。你知道你哥哥的反应会如此强烈，为什么你还要来伊德里斯呢？”

她还没来得及回答他，他们就走出了那条狭窄的巷子，他们一直沿着这条路来到那个熟悉的没点灯的院子，那口废弃的井在月光下散发着微光。“水塘广场，”塞巴斯蒂安说道，他分明流露出失望的语气，“我们到达这里的速度比我原先设想的要快。”

克拉丽朝横跨在运河上的石桥望去。她已经看得见远处阿玛提斯的房子了。所有的窗户都有光照出来。她叹气道：“从这里我可以自己回去了，谢谢。”

“你不希望我陪你走到——”

“不希望，除非你也想惹上麻烦。”

“你认为我会惹上麻烦？就因为很绅士风度地送你回家？”

“不该有人知道我在阿利坎特，”她说，“这应该是个秘密。没有冒犯的意思，但你是个陌生人。”

“我希望不是，”他说，“我想更多地了解你。”他看着她，脸上掺杂着一种既风趣又有点害羞的表情，仿佛他不确定对方会对自己刚刚说的话作何感想似的。

“塞巴斯蒂安，”她说道，突然觉得一阵困倦感快要将自己压倒了，“我很高兴你想了解我，但我没有精力了解你。对不起。”

“我不是——”

不过，她已经走开了，朝桥上走去。走到一半，她转过身，回头看了一眼塞巴斯蒂安。他在一束月光中给人一种古怪的孤苦伶仃的感觉，他的黑发遮住了他的脸。

“拉格纳·菲尔。”她说。

他盯着她。“什么？”

“你问过我为什么明知道不应该来还来这里，”克拉丽说，“我妈妈生病了。病得很重。或许快要死了。唯一能帮助她的人，是一个名叫拉格纳·菲尔的巫师。只不过我不知道到哪里才能找到他。”

“克拉丽——”

她转身朝房子走去。“晚安，塞巴斯蒂安。”

爬上格子架比从上面下来要困难一些。克拉丽的靴子在潮湿的石头墙壁上打滑了很多次后，她终于跃上窗台，半跳半摔地跌倒在卧室，方才感到放心了。

她的狂喜没持续多久。她的靴子刚踩到地板，一盏明亮的灯就倏地点亮了。

阿玛提斯坐在床沿，她的背挺得很直，手里拿着一枚巫光石，巫光石散发出来的刺眼的光丝毫没让她那绷紧的脸和嘴角的线条柔和一些。她默默无语地盯着克拉丽看了很久，终于开口说道：“穿着这些衣服，你跟乔斯琳一模一样。”

克拉丽挣扎着站起来。“我——我很抱歉，”她说，“就这样跑出去——”

阿玛提斯用手捂住巫光石，熄灭了它发出的光。克拉丽在突如其来的朦胧中眨了眨眼睛。“把战斗服换掉吧，”阿玛提斯说，“到厨房来见我。别想着从窗户溜出去了，”她补充道，“否则下次你再回到这座房子时就会发现窗子被封死了。”

克拉丽艰难地咽下口水，点了点头。

阿玛提斯站起来离开了，没有再说一句话。克拉丽迅速地脱下战斗服，穿上自己的衣服，她的那些衣服就挂在床柱上，现在已经干了——她的牛仔裤有点僵硬，不过穿上她熟悉的T恤衫感觉真好。她摇头把凌乱的头发甩到后面去，朝楼下走去。

上次她看见阿玛提斯房子的一楼时，神志不清，还有幻觉。她记得长长的走廊似乎永无止境，一座巨大的落地大摆钟咔嗒作响，节奏像快要停止跳动的心脏那样。现在她发现自己来到一间朴素的小客厅，里面摆放着普通的木制家具，地板上铺着一块旧地毯。地毯很小，颜色鲜艳，这使她有些想念自己在布鲁克林的家里的客厅了。她悄悄地穿过客厅来到厨房，炉子上有火在燃烧，房间里充满了温暖的黄色光芒。阿玛提斯坐在餐桌边。她的肩膀上围着一条蓝色的披肩，这使她的头发显得更加灰白。

"嗨。"克拉丽停在门口。她看不出阿玛提斯有没有生气。

"我猜没必要问你去哪里了，"阿玛提斯说道，她没抬起头，"你跑去见乔纳森了，是不是？我猜这是唯一可以预料的事情。或许如果我有自己的孩子的话，他跟我撒谎我就会知道的。但我曾那么期望，至少这一次，我没有完全令我的弟弟失望。"

"令卢克失望？"

"你知道当他被咬之后发生了什么事吗？"阿玛提斯眼睛盯着前方，一动不动，"当我的弟弟被狼人咬了之后——当然他会被咬，瓦伦丁总是拿他自己和追随者的生命冒一些很愚蠢的险，只不过是时间问题——他来告诉我发生了什么事，他多么害怕自己可能会染病变成狼。而我说……我说……"

"阿玛提斯，你没必要告诉我这——"

"我告诉他离开我的房子，不要再回来直到他确定自己没染病。我退缩躲避他——我情不自禁地这么做，"她的声音在颤抖，"他看得出我有多么讨厌他，这全都写在我的脸上了。他说他担心如果他真的染病，如果他变成狼人，瓦伦丁就会让他自尽，而我说……我说或许那可能是最好的事情。"

克拉丽倒抽了一口气，她没控制住。

阿玛提斯迅速抬起头看着她。自我憎恨写满了她的脸。"卢克总是那么个老好人，不管瓦伦丁试图让他做什么——有时候我想他和乔斯琳是我认识的唯一真正的好人——我无法接受他居然被变成恶魔……"

"但他不是那样的。他不是恶魔。"

"我那时候不知道。在他转变后，在他从这里逃走后，乔斯琳非常，非常努力地使我相信他内心仍然和过去一样，仍然是我的弟弟。要不是她的话，我绝不会同意再见他。在大叛乱之前他回来时我让他留在这里——让他躲在地窖里——但我说不出他是否真的信任我，在我将他拒之门外以后，我说不出。我想他仍然不相信我。”

“他对你的信任足以让他在我生病时来到这里，”克拉丽说，“他对你的信任足以让他把我托付给你——”

“他没别的地方可去，”阿玛提斯说，“瞧我把你照顾得多好啊。我甚至没能让你在家里待上一天。”

克拉丽畏缩了。这些话比被人大声训斥一顿还糟糕。“不是你的错，我向你撒谎，然后溜了出去。对此你无能为力。”

“哦，克拉丽，”阿玛提斯说，“难道你不明白吗？总有你能做的事情。只不过像我这样的人总是自欺欺人。我告诉自己为卢克我什么也做不了。我告诉自己斯蒂文离开我，我无能为力。我甚至拒绝参加圣廷的会议，因为我告诉自己我什么也做不了，无法影响他们的决定，哪怕我讨厌他们做的事情。不过当我确实选择做什么事情的时候——好吧，我连做这件事也做不好。”她的眼睛闪着光，在火光下坚定而明亮。“去睡觉，克拉丽，”她说完了，“从现在起，你想来就来，想走就走。我不会做任何事阻止你。毕竟，和你说的一样，我什么事情也做不了。”

“阿玛提斯——”

“别这样，”阿玛提斯摇着头，“去睡觉吧。求你了。”她的声音有种决绝的意味。她转过去，盯着墙壁，眼睛眨都不眨，仿佛克拉丽已经走了一样。

克拉丽转过身，朝楼上跑去。回到客房，她用脚把门踢上，扑倒在床上。她本以为自己会哭，但没有眼泪流出来。杰斯讨厌我，她心想。阿玛提斯讨厌我。我都没去跟西蒙说再见。我妈妈快死了，卢克抛弃了我。我孤苦伶仃。我从来没这样孤单过，而这都是我自己的错。或许那就是她为什么哭不出来的原因吧，她意识到这一点，目不转睛地盯着天花板流不出一滴眼泪。因为既然没有人来安慰你，哭又有什么用呢？更糟糕的是，那是连自己都无法安慰自己的时候。

第七章

天使畏惧踏入的领域

从血和阳光的梦境中醒来，西蒙突然听见呼喊他名字的声音。

“西蒙，”声音是压低的耳语，“西蒙，起来。”

西蒙站了起来——有时候他动作快得连自己都感到惊讶——他在地牢的黑暗中转了个圈。“塞缪尔？”他看着一片阴影轻声问，“塞缪尔，是你吗？”

“转过身来，西蒙，”现在声音听起来有种模模糊糊的熟悉感，带着一种不耐烦的口吻，“到窗户这边来。”西蒙立即辨认出来是谁了，透过上着铁栅栏的窗户，他看见杰斯跪在外面的草地上，手里握着一枚巫光石。他正疲惫而生气地皱起眉头看着西蒙。“怎么，你以为自己在做噩梦？”

“或许我还在做。”西蒙的耳边传来一阵嗡嗡声——如果他还有心跳，他就会以为这是血液流经血管的声音，但这是别的，是一种跟肉体不那么有关却又比血液更接近的东西。

巫光在杰斯苍白的脸上投下一层疯狂的光影图案。“那么这里是他们关押你的地方。我甚至都没想过他们竟然还用这些地牢，”他斜眼瞟了瞟，“一开始我搞错窗户了，让你隔壁的狱友大吃一惊。好家伙，长着胡子，衣衫褴褛。有点让我想起老家街上遇见的某个人。”

西蒙意识到他耳边响起的嗡嗡声是什么了。愤怒。在内心深处的某个角落，他知道他的嘴唇往后扯，尖牙摩擦着下嘴唇。“我很高兴你觉得这一切很有趣。”

“那么，你看到我不高兴吗？”杰斯说，“我得说，我很惊讶。总是有人跟我说我的在场让周围蓬荜生辉。人们可能会认为这对潮湿阴冷的地牢有双倍的效果。”

“你知道会发生什么事，对不对？你说过‘他们会直接送你回纽约’。没问题。但他们根本就没打算那么做。”

“我不知道，”杰斯的眼神清澈而镇定，透过铁条迎着他的目光，“我知道你不会相信我，但我认为我那时跟你讲的是真话。”

“你要么是在撒谎，要么是愚蠢——”

“那么我是愚蠢。”

"——或者两者兼而有之，"西蒙接过话茬说完，"我倾向于认为是两者兼而有之。"

"我没有理由向你撒谎。特别是现在，"杰斯的眼神仍然很镇定，"别再露出尖牙虎视眈眈地看着我。这让我感到紧张。"

"好极了，"西蒙说，"如果你想知道为什么，因为你闻起来有股血的味道。"

"那是我身上的古龙香水，是最近受伤时留下的香水味。"杰斯举起左手，上面布满绷带，关节处被渗出的血液染红了。

西蒙皱起眉头。"我还以为你们族类不会受伤呢。没有那种持久的伤。"

"我打穿了窗户，"杰斯说，"亚历克像盲呆那样处理伤口好让我长记性。哎，我告诉你实情了，印象深刻吧？"

"哪有，"西蒙说，"我还有比你更棘手的问题。大审判官一直在问我我无法回答的问题。他一直指责我是从瓦伦丁那里获得了日光行者的能力，是他的间谍。"

杰斯的眼中闪烁着警觉。"奥尔德特里这样说的？"

"奥尔德特里暗示整个圣廷都是这么认为的。"

"那很糟糕。如果他们确定你是间谍，使自己信服你违法了《大律法》，那么《圣约》就不适用，"杰斯飞快地瞟了一眼四周，然后视线重新落在西蒙身上，"我们最好把你从这里弄出去。"

"然后又怎样？"西蒙几乎不能相信自己在说什么。他那么想从这个鬼地方出去，急切得都能尝到那种味道了，然而，他却阻止不了这些话从自己的嘴巴里冲出来。"你计划把我藏在哪里？"

"在防御厅有一扇移空门。如果我们能找到它，我就能送你回去，穿过——"

"所有人都会知道你帮助了我。杰斯，圣廷想要的并不仅仅是我。实际上，我怀疑他们根本不在乎暗影魅族这样或那样。他们力图证明你的家庭——莱特伍德家有问题。他们力图证明他们与瓦伦丁有千丝万缕的联系，他们从未真正地离开过集团。"

即使在黑暗中都能看到杰斯大惊失色。"但那样太荒谬了。他们与瓦伦丁作战——在船上——罗伯特差点丧命——"

"大审判官想要相信，他们牺牲在船上战斗的其他拿非力人，以维持他们反对瓦伦丁的错觉。但他们仍然失去了圣剑，那才是他关心的东西。听着，你们试图提醒圣廷，但他们不关心。现在大审判官正在找替罪羔羊。如果他能给你们家扣上叛徒的恶名，那么就不会有人为发生的一切而责备圣廷了，他就能不受任何反对地制定任何他想要的政策。"

杰斯双手捧着脸，长长的手指心不在焉地猛拽自己的头发。“但我不能就这样把你留在这里。要是克拉丽发现——”

“我早该知道这才是你担心的事情，”西蒙刺耳地大笑道，“那么别告诉她。不管怎样，她在纽约，谢——”他没继续说下去，没法说出那个词，“你是对的，”他反而这样说道，“我很高兴她不在这里。”

杰斯从手中抬起头。“什么？”

“圣廷发疯了。谁知道如果他们知道她能做的事情，他们会对她怎么样，你是对的，”西蒙重复了一遍，看杰斯没有回答，他继续补充道，“而且你不妨自我享受一番我刚才跟你说过的话。我很可能再也不会说这样的话了。”

杰斯盯着他，一脸茫然，这让西蒙突然想起杰斯在船上，浑身是血，躺在金属地板上奄奄一息的表情，这让他感到很不舒服。终于杰斯说道：“那么你是在告诉我你计划待在这里吗？待在监狱里？直到何时？”

“直到我们想出更好的主意，”西蒙说，“不过还有一件事情。”

杰斯挑起眉毛。“是什么？”

“血，”西蒙说，“大审判官想要使我挨饿到招认。我已经感觉很虚弱了。到明天之前我会——好吧，我不知道我会怎样。但我不想屈服于他。而且我不会再喝你的血，或任何其他人的。”他没等杰斯主动提出就飞快地补充道，“动物血液就可以了。”

“血我可以给你，”杰斯说，但他欲言又止，“你……告诉大审判官我让你喝我的血了吗？告诉他我救了你吗？”

西蒙摇了摇头。

杰斯的眼睛因为反射的光线而发亮。“为什么不？”

“我猜我不希望让你惹上更多麻烦。”

“听着，吸血鬼，”杰斯说，“如果可以的话你就保护莱特伍德一家。但不要保护我。”

西蒙抬起头。“为什么不？”

“我猜，”杰斯说——过了一会儿，当他透过铁条往下看时，西蒙几乎觉得似乎他在外面，而杰斯才是在地牢里面的那个人，“因为我不配。”

克拉丽在一阵好像冰雹砸在金属屋顶上的砰砰声中醒来。她从床上坐起来，昏昏沉沉地四处张望。又传来一个声音，是那种重击时发出的刺耳的嘎吱声，从窗户那边传来。她不情愿地掀开被子，走过去查看。

推开窗，一阵刺骨的寒风扑面而来，像利刀似的穿透了她的睡衣。她颤抖着把身体探出窗台。

有人站在下面的花园里，不一会儿，她心口一紧，只看见一个高大瘦削的身影，凌乱的头发有种男孩子气。接着他抬起头，她看见头发是黑色的，不是金色，她意识到她满心期待的是杰斯，结果却是塞巴斯蒂安，这已经是第二次了。

他的一只手里拿着一把鹅卵石，看见她探出头来向他招手，他笑了，然后指了指玫瑰格子架。爬下来。

她摇摇头，指着正门。在正门等我。关上窗户，她匆忙地跑下楼。已经日上三竿了——从窗户里泼洒进来的金光强烈刺眼，金碧辉煌，不过灯全都熄灭着，屋子里静悄悄的。阿玛提斯肯定还在睡觉，她心想。

克拉丽朝正门走过去，拉开插销，打开门。塞巴斯蒂安出现在她眼前，站在正门的台阶上，她心中再一次泛起那种感觉，那种奇怪的似曾相识的感觉油然而生，尽管这一次更加微弱。她无力地冲他笑了笑。“你朝我的窗户扔石头，”她说，“我还以为这种事只有在电影中才会出现呢。”

他咧开嘴笑了。“漂亮的睡衣。我吵醒你了吗？”

“可能吧。”

“对不起，”他说道，不过看不出有丝毫的歉意，“不过这件事不能等。对了，你可能想要跑到楼上，换件衣服。我们今天要一起玩一整天。”

“哇，很自信嘛，是不是？”她打趣道，不过，话又说回来，像塞巴斯蒂安这样的男生没有理由不自信啊。她摇摇头。“我很抱歉，但我不能。我不能离开这座房子。今天不行。”

他眉宇间闪过一丝若隐若现的担忧。“你昨天离开过这座房子啊。”

“我知道，但那是之前——”在阿玛提斯使我感到羞愧难当之前，“我就是不能。请你别试图说服我改变主意，好吗？”

“好吧，”他说，“我不会争辩。不过至少让我告诉你我来这里的原因吧。然后，我保证，如果你仍然希望我离开，我就会离开。”

“什么事？”

他抬起脸，她奇怪黑色的眼睛怎么可能像金色的眼睛那样闪亮。“我知道你在哪里能找到拉格纳·菲尔。”

跑上楼，匆忙地换上衣服，仓促潦草地给阿玛提斯写下一张留言条，然后跑下楼跟在运河边等她的塞巴斯蒂安会合，克拉丽总共花了不超过十分钟。她气喘吁吁地跑过去跟他碰头，那件绿色的外套才套进了一条胳膊。“我来了，”她说着，猛地停下来，“我们现在能走了吗？”

塞巴斯蒂安坚持要帮她穿上外套的另一只袖子。“我想之前可没有人帮我穿过外套，”克拉丽评论道，把压在领子里的头发拉出来，“好吧，可能只有女侍应生吧。你当过侍应生吗？”

“没有，不过我可是被法国女人养大的哦，”塞巴斯蒂安提醒她，“有甚至更严格的训练课程。”

克拉丽尽管很紧张但却笑了。塞巴斯蒂安很善于使她微笑，她意识到这一点，有些微微吃惊。他几乎是太擅长此道了。“我们要去哪里？”她唐突地问，“菲尔的家在这附近吗？”

“实际上，他住在城外。”塞巴斯蒂安说着，开始向一座桥走去。克拉丽跟他肩并肩地走着。

“步行要很久吗？”

“太远了，走不过去。我们要搭便车。”

“搭便车？搭谁的？”她完全停下脚步，“塞巴斯蒂安，我们得小心。我们不能随便向人透露我们正在做的事情——我正在做的事情。这是秘密。”

塞巴斯蒂安深邃的黑眼睛凝视着她。“我以天使之名发誓，我要搭便车的那个朋友不会向任何人透露我们要做的事情。”

“你确定？”

“我很确定。”

拉格纳·菲尔，她心里念着这个名字和塞巴斯蒂安一起从拥挤的街头穿梭而过。我要去见拉格纳·菲尔。狂喜与惊恐交织在一起——玛德莱娜把他讲得神乎其神，令人敬而远之。如果他对她没耐心，不肯见她，怎么办？如果她不能使他相信她是名副其实的自己怎么办？如果他甚至不记得她妈妈了怎么办？

每次从金发男子或黑色长发女孩身边经过时，她心里都会一紧，以为自己认出杰斯或伊莎贝尔了，这对她放松心情可没什么帮助。不过，伊莎贝尔很可能只会对她视而不见，她闷闷不乐地想着，杰斯毫无疑问回到潘海洛家了，跟他的新女朋友耳鬓厮磨。

“你担心被跟踪？”当他们拐到一条与市中心反方向的小巷子上时塞巴斯蒂安问，他注意到克拉丽一直不停地四处张望。

“我总以为我看见了自己认识的人，”她承认，“杰斯或者莱特伍德家的人。”

“我想自从他们来这里杰斯就没离开过潘海洛家。他几乎都是躲在房间里。昨天，他的手受了很严重的伤——”

“伤了手？怎么伤的？”克拉丽问道，忘了自己在往哪里走，结果被一块石头绊了一下。他们走的那条路的路面不知怎么从鹅卵石变成了小石块，她根本没注意到。“哎哟。”

“我们到了。”塞巴斯蒂安宣布道，他在一个由木头和金属丝做成的高栅栏前面停了下来。周围没有房子——他们不经意间就把居民区抛在了身后，只有一边是栅栏，另一边是一条铺满小石头的斜坡通往森林。

栅栏上有一扇门，但是却上了挂锁。塞巴斯蒂安从口袋里掏出一把沉重的钢质钥匙，打开门。“我一会儿就跟我们的便车回来。”他随手关上门。克拉丽透过板条望过去。透过缝隙，她瞥见一座外观低矮的红墙板房。尽管看不出来真有那么一扇门——或者严格意义上的窗户——

门开了，塞巴斯蒂安又出现了，笑得嘴都合不拢。他一只手牵着一根绳子：在他身后驯服地踱着步的是一匹灰白色大马，额头上的宽白条纹宛若星星。

“马？你有一匹马？”克拉丽惊诧得瞪大了眼睛，“谁还有马？”

塞巴斯蒂安充满爱心地抚摸着马的肩胛骨。“在阿利坎特，许多暗影猎手家的马厩里都养着马。如果你注意到的话，伊德里斯没有汽车。周围有魔法屏障，汽车不好使。”他拍了拍马鞍上的灰色皮垫，上面印着一个盾形饰章，勾画的是一条水蛇一圈圈地从湖中升腾而起。“维莱克”的名字精美地写在下面。“上来吧。”

克拉丽往后退。“我以前从没骑过马。”

“我来驾驭‘旅行者’，”塞巴斯蒂安安慰她，“你只需要坐在我前面就行了。”

马轻轻地哼了一声。克拉丽不安地注意到，它的牙齿很大，每一颗都有佩姿糖果盒那么大。她想象着这些牙齿咬进她的腿里，想起中学里认识的所有希望拥有小马驹的女孩，她不知道她们是不是疯了。

“勇敢一点，”她自言自语地说，“这是你妈妈会做的事。”

她深深地吸了一口气。“好吧。我们走吧。”

塞巴斯蒂安扶着她坐上马鞍，然后自己爬上马坐在她身后，把脚踩进脚蹬里。在这个过程中克拉丽想要勇敢一些的决心一直持续着。旅行者像离弦的箭一般飞驰起来，咯噔咯噔地在铺满小碎石的路上奔腾，一路颠簸的力量使克拉丽浑身震颤不已。她紧紧地抓住在她面前竖起来的马鞍的边缘，指甲抠得太紧，连马鞍皮上都留下了印记。

他们出城后走的那条路变窄了，现在马路两侧是一排排郁郁葱葱的树木，绿色的长墙阻挡了视线，看不到更广阔的地方。塞巴斯蒂安拉着缰绳，马停止疯狂的奔驰，克拉丽的心跳也随之慢了下来。随着惊慌不安逐渐退却，她慢慢意识到塞巴斯蒂安就坐在她身后——他正拉紧缰绳，胳膊在她两侧环抱着她，防止她感觉自己就要从马背上滑落下去了。她突然强烈地意识到他的存在，不仅仅是从紧紧拥着她的胳膊上传来的强大的力量，还有她正靠在他的胸膛上，以及他身上不知为何有的一股黑胡椒的味道。并不是不好闻的那种——是那种火辣而令人愉悦的，非常不同于杰斯身上那种肥皂和阳光的味道。并不是说阳光有味道，真的，不过要是它真的有的话——

她紧紧咬住牙齿。她现在跟塞巴斯蒂安在一起，在去见一位法力高强的巫师的路上，而她心里却在梦游般地想着杰斯身上散发的味道。她强迫自己东看看，西看看。一排排绿树越来越稀疏，现在她能看到小路两侧连绵的乡村风光，有种荒凉的美：到处都是犹如伤疤似的灰色大理石公路和从草丛中拔地而起的黑岩石峭壁，把绿色植被切分开来。一簇簇精致的白色花朵，跟她和卢克在大墓地看到的那种花儿一模一样，像偶然飘落的雪花般点缀着山头，星星点点的。

“你怎么搞清楚拉格纳·菲尔在哪儿的？”她问道，塞巴斯蒂安则娴熟地指挥着马绕开路上的一道车辙。

“我的姑妈艾洛蒂。她有个很大的线人网。她知道伊德里斯发生的一切，尽管她自己从没亲自来过这里。她讨厌离开学院。”

“那你呢？你经常来伊德里斯吗？”

“并没有。上一次我来到这里时只有五岁，之后我就没见过我的舅舅和舅妈了，所以现在我很高兴来到这里，使我有机会弥补这段亲情。此外，我不在伊德里斯的时候会想念它。没有哪个地方跟它一样，这里是我的故土，当你不在这里时，你就会感受到它的存在，然后你就会想念它。”

“我知道杰斯想念这里，”她说，“我还以为那是因为他在这里生活过很多年呢。他是在这里长大的。”

“在维兰德庄园里，”塞巴斯蒂安说，“实际上离我们要去的地方不是很远。”

“你看起来无所不知啊。”

“并不是无所不知，”塞巴斯蒂安笑着说道，尽管克拉丽背对着他，却仍然感觉到了，“是的，伊德里斯对每个人都有种魔力，就连那些有理由憎恨这个地方的人也有。”

“为什么你那么说？”

“好吧，他是瓦伦丁抚养大的，是不是？那肯定非常糟糕。”

“我不知道，”克拉丽迟疑了，“实际情况是，他对这件事感情复杂，他表现出来的不多的仁慈和爱是幼年的杰斯所拥有的全部的仁慈和爱。”她说话的时候感到一阵悲伤，“我想很久以来，他对记忆中的瓦伦丁怀着很强烈的爱。”

“我不信瓦伦丁曾经对杰斯表示过仁慈或爱。瓦伦丁是魔鬼。”

“好吧，是的，但杰斯是他的儿子。而且他只是个小孩子。我想瓦伦丁确实爱他，以他自己的方式——”

“不会，”塞巴斯蒂安的语气很尖锐，“恐怕这是不可能的。”

克拉丽眨了眨眼睛，几乎要转过身来看他的脸，但接着又从好的方面来思考这件事。所有的暗影猎手在瓦伦丁这个话题上都有些疯狂——她想到大审判官，心里不寒而栗——她很难责备他们。“可能你是对的。”

“我们到了。”塞巴斯蒂安突然说道——他说得如此唐突，克拉丽甚至怀疑是不是自己在什么地方冒犯了他——接着他跳下马背。但他抬头看着她时，他却在微笑。“我们速度很快，”他说着把缰绳拴在附近一棵树的低枝上，“比我想象得要快。”

他做了个手势，暗示她可以下马了，犹豫了片刻之后，克拉丽从马上滑下来，落进了他的怀里。他一把接住她，她则紧紧地抓住他，坐了这么久之后她的腿脚不太稳。“对不起，”她害羞地说，“我不是故意抓你。”

“我不会为此道歉的。”他的呼吸温暖地拂过她的脖子，她打了个寒颤。他的手在她的背上稍稍停留了一会儿，然后才不舍地放开她。

所有这一切都无助于克拉丽的腿站得更稳一些。“谢谢，”她说，非常清楚自己脸红了，真心希望她那白皙的皮肤别那么容易发红，“那么——就是这里了吗？”她四处张望。他们正站在低矮的山岭之间的小山谷里。在一片空地周围是一排排长满节瘤的树。它们那弯曲的树枝在铁青色天空的映衬下宛若雕塑般美丽。但另一方面……“这里什么都没有。”她皱着眉头说。

“克拉丽。集中精神。”

“你的意思是——魔力？但我并不常——”

“魔力在伊德里斯常常比在其他地方要强大一些。你可能得比平时更用心一些，”他把手放在她的肩膀上，温柔地把她转过来，“看着空地。”

克拉丽默默地进行这种将魔力从遮盖它的伪装中剥离出来的控心术。她想象自己把松节油抹在画布上，把颜料一层层剥离，让隐藏在底下的真正的画面显露出来——出来了，一幢小石头房子有尖尖的三角墙屋顶，一缕烟从烟囱里优雅地盘旋着袅袅升起，一圈一圈的。一条两侧铺着石头的弯弯曲曲的小径一直通到正门。她看着时，从烟囱里升起来的烟停止向上盘旋，变成一个摇摇摆摆的黑色问号形状。

塞巴斯蒂安大笑起来。“我想它的意思是，谁在那儿？”

克拉丽裹紧外套。吹过矮草的风并不是那么清凉，然而她仍然有种冰冷刺骨的感觉。“看起来是童话故事里出来的东西。”

“你冷吗？”塞巴斯蒂安用一条胳膊搂住她。从烟囱里盘旋而起的烟停止形成问号，开始吹出向一侧歪斜的心形。克拉丽猫着腰躲开他，感到既尴尬又有些内疚，仿佛她做错了什么事一样。她赶紧走向通往屋子的步行通道，塞巴斯蒂安就跟在她身后。他们才只走了一半路，门突然开了。

自从玛德莱娜告诉克拉丽拉格纳·菲尔这个名字以来，找到这个人就成了克拉丽的一桩心事，但克拉丽从来没想过他可能的样子。如果她曾经稍加想象过的话，会想到的也只不过是一个大块头长胡子的男人，长得像斯堪的纳维亚人，有着宽厚的肩膀。

但是从正门走出来的那个人又高又瘦，一头直立的黑色短发。他穿着一件金色网状背心，一条丝质睡裤。他饶有兴致地看着克拉丽，一边吸烟一边轻轻地从一只大得出奇的烟斗上吐出烟圈。尽管他的外表看起来跟斯堪的纳维亚人根本不搭边，但他立即给人一种完全熟稔的感觉。

马格纳斯·贝恩。

“可是……”塞巴斯蒂安似乎跟克拉丽一样震惊。他嘴巴微张地盯着马格纳斯，一脸茫然。最后，他结结巴巴地说道：“你是——拉格纳·菲尔吗？那位大巫师？”

马格纳斯把烟斗从嘴巴上移开。“哦，我肯定不是奇异的舞者拉格纳·菲尔。”

“我……”塞巴斯蒂安似乎不知道该说些什么了。克拉丽不知道他期待的是什么，但要理解马格纳斯得花一点功夫。“我们希望你能帮助我们。我是塞巴斯蒂安·维莱克，这位是克拉丽莎·摩根斯特恩——她母亲是乔斯琳·菲尔柴尔德——”

“我才不在乎她妈妈是谁呢，”马格纳斯说，“没有预约你们不能见我。以后再来。明年三月很好。”

“三月？”塞巴斯蒂安面露惧色。

“你说得对，”马格纳斯说，“阴雨绵绵的。那么六月怎么样？”

塞巴斯蒂安挺直身体。“我想你不理解这件事有多么重要——”

“塞巴斯蒂安，别说了，”克拉丽厌恶地说，“他只是在逗你玩呢。不管怎样，他都帮不了我们。”

塞巴斯蒂安只是露出更加困惑的表情。“但我不明白为什么他不能——”

“好吧，够了。”马格纳斯说着打了个响指。

塞巴斯蒂安僵立在原处，仍然张着嘴巴，一只手伸出去一半。

“塞巴斯蒂安！”克拉丽伸出手去摸他，但他像雕塑一样僵硬。只有胸脯微微的起伏表明他还活着。“塞巴斯蒂安？”她又喊了一遍，但这根本是无望的：不知为何，她知道他看不见也听不见她。她转身看着马格纳斯。“我简直不敢相信你居然这么做。你到底有什么问题？不管烟斗里是什么东西，你是不是被它搅坏脑子了？塞巴斯蒂安站在我们这边。”

“我不站边，克拉丽，亲爱的，”马格纳斯挥舞着烟斗说道，“实际上，我不得不把他冷冻一会儿是你自己的错。你差一点就要告诉他我不是拉格纳·菲尔了。”

“你确实不是拉格纳·菲尔啊。”

马格纳斯从嘴巴里吐出一串烟圈，透过烟雾若有所思地看着她。“来吧，”他说，“让我给你看个东西。”

小屋里面没有开灯。从窗户透进来的昏暗日光足以让克拉丽看清楚他们正站在一间充满着黑色阴影的大房子里。空气中弥漫着一种古怪的味道，仿佛是垃圾燃烧的气味。她呛得发出微声，马格纳斯举起手又打了一个响指，他的指尖散发出一道明亮的蓝光。

克拉丽倒抽一口气。房间里一片狼藉——家具摔成了碎片，抽屉打开着，里面装的东西散落得到处都是。从书上撕下来的纸张像灰烬一样飘浮在空中。就连玻璃窗也被打碎了。

“昨天晚上我收到菲尔的留言，”马格纳斯说，“他要我在这里跟他见面。我来到这里——发现这里已经是这个样子。所有的东西都被毁坏了，到处都散发着恶魔的臭气。”

“恶魔？但恶魔不能进入伊德里斯——”

“我没说它们来过。我只是告诉你发生了什么事，”马格纳斯说话的语调一如往常，“这地方的臭味来自恶魔。拉格纳的尸体在地板上。他们离开时他还没有死，可我到达时他已经死了。”他转身看着她，“谁知道你在找他？”

“玛德莱娜，”克拉丽小声说，“但她死了。塞巴斯蒂安、杰斯和西蒙。莱特伍德一家——”

“啊，”马格纳斯说，“如果莱特伍德一家知道，圣廷现在可能也已经知道了，瓦伦丁在圣廷有间谍。”

“我应该保密，而不是向每个人打听他的下落，”克拉丽心怀恐惧地说，“这是我的错。我应该警告菲尔——"

"不妨让我指出，"马格纳斯说，"你找不到菲尔，这实际上就是你为什么向人们打听他的原因。听着，玛德莱娜——还有你——认为菲尔是能帮助你母亲的某个人，但这件事没那么简单。瓦伦丁可能并不知道如何唤醒你的母亲，但他似乎知道，她让自己陷入目前那种状况所做的事与他非常渴望拥有的某个东西有关。一本特别的魔法书。"

"你怎么知道这些的？"克拉丽问。

"因为拉格纳告诉过我。"

"可是——"

马格纳斯用手势打断了她。"巫师们有彼此交流的方式。他们有自己的语言，"他举起散发着蓝色火焰的那只手，"圣语。"

火信，每封至少有十五厘米那么高，出现在墙壁上，仿佛是用液金蚀刻进石头里的。信沿着墙壁疾跑，拼写出克拉丽读不懂的文字。她转身看着马格纳斯。"说的是什么？"

"拉格纳这么做的时候知道自己快死了，所以他用信通知，随便哪个巫师过来，"马格纳斯转过身，燃烧的信散发出的光芒使他的猫眼蒙上一层金色，"他在这里遭到瓦伦丁手下的袭击。他们想要《白色魔法书》。除了《灰色格雷》之外，它是有史以来所写的最著名的几卷超自然魔法书之一。里面有乔斯琳服用的药剂配方和解药配方。"

克拉丽张大了嘴巴。"那么它在这里吗？"

"不在，它是你母亲的。拉格纳所做的只不过是建议她把书藏在哪里以免落入瓦伦丁之手。"

"那么它——"

"它在维兰德庄园。维兰德一家离乔斯琳和瓦伦丁住的地方很近，是他俩最近的邻居。拉格纳建议你母亲把书藏在自己家里，藏在瓦伦丁绝不会去看的地方。实际上是在图书室里。"

"可瓦伦丁曾在维兰德庄园住了很多年，"克拉丽抗议，"难道他没找到它？"

"它藏在另一本书里。一本瓦伦丁不可能翻阅的书，"马格纳斯歪着嘴巴笑起来，"《简易主妇食谱》。没人能说你妈妈没有幽默感。"

"那么你已经去过维兰德庄园了？你找过这本书吗？"

马格纳斯摇摇头。"克拉丽，庄园上有一些指示错误的魔法屏障。它们不仅仅抵御圣廷，还抵御所有人，特别是暗影魅族。如果我有时间研究它们的话，我能解开它们的法力，但是——”

“那么没有人能进入庄园吗？”绝望攫住了她的胸口，“是不可能的？”

“我没说没有人，”马格纳斯说，“我想至少有个人肯定能进入庄园。”

“你是说瓦伦丁？”

“我是说，”马格纳斯说，“瓦伦丁的儿子。”

克拉丽摇摇头。“杰斯不会帮助我的，马格纳斯。他不希望我来这里。实际上，我怀疑他根本不会跟我讲话了。”

马格纳斯沉思地看着她。“我想，”他说，“没有什么事情杰斯不会为你做的，只要你开口。”

克拉丽张开嘴，然后又闭上了。她想起马格纳斯似乎一直知道亚历克对杰斯的感情，西蒙对她的感情。现在甚至她对杰斯的感情也清楚写在了她脸上，而马格纳斯非常善于读懂别人的心思。她看向别处。“假如我能说服杰斯跟我一起去庄园拿到那本书，”她说，“然后又能怎样？我不知道怎么施魔法，也不知道怎么制作解药——”

马格纳斯哼了一声。“你认为我告诉你这些是免费的吗？一旦你得到《白色魔法书》，我想让你直接带给我。”

“书？你想要？”

“它是世界上最强大的魔法书。我当然想要。此外，就权利而言，它属于莉莉丝[①]的子孙，而不是拉结尔的。它是一本为巫师写的书，应该归巫师所有。”

“但我需要它——来治愈我的母亲——”

“你只需要其中的一页，你可以保留。剩下的归我。作为回报，你把书给我时，我会为你制作解药，然后给乔斯琳服用。你不能说这不是公平的交易吧，”他伸出一只手，“握手为定？”

犹豫了片刻之后，克拉丽跟他握了握手。“我最好别为此感到后悔。”

“我当然希望不会。”马格纳斯说着，转身开心地朝正门走去。墙上的火信已经开始变淡。“后悔是没有意义的情绪，难道你不同意吗？”

从黑暗的小屋中走出来，外面的太阳显得特别耀眼。克拉丽站在那里眨眼睛，直到视线开始聚焦：远处的群山、心满意足吃着草的旅行者，一只手仍然伸着、像草坪上的雕塑一样一动不动的塞巴斯蒂安。她转身看着马格纳斯。“现在请你解冻他，好吗？”

---

① 犹太传说中杀新生儿的女魔，在犹太法典中，她是亚当的第一个妻子，后被夏娃逐出。

马格纳斯觉得好笑。“今天早上我收到塞巴斯蒂安的消息时感到很惊讶，”他说，“居然说他想帮你个忙。你是怎么遇见他的？”

“他是莱特伍德夫妇什么朋友的表兄之类的。他人很好，我保证。”

“很好，呸！他好极了，”马格纳斯恍惚地凝视着他所在的方向，“你应该把他留在这里。我可以在他身上挂帽子什么的。”

“不行，不能把他给你。”

“为什么不？你喜欢他？”马格纳斯的眼睛闪着幽光，“他似乎喜欢你。我看见他向你伸出手就像松鼠潜入水中打捞花生一样。”

“为什么我们不聊一聊你的爱情生活呢？”克拉丽反击道，“你和亚历克怎么样了？”

“亚历克拒绝承认我们在恋爱，所以我拒绝承认他。前几天他给我发了封火信，请我帮忙。火信上的称谓是‘大巫师贝恩’，仿佛我是个彻头彻尾的陌生人似的。他仍然对杰斯有感情，我想，尽管那段感情不会有结果。我想你根本不知道的一个问题是……”

“哦，闭嘴，”克拉丽厌恶地瞪了马格纳斯一眼，“听着，如果你不解冻塞巴斯蒂安，那么我也绝不离开这里，你就永远得不到《白色魔法书》。”

“哦，好吧，好吧。倘若我可以提出一个请求呢？不要告诉他我刚才跟你说过的任何事情，不管他是不是莱特伍德一家的朋友。”马格纳斯赌气地打了个响指。

塞巴斯蒂安的脸变得有生气了，像暂停后重新开始转动的录像机一样。“——帮助我们，”他说，“这不是什么不重要的事情。这件事生死攸关。”

“你们拿非力人认为你们所有的问题都是生死攸关的，”马格纳斯说，“现在走吧。你们开始让我烦了。”

“可是——”

“走吧。”马格纳斯的声音中带着危险的口吻。蓝色的火花在他长长的指尖上闪烁，空气中突然有种刺鼻的味道，像着了火似的。马格纳斯的猫眼幽幽地闪着光。尽管克拉丽知道这只不过是装腔作势，她仍然忍不住后退。

“我想我们应该走了，塞巴斯蒂安。”她说。

塞巴斯蒂安眯起眼睛。“但是，克拉丽——”

“我们走。”她坚持道，一把拉住他的胳膊，半拽着他朝旅行者走去。他很不情愿地跟着她，轻声咕哝着。克拉丽如释重负地叹了口气，转头朝后面看了一眼。马格纳斯双手抱胸站在小屋门口。他迎上克拉丽的目光，咧嘴笑了起来，眼睛似乎放出光芒来，眨了一下一边的眼皮。

“对不起，克拉丽。”塞巴斯蒂安把一只手放在克拉丽的肩膀上，另一只手则扶着她的腰，帮助她爬上旅行者宽阔的背。她压制着脑海中警告她不要爬上这匹马——或者任何一匹马——的那个小声音——任由他协助她爬上去。她跨上一条腿，在马鞍上坐定了，告诉自己她稳当地坐在一张宽大活动的沙发上，而不是坐在有可能随时转过身来咬她一口的活生生的动物上。

“为什么道歉？”他在她身后跃上马时她问道。他那么轻松地就做到了简直让人觉得生气——仿佛他是在跳舞一般——不过观看时却令人宽慰。他显然知道自己在干什么，他伸手过来拉住缰绳时她想道。她猜一只手拉住缰绳也是不错的。

“为拉格纳·菲尔。我没料到他会那么不愿意帮忙。不过巫师们都变化莫测。你以前见过一位，是不是？”

“我见过马格纳斯·贝恩。”她扭头看了一眼马上要消失在他们身后的小屋。烟正从烟囱里飘出来，形成几个跳舞的手指的形状。跳舞的马格纳斯们？她猜不出其中的含义。“他是布鲁克林的大巫师。”

“他和菲尔很像吗？”

“惊人地相似。菲尔的事没关系。我知道他可能会拒绝我们。”

“但我答应过帮你的，”塞巴斯蒂安听起来真的很难过，“好吧，至少我还有别的东西可以给你看，所以今天不会是完全浪费时间。”

“是什么？”她又扭头仰望着他。太阳高高地挂在他身后的天空上，给他那一绺一绺的黑发镀上一层金色的轮廓。

塞巴斯蒂安咧嘴笑了。“你会看见的。”

他们骑马离阿里坎特越来越远，两侧的绿墙在缰绳的挥动下驰过，不时呈现出美不胜收的风景：结霜的蓝色湖面，郁郁葱葱的山谷，灰色的山脉，波光粼粼的银色河流和小溪，两岸花团锦簇。克拉丽惊叹着住在这样的地方会是什么样的情形。她情不自禁地感到紧张，几乎有种被暴露在外的感觉，因为没有了将她包围起来的高楼大厦带来的安慰。

也并不是没有一个建筑物。每隔一会儿就有石头大房子的屋顶从树梢上方跃入眼帘。这些是庄园的房子，塞巴斯蒂安解释道（在她的耳边喊叫）：暗影猎手中有钱人家的乡村大宅。它们使克拉丽想起曼哈顿北面沿着哈德逊河的那排古老的大豪宅，那里是几百年前纽约有钱人消夏的地方。

脚下的路从小碎石变成泥路了。他们登上一座小山顶时，克拉丽从幻想中惊醒，而塞巴斯蒂安则拉紧了旅行者的缰绳。“就是这里。”他说。

克拉丽目不转睛地看着。“它”是一堆烧焦变黑的乱石岗，只能从轮廓辨认出这里曾经是一座房子：空空的烟囱仍然指向天空，一面没有玻璃的窗户中间裂出了个洞。地基的缝隙里杂草丛生，是这片黑色中的一抹绿。“我不明白，”她说，“我们为什么到这里来？”

“你不知道？”塞巴斯蒂安问，“这是你母亲和父亲曾经住过的地方。是你哥哥出生的地方。这是菲尔柴尔德庄园。”

并不是第一次了，克拉丽脑海中听见霍奇的声音。瓦伦丁点燃一把大火，把自己和他的家人、妻子和孩子一起烧死。把这片土地烧成了黑色。那里直到现在仍然没有人愿意造房子。他们说这片土地遭到了诅咒。

她没再说什么，从马背上滑了下来。她听见塞巴斯蒂安大声呼唤着她的名字，但她已经半跑半滑地朝矮山下跑去。地面在房子曾经坐落的地方变得平坦了，曾经是通道的焦黑色石头在她的脚下干枯开裂。站在杂草丛中，她看见几级台阶突然从地面几十厘米的地方断裂了。

“克拉丽——”塞巴斯蒂安跟着她穿过杂草，但她几乎没有意识到他的出现。她慢慢转了个圈，领会着眼前的这一切。烧得半死的树。曾经很可能是绿茵葱葱的草坪一直绵延到倾斜的山坡底下。她能看见远处的屋顶，可能是附近另一座庄园大宅的。她踏进废墟，脚下是一堆焦黑的石头。她看得出房间和门厅的轮廓，甚至还有一个烧焦的柜子，几乎完整无缺，倒在一侧，瓷器碎片从里面洒落出来，与这片黑土地混杂在一起。

这里曾经是一幢真实的房子，曾经有活着能呼吸的人居住在这里。她的妈妈在这里生活，在这里结婚生子。然后瓦伦丁来了，将一切变成了灰烬，只留下乔斯琳，并误以为自己的儿子死了，导致她向自己的女儿隐瞒这个世界的真相……一阵痛彻心扉的悲伤向克拉丽袭来。不止一条生命在这里被毁灭。她用手摸着自己的脸，惊讶地发现脸上潮湿了：她一直在哭，自己居然不知道。

“克拉丽，我很抱歉。我以为你想看这个。”是塞巴斯蒂安，他踩出嘎吱嘎吱的声音，靴子踢起一团团灰烬。他的脸上写满了担忧。

她转过身看着他。“哦，我确实想来。我以前就想来。谢谢你。”

风刮得更大了，将他的黑发吹到他的脸庞上。他苦笑了一下。“很难想象曾经在这个地方发生过的一切，关于瓦伦丁，关于你母亲——她拥有不可思议的勇气。”

“我知道，”克拉丽说，“她曾经是，现在也是。”

他轻轻地抚摸着她的脸。“你也是。”

“塞巴斯蒂安，你并不了解我。”

“不是这样的。”他抬起另一只手，将她的脸捧在掌心。他的抚摸很温柔，几乎是试探性的。“我听说过你的全部，克拉丽。关于你为了圣杯如何与自己的父亲搏斗，如何跑到被吸血鬼占据的酒店找你的朋友。伊莎贝尔告诉过我很多事情，我也听说过很多流言蜚语。而且自从第一次——第一次我听见你的名字——我就想见你。我知道你会非比寻常。”

她颤抖着笑起来。“我希望你没有太失望。”

“不会，”他轻声说，指尖滑到她的下巴下面，“一点儿也不会。”他抬起她的脸，让她看着自己。她惊讶得不知所措，等到他向她俯下身体时，她才意识到他要干什么，但已经太迟了：条件反射般地，她闭上眼睛任由他的嘴唇温柔地摩擦着她的嘴唇，全身一阵颤栗。她举起胳膊搂住他的脖子，一半是为了稳住身体，一半是把他拉得更近。

他的头发让她的指尖发痒，不像杰斯的那样光滑如丝，却很细很柔软。她不应该想到杰斯。她抑制住自己不去想杰斯，而塞巴斯蒂安的手指则滑过她脸颊和下巴的边缘。他的抚摸很温柔，尽管他的手指上也有老茧。当然，杰斯因为战斗的关系也有同样的老茧，或许所有的暗影猎手都有老茧——

她拼命压制想到杰斯的念头，或者说试图这么做，但这没有用。就算她闭上眼睛也能看见他——看见那张自己可能永远也无法画下来的棱角分明的脸，无论这张脸的形象已经多么深地刻入了她的心；看见他手的精致骨骼，他肩膀上的伤痕——

她心中翻滚着的强烈思念消退得非常快，仿佛有弹性的带子猛地收缩回去。她全身麻木，而此时塞巴斯蒂安的嘴唇压在她的嘴唇上，他的手移到她的脖子后面捧着——一种不对劲的感觉冷冰冰地使她震惊不已。有什么事情，比她对永远无法拥有某个人的那种无望的渴慕还要糟糕。这是别的东西：突如其来的恐惧，仿佛她原本正自信地往前走，突然却跌入一片漆黑的虚无。

她大口喘着气，猛地抽离塞巴斯蒂安，差一点就绊倒了。要不是他扶着她，她肯定已经摔倒了。

“克拉丽，”他双眼茫然，脸颊通红，“克拉丽，怎么啦？”

“没什么，”她的声音自己听来都很虚弱，“没什么——只是，我不应该——我还没有真的准备好——”

“我们发展得太快了吗？我们可以慢一点——”他向她伸出手，但她无法自控地往后退缩。他一脸受伤的表情。“我不会伤害你，克拉丽。”

“我知道。”

“发生了什么事吗？”他抬起手，把她的头发拂到耳后。她强忍住没扭开。“是杰斯——”

“杰斯？”他知道她一直在想杰斯，他能看得出吗？而与此同时……“杰斯是我哥哥。为什么你提起他？你是什么意思？”

“我只是想——”他摇摇头，痛苦和困惑交织着出现在他的脸上，“或许别人曾经伤害过你。”

他的手仍然抚摸着她的脸，她举起手把它放在他的身侧，动作轻柔却坚定。“不是。没有那样的事情。我只是——”她犹豫了，“感觉不对劲。”

“不对劲？”他脸上受伤的表情消失了，取而代之的是难以置信，“克拉丽，我们有种关联。你知道我们有。自从我见到你的那一秒起——”

“塞巴斯蒂安，别——”

“我感觉你就是我一直在等待的那个人。我看出你也这样觉得。别告诉我你没有。”

但那不是她曾经感受到的那种感觉。她感觉就像在一个陌生的城市里走过一个街角，突然看见应该在自己城市里的那幢赤褐色建筑出现在眼前。一种令人惊讶又不完全是愉快的熟悉感，几乎是：它怎么可能在这里呢？

“我没有。”她说。

在他眼中升起的愤怒——来势突然，黑暗而无法控制——使她大吃一惊。他紧紧抓住她的手腕，紧得让她感到疼痛。“那不是真的。”

她竭力挣脱。“塞巴斯蒂安——”

“这不是真的。”他眼中的黑暗似乎吞噬了他的瞳孔。他的脸像一张白色的面具，严肃而僵硬。

“塞巴斯蒂安，”她尽可能平静地说，“你弄痛我了。”

他放开她的手。他的胸脯飞快地起伏着。“对不起，”他说，“对不起。我以为——”

好吧，你想错了，克拉丽想说，但她忍住没说出口。她不想再看见他脸上的那种表情。“我们应该回去了，”相反，她这样说道，“天很快就要黑了。”

他麻木地点点头，好像跟她一样被自己突然爆发的怒火吓呆了。他转过身朝旅行者走去，而马正在拉长的树荫下吃草。克拉丽犹豫了一会儿，接着跟上他——似乎她也没有别的事可做。她偷偷地瞥了一眼自己的手腕，紧跟在他身后——两个手腕上被他的手指握住过的地方留下了几道红印，更奇怪的是，她的指尖黑乎乎的很脏，仿佛她用墨水弄脏过似的。

塞巴斯蒂安一言不发地扶着她爬上旅行者的背。“关于杰斯如果我暗示过什么的话，我很抱歉，”她在马鞍上坐定后他终于开口说道，“他绝不会做任何伤害你的事情。我知道是因为你他才跑到防御厅去看那个吸血鬼囚犯的——”

仿佛世界上的一切突然戛然停止了一样。克拉丽听见自己的呼吸在耳边呼呼作响，看见自己的手像雕像那样变得僵硬，一动不动地搁在马鞍的前鞍桥上。“吸血鬼囚犯？”她低声问。

塞巴斯蒂安一脸惊讶地抬头看着她的脸。“是的，”他说，“西蒙，那个他们从纽约带来的吸血鬼。我以为——我的意思是，我以为你知道这件事的来龙去脉呢，难道杰斯没有告诉你？”

第八章

活人中的一员

刺眼的阳光使西蒙醒了过来，是卡在窗户铁栏之间的那个东西折射进来的阳光。他站了起来，浑身因为饥饿而疼痛着。他看到那是个金属瓶子，大约有保温饭盒那样大小。瓶颈上绑着一截卷起来的信纸。西蒙取下瓶子，展开信纸，上面写道：

西蒙：

这是新鲜的牛血，从屠夫那里弄来的。希望合你的胃口。杰斯把你的话告诉了我。我觉得你真的很勇敢，我想让你知道这一点。坚持住，我们会想办法把你弄出来的。

XOXOXOXOXOXOX[①] 伊莎贝尔

看到沿着页边草草写下的那串字母 X 和 O，西蒙笑了。伊莎贝尔那种夸张的情感表达方式丝毫没有受到当前情况的影响，这真是个好消息。他拔下瓶塞，才刚咽下几口，就感到脊背上一阵刺痛的感觉，这让他转过身去。

拉斐尔平静地站在房间中央，双手背在身后，瘦削的肩膀紧绷着。他穿着一件白色紧身衣，外搭深色夹克衫，脖子上的一条金链子闪着光。

西蒙几乎被刚喝下的那口血给噎住了，他用力咽了一下，仍旧紧盯着拉斐尔。“你——你不可能来这儿。”

拉斐尔的笑容不知怎地，让人感觉他的尖牙就要亮出来，尽管并没有那样。“别慌张，日光行者。”

“我没慌张。”严格来说这不是实情。西蒙感觉自己好像在吞下什么尖利的东西。自从那晚在皇后区，他从那个匆忙挖就的坟墓中挣脱出来之后，便再没见过拉斐尔。他仍然记得拉斐尔把一袋袋动物血扔给他，还有他用牙齿把袋子撕开的方式就好像是只动物一般。这些不是他想要记得的东西。要是他再也不用见到这

① 英文信笺末尾署名处的 XOXO 代表“亲吻拥抱”，是朋友或者恋人之间常用的一种符号表达。

个吸血鬼男孩，那会让他很高兴。“太阳还没落山，你怎么会在这儿？”

“我并不在，”拉斐尔的声音像黄油那般润滑，“我只是个投影。瞧。”他手臂一挥，穿过了身旁的石头墙，“我就像是一股烟，伤害不了你。当然，你也不能把我怎么样。”

“我不想把你怎么样，”西蒙把瓶子放在床上，“可我却想知道你来这儿做什么。”

“你突然之间就离开了纽约，日光行者。你该明白，你出城时得告知当地的主事吸血鬼，你不知道吗？”

“主事？你是说你？我以为主事是其他什么人——”

“卡米尔还没回归我们的队伍，”拉斐尔不动声色地说，“我代替她主事。如果你努力去熟悉自己同类的规矩，就会知道这点事。”

“我离开纽约事先并没有仔细计划过。而且，虽然我无意冒犯，可我真的没把你当作是我的同类。”

“上帝啊，”拉斐尔垂下眼睛，好似要隐藏起笑意，“你真是顽固。”

“你怎么能说出那话？”

“这似乎很明显，不是吗？”

“我的意思是说——”西蒙的喉咙一紧，“那个词。你能说出口，而我却不能说——”上帝。

拉斐尔的眼睛一下挑了起来，他看上去的确是被逗乐了。“经年累月，”他说，“不断练习，还有信仰，或者说是信仰的缺失——这两者从某些方面看来是一样的。时间久了你会学会的，小雏鸟。”

“别那样叫我。”

“可你就是这样的啊。你是黑夜之子。不就是因为这个瓦伦丁才抓了你，取走了你的血液吗？不就是因为你是这样的你吗？”

“你似乎知道很多，”西蒙说，“也许该你来告诉我。”

拉斐尔的眼睛眯了起来。“我还听到有流言说你喝了一个暗影猎手的血，这让你有了一种能力，那种可以在阳光下活动的能力。这是真的吗？”

西蒙的汗毛竖了起来。“这真是荒唐。如果暗影猎手的血能够赋予吸血鬼在白天活动的能力，那现在所有人都应该知道这一点了吧。拿非力人的血会是稀罕物，而且在那之后，吸血鬼和暗影猎手之间绝不会再和平相处。所以说，这点不是真的倒是件好事啊。”

拉斐尔的嘴角泛起一丝淡淡的笑容。“说得真没错。提到稀罕物，你现在可是个身价不菲的物件。你还没意识到这一点，是吗，日光行者？这世上所有的暗影魅族中没有一个人不想得到你的。”

“也包括你在内吗？”

“当然。”

“那如果你真的得到了我，你会把我怎样？”

拉斐尔耸了耸瘦削的肩膀。“我并不像其他吸血鬼那样，认为这种可以在白天活动的能力是种天赋，也许只有我是这么想的。我们成为黑夜之子一定有其原因。我可能会对你厌恶至极，就如同人们对我深恶痛绝那样。”

“是吗？”

“这很有可能，”拉斐尔的话语之中不动声色，“我认为你对我们所有人来说是个威胁，如果你乐意回归我们的话，其实是对我们吸血鬼一族的威胁。你不可能永远待在这牢房里，日光行者。终究你还是要走出去，再次面对这个世界，再次面对我。我能告诉你一件事，我将会发誓不去伤害你，而且不会试图去寻找你，只要你也发誓一旦奥尔德特里放了你，你就躲起来，发誓走得远远的，没人能找到你，而且不再和你人类生命中所认识的任何人联系。我能这样做可是再公平不过了。”

可西蒙已经在摇头了。“我不能离开我的家人，还有克拉丽。”

拉斐尔气愤地哼了一声。“他们已经不再是你目前所拥有的生命中的一部分了。你现在是个吸血鬼。”

“可我不想变成吸血鬼。”西蒙说。

“瞧瞧你自己吧，还在一直抱怨，”拉斐尔说，“你永远不会生病，不会死去，而且永远强壮年轻，你再不会衰老。你还有什么可抱怨的呢？”

永远年轻，西蒙想。这听上去不错，可真有人想一直十六岁吗？永远定格在二十五岁是一回事，可十六岁呢？总是这样又高又瘦，而且笨手笨脚的样子，永远不能成长为真正的自己，不能拥有自己完全长成的脸庞和身型？更不要说十六岁的样子，注定他永远不能进酒吧给自己叫酒喝，不能，永远不能。

“而且，”拉斐尔又补充说，“你甚至不用放弃享受阳光的权利。”

西蒙完全没有意愿再重复一次刚才的谈话。“在迪蒙酒店我听到其他人谈论你，”他说，“我知道你每个周日都会带上十字架，去看望你的家人。我敢打赌说他们甚至都不知道你是个吸血鬼。所以也不要让我放下生命中的所有人。我不会那样做，而且我也不会撒谎骗你说我愿意。”

拉斐尔的眼睛闪着光。“我的家人是怎么想的并不重要。重要的是我认为什么，明白什么。一个真正的吸血鬼明白他已经死了，他接受死亡。可你呢，你认为自己还是活人中的一员，就是这点让你如此危险。你不能承认自己已经不再活着。”

克拉丽把阿玛提斯家的大门关上，并且锁上门闩，这时已近黄昏。昏暗的门廊中，她半闭起眼睛，倚靠着大门良久。极度的疲劳让她的四肢都感觉沉甸甸的，腿脚非常疼痛。

“克拉丽？”阿玛提斯坚定的声音打破了沉寂，“是你吗？”

克拉丽待着没动，紧闭着双目，放任自己游荡在那片宁静的黑暗中。她如此强烈地想要回家去，几乎能嗅到布鲁克林大街上那股有金属味的空气。她能看到妈妈坐在窗边的椅子上，昏暗的淡黄色光线透过敞开的公寓窗户倾泻进来，照射在妈妈正在创作的画布上。这股乡愁在她胸中翻滚，像是种伤痛。

“克拉丽。”这一次声音更近了一些。克拉丽一下睁开了眼睛，阿玛提斯就站在她面前，双手叉腰，灰白的头发简单地在脑后扎起。“你哥哥来见你了，他在厨房等着。”

“杰斯来了？”克拉丽努力克制住自己脸上的愤怒和震惊。在卢克的姐姐面前显示出自己有多生气没什么意义。

阿玛提斯好奇地看着她。“我不该让他进来吗？我以为你会想见他。”

“不，这很好，”克拉丽有些费力地让自己的语调保持平静，“我就是累了。”

“啊，”阿玛提斯看起来似乎不相信这话，“好吧，如果你需要我的话，我就在楼上。我需要打个盹。”

克拉丽想象不出自己需要阿玛提斯什么，可她还是点了点头，无精打采地穿过走廊，进入厨房。厨房中充盈着明亮的光线，桌子上放着一盆水果——橘子、苹果和梨——还有一大块面包和黄油奶酪，旁边有一盘看起来像是……饼干？阿玛提斯真的会烤饼干吗？

杰斯就坐在桌边，双肘支撑，俯身向前，金色的头发乱蓬蓬的，衬衫在领口微微张开，她能看到浓密的黑色印记沿着他的锁骨缠绕开去。他绑着绷带的手里拿着一块饼干。这样看来塞巴斯蒂安说得没错，他是弄伤了自己，可她在意的不是这个。“很好，”他说，“你回来了，我正在想你是不是掉进运河里了。”

克拉丽只是盯着他，无话可说。她想，不知他是否能从自己的眼神中察觉出那股愤怒。他向后靠在椅子上，一只手臂随意地搭着椅背。如果不是看到他颈部快速跳动的脉搏，她几乎就相信了他这副若无其事的神情。

“你看上去很累，”他又说道，“你这一整天都去哪儿了？”

“我和塞巴斯蒂安出去了。”

“塞巴斯蒂安？”他那副极为震惊的表情一时间让人感到满足。

“昨晚是他送我回来的，”克拉丽说，而在她脑海中，“从现在开始我只做你的哥哥”那句话以一种特有的韵律在跳动，一种像是受了伤的心所特有的那种韵律，“而且到目前为止，他是这城里唯一一个对我还算稍微好一点的人。所以说，是的，我和塞巴斯蒂安出去了。”

“我明白了，”杰斯把手中的饼干放回盘子里，他的脸色发白，“克拉丽，我来这儿是道歉的。我不应该那样和你说话。”

“是的，”克拉丽说，“你不该那样。”

“我过来还想问你是否要再考虑一下回到纽约去。”

“天啊，”克拉丽说，“又来了——”

“你在这儿不安全。”

“你在担心什么？”她不动声色地问道，“是担心他们会把我关进监狱里吗？就像他们对待西蒙那样？”

杰斯的表情毫无变化，可他向后一靠，椅子的两只脚离开了地面，几乎像是她推了他一把。“西蒙——”

“塞巴斯蒂安已经告诉了我他发生了什么，”她继续用那种平淡的语调说，“告诉了我你都做了什么，你是怎么把他带来，之后又怎么让他关进监狱。你是想让我恨你吗？”

“你相信塞巴斯蒂安？”杰斯问道，“你几乎不了解他，克拉丽。”

她盯着他。“这些都不是真的？”

他也直视着她的目光，但脸上没有表情，就像当她把塞巴斯蒂安推开时，后者的表情一样。“那都是真的。”

她从桌上抄起个盘子，朝他扔过去。他一躲，椅子也随之摇晃起来，而盘子砸在水槽上方的墙上，碎成无数瓷片。她又拿起一个，扔了过来，而杰斯此时从椅子上跳了开去。这次她扔得不大准：那个盘子擦过冰箱砸在杰斯脚边的地上，碎成两半。“你怎么能那么做？西蒙信任你。他现在在哪里？他们会把他怎样？”

“不会怎样，”杰斯说，“他很好，我昨晚见了他——”

“在我见你之前还是之后？在你装作一切都很好，你自己也还不错之前还是之后？”

“你离开的时候就是这样想的？觉得我状态还不错？”杰斯被什么东西噎了一下，几乎像是强压住笑意，“我一定是个比自己想象中要出色许多的演员。”他脸上露出了不自然的笑容。这笑容就像是根火柴，一下子引燃了克拉丽的怒火：他怎么敢在现在这个时候嘲笑她？她一把抄起水果盆，可突然之间又觉得它似乎不够分量。她一脚踢开椅子，朝他扑了过来，杰斯不会想到她能用这样一招。

她的突袭让杰斯没有防备，她猛地撞到他，他踉跄地退后几步，重重抵在水池的边角上。她半扑在他身上，听得到他粗重的呼吸声。她无所顾忌地抡起胳膊，几乎没有意识到自己打算做什么——

她忘记了他的动作有多快。她的拳头没有打在他脸上，而是被他抬起的手抓住了。他的手握住了她的手，强迫她把手臂放在了身侧。她突然意识到，他们两人之间的距离多么近，自己微微倚在他身上，用自己的重量使他靠在水池边上。"放开我的手。"

"如果我放开，你真的想要打我吗？"他的声音沙哑但轻柔，目光炯炯。

"你不觉得自己该打吗？"

她感受到他的胸膛一起一伏，而此时，他大笑起来，但笑声中没有丝毫愉悦。"你认为是我策划了这一切吗？你真的认为我会那么做？"

"好吧，你不喜欢西蒙，不是吗？也许你对他从来都没有好感。"

杰斯发出一声满是怀疑的惊呼，放开了她的手。克拉丽向后退了几步，这时杰斯手心向上伸出右臂。她过了一会儿才发觉他给自己看的东西：他手腕上一道凹凸不平的疤痕。"这里，"他说，声音像根铁丝那样紧绷，"是我割破手腕让你那个吸血鬼朋友喝我的血的地方。那几乎要了我的命。而你现在却认为，你刚才怎么说的，我会不假思索地放弃他？"

她盯着杰斯手腕上的伤疤——他全身上下布满的各种形状、各种大小的许多伤疤中的一道。"塞巴斯蒂安告诉我，是你把西蒙带到这儿来的，然后他随亚历克去了防御厅，从而落入了圣廷之手。你肯定知道——"

"我是出于意外才带他来的，我叫他来学院是有话对他说。事实上，是关于你的一些话。我以为也许他能劝说你放弃来伊德里斯的念头。可他根本就不考虑那么做，如果这对你来说是个安慰的话。就在他还没有离开时，我们遭到了弃魔的攻击。我万不得已把他拖进了移空门，要不这么做的话，就只能留他在那儿等死。"

"可为什么要把他交给圣廷？你肯定知道——"

"我们把他送去圣廷的原因是，伊德里斯唯一的移空门在防御厅。他们说会把他送回纽约。"

"而你相信了他们？就在清楚了大审判官的所作所为之后？"

"克拉丽，大审判官是比较反常。那可能是你第一次接触圣廷，但对我来说不是——圣廷就是我们自身，我们拿非力人。他们遵循《大律法》。”

“可他们偏偏没有遵循。”

“是的，”杰斯说，“他们没有。”他的声音听上去很疲惫。“而最糟糕的是，”他又补充说，“想起瓦伦丁对圣廷的斥责，说其是如何腐化堕落，如何需要清洗净化。多希望我能以天使之名不赞同他的说法。”

克拉丽沉默了，起初是因为她想不到要说什么，而随后杰斯伸出手，这让她一惊——几乎像是他完全没有思考自己在做什么——他把她拉向自己。让克拉丽更吃惊的是，自己就任凭他那样。透过他白色的衬衫，她能看见他身上印记的轮廓，黑色弯曲的线条像是火舌一般划过肌肤。她想把头靠在他身上，想感受他的双臂抱住自己，这种渴望就像是当她淹没在林恩湖中，对空气的渴求一样。

“也许他认为需要修正一些事情是对的，”她最终开口说，“可他修正的方式不对。你能明白这点，不是吗？”

杰斯微微闭起双眼。她看到他眼睛下方有新月形的黑眼圈，是那些无眠的夜晚留下的痕迹。“我不确定自己能明白什么。克拉丽，你感到生气这无可厚非。我本就不该信任圣廷。我多么希望反常的仅仅是大审判官，她的所作所为都没有得到他们的应允，我多么希望在暗影猎手这个群体中还有一点我仍能信任的部分。”

“杰斯。”她轻声说。

他睁开眼睛，俯视着她。她和杰斯靠得如此之近，他们的膝盖甚至都碰在了一起，她能感受到他心脏的跳动。从他身边离开，她告诉自己，可她的双腿不听指挥。

“怎么了？”他说，声音非常轻柔。

“我想见见西蒙，”她说，“你能带我去见他吗？”

他突然放开了她，就如同抱住她那样猝不及防。“不。你甚至都不该出现在伊德里斯，你不能大摇大摆地走进防御厅。”

“可他会以为所有人都抛弃了他，他会想——”

“我去看过他，”杰斯说，“我本想把他放出来，我准备用双手掰开窗户上的铁栏。”他一板一眼地说道，“可他不允许我那么做。”

“他不允许你那么做？他想待在牢房里？”

“他说大审判官正在调查我们一家，特别是我。奥尔德特里想把在纽约所发生的一切都归咎于我们。他不可能随便抓我们之中的一个去严刑逼供——圣廷不会同意他这么做——可他正试图让西蒙向他讲出一套说辞，说我们和瓦伦丁串通一气。西蒙说如果我放了他，那么大审判官就会知道是我干的，而且对莱特伍德一家还会有更糟糕的影响。”

“他这么做品格很高尚，可他长远的计划是什么？永远待在牢里吗？”

杰斯一耸肩。“我们还没想出具体的对策。”

克拉丽恼怒地出了一口气。“你们啊，”她说，“好吧。听我说，你所需要的就是个不在场证明。我们确保你在其他地方，一个所有人都能看到你的地方，还有莱特伍德一家也是。然后我们让马格纳斯把西蒙从监狱里救出来，再送回纽约去。”

“我不想告诉你，克拉丽，可马格纳斯绝不可能这么做。我不管他认为亚历克有多可爱，可他不会为了帮我们就堂而皇之地和圣廷作对。”

“他也许会，”克拉丽说，“为了《白色魔法书》。”

杰斯眨了眨眼。“什么书？”

克拉丽简要地向他讲述了拉格纳·菲尔的死，马格纳斯如何出现在菲尔家，还有魔法书的事。直到她讲完，杰斯都聚精会神地听着，并且满脸惊愕。

“恶魔？”他说，“马格纳斯说菲尔是被恶魔所杀？”

克拉丽回过神来。“不——他说那地方的臭味来自恶魔，还有菲尔是被‘瓦伦丁手下’所杀。他就说了这些。”

“有些黑魔法也会留下一些类似恶魔的难闻气息，”杰斯说，“如果马格纳斯也没说得十分确定，也许是因为有巫师在那儿使用黑魔法让他很不高兴，那是违反《大律法》的行为。可瓦伦丁让莉莉丝之子去为他做些肮脏的勾当绝不是第一次了。还记得他在纽约杀害的那个巫师孩子吗？”

“瓦伦丁用他的血来进行地狱转换仪式。我记得，”克拉丽打了个寒颤，“杰斯，瓦伦丁是出于和我同样的原因想要魔法书吗？想唤醒我妈妈？”

“他也许想。或者像马格纳斯所说的，瓦伦丁也许只想拥有能赋予他力量的那本书。不管是什么，我们最好比他先弄到那本书。”

“你觉得可能在维兰德庄园的宅子里吗？”

“我知道就在那儿，”他这么说让她很吃惊，“那本烹饪书？《简易主妇食谱》还是什么其他书名？我以前看到过，在老宅的图书室里，是那里唯一一本烹饪书。”

克拉丽感到一阵头晕目眩，她原先几乎无法相信真的有那本书。“杰斯——如果你能带我去老宅子，然后我们弄到了那本书，我就和西蒙一起回家。如果你能为我这么做，我就回纽约去，而且我再也不会回来，我发誓。”

“马格纳斯是对的——宅子周围有魔法屏障，会让人摸不清方向，”他缓缓说道，“我会带你去，可离这儿并不近。如果我们走路可能要五个小时。”

克拉丽伸手过去，把他的石杖从皮带的环扣上取下，在两人之间举起来。石杖散发出白色的微光，与玻璃高塔所发出的光芒并无二异。“谁说要走路去了？”

“很多不同寻常的人来看你啊，日光行者，”塞缪尔说，“先是乔纳森·摩根斯特恩，现在是纽约的吸血鬼主事。真让我刮目相看啊。”

乔纳森·摩根斯特恩？西蒙过了一会儿才反应过来，当然，是杰斯。他坐在房间中央的地板上，闲来无事便把那个空瓶子拿在手里翻来覆去地摆弄。“我猜想，我比自己所意识到的要重要得多。”

“还有伊莎贝尔·莱特伍德给你送血来，”塞缪尔说，“配送服务真周到。”

西蒙抬起头。“你怎么知道是伊莎贝尔送来的？我什么也没说——”

“我透过窗户看见了，她和她妈妈长得一模一样，”塞缪尔说，“至少和她妈妈多年前一样。”他尴尬地停顿了一下，“你知道，送血给你只是个缓兵之计，”他补充说，“大审判官很快就会想到你是不是已经饿死了。如果他发现你仍旧神采奕奕，那么就会知道有人动了手脚。反正他会杀了你。”

西蒙抬头看着天花板。石头上印刻着的如尼文层层叠叠，像是沙滩上堆积起的鹅卵石。“我猜自己只能选择相信杰斯，他说他们会找到办法把我弄出去。”他说。塞缪尔什么也没回答，他便又补充说：“我会让他把你也救出去，我保证。我不会留下你在这儿。”

塞缪尔呛了一声，似乎是没完全冲出喉管的一声笑。“哦，我想杰斯·摩根斯特恩不会想营救我，”他说，“另外，待在这儿饿死是你最不用担心的事情，日光行者。瓦伦丁很快就会袭击这座城市，到那时我们很可能全都会死掉。”

西蒙眨了眨眼睛。“你怎么能这么确定？”

“我一度和他很亲近。我知道他的计划，他的目的。他打算毁掉阿利坎特的魔法屏障，从权力的中心打击圣廷。”

“可我知道，没有恶魔能够穿过屏障，我想那道屏障是不可逾越的。”

“只是那样说说而已。需要用恶魔的血液来消除屏障，你明白了吧，只有在阿利坎特内部才能得手。可是因为任何恶魔都不能穿过屏障——那么这就完全自相矛盾了，或者说理论上应该是这样。而瓦伦丁声称他发现了一个可以绕开这个矛盾的方法，一个能突破进来的方法。我相信他，他会找到消除屏障的办法，然后他就会带着恶魔大军进入城市，他会杀了我们所有人。”

塞缪尔那种确信无疑的口气让西蒙的脊背一阵发凉。“你听上去完全认命了。

你不该做些什么吗？比如提醒一下圣廷？”

“我的确提醒过他们，就在他们审讯我的时候。我一遍又一遍地告诉过他们，瓦伦丁意图破坏屏障，可他们根本就不予考虑。圣廷认为屏障会永远坚挺，因为它已然存在了一千年。可罗马也是那样，直到野蛮人的到来。所有的一切总有一天会毁灭，”他轻笑了一声，有些苦涩，又有些气恼，“就把这想象成一个比赛吧，看看是谁先杀死你，日光行者——是瓦伦丁，其他的暗影魅族，还是圣廷。”

在出发地和目的地之间的某个地方，克拉丽的手从杰斯手中被甩了出来。当她从旋风中挣脱出来摔在地板上的时候，她是一个人重重地撞在地板上。她喘着粗气翻了几个身才停下来。

她慢慢坐起来，四下张望。她身处一张波斯地毯的中央，这张地毯铺满了这个石头墙面的大房间。四处放置着一些家具，上面罩着白色的布单，像是变成了一个个高大又笨拙的鬼怪。天鹅绒的窗帘悬挂在巨大的玻璃窗前，上面沾满尘土而显得有些灰白。月光下还看得见浮动的灰尘。

“克拉丽？”杰斯从一个罩着白色布单的巨大物体后面出现了，那可能是架钢琴，“你还好吗？”

“我很好，”她站起来，微微皱了下眉，她的手肘有些痛，“只是我们回去的时候，阿玛提斯可能会杀了我，考虑到我打碎了她所有的盘子，还有在她的厨房里开了一扇移空门。”

他朝她伸出手。“无论如何，这很值得，”他一边说着一边帮她站起来，“我对你真是刮目相看。”

“谢谢，”克拉丽朝四周看了看，“所以说这儿是你长大的地方？像是童话故事里才有的地方。”

“我本来想说像是恐怖电影，”杰斯说，“天啊，有多少年我没有亲眼看到这个地方了。这里过去没有这么——”

“这么冷？”克拉丽稍稍打了个寒颤。她扣起了外衣的扣子，可房间中的寒冷远不止身体上的：这个地方本身让人觉得冷，好似这里从没有过温暖、光明或者欢笑。

“不，”杰斯说，“这儿总是这么冷，我想说的是这么多灰尘。”他从口袋里拿出巫光石，这块石头在他的指间一下子亮了起来。白色的光亮从下方映照着他的脸庞，显出颧骨下方的阴影和太阳穴处的凹陷。“这里是书房，我们需要去图书室。走吧。”

他带着她走出房间，沿着一条镶满镜子的长廊向前，镜子里映出他们两人的身影。克拉丽之前没怎么注意到自己看上去是多么狼狈：外衣上沾满尘土，发型也被风吹乱了。她尽量不动声色地想去抚平头发，可在下一面镜子中还是看到了杰斯的坏笑。头发看上去一丝不乱。毫无疑问，这应该是拜某种暗影猎手的神秘魔法所赐吧，克拉丽根本没指望自己能明白这其中的缘由。

走廊上还有一排房门，有的开着。透过这些房门，克拉丽匆匆看了看其他的房间，和书房一样落满尘土，无人使用。迈克尔·维兰德没有其他亲属，瓦伦丁曾说过，所以克拉丽想，在他“死”后，没人来继承这座庄园——她也曾推测过瓦伦丁会继续生活在这里，可很明显并不是这样，这里的每样东西都透露出伤感与废弃。在伦维克废墟，瓦伦丁曾把这个地方叫做“家”，还透过移空门的镜子显示给杰斯看，绿色的草地，斑斓的石块，多么真实的记忆。可那些，克拉丽想，也不过是另一个谎言。很显然，瓦伦丁已经很多年不曾真正地在这里生活了——也许他就是抛下这庄园，任其破败，或者说他只是偶尔回来一下，像个幽灵般走过这条昏暗的走廊。

他们来到走廊尽头的一扇门前，杰斯用肩膀顶开房门，后退了一步让克拉丽先走进了房间。克拉丽一直在回想学院里图书室的模样，这房间并不是和它完全不同：墙壁上同样摆满了一排排的藏书，同样有装着脚轮的梯子，可以让人取到高处的书。但是，有横梁的天花板并不是穹顶形状的，同时这里也没有书桌。绿色的丝绒窗帘褶缝上沾满了一层白色的灰尘，窗帘背后的窗户装着蓝绿两色玻璃。月光下，玻璃窗闪着光，像是彩色的冰霜。而窗外漆黑一片。“这里就是图书室？”她低声对杰斯说，尽管自己也不确定为什么要压低声音。这间空荡荡的大房间里有什么东西让人觉得无比静寂。

他看向她的身后，因为回忆而眼神幽暗。“我过去经常坐在那个靠窗的位置，读着父亲今天布置给我的东西，不论那是什么。每天是不同的语言——周六法语，周日英语——可我现在记不得拉丁语是哪天了，是周一还是周二……”

克拉丽眼前闪现出杰斯还是个小男孩时的形象，膝盖上放着一本书，坐在窗边，看着外面的——外面的什么呢？那时外面有座花园吗？有好风景吗？还是一面长满荆棘的高墙，像是睡美人的城堡外墙一样？她看到那个正在读书的他，阳光透过玻璃窗，在他浅色的头发上投下一块块或蓝或绿的影子，那张小小的脸庞上显露出的严肃，超出了任何一个十岁孩子应有的样子。

“我记不得了。”他又说了一遍，眼睛盯着黑暗处。

她抚着他的肩头。“那些不重要，杰斯。”

“我想是的。”杰斯抖了抖身子，像是从一场梦中醒来。他走过房间，巫光照着前进的方向。他蹲下身子，仔细看着一排书，继而手里拿着一本站了起来。“《简易主妇食谱》，”他说，“在这儿。”

她急忙穿过房间，从他手上拿过书。这是本看上去很普通的书，蓝色封皮，落满灰尘，像这个房间里的所有东西一样。当她打开书的时候，书页间的灰尘一下飞起来，像是激起一大群飞蛾。

书里面被人割出一个四方的大洞，洞里面嵌着一本小一些的书，好像镶在底座上的一颗宝石。里面的书如同普通的小人书那样大小，白色的皮面上印着金色的拉丁文名字。克拉丽认出了“白”和“书”两个字，可当她把书取出来打开看时，却惊讶地发现，书页上的手写文字细长拳曲，是一种她不认识的语言。

“希腊语，”杰斯说，越过她的肩头看着书，“但是一种古老的变体。”

“你能读得懂？”

“不那么容易，”他承认说，“我好几年没读过了。可马格纳斯能懂，我猜想。”他把书合上，塞进了她绿色外套的口袋里，之后又转身朝向书架，手指滑过一排排书，指尖轻触着书脊。

“有什么书是你想带走的吗？”她轻声问，“如果你愿意——”

杰斯笑了笑，放下手。“以前我只被允许阅读那些布置给我的东西，”他说，“有些架子上的书甚至碰都不让我碰。”他指着高处的一排书，那些书都包着相同的棕色皮质封面，“有一次我读了其中一本，在我大约六岁的时候，就是看看里面究竟有些什么。结果是我父亲的一本日记，是关于我的，关于‘我的儿子，乔纳森·克里斯托弗’。当他发现我看过的时候，他用皮带抽了我一顿。实际上，那是我第一次知道自己还有中间名。”

突然之间一阵对父亲的憎恶涌上克拉丽的心头。“那个，瓦伦丁现在可不在这儿。”

“克拉丽……”杰斯刚开口，语气中有种警告，可她已经伸出手，从那个禁止取阅的架子上拽出一本。书掉在地上，发出令人满意的碰撞声。“克拉丽！”

“哦，别这样。”她又抬起手，另一本书掉下来，接着又是一本。这些书掉在地上的时候，书页间的灰尘都飞了起来。“你来试试看。”

杰斯看了她一会儿，随后嘴角微微一扬，露出一丝笑容。他抬起手，沿着书架，手臂一挥，剩下的书都被打落在地，发出巨大的声响。他大笑起来——可随后停了下来，扬起头，像是一只猫竖起耳朵听着远处的声音。“你听到了吗？”

听到什么？克拉丽刚想开口问，可止住了。的确有个声音，现在声响大了一点儿——是一种尖利的转动声和摩擦声，像是某种机械装置活动了起来。这声音似乎是从墙里面发出来的。此时伴随着一声呻吟，还有因为生锈而发出的吱呀声，他们面前的石头滑动到后方，克拉丽不由自主地后退了一步。石头后面露出一个开口——像是个入口，四边不整齐地出现在墙壁上。

入口下方的台阶向黑暗中延展开去。

第九章

这罪恶之血

“我甚至不记得这里有个地窖。”杰斯一边说，一边站在克拉丽身侧，盯着墙上的入口。他让巫光更加明亮了些，光线照进向下延伸的地道里。黑色的墙面很光滑，是用一种克拉丽也辨认不出的深色石头建造的。台阶上好像因为潮湿而微微发着光。入口处还涌上来一股奇怪的气味：潮湿的霉味，还有一种奇怪的金属味，让克拉丽浑身不舒服。

“你觉得下面会是什么？”

“不知道。”杰斯朝阶梯走去，一只脚踏在最上面的一级试了试，然后一耸肩，似乎拿定了主意。他开始沿着楼梯小心翼翼地往下走，下到一半的地方，他转身向上，看着克拉丽。“你下来吗？如果你愿意的话，也可以在上面等我。”

她看了看四周空荡荡的图书室，继而一个寒颤，匆匆赶上了他。

阶梯盘旋向下，越缩越紧，他们似乎正在一个巨大的海螺壳里面往下走。当他们到达底部的时候，那股气味更浓重了，台阶也变宽了，伸向一个方形的大房间。房间里的石头墙上有一条条潮气的印记——还有些深色的污点。地面上写满各种符号：有许多聚在一起的五角阵，还有如尼文，四下散落着些白色石头。

杰斯向前走了一步，有个什么东西在他脚下发出嘎吱一声，他和克拉丽同时低头看去。“骨头。”克拉丽小声说。四下散落着的根本不是白石头，而是各种形状和大小的骨头，地面上到处都是。“他在这下面都做了什么？”

巫光在杰斯手中闪耀着，诡异的光亮洒满整个房间。“做试验，”杰斯干脆地说，“希丽宫女王说过——”

“这些是什么骨头？”克拉丽抬高了声音，“是动物的吗？”

“不是，”杰斯用脚踢了踢一堆骨头，把它们踢散开来，“不全是。”

克拉丽胸口一紧。“我想我们应该回去。”

杰斯反而把手中的巫光石举得更高了，让它散发出明亮的光线，亮一些，更亮一些，夺目的白光刺透了周围的空气。房间远处的角落也能清晰可见，其中三个是空的，第四个前面挂着一块布帘，阻挡住了视线。布帘后面有什么东西，有个隆起的影子——

“杰斯，”克拉丽轻声问，“那是什么？”

他没有回应。突然之间，他原本空着的手里多了一把六翼天使，克拉丽都不知道他是什么时候拔出了它。在巫光的照耀下，它如同一把冰刃般发出寒光。

“杰斯，不要。”克拉丽说道，可是已经太迟了——他大步向前，用刀尖把布帘卷起，缠紧，用力一拉。布帘掉落了下来，扬起一团尘土。

杰斯踉跄着后退了几步，巫光石从他原本紧握着的手中滑落。就在巫光下落的瞬间，克拉丽瞥见了他的表情：惨白的脸上写满惊恐。克拉丽在巫光熄灭之前把它捡了起来，并高高地举起。她急于看清究竟是什么东西吓到了杰斯——那个天不怕地不怕的杰斯——而且把他吓得如此厉害。

起初，她看到的就是一个人形——一个人身上裹着几片又脏又破的白布，蜷缩在地上。他的手脚之上都缠着镣铐，镣铐的另一端固定在嵌入石头地板的铁钉上。他怎么可能还活着？克拉丽不无惊愕地揣测着，喉咙里不时涌上令人作呕的酸水。刻满如尼文的巫光石在她手中抖动着，一块块光斑也随之在这个囚徒的身上舞动：她看见那骨瘦如柴的四肢，上面布满无数次酷刑所留下的伤疤。一个骷髅般的脸庞转向她，原本应该是眼睛的地方只有漆黑的空洞——继而响起一阵干脆的沙沙声，她看到之前自己认为是破白布的东西其实是翅膀，白色的翅膀在他背后展开，变成两弯洁白的新月，它们是这个肮脏的房间中唯一纯洁的东西。

她倒吸一口冷气。“杰斯，你看见没——”

“我看见了。”杰斯站在她身后，说话的音调已经完全不受他自己的控制。

“你说过已经没有任何天使——没有人曾经看见过——”

杰斯屏着气似乎在低声说着什么，听上去像是一连串惊恐之下的咒骂。他跌跌撞撞地往前挪了几步，朝向地板上蜷缩成一团的这个家伙——随后又退了回来，好像是被一堵看不见的墙给反弹了回来。克拉丽朝脚下一看，发现这个天使蜷缩在一个五角阵里，五角阵由深深印刻在地板上的如尼文所构成，这些如尼文相互缠绕，发出微弱的荧光。“看，如尼文，”克拉丽轻声说，“我们进不去——”

“可一定有什么事——”杰斯说，他激动的音调几乎要提高一个八度，“有什么我们能做的事。”

天使抬起了头。克拉丽一时间分了神，注意到它拳曲的金色头发和杰斯的很像，可即便有巫光的照耀也显得暗淡无光，这不免让人极为难过。这些鬈发紧贴在头骨上的凹陷处，他的眼睛像是深渊，脸上布满伤疤，像是一幅美丽的油画遭到了故意的破坏。正在克拉丽盯着它的时候，他的嘴巴张开了，从喉咙中涌出一个声音——不是任何语言，而是刺透人心的美妙音乐，只有一个音符，不断飞扬上去，持久不断，这个声音是如此高扬而悦耳，可又像是一种痛苦——

克拉丽眼前涌现出许多图像，她仍紧握着巫光石，可光亮消失了，她也消失了，不再身处此地，而是来到别处，过往的画面浮现在眼前，像是一场意识清醒的梦——那些片段，色彩，还有声音。

她置身于一个酒窖中，四下没什么东西，而且很干净，石头地板上只潦草地涂画了一个巨大的如尼文。旁边站着个男人，他一手拿着一本打开的书，另一只手举着熊熊燃烧的火把。当他抬起头的时候，克拉丽看到，这个人就是瓦伦丁：只是年轻了许多，英俊的脸上还没有皱纹，黑色的眼睛清澈而明亮。在他的吟唱之下，如尼文燃烧了起来，当火焰退去的时候，灰烬之中出现了一个蜷缩的身影：一个天使，双翅展开，可血迹斑斑，像是一只在空中被人射落的鸟儿……

场景切换了。瓦伦丁站在窗前，他的身旁有一个头发闪耀着红色光泽的年轻女子。当他伸出手臂搂住她的时候，一枚熟悉的银戒指在他的手指上闪闪发光。一阵痛苦袭来，克拉丽认出了自己的母亲——可这是她年轻的时候。她看上去温婉脆弱，穿着一件白色的睡袍，很显然是有了身孕。

“《圣约》，”瓦伦丁生气地说，“不仅仅是圣廷所想出的最糟糕的主意，而且还会是拿非力人所碰到的最糟糕的事情。我们将会受制于暗影魅族，要和那些家伙捆绑在一起——”

“瓦伦丁，”乔斯琳微笑着说，“别再谈政治了，求你了。”她抬起手臂，搂住瓦伦丁的头颈，一脸浓浓的爱意——他的表情也是同样，可那里面还有些什么别的东西，让克拉丽的脊背发凉……

瓦伦丁蹲在树丛环抱的中央地带，头顶悬着一轮明月，月光洒在这一小片空地上，照出土地上划出的一个黑色五角阵。树枝在头顶形成了一张浓密的网，可探进五角阵边缘的树叶都拳曲起来，变黑了。在五角阵的中心坐着一个披着长发的女人，她身形苗条，惹人怜爱，可脸庞隐藏在黑影里，洁白的手臂露在外面。她的左手伸在身前，当她张开手掌的时候，克拉丽看到，她的掌心有一道长长的刀痕，一股鲜血缓缓滴入放在五角阵边缘的银杯中。月光下，这杯血看上去像是黑色的，或者说也许这血液本身就是黑色的。

“出生时身体里流淌着这血液的孩子，”她说道，她的声音温柔甜美，“将会拥有超凡的能力，比那些身处时空交界之处的深渊大恶魔还要强大，比阿斯莫德[①]还要万能，比掌管暴风雨的恶魔还要有力。如果他接受了适当的训练，没有什么是他做不到的。可我还是要警告你，"她补充说，"这将会吞噬掉他的人性，就如同进入血液的毒药吞噬生命一般。"

"我感谢你，以东[②]女王。"瓦伦丁说着伸手端起装满鲜血的杯子。那个女人扬起脸，克拉丽看到，尽管她在其他方面非常美丽，可她的双眼是黑色的空洞，从里面伸出拳曲的触须，四下挥舞，像是探查外部环境的昆虫触角。克拉丽拼命抑制住自己想要尖叫的冲动——黑夜，树林，都消失了。乔斯琳面对一个人站着，克拉丽看不到那个人是谁。她不再怀有身孕，色泽明朗的头发杂乱地散落在那张备受煎熬、写满绝望的脸旁。"我不能再和他待在一起了，拉格纳，"她说，"一天也待不下去了。我看了他的记录，你知道他对乔纳森做了什么吗？我甚至没想到瓦伦丁会这么做。"她的肩头颤抖起来，"他用了恶魔的血液——乔纳森再也不是个小婴儿了，他甚至连人类都不是了，他是个怪物——"

她消失了。瓦伦丁绕着一圈如尼文不耐烦地走来走去，他的手中握着一把闪闪发光的六翼天使。"为什么你不说话？"他嘟哝着，"为什么你不愿意把我想要的给我？"他用刀向下一刺，天使随之抽动了一下，伤口处流淌出金色的液体，像是倾泻而下的阳光。"如果你不能给我答案，"瓦伦丁怒气冲冲地说，"那就要给我鲜血。比起对你自身的作用，这血液对我和我的下一代更有用处。"

此时他们又来到了维兰德庄园的图书室。阳光透过钻石形的玻璃窗将蓝色和绿色的光斑洒满房间。声音从另一个房间传来：是说笑的声音，聚会正在进行。乔斯琳蹲在书架前，飞快地四下看了看，从口袋里拿出一本很厚的书，插进了书架。

之后她又消失了。场景切换到地下室，克拉丽知道，就是自己现在身处的这个地下室。地板上同样刻着不整齐的如尼文，在五角阵的中央躺着天使。瓦伦丁站在一旁，手里还是拿着闪亮的刀刃。他这时看上去老了几岁，不再是那个年轻人。"伊修列，"他说，"我们现在可算是老朋友了，不是吗？我原本可以让你活埋在那些废墟之下，可我没有，我把你带到这里，和我在一起。这些年来，我不曾远离你，就是希望有一天你能把我想知道的——需要知道的——告诉我。"他走近了一些，伸出刀刃，刀上的寒光让边界上的如尼文闪烁起来，"当我召唤你之时，

① 阿斯莫德（Asmodei，或 Asmodeus）是出现在《特比亚传》(The book of Tobia）及犹太经典《塔木德》中的恶魔之王。

② 以东（Edom），古代西南亚王国或其地区，位于死海之南。

我幻想着你会告诉我为什么。为什么拉结尔创造了我们，我们这群暗影猎手，可他却没有赋予我们暗影魅族所拥有的能力——狼人的速度，精灵的永生，巫师的法力，甚至连吸血鬼都坚不可摧。他仅仅给我们留下印刻在肌肤上的几根线条，就让我们这样赤裸裸地面对那些地狱的主宰者。为什么他们的能力要远高于我们？为什么我们不能分享他们所拥有的？这怎么能公平？”

在关押他的五星阵中，天使一语不发，一动不动，像是一尊大理石雕塑。他的双翼收起，眼神中只静静地流露出无尽的哀伤。瓦伦丁的嘴一撇。

“很好，你就保持沉默吧。我会等到机会的，”瓦伦丁抬起刀刃，“我已经得到了圣杯，伊修列，而且我很快就会得到圣剑——可是没有圣镜我无法启动召唤。我所需要的只剩下圣镜了。告诉我它在哪儿。伊修列，告诉我它在哪儿，我就让你死去。”

这个场景破碎成了片段，当克拉丽眼前的那一幕消失之时，她捕捉到了自己所熟悉的影像，在她自己的噩梦中出现过的影像——生着白色和黑色翅膀的天使，如镜面般的水面，金色的和血色的——还有杰斯，正从她身边离开，总是转身离去。克拉丽朝他伸出手去，此时天使的声音回响在她的头脑里，这是第一次她能理解那声音所传达出的话语。

这并不是我第一次向你展示梦境。

她的眼前闪现出一个明亮的如尼文，像是一团焰火——不是她曾见过的任何一个如尼文，它简洁有力，含义明确，像是打在一起的绳结。转瞬间，它就消失了，与此同时，天使那如歌唱般的声音也停止了。克拉丽仿佛又回到了自己的身体里，不知所措地站在这个又脏又臭的房间里。天使恢复了沉默，不再动弹，翅膀也收了起来，像是一尊哀伤的雕像。

克拉丽松了一口气，低声抽泣了一下。“伊修列。”她朝天使伸出手，虽然明知道自己无法穿越如尼文，她心如刀绞。这么多年来，天使都身困此地，在黑暗中独自静静地坐着，身负枷锁，忍饥挨饿，却不能死去……

杰斯在她身旁，从他写满震惊的脸上她知道，他和自己一样看到了那一切。他低头看看自己手中的六翼天使，又看看那个天使。天使那张已经没有了眼睛的脸庞转向他们，上面只剩下静静的哀求。

杰斯向前迈了一步，接着又是一步，他的目光锁定在天使身上。克拉丽想，似乎他们两者之间进行着什么不用发声的交流，他们说了什么她无法听到的对话。杰斯的双眸在周遭光亮的辉映下像是金色的圆盘一般明亮。

“伊修列。”他轻轻唤了一声。

他手中的六翼天使就如同火炬一般发出夺目的光辉，让人不可直视。天使扬起脸，好像他那双失明的眼睛能看到这光辉似的。他伸出双手，锁在腕部的铁链发出刺耳的声响。

杰斯转向她。“克拉丽，”他说，“如尼文。”

如尼文。有一瞬间她困惑地盯着他，可他的目光在催促她。她把巫光石递给杰斯，从口袋里拿出他的石杖，蹲在弯弯曲曲的如尼文旁边。这些如尼文像是用什么锐利的东西刻在石头上的。

她抬头看了一眼杰斯，他的表情让她吃了一惊，他眼中的光亮——其中充满着对她的信任，对她能力的信任。她用石杖尖在地板上画下几笔，把束缚如尼文变为释放，把囚禁变为自由。她一边画，那些如尼文一边燃烧起来，好像她正把一根火柴点燃似的。

完成了，她站起身，如尼文在她面前闪闪发光。杰斯一下子走到她身边，巫光不见了，唯一的光亮来自于他以这个天使之名所唤醒的那把六翼天使，刀刃在他手中熠熠生辉。他将刀伸向前，这一次他的手穿过了如尼文的边界，好似那里什么都没有。

天使抬手接过他手中的刀刃。他闭上了那双失明的眼睛，克拉丽有一瞬间相信他笑了。他在手中转动刀柄，让刀尖停留在自己的胸骨下方。克拉丽倒抽了一小口气，想冲上去，可杰斯抓住了她的手臂，他的手像是铁爪，一把将她拉到后面——就在此时天使把刀刃插进了胸膛。

天使的头向后一仰，双手从刀柄上滑落，刀刃的所在处应该就是他的心脏——如果天使有心脏的话，克拉丽也不知道。火光从伤口处倾泻而出，沿着刀刃向外四溢。天使的全身发出亮光，变成白色的火焰，他手腕上的铁链灼烧成了红色，像是在火中烧了许久。克拉丽想到了中世纪绘画中的圣徒，虽在烈火中献身却无比喜悦——此时，天使的翅膀在他们面前展开，洁白无瑕，但也燃烧起来，闪耀着火光。

克拉丽再也看不下去了，她转过身，把头埋在杰斯的臂弯中。他的手臂紧紧搂住她。“没事的，”他贴着她的头发说道，“没事的。”空气中满是浓烟，地面好像也在她脚下晃动起来。就在杰斯也踉跄起来的时候，她才意识到这种感觉并不是因为自己过于震惊：而是地面的确晃动了起来。她松开杰斯，站立不稳，脚下的石头向一处挤压，天花板上撒下无数细小的尘土。天使成为了一股浓烟，周围的如尼文勉强发出些光亮。克拉丽盯着那些如尼文，想要破解其中的意思，随后她慌张地看向杰斯：“这幢房子——是和伊修列连在一起的。如果天使死了，那这幢房子——”

她还没说完这句话，杰斯就已然抓起她的手，拉着她朝楼梯跑去。阶梯有的向上拱起，有的坍塌下去。克拉丽跌倒了，膝盖重重磕在一层台阶上，可杰斯没有松手，仍旧拉着她的手臂。她继续向前跑，顾不得腿上的伤痛，还有那令人窒息的烟尘，全都呼吸进了她的肺里。

他们到了楼梯的最高处，接着冲进了图书室。克拉丽能听到他们身后剩余的楼梯坍塌时所发出的轰响。可此处的情况也没好到哪儿去，整个房间都在颤抖，书从架子上纷纷跌落，原先矗立的一尊雕像也倾倒下来，化为一堆零落的碎片。杰斯松开克拉丽的手，抄起一把椅子。还没等她开口问他要做什么，他就将椅子朝彩色玻璃窗用力地扔了过去。

椅子飞过了如同瀑布般下落的碎玻璃。杰斯转过身，向她伸出手。透过锯齿状的残留窗框，她看到在他身后是一片洒满月光的草地，还有远处的一排树冠。草地和树木似乎都在下面很远的地方。我不可能跳那么远，她想。就在她想要冲杰斯摇头的时候，她看到杰斯的眼睛突然睁大，一句警告正要说出口。书架高处那排沉甸甸的大理石头像当中的一个滑落了，正朝她砸下来，她侧身躲开。雕像摔在了地板上，砸出一个大坑，离她原先所站的位置就差了一点点。

下一秒钟，杰斯的手臂搂住了她，将她抱离地面，她太吃惊了，完全没有反抗。他带她冲向破碎的窗户，粗鲁地将她扔了出去。

她刚摔出窗外，便落在了一个长满青草的斜坡上，继而沿着陡峭的高坡滚了下去，速度越来越快，直到突然迎面撞上一个小山丘，那力量差点让她背过气去。她坐起身，把头发里的草摇掉。片刻之后，杰斯也在她身旁停了下来，可与她不同的是，他一个翻身就蹲坐起来，望着山上的那幢宅邸。

克拉丽也转身朝那个方向望去，可他已然一把抓起她，把她推进两座山丘中间的凹地。之后她一定会在自己的上臂他所握过的地方发现一块块淤青，但此刻她只是惊讶地倒抽了一口冷气。与此同时，他将她扑倒，伏在她身上，用自己的身体掩护她。一声巨响就在这个时候传来，听上去仿佛大地都要裂开似的，像是火山喷发，一大片白色的尘土直冲云霄。克拉丽听到周围响起一阵噼里啪啦的刺耳声音，一时间她十分迷惑，还以为下雨了——可随后她意识到，那些是石头、泥土和碎玻璃：房子所坍塌下来的瓦砾掉落在了他们周围，像是一场极具杀伤力的冰雹。

杰斯将她牢牢压在地上，他的身体紧挨着她，他的心跳声在她耳边响起，几乎和那片房屋废墟塌陷下去的声音一样响。

坍塌的巨响逐渐消失了，如同空气中逐渐消散的尘雾一样。取而代之的是鸟儿受惊之后的尖叫声。越过杰斯的肩头，克拉丽能看到那些鸟儿在漆黑的天幕中好奇地盘旋。

“杰斯，”她柔声说，“我想我把你的石杖丢在什么地方了。”

他略微向后抽身，用手肘支撑住自己的身体，低头看着她。即便是在黑暗中，她也能看到在他眼中所映出的自己。他的脸上有一道道黑烟和泥土的痕迹，衣服领子也破了。“没关系，只要你没受伤。”

“我没事。”她下意识地抬起手，指尖轻轻拂过他的头发。她感到他一下紧张起来，眼神也柔和了。

“你头发里有草。”她说。她的嘴巴很干，血管里却涌上了很多肾上腺素。刚才所发生的一切——天使，倒塌的宅邸——似乎都远不如她所看到的杰斯眼里的东西真实。

“你不该碰我。”他说。

她的手僵在原处，她的手掌正拂过他的脸颊。“为什么？”

“你知道为什么，”他说着从她身边移开，仰面躺下，“你也看到了我所看到的一切，不是吗？过去的事，那个天使，还有我们的父母。”

这是第一次，她想，他这么称呼他们，我们的父母。她侧过身，很想把手伸向他，可又不确定自己是不是应该那么做。他茫然地望着天空。“我看到了。”

“那你应该知道我是什么，”这句话更像是一声痛苦的低吟，“我的一部分是恶魔，克拉丽。一部分是恶魔。你能明白这些，不是吗？”他的目光像钻头一样刺向她，“你看到了瓦伦丁要尝试做的事情，我有一部分是怪物。我拼了命想要消除它们，毁灭它们，可自己却有一部分就是。”

克拉丽想起了瓦伦丁的话，她告诉我，我把她的第一个孩子变成了怪物。克拉丽尽力不再停留在这段回忆上。“可巫师也有一部分属于恶魔，像马格纳斯。这并没有让他们变得邪恶——”

“那不是大恶魔的一部分。我听到了那个女恶魔所说的话。”

这将会吞噬掉他的人性，就如同进入血液的毒药吞噬生命一般。克拉丽的声音颤抖了。“这不是真的，这不可能。根本讲不通——”

“可这是真的。”杰斯的话里有种绝望下的狂怒。她看到他戴在脖子上的链子在星光的照耀下发出白光。“这解释了一切。”

“你的意思是说，这解释了为什么你是一名如此出色的暗影猎手吗？为什么你如此忠诚，勇敢，正直，还有恶魔所不可能拥有的一切？”

“这解释了，”他平静地说，“为什么我对你真真切切地产生了那种感觉。”

“你什么意思？”

他沉默了良久，透过两人中间不远的距离望着她。她能感觉到他，尽管他并没有触碰自己，好似他仍旧俯身在她身旁。“你是我妹妹，”他最终开口说，“我的兄弟姐妹，我的骨肉，我的家人。我应该是想要保护你，”他无声地笑了笑，这里并没有什么好笑之处，“保护你不受那些男孩子的骚扰，可我恰恰就是想同那些男孩子一样，和你在一起。”

克拉丽屏住呼吸。“你说过从今以后只想做我哥哥。”

“我撒了谎，”他说，“恶魔才撒谎，克拉丽。你知道的，作为暗影猎手，你有时会受到一些伤害——恶魔毒素所导致的内伤。你甚至都不知道自己哪里不对劲，可却慢慢地从内部出血直至死亡。只做你的哥哥就像是那样。”

“可艾琳——”

“我必须试试看，而且我也试过了，”他的声音听上去毫无生气，“可天晓得，我只想和你在一起，我连假想一下都只有你，没有别人。”他伸出手，手指轻轻穿过她的头发，指尖掠过她的脸颊，“现在至少我知道这是为什么了。”

克拉丽的声音低沉下去，变成了耳语。“我也只想和你在一起。”

她所得到的回应是他呼吸的停顿。他缓缓用手肘撑起身体，俯身望着她，他的表情变了——他脸上的神情是她以前所不曾见过的，他的目光平静却夺人魂魄。他的手指从她的脸颊滑到唇边，指尖勾勒出她嘴唇的形状。“你也许应该，”他说，“告诉我不要这么做。”

她什么也没说，她不想跟他说停下来。她已经厌倦了拒绝杰斯——厌倦了不允许自己去感受内心真正想感受的东西。管他有什么损失呢。

他俯下身，双唇接触她的脸颊，轻轻地吻着它——这轻轻的触碰仍旧让她的神经颤动起来，让她整个人都颤动起来。“如果你想让我停下来，现在告诉我。”他轻声说。她还是什么也没说，他便又吻了她的鬓角。“或者是现在。”他沿着她的颧骨向下。“或者是现在。”他的嘴唇触碰到了她的。“或者——”

但她伸出手臂，把他拉得更近，剩下的几个字都淹没在了她的唇齿间。他温柔地吻着她，小心翼翼，可她想要的并不是温柔，此刻不是，在经历了所有这些之后的此刻并不是。她的手紧紧扯住他的衬衫，把他拉得更近。他轻声呻吟，喉咙中发出低沉的声音，随后他的手臂搂住她，紧紧抱住她。他们在草地上翻滚，相拥相吻。克拉丽的后背压到了石头，从窗户里摔出来时着地的肩膀也有些痛，但她并不在意。现在一切的存在就只有杰斯，她所感觉到的，心中所愿的，呼吸到的，想要拥有的，眼中所见的，就只有杰斯。其他的都不重要。

尽管隔着衣服，她还是能感觉到他的热度，透过两人的衣服灼烧着。她扯下了他的外套，随后他的衬衫也不知怎么脱掉了。她的手指在他的身体上漫游，正如他用双唇探索着她的：柔软的肌肤包裹着坚实的肌肉，还有那些像金属细丝一般的伤痕。她触摸着他肩头那个星形的疤痕——它光洁平滑，就好像那是他皮肤的一部分，它并没有像其他疤痕那样凸起。她曾想象这些印记会是美中不足，可触摸之下她并没有那样觉得，它们是种历史，印刻于他的身体之中：是永无止境的征战生命所绘出的地图。

他笨手笨脚地解开她外衣的扣子，他的手在颤抖。她想自己以前从不曾见过杰斯的手会这么不稳。“我来吧。”她说着把手伸向最后一颗纽扣。当她把身子微微抬起的时候，有个冰冷的金属物体碰到了她的锁骨，她惊叫了一声。

“怎么了？”杰斯僵住了，“我弄痛你了吗？”

“没有，是这个。”她摸了摸他脖子上的银链子。那下面挂着个小小的金属银环。当她起身的时候，那东西碰到了她。她此时正盯着它看。

那枚戒指——金属所铸成的星星饱经风霜——她见过这枚戒指。

摩根斯特恩之星。在天使向他们所展示的梦境中，相同的一枚戒指在瓦伦丁手上闪耀着光辉。这枚戒指曾经是他的，然后他又给了杰斯，通常都是这样传承下去，父亲传给儿子。

“对不起，”杰斯说，他的手指滑过她脸颊的轮廓，强烈的目光如同梦境一般，“我忘了自己还戴着这个该死的玩意儿。”

克拉丽的血管中突然涌上一股凉意。“杰斯，”她低沉地说，“杰斯，不要。”

“不要什么？不要戴着这枚戒指？”

“不，不要——不要碰我。停一下。”

他的表情凝固住了，疑问驱散了他眼神中梦一般的困惑，可他什么也没说，只是把手收了回去。

“杰斯，”克拉丽又说道，“为什么？为什么是现在？”

他惊讶地张开嘴。她看见他的下嘴唇被他自己咬出一条深色的道子，或者是她咬的。“现在怎么了？”

“你说过我们之间什么也没有，还有如果我们——如果我们允许自己感受我们想要感受的东西，就会伤害到所有我们关心的人。”

“我和你说过了，我那是在撒谎，”杰斯的目光柔和了下来，“你以为我不想——"

"不，"她说，"不是，我不傻，我知道你想什么。可你说现在你终于明白了为什么你对我是这种感觉，这话是什么意思？"

自己并不是不知道，她想，可她必须问一问，她必须听到他说出来。

杰斯抓住她的手腕，把她的双手拉到他的脸旁，又让自己的手指与她的交叉起来。"你还记得在潘海洛家我对你说的话吗？"他问道，"我说你在做事之前从来不假思索，这就是为什么你会搞砸所有的事情，记得吗？"

"不记得了，我已经忘了。谢谢你的提醒。"

他几乎没注意到她语气中的反讽。"我那时不是在说你，克拉丽。我是在说我自己。我就是那个样子，"他微微转过脸，她的手指从他的脸颊边滑落下去，"至少现在我知道了原因，知道了自己究竟哪里不对劲。而且也许——也许这就是我如此需要你的原因。因为如果瓦伦丁让我成了个怪物，那我猜他把你变成了天使。路西法是爱上帝的，不是吗？不管怎样，弥尔顿是这么说的。"

克拉丽深吸了一口气。"我不是什么天使，而且你甚至都不知道瓦伦丁拿伊修列的血做了什么——也许瓦伦丁只是自己需要——"

"他说那血是给'我和我的下一代'的，"杰斯静静地说，"这就解释了为什么你有一些别人所没有的能力，克拉丽。希丽宫女王说我们俩都是试验品，不仅仅是我。"

"我不是天使，杰斯，"克拉丽又说了一遍，"我不还图书馆的书，在网上下载盗版音乐，向我妈妈撒谎，我完全是个普通人。"

"对我而言不是。"他低头看着她。他的脸庞映衬在满天繁星之下，这副神情完全没有了他惯常的那股高傲——她从没见过他如此毫无防备，可在这种毫无防备之中又混入了自我厌恶，像是一道深深的伤口。"克拉丽，我——"

"放开我。"克拉丽说。

"什么？"他眼中的愿望破碎成千万片，像是在伦维克废墟，那面破碎的移空门镜子。一时之间，他的表情里只有赤裸裸的讶异。她几乎不能忍受这样看着他，并且仍旧拒绝他。此时看着他——即便她不曾爱过他，此时那个作为母亲的好女儿的她，那个仅仅因为东西漂亮就会喜欢上的她，也会想要和他在一起。

但是，就恰恰因为是她母亲的女儿，所以才不可能。

"你听到了我的话，"她说，"放开我的手。"她一下抽回了手，并紧紧握成拳头来掩盖双手的颤抖。

他一动不动，嘴唇翘起，片刻之后她又看到了他眼中那种捕食者的神情，可现在其中混入了愤怒。“我猜你不想告诉我为什么？”

“你认为你想拥有我仅仅是因为自己的邪恶，而不是因为人性。你不过是想做一些让自己憎恶自己的事情。我不会让你利用我来证明自己究竟是如何一文不值。”

“我没有那么说过，我绝没有说过我在利用你。”

“那好，”她说，“现在告诉我，你不是怪物，告诉我你什么问题都没有，告诉我即便你没有恶魔的血液也会想和我在一起。”因为我没有恶魔的血液，我也仍然想和你在一起。

他们直视着对方，杰斯的目光中全是愤怒。一瞬间，他们两人都屏住了呼吸。随后他抽身从她旁边离开，咒骂着翻身站了起来。他从草地上一把抓起衬衫，穿在身上，仍旧气呼呼的样子。他又把衣服塞进牛仔裤，然后转身寻找外套。

克拉丽也站了起来，脚下有些不稳。一阵冷风让她的手臂上起了鸡皮疙瘩，她的双腿感觉像是半融化的蜡做的。她用有些麻木的手指扣起外衣的纽扣，并努力不让自己的眼泪掉下来。哭泣现在起不了任何作用。

空气中还满是飘浮的烟尘，草地上到处散落着瓦砾：破损的家具碎片，几页书凄凉地随风飘散着，镀金的木头条，一大截楼梯，很神奇地完好无损。克拉丽转身看着杰斯，他正用脚粗鲁地踢着这些破烂，似乎有种满足感。“这下好了，”他说，“我们完蛋了。”

她没料到他会这么说。她眨了眨眼。“什么？”

“还记得吗？你把我的石杖弄丢了。现在你不可能再画出个移空门了，”他说这话的时候，有种苦涩的快感，好似这情形以某种令人费解的方式让他感到满足，“我们没别的法子回去了，只得走路了。”

即使是在正常的情况下，这也不可能是趟愉快的步行之旅。习惯于城市的灯光，克拉丽无法相信伊德里斯的夜晚如此漆黑。道路两侧漆黑的浓密阴影里似乎挤满了什么几乎不可见的东西，即便有杰斯的巫光照着路，她也只能看清前面几十厘米的距离。她十分怀念路灯，车辆前面闪烁的大灯，还有城市的声音。她此时所能听到的声音，就只有他们的靴子踏在沙砾上所发出的有节奏的脚步声，还有每过一会儿，她便会被散乱的石头绊一下，也就随之惊讶地喘一口粗气。

几个小时之后，她的脚开始痛了，嘴里也像羊皮纸一般干渴。天气变得很冷，她弓背缩成一团还是直打哆嗦，双手也深深插进口袋。可如果杰斯能跟她说说话，这些就都还能让人忍受。自从他们离开庄园，他就一个字都没说过，除了简单地指明方向，在岔路口告诉她要转向哪条路，或者让她绕过路上的坑洼之处。即便这样，她也很怀疑，如果自己真的跌进坑里，他会否在意，除了那会拖慢他们的速度。

东方的天空终于开始放亮，克拉丽半睡半醒着，跌跌撞撞地向前走。她惊讶地抬起头。“这天亮得太早了。”

杰斯看了看她，毫不吃惊地表示出鄙夷。“那是阿利坎特。太阳要至少三个小时之后才会升起来。那些是城市的亮光。”

他们就快到家了，克拉丽太欣慰了，对他的态度并没有过于在意，她加快了脚步。他们转过弯走上一条宽阔的土路。这条路通向一个小山坡，并沿着坡度蜿蜒而上，消失在远处的一个转弯处。尽管还看不到城市，周围却明亮起来，天空呈现出奇异的红光。

“我们一定是快到了，”克拉丽说，“下山能抄个近路吗？”

杰斯皱着眉。“有些不对劲。”他飞快地说了一句。他迈开步子，沿路小跑向前，靴子所激起的尘土在这奇怪的亮光下变成了黄棕色。克拉丽为了跟上他，也跑了起来，顾不得脚上磨出的水疱。他们转过下一个弯，杰斯突然停住了，结果克拉丽撞上了他。也许在其他的情况下，这会让人觉得滑稽，可现在完全不是。

此处的红光更为强烈，整个夜空都被染成了猩红色，他们脚下的这座小山丘也被照耀得如同白昼一般。一股股浓烟从下面的山谷中升起，像是一只黑孔雀所展开的羽毛。黑烟之中浮现出阿利坎特的恶魔塔，它们晶莹剔透的表面化为燃烧的箭，刺穿了布满浓烟的天空。透过浓烟，克拉丽能隐约瞧见跳跃的红色火苗，城市中到处都是，好似一块深色的布料上缀满了闪光的宝石。

这太不可思议了，可事实就在眼前：他们站在高于阿利坎特的山坡上，在他们下方，整座城市在燃烧。

卷·二

厄运缠身

安东尼奥：您不愿住下去了吗？您也不愿让我陪着您去吗？

西巴斯辛：请您原谅，我不愿。我厄运缠身，我的晦气也许要连累了您，所以我要请您离开我，好让我独自承担我的厄运；假如连累到您身上，那是太辜负了您的好意了。①

——莎士比亚，《第十二夜》

① 此段译文参考朱生豪先生的汉译版本。

第十章

火与剑

“都这么晚了，”伊莎贝尔一边说，一边焦躁地拉开客厅里大玻璃窗前的蕾丝窗帘，“他现在应该回来了。”

“理智点儿，伊莎贝尔。”亚历克说话的语气中有种兄长的优越感，似乎在暗示她，伊莎贝尔，快要歇斯底里的时候，他，亚历克，却总能完美无缺地保持镇定。即使是他的姿势——他懒洋洋地坐在潘海洛家壁炉旁一把又软又厚的扶手椅里，好似他在这世上没有什么可操心的——也似乎经过了精心设计，用来炫耀他的无忧无虑。“杰斯感到烦躁的时候就会这样，出去转转。他说他就是出去散个步，他会回来的。”

伊莎贝尔叹了口气，她真希望父母能在这儿，可他们仍在防御厅。不论圣廷在讨论什么，长老会都拖延得太晚了。“可他熟悉纽约，对于阿利坎特他知道得可不多——”

“他也许知道得比你们多。”艾琳正坐在沙发上看书，书的外面包着深红色的皮子。她的黑色头发在脑后编成了一条长辫子，目光专注于腿上摊开的书。伊莎贝尔从来不是个爱读书的人，她总是很嫉妒其他人竟然能完全沉浸在一本书中。她以前可能会在许多方面嫉妒艾琳——比如，生得小巧可爱，不会显得魁梧，也不会穿上高跟鞋就比所有她遇到的男孩子都高。可直到最近，伊莎贝尔才意识到，自己对其他女孩子的情感并不只有嫉妒、回避和厌恶。“他十岁之前都住在这儿。你们却只来过几次。”

伊莎贝尔抬起手摸了摸脖子，皱了一下眉。她所戴的红宝石吊坠突然之间动了一下——通常它只有在恶魔出现的时候才会动，可他们是在阿利坎特，附近绝不可能有恶魔。也许吊坠出了什么问题。“我想不管怎么说，他不会到处闲逛。我想他去了哪儿再明显不过了。”伊莎贝尔回应道。

亚历克抬起眼。“你认为他去见克拉丽了？”

“她还在这儿吗？我以为她应该回纽约去了，”艾琳合上书，“那杰斯的妹妹住在哪儿？”

伊莎贝尔一耸肩。“问他啊。”她一边说，一边朝塞巴斯蒂安使了个眼色。

塞巴斯蒂安半躺在艾琳对面的沙发上，手里也拿着一本书，长满黑发的脑袋埋在书里。他抬起头，好似能感觉到伊莎贝尔的注视。

“你们是说我吗？”他和善地问。塞巴斯蒂安的一切都非常和善，伊莎贝尔想到这个，心中就一阵厌烦。起初，她对他的样貌印象深刻——高耸的颧骨，深不可测的黑色眼眸——可现在他那种和蔼可亲、富有同情心的性格让她受不了。她从不喜欢那些看上去从来不会为任何事情发火的男生。在伊莎贝尔的世界里，怒火等同于激情，等同于一段美好时光。

“你在读什么？”她问，语气比她想象中的要尖利，“那是麦克斯的漫画书吗？”

“对啊，”塞巴斯蒂安看着放在沙发扶手上的那本《天使禁猎区》，“我很喜欢里面的画。”

伊莎贝尔没好气地出了一声。瞥了她一眼，亚历克说：“塞巴斯蒂安，今天早些时候……杰斯知道你去哪儿了吗？”

“你是说我和克拉丽一起出去吗？”塞巴斯蒂安似乎觉得这很好笑，“瞧，那又不是什么秘密。如果我今天碰到了杰斯的话，我是会告诉他的。”

“我不明白为什么他会在意，”艾琳把手上的书放在一旁，语调中有点恼怒，“塞巴斯蒂安并没有做错什么。假设说，他想在克拉丽莎回家前带她逛逛伊德里斯，这又怎么了呢？他妹妹没有一直无聊烦闷地待着，杰斯应该感到高兴才是。”

“他非常……有保护欲。”亚历克稍微犹豫了一下说。

艾琳一皱眉。“他应该保持距离，那样对她没有好处，保护过度。她闯进来看到我们的时候，她脸上的表情好像以前从没见过谁接吻一样。我的意思是说，谁知道呢，也许她真没见过。”

“她见过。”伊莎贝尔说着想起在希丽宫杰斯吻克拉丽的情形。这并不是她乐意回想起的事——伊莎贝尔从来不喜欢沉溺于自己的伤心往事，更不喜欢总是想起别人的。“不是那样。”

“那是怎样？”塞巴斯蒂安坐直身体，拨开眼前的一绺深色头发。伊莎贝尔看到有什么东西一闪而过——他的掌心有一道红，像是道伤疤。“还是说就个人而言，他讨厌我？因为我不知道我做了什么——”

“那是我的书。”一个细小的声音打断了塞巴斯蒂安的话。是麦克斯，他站在客厅门口。他穿着一身灰色的睡衣，一头棕色的头发乱糟糟的，好像是刚睡醒的样子。他盯着塞巴斯蒂安旁边的那本日本漫画书。

“什么，这个吗？”塞巴斯蒂安拿起《天使禁猎区》，“给你，小朋友。”

麦克斯大步走过房间，一把夺回书，瞪着塞巴斯蒂安说："不要叫我小朋友。"

塞巴斯蒂安大笑着站起身。"我去弄点咖啡来。"他说着走向厨房。他在门口停住，转回身问："有人需要什么吗？"

众人纷纷拒绝了他的好意。一耸肩，塞巴斯蒂安走进厨房不见了，门在他身后关上了。

"麦克斯，"伊莎贝尔厉声说，"不要这么没礼貌。"

"我不喜欢别人乱动我的东西。"麦克斯把漫画书抱在胸口。

"成熟点儿，麦克斯。他就是借一下。"伊莎贝尔的声音比她想表现出来的还要情绪化。她知道自己还在担心杰斯，现在只是转嫁到了自己的弟弟身上。"不管怎样，你现在应该上床睡觉了，很晚了。"

"山上有很吵的声音，把我弄醒了，"麦克斯眨了眨眼，他没戴眼镜，一切对他而言都相当模糊，"伊莎贝尔……"

他声音中的疑惑引起了伊莎贝尔的注意，她从窗前转回身。"怎么了？"

"有人会去爬恶魔塔吗？好比说，出于某种原因？"

艾琳抬起眼。"爬恶魔塔？"她大笑起来，"不，不会有人那么做。那肯定不合法，这是其一，此外，为什么要去爬呢？"

伊莎贝尔想，艾琳还真是缺乏想象力。她自己就能想到很多很多原因，比如有人想去爬恶魔塔，就是为了冲下面路过的人吐口香糖。

麦克斯皱起了眉头。"可有人在那么做。我知道自己看见了——"

"无论你认为自己看见了什么，都可能是你在做梦。"伊莎贝尔告诉他。

麦克斯的整张脸都皱了起来。感觉到了姐弟间潜在的情绪"大爆发"，亚历克站起来，伸出手。"来，麦克斯，"他满是关爱地说，"我们回去睡觉吧。"

"我们都应该去睡了。"艾琳说着也站起来。她来到窗边，站在伊莎贝尔旁边，紧紧拉上窗帘。"几乎要到午夜了，谁知道他们什么时候才会从长老会回来？待在这儿没什么——"

伊莎贝尔脖子上的吊坠突然之间又动了一下——随后艾琳所站的那扇窗户朝房间里破碎裂开。艾琳尖叫起来，与此同时，一双手从裂开的大洞中伸了进来——其实并不是手，伊莎贝尔震惊之下看得清清楚楚，那是一双长满鳞片的巨爪，上面还有一条条血迹和黑色的液体。这对爪子钳住了艾琳，在她能发出第二声尖叫之前，便把她从破碎的窗户中拖了出去。

伊莎贝尔的鞭子放在壁炉旁边的桌子上，她此刻正躲过塞巴斯蒂安，想冲过去拿，后者也从厨房中跑了出来。"快去拿武器。"她厉声说道，而他这时正惊愕地四下张望。“走！”她大叫了一声便冲向窗户。

壁炉旁，亚历克抱住了麦克斯，后者紧张不安地大叫着，扭动着身体，试图从他哥哥的臂膀中挣脱。亚历克把他朝门口拖去。很好，伊莎贝尔想，快把麦克斯从这儿弄走。

寒风从破损的窗户吹进来，伊莎贝尔拉了拉衣衫，踹开剩余的玻璃，多亏她的靴子底比较厚。当玻璃都被清理干净之后，她一弯腰，穿过窗框中间裂开的大洞，跳了出去，身子摇晃了一下，落在了下面的石头走道上。

第一眼看上去走道似乎空荡荡的，运河两边没有路灯，大部分光线来自于附近的房子。伊莎贝尔小心翼翼地向前，她的金属鞭盘在身侧。这条鞭子陪伴她很长时间了——是父亲送她的十二岁生日礼物——现在它仿佛就是她的一部分，像是她右臂流线型的延伸。

当她远离房屋，走向老城堡大桥时，黑影越来越浓重。大桥横跨普林斯沃特运河，与人行道形成了一个奇怪的角度。大桥底部黑影绰绰，像是有一团黑色的苍蝇——随后，就在伊莎贝尔定睛看时，有什么东西在黑影当中移动着，一个白色的家伙浮现了出来。

伊莎贝尔飞奔起来，撞上了一户人家花园一端的低矮篱笆，随后又跳到了桥下狭窄的砖石堤道上。她的鞭子开始发出刺眼的银色光芒，在这闪烁的光亮下，她看到艾琳毫无生气地躺在运河边，一只长满鳞片的巨大恶魔伏在她身上，它的身躯如同一只巨蜥，此刻它用自己的重量把艾琳牢牢压在地上，脸孔埋在她的颈部——

可是这不可能是恶魔。阿利坎特从来不曾出现恶魔，从来没有。就在伊莎贝尔震惊之下呆呆地张望之时，那东西抬起头，四下嗅着，似乎感觉到她在这儿。那东西看不见，她看清了，在它前额上应该长眼睛的地方有一排浓密的锯齿状牙齿，像是条拉链。在脸的下半部分，它还有一张大口，长满挂着脓液的獠牙。它那条细细的尾巴前后摇摆着，两侧微微发光，伊莎贝尔走近时看到，它尾巴边缘还长着刀片形状的骨头。

艾琳抽动了一下，发出轻声的呻吟。伊莎贝尔顿时感到一阵欣慰——她刚才几乎确定艾琳已经死了——可这欣慰很快就过去了。艾琳一动伊莎贝尔就看到她的衬衫前面被划开了，胸口上有个爪印，那东西的另一个爪子正钩住她牛仔裤的裤腰。

伊莎贝尔感到一阵恶心。恶魔没想杀死艾琳——还不到时候。伊莎贝尔的鞭子在她手中活跃了起来，像是复仇天使手中的那把火焰之剑。她一个前冲，鞭子也随之抽在了恶魔的后背上。

恶魔发出一声尖叫，抛下艾琳，朝伊莎贝尔冲过来。它的两个大口都张开了，爪子向她的脸挥舞过来。她一边后撤一边又把鞭子甩出去，打到了恶魔的脸、胸口和腿。恶魔布满鳞片的表皮出现了无数条纵横交错的鞭痕，滴下血液和脓水。它上面的嘴里吐出一条分岔的长舌，想要找到伊莎贝尔的脸。舌尖上有个凸起，她看到那是个针刺，像是蝎子的尾巴。她的手腕向侧面一抖，鞭子就缠上了恶魔的舌头，可伸缩的金属牢牢将其捆住。恶魔不停地号叫，她拉紧了鞭结，猛地一拽。恶魔的舌头滚落下来，落在堤道的砖头上，发出湿哒哒的一声闷响，令人作呕。

伊莎贝尔又一挥鞭，恶魔转身而逃，像条蛇一般飞快地跑走了。伊莎贝尔在后面紧追，恶魔沿着堤道向上跑到一半，前面突然出现了一个黑影。黑暗中有个东西一闪，恶魔抽搐着摔倒在地。

伊莎贝尔突然停下来。艾琳站在倒下的恶魔旁边，手中握着一把纤细的匕首——她一定是在腰间插着这把匕首。刀刃上的如尼文如同耀眼的闪电一般，随着匕首的挥舞而闪烁，她一遍又一遍把匕首插进恶魔扭动的身躯里，直到那东西完全不再动弹，继而消失了。

艾琳抬起头，面无表情。她衣服的纽扣都被扯掉了，但她动也不动，也没把衬衫拉起来。胸口深深的抓痕上渗出了血迹。

伊莎贝尔轻声惊呼了一下。“艾琳——你还好吧？”

艾琳手中的匕首当啷一声掉在地上。她一句话也没说就转身跑了，消失在桥下的黑影里。

因为意外，伊莎贝尔一时间惊呆了，随后她一边咒骂着，一边冲去追艾琳。她真希望今晚自己的穿着更为实战，而不是这条丝绒长裙，尽管她至少还穿着靴子。如果穿着高跟鞋，她就会对自己能否追上艾琳表示怀疑。

堤道的另一边是金属楼梯，通向普林斯沃特大街。艾琳已经在楼梯的尽头变成了个模糊的身影。提起厚重的裙摆，伊莎贝尔也追了上去，她的靴子踏在台阶上发出响亮的声音。她一来到楼梯尽头，便四下张望，寻找艾琳。

可她的双眼呆住了。她正站在一条宽阔大街的街尾，潘海洛家就在这条街上。她再也看不见艾琳了——这个女孩消失在了满大街混乱的人群中。不只是人群，街道上还有很多其他东西——恶魔——上百个，也许更多，和艾琳在桥下处理掉的那个有爪的巨蜥怪兽一样。街上已经躺着两三具尸体了，其中一具离伊莎贝尔只有几步之遥——是个男人，他一半的胸骨都被扯没了。伊莎贝尔从他灰白的头发判断，他的年纪应该很大了。不过当然了，他的确上了年岁，她的大脑缓缓地转着，她的思考速度因为惊慌而大大减慢了。所有成年人都在防御厅，城里只有孩子和老人，还有病人……

微红色的空气中弥漫着烧焦的气味，尖叫和哭号声划破了黑夜。一排排房子的门全都打开了——人们从里面冲出来，继而，当他们看见满街的恶魔时，就都僵住了。

这不可能，难以想象。历史上从来没有一个恶魔能穿越恶魔塔的魔法屏障。可现在这里有成百上千个。也许还要多，它们像有毒的潮水般涌入街道。伊莎贝尔觉得自己好像被困在了一堵玻璃墙后面，能看到眼前的一切，却无法动弹——她看着，呆住了，此刻一个恶魔抓住一个逃离的男孩，把他活生生地从地面举起，锯齿状的牙齿嵌入了他的肩头。

男孩尖叫起来，可他的尖叫声淹没在了那撕裂夜空的喧嚣中。这喧嚣声越来越响：恶魔的怒吼，人们呼喊彼此的名字，还有匆匆的脚步声和玻璃的破碎声。街上有人大喊着什么她几乎无法理解的话——有关于恶魔之塔的什么话。伊莎贝尔抬头望去，高耸的尖顶像往常一样瞭望着整座城市，可高塔并没有反射银色的星光，甚至连城市里燃烧着的红光也没有反射，而是呈现出死寂的白色，如同尸体的表皮一般。它们的光辉消失了。一股寒意涌过她的全身。怪不得街道上全是恶魔——不知怎地，恶魔塔不可思议地失去了法力。保护了阿利坎特一千年的魔法屏障不见了。

塞缪尔几个小时以前就陷入了沉默，可西蒙还醒着，盯着黑暗处，怎么也睡不着。这时，他听到了尖叫声。

他一下抬起了头，可又听不到什么了。他不安地四下张望——是他做梦听到的声音吗？他竖起耳朵，可即便用上他最近才拥有的灵敏听力，也什么都听不到了。他刚要躺回去就又传来了尖叫声，好像针刺进了他的耳朵里。这声音好像来自于防御厅之外。

他起身坐在床上，朝窗外看去。他看到伸展的绿色草坪，远处城市的灯光闪烁着微光。他眯起眼睛，城里的亮光有些问题，有些……不寻常。比他记忆中的更暗淡——还有光点在黑暗中四处散落，像是焰火，穿过街道。一股淡淡的烟雾从高塔上升起，空气中弥漫着烟味。

“塞缪尔，”西蒙能听出自己声音里的那种警觉，“出事了。”

他听到大门被撞开的声音，还有奔跑的脚步声和嘶哑的叫喊声。西蒙把脸贴近栅栏，他听到外面一双双皮靴敲打着石头飞奔而去，暗影猎手们呼唤着彼此，急匆匆地离开防御厅，朝城里跑去。

“屏障消失了！屏障消失了！”

“我们不能放弃防御厅！”

“防御厅不重要！我们的孩子在下面城里！”

他们的声音已经变得越来越弱，西蒙从窗前回来，喘着粗气。“塞缪尔！魔法屏障——”

“我知道，我听到了，”塞缪尔有力的声音透过墙传来，他听上去一点儿也不惊慌，反倒是逆来顺受的语气，甚至因为他的判断得到了证明，也许还有那么点得意，“瓦伦丁在圣廷开会的时候发动了袭击。聪明。”

“可防御厅——有强大的防御力——他们为什么不待在这儿？”

“你听到他们的话了。因为所有的孩子都在城里。孩子——年老的父母——不可能把他们留在下面。”

莱特伍德一家。西蒙想到了杰斯，随后他异常清晰地想起伊莎贝尔的脸庞，那张藏在浓密的头发之下小巧而白皙的脸庞，还有她在战斗中的果敢，以及写给他的字条上那些小女生般的 X 和 O。“可你告诉了他们——你告诉了圣廷会发生什么。为什么他们不相信你？”

“因为屏障是他们的信仰。不相信屏障的法力就是不相信他们自身的独特性，就是不相信他们是被天使所选中的人，受到了天使的庇佑。那样他们也许就会认为自己不过是普通人。”

西蒙又扑到窗前，望着外面，可烟尘越来越浓，空气变得一片灰白。他不再听到外面喊叫的声音，只是远处传来几声哭喊，但非常微弱。“我想整座城市都着了火。”

“不，”塞缪尔的声音很平静，“我想是防御厅烧着了，也许是恶魔之火。瓦伦丁的下一个目标是防御厅，如果他有能力的话。”

“可——”西蒙结结巴巴地说，“可会有什么人来把我们放出去的吧，会吗？执政官，或者——或者奥尔德特里。他们不能就这么扔下我们，让我们等死啊。”

“你是个暗影魅族，”塞缪尔说，“而我是个叛徒。你真的认为他们可能会有其他的做法吗？”

“伊莎贝尔！伊莎贝尔！”

亚历克的双手扶住她的肩头，用力地摇晃着她。伊莎贝尔缓缓抬起头，看到哥哥白色的脸庞浮现在身后无尽的黑暗之上。一截弯曲的木头从他的右肩上探出：他背着自己的那把弓，就是那把西蒙用来射杀大恶魔阿班顿的弓。她记不起亚历克是怎样走过来的，甚至完全记不起在街上看到他，似乎他像个鬼魂一般，突然出现在她面前。

“亚历克，”她缓缓发出颤抖的声音，“亚历克，快停下。我没事。”

她抽身出来。

“你看起可不像没事，”亚历克飞快地一抬眼，低声咒骂了一句，“我们必须离开这条街。艾琳去哪儿了？”

伊莎贝尔眨了眨眼，视野中已经看不到任何恶魔，有个人坐在他们对面房子门前的台阶上，大声地哭泣着，发出一声声尖叫。老人的尸体仍旧在街上，恶魔的气息到处都是。“艾琳——有个恶魔想要——想要——”她屏住呼吸，努力平静下来。她是伊莎贝尔·莱特伍德，她从不情绪失控，无论遇到什么刺激与惊吓。“我们把它干掉了，可之后艾琳跑了。我想追上她，但她跑得太快了。”她抬头看着哥哥。“城里出现了恶魔，”她说，“这怎么可能？”

“我不知道。”亚历克摇了摇头，“魔法屏障一定是消失了。当我冲出家门的时候，遇到了四五个欧尼魔。埋伏在灌木丛里的一个被我干掉了，其余几个溜了，可它们还会回来的。快走吧，我们回家去。”

台阶上的那个人仍旧在啜泣。在他们匆忙赶回潘海洛家的路上，那声音一直追随着他们。街上没了恶魔，可他们仍能听到爆炸声、哭声，还有从旁边街道漆黑的阴影里传来的急匆匆的脚步声。就在他们踏上潘海洛家门前的台阶时，伊莎贝尔回头望了一眼，恰巧看到一条像长蛇一般的触手从两幢房子之间的黑影中伸出来，钳住了一个在家门前台阶上抽泣的女人。她的抽泣声变成了尖叫。伊莎贝尔想要转身过去，可亚历克已然抓住她，将她一把推进门，然后又在他们身后重重地关上了大门。屋子里漆黑一片。“我把灯都熄了。我不想引起它们的注意。”亚历克一边解释，一边把伊莎贝尔推进客厅。

麦克斯坐在楼梯边的地板上，双臂抱膝。塞巴斯蒂安站在窗边，他把从壁炉里取来的木条钉在窗上，封住玻璃上的大洞。“好了，”他说着后退了一步，同时把锤子扔在书架上，“这应该能坚持一阵。”

伊莎贝尔在麦克斯身边坐下，抚摸着他的头发。“你还好吗？”

“不好，”他双目圆睁，写满惊恐，“我想看看窗外，可塞巴斯蒂安让我坐下。”

“塞巴斯蒂安是对的，”亚历克说，“外面街上全是恶魔。”

“现在外面还是那样吗？”

“现在不了，可城里还有些。我们必须得想想看下一步怎么办。”

塞巴斯蒂安皱了皱眉。“艾琳去哪儿了？”

“她跑开了，”伊莎贝尔解释说，“都是我的错，我当时应该——”

“那不是你的错。如果没有你，她连命都保不住，”亚历克干脆地说，“听着，我们没时间自责。我去找艾琳，你们三个待在这儿。伊莎贝尔，照顾好麦克斯。塞巴斯蒂安，继续加固房子，确保安全。”

伊莎贝尔愤愤不平地说：“我不想你一个人出去！带上我。”

“这儿就我是成年人，我说了算，”亚历克的语调平静，“我们的父母随时可能从防御厅回来。留在这里的人越多越好，出去的话我们太容易走散了。我可不会冒这个险，伊莎贝尔。”他的目光移到了塞巴斯蒂安身上，“你们明白了吗？”

塞巴斯蒂安已经拿出了石杖。“我会在房子周围画些印记来加固屏障。”

“谢谢。”亚历克说着已经朝门口走去。他转过身看了一眼伊莎贝尔，两人目光短暂的一个交汇之后，他便消失了。

“伊莎贝尔，”是麦克斯，他轻声说，“你的手腕在流血。”

伊莎贝尔低头一看，她不记得手腕上受了伤，可麦克斯是对的：血迹已经染红了她白色外套的袖口。她站起身。“我去取石杖，马上回来帮你弄如尼文，塞巴斯蒂安。”

他点点头。“我是需要些帮助，这可不是我的专长。”

伊莎贝尔问都没问他的专长是什么便走上楼去。她觉得浑身乏力，急需一个能量印记。如果必须的话，她自己就可以动手，虽然亚历克和杰斯总是比她更擅长于这类如尼文。

她一进入自己的房间就开始在一堆东西里寻找石杖和其他的武器。她一边把六翼天使插进靴子，一边想着亚历克，想着出门前两人对视的那一眼。这不是她第一次看着哥哥离开，心中明白也许再也见不到他了。她能接受这点，一直都能，这就是她生活的一部分。可直到认识了克拉丽和西蒙，她才意识到，对于大多数人而言，情况绝不是这样。他们的生活不是常常与死亡相伴，在平常的日子里，绝不会感受到脊梁骨上袭来的冰冷气息。对于盲呆，她总是很鄙夷，所有暗影猎手都这样——她曾相信他们软弱、愚蠢，在自己的安乐窝里如羔羊般温顺。可此时她思忖着，所有的这些厌恶是不是源于自己的嫉妒之心。不用每次都担心，家人一旦跨出大门就可能不再回来，那一定是很棒的感觉。

她手中握着石杖下楼，走到一半便觉察出有什么地方不对劲。客厅里空空如也，麦克斯和塞巴斯蒂安都不见了踪迹。塞巴斯蒂安钉在窗户上的木条有个只完成了一半的保护印记，他用过的锤子也不见了。

她的心头一紧。“麦克斯！”她一边大喊，一边转了个身，“塞巴斯蒂安！你们在哪儿？”

塞巴斯蒂安的声音从厨房中传来。“伊莎贝尔——在这里。”

她顿感安慰，这份松弛让她整个人都觉得轻飘飘的。“塞巴斯蒂安，这一点都不好玩，”她说着朝厨房走去，“我以为你们——”

门在她身后关上了，厨房里没有亮光，比客厅中还要黑。她睁大了眼睛想要看清塞巴斯蒂安和麦克斯，可除了黑暗什么也看不到。

“塞巴斯蒂安？”她的声音中透露出一丝犹疑，“塞巴斯蒂安，你在这儿做什么？麦克斯在哪儿？”

“伊莎贝尔。”她觉得自己看到了什么东西在移动，比房间中的黑暗更加浓重的一片阴影。他的声音轻柔温和，如此优美。她以前不曾意识到他的声音会像此时这般迷人。“伊莎贝尔，对不起。”

“塞巴斯蒂安，你真古怪，快别这样。”

“我很抱歉是你，”他说，“你瞧，在他们所有人当中，我最喜欢的就是你。”

“塞巴斯蒂安——”

“在他们所有人当中，”他又说了一遍，同样用那种低沉的音调，“我认为你最像我。”

此时他挥起拳头，手里握着的锤子也一起砸了下来。

亚历克飞速地穿过黑暗和燃烧的街道，一遍又一遍地呼喊艾琳。当他离开普林斯沃特街区，来到市中心的时候，他的心跳不由得加快了。一条条街道仿佛是博斯的绘画有了生命一般：满眼都是奇形怪状的可怖生物，到处都是丑陋肮脏的暴力袭击。惊恐的陌生人看也不看就把亚历克挤到路边，尖叫着跑开了，即便他们没有任何明确的目的地。空气中弥漫着烟尘和恶魔的气味。有的房子火光冲天，有的玻璃窗全碎了。当他走近一幢建筑的时候才发现，原来自己以为是油漆脱落的一块地方，其实是石膏墙面上飞溅了一大片血迹。他四下转身，朝各个方向张望，可看不到任何东西来说明这块血迹的来由。不管怎样，他尽自己的所能继续向前。

在莱特伍德家的所有孩子中，唯独亚历克还记得阿利坎特。尽管在他们离开的时候，他仍是个蹒跚学步的孩童，可他仍留有些许记忆，那些闪光的高塔、冬天积雪的街道、萦绕在商店和住宅中的点点巫光，还有天使大厅里美人鱼喷泉飞溅的水花。每当想到阿利坎特，他心中总有些奇怪的冲动，一种让人有些悲伤的希望，真想有一天他们一家人还能回到这个他们所属的地方。看到眼前这般的城市，所有的美好与快乐都消失了。他转弯来到一条更为宽阔的大道上，这条路直通天使大厅。他看到一群恶魔正嘶叫着穿过拱门，在它们身后还拖拽着什么东西——那个东西在鹅卵石路面上扭曲抽搐着。他沿街飞奔上前，可恶魔已经消失不见了。在一个石柱的基座边瘫倒着一个毫无生气的身形，身后是一道细长的血迹。亚历克一边脚踩着碎玻璃靠近，一边俯身把这人翻过来。他瞟了一眼那张青紫扭曲的脸孔，浑身一个寒颤便退到了一旁，所幸不是他认识的人。

一声惊叫让他跌跌撞撞地站起来，在他看清之前就先闻到了异味：街道的尽头有个巨大臃肿的黑影朝他滑行过来。是大恶魔吗？亚历克没有留下来等待答案。他冲向街道对面一幢高一些的房子，飞身跃上窗沿，这扇窗户的玻璃已经全都碎了。几分钟之后，他已经让自己攀上了屋顶，他的手磨痛了，膝盖也擦破了。他站起身，拂去手上的沙土，俯瞰着整个阿利坎特。

被毁掉的恶魔塔发出死气沉沉的白光，照射着城市中的街道，有什么东西在攒动着，在建筑物之间的黑影里，那些东西或是大步狂奔，或者缓缓蠕动，或是躲躲闪闪，像是一间幽暗的房间中爬满了蟑螂。空中不时传来哭喊声和尖叫声，一声声呼唤都随风飘散——也有恶魔的叫声，或惊恐或愉悦的吼叫，刺耳的声音穿透人类的鼓膜，像是一种疼痛。烟尘从浅棕色的石头房子上升起，形成一片烟雾，萦绕着天使大厅的尖塔。亚历克朝高处的防御厅望去，只见如潮水般的暗影猎手沿着山路蜂拥而下，他们手中的巫光照亮了脚下的道路。圣廷正冲下山加入战斗。

他走到屋顶边缘，这里的建筑物彼此都挨得很近，屋檐几乎都相互触碰。从一个房顶跳到另一个，再跳到下一个，不是什么难事，他发觉自己可以轻巧地沿着屋顶往前跑，跳过它们之间的那点儿距离。冷风拂过他的脸庞，这很好，可以抑制恶魔的臭气。

他跑了几分钟就意识到两点：其一，他正跑向天使大厅的白色尖塔。其二，前面发生了什么事情。在两条小巷之间的空地上，升起一片像是火花一样的东西——只是这些火花是蓝色的，比煤气燃烧时的蓝色深一些。亚历克以前见过这样的蓝色火花，他盯着看了片刻就又开始往前跑去。

最靠近这片空地的房顶坡度有些陡，亚历克从边上滑下来，靴底不时绊到松动的瓦片。小心翼翼地停在屋顶边缘，他向下看去。

水塘广场就在下面，他脚下的这座建筑正面突起一根巨大的金属杆，挡住了他一部分的视野。这根杆子上还悬着一块木质的商店招牌，在风中摇晃。下面的广场上全是伊布力斯恶魔——一种人形恶魔，可躯体由盘绕的黑烟所构成，还有一对闪着黄光的眼睛。它们排成一队，正朝一个穿着一袭灰衣的高大人影缓缓移动，逼迫着那个人向一堵墙后撤。亚历克呆呆盯着，那个人的一切都如此熟悉——瘦削的脊背，深色的头发乱成一团，还有从他指尖迸发而出的蓝色火焰，像是飞舞的蓝色萤火虫。

是马格纳斯。这位巫师正把蓝色火焰如同长矛那样投向伊布力斯恶魔，其中一根刺中了一个正向前移动的恶魔的胸膛。就像一桶水泼上了燃烧着的火苗，一阵声响之后，它颤抖着化成了一股烟尘。其他恶魔补上了它的位子——伊布力斯恶魔并不十分聪明——而马格纳斯又接二连三地掷出火焰长矛。好几个伊布力斯恶魔倒下了，可此时有个恶魔比其他的稍微狡猾些，不知不觉绕到马格纳斯身后，摆好架势，准备进攻——

亚历克想都没想就跳了下去。在下落的时候，他抓住了房顶的边缘，继而又径直握住金属杆，身体顺势围着杆子旋了一圈，减慢了下落的速度。他放开杆子，轻轻落在地上。恶魔吃了一惊，转过身，黄色的眼睛像是发亮的珠宝。亚历克在仅有的一点时间中想到，如果是杰斯，在他从腰间抽出六翼天使，刺穿这个恶魔之前，一定会讲出什么漂亮话。一阵尖叫与灰尘，恶魔消失了。它在这个维度世界上充满暴力的存在只给亚历克留下了一阵烟尘细雨。

“亚历克？”马格纳斯盯着他。他已经迅速打发掉了其余的伊布力斯恶魔，广场上只剩下他们两人。“你刚才——你刚才救了我一命？”

亚历克知道自己应该说什么，诸如当然，因为我是暗影猎手，这是我们该做的，或者那是我的职责所在。杰斯就会说这样的话，杰斯总是知道该说什么。可实际从亚历克口中说出的话却完全不同——而且听上去像是在耍性子，即便是他自己听来。“你从没回我电话，”他说，“我打了那么多电话给你，可你从没回我。”

马格纳斯看着亚历克，好似后者神经错乱了。“你的城市正遭到攻击，”他说，“魔法屏障消失了，街上到处是恶魔。而你却想知道我为什么没有回你电话？”

亚历克固执地咬紧牙关。“我想知道为什么你没回我电话。”

马格纳斯双手在空中一挥，做出一个极为恼怒的姿势。亚历克十分感兴趣地注意到，当他挥手的时候，几颗火星从他的指尖冒了出来，像是几只萤火虫从罐子里逃了出来。“你真是个傻瓜。”

“就是因为这个，所以你不给我打电话吗？因为我是个傻瓜？”

“不，”马格纳斯向他大步走过来，“我没给你打电话，是因为我厌倦了你只有在需要什么的时候才会想起我。我厌倦了看到你爱着其他人——某个碰巧永远不会对你的爱做出回应的人。至少不是以我会回应的方式。”

“你爱我?”

“你这个愚蠢的拿非力人,”马格纳斯耐心地说,“还会有什么原因让我出现在这儿?还会有什么原因让我在过去几个星期里,每次你的那些笨蛋朋友受了伤,我都帮他们治疗?还有每次你们陷入各种各样荒唐的局面,我都帮你们摆脱?更不用说那次协助你们战胜瓦伦丁了。而且所有这些全都免费!”

“我不是从这个角度来看待那些事情的。”亚历克坦陈说。

“当然不是。你从没有用任何角度来思考那些事情,”马格纳斯的猫眼闪现出愤怒之情,“我有七百岁了,亚历山大。我知道什么时候事情不会成功。在你父母面前,你甚至都不愿意承认我的存在。”

亚历克瞪着他。“我以为你只有三百岁!你真有七百岁吗?”

“那个,”马格纳斯修正了一下,“是八百岁。可我看起来不像。不论怎样,你没抓住重点。重点是——”

可亚历克再没弄清重点是什么,因为就在此时,又有十几个伊布力斯恶魔拥上广场。他感到自己的下巴一沉。“糟糕。”

马格纳斯随他的视线看去,恶魔已经在他们周围展开,形成了半圆的包围圈,它们黄色的眼睛闪耀着光亮。“这倒是个转换主题的好方法,莱特伍德。”

“我跟你说,”亚历克的手伸向第二把六翼天使,“我们如果躲过这一劫,我保证把你介绍给全家人认识。”

马格纳斯扬起手,指尖闪烁着那种与众不同的蓝色火光,照亮了他的笑容。“就这么说定了。”

第十一章

地狱的主宰

"瓦伦丁。"杰斯吐出一口气。他紧盯着脚下的城市，脸色惨白。穿过层层烟雾，克拉丽觉得自己几乎能瞥见狭窄的城市街道，上面挤满了跑动的人影，像是小小的黑色蚂蚁绝望地来回移动——可她又看了一眼，什么都没了，只有厚重的黑烟，还有火焰和烟尘的气味。

"你认为这是瓦伦丁干的？"烟尘进入克拉丽的喉咙，更让她感到难受，"看起来像是一场大火。也许是自己烧起来的——"

"北大门打开了，"杰斯指着什么，因为距离和烟雾，克拉丽只能勉强辨认出来，"这门从来不会开，而且恶魔塔也失去了光泽。魔法屏障一定是消失了。"他从腰间抽出一把六翼天使，紧紧握着，手指的关节都变成了白色，"我必须要过去。"

克拉丽的喉咙一紧，她想到一个可怕的念头。"西蒙——"

"他们会把他从防御厅里疏散出来的。别担心，克拉丽。他也许比其他在城里的人都要好些呢。恶魔不大可能去招惹他，它们一般不会理睬暗影魅族。"

"对不起，"克拉丽小声说，"莱特伍德一家——亚历克——伊莎贝尔——"

"雅和尔，"杰斯说，一把六翼天使闪亮起来，在他缠了绷带的手中如同白昼一般，"克拉丽，我希望你待在这儿，我会回来找你的。"自从他们离开庄园，他的眼中就有一股怒火，此时已经消散。他现在完全是个战士了。

她摇了摇头。"不，我想和你一起去。"

"克拉丽——"他突然停住了，浑身紧绷。片刻之后，克拉丽也听到了——有韵律的重击声，除此之外，还有一种声音，像是一堆巨大的篝火所发出的噼噼啪啪的声响。克拉丽又花了些时间才在头脑里分析出这声音的来源，就像是把一段音乐拆分成一个个音符那样。"这是——"

"狼人。"杰斯盯着她的身后。随着他的视线，她看见他们正越过近旁的一个小山丘，像是一片向前展开的黑影，其间四处闪烁着明亮而犀利的目光。一群狼——远不止一群，一定有几百匹，甚至上千。他们的吠声就是她以为的篝火声，这声音弥漫在夜空中，干脆刺耳。

克拉丽的胸中一阵搅动。她知道狼人，还曾和他们并肩而战。可这些不是卢克的狼群，不是那些接到指令要来照顾她，不能伤害她的狼群。她想到了卢克的狼群所能释放出的惊人的杀戮力量。突然之间，她感到害怕。

在她身边，杰斯狠狠咒骂了一句，可没有时间让他再抽出另一把武器了。他把她紧紧拉在身边，空着的手臂搂住了她，另一只手把六翼天使高高举在两人的头顶。刀刃的光亮耀眼夺目。克拉丽咬紧牙关——

此时狼群冲到了他们身旁，好似是一阵大浪袭来——突然间发出震耳欲聋的声响，第一匹狼冲过来，向前一跃，带起一阵风——凶狠的目光和张开的大口——杰斯的手紧紧搂住克拉丽身体的一侧——

而狼群从他们的两边掠过了，与他们所站的地方不多不少保持着六十厘米的距离。克拉丽难以置信地来回转着头，此时有两匹狼——一匹棕色，身形矫健，带有斑纹，另一匹银灰色，体型巨大——轻柔地踏在他们身后的土地上，停了一下，继而又向前跑去，甚至都没有回头看一眼。他们周围全是狼，可没有任何一匹招惹他们。狼群飞驰而过，像是倾泻而下的黑影。他们的皮毛反射着一道道银色的月光，看上去似乎是一条流水，呼啸着冲向杰斯和克拉丽——之后遇到两人又分开了，如同流水绕过石头。狼群疾驰而过之时，这两个暗影猎手又像是两尊引人注目的雕像一般。那些狼大张着嘴，眼睛紧盯着前方的道路。

随后，他们便不见了。杰斯转身看着最后一匹狼经过，他努力要追上同伴。此时又恢复了宁静，只有远处城市中微弱的声响。

杰斯放开克拉丽，六翼天使也随之放了下来。“你还好吗？”

“发生什么了？”她轻声说，“那些狼人——他们就从我们身边经过——”

“他们要去城里，去阿利坎特，”他从腰间拿出第二把六翼天使，递给了她，“你会需要这个的。”

“那么，你不会把我留在这儿了？”

“没必要了，到处都不安全。可是——”他犹豫了一下，“你能自己多加小心吗？”

“我会注意的，”克拉丽说，“我们现在做什么？”

杰斯看看山下燃烧着的阿利坎特。“现在我们跑下去。”

想跟上杰斯的步伐绝对不是易事，更何况现在他几乎是在全速奔跑，那基本上是件不可能的事情。克拉丽感觉到事实上他在努力克制，减慢了一点速度好让她能赶上，并且减速也让他花费了不少气力。

山脚下道路平缓了起来，两边高大浓密的树枝形成拱顶，制造出了一种穿越隧道的假象。当克拉丽从一端出来的时候，才发觉自己已经站在北大门之前了。透过拱门，克拉丽看到一片烟雾与火光跳跃的混乱局面。杰斯站在门口，等着她。他一手拿着一把六翼天使，可即便是两把刀刃的光亮合在一处，也淹没在了更为夺目的光亮里，那是他背后城市里的火海所发出的光亮。

“守卫呢？”她喘着粗气，跑到他旁边，“为什么他们不在这儿？”

“至少他们中有一个在那棵树上，”杰斯用下巴示意着他们过来的方向，“四分五裂。不，不要看。”他向下瞥了一眼，“你拿六翼天使的方式不对。像这样握着。”他给她做了个示范，“而且你需要命名它。卡西尔就不错。”

“卡西尔。”克拉丽重复了一遍，刀光闪亮起来。

杰斯严肃地看着她。“我真希望能有时间训练你一下。当然，按理说，任何一个像你这样几乎没接受过训练的人，都不可能会使用六翼天使。你之前就让我很惊讶了，可既然我们已经知道了瓦伦丁的所作所为——”

克拉丽不想谈起瓦伦丁曾做过的事情。“也许你在担心如果我接受了适当的训练，就会变得比你还厉害。”她说。

他的嘴角掠过一丝似有似无的微笑。“不论发生什么，克拉丽，”他一边说，一边透过六翼天使的亮光望着她，“跟着我。你明白了吗？”他紧盯着她的目光，这种眼神是在要求她的一个承诺。

出于某种缘由，在维兰德庄园的草地上亲吻他的记忆浮现在她的脑海中。那似乎已经是一百万年以前的事了，又似乎是发生在别人身上的事情。“我会跟着你。”

“很好，”杰斯看向别处，视线从她身上移开了，“我们走吧。”

他们肩并肩缓缓穿过城门。当他们走进城市的时候，她似乎第一次意识到战斗的喧嚣声——人们的尖叫和恶魔的怒吼排山倒海而来，还有玻璃的破碎声和大火燃烧的噼啪声。这让她气血上涌，耳朵里一阵嗡鸣。

大门里面的庭院空空如也，石子路上到处是一堆堆蜷缩的人形。克拉丽尽力不去仔细看。她心里想，为何如此轻易就能分辨出一个人是否已经死了，即便距离很远，也不用仔细打量。死尸与昏迷的人完全不同，似乎是你能感觉到有什么东西已经离开了他们，那种最根本的生命之火此刻已经熄灭。

杰斯催促着她穿过庭院——克拉丽明白他不太喜欢这种毫无掩护的开阔空间——他们走上一条离开庭院的大街。这条街上更为凌乱，商店的窗户被砸破了，店里的东西被洗劫一空，散落在街道上。空气中还有一股味道——一股浓重的腐臭垃圾味。克拉丽熟悉这种气味，它意味着恶魔。

“这条路。”杰斯小声说。他们又钻进另一条狭窄的街道。路边一幢房子的上层起火了，可它两侧的房子都安然无恙。克拉丽奇怪地联想到自己曾看过的伦敦在二战期间遭受空袭的照片，毁灭从天而降，毫无章法可言。

抬起头，她看到城市之上的堡垒也笼罩着一团黑烟。“防御厅。”

“我告诉过你了，他们会疏散——”当他们走出狭窄的街道，来到一条主干道上的时候，杰斯的话戛然而止。这里的道路上也有尸体，而且是好几具，有些很瘦小。是小孩子。杰斯跑上前，克拉丽犹犹豫豫地跟上了。一共三具，当他们走得更近的时候，克拉丽看清楚了——他们，她感到一阵安慰，可这安慰中又满怀愧疚，都还很小，不会是麦克斯。在他们旁边躺着个老人，他的双臂展开，好像是在用自己的身体保护孩子。

杰斯语气严厉地说：“克拉丽——转身。慢慢地。”

克拉丽转过身，在她身后是一面破碎的商店橱窗，之前里面展示着许多蛋糕——堆成一座高塔，而且装饰着色彩亮丽的糖霜。此时，蛋糕与碎玻璃一起散落在地下，鹅卵石上也满是血迹，与糖霜混成一道道长长的粉红色痕迹。可这些并不是引起杰斯警惕的东西。有个什么家伙正从窗户里爬出来——它没有固定的形状，体型巨大无比，而且还黏糊糊的。它从头到尾长着两排牙齿，上面沾满了糖霜和碎玻璃，像是涂上了一层亮闪闪的糖衣。

这个恶魔从窗户里爬下来，落在石子路上，并且开始朝他们滑行过来。这家伙那种黏软的移动让克拉丽的胃里翻起一股酸水，直逼喉管。她不由得后退，几乎要撞上杰斯。

“是贪食巨魔，”他一边说，一边盯着眼前这个滑行过来的东西，“它们什么都吃。”

“那它们吃……”

“人吗？吃，”杰斯说，“到我身后去。”

她退后几步，站到了他身后，可眼睛仍盯着贪食巨魔。与她之前所遇到的恶魔相比，这个恶魔身上有什么东西让她更为反感。它看上去像是一只没有眼睛只有牙齿的软体虫，还有它那种缓缓吞食的方式……可至少它的移动速度不快，杰斯干掉它应该没有太多麻烦。

杰斯好像受到她这个想法的激励，一个箭步上前，把闪烁的六翼天使用力劈下去。刀刃插入了贪食巨魔的后背，发出一个声响，好似有人踩到了腐烂的水果。恶魔一阵抽搐之后，浑身一抖，变了形态，并且突然回到离它刚才所在之处稍远的地方。

杰斯收回六翼天使。“我害怕的就是这个，”他小声嘀咕着，“它的躯体是半真实的，很难杀死。”

“那就别杀了，”克拉丽扯了扯他的衣袖，“至少它的移动速度不快，我们离开这儿吧。”

杰斯不情愿地让她把自己拉开了。他们转身跑向之前来的方向——

可恶魔又在那儿了，在他们面前，挡住了去路。它的身形似乎更为巨大了，还发出一个低沉的声音，是一种愤怒的昆虫般的鸣叫。

“我想它是不想我们离开。”杰斯说。

“杰斯——”

可他已经冲向了那个家伙，并且挥舞起六翼天使，形成一道长长的弧线，想要将它斩首。可那东西一抖，又变了形态，而且这次来到了他的身后。它直立起来，露出像蟑螂那样有条纹的腹部。杰斯一个转身，六翼天使随之落下，切入了那个家伙的中段。像是鼻涕般黏稠的绿色液体喷在刀刃上。

杰斯后退了一步，他的脸因为厌恶而皱成了一团。贪食巨魔还在发出同样的虫鸣声，躯体里流出了更多的液体，可它似乎没有受到伤害，仍旧目标明确地向前移动。

“杰斯！”克拉丽大喊，“你的六翼天使——”

他向下一看，贪食巨魔的黏液包裹起了刀刃，遮蔽了它的光亮。正在他盯着看时，六翼天使噗的一声，失去了光亮，像是火光让沙土熄灭了似的。他咒骂了一声，在恶魔黏液碰到自己之前扔掉了武器。

贪食巨魔又直立起来，准备攻击。杰斯一个后撤——就在这时，克拉丽过来了，她冲到杰斯和恶魔之间，挥舞着六翼天使，刺向那个家伙一排牙齿的下方。刀刃陷入它巨大的身躯，发出一声湿闷的恶心声响。

她迅速后退，喘着粗气，恶魔此刻又是一阵抽搐。似乎这个家伙每次受伤变形都需要一定的能量。如果他们能够刺伤它的次数足够多——

克拉丽在余光中看到有什么东西移动过来，一道灰棕色的闪光，速度极快。街上不是只有他们两人。杰斯一转身，睁大了眼睛。“克拉丽！”他大喊道，“在你身后！”

克拉丽赶忙转过来，六翼天使在她手中发出亮光，此时一匹狼向她扑来。它的嘴唇收起，龇牙咆哮着张开血盆大口。

杰斯大喊着什么，克拉丽听不清，可她看到了他眼中惊恐的神情。她向旁边一闪，躲开了狼的进攻路径。狼从她身边掠过，伸出爪子，身体弯成弧形——攻击了它的目标，贪食巨魔。狼把恶魔撞翻在地，随后用裸露的尖牙将其撕成碎片。

恶魔尖叫着，或者说那个声音最为接近尖叫声——一声尖利的哀鸣，像是一只泄了气的球所发出的声音。狼把它踩在脚下，死死压住，同时头深深埋在恶魔黏稠的躯体里。贪食巨魔颤抖着，死命挣扎着想要变形，抚平伤口，可是狼根本就不给它任何机会。狼用爪子牢牢钳住恶魔，同时用牙从恶魔躯体上撕扯下一大块一大块的胶状血肉，完全不去理会到处喷涌而出的绿色液体。贪食恶魔最后绝望地抽搐挣扎了一阵，它锯齿状的牙齿咔嗒一声合拢了——随后它便消失了，只在石子路上留下一摊黏稠的绿色液体。

这匹狼叫了一声——一声满足的咕哝——随后转身看着杰斯和克拉丽，它的眼睛在月光下闪出银光。杰斯从腰间拔出另一把六翼天使，高高举起，在空中清晰地划出一条他们与狼人之间的界线。

狼人咆哮着，脊背上的毛发都竖了起来。

克拉丽抓住他的手臂。“不——不要。”

“是狼人，克拉丽——”

“他为我们杀了那个恶魔！他和我们是一伙的！”在杰斯拉住她之前，她离开他身边，缓缓接近那匹狼。她伸出手，摊开掌心。她用平静而低沉的声音说：“我很抱歉。我们很抱歉。我们知道你不想伤害我们。”她停下来，双手仍旧展开，此时那匹狼无动于衷地看着她。“你——你是谁？”她问道。她回头看了看杰斯，皱着眉头说：“你能把那东西收起来吗？”

杰斯看上去似乎是要用一套言之凿凿的专业术语告诉她，你不可能在面对危险的时候将一把闪耀着光辉的六翼天使收起来。可在他开口之前，那匹狼低声号叫了一下，接着开始站起身。它的腿变长了，脊柱也直立起来，爪子不见了。几秒钟之后，一个女孩子站在了他们面前——穿着一件有些污迹的白色直筒连衣裙，拳曲的头发梳成了许多小辫子，在喉咙上还有一道伤疤。

“你是谁？”女孩模仿着说，“我真不敢相信，你竟没认出我。所有的狼并不是看起来都一模一样，人类。”

克拉丽宽慰地长出了一口气。“迈亚！”

“是我。老样子，救了你们的小命。”她咧嘴一笑。她浑身溅满了血迹和脓液——在狼的皮毛上并不明显，可此时在她棕色的皮肤上一道道黑色和红色的痕迹十分刺眼。她把手放在肚子上。“真恶心，顺便说一下。我真不敢相信自己竟然大口吞下了那个恶魔，希望不要过敏。”

“可你在这儿做什么呢？”克拉丽问，“我的意思是说，不是我们见到你不高兴，但是——”

“你不知道吗？”迈亚疑惑地看看杰斯，又看看克拉丽，“卢克带我们来的。”

“卢克？”克拉丽睁大了眼睛，“卢克在……这儿？”

迈亚点点头。“他联系上了他的族群，还有其他的几群，他能想到的所有人，然后告诉我们大家必须赶往伊德里斯。我们赶到边境，又从那里出发过来。有些族群通过移空门进入森林，和我们在那儿汇合。卢克说拿非力人将会需要我们的帮助……”她的声音弱了下去，“你们都不知道这些吗？”

“不知道，”杰斯说，“而且我怀疑圣廷也不知道，他们不大乐意接受暗影魅族的帮助。”

迈亚挺直了身体，眼光中闪烁出怒火。“如果不是我们，你们所有人早就被宰了。我们赶来的时候，没有人在保卫城市——”

“别生气，”克拉丽说着怒气冲冲地瞪了杰斯一眼，“我是真的真的非常感谢你来救我们，迈亚。杰斯也是，尽管他很固执，他宁愿用六翼天使刺瞎眼睛，也不愿这么说。而且你也不要指望他会那样。”她看到另一个女孩脸上的神色，急忙又加了一句，“因为这对眼下的情况没有任何帮助。现在我们需要赶去莱特伍德一家人的住处，之后我必须找到卢克——”

“莱特伍德一家？我想他们在天使大厅。我们把所有人都带去那里了。至少我看到亚历克在那儿，”迈亚说，“还有那个巫师，头发像刺猬一样的那个，马格纳斯。”

“如果亚历克在那儿，其他人也一定在，”杰斯脸上露出释然的神情，这让克拉丽想把手放在他的肩头，可她没有，“把所有人都带去天使大厅，是个聪明的做法。那里有屏障守护。”他把发光的六翼天使放回腰间，“来吧——我们走。”

克拉丽一踏进天使大厅就认出了里面的布置。这里就是她梦中的地方，她先和西蒙，之后和杰斯跳舞的地方。

在穿越移空门的时候，我就是想把自己送到这里来，她一边想，一边看着四周雪白的墙壁和高耸的天花板，上面是一扇巨大的玻璃天窗，透过它能看到夜空。房间尽管很大，可不知怎地，似乎比她梦中的要小一些，昏暗一些。美人鱼喷泉仍旧在大厅的中央，喷洒出水花，可看上去有些暗淡，并且周围的台阶上挤满了人，许多人都绑着绷带。这里全是暗影猎手，人们在各处匆忙地穿梭，时不时停下来看看路人的脸庞，似乎希望认出朋友或者家人。地板上脏兮兮的全是尘土，还有一道道污泥和血迹。

最令克拉丽震惊的是那种安静。如果这是盲呆世界中的灾后救援，人们一定会是又哭又叫地彼此呼唤。可这个大厅里几乎没有声响。人们静静地坐着，有些人手抱着头，有些人茫然地望着前方。孩子们靠在大人身边，可没有一个孩子哭泣。

她打开一条道路，走进房间，杰斯和迈亚在她的两侧。此时她还注意到另一点，有一群看上去邋里邋遢的人站在喷泉旁边，形成一个不规则的圆圈。不知为什么，他们和其他人分隔开来。当迈亚看到他们笑起来时，克拉丽明白了原因。

“我的族群！”迈亚惊呼了一声。她冲向他们，边跑边停下来回头看看克拉丽。“我确定卢克就在附近的什么地方。”她大声说，随后就消失在了那群人中，他们都朝她围拢过来。克拉丽有那么一瞬间想到，如果她跟着这个狼人女孩走进那群人，会发生什么。他们是会把她当作卢克的朋友来欢迎，还是仅仅把她当作又一个可疑的暗影猎手？

“不要，”杰斯说，好似能读懂她的所思所想，“这不是个好——”

但克拉丽没能弄清是不要什么，因为随着一声大叫，亚历克出现了。他从人群中挤过来，上气不接下气。他深色的头发一团糟，衣服上也有血迹，可眼神明亮，其中既有宽慰，也有气愤。他从前面一把抓住杰斯的外套。“你怎么了？”

杰斯看上去似乎受到了冒犯。“我怎么了？”

亚历克摇晃着他，力度可不轻。“你说你出去散步！什么样的散步需要六个小时？”

“很长的一个？”杰斯建议着说。

“我真想杀了你，”亚历克说着松开了杰斯的衣服，“我很认真地在考虑这事。”

“可还是放弃了，不是吗？”杰斯说。他四下望了望。“大家都在哪儿？伊莎贝尔，和——”

“伊莎贝尔和麦克斯还在潘海洛家，和塞巴斯蒂安一起，”亚历克说，“爸爸妈妈正在去接他们的路上。艾琳在这儿，和她父母一起，可她都不大讲话。她在一条运河边被喇合魔袭击了，情况糟糕极了。可伊莎救了她。”

“那西蒙呢？”克拉丽焦虑地问，“你看到西蒙了吗？他应该和其他人一起从防御厅下来了啊。”

亚历克摇摇头。“没有，我还没看到——可我也没看到大审判官，还有执政官。他也许和他们中的谁在一起。也许他们在什么地方停下来，或者——”他停了下来，房间中响起一阵低语。克拉丽看到那群狼人机敏地抬起头，像是一群猎狗在辨别气味。她转过身——

接着看到了卢克，疲惫不堪，血迹斑斑，正穿过大厅的两扇门进来。

她朝他跑过去，不再理会他离开的时候自己有多么不安，不再理会她把他们两人带到这里来让卢克有多么生气，不再理会任何事情，再次见到他只有喜悦。看到她朝自己飞奔过来，卢克一时间有些惊讶——随后他笑了，伸出双臂，一边拥抱她，一边把她举了起来，就像她小时候那样。他身上有种鲜血、法兰绒和烟尘混合的气味。她把眼睛闭上了片刻，想到亚历克在大厅看到杰斯的那一刻便抓住了他的样子，因为这就是当你担心家人时会做的事情。你会一把抓住他们，不肯放手，告诉他们你有多生气，然后这些都没关系，因为无论你如何生气，他们仍旧是属于你的。她对瓦伦丁所说的不假，卢克就是她的家人。

卢克一边把她放下，一边皱了皱眉。“当心，”他说，“有个蜷伏魔在马里维德大桥下弄伤了我的肩。”他把手搭在她的肩头，仔细打量着她的脸，“可你一切都好，不是吗？”

“好吧，这真是感人的一幕，”一个冷冷的声音说道，“不是吗？”

克拉丽转过身，卢克的手仍旧在她的肩头。在她身后站着一个高大的男人，身穿一件蓝色披风。当他走向他们的时候，脚踝处的披风下摆也随之抖动。他的脸藏在披风的帽子下面，那张脸好似雕塑一般：颧骨高耸，鹰钩鼻子，眼睑厚重。“卢西恩，”他说，看也没看克拉丽，“我应该想到这次——这次入侵背后的人是你。”

“入侵？”卢克重复了一遍，突然之间，他的狼人族群站在了他身后。他们的行动如此之快，如此寂静，好似是凭空冒出来的一样。“我们不是入侵你们城市的人，执政官。是瓦伦丁。我们只是想要帮忙。”

“圣廷不需要帮助，”执政官厉声说，“不需要来自你们这类家伙的帮助。你们进入玻璃之城违反了《大律法》，不论屏障是否存在。你必须明白这一点。”

“我想圣廷的确需要帮助，这一点再清楚不过了。如果我们没有像之前那样赶到，你们中的更多人此刻都不会活着。”卢克扫视了一下房间，有好些暗影猎手都向他们走过来，想看看发生了什么。有些人直视着卢克的目光，有些低下头，似乎感到羞耻。可没有人看起来觉得气愤，克拉丽突然之间惊讶地想。“我这么做就为了证明一点，马拉奇。”

马拉奇的声音冰冷。“那么这一点会是什么呢？”

“你需要我们，”卢克说，“要打败瓦伦丁，你们需要我们的帮助。不仅仅是狼人的帮助，是所有暗影魅族的帮助。”

“暗影魅族能为抵抗瓦伦丁做什么呢?”马拉奇轻蔑地问,“卢西恩,你应该很清楚。你曾经是我们中的一员,我们总是独自面对所有的危险,守卫世界不受邪恶的侵袭。我们此刻将会用自己的力量来迎战瓦伦丁,暗影魅族最好不要挡在我们面前。我们是拿非力人,我们会面对自己的战役。”

“准确来说,这不是真的,是吗?”一个柔和的声音说。是马格纳斯·贝恩。他穿着一件闪光的长袍,耳朵上戴着好几个环,脸上的表情颇为调皮。克拉丽不知道他是从什么地方冒出来的。“你们很多人过去不止一次借助过巫师的力量,而且支付的报酬也相当不错。”

马拉奇怒目而视。“我不记得圣廷有邀请你来玻璃之城,马格纳斯·贝恩。”

“没有,”马格纳斯说,“可你们的屏障没了。”

“真的吗?”执政官的语气中满是讽刺,“我还没注意到。”

马格纳斯看上去满脸的关切。“这太糟糕了,应该有人告诉你的。”他瞥了卢克一眼。“告诉他屏障消失了。”

卢克十分气愤。“马拉奇,看在上帝的份上,暗影魅族很强大,而且我们人数众多。我告诉你,我们能帮上忙。”

执政官的声音提高了。“而我告诉你,我们不需要,也不想要你们的帮助!”

“马格纳斯。”克拉丽悄悄溜到他身边,低声说。一小撮人聚集了起来,看着卢克和执政官之间的争吵。她十分确定没有人注意到她。“过来我们谈谈。他们都忙着斗嘴,没人会注意。”

马格纳斯疑惑地飞快看了她一眼,点了点头,然后带着她离开,像是个开罐器那样,在人群中切开一个口子。聚集起来的暗影猎手或者狼人似乎没人想阻挡一个巫师的去路,而且这个巫师身高一米八,长着猫眼,兴奋地咧嘴笑着。他推着她来到一个安静的角落。“什么事?”

“我拿到书了,”克拉丽从自己沾满泥水的外衣口袋里把书掏出来,在白色的封面上留下脏兮兮的指印,“我去了瓦伦丁的庄园。就像你说的,在图书室里。而且——”想到被囚的天使,她没说下去。“没什么,”她把魔法书递给他,“给你,拿着吧。”

马格纳斯用留着长指甲的手一把抓过她手中的书。他飞快地翻了几页,双眼都睁大了。“这甚至比我听说的还要厉害,”他高兴地宣布说,“我都等不及想施展这些咒语了。”

“马格纳斯!”克拉丽尖利的声音让他回到现实,“首先是我妈妈,你承诺过。”

“我会遵守承诺的。”巫师郑重地点点头。

“还有件事，”她想到西蒙，补充说，“在你走之前——”

“克拉丽！”从她肩头传来一个气喘吁吁的声音，她转身惊讶地看到塞巴斯蒂安站在她旁边。他穿着战斗服，不知怎地，这身装扮看上去很适合他，她想，似乎他天生就适合穿这身。所有人看上去都血迹斑斑，头发蓬松，而他却毫发无伤——除了在左脸颊上有两道长长的抓痕，好像有什么长了爪子的东西挠到了他。“我还在担心你，我来这儿的路上经过阿玛提斯家，可你不在家。她说她也没见到你——”

“那个，我很好。”克拉丽的目光从塞巴斯蒂安身上移到马格纳斯身上，后者怀抱着《白色魔法书》。塞巴斯蒂安棱角分明的眉毛向上一挑。“你呢？你的脸——”她伸手去触碰他的伤口，抓痕仍旧在渗血。

塞巴斯蒂安一耸肩，轻轻把她的手拂开。“一个女恶魔在潘海洛家附近伤了我，但我没事。你在做什么？”

“没什么，我就是在和马——拉格纳讲话。”克拉丽匆忙改口，她突然惊恐地意识到，塞巴斯蒂安不知道马格纳斯的真实身份。

“马拉格纳？”塞巴斯蒂安挑起眉毛，“好吧。”他好奇地看向《白色魔法书》。克拉丽真希望马格纳斯能把书收起来——他抱着书的样子，还有书上烫金的文字，实在是太显眼了。“那是什么？”

马格纳斯仔细打量了他许久，那双猫眼似乎在思考什么。“一本魔法书，”他最后说道，“暗影猎手是绝不会感兴趣的。”

“事实上，我姑妈搜集魔法书。我能看看吗？”塞巴斯蒂安伸出了手。在马格纳斯拒绝之前，克拉丽听到有人喊自己的名字。杰斯和亚历克过来找他们了，两个人显然看到塞巴斯蒂安都不是太高兴。

“我想我和你说过，要你和麦克斯和伊莎贝尔待在一起，”亚历克厉声对他说，“你把他们独自留下了吗？”

塞巴斯蒂安的目光慢慢从马格纳斯身上移到亚历克的身上。“你父母回到家了，就像你说的那样，”他声音冷冷的，“他们让我先过来告诉你们，他们都没事，伊莎和麦克斯也没事。他们在过来的路上了。”

“那好，”杰斯说话的语气中有股很强烈的讽刺，“感谢你一到这儿就把这个消息告诉了我们。”

“我到这儿的时候没看到你，”塞巴斯蒂安说，“我只看到克拉丽。”

“那是因为你在找她。”

“因为我需要和她谈谈。”他再一次直视着克拉丽的眼睛，目光中的那种热切期盼让她僵住了。她想告诉他，当着杰斯的面不要这么看自己，可是这话听上去极其不合情理，而且也许他真的有什么重要的事情需要告诉她。“克拉丽？”

她点点头。“好吧，就一下。”她说着看到杰斯的神情发生了变化：他没有发怒，而是面无表情。“我马上回来。”她又加了一句，可杰斯没有看她，而是盯着塞巴斯蒂安。

塞巴斯蒂安抓起她的手腕，把她从其他几个人身边拉开，推着她走向人群最拥挤的地方。她回头瞥了一眼，他们都盯着她，甚至连马格纳斯都是。她看见他轻轻地摇了一下头。

她停下脚步。“塞巴斯蒂安，停下。那是什么？你要告诉我什么？”

他转过身面向她，仍旧抓着她的手腕。“我想我们得出去，”他说，“私下里说——”

“不，我想留在这儿。”她说，她听出自己的声音中有一丝犹豫，好像她也不确定。可此时她拿定了主意。她用力一甩手腕，让自己从他的手里挣脱出来。“你是怎么回事？”

“那本书，”他说，“那本菲尔拿着的书——《白色魔法书》——你知道他是从哪儿弄来的吗？”

“这就是你要和我谈的吗？”

“那是一本法力强大的魔法书，”塞巴斯蒂安解释说，“而且是一本——那个，很多人找了很久的。”

她愤怒地长出了一口气。“好吧，塞巴斯蒂安，你瞧，”她说，“他不是拉格纳·菲尔，而是马格纳斯·贝恩。”

“那人就是马格纳斯·贝恩？”塞巴斯蒂安猛地转身看过去，随后又转回来用责备的目光盯着克拉丽，“而且你一直都知道，对吗？你认识贝恩。”

“是的，我很抱歉。可他不想我告诉你，而且他是唯一一个能帮助我救妈妈的人。就是因为这个，我才把《白色魔法书》给他的，那里面有个咒语也许能帮上她。”

塞巴斯蒂安的眼神中闪过了什么。在他吻了她之后，克拉丽也有这种同样的感觉：突然感到有什么不对劲，好像她往前迈出一步，本想落在坚实的地上，结果却一脚踏空。他伸出手，一把抓住她的手腕。“你把书——《白色魔法书》——给了一个巫师？一个龌龊的暗影魅族？”

克拉丽僵住了。“我真不敢相信你刚才说了什么，”她低头看着塞巴斯蒂安的手抓住自己的地方，“马格纳斯是我的朋友。”

塞巴斯蒂安把手稍稍放松了一些。“对不起，”他说，“我不该那么说。只是——你了解马格纳斯·贝恩多少？”

“比我对你的了解要多。”克拉丽冷冷地说。她回头看了看之前马格纳斯和杰斯、亚历克站在一起的地方——她感到十分震惊，马格纳斯不见了。杰斯和亚历克还站在原地，看着她和塞巴斯蒂安。她能感到杰斯的那股不乐意扑面而来，像是一只打开的烤箱散发出热气。

塞巴斯蒂安随着她的目光看过去，眼神黯淡了下来。“你对他的了解足够多，多到知道他现在拿着你的书跑去哪儿了吗？”

“那不是我的书。我是把书给了他，”克拉丽厉声说，“可我不明白这关你什么事。瞧，你昨天帮我寻找拉格纳·菲尔，我很感激，但你现在的言行真让我感到奇怪极了。我要回到朋友们那儿去了。”

她想要转身离开，可是他来到面前挡住了去路。“对不起，我刚才真不该那么说。只是——事情比你所知道的要复杂。”

“那告诉我啊。”

“和我到外面去吧，我会把所有事情都告诉你，”他的语气焦虑而关切。“克拉丽，求求你。”

她摇了摇头。“我必须待在这儿，我必须要等西蒙，”这话有一半是真的，一半是借口，“亚历克告诉我，他们会把囚犯带到这儿来——”

塞巴斯蒂安摇着头说：“克拉丽，没人告诉你吗？他们把囚犯留下了。我听到马拉奇这么说的。城市遭到了袭击，他们疏散了防御厅，可没有把囚犯带出来。马拉奇说不管怎么样，他们都是和瓦伦丁一伙的。不把他们放出来才能将风险降到最低。”

克拉丽的头脑中像弥漫了大雾一样，她感到眩晕，还有点恶心。“这不会是真的。”

“这是真的，”塞巴斯蒂安说，“我发誓。”他抓住克拉丽手腕的手又收紧了，而后者的脚下不稳，摇晃了几下，“我能带你去那儿，去防御厅。我能帮你救他出来。但是你必须承诺你会——”

“她不需要向你承诺任何事情，”杰斯说，“放开她，塞巴斯蒂安。”

塞巴斯蒂安一惊，抓住克拉丽的手松了。她抽回手，转头看着杰斯和亚历克，两人都满面怒容。杰斯的手轻轻扶在腰间六翼天使的刀柄上。

“克拉丽能去做任何她想做的事情。”塞巴斯蒂安说。他没有生气，可是脸上却有一种古怪的僵硬表情，看上去更可怕。“而此时她想和我一起去救她的朋友，那个被你们扔进监狱的朋友。”

听到这话，亚历克脸色惨白，可杰斯只是摇了摇头。“我不喜欢你，”他略有所思地说，“我知道其他人都很喜欢你，塞巴斯蒂安，可是我不。可能是因为你那么努力地迫使其他人去喜欢你。也可能是因为我与你恰恰相反，是个混蛋。但我不喜欢你，而且我不喜欢你拉着我妹妹的样子。如果她想去防御厅，想去找西蒙，没问题，她会和我们一起去。而不是你。”

塞巴斯蒂安那种僵硬的表情没有丝毫变化。“我想那应该是她自己的选择，”他说，“你说是吗？”

他们双方都看看克拉丽，而她看了看他们身后还在和马拉奇争吵的卢克。

“我想和我哥哥一起去。”她说。

塞巴斯蒂安的眼中闪过了一丝什么东西——那东西太快了，克拉丽都来不及辨认清楚，可她的背后冒起一股寒意，好像有一只冰冷的手触碰到她。“你当然会这么想。”他说着往旁边迈了一步。

还是亚历克先挪动了步子，他推着杰斯，让他也走动起来。他们朝门口走到一半的时候，克拉丽才意识到自己的手腕很痛——像被烫伤了似的刺痛。她低头一看，本以为会在塞巴斯蒂安抓住她的手腕处看到伤痕，可是那里什么也没有。只是在袖口处有一丝血迹，她抚摸他脸上的伤疤时沾上的。她的手腕仍旧刺痛着，可她皱了皱眉，把衣袖拉下来，匆匆跟上其他人的脚步。

第十二章
深狱之中

西蒙的手上全是黑色的血印。

他试图把窗户和牢门之上的护栏拔掉，可是长时间地触碰它们中的任何一根，都会在他的手掌上烫出血，留下伤疤。最终，他瘫倒在地，喘着粗气，呆呆地望着自己的双手，看着伤口不多久便开始愈合，血肉合并在一处，烧焦的黑色皮肤消失了，像是在看一段快进的影片。

在墙的另一面，塞缪尔祷告着："倘有祸患临到我们，或刀兵灾殃，或瘟疫饥荒，我们在急难的时候，站在这殿前向你呼求，你必垂听而拯救[①]——"

西蒙知道自己不能祷告，他以前试过，神的名字会在他的喉咙中哽咽，会在他的口中灼烧。他思忖着，为什么他能想着那些话，却不能说出口；为什么他能站在正午的阳光下，不会死掉，却不能做临终祷告。

烟开始窜入走廊，像是一个执意要逼近的鬼魂。他能闻到烧焦的味道，还能听到火势迅速蔓延之时所发出的噼啪声。这情景真是奇特，变成了吸血鬼，被赋予了永恒的生命，可不管怎样，却要在十六岁的时候死去。

"西蒙！"声音很轻，可他的听力在大火的噼啪声之外还是捕捉到了。走廊中的浓烟预示着热浪，此时热浪袭来，像是一堵令人窒息的高墙向他压倒过来。"西蒙！"

是克拉丽的声音，他无论在哪儿都能听出来。他想，不知道这是不是此时自己的大脑幻想出来的东西，这个他记忆中一生的最爱将伴他走向死亡。

"西蒙，你这个傻瓜！我在这儿！在窗户这儿！"

西蒙跳了起来，他很怀疑自己会幻想出这句话。透过浓烟，他看到窗户的护栏外有个白色的东西在移动。当他走近时，那个白色东西变成了一双抓住护栏的手。他跳上床，穿透大火的声音喊道："克拉丽？"

"哦，谢天谢地，"一只手伸过来，抓住他的肩头，"我们会把你救出来的。"

---

① 出自《圣经·旧约·历代志下》第二十章第九节，译文参考和合本。

“怎么救?”西蒙问道，这个问题并不是不合情理。可此时响起一阵匆匆的脚步声，克拉丽的手不见了，片刻之后，取而代之的是另一双手。这双手更大一些，毫无疑问是一双男人的手，关节处伤痕累累，可手指又细又长，像是钢琴家的手。

“坚持一下，”杰斯的声音平静但信心十足，简直像是和他在一个聚会上聊天，而不是隔着护栏，面对着急速升温的地牢，“你也许要往后站一点儿。”

西蒙一惊，顺从地挪到旁边。杰斯的手紧握栏杆，关节白得吓人。一声闷响，整个护栏都脱离石头，咣当一声掉落在窗边的地上。石屑像是一片白色的云雾般掉落下来，令人窒息。

杰斯的脸出现在空无一物的窗户前。“西蒙，快上来。”他把手伸了下来。

西蒙向上伸出手，抓住杰斯，感觉自己被拉了起来，随后他抓住窗户的边缘，把自己撑起来穿过狭窄的窗口，像是一条蛇穿行于地下道。下一秒钟他便趴在了湿漉漉的草地上，抬头望着一张张担心的脸庞。杰斯，克拉丽，还有亚历克。他们都关切地低头看着他。

“你看起来糟糕透了，吸血鬼，”杰斯说，“你的手怎么了?”

西蒙坐起来，他手上的伤口都愈合了，可是在他抓过地牢护栏的地方，还是留下了黑色的疤痕。在他回答之前，克拉丽突然一下紧紧地抱住了他。

“西蒙，”她喘着粗气说，“我真不敢相信。我之前甚至都不知道你在这儿，在昨晚之前我都以为你在纽约——”

“对，那个，”西蒙说，“我也不知道你在这儿。”他越过她的肩头瞪着杰斯，“事实上，我想有人还特意告诉我说你不在。”

“我可从没那么说，”杰斯说，“我只是，你知道，在你说错的时候没有纠正而已。不管怎么说，我可是刚刚把你救出来，没有让你活活烧死，所以我想你不应该生我的气。”

被活活烧死。西蒙推开克拉丽，四下张望着。他们在一个四方的庭院中，两边是堡垒的围墙，另外两边是繁茂的树木。一条石子路穿过树木，通向山下的城市——道路两边点着巫光火把，可只有零星几支还亮着，火光幽暗闪烁。他抬头看了看防御厅。从这个角度看去，你几乎分辨不出着了大火——黑烟遮蔽了头顶的天空，几扇窗中透出的光线异乎寻常地明亮，可石墙牢牢守护着其中的秘密。

“塞缪尔，”他说，“我必须得救塞缪尔出来。”

克拉丽看上去十分疑惑。“谁?”

“我不是唯一一个困在下面的人。塞缪尔——他在旁边一间地牢。”

“我透过窗户看到的那团家伙?”杰斯回想着说。

“对。他有些奇怪，可是个好人。我们不能把他留在下面。”西蒙艰难地爬起来。“塞缪尔？塞缪尔！”

没有应答。西蒙跑到那个装着护栏的矮窗前，就在他刚刚爬出来的窗户旁边。透过护栏，他只看到滚滚浓烟。“塞缪尔！你在吗？”

浓烟中有什么东西在移动——有什么东西佝偻着身躯，影影绰绰。塞缪尔的声音因为呛了烟而变得嘶哑。“别管我！走开！”

“塞缪尔！你会死在下面的。”西蒙用力拉扯着栏杆，可栏杆纹丝不动。

“不！别管我！我想留在这儿！”

西蒙绝望地四下张望，看到杰斯就在身边。“走开。”杰斯说。西蒙刚让到旁边，他就用穿着靴子的脚踢了出去。窗户连同护栏一起从基座上骤然脱落，掉进了塞缪尔的牢房。塞缪尔发出一声沙哑的惊呼。

“塞缪尔！你还好吗？”塞缪尔的身影出现在西蒙眼前，他的头被掉落的栏杆砸到了。

塞缪尔的声音变成了尖叫。“走开！”

西蒙侧目看着杰斯。“我想他是认真的。”

杰斯恼火地摇了摇头。“你非得结交个疯子狱友，是吗？你不能像普通犯人那样吗？就数数天花板上的墙砖，或者驯服只宠物老鼠。”杰斯没等他回答便趴在地上，钻进了窗户。

“杰斯！”克拉丽尖叫了一声。她和亚历克急忙过来，可杰斯已经穿过窗户，落在了下面的地牢里。克拉丽生气地瞪了西蒙一眼。“你怎么能让他这么做？”

“好了，他不可能丢下那个家伙，让他死在下面的，”亚历克出乎意料地说，尽管他自己看上去也有些焦虑，“我们在这儿谈论的可是杰斯——”

两只手从黑烟中伸上来，他停住了口。亚历克抓住一只，西蒙抓住另一只，两人像拖着一袋毫无生气的土豆似的，一起把塞缪尔从地牢里拉上来，扔在了草地上。片刻之后，西蒙和克拉丽抓住杰斯的手，把他也拉了出来。他可不是那副有气无力的样子，而且他们不小心让他的头撞到窗台上的时候，他还狠狠地骂了他们俩。他甩开两人，自己爬出剩余的部分，随后瘫倒在草地上。“哎呦，”他一边说一边望着天，“我想我把哪儿拉伤了。”他坐起来，瞟了塞缪尔一眼，“他还好吗？”

塞缪尔蜷缩着坐在地上，双手掩面，无声地来回摇动。

“我想他是有什么地方不对劲。”亚历克说着伸手摸了摸塞缪尔的肩头。塞缪尔猛地一抽，躲开了，但几乎要摔倒。“别碰我，”他嗓音沙哑地说，“求求你，别管我了，亚历克。”

亚历克一下浑身僵住了。“你说什么？”

“他说别管他。”西蒙说。可亚历克没有看他，甚至都没留意他说了话。亚历克盯着杰斯——后者突然之间脸色苍白，正准备站起身来。

“塞缪尔，”亚历克说，他的语调变得异常严厉，“把你的手从脸前拿开。”

“不，”塞缪尔把下巴藏得更深了，他的双肩抖动着，“不要，求求你，不要。”

“亚历克！”西蒙抗议道，“难道你看不出他不舒服吗？”

克拉丽扯了扯西蒙的衣袖。“西蒙，有什么地方不对劲。”

她的眼睛盯着杰斯——她的目光何时离开过他？此时杰斯走过来，低头看着蜷缩成一团的塞缪尔。杰斯的指尖在窗台上划破了，正滴着血。他伸手把眼前的头发拨开，指尖便在他的脸颊上留下几道血迹。他似乎没有留意。他双目圆睁，嘴巴紧闭成一道愤怒的直线。“暗影猎手，”他用咄咄逼人的清脆声音说，“让我们看看你的脸。”

塞缪尔犹豫了一下，随后放下了双手。西蒙之前从没见过他的样貌，也不曾意识到塞缪尔会是如此消瘦憔悴，又或者说他看上去会是如此苍老。他的脸有一半都掩藏在浓密的灰色胡须之下，双眼深陷在暗沉的眼窝中，脸颊上也布满深深的皱纹。可尽管如此，他仍旧——不知为什么——让人惊奇地感到熟悉。

亚历克的嘴唇动了动，可没有出声。还是杰斯说了话。

“霍奇。”他说。

“霍奇？”西蒙困惑地重复了一遍，“可这不可能。霍奇他……塞缪尔，他不可能是……”

“好了，很明显，霍奇就善于做这种事情，”亚历克愤怒地说，“让你相信他是另一个人。”

“可他说——”西蒙又开口说道，但克拉丽用力扯了扯他的衣袖，剩下的话他便没讲出来。霍奇脸上的表情就足够了。那不是内疚，真的不是，甚至也不是被揭穿后的恐惧，而是一种切肤之痛，让人不忍长时间地凝望。

“杰斯，”霍奇轻声说，“亚历克……对不起。”

杰斯用他战斗时的步伐移动了一下，像是一道掠过水面的阳光。他手持匕首站在了霍奇面前，锋利的刀尖指向他曾经的老师的喉咙，刀刃上反射着火光。“我不想要你的道歉。我此时此刻想要的是一个不杀你的理由。”

“杰斯，”亚历克看上去有些惊恐，“杰斯，等一下。”

突然之间一声巨响，橘红色的火舌掀起防御厅的房顶，火光在空气中闪烁，照亮了夜空。克拉丽能看清地上的每一片草叶，还有霍奇脸上的每一道沟壑，这张瘦削的脸上也布满了尘土。

“不。”杰斯说。他低头凝视着霍奇，而他那张面无表情的脸庞让克拉丽想到了另一张好似戴着面具的脸孔。瓦伦丁的。“你知道我父亲对我做了什么，是吗？你知道他所有肮脏的秘密。”

亚历克不解地看看杰斯，又看看年迈的老师。“你在说什么？发生了什么？”

霍奇皱起脸庞。“乔纳森……”

“你一直都知道，而你从没说过什么。在学院的那些年，你什么都没说过。”

霍奇的嘴角下垂。“我——我不确定，”他小声说，“当你只见过一个孩子婴儿时的模样，在那之后就一直没再见过他——我不确定你是谁，更不要说你是什么了。”

“杰斯？”亚历克的目光从他最好的朋友身上移到他的老师身上，蓝色的眼眸中满是诧异，可那两人只注视着对方，完全不在意其他任何人。霍奇看上去像是被一把老虎钳牢牢地钳住了，双手在身侧抽动，似乎痛苦不堪，他的双眼凝视着杰斯。克拉丽想起那个衣着整齐的男人，坐在堆满书籍的图书室，给她茶喝，还有耐心的建议。那似乎是在一千年前了。

“我不相信你，”杰斯说，“你知道瓦伦丁没死，他一定告诉你了——”

“他什么也没告诉我，”霍奇气喘吁吁地说，“当时莱特伍德夫妇告诉我，他们要收养迈克尔·维兰德的儿子。那时，我并没听到过瓦伦丁的任何消息，从大叛乱之后就一直没有。我曾想，他是把我遗忘了。我甚至祈祷他已经死了，但我从来不知道真相。之后，就在你到来的前夜，雨果带来了一则瓦伦丁给我的消息。‘那孩子是我的儿子。’就说了这些。”他的气息不稳，他喘了一口又说，“我不知道是不是要相信他，我以为我会知道——我以为一看到你，我就会知道，可是什么都没有，什么都没能让我更确信。然后我想这可能是瓦伦丁的把戏，可这演的是哪一出呢？他想要干什么呢？你不会知道答案，我很清楚这一点，可对于瓦伦丁的目的——”

“你应该告诉我，我是什么，”杰斯一口气说出这话，好像这些话是从他口中被一拳打出来似的，“那么我就能做些什么。也许杀了我自己。”

霍奇抬起头，透过乱蓬蓬的肮脏头发看着杰斯。“我不确定，”他有些自言自语地说，“我无数次地想——我想，也许后天教养可能比先天血统更重要——能教会你——”

“教会什么？不变成一个魔鬼吗？”杰斯的声音颤抖起来，可他手中的匕首仍然稳稳的，“你应该更明白。他让你变成了卑躬屈膝的懦夫，不是吗？当他下手的时候，你不是个无助的小孩子，你原本可以回击的。”

霍奇的眼睛垂了下去。“对于你，我尽了自己最大的努力。”他说。可即便是克拉丽听来，他这话都软弱无力。

“一直等到瓦伦丁回来，”杰斯说，“之后他让你做什么，你就做什么——你把我交给他，就好像我是一条狗，曾经属于他，只不过让你照看了几年——”

“然后你就溜了，”亚历克说，“留下我们所有人。你真的以为你能躲在这儿，躲在阿利坎特？”

“我来这儿不是躲避的，”霍奇说，他的声调中毫无生气，“我来这儿是为了阻止瓦伦丁。”

“你别期望我们会相信你，”亚历克此时听上去又是怒气冲冲的样子，“你总是和瓦伦丁一伙，你原本有机会脱离他——”

“我从来没有那样的机会！”霍奇提高了音量，“你的父母获得了开始新生活的机会——我从没被赐予那样的机会！我困在学院十五年了——”

“学院是我们的家！”亚历克说，“和我们住在一起有那么糟糕吗——作为我们家庭的一分子？”

“不是因为你们，”霍奇的声音颤抖着，“我爱你们，孩子们。可你们只是孩子。一个你永远不允许离开的地方不可能是家。有时候，我有好几个星期都没有和一个成年人说过话。没有暗影猎手会相信我，甚至连你们的父母都不是真心喜欢我，他们容忍我是因为他们别无选择。我永远不可能结婚，永远不可能有我自己的孩子，永远不可能过正常的生活。最终，你们会长大离开，我甚至连你们都不可能拥有。我生活在恐惧中，只要我活着，就一直如此。”

“你不会再让我们为你感到伤心难过了，”杰斯说，“在你的所作所为之后，我们不会了。而且你究竟有什么好怕的，一辈子待在图书室里？还是怕尘螨？我们才是那些出去与恶魔战斗的人！”

“他害怕瓦伦丁，”西蒙说，“你没明白吗——”

杰斯恶狠狠地看了他一眼。“闭嘴，吸血鬼。这怎么样都和你没关系。”

“准确地说，不全是瓦伦丁。”霍奇说着看了西蒙一眼，这几乎是他从地牢里被拖出来后第一次看西蒙。这个眼神中的什么东西让克拉丽一惊——疲倦的神情中似乎有种疼爱。“是我自己的弱点，虽然与瓦伦丁有关。我知道他有一天会回来，知道他还会去争夺权力，统治圣廷的权力。而且我还明白他能给予我什么，解除掉我身上的诅咒，还我自由，还我生活，还有在世上的一个立足之地。我还能再次成为暗影猎手，在他的世界里。而在现在的这个世界，我再也不能了，”他的声音中有股赤裸裸的渴望，听上去让人感到痛心，“我明白如果他提出来，我这样软弱，是绝不会拒绝他的。”

“看看你所得到的生活吧，”杰斯愤怒地说，“在防御厅的地牢里慢慢等死。背叛了我们，值得吗?

“你知道这问题的答案，”霍奇听上去筋疲力尽，“瓦伦丁解除了我身上的诅咒。他承诺过他会这么做，而他也做到了。我以为他会带我重新回到集团，或者集团剩余的势力中。可他没有，甚至连他也不想要我。我明白了，在他的新世界中没有我的位置。而且我明白了，为了一个谎言，我出卖了自己所有的东西。”他低头看了看自己紧握在一起的那双肮脏的手，“我所剩下的只有一样东西了——一个留下些什么东西的机会，而不是白白浪费了自己的一生。在我听说瓦伦丁杀了无声使者之后——他得到了圣剑——我就知道他的下一个目标是圣镜。我知道他需要全部三件致命秘器，而且我知道圣镜就在此处，在伊德里斯。”

“等一下，”亚历克举起一只手，“圣镜? 你是说你知道它在哪儿? 谁拥有它?”

“没有人拥有它，”霍奇说，“没有人能拥有圣镜，任何一个拿非力人或者暗影魅族都不能。”

“你待在下面真是要发疯了，”杰斯一边说，一边扬起下巴指了指地牢的窗户，那里的大火已经燃尽，“不是吗?”

“杰斯，”克拉丽担心地抬头看看防御厅，房顶上笼罩着一片金红色的火光，“大火已经蔓延开了，我们得离开这儿。我们可以到下面的城市里再谈——”

“我被关在学院整整十五年，”霍奇又说道，好似克拉丽没有讲话，“我连一只手或者一条腿都不能伸出去。我整日待在图书室，研究能移除圣廷施在我身上的咒语的方法。我得知只有一件致命秘器可以消除它。我一本接一本地阅读讲述天使神话的书籍，他是如何拿着致命秘器从湖中升起，如何把它们交给暗影猎手乔纳森，第一个拿非力人，还有书中是如何记载这三样东西：圣杯、圣剑和圣镜——”

“这些我们都知道，”杰斯怒气冲冲地打断了他，“是你教给我们的。”

“你们以为都知道这些，可不是。我一遍遍查阅不同版本的历史记载，就一次次看到相同的景象，同一个场景——我们都见过——天使从湖面上升起，一手执剑，一手握杯。我一直不理解为什么画面上没有圣镜，然后我明白了。圣镜就是湖面，湖水就是镜子。它们是同一样东西。”

杰斯慢慢放下匕首。“林恩湖？”

克拉丽想到了那个湖，像是一面镜子浮现在她眼前，随后水面受到重击，镜面破碎了。“我刚到这儿的时候就掉进了那个湖里。那湖是有点不寻常，卢克说它有些奇特的性质，精灵们把它叫做梦之镜。”

“不错，”霍奇又急切地说，“我意识到圣廷并没有想到这一点，这个信息淹没在了长久的时光中，甚至连瓦伦丁也不知——”

一个巨大的破裂声打断了他，防御厅远处一角的塔楼崩塌下来，飞溅起红色的闪光火花，像是烟火一般。

“杰斯，”亚历克说着机警地扬起头，“杰斯，我们必须得离开这儿。起来，”他对霍奇说，并且用胳膊把他拽了起来，“你可以把刚才对我们说的告诉圣廷。”

霍奇踉踉跄跄地站起身。克拉丽想，如果一个人一生都活在羞耻中会是怎样，不仅仅为自己曾经的所作所为，还有当下的举动，以及知道自己将来还会再做一次？想到这些，她难以抑制心中涌起的一股怜惜。霍奇很久以前就放弃了过上一种更好的生活或完全不同的生活的努力，他想要的不过是不再害怕，于是他便一直生活在恐惧中。

“快点。”亚历克仍旧抓着霍奇的胳膊，推着他往前走。可杰斯站到了他们两人的面前，挡住了去路。

“如果瓦伦丁得到了圣镜，”他说，“那接下来会怎样？”

“杰斯，”亚历克说，他仍旧抓着霍奇的胳膊，“现在不要——”

“如果他告诉了圣廷，那么我们就再不会从圣廷那里听到任何消息了，”杰斯说，“对于他们而言，我们还是孩子。但霍奇亏欠我们这个。”他转向曾经的恩师。“你说你意识到必须阻止瓦伦丁。阻止他做什么？圣镜能给予他什么样的力量？”

霍奇摇着头。“我不能——”

“不要再说谎了，”匕首在杰斯的身旁闪出一道光，他的手紧握着刀柄，“因为也许你每说一个谎，我就割掉你的一根手指，也许两根。”

霍奇向后退缩，眼中露出真正的恐惧。亚历克看上去也很震惊。“杰斯，不要。这是像你父亲一样的做法，一点儿也不像你。”

“亚历克，”杰斯说，他没有看他的朋友，可语气中有一丝懊悔，“你其实不知道真实的我是什么样子。”

亚历克的眼神越过草地和克拉丽的相遇了。他想象不到杰斯为什么会有这样的言行，她想，他不知道。她往前走了一步。“杰斯，亚历克是对的——我们可以把霍奇带去天使大厅，他可以把刚才告诉我们的讲给圣廷听——”

“如果他乐意告诉圣廷的话，他早就已经那么做了，”杰斯厉声说，看也没看她，“他没告诉圣廷就证明他是个骗子。”

“圣廷不值得信任！”霍奇在绝望中抗议说，“里面有奸细——瓦伦丁的人——我不能告诉他们圣镜在哪儿。如果瓦伦丁找到圣镜，他会——”

他没有说完这句话。月光下，黑暗中飞出一道银色的锐利亮光。亚历克惊呼一声，霍奇的双眼圆睁，随后身子一晃，捂住了胸口。当他倒下之时，克拉丽看清楚了原因：一把长匕首的刀柄留在他的胸膛上，像是一支箭插入目标，而尾羽竖在外面。

亚历克向前一跃，在老师落地之前扶住了他，随后慢慢将他放倒在地上。亚历克看上去很无助，脸上溅满了霍奇的鲜血。“杰斯，为什么——”

“我没有——”杰斯的脸色惨白，克拉丽看到他仍然拿着匕首，在身侧紧紧地握着，“我……”

西蒙转过身，克拉丽也随他转了过去，盯着黑暗处。地狱般的红色火光点亮了草地，可小山坡的树影间有些暗处——此时黑暗之中出现了什么东西，一个模糊的人影，一头熟悉的深色头发。他朝他们走过来，火光照亮了他的脸庞，映射着他深色的眸子，那双眼睛好像也在燃烧似的。

“塞巴斯蒂安？”克拉丽说。

杰斯猛地将目光从霍奇身上移到了塞巴斯蒂安那里，后者犹豫地站在庭院边缘。杰斯看上去几乎茫然不知所措。“是你，”他说，“这是你——干的？”

“我必须这么做，”塞巴斯蒂安说，“他会杀了你们。”

“用什么？”杰斯的声音提高了，有些嘶哑，“他甚至都没有武器——”

“杰斯，”亚历克打断了杰斯的怒吼，“过来，帮我救一下霍奇。”

“他会杀了你们的，”塞巴斯蒂安又说了一遍，“他会——”

可杰斯过去跪在了亚历克旁边，把匕首插回腰间。亚历克用手臂搂住霍奇，此时鲜血染满他的衣襟。“把石杖从我的口袋里掏出来，”他对杰斯说，“试试移除文——”

克拉丽因为恐惧，整个人都僵住了，可还是感到西蒙在她身边很不安。她转头看向他，十分吃惊——他脸色蜡白，只有双颊泛出躁动的红光。她看到血管在他的肌肤之下跳动，像是美丽的红珊瑚在生长。“血，”他喃喃自语，没有看她，“我得离它远点。”

克拉丽伸手抓住他的袖子，可他向后一躲，手臂挣脱了她的拉扯。

“不，克拉丽，不要。让我走吧。我会没事的，我会回来。我只是——”她去追他，可是对她来说，他的速度太快了，根本拉不住。他消失在了树丛间的黑暗里。

"霍奇——"亚历克听上去慌了神，"霍奇，坚持住——"

可他的老师气息奄奄地挣扎着，想把他推开，把杰斯手里的石杖推开。"不，"霍奇面如死灰，他的眼睛从杰斯看向塞巴斯蒂安，后者仍旧站在黑影里，"乔纳森——"

"杰斯，"杰斯说，几乎是在呢喃，"叫我杰斯。"

霍奇的目光停留在他身上，克拉丽无法解读这种眼神。哀求，是的，可是还有什么东西，恐惧或者类似的东西，还有渴求。他抬起一只手，伸直了食指和小指，而拇指则压住了弯下的中指和无名指[①]。"不是你。"他轻声说，一口鲜血随着这句话从他的口中涌出。

一丝伤痛掠过杰斯的脸庞。"亚历克，快用移除文——我觉得他不想让我碰他。"

霍奇的手一下握紧，抓住了杰斯的衣袖，他大口的喘息声清晰可闻。"你从来……不是……"

他死了。生命之光离开他的那一刻，克拉丽就明白了。这不像是电影里那种安静的一瞬间就结束的事情。他的声音哽咽了一下之后消失了，眼睛上翻，整个人都瘫软地沉了下去，一只手臂扭曲地压在身下。

亚历克用手合上了霍奇的眼睛。"永别了，霍奇·斯塔克韦德。"

"他不配这些，"塞巴斯蒂安的声音十分尖利，"他不是个暗影猎手，他是个叛徒，他不配这些送别的话。"

亚历克猛地抬起头，他把霍奇放在地上，站了起来，蓝色眼眸冷冰冰的。血迹染红了他的衣衫。"你什么也不知道，你杀死了一个手无寸铁的人，一个拿非力人。你才是个杀人犯。"

塞巴斯蒂安噘起嘴。"你以为我不知道他是谁?"他指着霍奇，"斯塔克韦德曾经是集团里的一员，他那时背叛了圣廷，受到了诅咒。他本应该为他自己的所作所为付出生命的代价，可圣廷宽宏大量——之后他们得到了什么？他再一次背叛了我们所有人，他把圣杯出卖给了瓦伦丁，只是为了消除自身的诅咒——那个他理应背负的诅咒。"他顿了顿，用力喘了一口气，"我是不该那么做，可你也不能

① 这原是地中海沿岸国家居民用的一种粗俗手势，后来被用来驱逐坏运气或是邪恶的眼睛。自二十世纪六十年代以后，这一手势也被用来代表魔鬼撒旦，并在重金属音乐中表示多种含义，如在美国也被称作"继续摇滚"手势。

说他不是咎由自取啊。”

“你怎么知道这么多关于霍奇的事情？”克拉丽问，“而且你来这儿做什么？我以为你同意留在天使大厅的。”

塞巴斯蒂安犹豫着。“你们去了太久，”他终于开口说，“我很担心，我想你们可能需要我的帮助。”

“所以你就决定杀掉正和我们讲话的人来帮助我们吗？”克拉丽又问，“因为你觉得他有段不堪的过去？谁——谁会这么做？这一点儿都不合情理。”

“那是因为他在撒谎。”杰斯说。他盯着塞巴斯蒂安——用一种冰冷但又思量的神情。“而且这谎还撒得不怎么样。我想你的动作也有点儿太快了吧，维莱克。”

塞巴斯蒂安直视着他。“我不明白你说的什么意思，摩根斯特恩。”

“他的意思是说，”亚历克向前迈了一步，“如果你真的认为自己刚才的所作所为是理所当然的，那你就不会介意和我们一起去天使大厅，在长老会面前为自己做出解释，是吗？”

片刻之后，塞巴斯蒂安笑了——这笑容之前迷倒了克拉丽，可此时其中有种不寻常的东西，像是墙上的一幅画有些挂歪了。“当然不介意。”他慢慢地走向他们，似乎是悠闲地踱着步，好像他在这世上无忧无虑，又好像他刚才不曾杀了人。“当然，”他说，“可也有点奇怪，你们会这么紧张，我只是杀了一个人，而杰斯还准备把他的手指一根根切掉呢。”

亚历克的嘴巴抿了起来。“他不会那么做的。”

“你——”杰斯憎恶地看着塞巴斯蒂安，“你都搞不清自己在说些什么。”

“又或者说，”塞巴斯蒂安说，“你生气其实是因为我吻过你妹妹，因为她想让我吻她。”

“我没有，”克拉丽说，可他们两个人都没有看她，“没有想让你吻我，我的意思是说。”

“她有个习惯，你知道吗——当你吻她的时候，她会一吸气，像是很吃惊的样子？”塞巴斯蒂安此刻停住了脚步，就站在杰斯面前，微笑着，像是个天使，“很讨人喜欢的，你一定也注意到了。”

杰斯看上去像是想要呕吐的样子。“我妹妹——”

“你妹妹，”塞巴斯蒂安说，“她是吗？因为你们俩的举止一点儿也不像。你以为别人都看不出你们俩对望的样子吗？你以为你们把各自的感情都掩藏起来了吗？你以为大家都不觉得很恶心，很不正常吗？因为事实就是这样。”

“够了。”杰斯脸上的表情像是要杀了他。

“为什么你要这么做?”克拉丽说，“塞巴斯蒂安，为什么你要说这些话。”

“因为我终于可以了，”塞巴斯蒂安说，“你不知道那是什么感觉，待在你们身边这些天，必须要假装能忍受你们，假装看到你们不会让我觉得恶心。你，”他对杰斯说，“你无时无刻不在渴望着自己的妹妹，要不就是在无休止地抱怨自己的父亲不爱自己。唉，谁能责怪他呢？而你，你这个愚蠢的贱人，”他又转向克拉丽，“把那本价值连城的魔法书送给了一个混血的巫师。你那个小脑袋里面到底有没有脑细胞啊？还有你——”他下一个嘲笑的对象是亚历克，“我想我们大家都知道你的问题在哪儿。他们不该让你这种人加入圣廷。你真让人恶心。”

亚历克脸色惨白，尽管他看上去只是很惊讶。克拉丽不会责怪他——直视塞巴斯蒂安十分困难，看着他天使般的笑容，想象不出他会说出这番话。“假装能忍受我们?”她重复着说，“可为什么你必须要去伪装，除非你是……除非你在监视我们。”她说完之后才意识到真相，尽管真相是从她的口中吐出来的，“除非你是瓦伦丁的奸细。”

塞巴斯蒂安英俊的脸庞扭曲了，嘴巴抿了起来，原来优雅的细长眼睛也眯缝了起来。“他们终于明白了，”他说，“我发誓，在什么地方肯定有些黑黢黢的恶魔都比你们这帮家伙要灵光许多。”

“我们也许不那么聪明，”杰斯说，“可至少我们还活着。”

塞巴斯蒂安厌恶地看了看他。“我也活着。”他说。

“活不了多久了。”杰斯说。月光洒满他的刀刃，他飞身扑向塞巴斯蒂安。他的动作如此之快，整个人影似乎都模糊了起来，他的速度比克拉丽曾经见过的任何人类移动都要快。

可是这个论断只在刚才适用。

此时，塞巴斯蒂安闪到一边，躲过这一击，随后在刀落下之时，他抓住了杰斯的手臂。刀掉落在地上，塞巴斯蒂安抓住了杰斯背后的衣服，把他举了起来，用巨大无比的力量将他扔了出去。杰斯划过天空，重重撞在防御厅的墙壁上，那种力量似乎要撞断筋骨，随后他瘫倒在地上。

“杰斯!”克拉丽的眼前一花，她冲向塞巴斯蒂安，想去掐死他。可他往旁边一躲，随意地一挥手，好像是要把身旁的一只小虫子赶跑。这一击命中了克拉丽的头。她旋转了一下，倒在地上，又翻滚了几圈。她努力地眨着眼睛，想要驱散眼前的一片红色迷雾和疼痛。

亚历克取下了背后的弓箭。他弯弓搭箭，毫不迟疑地瞄准了塞巴斯蒂安。“待在那儿别动，”他说，“把双手放在背后。”

塞巴斯蒂安大笑起来。“你会真的射我。”他说着用一种轻松随意的步伐走向亚历克，好像他正信步走上自家门前的台阶。

亚历克眯起眼睛，抬起手做出一系列优雅沉稳的动作，他拉起弓，松开了箭。箭飞向塞巴斯蒂安——

可是没有射中。塞巴斯蒂安不知怎么躲闪开了，克拉丽也说不清楚。箭从他身边掠过，扎进了树干。亚历克只有时间显露出一个意外的表情，此时塞巴斯蒂安已经在他面前，一把夺下了他手中的弓。塞巴斯蒂安用手折断了弓——将它折成了两半，这声断裂让克拉丽一皱眉，像是听到了骨头的断裂声。她努力让自己坐起来，不去理睬自己头上火辣辣的疼痛。杰斯躺在离她不远的地方，一动不动。她想站起来，可自己的双腿似乎不听使唤。

塞巴斯蒂安扔下断成两截的弓，逼近了亚历克。亚历克已经拔出一把六翼天使，刀刃在他手中闪闪发光，可当亚历克冲上前时，塞巴斯蒂安一把撇开了刀刃——把它扔在一边，继而掐住了亚历克的喉咙，几乎把他抓离了地面。他凶残地越掐越紧，毫不留情，微笑着看亚历克窒息地挣扎。“莱特伍德，”他吸了一口气，“今天我已经处理掉你们中的一个了，我真没想到自己有这份幸运，还能再来一个。”

他突然向后一仰，像是木偶的提线被收紧了。他放开了亚历克，后者倒在地上，手抓着喉咙。克拉丽能听到亚历克不顾一切的粗重喘息声——可她的目光紧盯着塞巴斯蒂安。他的身后贴上来一个黑影，像是蚂蟥那样紧紧叮上了他。他的手在喉咙旁乱抓，一边用力喘气，一边转过身，抓住了那个勒住他喉咙的东西。当他转过身，月光照下来时，克拉丽才看清那东西是什么。

是西蒙。他用手臂勒住塞巴斯蒂安的脖子，他白色的尖牙闪着寒光，像是尖利的骨针。自他从坟墓中出来后，这是第一次克拉丽看到他真的像个吸血鬼的样子。她死死盯着，既害怕，又惊愕，眼睛怎么都无法移开。他的嘴唇卷起，怒吼着，尖牙突出，像是一把把锐利的匕首。他把牙齿插进塞巴斯蒂安的前臂，在肌肤之中撕开一道长长的血口。

塞巴斯蒂安大叫一声，抽身后退，重重落在地上，打了几个滚。西蒙压住他半个身子，两人扭打在一处，相互撕咬着，怒吼着，像是斗狗场里的两条恶狗。塞巴斯蒂安身上有好几处都流血了，最终他挣扎着站起来，朝西蒙的肋骨上狠狠踢了两脚。西蒙蜷起身子，捂着胸腹。“你这肮脏的寄生虫。”塞巴斯蒂安咆哮着说，抬起脚想再踢一下。

“我要是你的话，就不会再踢了。”一个平静的声音说。

克拉丽猛地抬起头，眼前又痛苦地闪现出一片金星。杰斯站在离塞巴斯蒂安不远的地方。他的脸上都是血，一只眼睛肿了起来，几乎要闭上了，可他的一只手里握着一把夺目的六翼天使，而且稳稳地握着。“我从来没有用这家伙杀过任何一个人类，”杰斯说，“但我很乐意试试看。”

塞巴斯蒂安面目狰狞，低头瞥了一眼西蒙，然后抬起头，怒声叱责起来。他接下来说的话用了一种克拉丽无法辨识的语言——随后他敏捷地一转身，那种不可思议的速度和他袭击杰斯时一样快，消失在了黑暗中。

“不！”克拉丽大叫一声。她试图站起来，可疼痛像是一支箭，刺穿了她的头颅。她瘫倒在湿漉漉的草地上。片刻之后，杰斯靠在了她身边，他的脸色惨白，满眼焦虑。她抬头看了看他，可视线模糊了——视线一定是模糊了，不是吗？否则的话她绝不可能想象出他周围出现的白光，一种亮光——

她听到西蒙的声音，还有亚历克的，有什么东西递给了杰斯——石杖。她的手臂上感到灼热，过了一会儿，疼痛消退了，她的头脑清晰了起来。她眨了眨眼，看到三张面孔环绕在自己周围。“我的头……”

“你有点脑震荡，”杰斯说，“移除文应该会有效果，但是我们得带你去看圣廷医生。脑部创伤可不那么简单。”他把石杖还给亚历克，“你觉得自己能站起来吗？”

她点了点头，可这是个错误。虽然有双手伸下来，帮她站起，但起身的时候，疼痛再次刺穿了她。是西蒙。幸好有他，她倚靠着他，等着自己恢复平衡。她仍然觉得自己随时可能摔倒。

杰斯有些不悦。“你不该那样攻击塞巴斯蒂安，你甚至连武器都没有。你那时在想什么？”

“在想我们所有人都想的事情，”亚历克出乎意料地为她辩护说，“当时他刚把你像个垒球似的扔了出去。杰斯，我从没见过任何人能在你面前占到上风。”

“我——他太让我意外了，”杰斯有点儿不情愿地说，“他一定是接受了某种特殊的训练。我没料到。”

“对，好吧，”西蒙摸了摸自己的肋骨，皱了皱眉，“我想他踢伤了我几根肋骨。没关系，”看到克拉丽担心的表情，他又加了一句，“已经在复原了。可塞巴斯蒂安绝对很强壮，真的太强壮了。”他看着杰斯，“你觉得他待在暗处有多长时间了？”

杰斯看上去脸色阴沉。他瞥了一眼塞巴斯蒂安离去的树丛。“那个，圣廷会抓住他的——然后诅咒他，也许会吧。我想看他们把施在霍奇身上的那个咒语用在他那里。那绝对公正，还很富有诗意。”

西蒙扭过头，朝灌木丛中吐了一口。他用手背擦了擦嘴，做了个鬼脸说：“他的血真难喝——像毒药。”

“我想，我们能把这个也加进他的那些迷人优点当中，”杰斯说，“我猜想，他今晚不知还有什么计划。”

“我们要回到天使大厅去。”亚历克神色不宁，克拉丽想起来塞巴斯蒂安对他说了什么，是关于莱特伍德家人的……“你能走吗，克拉丽？”

她离开西蒙。“我能走，可霍奇怎么办？我们不能把他留在这儿。”

“我们必须那么做，”亚历克说，“如果我们活过了今晚，那就还会有时间回来找他。”

当他们离开庭院的时候，杰斯停了下来，脱掉外套，盖住了霍奇松弛的脸庞。克拉丽想走到杰斯的身边去，甚至把手放在他的肩头，可杰斯此时所自持的某种东西告诫她，不要过去。连亚历克都没有靠近他，也没有提出帮他弄一个治愈如尼文，即便他走下山的时候一瘸一拐。

他们一起走在崎岖的山路上，手中拿着武器，随时准备着。天空被他们背后燃烧着的防御厅照得通红。可他们没看到一个恶魔。这种寂静和怪异的光亮让克拉丽的头嗡嗡作响，她觉得自己好像在梦中一般。疲倦像是一把老虎钳，紧紧地钳住了她。她把一只脚放在另一只的前面，就好像举起一大块水泥，再重重地砸在地上，一步又一步。她能听到杰斯和亚历克在前面的路上讲话，他们说话的声音有些飘忽不定，尽管离得不远。

亚历克轻声说，几乎是在哀求：“杰斯，你在上面对霍奇说话的方式，你不能那么想。做瓦伦丁的儿子不会让你成为怪物。无论在你小时候，他对你做了什么，无论他教了你什么，你必须明白那不是你的错——”

“我不想谈这个，亚历克。现在不想，以后也都不想。别再问我了。”杰斯的语气很不客气，亚历克闭上了嘴。克拉丽几乎能感觉到他很受伤。这是怎样的一晚啊，克拉丽想。对于所有人来说，这一晚的痛苦太多了。

她试着不去想霍奇，不去想他临死前脸上那种令人怜惜的哀求神情。她不曾喜爱霍奇，可他也不应该得到塞巴斯蒂安如此的对待。没有人应该。她又想到塞巴斯蒂安，想到他移动的样子，像是闪过一道电光。除了杰斯，她没见过其他人能那样移动。她想解开这个谜——塞巴斯蒂安怎么了？潘海洛家的亲戚怎么会变得这么可恶，而且他们怎么从来都没有注意到呢？她想起他曾想帮助她拯救妈妈，可他无非是想替瓦伦丁得到《白色魔法书》。马格纳斯错了——不是因为莱特伍德家的人让瓦伦丁知道了拉格纳·菲尔的事，而是因为她告诉了塞巴斯蒂安。她怎么能这么傻？

惊愕之下，她几乎没有注意到山路已经变成了大道，带着他们走进了城市。街道上空无一人，房子里的灯也都黑着，许多巫光街灯被打碎了，玻璃散落在石子路上。远处传来些声音，在建筑物之间的黑影里四处还看得到火把的光亮，可是——

“这太安静了，”亚历克说，惊讶地四下张望，“而且——”

“也闻不到恶魔的臭味了，”杰斯皱着眉，“真奇怪。快走，到天使大厅去。”

尽管克拉丽做好了受到攻击的准备，可是他们在街上走动的时候，一个恶魔也没有看到。至少，没看到任何一个生龙活虎的——在他们穿过一条窄巷的时候，她看到三个还是四个暗影猎手围成一圈，中间有个什么东西在地上抽动。他们轮流用带尖的长棍戳那东西。她浑身一个哆嗦，看向了别处。

天使大厅明亮得像是点起了篝火，巫光从门窗里倾泻而出。他们快步走上台阶，克拉丽绊了一跤，她努力稳住自己。她的眩晕感越来越严重了，整个世界似乎都在围着她旋转，好像她站在一个巨大的转球之中。在她头顶上，星星像是划过天际的一道道白色痕迹。“你应该躺下，”西蒙说，看她什么也没说，就又问道，“克拉丽？”

她非常努力地强迫自己冲他笑了笑。“我没事。”

杰斯站在大厅的入口，回头静静地看着她。在强烈的巫光下，他脸上一道道的血迹和肿起来的淤青眼睛看上去糟糕极了。

大厅里回响着沉闷的声音，成百上千个声音在低声耳语。在克拉丽听来，像是一颗硕大的心脏在跳动。墙上火把的光亮与到处闪耀的巫光一起刺向她的眼睛，将她的视野割裂成碎片。她此时只能看见模糊的人影，模糊的各种形状和色彩。白色的，金色的，还有头顶上的天空，渐渐由黑色变成浅蓝。现在是有多晚了？

“我没看到他们，”是亚历克，他焦急地望着大厅四周，寻找着家人，听上去他似乎在遥远的某处，又或者似乎在很深的水里，“他们现在应该到这儿了——”

随着克拉丽的眩晕感加重，他的声音消失了。她伸出一只手扶住旁边的一根柱子，让自己站稳。一只手拂过她的后背——是西蒙。他对杰斯说着什么，听上去很焦急。他的声音与其他许多人的混在了一起，在她周围忽高忽低，像是一波波海浪。

“从没见过像这样的事情，恶魔就这样转身走了，就这样消失了。”

“也许是因为日出。它们害怕阳光，马上就要日出了。”

“不，远不止这些。”

“你只是不愿意想到它们下一晚还会回来，或者说再下一晚。”

“别那么说，没理由那么说。他们会重新弄起魔法屏障的。”

“然后瓦伦丁会再次摧毁它的。”

“也许我们该承受的惩罚还要更糟。也许瓦伦丁是对的——可能与暗影魅族结盟意味着我们已经失去了天使的庇佑。”

“安静些，表示下应有的敬意吧，他们正在天使广场上统计死者呢。”

“他们在那儿，”亚历克说，“在那边，在高台旁边。可看起来……”他的声音低了下去，随后他就走开了，从人群中穿了过去。克拉丽眯起眼睛，想要看清楚东西。可她所见全是模糊的一片——

她听到杰斯屏住了呼吸，随后一句话也没说，也穿过人群跟上了亚历克。克拉丽放开柱子，想跟上他们，可是站立不稳。西蒙扶住了她。

“你需要躺下，克拉丽。”他说。

“不，”她小声说，“我想看看发生了什么——”

她停住了。西蒙越过她望了望，随着杰斯的身影，可他看上去像是受到了什么打击。她抱着柱子，支撑住自己，接着踮起脚尖，努力地越过人群看过去——

他们在那儿，莱特伍德一家：玛丽斯的双臂搂着伊莎贝尔，后者在抽泣，而罗伯特·莱特伍德坐在地上，抱着什么东西——不，什么人。克拉丽想起了第一次看到麦克斯时的情景，那是在学院里，他无精打采地躺在沙发上睡着了，眼镜歪在一边，一只手拖在地上。他在哪儿都能睡着，杰斯当时说。他此时看上去几乎像是睡着了，在父亲的腿上，可克拉丽知道并不是这样。

亚历克跪在地上，握着麦克斯的一只手。而杰斯就站在原地，一动不动，像是迷路了一样，好似不知道自己身处何处，也不知道在这儿要做什么。克拉丽想做的只是跑到他身边，用手臂抱住他，可西蒙脸上的表情告诉她不要，不要，还有她自己的一段记忆也告诉她不要，那段关于庄园宅邸和在那儿杰斯搂住了自己的记忆。她是这个世界上最不能给他任何安慰的人。

“克拉丽。”西蒙说，可她推开了他，尽管自己头晕目眩，痛苦不堪。她跑向大厅的门口，一把推开了大门，出去来到台阶上，站在那里，大口大口地吸入冰冷的空气。远处的地平线上升起一道火红，星光黯淡了下去，天光见白。这一夜结束了，黎明来临了。

第十三章

伤心之处

克拉丽喘着粗气，从一个天使滴血的梦中醒来，被子在她周围紧紧缠成了一团。阿玛提斯的客房关着门窗，一片漆黑，像是锁住的棺材。她伸手拉开了窗帘，阳光洒了进来。她一皱眉，又把窗帘拉上了。

暗影猎手们在火化死者，自恶魔袭击以来，城市西边的天空中就始终笼罩着烟雾。从窗户中看到那里，让克拉丽感到很不舒服，于是她便没有再拉开窗帘。在房间的黑暗中，她闭上眼睛，努力回忆着自己的梦。里面有天使，还有伊修列给她看过的如尼文，这些图像在她的眼前一闪一闪，像是闪烁的行人通行灯。那是一个很简单的如尼文，像是一个绳结那样简单，可不论她多么努力地集中精力，也不能读懂它，不能弄明白它的含义。她所知道的就是这个如尼文对她而言，似乎有些不完整，好像那个不知道是谁的创造者还没有完成它。

这并不是我第一次向你展示梦境，伊修列曾说过。她回想起自己其他的梦：西蒙手上灼烧的十字记号，杰斯生着翅膀，湖上的冰面裂开，像是玻璃镜子那样闪光。天使也向她展示了这些吗？

叹了一口气，她坐了起来。梦境可能很糟糕，可醒来后她脑中闪过的那些图像也没有好到哪里去。伊莎贝尔在天使大厅的地上一边抽泣，一边用手拉扯着自己的黑发，克拉丽真担心她用力过猛，会把头发扯掉。玛丽斯冲着吉亚·潘海洛大喊大叫，说他们带到家中的孩子竟会做出这种事情，竟然是他们的外甥，还有如果他和瓦伦丁是一伙的，那么他们又会是怎么样的？亚历克试图让母亲平静下来，他想叫上杰斯过来帮忙，可杰斯只是站在那儿。此时太阳升起，照耀着阿利坎特，金色的光辉穿透了大厅的天花板。“天亮了，”卢克说，克拉丽从没见过他如此疲惫的样子，“是时候把尸体搬来了。”他派出几队人马，把街上暗影猎手和狼人的尸体都运到了大厅外的广场上。克拉丽曾和塞巴斯蒂安一起穿过这个广场，当时她还评论说天使大厅看上去像座教堂。那时这里对她而言是个美丽的地方，四周是一盆盆鲜花和色彩艳丽的商店。可此刻，广场上满是尸首。

其中包括麦克斯的。想到那个和自己很认真地谈论日本漫画的小男孩，克拉丽心中一紧。她曾经承诺过，说会带他去“禁忌星球”，可现在再也不可能了。我应该给他买些书的，她想，他想要什么书都可以，那都无所谓。

别再想了。克拉丽踢开被子，起床了。飞快地冲了个澡，她换上牛仔裤和毛衣，还是她从纽约过来的时候穿的那身。在套上毛衣前，她把脸埋在毛线里，希望能捕捉到一丝布鲁克林的气息，或者是洗衣粉的味道——那些能让她想起家的感觉——可毛衣已经洗过了，闻起来只有柠檬皂的味道。她又长叹一声，下楼去了。

房间里只有西蒙一个人，他坐在客厅的沙发上。身后的窗户开着，阳光照射进来。他变得像猫一样，克拉丽想，总是寻找任何一丝可能的阳光，然后蜷曲在里面。可是无论晒多少太阳，他的肌肤总能保持同样的象牙白色。

她拿起果盘里的一只苹果，蜷起双腿，坐在他身旁。“你睡着了吗？”

“睡着了一会儿，”他看着她，“应该是我问你才对，你才是那个有黑眼圈的人。又做噩梦了？”

她一耸肩。“还是那些东西，死亡啦，毁灭啦，还有坏天使。”

“这么说，和现实生活倒很相似。”

“对啊，可至少我醒过来的时候，一切都会结束，”她咬了一口苹果，“让我猜猜看，卢克和阿玛提斯在天使大厅，又在开会。”

“对。我想他们碰到一起就要开会，然后决定接下来他们还要开什么会，”西蒙漫不经心地摆弄着靠枕边缘的流苏，“你收到马格纳斯的什么消息了吗？”

“没有。”离她与马格纳斯见面已经过去三天了，可他什么消息都没有，克拉丽尽量不去想这事。或者说，没有什么能阻止他拿了《白色魔法书》之后就人间蒸发，杳无音讯，克拉丽也试着不去想这个。她思忖着，为什么自己曾有这么个念头，认为可以相信一个画了那么浓眼线的人。

她轻轻碰了碰西蒙的手腕。“那你呢？你怎么样？你待在这儿没问题吗？”战斗一结束，她就想让西蒙回家去——家，那个安全的地方。可他一直抗拒，真让人不可理解。不论什么原因，他似乎想留下来。她希望那不是因为他觉得需要照顾她——她几乎要说出口，告诉他，她不要他的保护——可她没有，因为有一部分的自己不忍看着他离去。于是他便留了下来，克拉丽窃喜，虽然也心怀愧疚。“你能弄到——你知道的——你需要的东西吗？”

“你是说血液吗？能，迈亚每天都给我送好几瓶，可别问我她从哪儿弄来的。”西蒙在阿玛提斯家的第一天早晨，一个满脸堆笑的狼人就出现在门口，给他送来一只活猫。“血，”那狼人带着浓重的口音说，“给你的。还是新鲜的！”西蒙感谢了他，可等他走后便把猫放了，之后他的脸色就有点难看。

“好吧，可你必须要从什么地方弄到血。”卢克看上去有些被逗乐了。

“我有一只宠物猫，”西蒙回答说，“绝不可能。”

“我会告诉迈亚的。”卢克承诺说。在那之后，血液都是很谨慎地装在玻璃瓶中，像装牛奶那样。克拉丽想不到迈亚是怎么做到的，可她像西蒙一样，不愿提起。自从那晚战斗之后，她就再没见过这个狼人女孩——狼人在附近森林里的什么地方安营，只有卢克留在了城里。

“怎么了？”西蒙回过头，透过低垂的睫毛看着她，“你看上去想要问我什么问题。”

有好几件事情克拉丽都想要问他，可她决定先问一个比较安全的。“霍奇，”她说，可犹豫了一下，“你在监狱里的时候——你真的不知道那人是他？”

“我看不到他，只能透过墙听到他的声音。我们会讲话——还讲了不少。”

“那你很喜欢他？我的意思是说，他人很好？”

“人很好？我不知道。饱受折磨，忧心忡忡，很有智慧，有时候富有同情心，可转瞬即逝——对，我是喜欢他。我想，从某种程度上，我从他身上想到了自己——”

“别那么说！”克拉丽坐直了，差点弄掉手里的苹果，“你和霍奇一点儿也不像。”

“你不认为我饱受折磨，但很有智慧？”

“霍奇很邪恶，而你不是，”克拉丽坚定地说，“最重要的就是这一点。”

西蒙叹了口气。“人不是生来就分善恶，也许这两方面的倾向都具备。关键是你的生活方式，还有你所交往的人。瓦伦丁是霍奇的朋友，我想在霍奇的一生当中，没有其他人会去质疑他，或者能让他变成一个更好的人。如果我过的是那样的生活，我不知道自己会变成怎样。可我的生活不是那样，我有我的家人，而且还有你。”

克拉丽朝他笑笑，但他这一番话在她听来让人十分痛苦。人不是生来就分善恶，她从前总认为真是这样，可在天使展现给她的景象中，她看到自己的母亲把亲生孩子说成邪恶的化身，一个怪物。她真希望能把这些告诉西蒙，告诉他天使展示给自己的一切，可她不能。那意味着讲出杰斯的身世，而她不能那么做。那是他的秘密，只能由他来讲，而不是她。西蒙曾问过她，杰斯对霍奇说的那些话是什么意思，为什么他会说自己是怪物，可她只回答说，即便综合所有情况来看，也很难理解杰斯那话的意思。她不确定西蒙是否相信了她，可他没再问过。

一个重重的敲门声拯救了她，她什么话都不用回应了。克拉丽一皱眉，把苹果核放在桌子上。“我去开门。”

门打开后吹进一股凉爽新鲜的空气。艾琳·潘海洛站在门口的台阶上，她穿着一件暗粉色的丝质外套，这颜色几乎和她眼睛下方的阴影差不多。“我需要和你谈谈。”她直截了当地说。

克拉丽吃了一惊，只点点头，把门敞开了。“好，进来吧。”

“谢谢。”艾琳没有多说什么，从她的身旁擦过，走进了客厅。当她看到西蒙坐在沙发上的时候，僵住了，惊讶地张开嘴。“这不是……”

“那个吸血鬼？”西蒙龇牙一笑。他这样咧嘴笑的时候，锐利的尖牙正好会出现在下嘴唇边上，这些尖牙绝非人类所有。克拉丽真希望他没这么笑。

艾琳转向克拉丽。“我能和你单独谈谈吗？”

“不必，”克拉丽说着在西蒙身边的沙发上坐下，“你要说什么都可以当着我们两个人的面说。”

艾琳咬了咬嘴唇。“好吧。听着，我有些话想告诉亚历克和杰斯，还有伊莎贝尔，可我不知道现在去哪儿能找到他们。”

克拉丽叹了口气。“他们安排了一下，搬去了一幢空房子。原来那家人去了乡下。”

艾琳点了点头。袭击之后大部分人都留了下来——比克拉丽预想的要多——可还是有些人收拾起家当，离开了，他们的房子便空了下来。

“他们没事，如果你是想知道这个的话。你瞧，我也没见过他们，自从战斗之后就没有。如果你乐意的话，我可以通过卢克传个话——”

“我不知道，”艾琳咬着下嘴唇说，“我父母把塞巴斯蒂安的所作所为告诉了他远在巴黎的姑妈，她感到非常不安。”

“如果有人知道自己的侄子变成了一个邪恶的大魔头，肯定会这样。”西蒙说。

艾琳脸色阴沉地看了他一眼。“她说这一点儿也不像他，一定是有什么误会。于是她就给我寄来一些他的照片，”艾琳把手伸进口袋，掏出几张有些弯折的照片，递给了克拉丽，“你看。”

克拉丽看了看，照片上是一个大笑着的男孩，深色头发，极为英俊，咧开的嘴巴歪向一边，鼻子略微有些大。他看上去像是那类男孩，如果出去和他约会，一定会很开心。而且他看上去一点也不像塞巴斯蒂安。“这是你表哥？”

“这才是塞巴斯蒂安·维莱克。也就是说——”

“在这儿的那个男孩，那个声称自己是塞巴斯蒂安的男孩，完全是另一个人？”

克拉丽翻动着几张照片，越来越激动。

“我想——”艾琳又开始咬她的嘴唇，“我想如果莱特伍德家的人知道塞巴斯蒂安——或者不管那个男孩是谁——其实不是我们家亲戚，也许他们会原谅我。原谅我们。”

“我肯定他们会的，”克拉丽让自己的声音尽可能柔和些，“可是还有更重要的。圣廷会想要知道塞巴斯蒂安不是个误入歧途的暗影猎手少年，而是瓦伦丁故意送来的奸细。”

“他太让人相信了，”艾琳说，“他知道那些只有我家人才知道的事情，他知道我们小时候的事情——”

“这让你开始揣测，”西蒙说，“真正的塞巴斯蒂安发生了什么，你的表哥。听上去应该是他离开巴黎，前往伊德里斯，可实际上根本没到这儿。那么他在路上遇到了什么？”

克拉丽回答说：“遇到了瓦伦丁。他一定是早已计划好了一切，知道塞巴斯蒂安要去哪儿，然后在半路上截住了他。如果他对塞巴斯蒂安这么干了的话——”

“那可能还会有其他人，”艾琳说，“你应该告诉圣廷，告诉卢西恩·格雷马克。”她正巧看到克拉丽吃惊的表情，“大家都听他的，我父母这么说的。”

“也许你应该和我们一起去天使大厅，”西蒙提议说，“自己去告诉他。”

艾琳摇摇头。“我无法面对莱特伍德一家人，尤其是伊莎贝尔。她救了我的命，而我——我却跑了。我控制不住自己，我就那样跑了。”

“你当时受到了惊吓，那不是你的错。”

艾琳看上去并没有信服。“现在她弟弟——”她停了下来，又咬住嘴唇，“不管了。瞧，有件事我一直想告诉你，克拉丽。”

“告诉我？”克拉丽很困惑。

“对，”艾琳深吸了一口气，“那个，你当时走进来，看到我和杰斯，其实什么也没有。是我吻的他。那是个——试验，然后没成功。”

克拉丽感到自己的脸红了，她想那一定看上去非常明显。为什么她要告诉我这个？“听着，那没关系。那是杰斯的事，不关我的事。”

“好吧，当时你似乎很不安，”艾琳的嘴角泛起一丝微笑，“我想我知道原因。”

克拉丽嘴里咽下一口酸酸的味道。“你知道？”

“听着，你哥哥名声在外，所有人都知道，他和很多女孩约会过。你担心他和我扯上关系，就会惹上麻烦。毕竟，我们两家是——曾经是——老朋友。可是你不必担心，他不是我喜欢的类型。”

“我想我以前从没听到过有女孩会这么说，”西蒙说，“我以为杰斯是那种人见人爱的类型。”

“我以前也这么认为。”艾琳缓缓地说，“这就是我会吻他的原因。我想弄清楚哪个男孩才是我喜欢的类型。”

是她吻的杰斯，克拉丽想，他没有吻她，是她吻的他。她越过艾琳的头顶与西蒙的目光相遇了，西蒙看上去一副被逗得很开心的样子。“那你决定好是哪个了吗？”

艾琳一耸肩。“还没。可是，嘿，至少你不用担心杰斯了。”

但愿。“他总有要我担心的地方。”

在那晚的战役之后，天使大厅的内部就被迅速地重新布置了。没了防御厅，这里现在成了长老会的议事厅，还是人们集会的地方，可以寻找失踪的家人，还能得知最新的消息。中央喷泉关闭了，在它两侧摆起一排排长凳，面向房间尽头的高台。有些拿非力人坐在长凳上，看上去像是长老会正在议事；在走道上，还有环绕大厅的拱廊中，另一些暗影猎手正不安地到处乱转。大厅看上去再不像那个会有人跳舞的地方了。空气中弥漫着一种特殊的氛围，既紧张焦虑，又满怀期待。

除了圣廷在大厅中央议事，到处都是低声的交谈。克拉丽和西蒙穿过房间的时候，听到了一段段谈话：恶魔塔又恢复正常了。屏障重新起效了，可是比之前的要脆弱很多。屏障恢复了，比之前的还要强大。有人在城南的山丘上看到了恶魔。乡下的房子都不要了，许多家族都离开了这座城市，有些甚至退出了圣廷。

高台上，在悬挂着的市旗之中站着执政官，那些旗帜咄咄逼人，像是那个头发灰白的矮胖男人身边的保镖。这个身形发福的男人一边说话，一边怒气冲冲地做着手势，可似乎并没有人留意。

“哦，糟糕，那边是大审判官，”西蒙一边在克拉丽耳边低声说，一边指给她看，“奥尔德特里。”

“还有卢克。”克拉丽说，她在人群中认出了他。他站在不再有水的喷泉附近，正和一个穿着战斗服的男人专注地交谈着。这个男人的战斗服磨损得很厉害，而且他的左半边脸上还缠着绷带。克拉丽四下张望着寻找阿玛提斯，终于看到了，她静静坐在一条长凳的一端，尽量远离其他的暗影猎手。她也看到了克拉丽，露出吃惊的表情，随后起身站了起来。

卢克也看到了克拉丽。他一皱眉，和那个绑着绷带的男人低声说了句话之后，就离开了。他穿过房间，走向克拉丽和西蒙所站的地方，一根立柱的旁边。他越来越靠近，眉头也越来越紧锁。“你来这儿做什么？圣廷不允许小孩子来开会的，至于你——”他瞪着西蒙，“你出现在大审判官的面前也许不是个好主意，即使他现在不能拿你怎么样。”一丝坏笑掠过他的嘴角，“无论如何，今后圣廷可能需要与暗影魅族结盟，他不会拿你去冒险。”

“对。”西蒙朝大审判官挥了挥手，可奥尔德特里没有理睬。

“西蒙，别闹了。我们来这儿是有原因的，”克拉丽把塞巴斯蒂安的照片拿给卢克，“这是塞巴斯蒂安·维莱克，真正的塞巴斯蒂安·维莱克。”

卢克的脸色暗沉了下来，他翻了翻照片，什么也没说。克拉丽把艾琳告诉她的故事复述了一遍。与此同时，西蒙不安分地站着，虎视眈眈地越过房间望着奥尔德特里，后者刻意避开了他。

“所以说这个真的塞巴斯蒂安看起来和那个骗子长得很像？”卢克最后问道。

“其实不是，”克拉丽说，“假的塞巴斯蒂安更高一些。而且我觉得他可能是金发，因为他肯定是染了头发。没人会有那么黑的头发。”而且当时我摸过他的头发，颜色染到了我的手指上，克拉丽想，可她还是把这个想法保留了下来，“不管怎样，艾琳想让我们把这些拿给你和莱特伍德一家看。她想，也许，如果他们知道了他不是潘海洛家族的亲戚，那么——”

“她还没把这些告诉她父母，是吗？”卢克指着照片说。

“还没，我想，”克拉丽说，“我想她直接就来找了我，她想让我告诉你。她说人们都听你的。”

“也许有些人会听，”卢克回头看了一眼那个脸上打着绷带的人，“实际上，我刚才正和帕特里克·潘海洛讲话，过去瓦伦丁是他的好朋友。也许过去这些年，瓦伦丁一直通过某种渠道密切监视着潘海洛家族。你说霍奇告诉过你，有瓦伦丁的奸细在这儿。”他把照片还给克拉丽，“可不巧的是，今天莱特伍德一家人不来参加长老会议事。今天上午是麦克斯的葬礼，他们最有可能在墓地。”看到克拉丽脸上的表情，他补充了一句，“只是个小规模的仪式，克拉丽。只有家人参加。”

可我是杰斯的家人，她头脑中一个小小的声音抗议道。但还有另一个更响的声音，语气中的苦涩让她一惊。而他说过在你身边就像是慢慢失血而死。你真的认为他会在参加麦克斯葬礼的时候需要你吗？

“那你也许可以今天晚上告诉他们，”克拉丽说，“我的意思是——我想这会是个好消息。不论塞巴斯蒂安到底是谁，他都和他们的朋友没关系。”

“如果我们能知道他在哪儿就更好了，”卢克嘀咕着，“或者还有什么人是瓦伦丁留在这儿的奸细，这些人肯定与破坏魔法屏障有关，那只能是从城里面下手干的。”

“霍奇说瓦伦丁已经弄清要怎么做了，”西蒙说，“他说需要恶魔的血液才能消除魔法屏障，可根本不可能把恶魔的血液弄进城里啊。除非瓦伦丁想到了什么办法。”

“有人在塔顶用恶魔血画了个如尼文，”卢克叹息了一声，说道，“所以说，很明显，霍奇是对的。可不幸的是，圣廷太过于相信他们的魔法屏障了。但即便是最高明的咒语也会有破解之法。”

“对我而言，这就像是打游戏的时候耍了小聪明，结果却腹背受敌，”西蒙说，“你刚用无敌大招把自己的城堡保护起来，结果就有人杀了过来，还想到了一个能把你干掉的法子。”

“西蒙，”克拉丽说，“闭嘴。”

“他没那么不着边际，”卢克说，“我们只是不清楚他们是怎么把恶魔血液弄进城里，而且是在没有破坏魔法屏障的前提下。”他一耸肩，“这还是我们眼下最不重要的问题。魔法屏障恢复了，可我们已经知道它并不是万无一失。瓦伦丁随时可能带着更多人马杀回来，我很怀疑我们是否能击退他。拿非力人不够多，而且这些留下的都士气低落。”

“可是暗影魅族呢？”克拉丽说，“你告诉过执政官，圣廷必须和暗影魅族并肩作战。”

“告诉马拉奇和奥尔德特里都是白费力气，那并不意味着他们会听，”卢克的语气听上去信心不足，“就连他们允许我留在这儿的唯一原因，都是圣廷投票表决让我当顾问。而他们会这么做的唯一理由，就是我的族群救了他们当中一些人的命。可这并不意味着他们愿意让更多的暗影魅族进入伊德里斯——”

有人尖叫了一声。

阿玛提斯站起身，手捂着嘴，盯着大厅的前方。有个人站在门口，外面的阳光映衬出他的轮廓，只能看清一个剪影。直到他往前走了一步，进入大厅之后，克拉丽才看清了他的脸。

瓦伦丁。

出于某种原因，克拉丽首先注意到的，是他脸上的胡须刮得很干净。这让他看上去年轻了许多，更像是伊修列展示给她的记忆中那个怒气冲冲的男子。他没穿战斗服，而是一套剪裁精细的细直纹西装，还系了一条领带。他没带武器。他就像是一个走在曼哈顿大街上的普通男人，也像是任何一个人的父亲。

他没看向克拉丽，根本没留意她的存在。当他走过长凳间狭窄的走道时，目光一直停留在卢克身上。

他怎么会不带一样武器就来到这儿？克拉丽揣测着。片刻之后她的疑问就得到了解答：大审判官奥尔德特里发出一声惊呼，像是一只受伤了的熊，从马拉奇身边挣脱，而后者试图拦住他。他跌跌撞撞地走下高台的阶梯，扑向瓦伦丁。

他穿过了瓦伦丁的身体，像是一把刺穿纸张的尖刀。瓦伦丁转身看着奥尔德特里，脸上无动于衷的表情中又透露出一丝兴致。大审判官踉踉跄跄地撞上一根石柱，笨拙地张开四肢，摔在了地上。执政官跟上来，弯腰扶起他——同时脸上掩饰不住厌恶的神情。克拉丽想，不知道这厌恶是针对瓦伦丁的，还是因为奥尔德特里这愚蠢的行为。

房间中又响起一阵低语。大审判官尖叫着，挣扎着，像是一只被困住的老鼠。马拉奇牢牢地抓住他的手臂。而此时瓦伦丁看也不再看他们一眼，继续往前走。那些聚在长椅周围的暗影猎手都退后了，像是红海的海水为摩西裂开了一道口子，他们在大厅中央留下一条通道。当他走近克拉丽与卢克和西蒙所站之处时，她打了个寒颤。他只是个投影，她告诉自己说，并不是真的在这儿，他不能伤害你。

在她身旁，西蒙也一个哆嗦。克拉丽握住他的手，此时瓦伦丁在高台前的台阶上停住了脚步，回头径直看向她。他的眼神扫过她，漫不经心地，似乎打量了她一下，接着完全忽略过西蒙，停留在了卢克身上。

“卢西恩。”他说。

卢克也回敬了他一个眼神，稳稳地直视着他，什么也没说。这是在伦维克废墟之后，他们两人第一次又同时出现在一个房间中，克拉丽想。上一次卢克在战斗中没了半条命，浑身是血。这一次要比较这两个男人之间的相同点和不同点，倒是容易了许多——卢克穿着破旧的法兰绒上衣和牛仔裤，而瓦伦丁则穿着精致昂贵的西装；卢克一天没剃须就满脸胡茬，头发也有些灰白，而瓦伦丁看上去就和他二十五岁时差不多——只是不知怎地，更冷漠，更无情，好像流逝的岁月使他慢慢变成了石头。

“我听说，圣廷现在让你加入长老会了，”瓦伦丁说，“你真是适合这个腐化堕落的圣廷啊，正好迎合了它的需要，让你们这些混血的败类渗透进来。”他的语调平和，甚至还有些欣喜——这让人很难感受到他话里的恶意，或者说真的让人难以相信他是在恶言相向。他的目光又回到克拉丽身上。“克拉丽莎，”他说，“你和那个吸血鬼在一起，我看到了。等事态稳定一些之后，我们真的有必要讨论一下你对于宠物的选择问题。”

西蒙的喉咙中发出一声低沉的怒吼。克拉丽抓住了他的手，牢牢抓住——力气用得过大，如果是其他时候，他一定会因为疼痛而想要挣脱开。而此时，他似乎没有感觉到。“不要，”她低声说，“千万不要。”

瓦伦丁的注意力已经从他们身上转移开了。他爬上高台的阶梯，转身面对着众人。“这么多熟悉的面孔啊，”他观察着说，“帕特里克、马拉奇、阿玛提斯。”

阿玛提斯呆呆站着，眼神中露出仇恨的目光。

大审判官还在马拉奇的拉扯中挣扎，瓦伦丁的目光飞到了他身上，并且觉得他有些好笑。“还有你，奥尔德特里。我听说你对我的老朋友霍奇·斯塔克韦德的死负有间接的责任。真是有点可惜。”

卢克开腔了。“那么你是承认了，”他说，“是你破除了魔法屏障，是你派来了恶魔。”

“是我派来的，”瓦伦丁说，“我还可以派来更多。圣廷——即便是圣廷这群愚蠢的家伙——肯定是这么认为的吧？你也这么认为，不是吗，卢西恩？”

卢克的目光严肃。“我是，可我了解你，瓦伦丁。所以你是来谈条件的，还是来幸灾乐祸的？”

“都不是。”瓦伦丁看着默不做声的众人。“我不需要谈判，”他说，尽管他的语调平静，可是音量似乎放大了一些，“也没兴趣幸灾乐祸。对于暗影猎手的死，我一点儿也没感到开心。我们的人数已经不多了，在这个亟需我们的世界上是多么宝贵啊。可圣廷想要的就是这个，不是吗？这不过是他们又一条荒唐的规矩，他们用这些规矩把普通的暗影猎手们碾为尘土。我这样做只是迫不得已，因为这是唯一让圣廷可以听从的方式。暗影猎手不是因我而死，而是因为圣廷对我的无视。”他越过人群与奥尔德特里的目光相遇，大审判官脸色惨白，面容扭曲。“你们在这儿的许多人都曾是我集团里的一员，”瓦伦丁缓缓说，“我此时对你们说，也对那些知道集团的存在却置身事外的人说，你们还记得十五年前我曾预言过什么吗？我预言说，除非我们与《圣约》背道而行，否则我们所珍爱的圣都，阿利坎特城，将会被一群淌着口水的混血家伙所统治，那些堕落的族群会践踏并摧毁掉我们所珍视的一切。正如我所说的，所有的一切都发生了。防御厅被大火夷为平地，移空门被毁，街道上充斥着怪物。只有一半是人的败类试图领导我们。所以，我的朋友们，我的敌人，天使名下我的兄弟们，我问你们——你们现在相信我了吗？”他的声音抬高，变成了一声大喊，“你们现在相信我了吗？”

他的目光扫视着全场，好像在等待一个回答。可没有——只有无数凝视着他的脸庞。

“瓦伦丁，”是卢克的声音，尽管很轻，但还是划破了沉寂，“难道你看不出自己都干了什么吗？你那么厌恶的《圣约》并没有让暗影魅族和拿非力人平起平坐，也没有确保混血族群进入长老会。那些长久以来的憎恨一直都在。你本该相信这些的，可你没有——你不能——此刻你给了我们一样东西，一样也许能团结起我们所有人的东西，”他的目光与瓦伦丁的相遇了，“一个共同的敌人。”

瓦伦丁苍白的脸上掠过一丝红晕。“我不是敌人，不是拿非力人的敌人。你才是。你才是那个人，试图引诱他们进入一场毫无取胜希望的战争。你以为你们见到的那些恶魔就是我全部的力量吗？它们只不过是我能召唤到的一小部分。”

“我们也有更多人，”卢克说，“更多的拿非力人，更多的暗影魅族。”

“暗影魅族，”瓦伦丁嘲笑道，“他们一见到真正的危险就会落荒而逃。拿非力人生来就是战士，要保卫这个世界，可这个世界厌恶你们这群家伙。纯银能烫伤你们，日光能烤焦黑夜之子，这些都是有原因的。”

“不会烧焦我，”西蒙不顾克拉丽的拉扯，大声而清晰地说，“我在这儿，站在阳光下——”

可瓦伦丁只是一笑了之。“我看到你因为神的名字而哽咽，吸血鬼，”他说，“至于为什么你能站在阳光下——”他停住了，咧嘴一笑，“你也许异于常人，是异类，可仍旧是个怪物。”

怪物。克拉丽想起瓦伦丁在船上所说的话：你妈妈告诉我，我把她的第一个孩子变成了怪物。在我没来得及对她的第二个孩子也那么做之前，她离开了我。

杰斯。想到他的名字，她感到一阵剧痛。在他的所作所为之后，瓦伦丁还站在这儿说着什么怪物——

“这里唯一的怪物，”她不再有所顾忌，也不再坚守那份沉默，说道，“是你。我见过伊修列了，”他转身惊讶地看着她，她继续说，“我全都知道了——”

“我很怀疑，”瓦伦丁说，“如果你全知道了，那么就会闭嘴。如果不是为了你自己，也为了你哥哥。”

别和我提起杰斯！克拉丽想大喊出来，可另一个声音出其不意地打断了她，一个冷冷的女性声音无所畏惧，但又有一丝苦涩。

“那我的弟弟呢？”阿玛提斯走到高台下，抬头望着瓦伦丁。卢克一惊，朝她摇了摇头，可她没有理睬。

瓦伦丁一皱眉。“卢西恩怎么了？”克拉丽感觉到，阿玛提斯的问题让他感到不安，又或者说，仅仅是因为她出现在这儿，当面质问他。他很多年前就认定了她的懦弱，觉得她不敢质问他。瓦伦丁从来不喜欢有人给他惊喜。

“你告诉我，他不再是我的弟弟，”阿玛提斯说，“你从我身边夺走了斯蒂文，你毁了我的家庭。你说你不是拿非力人的敌人，可你让我们自相残杀，家族之间相互仇恨，你夺走了无数生命，却从不心怀愧疚。你说你痛恨圣廷，可是你造就了今日的他们——胸无大志，疑神疑鬼。我们，我们拿非力人曾经彼此信任。是你改变了这一切。我绝不会原谅你。”她的声音颤抖起来，“还有你曾让我那样对待卢西恩，好像他再也不是我弟弟。我也不会原谅你这一点。我也无法原谅我自己听从了你。”

“阿玛提斯——”卢克往前走了一步，可他姐姐抬起一只手阻止了他。她的眼中闪着泪光，可身板挺得很直，语气坚定，毫不动摇。

“曾经，我们所有人都愿意听从你，瓦伦丁，”她说，“我们所有人的良心里都牢牢铭记着。但是再也不会了。再也不会了。那个时代结束了。在场有人不同意我的吗？”

克拉丽抬起头，看着聚集在一起的暗影猎手：在她看来，他们像是一群草草画下的人物速写，灰白的地方是他们的脸庞。她看到帕特里克·潘海洛，紧咬着牙关；大审判官，像是大风中一棵脆弱的小树般颤抖着；而马拉奇，光洁的脸上那种阴沉的表情十分古怪，难以捉摸。

没有人说话。

如果克拉丽期望瓦伦丁看到这群他想要领导的拿非力人没有应答而会感到生气的话，那么她就失望了。除了下巴上的肌肉抽动了一下，瓦伦丁面无表情，好像他所期待的就是这种反应，又好像这在他的计划之中。

“很好，”他说，“如果你们不听从理智，那么你们就得听命于武力。我已经向你们展示过了，我能破除城市周围的魔法屏障。我看到你们又重新设置了起来，可那不会有效果，我还是能轻而易举地破除。你们要不然同意我的要求，要不然就迎接圣剑召唤来的全部恶魔。我会告诉它们不要放过你们任何人，男人，女人，还有小孩。选择权在你们手上。”

房间中响起一阵低语，卢克瞪着他。“你存心要毁灭你自己的种族吗，瓦伦丁？”

“有时候为了保护整座花园，必须除掉其中染了病的植物，”瓦伦丁说，“而如果所有的都染了病……”他转而面向惊恐的人群，“选择权在你们手上，”他继续说，“我拥有圣杯。如果必要的话，我会重新建立一个崭新的暗影猎手世界，由我创造，由我教导。但我可以给你们这次机会。如果圣廷能签署协议，把长老会的所有权力移交给我，并且接受我的绝对统治和管理，我就会收手。所有的暗影猎手要宣誓归顺，并且接受一个永远向我效忠的如尼文。这就是我的条件。”

一片寂静。阿玛提斯用手捂着嘴，房间里的其他人在克拉丽的眼前都摇摆起来，模糊成了一片。他们不能向他妥协，她想，他们不能。可他们还有什么选择呢？他们中的任何人曾经有过选择的权力吗？他们被瓦伦丁困住了，她沉闷地想着，就像他在造就了我和杰斯的同时也困住了我们，我们都因为自己的骨血而与他纠缠在一起。

虽然只是片刻的光阴，但克拉丽感觉像是过了一个小时。一个细微的声音穿透了寂静——是大审判官又尖又细的声音。“统治和管理？”他尖声说，“你的管理？”

“奥尔德特里——”执政官走过来想拉住他，可大审判官的动作太快了，他挣脱开，冲向高台。他尖叫着，一遍遍说着同样的话，像是完全疯了似的，双眼上翻露出眼白。他把阿玛提斯推到一边，摇摇晃晃地冲上高台的阶梯，面对着瓦伦丁。“我是大审判官，你明白吗，大审判官！”他大喊着，“我是圣廷的一部分！也是长老会的！我来管理，而不是你！我来，不是你！我不会让你这么干的，你这个自命不凡的家伙，喜爱恶魔的混蛋——”

瓦伦丁脸上的表情近乎于厌烦，他伸出手，像是想触碰大审判官的肩头。可瓦伦丁不能触碰到任何东西——他只不过是个投影——可随后克拉丽倒吸了一口气，瓦伦丁的手穿过了大审判官的皮肤和血肉，消失在他的胸腔里。有那么一秒钟——仅仅是一秒钟——整个大厅里的人都瞠目结舌地看着瓦伦丁的左手，不知怎么不可思议地进入了奥尔德特里的胸膛，只有手腕在外面。随后，瓦伦丁猛地向左一转手腕——那么一扭，像是扭动一个牢牢锈住的门把手。

大审判官叫了一声，就硬生生地倒下了。

瓦伦丁抽回手，上面还流淌着鲜血，像是戴上了一只血红色的长手套，他昂贵的毛料西服上也沾了血迹。放下滴血的手，他盯着惊恐的人群，目光最终停留在卢克身上。他缓缓地说：“我将给你们时间来考虑我的条件，到明天午夜为止。到那时我将率领大军，全部的人马，到布罗斯林德平原。如果我没有收到圣廷投降的消息，我将命令大军从那里出发，直捣阿利坎特。这次我们不会留下任何活口。你们有时间考虑我的条件，好好利用吧。”

说完之后，他消失了。

第十四章

黑暗森林

“好吧，这么说吧。”杰斯说，还是没有看克拉丽——她和西蒙来到了莱特伍德一家人现在的住所，自打两人踏上门前的台阶起，杰斯就没真正瞧过她一眼。他靠在客厅的落地窗前，望着外面迅速黑下来的天空。“有人去参加了九岁弟弟的葬礼，结果错过了所有的乐子。”

“杰斯，”亚历克说，声音中有些疲倦，“不要这样。”

亚历克瘫坐在一把垫着厚厚软垫的破旧椅子里，那是这间屋子里唯一能坐的东西。房间里有种奇怪的疏远感，那种属于陌生人的感觉：房间中装饰着印花织物，有许多褶皱，颜色淡雅，这里所有的东西都有些陈旧破败。靠近亚历克的小桌角上放着一只玻璃碗，里面有几块巧克力。克拉丽饿极了，吃了几口，但发觉这些巧克力已经变得又脆又硬。她揣测着什么样的人会住在这里。这些人一看事态不妙就溜之大吉，她没好气地想，他们的房子就应该被接管。

“不要怎么样?”杰斯问。外面的天此时已经黑了，克拉丽看到玻璃窗上映出他的脸庞。他的眼睛看上去漆黑一片，他穿着暗影猎手的丧服——他们在葬礼上不穿黑色的衣服，因为黑色代表着战斗，是战斗服的颜色。死亡的颜色是白色。杰斯所穿的白色外套在领口和袖口的地方都绣着猩红色的如尼文。与战斗如尼文不同，前者意味着进攻和保护，而这些诉说着另一种更为柔和的语言，愈合与哀伤。他手腕上还戴着几个金属手环，刻着相同的如尼文。亚历克也穿着同样的衣服，一身白，衣料上绣着同样的红色如尼文。这让他的头发看起来更黑了。

而杰斯，克拉丽想，穿着一身白，看上去像个天使，尽管是个复仇天使。

“你没生克拉丽的气，还有西蒙的。”亚历克说。“至少，”他又补充了一句，微微皱着眉头，有些担忧，“我认为你没生西蒙的气。”

克拉丽本来估计杰斯大概会气呼呼地迅速回嘴，可他只说了句：“克拉丽知道我没生她的气。”

西蒙的手肘撑在沙发的靠背上，转了转眼睛，也只说了句：“我不明白的是，瓦伦丁是怎么杀死大审判官的。我以为投影应该是不起任何作用的。”

"本不该的，"亚历克说，"那只是种幻象，只是空气中有了颜色，可以这么说。"

"那么，这次不是。他的手伸进了大审判官的身体里，然后他一拧……"克拉丽打了个寒颤，"而且有很多血。"

"就像你有了个特殊的奖励技能一样。"杰斯对西蒙说。

西蒙没理睬他。"有没有哪个大审判官不是死于非命的？"他把自己的想法大声说了出来，"就像《摇滚万岁》[①] 里的鼓手那样。"

亚历克用手搓了搓脸。"我真不敢相信我父母还不知道这个，"他说，"我可不敢说我很期待告诉他们。"

"你父母在哪儿？"克拉丽问，"我以为他们在楼上。"

亚历克摇摇头。"他们还在墓地，在麦克斯的坟前。他们先让我们回来了，他们想在那儿单独待一会儿。"

"伊莎贝尔呢？"西蒙问，"她在哪儿？"

那股幽默感，如果有的话，从杰斯的脸上消失了。"她不肯走出房间半步，"他说，"她认为发生在麦克斯身上的事都是她的错，她甚至没去参加葬礼。"

"你们试着和她谈过了吗？"

"没有，"杰斯说，"相反，我们反复打她的脸。怎么了，你觉得这不会见效？"

"就是觉得我该问问而已。"西蒙的语气很随和。

"我们把这个告诉她吧，塞巴斯蒂安不是真的塞巴斯蒂安，"亚历克说，"这也许能让她好受些。她认为自己应该能分辨出塞巴斯蒂安身上不对劲的地方，但如果他是个奸细的话……"亚历克一耸肩，"没人能注意到他有什么不对劲，甚至连潘海洛家的人也没有。"

"我就觉得他不怎么样。"杰斯说。

"是的，可那不过是因为——"亚历克更放松地坐在椅子上。他看上去疲惫不堪，在白色衣衫的映衬下，他的脸色灰白。"这都不重要。一旦她得知瓦伦丁在要挟什么，就没什么能让她高兴起来了。"

"可他真的会那么做吗？"克拉丽问，"向拿非力人派出恶魔大军——我的意思是说，他仍是个暗影猎手，不是吗？他不可能毁掉他自己的族群。"

"他连自己的孩子都不关心，更何况他们呢。"杰斯说着，眼神越过房间与她的相遇了。他们久久凝视着对方。"有什么让你觉得他会在意自己的族群呢？"

---

① 《摇滚万岁》是一九八四年上映的一部美国电影，其中虚构了一个英国摇滚乐队 Spiñal Tap。

亚历克看看他们两人，从他的表情中克拉丽看出，杰斯还没有把伊修列的事告诉他。他看上去很疑惑，并且十分忧伤。“杰斯……”

“不过这的确解释了一件事，”杰斯没看亚历克，说道，“马格纳斯本想试试看跟踪如尼文，施在塞巴斯蒂安留在房间里的什么东西上，他想试试能否用这种方法定位到他。他说没能从我们给他的任何东西上读出信息。只是……一片空白。”

“那意味着什么？”

“那些是塞巴斯蒂安·维莱克的东西。假塞巴斯蒂安可能是在拦截了他的时候，得到了那些东西。而马格纳斯从它们上面什么也没能得到，是因为真的塞巴斯蒂安——”

“很可能已经死了，”亚历克接下去说，“而我们所认识的塞巴斯蒂安太聪明了，没留下任何能追踪到他的东西。我是说，你不可能随便用什么东西就能追踪到一个人。一定要和那个人在某些方面非常有关联的东西。比如传家宝，或者石杖，或者带有头发的梳子，像是这类东西。”

“这很是不妙，”杰斯说，“因为如果我们能跟踪他，他就很有可能会把我们直接带向瓦伦丁。我确定他会迫不及待地回到主人的身边，去做一番详细的汇报。也许会把霍奇那个古怪的镜湖理论告诉他。”

“那可能不是古怪的理论，”亚历克说，“他们已经在通往林恩湖的道路上布置了警卫，还设置了魔法屏障，如果有人通过移空门去了那儿，他们就会收到警报。”

“太棒了，我敢肯定，我们大家现在都觉得非常有安全感了。”杰斯又靠回墙上。

“我不明白的是，”西蒙说，“为什么塞巴斯蒂安要留在这儿。在他对伊莎和麦克斯做了那些事之后，他会被发现的，不可能继续伪装了。我的意思是说，即便他认为已经杀了伊莎，而不是仅仅击晕了她，那么他如何解释他们两个都死了，可他自己却安然无恙？不，他被当面揭穿了。那么为什么还要在我们战斗的时候逗留？为什么到防御厅来找我？他不应该关心我的死活。”

“你现在对他太苛刻了，”杰斯说，“我确定他更希望你死掉。”

“事实上，”克拉丽说，“我认为他留下是因为我。”

杰斯的目光中闪出一道金光，飞快地移向她。“因为你？他还希望再来一次火辣的约会，是吗？”

克拉丽感到自己的脸红了。“不是。而且我们的约会也没有火辣。事实上，甚至连约会都不是。不管怎样，重点不是这个。他来天使大厅的时候，就一直想让我和他出去谈谈，他想从我身上得到什么，我只是不知道是什么。”

“或许他想得到的仅仅是你。”杰斯说。看到克拉丽的表情，他补充了一句：“不是以那种方式。我的意思是说，他想把你带去交给瓦伦丁。”

“瓦伦丁根本不在乎我，”克拉丽说，“他以前在意过你。”

杰斯的眼眸深处闪过了一丝什么东西。“你把那些称作在意吗？”他的神情阴郁，让人感到害怕，“在船上的事件之后，他只对你感兴趣。这意味着你必须得小心，非常小心。事实上，今后几天你最好就待在房间里。你可以像伊莎贝尔那样把自己锁在房间里。”

“我不会那样做。”

“你当然不会，”杰斯说，“因为你活着就是来折磨我的，不是吗？”

“不是所有事，杰斯，都是关于你的事。”克拉丽气愤地说。

“也许吧，”杰斯说，“可你必须承认大部分事情是的。”

克拉丽抑制住想要大叫的冲动。

西蒙清了清喉咙。“说到伊莎贝尔——虽然我们只是稍稍提到了她，可我想，我应该在争论真的开始之前说一下——我想也许，我应该去和她谈谈。”

“你？”亚历克说，随后因为自己的这种不解看上去稍稍有些尴尬，于是飞快地加了一句，“只是——即便家里人出面，她都不肯走出房间。为什么她会为了你出来？”

“也许就因为我不是家里人。”西蒙说。他站在那儿，双手插在口袋里，挺着胸膛。早些时候，克拉丽和他坐在一起，就看到了他的脖子上有一圈白色的细纹，那是瓦伦丁割破他喉咙的地方，他手腕上也有被割破而留下的伤疤。他因走进暗影猎手的世界而发生了改变，不仅是他的外表，也不仅仅是他的骨血，改变还发生在更深层的地方。他站得笔直，仰着头，无论杰斯和亚历克说他什么，他都能接受，而且似乎并不在意。那个会被他们吓坏，或者会让他们弄得很不舒服的西蒙不见了。

她的内心突然感到一阵剧痛，继而猛地意识到那是什么。她想念他——想念西蒙，那个从前的西蒙。

“我想，我会先试试看让伊莎贝尔和我说说话，”西蒙说，“这也不会有什么坏处。”

“可天几乎黑了，”克拉丽说，“我们和卢克，还有阿玛提斯，说过会在太阳下山前回去。”

“我送你走回去，”杰斯说，“至于西蒙，天黑了他也能自己回去——不是吗？

西蒙。”

“他当然没问题，”亚历克愤愤不平地说，好像急于弥补自己之前对西蒙的轻视，“他是个吸血鬼——而且，”他补充说，“我现在才意识到你可能是在开玩笑。别放在心上。”

西蒙笑了笑。克拉丽又张开嘴想要抗议——可又闭上了。一部分原因是，她知道，自己没理由阻拦。还有一部分原因是杰斯脸上的表情，他越过她看着西蒙，这个表情让她一惊，闭上了嘴：那是种欣喜，克拉丽想，其中混杂着些感激，也许还有——这是最让人感到惊讶的——一丝敬意。

从莱特伍德家的新住所走到阿玛提斯家并不远，克拉丽倒希望这条路能长一些。她觉得和杰斯相处的时光不知怎地，总是非常珍贵和有限。他们总在接近一条看不见的终点线，那条线会把他们两人永远分隔开，她无法摆脱这种感觉。

她看着他的侧影，而他则紧盯着正前方，几乎像是她根本不在旁边。在街道上巫光的照耀下，他轮廓的线条很清晰，头发在脸颊边拳曲起来，没有把太阳穴上的白色伤疤完全遮挡住，那里曾有个印记。她能看到他脖子上的金属链子闪闪发光，摩根斯特恩家族的戒指就挂在这条链子上。他的左手露在外面，关节红肿。所以说，他真得像盲呆那样要自己愈合伤口，就像亚历克告诉他的那样。

她打了个寒颤，杰斯瞥了她一眼。“你冷吗？”

“我只是在想，”她说，“我很惊讶瓦伦丁杀了大审判官，而不是卢克。大审判官是暗影猎手，而卢克——卢克是暗影魅族。还有，瓦伦丁恨他。”

“可在某种程度上，他也尊敬卢克，即便他是暗影魅族。”杰斯说。克拉丽想到了刚才杰斯看西蒙的表情，然后又努力不再多想。她讨厌想到杰斯和瓦伦丁在任何方面有相像之处，即使是在一个眼神这样细小的地方。“卢克想要让圣廷改变，让他们用一种新的思路去思考。那恰恰是瓦伦丁想要做的，即使他的目的是——那个，不同的。卢克是个批判传统的人，他想要变革。而在瓦伦丁看来，大审判官代表着那个他所痛恨的圣廷，老旧迂腐。”

“而且他们曾经是朋友，”克拉丽说，“卢克和瓦伦丁。”

“那个曾经有过的印记。”杰斯说。克拉丽从他语调中的那一丝嘲弄中听出他这话是从什么地方引用来的。“不幸的是，对你曾经在乎的人，你才会真正恨得更深。我想瓦伦丁对卢克是有什么特别的计划，在未来他掌权之后。”

“可他不会掌权。”克拉丽说。杰斯什么都没说，她又提高了声音。“他不会取胜——他不能。他真正想要的不是战争，不是面对暗影猎手和暗影魅族一起——”

“是什么让你觉得暗影猎手会与暗影魅族一起战斗？”杰斯说，他还是没有看她。他们沿着运河边的街道往前走，他看着水面，紧咬牙关。“就因为卢克是这么说的？卢克是个理想主义者。”

“那有什么不好？”

“没什么。只是我不是。”杰斯说。听到他那种空荡荡的语气，克拉丽感到心中涌起一股寒意。绝望、愤怒、仇恨，这些是恶魔才有的特点。他在用一种自己认为理所应当的方式去说话做事。

他们走到了阿玛提斯家，克拉丽在台阶下停住，转身面对着杰斯。“也许吧，”她说，“可你也不像他。”

杰斯听到这话一惊，或许是因为她坚定的语气。他转过头看着她，自他们离开莱特伍德的住处，这似乎是第一次。“克拉丽——”他开口说，可又停住了，深吸了一口气，“你袖子上有血，你受伤了吗？”

他朝她靠近，用手抓起她的手腕。克拉丽低头看了一眼，惊讶地看到他所说的不假——自己外套右手袖子上有一块不规则的血迹。奇怪的是，这块血迹仍旧保持着鲜红色。干了的血迹不应该是深一点的颜色吗？她一皱眉。“这不是我的血迹。”

他微微放松了一些，抓着她的手也松开了一些。“是大审判官的吗？”

她摇了摇头。“这是塞巴斯蒂安的。”

“塞巴斯蒂安的血迹？”

“对——他那晚来到天使大厅，还记得吗？他的脸上流血了。我想一定是伊莎贝尔抓的，可不管怎么样——我摸了他的脸，然后身上沾了他的血，”她离近了又看看，“我以为阿玛提斯把衣服洗了，可我猜她没有。”

她以为他会放开自己，可相反地，在放开她之前，他长时间地抓着她的手腕，仔细查看血迹，然后很显然，他感到心满意足。“谢谢。”

她盯着他看了一会儿，随后摇着头说：“你不准备告诉我发生了什么，是吗？”

“绝不可能。”

她恼火地一扬手。“我进去了，再见。”

她转身走上台阶，走向阿玛提斯的家门。她绝没想到，她刚一转身，杰斯脸上的笑容就消失了，也绝不会想到，当大门在她身后关上之后，他又在黑暗中站了良久，手里来回摆弄着一小截线头。

“伊莎贝尔。”西蒙说。他试了几次才找到她的房门，这扇门背后传来的那声尖叫“走开！”让他确信这次是找对了。“伊莎贝尔，让我进去吧。”

一声闷响，房门微微抖动了一下，好像伊莎贝尔把什么东西扔了过来。可能是只鞋。“我不想跟你和克拉丽说话。我不想和任何人说话。让我一个人待着，西蒙。”

“克拉丽不在，”西蒙说，“而且你不和我说话，我就不走。”

“亚历克！”伊莎贝尔大喊道，“杰斯！把他弄走！”

西蒙等了一会儿，楼下没有任何动静。亚历克要不就是已经走了，要不就是按兵不动。“他们都不在，伊莎贝尔，就只有我。”

接着是一阵沉默。终于，伊莎贝尔又说话了。这次她的声音从更近一些的地方传来，好像她就站在门的另一边。“你一个人？”

“我一个人。”西蒙说。

门吱呀一声开了，伊莎贝尔站在那儿，穿着一件黑色打底裙，长发在肩头乱作一团。西蒙从没见过她这副样子：光着脚，头发也不梳，也没化妆。“你进来吧。”

他从她身边进入房间。借助门口射入的光线，他看到了房间里面的样子，用他母亲的话来说，就像是被龙卷风袭击过。一堆堆衣服扔得到处都是，一个帆布包在地上敞着口，像是发生了爆炸一样。一根床柱上挂着伊莎贝尔亮闪闪的银鞭，另一根上挂着白色蕾丝内衣。西蒙把目光移开了。窗帘拉着，灯也没开。

伊莎贝尔在窗边坐下，一脸愁苦地看着他，又有点被逗乐的样子。“一个会脸红的吸血鬼。谁会想到呢，”她扬起下巴，“好了，我让你进来了。你想干什么？”

西蒙不去管她愤怒的眼神，而是觉得她比平常看上去年龄小一些，大大的眼睛在她苍白的脸上显得黑溜溜的。他能看到她雪白肌肤上的那些白色伤疤，布满了她裸露的手臂、后背和锁骨，甚至连腿上都是。如果克拉丽一直是暗影猎手的话，他想，有一天她看上去也会像这样，浑身疤痕。这个想法没有像过去那样让他感到不安。伊莎贝尔对待这些伤疤的态度中透露出什么东西，好像她以此为豪。

她手里拿着什么东西，一直用手指来回摆弄着。那是个小小的物件，在昏暗的光线中微微发光。他有那么一刻想到可能是件首饰。

“发生在麦克斯身上的事情，”西蒙说，“不是你的错。”

她没有看他，而是盯着手里的东西。“你知道这是什么吗？”她说着举起那物件，似乎是个小小的玩具士兵，木头雕的。是个暗影猎手的玩具模型，西蒙意识到，全身上下刷着黑色的战斗服。他刚才注意到的银色微光来自于他手中那把小小的剑，上面的油漆几乎要磨掉了。“这是杰斯的，”她没等他回答便又说道，“这是他从伊德里斯来的时候，唯一一件玩具。我不知道，也许曾经是一整套中的一个。我想这是他自己做的，可他从没过多提起。他小时候，不管去哪儿都带着它，总是放在口袋里或者什么地方。之后有一天，我看到麦克斯拿着它。那时杰斯大约十三岁了。他就把它送给了麦克斯，我猜，在他已经长大，玩不了它的时候。无论如何，他们找到麦克斯的时候，它在他手里。好像是他最后抓住它，紧紧握着它，在塞巴斯蒂安——在他——”她停住了。很明显，她努力让自己不哭出来，嘴巴痛苦地紧闭着，好像要扭曲变形似的，“我应该在那里保护他的，我应该在那里让他抱着，而不是什么愚蠢的木头玩具。”她把它扔到床上，眼中泛光。

“你那时昏迷了，”西蒙抗议说，“你差点没命，伊莎。你什么办法也没有。”

伊莎贝尔摇着头，乱蓬蓬的头发在肩头拂动，看上去十分激动。“你知道什么？”她问道，“你知道吗？他去世那晚还跑来告诉我们说，他看到有人爬上了恶魔塔，而我告诉他，是他在做梦，就把他打发走了。可他是对的。我打赌是那个混蛋塞巴斯蒂安，是他爬上塔把魔法屏障破除的。于是塞巴斯蒂安就杀了他，这样他就不能告诉任何人他看到了什么。如果我听了他的话——就花上一秒钟时间去听听——那些就不会发生。”

“你不可能知道这些的，”西蒙说，“还有，关于塞巴斯蒂安——他不是真正的潘海洛家的外甥。他把所有人都骗了。”

伊莎贝尔看上去一点儿也不惊讶。“我知道，”她说，“我听到了你们与亚历克和杰斯的谈话。我在楼梯上面听着呢。”

“你在偷听？”

她耸了耸肩。“一直听到你说你要来和我谈谈，之后我就回到屋里。我不想见你，”她从侧面看着他，“可我却和你说了这么多。你真执着。”

“听着，伊莎贝尔。”西蒙往前走了一步，突然感觉怪怪的，才意识到她身上穿的衣服并不多。于是他便抑制住想要把手放在她肩头的冲动，也不再做出什么安慰人的明显举动。“我父亲去世的时候，我知道不是自己的错，可是我一直不停地想那些在他去世之前，我早该做的事，早该说的话。”

“是啊。但是，这次是我的错，”伊莎贝尔说，“我也说了我那时该做的是什么。而现在我还能做的就是追踪到那个做了这一切的混蛋，然后杀了他。”

“我不确定那会有帮助——”

“你怎么知道？”伊莎贝尔问，“你找到那个对你父亲的死负有责任的人了吗？你杀了他吗？”

“我父亲是心脏病，”西蒙说，“所以说，没有。”

“那么你也不知道自己说的是什么，是吗?”伊莎贝尔扬起下巴，直直地看着他，“过来。”

“什么?”

她蛮横地勾了勾食指。“过来，西蒙。”

他不情愿地靠近她。离她不足三十厘米远时，她一把抓住他的衬衫前襟，把他扯向她。他们的脸之间只有方寸的距离，他能看到她眼睛下面的肌肤上闪烁着新的泪痕。“你知道我现在真正需要的是什么吗?”她清清楚楚地说出每一个字。

“嗯，”西蒙说，“不知道。”

“分散注意力。”她说着略微一转身，把他拖上了身边的床。

他的后背落在一堆乱七八糟的衣服上。“伊莎贝尔，”他底气不足地抗议说，“你真的认为这会让你感觉好一些?”

“相信我，”伊莎贝尔说着把一只手放在他的胸口，正好在那颗不再跳动的心脏上，“我已经觉得好多了。”

克拉丽躺在床上睡不着，盯着天花板上的一道月光。她的神经仍旧不能平静下来，今天所发生的事情让她无法入睡，再加上西蒙晚饭前没回来——之后也没有。她最终和卢克讲了自己的担心。卢克拿起一件衣服，去了莱特伍德家。他回来的时候看上去一脸笑意。“西蒙很好，克拉丽，”他说，“上床睡觉去吧。”之后，他又和阿玛提斯一起离开了，去天使大厅开那些没完没了的会了。她想，不知道有没有人清理了大审判官的血迹。

她无事可做，就上床了，可是无论如何睡不着。克拉丽的脑海中一直出现瓦伦丁，他把手伸进大审判官的身体里，撕开了他的心脏。还有他转向自己说，你最好闭上嘴。如果不是为了你自己，也为了你哥哥。尤其是从伊修列那里得知的秘密压在她的胸口。在所有这些忧虑之外是一种恐惧，像是心跳那样一直持续着，她害怕自己的妈妈会死去。马格纳斯在哪儿?

窗帘边响起一阵窸窸窣窣的声音，突然间，月光倾泻入房间。克拉丽迅速坐起来，慌乱地寻找自己放在床头柜上的六翼天使。

“没事，”一只手伸下来，握住了她的——一只纤细但满是疤痕的手，那样熟悉，“是我。”

克拉丽猛地倒抽了一口气，他把手收了回去。“杰斯，”她说，“你来这儿做什么?出了什么事?”

有那么一会儿，他没有回答。她一边扭头看着他，一边把被子拉起来裹住自己。她觉得自己脸红了，因为清晰地意识到自己只穿了条睡裤和一件轻薄的背心——可随后她看见了他的表情，那种尴尬感消失了。

“杰斯？”她轻声说。他站在床头，仍旧穿着那身白色的丧服，朝下看着自己，脸上既没有轻松的神情，也没有讽刺，更没有疏远。他脸色苍白，满眼忧伤，重压之下神色暗淡。“你还好吗？”

“我不知道，”他恍惚的神情好像是刚从梦中醒过来，“我没打算来这儿。我整晚都四处闲逛——我睡不着——我发现自己一直走到这里来，到你这儿来。”

她坐直了，任由被子掉下去，堆在臀边。“为什么你睡不着？发生了什么事情吗？”她问道，可立刻觉得自己很傻。什么都没发生吗？

但是，杰斯几乎没听到这个问题。“我必须来见你，”他说，几乎是在自言自语，“我知道我不应该，可是我必须来。”

“好吧，那坐下吧，”她说着抽回腿，在床边挪出一块地方给他坐，“你把我吓坏了。你确定没发生什么事情吗？”

“我没说什么都没发生。”他在床上坐下，面对着她。他坐得很近，克拉丽向前一倾就能吻到他——

她心头一紧。“有什么坏消息吗？一切——大家——”

“没什么不好的，”杰斯说，“也没什么消息。与之相反，是我已经知道的事情，而且你——你可能也知道了。谁知道我有没有隐藏得那样好呢。”他的目光在她的脸上缓缓搜寻着，好像他是想记住这脸庞。“发生的事情就是，”他犹豫了一下，说，“就是我意识到了一件事。”

“杰斯，”她突然小声说，出于一种她自己也不知道的原因，对于他将要说出的东西她感到害怕，“杰斯，你不需要——”

“我正准备去……去个地方，”杰斯说，“可是我一直被拉回到这里。我不能停下脚步，也不能停下思考。我想着第一次见到你，还有在那之后我如何不能忘记你。我想忘掉，可是我阻止不了自己。我迫使霍奇让我去找你，把你带回学院。即便是那时，在那个不怎样的咖啡馆，我看见你和西蒙坐在沙发上，甚至那时我就感觉不舒服——我才应该是那个坐在你身边的人，那个逗得你大笑的人。我摆脱不了这种想法，我才应该是那个人。我越了解你，就越这样觉得——我以前从来没有像这个样子。我以前总是想和一个女孩相处，然后认识了她，接着就不想再相处了。可对你而言，这种感觉却越来越强烈，直到那晚你出现在伦维克废墟，然后我明白了。

“随后我发现了我会有那种感觉的原因——感觉你是我丢失的某一部分，我原来从不知道自己少了一部分，直到再次遇见你——那个原因就是，你是我的妹妹，感觉就像是个天大的笑话，就像是上帝在向我吐口水。我甚至都不知道这是为什么——就因为想到我其实就要真正地拥有你，就要得到那些东西，得到那样的快乐。我无法想象自己究竟做了什么而受到了惩罚——"

"如果你受到了惩罚，"克拉丽说，"那么我也是。因为所有你感觉到的东西，我也有同样的感受，可是我们不能——我们必须要终止这样的感觉，因为这是我们唯一的机会了。"

杰斯的手在身侧握紧了。"我们唯一的机会能够做什么？"

"能够在一起。因为如果不这样的话，我们就无法留在彼此身边，甚至不能在同一个房间，那样我受不了。我宁愿你作为哥哥出现在我的生命里，也不要完全没有你——"

"那么我就应该坐在一旁看着你和别的男孩子约会，看着你爱上其他人，然后你们结婚……"他的声音变得紧张，"而与此同时，我每天这样看着，就一点点死去。"

"不。你那时就不会在意了。"她说。她一边这样说着，一边想象自己是否能忍受那个完全不在意的杰斯。她无法像他考虑得那样长远，当她试图想象看着他爱上其他人，与其他人结婚时，她甚至都想象不出那个画面，想象不出任何东西。她的眼前只展现出一条空空荡荡的漆黑隧道，向前无尽地延伸。"求求你，如果我们什么也不说——如果我们就伪装——"

"不要伪装，"杰斯极为清晰地说，"我爱你，我爱你至死不渝。如果还有来生，我仍将爱你。"

她屏住了呼吸。他说了那些话——那些无法再收回的话。她挣扎着想要回应些什么，可是一句话也没有。

"我知道，你认为我想和你在一起只是为了要——为了要证明我自己是怎样一个怪物，"他说，"也许我是个怪物，我不知道答案。可我明明白白知道的是，即便我身体里流淌着恶魔的血液，但还是有人类的骨血。如果我身上一点人性都没有的话，就不可能像现在这样爱着你。因为恶魔只想占有，它们不会去爱。而我——"

他这时突然猛地站了起来，走过房间，来到窗前。他看上去一脸茫然，就如同他在天使大厅中站在麦克斯的尸体旁边那样。

"杰斯？"克拉丽警惕地说，他没有回答。她匆忙站起来，走到他身边，把手搭在了他的臂膀上。他仍继续望着窗外，两人在玻璃上映射出的影子几乎是透明的——一个高个男孩和一个矮个女孩的轮廓，影影绰绰，她的手十分不安地紧紧抓着他的衣袖。“怎么了？”

“我不应该告诉你这些，”他说，但没有看她，“对不起。内容太多，可能你没法一下消化掉。你看上去……很吃惊。”他声音里的那种紧张感十分明显。

“我是很吃惊，”她说，“过去几天我一直都在想，你是不是恨我。然后今晚看到你，我相当确定，你的确是。”

“恨你？”他重复道，看上去很困惑。他随后伸出手，轻轻抚着她的脸，只有手指尖触碰到她的肌肤。“我告诉你了，我无法入睡。明天午夜，我们要不然开战，要不然就臣服于瓦伦丁。今晚可能是我们人生中的最后一晚了，肯定是最后一个平凡的夜晚，尽管只能勉强算做平凡。我们上床睡觉，然后起床，就像往常那样，这是最后一晚了。我能想到的就是希望和你度过这一晚。”

她的心跳漏了一拍。“杰斯——”

“我不是那个意思，”杰斯说，“我不会碰你，如果你不希望的话，我就不会。我知道这不对——天啊，怎么都不对——可我就是想躺在你身边，然后在你身边醒来，就一次，哪怕在我生命中只有这一次。”他的声音中有种绝望，“就这一晚。在那些重大事件面前，一个晚上算什么呢？”

因为想想看我们早晨的时候将会有怎样的感觉吧。想想看，尽管我们只是躺着，但在整晚都待在一起之后，我们必须在所有人面前伪装我们对彼此什么都不是，这有多么糟糕啊。就像是你刚接触了一点点毒品——可那只会让你想要得更多。

可这就是为什么他把自己有的感情告诉了她，她意识到。因为这一切都不是真的，对他而言不是，没有什么能让他感到更糟糕了，就如同没有什么能让情况更好些一样。他感到一切都要终了，就像被判了死刑。难道她真的能说，情况对她而言完全不同吗？尽管她期望会是那样，尽管她期望自己也许某一天能被时间或者理智所说服，或者逐渐淡忘，不再有这样的感觉。但是这些都不重要了，她想和杰斯共度这一晚，她一生中都没有如此想去做一件事情。

“那么，在你上床前，拉上窗帘吧，”她说，“房间中这样亮，我睡不着。”

他的脸上写满怀疑，完全难以置信。他真的没想到她会同意，克拉丽吃惊地意识到。片刻之后，他搂住了她，把她拥入怀中，脸埋在她那团因为睡觉而乱蓬蓬的头发中。“克拉丽……”

“快睡吧，”她轻柔地说，“很晚了。”她抽身出来，回到床边，爬上床，拉起被子盖到腰际。不知怎地，看到他这个样子，她几乎想象着完全不同的另一番景象。那是许多年后，他们在一起度过了很长一段时间，他们这样有上百次了，每一个夜晚都属于他们，而不是仅仅这一晚。她用手撑着下巴，望着他；而他伸手用力拉上了窗帘，脱掉了白色的外衣，挂在椅子背后。他里面穿着一件灰白色的T恤衫，印记在裸露的手臂上暗暗发光。他解下装武器的皮带，放在了地板上，接着解开靴子的鞋带，脱掉鞋，走到床边。他小心翼翼地在克拉丽身边躺下，仰面朝天，然后又把头转过来，看着她。只有一点点光线从窗帘的边缘渗透入房间，刚好能让她看清他脸庞的轮廓，还有他明亮的眸子。

“晚安，克拉丽。”他说。

他的双手放在身体的两侧，几乎没有在呼吸。她不确定自己是否也没了呼吸。她自己的手划过床单，放在距离刚好能让他们的指尖碰到的地方——那么轻微的触碰，要不是那是杰斯，她可能几乎无法感觉到。她手指上的神经末梢轻轻地刺痛，好像自己的手放在了一团微弱的火焰上。她感到他在自己身边紧张了一下，随后又放松了。他闭着眼睛，睫毛在颧骨的弧度上投下美丽的阴影。他的嘴角扬起一丝笑容，好像能感觉到她在看着他。她思忖着，他早晨的时候头发乱作一团，睡眼惺忪，那看上去会是什么样子。无论如何，这个念头让她感到一阵幸福。

她的手指穿过他的，交织在一处。“晚安。”她轻声说。两人的手握在一起，像是童话里的孩子那样。黑暗中，她在他身边睡着了。

第十五章

分崩离析

卢克这晚大部分的时光都在看月亮划过天使大厅的半透明屋顶，就像看着一枚银币滚过一张玻璃桌子的光滑表面。当月亮接近满月的时候，就像现在这样，他相应地感觉到自己的视觉和嗅觉更加敏锐了，即便在他是人形的时候。比如说此刻，他能嗅出房间中的疑虑，还有潜藏着的巨大恐惧。他还能感觉到在布罗斯林德森林中，自己的狼群焦虑不安，他们在树下的阴影中来回踱步，等待着他的消息。

“卢西恩，”阿玛提斯的声音在他听来不高，可是却很有穿透力，“卢西恩！”

从思绪中抽离出来，卢克努力用他自己那双疲惫的眼睛注视着眼前的场景。有这么稀稀落落的一小群人，至少乐意听听他的计划，比他所希望的人数要少。许多都是他原先生活在伊德里斯时所熟识的——潘海洛一家，莱特伍德一家，拉文斯加一家——还有些是刚刚认识的，像蒙特威尔地一家，他们掌管着里斯本学院，操着一口混着葡萄牙语的英文，还有纳斯里恩·乔德哈利，一脸严肃的孟买学院负责人。她穿着一身墨绿色的纱丽，上面的花纹是繁复的如尼文，当她走近时，那种明亮的银色就会让卢克本能地闪躲。

“说真的，卢西恩。”玛丽斯·莱特伍德说，她小小的雪白脸庞因为疲劳和悲痛而清瘦了不少。卢克真的没想到她和丈夫会来，可他一提起，他们便立即同意了。他想，他们能到这儿来，他就应该觉得感激了，尽管悲痛让玛丽斯的脾气比平时坏了许多。“是你让我们大家过来的，你至少该集中注意力吧。”

“他是集中了，”阿玛提斯坐在那儿，双腿像是小女孩那样垂在身下，可她的表情坚定，“可过去的一个小时，我们都在兜圈子，这又不是卢西恩的错。”

“在我们找到解决方案前，就只能来回兜圈子。”帕特里克·潘海洛话中带刺地说。

“恕我直言，帕特里克，”纳斯里恩带着短促的口音说，“也许对于这个问题没有什么解决方案。我们所能预期的最好结果，是有个行动计划。”

“一个计划，既不会造成大规模奴役，也——”帕特里克的妻子吉亚开口说道，可是随后又咬着嘴唇停住了。她是个苗条的漂亮女人，看上去与她的女儿艾琳很相似。卢克还记得那时帕特里克跑去北京学院，娶了她。那曾是一桩丑闻，因为他本该娶一个父母在伊德里斯已经为他挑选好了的姑娘。可帕特里克从来不喜欢做那些要他做的事情，卢克此时对他的这个品质很欣赏。

“或者与暗影魅族结盟？”卢克说，“恐怕除此之外，没有别的办法了。”

“这不是问题，你知道的，”玛丽斯说，“所有的问题都在于长老会的席位，圣廷绝不会同意的。这些你是知道的。四个完整席位——”

“不是四个，”卢克说，“精灵一个，月亮之子一个，莉莉丝之子一个。”

“巫师、精灵、狼人，”声音轻柔的蒙特威尔地先生说，他的眉毛上挑，“那吸血鬼呢？”

“他们还没有向我承诺过任何东西，”卢克坦陈说，“而我也没有承诺他们什么。他们也许不是急切地想加入长老会，他们不喜欢我们的族群，也不喜欢开会和规矩。但如果他们改变了主意，大门是敞开的。”

“马拉奇和他们那群人绝不会同意，如果没有他们的支持，我们可能没法赢得足够的长老会票数，”帕特里克嘀咕着，“此外，吸血鬼不加入的话，我们能有多大的机会？”

“很大机会，”阿玛提斯厉声说，她似乎比卢克本人还要相信他的计划，“有许多暗影魅族会和我们一起战斗，而且他们的确非常有能力。单单巫师就——”

蒙特威尔地夫人摇了摇头，转向她的丈夫。“这个计划太疯狂，不会奏效的。暗影魅族不值得信任。”

“在大叛乱的时候就起过作用。”卢克说。

这个葡萄牙女人一撇嘴。“只因为瓦伦丁那时的军队都是乌合之众，”她说，“不是恶魔。而且我们怎么知道他集团里的那些旧部，不会在他的一声召唤之下，就又回到他的身边去呢？”

“当心自己说的话，夫人。”罗伯特·莱特伍德低声说。这是他一个小时以来所说的第一句话，今晚的大部分时间他都因为伤痛而一语不发，无动于衷。他的脸上多了些皱纹，卢克可以发誓说，那些皱纹在三天前还都没有。他肩膀紧绷，双手握拳，其中的痛苦显而易见。卢克几乎无法责怪他。他一直不大喜欢罗伯特，可是看到一个大男人在悲痛面前这样无助，就太让人难过了。“如果你认为在麦克斯死后，我还会加入瓦伦丁——是他导致我的儿子被谋杀了——”

“罗伯特。”玛丽斯轻声说着把手放在了他的臂膀上。

“如果我们不加入他的阵营，”蒙特威尔地先生说，“我们所有的孩子都可能会被杀死。”

“如果你这么想的话，那为什么你还来这儿呢？”阿玛提斯站了起来，“我以为我们已经达成一致——”

我也这么以为，卢克头痛起来。他们总像这个样子，他想，往前走两步就要往后退一步。他们和那些相互敌对的暗影魅族一样，真希望他们能明白这点。也许，如果他们能打一架后就解决问题，像我们狼群那样，情况会好很多——

天使大厅门口有个东西一闪而过吸引了他的目光。就那么一瞬间，如果不是因为接近满月，他可能不会看到，或者不会认出是谁那么快地闪过门口。他思忖了片刻，想着那是不是自己幻想出来的东西。有时候，自己很累，他就会以为看见了乔斯琳——一闪而过的人影，在墙上的光影间。

可那不会是乔斯琳。卢克站起来。“我出去五分钟，透透气，马上回来。”他感到自己走向门口的时候，他们都在看他——他们所有人，连阿玛提斯也是。蒙特威尔地先生用西班牙语跟妻子小声说着什么，卢克在那些话里面只听到了“狼”这个字。他们也许以为我要到外面跑几圈，冲着月亮号叫几声。

外面的空气清新而冷冽，天空是铅灰色的。东方的晨曦微微泛红，一抹浅粉涂在天使大厅门前的白色大理石台阶上。杰斯在台阶的半中央处等着他。他那身白色的丧服在卢克看来十分醒目，像是在脸上抽了他一巴掌，让他想起刚刚在此经历的那些死亡，还有将要再次经历的。

卢克停在杰斯上面的几级台阶上。“你在这儿做什么，乔纳森？”

杰斯什么也没说，而卢克在心里咒骂着自己的健忘——杰斯不喜欢被叫作乔纳森，通常会对这个名字表示强烈的抗议。可这一次，他似乎没有在意。他朝卢克扬起的脸十分严肃，就和大厅里那些成年人的表情一样。尽管依照圣廷的律法，他还要一年才能算作成年，可在他短短生命中所见过的事情，比大多数成年人所能想象到的还要可怕许多。

“你是在找你的父母吗？”

“你是说莱特伍德夫妇吗？”杰斯摇了摇头，“不是。我不想和他们说话，我要找的人是你。”

“是关于克拉丽的吗？”卢克走下几级台阶，就站在杰斯上面的一级，“她还好吗？”

“她很好。”提到克拉丽，似乎让杰斯浑身都紧张起来，这相应地也让卢克的神经紧张起来——可如果克拉丽不好的话，杰斯是绝不会这么说的。

“那么是什么？”

杰斯看着他身后天使大厅的门口。“那里面情况怎么样？有什么进展吗？”

“实际上，没有，”卢克坦陈道，“他们不想屈服于瓦伦丁，但他们也不喜欢暗影魅族加入长老会。如果没有长老会席位上的承诺，我的人不会乐意参战。”

杰斯的眼睛里闪着光。“圣廷会讨厌这个主意的。”

“他们不需要爱上这主意，相比自杀的主意，他们只需要稍微喜欢一点儿这个就行。”

“他们会故意拖延，”杰斯建议他说，“如果我是你的话，我就给他们规定一个最后期限。有了最后期限，圣廷可能会更好地去配合。”

卢克忍不住一笑。“所有我能召唤到的暗影魅族会在黄昏时来到北大门。如果到那时，圣廷同意和他们并肩作战，他们就进城。如果不同意，他们就调头离开。我不能让时间再晚了——那刚刚能给我们足够的时间，在午夜前赶到布罗斯林德。”

杰斯吹了声口哨。“真有戏剧性。你觉得圣廷看到这么多暗影魅族能受到鼓舞吗？还是那能吓唬到他们？”

“也许，两者都有一点儿。圣廷里的不少成员都来自各所学院，像你一样，他们都习惯于看到暗影魅族。我所担心的是伊德里斯的本地居民，看到暗影魅族在他们的城门前可能会让他们惊慌失措。另一方面，提醒一下他们，他们是如何不堪一击，这也无伤大雅。”

像是接到了暗号似的，杰斯的目光此时刚好移到了防御厅的废墟上，是城市上方山坡上一道黑色的伤疤。“我不确定有什么人还需要那些提醒，”他看回卢克，清澈的目光十分严肃，“我想告诉你一件事，你得保守秘密。”

卢克掩藏不住自己的惊讶。“为什么告诉我？为什么不是莱特伍德夫妇？”

“因为你才是这儿真正的负责人，你知道的。”

卢克犹豫了一下。杰斯那张苍白而疲惫的脸上有些什么东西，让卢克不顾自己的疲倦而想要表示出同情——向这个男孩表示同情，同时也想要告诉这个男孩，这个曾经在他的生活中为成年人所背叛、所残忍利用的男孩，不是所有的大人都像那个样子，还有些人是他可以依靠的。“好。”

“而且，”杰斯说，“还因为我相信，你知道该怎么向克拉丽解释。”

“向克拉丽解释什么？”

“为什么我必须这样做，”杰斯的眼睛在初升的晨光中睁得很大，这让他看上去小了几岁，“我要去找塞巴斯蒂安，卢克。我知道怎么能找到他，我打算跟着他，一直到他领我去瓦伦丁那儿。”

卢克惊呼了一声。“你知道怎么能找到他？”

“在布鲁克林，我和马格纳斯待在一起的时候，他给我看过怎么施追踪咒语。我们当时想用我父亲的戒指找到他。那没起作用，可——”

“你不是巫师，你没有能力施追踪咒语。”

“那是些如尼文，就像大审判官能看到我去船上见了瓦伦丁一样。要想起效，我只需要弄到塞巴斯蒂安的什么东西。”

“可我们和潘海洛一家都找过了，他什么也没留下。他的房间可以说是全清空了，也许就是怕被人追踪。”

“我找到了，”杰斯说，“浸有他血液的线头，不是很多，但是足够了。我试过，管用的。”

“你不能自己一个人去找塞巴斯蒂安，杰斯。我不会让你去的。”

“你阻止不了我，真的不能。除非你想在此处，就在这台阶上，和我打一架。而且你也不会取胜。你和我都知道这一点。”杰斯的声音里有种古怪的语气，混合着坚定决心与自我厌恶。

“你瞧，无论你下定了怎样的决心，要去扮演一个孤独的英雄——”

“我不是英雄。”杰斯说。他的嗓音清脆而不动声色，好似正说出一个最简单的事实。

“想想看莱特伍德一家人会怎样，即便你没出事，再想想看克拉丽——”

“你以为我没想过克拉丽？你以为我没想过我的家人？你觉得我为什么要这么做？”

“你认为我不记得十七岁的时候是什么样子了吗？”卢克回答说，“觉得自己有能力可以拯救全世界——不仅仅是能力，还有责任感——”

“看着我，”杰斯说，“看着我，然后告诉我，我只是个普通的十七岁男孩。”

卢克叹了口气。“你绝不普通。”

“现在告诉我那不可能，告诉我，我所提出的东西不可能做到，”卢克什么都没说，杰斯又继续道，“听着，你的计划很好，只要能实施。把暗影魅族带进来，与瓦伦丁一路战斗到阿利坎特的城门边，那也比躺着任他践踏好得多。可他会预计到这一点，你们不会让他觉得惊讶。而我——我能出其不意。他可能不会知道塞巴斯蒂安被跟踪了。这至少是个机会，我们必须抓住每一个我们能得到的机会。”

“这也许是真的，”卢克说，“可全指望着一个人，太难了。即便是你。”

“你不明白吗——那只能是我，”杰斯说，声音中透出一丝绝望，“即使瓦伦丁觉察出了我在跟踪，也可能让我接近他——”

“接近他做什么？”

“杀了他，”杰斯说，“还能是什么？”

卢克看着这个站在自己身下台阶上的男孩。他希望自己能以某种方式看透他，并在他身上看到他母亲乔斯琳的身影，就像他在克拉丽身上所见到的那样，可是杰斯只是，并且总是，他自己——自我克制，独来独往。“你能做到吗？”卢克说，“你能杀了自己的父亲？”

“能，”杰斯说，他的声音远得就像是一声回音，“现在，你是要告诉我，我不会杀了他，因为毕竟他是我父亲，而且弑父是一项不可原谅的重罪吗？”

“不。我要告诉你的是，你必须确定自己能做到，”卢克说，并且很惊讶地意识到，自己已经有一部分接受了杰斯要去做的事情，而且自己会允许他那么做，“你切断与这里的一切联系，独自去追踪瓦伦丁，然后在最后一关时倒下了。”

“哦，”杰斯说，“我能做到。”他不再看着卢克，而是看着台阶下面的广场，直到昨天上午，那里还全是尸体，“我父亲造就了现在的我，我因此痛恨他。是他让这成为可能。”

卢克摇了摇头。“不论你是如何长大的，杰斯，你为之抗争过，他没能让你堕落——”

“不，”杰斯说，“他根本不必。”他抬眼望着天空，天空上一道道蓝灰相间的颜色。鸟儿在广场周围的树丛里开始了清晨的歌唱。“我得走了。”

“你有什么想让我转告莱特伍德一家人的吗？”

“没有。不，什么也不要告诉他们。如果他们发现我要做的事，而且你还放我走了，那么他们会责怪你。我留了字条，”他补充说，“他们会发现的。”

“那么为什么——”

“为什么把这些告诉你？因为我想让你知道，我想让你在布置战斗计划的时候，脑子里能想到这点，想到我在什么地方寻找着瓦伦丁。如果我找到他，会给你消息的，”他一笑而过，“把我当作你的后备计划吧。”

卢克伸出手，握紧了男孩的手。“如果你的父亲不是那个人，”他说，“他一定会以你为荣。”

杰斯一时间看上去有些吃惊，随后脸一红，飞快地抽回了手。“如果你知道了——”他开口说，可又咬住了嘴唇，“算了。祝你好运，卢西恩·格雷马克。致敬，告辞。”

“让我们都希望这不会是真正的分别吧。”卢克说。太阳此刻正在迅速上升，杰斯抬起头，朝着突然变得刺眼的阳光皱了皱眉。他脸上的什么东西让卢克一惊——那东西里面混合着脆弱和一股倔强的骄傲。“你让我想起一个人，”他不假思索地说，“一个我很多年前就认识的人。”

“我知道，”杰斯说着嘴角苦涩地一撇，“我让你想起瓦伦丁。”

“不是。”卢克略有所思地说。可杰斯此时转过了身，那种相似消失了，也赶走了他的那缕思绪。“不——我根本没想到瓦伦丁。”

克拉丽醒来的那一刻就知道杰斯已经走了，即便是在她睁开眼睛前，她就知道了。她的手臂仍旧跨过床铺伸展开，可手里空荡荡的，没有指尖来回应她了。她缓缓坐起来，心中一紧。

他离开的时候一定又把窗帘拉上了，因为窗户是开着的，一道明亮的阳光射在床前。克拉丽想，为什么这亮光没把自己弄醒。从太阳的位置判断，现在应该已经过了中午。她感觉头昏沉沉的，视线也有些模糊不清。也许只是因为她昨晚没做噩梦，好长时间以来第一次没做，她的身体便趁机补觉。

她站起身的时候才发现床头柜上有一张折起来的纸条。她嘴角挂着微笑，拿起纸条——这么说杰斯留了个字条——有个沉甸甸的东西从纸条里滑落出来，当啷啷落在她脚边的地上，她吃了一惊，往后一跳，还以为是个什么活物。

那东西躺在她脚边，是一圈闪亮的金属。在她弯腰捡起来之前就知道了那是什么。是杰斯戴在脖子上的链子和银戒指，那枚家族戒指。她几乎没见过他不戴着它，一阵恐惧突然之间涌上她的心头。

她打开字条，匆匆看了前面几行：

> 不管怎样，想到这枚戒指会永远也找不到，我就难以忍受，就如同想到我要永远地离开你。尽管对于其中的一个，我无法选择，但至少我还可能为另一个做出选择。

剩下的内容似乎都模糊成了一片，她不得不一遍又一遍地看，才能弄明白上面的意思。当她最终明白了的时候，她站在那里，盯着纸条随着自己的手不停地颤抖。她此刻明白了，为什么杰斯要把所有的感觉都告诉她，为什么他说一晚不算什么。如果你认为再也不会见到一个人，那么就能对这个人说任何你想说的话。

她之后一点儿都不记得自己当时是怎么做出下一步的决定，是怎么找到了要穿的衣服。可不管怎样，她匆忙下楼，穿着暗影猎手的战斗服，一只手里拿着字条，迅速把带着戒指的链子戴到了自己的脖子上。

客厅里空荡荡的，壁炉里的火已经烧成了灰烬，可厨房里传来声音和光亮：说话声，还有烧饭的味道。是煎饼吗？克拉丽吃惊地想。她可没想到阿玛提斯会做煎饼。

而她所猜想的不错。克拉丽走进厨房的时候，觉得自己的眼睛都睁大了——是伊莎贝尔，她光洁的深色头发在颈后挽成了一个结，她站在炉边，腰里系着围裙，手里拿着一个金属勺子。西蒙坐在她身后的桌子边，脚翘在一把椅子上。而阿玛提斯没有让他把脚放下去，反倒是靠在灶台边，看上去很有兴致。

伊莎贝尔朝克拉丽挥了挥勺子。"早上好，"她说，"你想要早餐吗？尽管我想更接近午餐时间了。"

克拉丽无语地看看阿玛提斯，后者耸了耸肩。"他们就这样一起出现了，想做点早餐，"她说，"而我必须要承认的是，我可不是个好厨师。"

克拉丽想到在学院时伊莎贝尔糟糕的汤羹，忍住了一个哆嗦。"卢克在哪儿？"

"在布罗斯林德，和他的族群一起，"阿玛提斯说，"一切都还好吗，克拉丽？你看上去有点儿……"

"激动，"西蒙说完了她的话，"一切都还好吗？"

一时间克拉丽想不到如何回答。他们就这样一起出现了，阿玛提斯刚才这么说。这意味着西蒙整晚都待在伊莎贝尔那儿。她盯着他，他看上去没有任何不同。

"我很好，"她说，现在可绝不是操心西蒙的恋爱生活的时候，"我需要和伊莎贝尔谈谈。"

"那就说吧。"伊莎贝尔说着戳了戳煎锅里那个扭曲变形的东西。克拉丽担心地想，那应该是个煎饼。"我听着呢。"

"单独谈谈。"克拉丽说。

伊莎贝尔一皱眉。"不能等等吗？我马上就好了——"

"不行，"克拉丽说，她语气中的某种东西至少让西蒙坐直了，"不能等。"

西蒙离开桌子。"好吧，我们给你们俩一点儿私人空间。"他说着转向阿玛提斯。"也许你可以给我看看卢克小时候的照片，刚才你说到的那些。"

阿玛提斯担忧地看了克拉丽一眼，可还是随着西蒙离开了房间。"我想可以……"

当房门在她们身后关上的时候，伊莎贝尔摇了摇头。有什么东西在她颈后闪出一道光：是一把明亮精致的小刀插在她的发髻中，保持着这个发型。尽管一身居家的打扮，可她仍旧是个暗影猎手。"你瞧，"她说，"如果是关于西蒙的——"

“不是关于西蒙，是杰斯，”她把字条扔给伊莎贝尔，“读读这个。”

叹了一口气，伊莎贝尔关掉炉火，接过字条，坐下来阅读。克拉丽从桌上的篮子里拿了个苹果，也坐下了，而伊莎贝尔在桌子对面静静看着字条。克拉丽默默地拿起削皮刀——她没真的想着要吃苹果，或者说，事实上，她什么也不想吃。

伊莎贝尔从字条上抬起头，眉毛一挑。“这似乎有点儿——私密。你确定我该看吗？”

也许不该。克拉丽现在几乎都不记得字条上的话了。在其他任何情况下，她绝不会拿给伊莎贝尔看，可现在对于杰斯的担忧已经超越了其他所有顾虑。“快点读完吧。”

伊莎贝尔又转头看字条。她看完的时候，把字条放在了桌子上。“我早想到他有可能这样做。”

“你明白了我的意思吧，”克拉丽说，这些话脱口而出，“可他不可能离开很久，或者很远。我们必须去追他，并且——”她停住了。她的大脑终于处理好了伊莎贝尔的话，并且控制了她的嘴巴。“你什么意思，你早想到他可能这样做？”

“就像我说的那样，”伊莎贝尔把一缕松开的头发放回耳后，“自从塞巴斯蒂安消失后，所有人都在谈论如何能找到他。我把他在潘海洛家的房间翻了个遍，想找到任何能用来追踪他的东西——可什么也没有。如果杰斯找到了什么能让他追踪到塞巴斯蒂安的东西，我就知道他会毫不犹豫地离开。”她咬了咬嘴唇，“我只是希望他能带上亚历克一起。现在这样，亚历克会不开心。”

“所以你认为，亚历克会想去追上他？”克拉丽问，又重新燃起希望。

“克拉丽，”伊莎贝尔听上去有些恼火，“我们怎么去追他？我们怎么能知道他去了什么地方？”

“一定有什么方法——”

“我们可以试试追踪他。可杰斯很聪明，他一定想到了什么屏蔽追踪的方法。”

一股冷冷的气愤搅动着克拉丽的胸膛。“你是真想找到他吗？他实际上是去自寻死路了，你真的在乎吗？他不可能凭一己之力扳倒瓦伦丁。”

“也许不能，”伊莎贝尔说，“可我相信杰斯有他的理由，为了——”

“为了什么？为了去送死？”

“克拉丽，”伊莎贝尔的眼中突然闪出愤怒的火光，“你难道认为我们剩下的人是安全的吗？我们都等待着死亡或者被奴役。你当真能看着杰斯就只是坐等可怕的事情发生？你当真能看着——”

“我所看到的就是杰斯和麦克斯一样都是你的兄弟，”克拉丽说，“你应该在意他会怎样。”

她说出这话的那个瞬间就后悔了。伊莎贝尔的脸色变得煞白，好像克拉丽的话把另一个女孩肌肤上的光彩都吸走了。“麦克斯，”伊莎贝尔一边说一边牢牢遏制住怒火，“只是个小男孩，不是战士——他只有九岁。杰斯是名暗影猎手，是个战士。如果我们与瓦伦丁开战，你以为亚历克不会参战？如果必要，如果事态重大，你以为我们所有人不是在任何时候都准备去赴死吗？瓦伦丁是杰斯的父亲，杰斯可能在我们所有人当中，最有机会接近他，然后做出必须做的事情——”

“瓦伦丁会杀掉杰斯，如果必须的话，”克拉丽说，“他不会放过他。”

“我知道。”

“可重要的只是他是否会光荣地赴死吗？难道你不想念他？”

“我每天都会想念他，”伊莎贝尔说，“在我剩下的生命中。让我们来面对现实吧，如果杰斯失败了，很可能只剩下一周左右了。”她摇了摇头，“你不明白，克拉丽。你不理解一直面对战争是什么样子，不理解伴随着战斗和牺牲长大是什么样子。我想这不是你的错，你就是那样被抚养大的——”

克拉丽举起手。“我能明白。我知道你不喜欢我，伊莎贝尔，因为对你而言，我就是个盲呆。”

“你以为这就是为什么——”伊莎贝尔停住了，眼里闪着光，不只是怒火，克拉丽惊讶地看到，还有泪光，“天啊，你什么都不明白，是吗？你才认识杰斯多久，一个月？我认识他七年了。我认识他的这些年，从没见过他爱上谁，甚至从没见过他对谁有好感。他会去和女孩搭讪，当然啦。女孩子们总是爱上他，可他从不在意。我想就是因为这个亚历克才以为——”伊莎贝尔停顿了一下，让自己一动不动。她在努力不让自己哭出来，克拉丽惊讶地想——伊莎贝尔，她似乎从不会哭。“那总是让我很担心，还有妈妈——我的意思是说，什么样的十来岁男孩子会对任何人都看不上呢？在其他人都关心的问题上，他总像是半睡半醒着不上心。我曾以为也许是发生在他父亲身上的事情，给他造成了什么永久性的伤害，像是也许再不会爱上什么人。如果我能知道在他父亲身上所真实发生的事情——可也许我还是会有一样的想法，不是吗？我的意思是说，在经历了那些之后，有谁会不受到伤害呢？

“就在那时，我们遇到了你，好像是他醒了过来。你看不出，因为你不会知道他的变化。可我看到了，霍奇看到了，亚历克也看到了——你明白他为什么那么恨你吗？一切就好像从我们遇见你的那一秒开始。你觉得能看到我们不可思议，的确也是，可对我而言，不可思议的是杰斯也看到了你。在回学院的路上，他一直在谈论你，他让霍奇派他出去找你，然后他一带你回来就不想再让你离开。不管你在房间里的什么地方，他都看着你……他甚至嫉妒西蒙，我不确定他自己是否这样觉得，可他的确是，我看得出，他竟会嫉妒一个盲呆。之后在聚会上西蒙遇到了麻烦，他愿意和你一起去迪蒙酒店，愿意违反《大律法》，就为了救一个他一点都不喜欢的盲呆。他是为了你才这么做的。因为如果西蒙出了什么事情，你也会受到伤害。杰斯关心你是否幸福，你是我所见到的在我们家人之外，他所关心的第一个人。因为他爱你。”

克拉丽的喉咙深处发出了一个声音：“可那是之前——”

“在他发现你是他妹妹之前。我知道。我没有为那个责怪你，你不可能知道。我猜想，你也无可奈何。于是你便放手向前，与西蒙开始约会，好像你并不在意。我本以为杰斯一旦知道你是他妹妹，就会放弃，忘了这些。可他没有，他不能。我不知道在他小时候瓦伦丁对他做了什么，我不知道是不是因为那些才让他变成这样，或者说这就是他的本性。但他就是不能忘了你，克拉丽，他不能。我开始讨厌看到你，讨厌让杰斯看到你。就像是你的伤口染上了恶魔的毒液——你必须不去管它，让它自己愈合。每次你撕掉绷带，就会再一次揭开伤口。每次他见你都像是撕开绷带。”

“我知道，”克拉丽小声说，“你觉得对我而言是怎样的呢？”

“我不知道。我说不出你是什么感觉，你又不是我妹妹。我不恨你，克拉丽。我甚至有点喜欢你。如果可能的话，我不希望杰斯和其他人在一起。但是我希望你能理解，如果发生了什么奇迹，我们能活过这关，我希望我们家能搬到一个遥远的地方去，再也不会见到你。”

泪水刺痛了克拉丽的眼睛。真奇怪，她和伊莎贝尔坐在这桌边，奇怪地出于既不同又相同的原因，都为杰斯流下了眼泪。“为什么你这时要告诉我这些？”

“因为你指责我不想去保护杰斯，可我的确想去保护他。当你突然出现在潘海洛家的时候，你觉得我为什么会那么不安？你的行为举止就好像是个局外人，是我们这个世界之外的人。你站在场外，可你就是其中的一分子，你就是中心。你不可能永远假装只是一个小角色，克拉丽，你身为瓦伦丁的女儿就不可能是。杰斯这么做部分的原因就是因为你。”

“因为我？”

“你觉得为什么他如此心甘情愿地去拿自己的生命冒险？你觉得为什么他不在乎自己的生死？”伊莎贝尔的话像是尖针刺入克拉丽的耳中。我知道为什么，她想。那是因为他觉得自己是个恶魔，认为他不是真正的人类，这就是原因——可是我不能告诉你，不能把这个能让你明白所有事情的原因告诉你。"他总是觉得自己有什么地方不对劲，现在，因为你，他认为自己受到了永恒的诅咒。我听到他对亚历克这么说。为什么不拿自己的生命去冒险呢，反正你也不想活下去了？为什么不去冒险，反正无论你做什么都永远不会再开心了？"

"伊莎贝尔，够了。"门打开了，几乎没有声响，西蒙站在门口。克拉丽几乎忘了他现在的听力有多么好。"这不是克拉丽的错。"

伊莎贝尔的脸上泛起颜色。"别来插手，西蒙。你不知道发生了什么。"

西蒙走进厨房，在身后关上了门。"你们说的话大部分我都听到了，"他据实告诉了她们，"即便有墙隔着。你说你不知道克拉丽的感觉，因为你认识她的时间不长。那么，我知道。如果你认为只有杰斯一个人备受煎熬，那你错了。"

屋里一阵寂静。伊莎贝尔强烈的情感略微退去了些。远处，克拉丽觉得自己听到了大门口的敲门声：可能是卢克，或者是迈亚来给西蒙送血液。

"他离开不是因为我。"克拉丽说，她的心脏开始剧烈地跳动。既然杰斯离开了，我能把他的秘密告诉他们吗？我能把他离开的真实原因告诉他们吗？那个他不在意自己死活的真实原因。有些话开始从她嘴里吐露出来，几乎是有悖于她的意志。"当时杰斯和我一起去维兰德庄园——我们去寻找《白色魔法书》——"

厨房的门一下打开了，她停了下来。阿玛提斯站在那儿，脸上的表情极为诡异。有那么一瞬间，克拉丽以为她受到了惊吓，她的心跳漏了一拍。可阿玛提斯的脸上不是惊吓，真的不是。她看上去像是当时克拉丽和卢克突然出现在她门前的样子，她看上去好像是见了鬼一样。"克拉丽，"她缓缓说，"有人想见你——"

还没等她说完，有个人推开她，走进了厨房。阿玛提斯退到后面，克拉丽仔细地看着这个突如其来的访客——一个瘦削的女人，穿着黑衣。起初，克拉丽所看到的只是暗影猎手的战斗服，她几乎没有认出她来，直到她的目光移到这个女人的脸上。她感到自己的五脏六腑都要掉出自己的身体，好像那时杰斯开着摩托车，载着她，从十层楼高的迪蒙酒店房顶俯冲而下一样。

是她的母亲。

卷·三

天堂之路

哦，是的，我知道通往天堂的路很容易。

——西格弗里德·萨松，《不完美的情人》

第十六章

信任条款

自从回家后发现妈妈不见了的那个晚上，克拉丽经常想象再次见到她安全健康的样子，以至于这种想象似乎成了照片一样，由于太多次拿出来观看已经变得褪色。甚至就在她现在难以置信地张望着的时候，那些想象还在面前展现——在想象中，她的妈妈看起来健康又快乐，拥抱着她，跟她说自己是多么想念她，不过现在一切都会好起来的。

想象之中的妈妈与眼前站在自己面前的女人却没有相同之处。她记忆中的乔斯琳温柔、有艺术气质，穿着溅了颜料的罩衫带有些许波西米亚的风情，红色的头发扎成辫子，或是用支铅笔随便挽成一个发髻。而这个乔斯琳明艳利落，宛如一把刀，头发僵直地垂在后面，纹丝不乱；暗影猎手战斗服冷峻的黑色使她的面容显得苍白而严酷。她的表情也不是克拉丽曾经想象的样子：不是高兴，相反，在她看克拉丽的样子中，有种很像恐惧的东西，绿色的眼睛睁得大大的。“克拉丽，”她吐了口气，“你的衣服。”

克拉丽低头看看自己。她穿着阿玛提斯的暗影猎手黑色战斗服，正是她的妈妈用整个生命确保她的女儿永远不必穿的服装。克拉丽用力吞咽着口水站了起来，双手牢牢抓着桌子的边缘。她能看见自己的手骨节是多么苍白，可是她的手却似乎不知怎么和她的身体分离了，仿佛是别人的手一样。

乔斯琳伸出双臂，向她走去。“克拉丽——”

克拉丽却匆忙向后退去，以至于后腰撞到了厨台。一阵疼痛袭来，她却几乎没有感觉到，因为她正盯着妈妈看。西蒙也一样，嘴巴微张着；阿玛提斯也显得很茫然。

伊莎贝尔起身站到克拉丽和她的妈妈中间，手滑到围裙下面，克拉丽感觉她伸手出来时，会握着她那纤细的电鞭。“这儿怎么了？”伊莎贝尔问，“你是谁？”

她似乎看到了乔斯琳脸上的表情，严厉的声音稍微弱了一些。乔斯琳一只手放在心脏上，正端详着她。

“玛丽斯。”乔斯琳的声音差不多是耳语。

伊莎贝尔显得很震惊。“你怎么知道我妈妈的名字?”

乔斯琳的脸一下子红了。“当然了,你是玛丽斯的女儿。只是——你和她长得这么像,”她慢慢放下手,“我是乔斯琳·弗——菲尔柴尔德。我是克拉丽的妈妈。”

伊莎贝尔从围裙底下抽出手,满眼困惑地扫了一眼克拉丽。“可是你躺在医院里……在纽约……”

“是的,”乔斯琳的声音稳定了些,“但是多亏我的女儿,我现在没事了。我想和她待一会儿。”

“我不能肯定,”阿玛提斯说,“她是不是想和你待一会儿。”她伸出一只手放在乔斯琳的肩上,“这肯定让她太震惊了——”

乔斯琳把阿玛提斯的手放下,然后伸出双臂,向克拉丽走去。“克拉丽——”

克拉丽终于能够说话了,声音冰冷,愤怒得自己都感到吃惊。“你怎么到这儿的,乔斯琳?”

她的妈妈呆呆地停了下来,一种迷茫的神色掠过脸庞。“我和马格纳斯通过移空门到了这个城市的城外。昨天他到医院里来找我——他带来了解药,还告诉我你为我所做的一切。自从我醒来后,唯一想的就是要见到你……”她声音慢慢消退了,“克拉丽,出什么事了吗?”

“你为什么从来没告诉我我有个哥哥?”克拉丽说。她没有打算说这个,甚至没打算从自己嘴里说出来。可是却说了。

乔斯琳垂下双手。“我以为他死了。我想你知道的话只会伤害你。”

“我来告诉你,妈妈,”克拉丽说,“知道比不知道好。任何时候都是。”

“对不起——”乔斯琳说。

“对不起?”克拉丽体内似乎有某种东西撕裂开来,她所有的怨恨,所有压抑起来的愤怒,全部的情绪都涌出来了,“你想要解释为什么从来都没有告诉过我我是个暗影猎手吗?或者我的父亲还活着?噢,还有你花钱让马格纳斯偷走我的记忆那回事?”

“我想保护你——”

“好吧,可是你做得糟透了!”克拉丽提高了声音,“你以为你不见后我会怎样?要不是杰斯和别的人,我都死了。你从来没有教我怎么保护自己,从来没有告诉我这其实是多么危险。你是怎么想的?想着如果我看不见不好的东西,就意味着它们也看不到我?”她的眼里燃烧着怒火,“你早知道瓦伦丁没死。你跟卢克说过你感觉他还活着。”

“所以我必须把你藏起来，”乔斯琳说，“我不能冒险让瓦伦丁知道你在哪里。我不能让他碰你——”

“因为他把你第一个孩子变成了怪物，”克拉丽说，“你不想让他把我也变成那样。”

乔斯琳震惊得哑口无言，只是呆呆地看着她。“是的，”她终于说，“是的，但这还不是全部，克拉丽——”

“你偷走了我的记忆，”克拉丽说，“你从我这里把它们拿走了，你把我是谁拿走了。”

“那不是你！”乔斯琳叫道，“我从来都不想你是——”

“你想要什么并不重要！”克拉丽喊道，“我就是我！你把那些全都从我这里拿走了，可那不属于你！”

乔斯琳面如死灰。泪水涌上克拉丽的眼睛——她无法忍受看到她的妈妈这样，看到妈妈受到如此伤害，然而伤害妈妈的正是自己——而她知道，如果她再开口，会有更多可怕的话语流出，更多仇恨的、愤怒的东西。她用手紧捂着嘴，从妈妈身旁和西蒙伸出的手边向过道冲去。她只想离开。她摸索着推开正门，半倒在外面的街上。有人在她身后叫她的名字，可她没有转身。她已经跑开了。

杰斯发现，塞巴斯蒂安晚上逃离时将维莱克的马留在了马厩里，没有骑马狂奔，这让他感到有点惊讶。也许他担心旅行者可能会以某种方式被跟踪吧。

杰斯给这匹公马套上马鞍，骑着它出城。这使他感到某种满足。是的，假如塞巴斯蒂安真的想骑旅行者，他不会把它留下来的——而且，这匹马一开始并不真的属于塞巴斯蒂安。但是事实是杰斯喜欢马。他上一次骑马还是十岁时，他高兴地发现，记忆很快就复苏了。

他和克拉丽从维兰德庄园走到阿利坎特用了六个小时，返回时骑马小跑两个小时就到了。到俯瞰宅子和花园的山脊上时，他和马都裹上了薄薄的汗水，闪耀着光泽。

将庄园隐匿起来让人迷路的魔法屏障已经随着庄园地基一起毁掉了。曾经优美的建筑遗留下来的不过是一堆闷燃着的石头。这时边缘呜呜作响的花园还是让他想起了儿时的记忆。那些玫瑰丛，现在花朵已经凋落，间杂着绿色的野草；空空的水池旁的石头长凳；还有地面上的那个坑洞，庄园倒掉的那个晚上他和克拉丽就躲在里面。透过那些树木，他还能看见旁边湖水蓝色的粼光。

他感到一阵愤恨，将手伸进口袋，先掏出一根石杖——这是他离开前从亚历克的房间“借来”的，以代替克拉丽已经丢掉的那根，因为亚历克总会有另外一根——然后是他从克拉丽的袖子上拽下来的一根线。这根线在他的手心里，一头染上了红褐色。他紧握着合上手掌，拳头紧得使骨头从皮肤下面突现出来，然后他用石杖在手背上刻了一个如尼文。这种微弱的刺痛更让他感到熟悉而不是疼痛。他看着如尼文渗入他的皮肤，仿佛石头沉入水中，然后闭上了眼睛。

他看到的不是眼睑，而是一个山谷。他站在俯瞰山谷的一个山脊上，似乎在望着一幅对他所在的位置进行了准确定位的地图，很清楚自己确切的位置。他想起大审判官是怎样知道瓦伦丁的船在东河中的精确位置，意识到她就是这样做的。每一个细节都非常清晰——小草的每一片叶子，脚边散落的棕色树叶——可是却没有声音。这情景安静得诡异。

山谷是马蹄形的，一端比另一端窄些。一湾明耀的银色水流——一条小溪——淌过山谷的中央，消失在狭窄一端的岩石中。溪水旁有一座灰色石房子，白色的烟雾从方形的烟囱中喷出。这是一幅奇异的村野情景，在蓝色的天空下安宁静谧。他眺望的过程中，一个纤细的身影映入眼帘。塞巴斯蒂安。他现在没有费心装假，从他走路的方式、耸起的肩膀和脸上自以为是的笑容中，傲慢显而易见。塞巴斯蒂安在小溪边跪下来，手伸进水里，捧起水洗了洗脸和头发。

杰斯睁开了眼睛。他胯下的旅行者正心满意足地啃着草。杰斯将石杖插入口袋，最后看了一眼他在里面长大的房子的废墟，收起缰绳，用双脚夹紧了马的两侧。

克拉丽躺在靠近防御厅小山边缘的草丛里，闷闷不乐地俯视着阿利坎特。她不得不承认，从这儿望去，景色相当壮丽。她能看见城市的屋顶，上面有精美的雕饰和刻着如尼文的风向标。越过天使大厅的尖顶，一直能看见远处像枚银币的边缘一样闪烁的什么东西——林恩湖？防御厅的黑色废墟在她身后一片森然，恶魔塔像水晶一样闪闪发光。克拉丽觉得几乎能看见魔法屏障正如一张看不见的网，散发着幽光围住城市。

她低头看自己的双手。在刚才的一阵愤怒中，她拔了几把草，一个指甲被她扯掉了一半，手指上都是黏黏的泥土和鲜血。愤怒退去后，取而代之的是一种完完全全的空虚感。直到冲出那扇门之前，她一直没有意识到多么生妈妈的气。克拉丽把对乔斯琳生命的恐慌置之一边，才明白恐慌下面是什么。现在她平静了些，于是想到是否在某种程度上她因为杰斯的遭遇想要惩罚妈妈。如果他没有受到欺骗——如果他们两人都没有——那么也许当杰斯发现瓦伦丁对他婴儿期时所作所为的那种震惊，不会驱使他作出克拉丽不由得认为是近乎自杀的一种姿态。

“介意我加入你吗？”

她惊跳起来，翻身侧躺着抬起头看。西蒙双手插在口袋里，站在她身边。有人，也许是伊莎贝尔——给了他一件黑夹克，质地是暗影猎手战斗服那种结实的黑色衣料。克拉丽想这是不是第一个穿暗影猎手战斗服的吸血鬼。“你悄悄地就走到了我身边，”她说，“我想我不是合格的暗影猎手啊。”

西蒙耸耸肩。“好吧，我确实是以美洲狮的优雅静悄悄地行动的。”

克拉丽虽然不开心，还是笑了。她坐起来，擦掉手上的泥土。“继续，加入我吧。郁闷聚会向所有人开放。”

西蒙坐在她身边，俯视着城市，吹起了口哨。“景色很美。”

“是很美，”克拉丽侧过来看着他，“你怎么找到我的？”

“嗯，花了几个小时，”他有点不自然地笑了，“后来我想起以前一年级时我们经常吵架，你会怎样走开，在我家屋顶上生闷气，我妈妈就不得不让你下来。”

“那么？”

“我了解你，”他说，“你一不开心，就会跑到高处。”

他把什么东西递给她——她的绿色外套，折叠得整整齐齐。她拿过来穿上了——这件可怜的衣服已经明显地穿旧了，肘部甚至有一个小洞，一根手指都能伸进去。

“谢谢，西蒙。”她双手抱膝，远眺着城市。天空中太阳西斜，恶魔塔已经开始闪耀出红粉色。“我妈妈让你来这儿找我的吗？”

西蒙摇头。“事实上，是卢克。他只是让我告诉你，你也许想在日落前回来。一些相当重要的事情正在发生。”

“什么样的事情？”

“卢克让圣廷在日落前决定他们是否同意在长老会中给暗影魅族席位。暮光时分暗影魅族都要来到北大门。如果圣廷同意，他们就可以进入阿利坎特。如果不……”

“他们就会被赶走，”克拉丽接着说完，“圣廷就向瓦伦丁投降。”

“是的。”

“他们会同意的，”克拉丽说，“他们必须同意。”她抱了抱膝盖，“他们永远都不会选择瓦伦丁。没有人会的。”

“很高兴看到你的理想主义还没有被毁掉。”西蒙说道。虽然他的声音很轻，克拉丽却从中听到了另一个声音。杰斯的声音，说他不是理想主义者。尽管她穿着外套，却打了个寒颤。

“西蒙，”她说，“我有一个很蠢的问题。”

“什么问题？”

“你和伊莎贝尔睡觉了吗？”

西蒙发出被噎住的声音。克拉丽慢慢转过身来看着他。

“你还好吧？”她问。

“我想还好，”他说道，显然在费力恢复平静，“你是认真的吗？”

“嗯，你整晚都不在。”

西蒙沉默了好长时间，最后他说：“我不确定这是不是关你的事，但是没有。”

“好吧，”经过审慎的停顿后，克拉丽说，“我猜在她遭受这样的痛苦打击和这一切时，你不会占她的便宜。”

西蒙哼道：“要是你什么时候遇见一个能占伊莎贝尔便宜的男人，一定要让我知道。我要和他握手，或者赶快从他身边跑开，我不知道会是哪个。”

“那么你没在和伊莎贝尔交往。”

“克拉丽，”西蒙说，“你为什么问我伊莎贝尔的事？你不想谈谈你妈妈吗？或者谈谈杰斯？伊莎告诉我他走了。我知道你会是什么感受。”

“不，”克拉丽说，“不，我觉得你不知道。”

“你不是唯一一个感受过被抛弃滋味的人，”西蒙的声音带着一丝不耐烦，“我想我只是认为——我的意思是，我从没见过你这么生气，还是对你妈妈。我以为你想念她呢。”

“我当然想她！”克拉丽说，同时意识到即使她这么说，刚才厨房里的一幕看起来肯定是另一番情形，尤其对于她妈妈来说。她把这种想法搁置一边。“我只是一直专注于救她——把她从瓦伦丁那儿救出来，然后想办法治好她——以至于根本都没有停下来想过，我对这么些年来她对我撒谎有多生气。所有这些她一直都不让我知道，不让我知道真相。从来不让我知道我究竟是谁。”

“可是她走进房间时你不是这么说的，”西蒙平静地说，“你说，‘你为什么从来没告诉我，我有个哥哥？’”

“我知道，”克拉丽从泥土中拽出一根草，抓在指间撕揉着，“我忍不住想如果我知道真相，就不会和杰斯这样相遇了。我就不会爱上他了。”

西蒙沉默了一会儿。“我以前从来没听你那样说过。”

“说我爱他？”她笑了，连她自己听起来都觉得这笑声很沉闷，“此刻，假装我不爱他似乎没用。也许这也没什么关系。反正我很可能再也不会见到他了。”

“他会回来的。”

“也许吧。”

“他会回来的，”西蒙又说了一遍，“为了你。”

“我不知道。”克拉丽摇摇头。太阳已经落到地平线上，天气更冷了。她眯起眼睛向前眺望着。“西蒙，快看。”

他随着她的目光看去。魔法屏障外的城市北大门处，成百上千的黑影正在聚集，有些挤作一团，有些分开站立着：卢克召集起来援助这座城市的暗影魅族，正耐心等待圣廷让他们进城的指令。一股寒颤窜进克拉丽体内。她站在山峰上，远望到的不仅是陡峭山崖下的城市，而且还看到了危机的边缘，一个将会改变整个暗影猎手世界运作的事件。

“他们来了，”西蒙像是自言自语地说，“我不知道这是不是意味着圣廷已经决定了？”

“我希望是，”克拉丽一直撕揉着的草叶已经挤压成乱糟糟的一团绿，她扔到一边，又拽起另外一根，“如果他们决定向瓦伦丁投降，我不知道我会怎么做。也许我可以创建一个移空门，把我们都带到一个瓦伦丁永远也找不到的地方，一个荒弃的岛，或什么地方。”

“好吧，我自己有一个愚蠢的问题，”西蒙说，“你能创造新如尼文，对吧？那你为什么不创造一种消灭世界上每一个恶魔的如尼文？或是杀死瓦伦丁的如尼文？”

“不是那么回事，”克拉丽说，“我只能创造我能视觉化的如尼文。整个如尼文的图像必须进入我的头脑中，就像一幅画一样。当我想要视觉化‘杀死瓦伦丁’或‘统治世界’或别的什么内容时，我得不到任何图像。只有白色的噪音图像。”

“可是你认为如尼文的图像来自哪里呢？”

“我不知道，”克拉丽说，“所有暗影猎手已知的如尼文都来自《灰色格雷》。这就是为什么如尼文只能刻在暗影猎手身上，它们的作用就是这个。但是也有其他的，更古老的如尼文，马格纳斯告诉我的。像该隐印记。它是一种保护印记，但不是来自《灰色格雷》。所以当我想到这些如尼文时，比如无畏如尼文，我不知道这是我发明的东西，还是我记起的东西——比暗影猎手更古老的如尼文。和天使一样悠久的如尼文。”她想起伊修列给她看的如尼文，就像一个结那么简单。它来自她自己的头脑，还是天使的？或者这只是一直以来都存在的东西，就像大海或天空一样？这种想法让她打起了寒颤。

“你冷吗？”西蒙问。

"冷——你不冷吗？"

"我不会再感到冷了，"他搂住她，用手在她背上来回摩挲着，遗憾地暗笑道，"我想这可能也没多大用处，我没有体热，什么都没有，还能有什么用。"

"不，"克拉丽说，"我是说——有用，真的有用。就那样。"她抬头扫了他一眼。他正在向下远望着北大门，黑色的暗影魅族身影还在大门周围聚集着，几乎一动不动。恶魔塔的红光映在他的眼睛里，他看起来就像用闪光灯照出来的红眼照。她能看到淡蓝色的静脉在他皮肤最薄处的表皮下像蛛网一样：太阳穴处，锁骨下面。她对吸血鬼的了解让她知道这意味着他有段时间没有吃东西了。"你饿吗？"

此时他的确低头看着她。"害怕我会咬你？"

"你知道只要你想，我欢迎你吸我的血。"

一种战栗涌遍他的全身，而并不是由于寒冷。他把她搂得更紧了。"我永远不会那么做。"他说。然后，更轻柔地，他说："而且，我已经喝了杰斯的血——朋友的血我已经喝够了。"

克拉丽想起杰斯喉咙边的银色伤痕。她脑中仍然满是杰斯的样子，慢慢地说："你觉得那就是原因……"

"什么原因？"

"为什么阳光不会伤到你。我是说，以前确实伤到过你，不是吗？在船上那个晚上以前？"

他不情愿地点点头。

"那有别的什么变化吗？或者就是因为你喝了他的血？"

"你的意思是因为他是暗影猎手？没错，可是不只是因为那个。你和杰斯——你们不太平常，不是吗？我是说，不是寻常的暗影猎手。让你们变得不寻常的东西，也就是让我不寻常的东西。你们都有些特别。就像精灵女王说的。你们是试验品，"面对她吃惊的表情，他微笑道，"我不笨，会把事情联系起来。你和你的如尼文能力，还有杰斯，呃……没有某种超自然能力的帮助，没有人会那么烦人。"

"你真的那么讨厌他吗？"

"我不是讨厌杰斯，"西蒙抗议，"我是说，我先是恨他，没错。他看起来那么高傲自满，而你对他的态度就好像他能把月亮摘下来——"

"我没有。"

"让我说完，克拉丽。"假如一个根本不呼吸的人可以说成是憋着气息，那么西蒙的声音中就有一股憋着气息的潜流。他听起来仿佛正在向什么东西冲过去。“我能看出你是多么喜欢他，我认为他在利用你，而你只是一个傻盲呆女孩，他能用暗影猎手的花招吸引你。开始时我告诉自己你不会因此上当的，后来即使你真的爱上他，他最终也会厌倦你，然后你会回到我身边。我并不是由于骄傲才这样想，但是当你绝望时，我想你会相信任何事情。后来情况表明他是你哥哥，这就像是最后一分钟的死刑撤销令——我对此很高兴。我甚至高兴地看到他看起来有多痛苦，直到那个晚上在希丽宫你吻了他。我能看到……”

“看到什么？”克拉丽忍受不了他的停顿，说道。

“他看你的样子。我那时明白了。他从来没有利用你。他爱你，而这让他痛不欲生。”

“这就是你之所以去迪蒙酒店的原因吗？”克拉丽小声说。她一直想知道，却一直开不了口。

“因为你和杰斯？说真的，不是，不。自从酒店那个晚上，我一直想回去。我都梦见它了。我从床上醒来，穿好衣服，或者已经走在街上，而我知道我想回到酒店。晚上总是更想，越靠近酒店越想。我根本没想到这是某种超自然的东西——我以为是创伤过后的焦虑或什么。那天晚上，我那么疲惫，愤怒，而我们离酒店那么近，而且是晚上——我几乎连发生了什么都记不得了，只记得离开公园，然后——没了。”

“可是如果你不是生我的气——如果我们没有让你难过——”

“这不是你能选择的，”西蒙说，“你把真相置之一旁，只能这么长时间，然后它就又冒泡了。我犯的错是没有告诉你我身上发生的事情，没有告诉你那些梦。但是我并不后悔和你约会，我很高兴我们试过。我爱你的尝试，即使这永远都没用。”

“我那么想让它有用，”克拉丽柔声说，“我从来不想伤你的心。”

“我不会改变，”西蒙说，“我不会放弃爱你。任何事情都不会让我放弃。你知道拉斐尔告诉我什么吗？他说我不知道怎么做一个好吸血鬼，吸血鬼接受他们死了的事实。但是只要我记得爱你是什么感觉，我就总会觉得我还活着。”

“西蒙——”

“看，”他睁大黑色的眼睛，用手势打断了她，“下面那儿。”

太阳在地平线上成了一条红色的细片，就在她观望的当口，跳跃着消失了，沉没于世界黑色边缘的后面。阿利坎特的恶魔塔突然发出炽热的光，在它们的照耀下，克拉丽看见黑压压的一群暗影魅族急躁地挤在北大门的周围。“出什么事了？”她小声道，“太阳已经落下，为什么不开大门？”

西蒙一动不动。“圣廷，”他说，“他们肯定拒绝了卢克。”

“可是他们不能那么做！”克拉丽一下子抬高了嗓音，“那将意味着——”

“他们要向瓦伦丁投降。”

“他们不能！”克拉丽又叫道，可就在眺望的时候，她看到一群群围着魔法屏障的黑色身影转身，离开城门走了，仿佛蚂蚁从毁灭的蚁丘中列队而出。

在消退的光线中，西蒙的脸呈蜡色。“我想，”他说，“他们真的那么仇恨我们。他们真的宁愿选择瓦伦丁。”

“不是仇恨，”克拉丽说，“是他们害怕。甚至连瓦伦丁都害怕。”她不假思索地说道，说的时候才意识到这是真的，“害怕和嫉妒。”

西蒙惊奇地向她投去一瞥。“嫉妒？”

但是克拉丽沉入到伊修列展示给她的梦里去了，瓦伦丁的声音在她耳边回荡。我梦见你会告诉我为什么。为什么拉结尔创造了我们，他的暗影猎手一族，却不给我们暗影魅族的能力——狼人的速度，精灵族的永生，巫师的魔法，甚至是吸血鬼的耐力。除了画在我们皮肤上的线条，他让我们在恶魔面前一无所有。为什么他们的力量大过我们？为什么我们不能也拥有他们所拥有的？

她凝望着下面，却并没有看城市。西蒙动着嘴唇，她模模糊糊地知道他在叫她的名字，可是意识却在狂奔。她想着，天使本可以展示给她任何东西，却由于某种原因选择了展示这些画面，这些记忆。她想起瓦伦丁叫道，我们应该和暗影魅族联合，和那些东西绑在一起！

还有如尼文。她梦见的那个。简单得只是一个结的如尼文。

为什么我们不能也拥有他们所拥有的？

“联合，”她大声说了出来，“是一个联合如尼文。它把同异合在了一起。”

她站起来，拍拍身上的泥土。“我要去下面那儿。他们在哪儿？”

“谁在哪儿？克拉丽——”

“圣廷。他们在哪儿集合？卢克在哪儿？”

西蒙也站起来。“天使大厅。克拉丽——”

可是她已经跑向通往城市的蜿蜒小路了。西蒙小声咒骂着跟在后面。

他们说条条大路通大厅，塞巴斯蒂安的话一次次地在克拉丽的头脑中回响。她沿着阿利坎特狭窄的街道疾跑起来，希望这是真的，如若不然，她肯定会迷路的。这里街道的转弯角度是不规则的，不像曼哈顿方方正正、笔直的可爱街道。

在曼哈顿你总知道你在哪里，一切都清楚地编了号，规划好了。而这则是一座迷宫。

她很快穿过一个小小的庭院，来到运河边一条狭窄的小路上。她知道如果沿着河边走，最终会到天使广场。让她有些吃惊的是，这条小路引导着她来到了阿玛提斯家旁，然后她在一条熟悉的宽阔而弯曲的街道上喘着气奔跑。宏阔的白色天使大厅在她面前高耸起来，天使雕像在广场中央闪耀着光芒。西蒙站在雕像旁边，抱着双臂幽幽地看着她。

“你应该等我的。”他说。

她身体前倾，双手扶着膝盖，大口喘气。“你……真的不能那么说……既然不管怎样，你在我之前到了。”

“吸血鬼速度，”西蒙带着某种满足说，“我们回家后，我应该去参加赛跑。”

“那是……作弊，”克拉丽最后深呼吸了一下，站直身体，把汗湿的头发从眼前撩开，“快，我们进去。”

大厅里都是暗影猎手，克拉丽从来没见过这么多暗影猎手聚在一起，就连瓦伦丁发动攻击的那个晚上也没有。他们的声音汇聚成雪崩的咆哮。大多数人一群群地聚集起来，争论着，喊叫着——高台上空无一人，高台的后面，孤零零地悬挂着伊德里斯地图。

她环顾四周寻找卢克，费了好一会儿工夫才找到，他半闭着眼睛斜靠在一根柱子上。他看起来很糟糕——半死一般，双肩无力地垂着。阿玛提斯站在他后面，忧虑地在他肩头轻拍着。克拉丽看着周围，可是人群里哪也看不见乔斯琳。

她只犹豫了片刻，然后想起杰斯明知道他可能丢掉性命，可还是孤身一人去找瓦伦丁。他知道自己是这个世界的一部分，所有这一切的一部分，而她也是——一直都是，即使她还不知道的时候。她体内的肾上腺素仍然高浓度地分泌着，使她的感觉更敏锐，一切似乎都清晰起来，几乎是太清晰了。“祝我好运。”她抓着西蒙的手说道，然后几乎无意识地，她的双脚就带她向高台的台阶走去，然后她就站在了高台上，转身面对着人群。

她不确定会发生什么。惊讶的吸气声？一大片肃静又充满期待的脸庞？他们几乎没注意到她——只有卢克抬起头，仿佛感觉到她在那儿，然后脸上震惊的神色都凝固了。这时一个人挤过人群向她走来——他的身材很高，骨头像帆船的船头那样突起。是执政官马拉奇。他打着手势，让她从高台上下来，一边摇着头，喊叫着什么，她听不到。此时随着他挤过人群走来，更多的暗影猎手都转身看她了。

这时克拉丽正如所愿，所有的眼睛都盯着她。她听到人群中小声地议论着：就是她，瓦伦丁的女儿。

“你们说得对，”她用最大的声音说，尽可能让声音传递得更远，“我是瓦伦丁的女儿。直到几星期前，我甚至从来不知道他是我父亲。直到几星期前，我甚至从来不知道他的存在。我知道你们很多人不相信这是真的，这没关系。随便你们相信什么，就像你们也相信我知道你们所不知道的瓦伦丁的事，而这些事情会帮助你们赢得和他的战争——只要让我告诉你们这些事情。”

“荒唐，”马拉奇站在高台的台阶脚下，“荒唐，你只是个小女孩——”

“她是乔斯琳·菲尔柴尔德的女儿，”是帕特里奇·潘海洛，他挤到人群前面，举起一只手，“让这女孩说，马拉奇。”

人群议论纷纷。“你，”克拉丽对这位长老说，“你和大审判官曾把我的朋友西蒙投入监狱。”

马拉奇讥笑道：“你的吸血鬼朋友？”

“他告诉我你问他那晚在东河上瓦伦丁的船怎么了。你以为瓦伦丁肯定搞了什么鬼，施行了某种黑魔法。好吧，他没有。如果你想要知道是什么毁灭了那条船，答案就是我。是我干的。”

马拉奇怀疑地大笑起来，人群中有好几个人也附和地笑了。卢克看着她，摇了摇头，但是克拉丽继续说着。

“我用如尼文做到的，”她说，“这种如尼文力量大得使那条船成了碎片。我能创造出新的如尼文，不光是《灰色格雷》上的。谁都不曾见过的如尼文——力量强大的如尼文——”

“够了，”马拉奇吼道，“荒唐，没有人能创造出新如尼文。这完全不可能。”他转向人群，“这女孩像她父亲一样，只会撒谎。”

“她没有撒谎。”人群后面传来了声音，清楚、有力而坚决。人们转过身，克拉丽也看到了是谁在说话：是亚历克。他一边站着伊莎贝尔，另一边是马格纳斯。西蒙也和他们在一起，还有玛丽斯·莱特伍德。在前门的地方，他们组成了一个表情坚定的小群体。“我看过她创造如尼文。她甚至还用在了我身上，而且起作用了。”

“你撒谎，”这位长老说，但是眼睛里却现出怀疑的神色，“为了保护你的朋友——”

“真的，马拉奇，”玛丽斯干脆地说道，“我儿子为什么要撒这样的谎？既然真相这么容易被发现！给这女孩一根石杖，让她画如尼文。”

大厅里到处响起同意的嘟哝声。帕特里奇·潘海洛走上前，递给克拉丽一根石杖。她感激地接过去，转身背对着人群。

她的嘴唇发干，肾上腺素仍然很高，但是还不够完全消除她的舞台恐惧。她要怎么办？能创造出什么样的如尼文，才能使人们相信她说的是真话？怎样才能向他们表明真相？

这时她向远处望去，穿过人群，她看到西蒙和莱特伍德一家在一起，他的目光越过隔开他们的空间看着她。在庄园时杰斯也曾这样看着她。她想，就是这根线将这两个她深爱的男孩连在了一起，也就是他们的共同之处：即使她不信任自己的时候，他们两个都信任她。

一边看着西蒙，一边想着杰斯，她将石杖放低，尖头对着手腕内部脉搏跳动的地方。她这么做的时候没有低头看，只是随意画着，相信自己和石杖能创造需要的如尼文。她微微地、轻轻地画着——她只要用一小会儿——但是丝毫没有犹豫。

她画完后首先看到的是马拉奇。他脸色发白，脸上带着恐怖的神情从她身边退开。他说了什么话——一个她没有听出来的词——然后她看到了马拉奇身后的卢克，嘴巴微张，盯着她看。“乔斯琳？”卢克说。

她只是轻微地向他摇摇头，然后向人群望去。只有一片模糊的脸庞浮现又褪去，有些微笑，有些惊异地环顾周围的人群，有些转向身边站着的人。有几个人手捂着嘴巴，现出恐怖或震惊的神情。她看到亚历克难以相信地很快瞥了一眼马格纳斯，然后又看向她，而西蒙疑惑地看着周围。接着阿玛提斯走向前来，挤过帕特里奇·潘海洛庞大的躯体，跑到高台边。“斯蒂文！”她带着一种迷惑不解的惊异抬头看着克拉丽喊道，“斯蒂文！”

“噢，”克拉丽说，“噢，阿玛提斯，不。”然后她感觉到如尼文的魔力滑落出去，就像褪下一件轻薄的隐形外衣。阿玛提斯急切的脸庞垂了下来，从高台边退了回去，脸上的表情一半是沮丧，一半是惊异。

克拉丽的目光扫过人群。他们完全沉默下来，每个人都看着她。“我知道你们刚才都看到了什么，”她说，“而且我知道你们知道这种魔力不在任何魔幻或幻觉之内。我是用一个如尼文做到的，一个单个的如尼文，我创造的如尼文。我之所以拥有这种能力是有原因的，我知道你们也许不喜欢，甚至不相信，但是没关系。重要的是我能帮助你们赢得与瓦伦丁的战斗，如果你们允许的话。”

“不会有与瓦伦丁的战斗，”马拉奇并不看着她的眼睛，说道，“圣廷已经决定了。我们将同意瓦伦丁的条件，明天早上放下武器。”

“你们不能那么做，”她说着，声音中带着一丝绝望，“你们以为只要放弃就没事了吗？你们以为瓦伦丁会让你像之前那样生活下去吗？你们以为他的屠杀只限于恶魔和暗影魅族吗？”她扫视着整个大厅，“你们大多数人十五年来都没有见到过瓦伦丁。也许你们已经忘了他究竟是什么样子，但是我知道。我听到过他谈论他的计划。你们以为在瓦伦丁的统治之下可以继续自己的生活，可是不会的。他将把你们完全控制起来，因为他可以一直用致命秘器威胁要毁灭你们。当然他会从暗影魅族开始。然后他会去圣廷，他会首先杀了圣廷的人，因为他认为他们软弱又腐败。然后他会开始对付那些家族中有暗影魅族者，也许有一个狼人弟弟的，”她的目光扫过阿玛提斯，“或者有一个偶尔和精灵骑士约会的叛逆女儿的，”她的目光看向莱特伍德夫妇，“或者任何曾经有暗影魅族朋友的人。然后他会追捕任何曾经让巫师服务过的人。你们多少人有这些情况？”

“这是胡说，”马拉奇响亮地说道，“瓦伦丁没有兴趣毁灭拿非力人。”

“但是他认为任何和暗影魅族有关联的人都不配被称为拿非力人，”克拉丽坚持说，“听着，你们的战争不是对瓦伦丁的战争，是对恶魔的战争。让恶魔从这个世界上消失是你们的职责，来自上天的职责。来自上天的职责不是你们能无视的东西。暗影魅族也恨恶魔，他们也消灭恶魔。如果瓦伦丁得逞，他会不惜一切杀掉所有的暗影魅族，和每一个与暗影魅族曾经有过关联的暗影猎手，然后他会忘掉所有和恶魔有关的事情，你们也会，因为你们整天忙着害怕瓦伦丁。它们会充斥于这个世界，而事情就会变成那样。”

“我明白事情将会怎样，”马拉奇紧咬着牙关说，“我们不会和暗影魅族一起打一场不可能赢的战争——”

“但是你们能赢，”克拉丽说，“你们能。”她喉咙发干，还头痛，眼前人群中的脸似乎一片模糊，看不清轮廓，到处迸溅着柔和的白色光点。可是你们现在不能停下来。你们必须坚持下去。你们必须试试。“我父亲恨暗影魅族，因为他嫉妒他们，”她继续滔滔不绝地说，“嫉妒、害怕一切他们能而他不能做的事。他恨在有些方面他们比拿非力人更强大，我打赌他不是唯一一个这样的。对于不能拥有的东西，人们很容易害怕。”她吸了口气，“可是假如你也能拥有，会怎么样？假如我能画个如尼文，能把你们每个人联合起来，每位暗影猎手和一个并肩战斗的暗影魅族联合起来，而你们能共有你们的力量——你们会像吸血鬼那样快速愈合，像狼人一样凶猛，或像精灵骑士一样敏捷，那会怎么样？而他们，相应地，能和你们一样受过训练，拥有你们的战斗技能。你们会成为不可战胜的力量——如果你们让我为你们画上印记，和暗影魅族共同战斗。因为如果你们不和他们并肩作战，如尼文就不能生效。”她停了一下，“求求你们了，”她说道，但是从她干渴的喉咙说出的话几乎让人听不见，“请让我为你们画上印记。”

她的话陷入乱糟糟的沉默之中。世界不断变换着模糊的景象，她意识到自己是向上盯着大厅的上方讲完后半部分的，而她刚看到的柔和白色光点是夜空中出现的星星，一颗又一颗。沉默继续着，而她的双手在身侧缓缓握成了拳头。然后她非常缓慢地放低目光，迎接盯着她的人群。

第十七章
暗影猎手的故事

克拉丽坐在天使大厅最高的台阶上，俯瞰着天使广场。月亮已经升起，刚刚跃到屋顶上面，恶魔塔反射着银白色的光。黑暗将城市的伤痕和淤青很好地掩藏起来，夜空下显得安宁静谧——如果不抬头看防御厅小山和城堡毁坏的轮廓的话。下面的广场上卫兵来来回回巡逻着，在巫光灯的照明下忽隐忽现，刻意不理睬克拉丽在场。

她下面低几级的台阶上，西蒙反反复复地踱着步，一点脚步声都没有。他双手插在口袋里，在台阶尽头转身往回走向克拉丽，这时月光洒在他苍白的皮肤上，映出反射的光。

“别走了，”她跟他说，“你让我更紧张了。”

“对不起。”

“我感觉好像我们已经在外面待了很久了，”克拉丽支起耳朵听，可是只能从大厅紧闭着的双扇门后面听到许多声音模糊不清的嘟囔，“你能听到他们在里面说什么吗？”

西蒙半睁着双眼，似乎在用力集中精神。“一点点。”他停了一下说。

“我希望我在那里面。”克拉丽说道，生气地踢着鞋跟。卢克要她在圣廷商讨时待在外面等，他本想让阿玛提斯在外面陪她，可是西蒙却坚持要替她过来，说阿玛提斯在里面支持克拉丽会更好。“我希望我能参加会议。”

“不，”西蒙说，“你不要去。”

她知道卢克为什么让她在外面等。她能想象出他们在里面说她什么，骗子，变态，傻子，疯子，蠢货，怪物，瓦伦丁的女儿。也许她待在大厅外面更好，可是紧张地等待圣廷的决定让她感到痛苦。

“也许我能爬到那上面。”西蒙说道，眼睛看着支撑大厅斜顶的乳白色立柱。柱子上面刻着相互重叠的如尼文，此外没有看得见的手可以抓到的地方。“跳到那里去。”

“哦，快别，”克拉丽说，“你是吸血鬼，又不是蜘蛛侠。”

西蒙没有理睬，只是轻轻跨上台阶跑到一根柱子的底座。他若有所思地打量了一会儿，然后把双手放在柱子上，开始攀爬。克拉丽张大了嘴巴，看着他的指尖和双脚在有隆凸线条的石头上找着不可思议的支撑点。“你是蜘蛛侠！”她惊叫道。

西蒙停在柱子的半高处向下看。“那你就是玛丽·简，她长着红色的头发。”他说。他望向城市，皱起了眉。“我希望能从这里看见北大门，可是我爬得还不够高。”

克拉丽知道他为何想要看见大门。那里派了信使，让暗影魅族在圣廷商讨的时候等着。克拉丽只能希望他们愿意等待。如果他们愿意，那里会是什么样？克拉丽想象着这样的群体，等待着，乱转着，疑惑着……

天使大厅的双扇门裂开了一条缝，一个纤细的身影滑过门缝，关上门，转身看着克拉丽。她站在阴影中，只有在她走向前，距离照亮台阶的巫光灯近些时，克拉丽才看见她明亮火焰似的红发，认出是她的妈妈。

乔斯琳神情困惑地抬起头。“呃，你好，西蒙。很高兴看到你在……调整位置。”

西蒙放开柱子滑下来，轻轻地落在底座处，显得有些局促。“嗨，弗雷太太。”

“我不知道现在这么叫我还有没有必要，”克拉丽的妈妈说，“也许你该就叫我乔斯琳。”她犹豫了一下，“要知道，虽然这种——情形——很怪，不过很高兴在这儿看到你和克拉丽在一起。我都记不得上次你们俩是何时分开的了。”

西蒙看起来十分窘迫。“见到你也很高兴。”

“谢谢，西蒙。”乔斯琳看了一眼女儿。“现在，克拉丽，我们谈会儿好吗？单独谈？”

克拉丽好长时间坐着一动不动，盯着她的妈妈看，很难感觉不是在看一位陌生人。她喉咙发紧，几乎说不出话来。她看看西蒙，西蒙显然是在等她给出留下或走开的信号。她叹了口气。“好吧。”

进入大厅前，西蒙向克拉丽竖起鼓励的大拇指。乔斯琳过来坐在克拉丽的身边，而克拉丽转过脸，眼睛紧盯着下面的广场，看卫兵巡逻。她的一部分想斜靠过去，把头靠在妈妈的肩上，她甚至能闭上眼睛，假装一切都很好。而她的另一部分知道这样不会有什么意义，她不能永远都闭着眼睛。

“克拉丽，”乔斯琳终于说道，语气非常温柔，“我非常抱歉。”

克拉丽低头看着她的双手，意识到她还拿着帕特里奇·潘海洛的石杖。希望他不会以为她是故意要偷走它。

“我从来没想过还会再见到这个地方。”乔斯琳继续说。克拉丽偷偷斜着瞥了一眼妈妈，看见她正远望着这座城市，望着恶魔塔将黯然的白光投向天际。“我有时会梦到它，甚至想画出来，画出我记忆中的它，可是我不能那么做。我想如果你一旦看见这样的画，就可能会问问题，可能会想知道那些景象是如何会进入我的头脑中的。我是多么害怕你会发现我其实来自哪里，我其实是谁。”

“现在我发现了。”

“现在你发现了，”乔斯琳听起来很惆怅，“你有足够的理由恨我了。”

“我并不恨你，妈妈，”克拉丽说，“我只是……”

“不再信任我，”乔斯琳说，“我不能责怪你。我原应该告诉你真相。”她轻轻摸了摸克拉丽的肩膀，克拉丽没有躲开，这似乎让她得到鼓励，“我能告诉你我这样做是为了保护你，可是我知道这听起来是什么感觉。刚才，我在那儿，看着你——”

“你在那儿？”克拉丽吃了一惊，“我没有看到你。”

“我在大厅最后面。卢克告诉我说不要来会议现场，因为我的出现只会惹人生气，把事情搞砸。他可能是对的，可是我是那么想来。会议开始后我溜了进去，躲在阴暗处。不过我在那儿。我只想告诉你——”

“我是个傻瓜？”克拉丽痛苦地说，“我已经知道了。”

“不。我想告诉你我为你感到骄傲。”

克拉丽转身看着妈妈，“感到骄傲？”

乔斯琳点点头。“当然。你以那样的方式在圣廷面前站出来，向他们说明你能做到的事情。你让他们看着你，让他们看见这个世界上他们曾经最爱的人，不是吗？”

“是，”克拉丽说，“你是怎么知道的？”

“因为我听见他们叫着不同的名字，”乔斯琳轻轻说道，“不过我还是看见你了。”

“哦，”克拉丽低头看着自己的脚，“好吧，我还是不能肯定他们会相信我画如尼文的事情。我的意思是，我希望他们相信，可是——”

“我能看看吗？”乔斯琳问。

“看什么？”

“如尼文，你创造出来将暗影猎手和暗影魅族联合起来的那个，”她犹豫了一下，“如果你不能给我看……”

“没问题。”克拉丽凭记忆用石杖画出天使曾在天使大厅的台阶上展露给她的如尼文线条，她画的时候这些线条发出炙热的金色光芒。这是一种强烈的如尼文，中间的一条直线上重叠着弯曲的线条，既简单又复杂。现在克拉丽知道为什么先前想到这种如尼文的样子时，似乎显得不太完整：还需要一个匹配的如尼文来使它生效。一个一模一样的，可看作是搭档。“联合，”她说着，拿开了石杖，“这是我给它取的名字。”

乔斯琳默默地看着如尼文发出光焰然后又渐渐消退，在石头表面留下些微的黑色线条。“我年轻时，”她最后说，“费了那么大的力气要把暗影猎手和暗影魅族联合在一起，以保护《圣约》。我觉得我在追寻某种梦——大多数暗影猎手很难想象的东西。而现在你让这个梦变得具体、确实而真切。”她使劲眨着眼睛，“看着你在大厅那里，我意识到什么东西。要知道，这么些年来，我一直努力把事情从你面前隐藏起来以保护你，所以我讨厌你去群魔殿。我知道在那个地方，暗影魅族和凡人们混杂一处——而这意味着会有暗影猎手在那里。我想你血液中的某种东西引导你去了那个地方，某种即使你看不到暗影世界也能让你辨认出来的东西。我以为只有把那个世界从你面前隐藏起来，你才会安全。”她听起来很悲伤，“可是你不知怎么回事变得强大了，强大得足以让我告诉你真相，如果你仍然想听的话。”

“我不知道，”克拉丽想起天使曾展示给她看的画面，是多么可怕，“你跟我说谎我很生气，可是我不肯定是不是想知道某些更可怕的事情。”

“我和卢克谈过了，他认为你应该知道我要告诉你的事。整件事情，所有的。我从来没有告诉过任何人的事，甚至从来都没有告诉过他。我不能保证全部的真相是让人舒服的，可是它是真相。”

法律是严酷的，可它是法律。她需要为杰斯找出真相，也同样需要为自己找出真相。克拉丽把手里的石杖握得更紧，指节都发白了。“我想知道一切。”

“一切……”乔斯琳深呼吸了一下，“我甚至都不知道从哪儿讲起。”

“从你怎么会和瓦伦丁结婚讲起怎么样？你怎么会和一个那样的人结婚，让他成为我的父亲——他是个怪物。”

“不，他是个人。他不是好人，可是假如你想知道我为什么嫁给他，那是因为我爱他。”

“你不会的，”克拉丽说，“谁都不会。”

“我爱上他时和你现在一样大，”乔斯琳说，“我认为他很完美——杰出、聪明、神奇、有趣、很有魅力。我知道，你看我的眼神好像我疯了一样，你只知道瓦伦丁现在的样子。你想象不出他那时的样子。我们一起上学时，每个人都爱他。

从某种程度上来说，他似乎发散出光来，好像宇宙中有某个特别的部分，发出耀眼的光芒，只有他能接近。假如我们幸运的话，他可能会和我们分享，即使只是一点点。每个女孩都爱他，我觉得自己没有机会。我没任何特别之处，甚至都不是那么受欢迎。卢克是我最亲密的朋友之一，我大部分时间是和他一起度过的。可是不知怎么回事，瓦伦丁仍然选择了我。”

太荒唐了，克拉丽想说，可是忍住了。也许是因为她妈妈声音中的怅惘，还带有一丝遗憾。也许是因为她说的关于瓦伦丁的发光。克拉丽以前觉得杰斯也是这样，然后感到这样想很蠢。不过也许每个爱恋中的人都那样想。

“好吧，”她说，“我明白。可是你那时十六岁，并不意味着你以后要嫁给他。”

“我们结婚时我十八岁，他十九岁。”乔斯琳用实事求是的语气说。

“噢，我的上帝，”克拉丽恐惧地说，“如果我想十八岁时结婚，你会杀了我的。”

“我会的，”乔斯琳表示同意，“可是暗影猎手通常比凡人结婚早。他们——我们——的寿命更短，许多人都在战斗中死去。由于这一点，我们往往什么事都早行一步。即使这样，我结婚时还是很小。我的家人却仍然为我感到高兴——连卢克都为我高兴。每个人都认为瓦伦丁是个很棒的男孩，要知道，他那时只是个男孩。唯一一个曾跟我说不应该嫁给他的是玛德莱娜。我们在学校一直是朋友，可是当我告诉她我订婚了，她说瓦伦丁自私，充满仇恨，他的魅力掩盖了可怕的道德冷漠。我告诉自己她是嫉妒。”

“她是吗？”

“不，”乔斯琳说，“她说的是真的，只是我不想听。”她看了一眼她的手。

“可是你很后悔，”克拉丽说，“你和他结婚后，你很后悔，对吧？”

“克拉丽，”乔斯琳说，声音听起来很疲惫，“我们很幸福。至少在刚开始的几年里。我们住在我父母的庄园里，我在那儿长大。瓦伦丁不想住在城里，而且他想让集团其余的人躲开阿利坎特以及圣廷的盯梢。维兰德家住在离我们不远的庄园，附近还有别的人——莱特伍德一家，潘海洛一家。感觉就像在世界的中心，所有的活动，所有的激情，都围绕着我们，而我始终站在瓦伦丁一边。他从未让我感觉受到冷落或自己不重要。不，我是集团重要的一部分。他信任我的观点，我是为数不多几个这样的人之一。他一再跟我说，没有我他什么事也做不成。没有我，他将一事无成。”

“他这样说？”克拉丽无法想象瓦伦丁说任何那样的话，任何让他听起来……敏感脆弱的话。

“他这样说的，可并不是这样。瓦伦丁永远不可能一事无成。他天生是领导者，是革命的中心。越来越多的人追随他，被他的激情和卓越的想法吸引。早期他甚至很少说到暗影魅族，都是关于改革圣廷，变革严酷错误的古老法律。瓦伦丁说应该有更多的暗影猎手去和恶魔作战，有更多的学院，我们应该更少地去担心怎么隐藏，而更多地考虑保护世界免受恶魔的破坏。我们应该在世界上挺直腰杆，感到自豪。他的展望很有诱惑力：一个到处都是暗影猎手的世界，那里恶魔害怕得跑开，而凡人们不会再认为我们不存在，相反感谢我们为他们所做的。我们年轻，认为感谢很重要。我们不懂，”乔斯琳深吸了口气，仿佛正要潜水一样，“然后我怀孕了。”

克拉丽感到脖子后面被冰冷地刺了一下，突然——她说不出为什么——她不再肯定想听妈妈告诉她真相，不再肯定她想要再次听到瓦伦丁是怎样把杰斯变成一个怪物的。“妈妈……”

乔斯琳摇摇头，没有注意。“你问我为什么从来没有告诉你，你有个哥哥。这就是原因，”她急促地吸了口气，“我发现的时候是多么高兴。瓦伦丁——一直想做父亲，他说，要像他的父亲训练自己那样训练他的儿子成为一个斗士。‘或者你的女儿。’我会说道，然后他就笑了，说女儿也会成为像男孩那么好的斗士，男孩女孩他都喜欢。我觉得一切都很完美。

“接着卢克被一个狼人咬了。他们会告诉你被咬后有一半的可能会被传染变成狼人。而我认为是四分之三的可能。我很少看到有人能躲开，卢克也不例外。接下来的一个满月之夜，他变形了。早晨他在我们家的台阶那儿，浑身是血，衣服撕扯成了碎片。我想去安慰他，可是瓦伦丁把我推到了一边。‘乔斯琳，’他说，‘孩子。’似乎卢克就要朝我冲过来把胎儿从我肚子里拽出来似的。是卢克啊，可是瓦伦丁把我推到一边，然后把卢克从台阶上拖下来，拖到树林里去。过了很长时间，他回来了，只有他一个人。我向他跑过去，他告诉我卢克已经因为变成狼人，在绝望中自杀了。他……死了。”

乔斯琳声音中的悲痛活生生的，很明显。克拉丽感觉，即使乔斯琳现在知道卢克没死，她也同样悲痛。可是克拉丽想起西蒙在学院的台阶上死去的时候，她抱着西蒙时的绝望。有一些感觉你永远都不会忘记。

“可是他给了卢克一把刀，”克拉丽小声说，“他让他自杀。他让阿玛提斯的丈夫跟她离婚，就因为她的弟弟变成了狼人。”

“我不知道，”乔斯琳说，“卢克死后，我好像掉进了一个黑漆漆的坑里。我几个月都待在卧室里，一直都在睡觉，只是因为孩子才吃点东西。凡人们会把我的情况叫作抑郁症，可是暗影猎手没有那些术语。瓦伦丁以为我是因为怀孕不舒服，他告诉大家我病了。我是病了——我睡不着。我不断觉得自己听到了奇怪的声音，是在夜里的叫声。瓦伦丁给我喝安眠药水，可这只让我做噩梦：瓦伦丁掐我的脖子，拿刀捅我，或者让我喝毒药呛到等。早晨醒来时我精疲力竭，然后整个白天都在昏睡。我不知道外面发生了什么，不知道他们逼迫斯蒂文和阿玛提斯离了婚，之后再娶瑟琳娜。我头昏脑涨。然后……”乔斯琳双手发抖，交叉着放在两腿膝盖间，“然后我生下了孩子。”

她沉默了，时间长得克拉丽都疑惑她是否会再说下去。乔斯琳向恶魔塔的方向望去，目光散漫，手指紧张地敲击着膝盖。终于她说：“孩子出生时我妈妈和我在一起。你从来没见过她，你的外婆。她那么和善，我想你会喜欢她的。她把儿子递给我，起初我只知道他在我怀里很妥帖，包裹着他的毯子很柔软，他那么小巧精致，只露出头顶上的一小撮金发。然后他睁开了眼睛。”

乔斯琳的声音很平淡，几乎不带任何语调，然而克拉丽发现自己在发抖，对她妈妈接下来要说的话感到害怕。不要，她想说，不要告诉我。可是乔斯琳继续说着，像冰冷的毒药从她的体内涌出来。

“恐惧攫住了我，仿佛在酸液里洗过一样——我的皮肤似乎从骨头上灼烧了下来，我费了全部力气才没有把孩子扔掉，开始大叫起来。他们说每位母亲本能地了解自己的孩子，我猜也不全是这样。我身体里的每个细胞都在喊叫着这不是我的孩子，它是可怕的不自然的东西，像寄生虫一样怪异。我妈妈怎么会没有看到？可是她对我微笑着，好像没有什么问题似的。

“‘他的名字是乔纳森。’过道上传来一个声音。我抬起头看见瓦伦丁带着愉快的神色看着这一切。孩子又睁开了眼，似乎听出是在叫他的名字。他的眼睛是黑色的，像夜色一样黑，又像通往他大脑的地道似的深不可测，没有丝毫人类的东西。”

接着是长久的沉默。克拉丽僵直地坐着，张大了嘴巴恐惧地盯着她的妈妈。她说的是杰斯，她想，杰斯是婴儿的时候。对一个婴儿你怎么会有那样的感觉？

“妈妈，”她小声说，“也许——也许你当时很震惊什么的。或者也许你病了——”

“瓦伦丁就是这么跟我说的，”乔斯琳不带感情地说，“说我病了。瓦伦丁很宠爱乔纳森，他不明白我怎么了。而我知道他是对的。我是个怪物，一个无法忍受自己孩子的母亲。我想过自杀，可能会这样干的——然后我得到一个消息，是拉格纳·菲尔用火信送来的。他是一个巫师，一直都和我的家族走得很近，我们需要愈合咒语那类事时，会找他。他发现卢克已经成为临近东部边境布罗斯林德森林里一个狼群的首领。我收到这个纸条后就立即烧了，我知道瓦伦丁可能永远都不会知道。但是直到我去狼群营地见卢克时，我才肯定瓦伦丁向我撒谎了，关于卢克自杀他向我撒谎了。那时我开始真正恨起他来。”

“可是卢克说，你知道瓦伦丁不对劲——你知道他正在干些可怕的事情。他说甚至在他变形之前你就已经知道了。”

乔斯琳沉默了一会儿没有回答。“你知道，卢克本来不该被咬的，这本不该发生的。那是一次例行的森林巡逻，他和瓦伦丁一起在外面——这不该发生的。”

“妈妈……”

“卢克说，甚至在他变形前，我就跟他说我害怕瓦伦丁。他说我告诉他，能听到沿着庄园的墙壁传来的尖叫声，我怀疑有什么事，害怕有什么事。而卢克——轻信的卢克——第二天就问瓦伦丁怎么回事。结果那天晚上瓦伦丁带卢克去狩猎，然后他就被咬了。我想——我想瓦伦丁要让我遗忘看见的东西，忘掉任何让我害怕的东西。他让我相信那些全是噩梦。而且我觉得是他让卢克被咬的。我觉得他不想卢克碍事，这样就没有人会让我想起我害怕我的丈夫。可是我并没有意识到这一点，没有立刻意识到。卢克和我那天见面很匆忙，我是那么想告诉他乔纳森的事，可是我不能，不能。乔纳森是我的儿子。虽然这样，看见卢克，即使只是看见他，仍然使我更坚强。我回家了，告诉自己我会努力照顾乔纳森，学着爱他。会让我自己爱他。

“那天晚上我被婴儿的哭声吵醒。我一个人在卧室笔直地坐起来，瓦伦丁出去开集团会议了，所以我的惊讶没人可以诉说。乔纳森，你知道吗，从来不哭——从来不出声。他的安静是让我特别不安的事情之一。我冲过门厅到他的房间，可是他安静地睡着。我却依然听到婴儿的哭声，对此我非常肯定。我循着哭声跑下楼梯，似乎声音是从空着的酒窖里传来的，酒窖的门是锁着的，从来没有被使用过。然而我是在这庄园里长大的，我知道我父亲把钥匙藏在哪儿……”

乔斯琳说话时没有看克拉丽，似乎沉浸在往事中，沉浸在她的回忆中了。

“你小的时候，我没跟你讲过蓝胡子的妻子的故事吧，讲过吗？丈夫告诉妻子永远不要进锁着的房间，而她进去看了，发现那里有在她之前他杀死的所有妻子的遗体，像蝴蝶一样陈列在玻璃罐中。我不知道打开门后我会发现里面有些什么。假如我要再这样做一次，我还会在巫光照亮下到黑暗中打开门吗？我不知道，克拉丽，我根本不知道。

“气味——哦，那里的气味，像血液、死亡和腐烂的气味。终究，我听到的哭声并不是孩子的哭声。瓦伦丁在地下以前用作酒窖的地方腾出一块地方，那里现在是一间间的笼子，里面关着什么东西。恶魔生物，绑着琥珀金的链子，在笼子里翻腾着，扑打着，发出咯咯的声音。但是还有，还有更多的——暗影魅族的身体，在走向死亡的各个阶段，奄奄一息。有狼人，身体被银粉融化掉一半；吸血鬼头朝下浸在圣水中，直到皮肤从骨头上剥离下来；精灵的皮肤穿刺进冰冷的铁钉。

“即使现在我也不认为他是在折磨他们，不是真的在折磨他们。似乎他是在探求一种几乎是科学的结果，每个笼子旁边都有记录册，上面是对试验一丝不苟的记录，每种生物用了多长时间死亡。有一个吸血鬼的皮肤被一次次地剥离，来看看是否有一个节点，在那之后那个可怜的东西就不能重生了。读他写的东西很难不想晕倒或是呕吐，不知怎么回事我既没晕倒，也没呕吐。

“有一页写的是他在自己身上的试验。他不知从哪儿读到，恶魔的血液可能会增加暗影猎手原本的力量。他试过往自己身体里注射恶魔血，除了让自己病了，没有别的效果。最终他得出结论，他的年龄太大，恶魔血对他没有用，必须给一个孩子使用才能完全起效——最好是还未出生的孩子。

“在记录那些特定结论的另一面，他做了一系列笔记，标题我认识，我的名字，乔斯琳·摩根斯特恩。

“我记得翻看时，我手指不停地发抖，那些字在我的头脑中燃烧着。‘乔斯琳今天晚上又喝了混合剂。她的身体没有明显变化，不过我同样关心的是孩子……像我这样定期给她输入恶魔灵液，这孩子可能有能力完成各项壮举…… 昨天晚上我听了孩子的心跳，比任何人类的心脏都要健壮，像有力的钟声，预示着暗影猎手新一代的开始，天使和恶魔混合在一起，以产生超越以前任何可以想见的力量……暗影魅族的力量将不再是地球上最强大的……

“还有更多，多得多的内容。我手指发抖，抓着这些纸张，思绪奔腾，回忆起瓦伦丁每天晚上给我喝的混合剂，还有我被刀捅，感觉窒息，被囚禁起来的噩梦。然而他要下毒的不是我，是乔纳森。他把乔纳森变成了某种半恶魔的东西。而那时，克拉丽——那时我才明白瓦伦丁究竟是怎样的人。”

克拉丽吐了一口气，之前她根本没有意识到自己屏着气。可怕——太可怕了——而所有这些都符合伊修列展示给她看的景象。她不能肯定更同情谁，妈妈还是乔纳森。乔纳森——她无法把他想成杰斯，把他和妈妈连在一起，和头脑中刚听到的事情联系起来——他那关心灭绝暗影魅族超过自己家人的父亲，判定他成为不能称之为人的人。

“可是——你那时并没有离开，是吗？”克拉丽问，听到自己的声音很小，“你留下了……”

“有两个原因，”乔斯琳说，“一是大叛乱。那天晚上我在地窖里的发现仿佛是打在我脸上的一巴掌，让我从个人的悲剧中醒来。一旦我明白了瓦伦丁的计划——大规模屠杀暗影魅族——我不能坐视不管。我开始和卢克秘密会面。我不能告诉他瓦伦丁对我和我的孩子做了些什么，这样只会让他发疯，他会无法抑止地去干掉瓦伦丁，而这个过程中只会让他自己送了命。而且我也不能告诉其他人乔纳森遭受了什么，无论如何他仍然是我的孩子。可是我告诉了卢克地窖里的恐怖事实，告诉他我相信瓦伦丁正在失去理智，一步步变得更加疯狂。我们计划要共同阻止大叛乱，我觉得一定要这么做。这是种赎罪，为了曾经加入集团、曾经信任过瓦伦丁、曾经爱过他，这是唯一能补救的方式。”

“那他不知道吗？瓦伦丁，我是说。他没有发现你在做的事吗？”

乔斯琳摇摇头。“当男人爱你的时候，他们信任你。而且，在家里，我努力假装一切正常。我表现得似乎最初看到乔纳森时的惊恐感已经没有了。我会带他去玛丽斯·莱特伍德家里，让他和她的儿子亚历克一起玩。有时瑟琳娜·希伦戴尔也会跟我们一起——她那时怀着孕。‘你丈夫人那么好，’她会跟我说，‘他那么关心斯蒂文和我。他给我冲剂和混合剂喝，都是有益于孩子身体健康的，这些东西都好极了。’”

“噢，”克拉丽说，“噢，我的上帝。”

“我就是这么想的，”乔斯琳严肃地说，“我想告诉她不要相信瓦伦丁，不要接受他给的东西，却不能。她丈夫是瓦伦丁最亲密的朋友，她会立即把我出卖给他的。我守口如瓶。然后——”

“她自杀了，”克拉丽想起她的事情，说道，“可是——是因为瓦伦丁对她的所作所为吗？”

乔斯琳摇头。“老实说，我觉得不是这样。斯蒂文是在一次袭击中死的，她得知这个消息后割腕了，那时她怀孕八个月了。她失血而死……”她停顿了一下，“是霍奇发现了她的尸体。对于他们的死亡，其实瓦伦丁很忧虑。之后瓦伦丁消失了一整天，然后两眼昏花、跌跌撞撞地回了家。然而从某种程度上来说，对于他的神思恍惚，我几乎是感激的。至少这意味着他对我正在做的事情没有在意。每天我都越来越担心瓦伦丁会发现我们的谋划，然后想方设法折磨我以获取真相：谁是我们的秘密联盟？他的计划我泄露了多少？我不知道会忍受怎样的折磨，我能不能坚守得住。我极其害怕自己不能。我最终决定采取行动以确保这些永远不会发生。我去找菲尔，告诉他我的恐惧，于是他为我创制出一种药剂——”

“《白色魔法书》上记载的药剂，”克拉丽明白了，说道，“所以你想要这本书。还有解药——怎么最终会在维兰德家的图书室里？”

“有一天晚上参加派对时我藏在那里的，”乔斯琳微微笑了一下，“我不想告诉卢克——我知道他讨厌药剂这个主意，可是我认识的所有其他人都属于集团。我给拉格纳送了个信，可是他就要离开伊德里斯了，而且不肯说什么时候回来。他说随时都可以给他送信——可是谁送给他呢？最终我意识到可以告诉一个人，一个仇恨瓦伦丁所以永远不会把我出卖给他的人。我送了封信给玛德莱娜，讲了我的计划，还有唯一让我复活的办法是找到拉格纳·菲尔。我从来没有收到她一个字的回复，可是我不得不相信她读了信并且读懂了。我要做的只是坚持。”

“两个原因，”克拉丽说，“你说你留下来有两个原因，一个是大叛乱。另一个是什么？”

乔斯琳的绿眼睛很疲惫，可是却很明亮，睁得很大。“克拉丽，”她说，“你猜不出来吗？第二个原因是我又怀孕了，怀了你。”

“哦，”克拉丽小声说，想起卢克说她又怀了孩子，刚知道几个星期，“可那没有让你更想逃离吗？”

“有，”乔斯琳说，“但我知道我不能。如果我离开瓦伦丁，他会挖地三尺也要把我找回来。他会跟踪我到天涯海角，因为我属于他，而他永远不会放过我。也许我会让他跟踪我，让自己冒险，可是我永远不会让他跟踪你。”她把头发从神色疲惫的脸上拂到后面，“只有一个办法能保证他永远都不能那样做，那就是让他死。”

克拉丽惊讶地看着妈妈。乔斯琳看起来仍然疲惫，可是她的脸庞闪耀着凶狠的光。

“我以为在大叛乱中他会被杀死，”她说，“我自己没办法杀他，从某种意义上讲，我没办法让自己那么做。可是我从来没有想到他会在那场战斗中活下来。后来，房子烧掉了，我愿意相信他死了。我一遍遍地告诉自己，他和乔纳森在大火中烧死了。可是我知道……”她的声音越来越小，“这就是我之所以那样做的原因。我以为那是保护你的唯一方式——去掉你的记忆，尽我所能让你成为一个凡人，把你藏在凡人的世界里。这很愚蠢，我现在知道了，愚蠢而且错误。对不起，克拉丽，我只希望你能原谅我——如果现在不能，那就以后。”

“妈妈。”克拉丽清了下喉咙。在最后的十分钟，她感觉非常想哭。“没事。只是——有件事我不明白，”她用手指绞着衣服料子，“我是说，我已经知道一点瓦伦丁对杰斯做的了——我是说，对乔纳森。可是你描述乔纳森的样子，好像他是个怪物。可是，妈妈，杰斯不是那样的，他一点也不是。如果你了解他——如果你能见到他——”

“克拉丽，”乔斯琳伸出手，抓住克拉丽的手，“我还有更多要告诉你的。再没有什么我要瞒着你，或是骗你的。但是有我从来都不知道的，刚刚才发现的事情，可能听起来不好受。

“多萝西娅告诉我在城里看见瓦伦丁时，我知道他是来找我的——为了圣杯。我想逃走，可是我没办法告诉你。我一点也不责怪你在那个可怕的晚上离开我，克拉丽。我还很高兴当你父亲——瓦伦丁和他的恶魔闯入我们家时你不在那里。我刚好有时间吞下药剂——我能听见他们撞开了门……”她的声音发紧，渐渐小下去了，“我希望瓦伦丁不管我，任由我死去，可是他没有。他把我带到了伦维克。他试了各种方法要唤醒我，可是没有起效。我处于一种睡梦状态，模模糊糊地知道他在那儿，可是我动不了，也没办法对他作出回应。我怀疑他认为我听不见，也不能明白他的话。然而他还是在我睡觉时坐在床边，跟我说话。”

“跟你说话？说什么？”

“说我们的过去。我们的婚姻。他是怎么爱我，我是怎样背叛他的。之后他再也没有爱过别人。我感觉他说的是真的，他就是那样看这些事情的。他以前总是跟我谈他的疑虑，感到的罪恶，自从我离开他后，我想那些年他也没有别人可以诉说。我觉得他没办法不跟我说话，虽然他知道不应该这么做。我想他只是想和人说话。你会认为他脑子里会是对那些可怜的人所做的事情，把他们变成弃魔，还有他对圣廷的计划。可是却不是。他想要谈的是乔纳森。”

“关于他的什么？”

乔斯琳抿了下嘴。“他想跟我说，他为对乔纳森出生前做的事感到抱歉，因为他知道那几乎毁了我。他知道我差点因为乔纳森自杀——虽然他不知道我对他干的事也感到绝望。他不知怎么得到了天使血。这对暗影猎手来说几乎是种传奇物质，喝了它据说能给你不可思议的力量。瓦伦丁自己曾经试过，发现每次他将它注射进血液时，不仅增长力量，而且有愉悦幸福的感觉。所以他取了一些制成干粉，混进我的食物中去，希望能对我的绝望有所帮助。”

我知道他从哪里得到的天使血，克拉丽想。她突然非常悲伤地想起伊修列。“你认为它起了什么作用吗？”

“我现在确实怀疑是否那就是我突然找到了目标，能继续下去，能帮助卢克阻止大叛乱的原因。假如是这样的话，想到瓦伦丁开始这样做的原因，还真是讽刺。

可是他不知道他这样做的时候，我怀着你。所以也许它稍稍影响了我，可对你的影响大得多。我相信，这就是为什么你能创造如尼文。”

“也许吧，”克拉丽说，“那为什么你能做到把圣杯藏在塔罗牌里？为什么瓦伦丁能做到解除霍奇的诅咒——”

“瓦伦丁用各种方法在他自己身上做了好多年的试验，”乔斯琳说，“作为一个人类，一个暗影猎手，他的能力是最接近巫师的。可是他对自己所做的都没有在你或乔纳森身上做的产生的影响深，因为你们那么小。我不能肯定之前是否有人做过类似的事，在婴儿还没出生时一般不会那么做的。”

“所以杰斯——乔纳森——和我真的都是试验品。”

“你是无意的一个。对于乔纳森，瓦伦丁想创造出某种超级斗士，比其他暗影猎手更强壮，更快，更好。在伦维克，瓦伦丁告诉我乔纳森确实具备了这些特质。可是他也很残忍，没有道德观念，而且奇怪地感到空虚。乔纳森对瓦伦丁足够忠诚，可我猜瓦伦丁意识到了，在试图创造出一个强于他人的孩子的同时，他创造了一个永远都不会真正爱他的儿子。”

克拉丽想起了杰斯，想起他看伦维克的样子，他那么用力地抓住破碎的移空门以至于鲜血顺着手指流淌的样子。“不，”她说。“不，不对。杰斯不是那样的。他确实爱瓦伦丁。他不应该，可是他爱他。而且他不空虚。他和你说的一切都相反。”

乔斯琳的双手在膝盖上扭动着，到处都是细微的白色伤痕——所有暗影猎手都有的白色细微伤痕，它们是消失了的印记的记忆。马格纳斯的魔法总是让她忘记它们，有一个在她妈妈手腕内侧，很像一个星星的形状……

这时她的妈妈说话了，所有其他的念头都从克拉丽的头脑中消失了。

“我不是，”乔斯琳说，“在说杰斯。”

“可是……”克拉丽说。一切似乎都在非常缓慢地发生，仿佛她是在做梦。也许我是在做梦，她想。也许我妈妈从来都不曾叫醒我，所有这些都是个梦。“杰斯是瓦伦丁的儿子。我是说，他会是别人的儿子吗？”

乔斯琳直视着女儿的眼睛。“那晚瑟琳娜·希伦戴尔死了，她怀着八个月的身孕。瓦伦丁一直给她喝药水，吃药粉——他在她身上试他在自己身上试过的东西，用伊修列的血，希望斯蒂文的孩子会像乔纳森那样强壮有力，但是没有乔纳森的坏特质。他无法忍受他的试验品白白浪费，所以在霍奇的帮助下，他剖开瑟琳娜的肚子，取出了这个孩子。她死了才一小会儿——”

克拉丽发出窒息般的声音。“不可能。”

乔斯琳继续说着，似乎克拉丽没有说话。“瓦伦丁抱走那个孩子，让霍奇带到自己儿时的家里，是在一个山谷里，离林恩湖不远。这就是霍奇在签订《圣约》那晚早早溜走的原因。霍奇在大叛乱之前一直照顾这个孩子。后来，由于瓦伦丁伪装成迈克·维兰德，他把孩子带到了维兰德庄园，作为迈克尔·维兰德的儿子养育。”

“所以杰斯，”克拉丽小声说，“杰斯不是我哥哥？”

她感觉到妈妈紧握了下她的手——包含着同情。“不，克拉丽。他不是。”

克拉丽的视野一片黑暗。她能感觉到自己一下一下分明的心跳。我妈妈为我感到难过，她模糊地想。她认为这是坏消息。她的双手在发抖。“那大火中的骨头是谁的？卢克说有孩子的骨头——”

乔斯琳摇摇头。“那是迈克尔·维兰德的骨头，还有他儿子的骨头。瓦伦丁杀了他们两个，焚烧了他们的尸体。他想让圣廷相信他和他的儿子都死了。”

“那乔纳森——”

“还活着，”乔斯琳说，痛苦掠过她的脸庞，“瓦伦丁在伦维克跟我说了很多。瓦伦丁在维兰德庄园抚养杰斯，在湖附近的房子抚养乔纳森。他想方设法把时间分给他们两个，从一座房子到另一座，有时会把一个或两个都单独留在家里。似乎杰斯从来不知道乔纳森，而乔纳森可能知道杰斯。他们从来没有遇见过，虽然他们的住所距离很近。”

“杰斯体内没有恶魔血？他没有——受到诅咒？”

“诅咒？”乔斯琳显得很惊讶，“不，他没有恶魔血。克拉丽，杰斯还是婴儿时，瓦伦丁在他身上试验的血和在我身上，也就是在你身上用的血一样。天使血。杰斯没有受到诅咒，如果有什么，那也是相反的情形。所有的暗影猎手体内都有一些天使血——你们两个只是多一些。”

克拉丽的脑子一片眩晕。她努力想象着瓦伦丁同时抚养两个孩子，一个是恶魔，一个是天使。一个阴影男孩，一个阳光男孩。也许两个都爱，是瓦伦丁对任何事物所能给予的最大的爱。杰斯从来不知道乔纳森，但是另一个男孩知道他些什么？他的补充部分，他的反面？他讨厌想到他吗？渴望见到他吗？还是漠不关心？他们两人都那么孤单。而其中一个是她的哥哥——她真正的，同父同母的哥哥。“你觉得他还是那样的吗？我是说，乔纳森？你觉得他会变得……更好了吗？”

“我不这样认为。”乔斯琳轻轻说。

“可是什么让你这么肯定？”克拉丽突然很急切地转身看着妈妈，“我的意思是，也许他变了。都好多年了。也许——”

“瓦伦丁告诉我他花了好几年教乔纳森怎么取悦人，甚至是魅力十足。他想让他做间谍，假如你吓到每个遇见的人，你就无法做间谍。乔纳森甚至学会了一种特殊的能力，会发出些微的魔光，让人们相信他惹人喜爱，值得信赖，”乔斯琳叹了口气，“我告诉你这个，是希望你感觉好一点。克拉丽，你见过乔纳森。他只是从来没告诉过你真名，因为他装作是别人。塞巴斯蒂安·维莱克。”

克拉丽瞪着妈妈。可他是潘海洛家的表亲，她头脑的一部分还在坚持着，可当然了，塞巴斯蒂安从来都不是他声称的那个人，他所说的一切都是谎言。她想起第一次看见他时的感觉，仿佛看到了一直都认识的某个人，一个像她自己一样让她感到既亲密又熟悉的人。她对杰斯从来没有这种感觉。“萨巴斯蒂安是我哥哥？”

乔斯琳轮廓精致的脸拉长了，双手绞了起来，指尖呈白色，似乎她按压得太用力了。“今天你到来后，我跟卢克说了阿利坎特发生的一切事情，说了好长时间。他告诉了我恶魔塔的情况，他怀疑塞巴斯蒂安破坏了魔法屏障，虽然他没有证据。然后我立即就明白了塞巴斯蒂安到底是谁。”

“你的意思是因为他谎称自己是塞巴斯蒂安·维莱克？而且因为他是瓦伦丁的间谍？”

“这两件事，是的，”乔斯琳说，“实际上直到卢克说你告诉他塞巴斯蒂安给头发染了颜色我才猜出来的。我可能错了，但是一个只比你稍大一点的男孩，浅色的头发，黑色的眼睛，看起来没有父母，完全忠于瓦伦丁——我情不自禁想到会是乔纳森。而且不仅如此。瓦伦丁一直想要破坏魔法屏障，总是相信有方法可以做到。用恶魔血在乔纳森身上试验——他说这会让他更强壮，成为更好的战士，可是他的目的不限于此——”

克拉丽瞪起眼睛。“你是指什么，不限于此？”

“就是他破除魔法屏障的方法，”乔斯琳说，“你不能把恶魔带进阿利坎特，可是又需要恶魔血来破除魔法屏障。乔纳森有恶魔血，在他血管里。而他是暗影猎手，这意味着他自动就被授予随时进入的权利。他用自己的血破除了魔法屏障，我肯定。”

克拉丽想起在菲尔柴尔德庄园废墟附近，塞巴斯蒂安站在她对面的草丛里。他的黑发被风吹过脸庞的样子。他握着她的手腕，指甲嵌进皮肤里的样子。他说瓦伦丁不可能爱过杰斯的样子。她原以为是因为他恨瓦伦丁。但是不是，她明白了。他是……嫉妒。

她想起她画的黑王子，看起来那么像塞巴斯蒂安。她本来以为这种相像只是巧合，是想象力的把戏，因而不以为然，可是现在她认为是他们流着相同的血这一纽带，使她给故事中不快乐的主人公装上了她哥哥的脸。她努力想要在脑中再现这个王子，可是他的形象似乎破碎了，在她眼前消融了，仿佛随风吹散的灰烬。她现在只能看见塞巴斯蒂安，燃烧的城市的红光映射在他的眼睛里。

“杰斯，”她说，“要有人告诉他，要告诉他真相。”她思绪翻滚，慌张起来。如果杰斯知道，知道他身上没有恶魔血，也许他就不会去找瓦伦丁了。如果他知道他根本不是克拉丽的哥哥……

“可是我想，”乔斯琳既同情又疑惑地说，“没有人知道他在哪儿……”

克拉丽还没来得及回答，大厅的双扇门突然开了，光线倾泻在有柱子的拱廊和下面的台阶上。卢克走出门时，里面阴沉的叫喊声不再压抑，而是响了起来。他看起来筋疲力尽，可是却有种之前没有的轻快神情。

乔斯琳站起来。“卢克，怎么了？”

他朝她们迈了几步，然后在门口和台阶之间停了下来。“乔斯琳，”他说，“对不起打断你了。”

“没关系，卢克。”即使感觉眩晕，克拉丽仍然想，他们为什么一直那样叫对方的名字？现在他们之间有种尴尬，一种之前没有的尴尬。“出什么事了吗？”

他摇摇头。“不，对于改变来说，是好事。”他朝克拉丽微笑了，没有什么可尴尬的：他看起来对她很满意，甚至是骄傲。“你做到了，克拉丽，”他说，“圣廷同意让你给他们画印记。不会投降了。”

第十八章
致敬告辞

山谷比杰斯想象中的更美丽，也许是明亮的月光给穿过这绿色山谷的河流笼罩上了一层银色的缘故。山谷的边缘长着白桦和大齿杨，树叶在寒冷的微风中颤抖着——山脊处迎着风，十分清冷。

毫无疑问，这就是他最后一次看见塞巴斯蒂安的山谷。他终于赶上了。把旅行者拴在树上后，杰斯从口袋里拿出带有血迹的线头，重复追踪的仪式，只是为了确定一下。

他闭上眼睛，期待着看见塞巴斯蒂安，希望是在很近的什么地方——也许还在山谷里。

然而他只看见了黑暗。

他的心脏开始怦怦跳起来。

他又试了一次，把线头攥到左手握着的拳头里，用不太灵活的右手在左手背上笨拙地画着追踪如尼文。这次，闭上眼睛之前，他深吸了一口气。

又是什么都没有。只有阴暗摇曳着的黑暗。他咬紧牙关，在那里整整站了一分钟，冷风透过他的夹克，他的皮肤上都起了鸡皮疙瘩。最终，他咒骂着，睁开了眼睛——然后，在一阵愤怒中张开了拳头。风吹起线头，然后吹跑了，快得即使他立即后悔也不能把它抓回来了。

他的头脑飞速运转着。显然追踪如尼文不再起效了。也许塞巴斯蒂安已经意识到他被跟踪了，于是做了什么来破除魔法——可是你能做些什么来阻止追踪？也许他找到一大片水域，水会干扰魔法的。

这也帮不了杰斯太多忙。似乎他也无法去这个国家每一处湖泊看看塞巴斯蒂安是不是在湖中央漂荡。他已经这么近了——这么近。他看见过山谷，看见过塞巴斯蒂安在里面。而山谷那里，在灌木丛的掩映下，房子隐约可见。走过去看看房子的周围，看是否有什么能指示塞巴斯蒂安或瓦伦丁方位的东西，至少也是值得的。

杰斯跟随感觉用石杖为自己画了速战速决的印记：一种让他不发出声音，一种让他灵敏迅捷，另一种让他步履稳健。画好后，他感到皮肤被那种熟悉的灼热刺痛，然后他把石杖塞进口袋，轻快地拍了拍旅行者的脖子，走进了山谷。

山谷的边缘是散落的碎石带，陡峭而凶险，到处是陷阱。杰斯时而小心地往下走，时而顺着碎石带向下滑，这样更快，但是很危险。到达谷底时，由于多次摔倒在散落的碎石上，他的双手到处是血。他在清澈而湍急的小溪里洗了手，溪水冰冷刺骨。

他站起身，环顾四周，发现这时他看山谷的角度和在追踪画面中看到的不同。这里有结着节的灌木，它们的枝条扭曲盘旋，山谷四周被包围着，还有一所小房子。房子的窗户是黑着的，烟囱里也没有冒烟。杰斯既觉得松了口气又感到失望。如果房子里没人，搜查起来会更容易。从另一方面来说，里面没有人。

他一边靠近，一边疑惑着房子会有什么诡异的地方。走近以后发现，这只是伊德里斯一所普通的房子，由白色和灰色的方石建成。窗棂曾经漆成明亮的蓝色，可是似乎因多年没有重新油漆而褪色剥落了。

杰斯来到其中一个窗户前，跳上窗台，透过模糊的玻璃朝里看。他看到一个布满灰尘的大房间，靠墙有一个像工作台之类的东西。上面的工具没有一样是做手工艺品用的——而是巫师的工具：几叠有污渍的羊皮纸，黑色的蜡烛，边缘沾有深色干液的敞口铜碗，各式刀具，有些像锥子那么细，有些则有宽阔的方形刀刃。地上用粉笔画了一个五角星形，轮廓都模糊了，五个角都画着不同的如尼文。杰斯感到心头一紧——这些如尼文看起来和画在伊修列脚边的那些很像。会是瓦伦丁干的吗——这些会是他的东西吗？这是他的藏身之处吗？一个杰斯从未来过也不知道的藏身之处？

杰斯滑下窗台，踩在一块干草上——就在这时一个影子从月亮前面飞过。可是这里没有鸟，他想着，立即向上看到一只乌鸦在头顶上方盘旋。他浑身僵硬，然后匆忙走进树荫下，透过树枝偷偷看去。乌鸦靠近地面时，杰斯知道他的直觉是对的。这不是别的乌鸦——这是雨果，曾经属于霍奇的那只。霍奇有时用它给学院外面送信。后来杰斯知道了，雨果原来是他父亲的。

杰斯往树干上靠得更紧了。他的心脏又怦怦跳个不停，这次是因为兴奋。如果雨果在这儿，那么意味着它是来送信的，而这次不是送给霍奇的，是送信给瓦伦丁的，肯定是的。只要杰斯能想办法跟踪它——

雨果落在窗台上，透过房子的一处窗户朝里看。它显然意识到房子里空无一人，于是烦躁地张着爪子飞到空中，拍着翅膀向小溪的方向飞去。

杰斯从树荫下出来，去追这只乌鸦。

“那么，从技术上说，”西蒙说，“虽然杰斯和你没有血缘关系，你还是亲吻了你的哥哥。”

“西蒙！”克拉丽惊骇不已，“闭嘴。”她从座位上环顾四周，看看是否有人在听，可是幸运的是，似乎没人。她坐在天使大厅高台上的座位上，旁边坐着西蒙。她的妈妈站在高台边，弯身在和阿玛提斯讲话。

他们周围的大厅里一片混乱，暗影魅族从北大门拥入，穿过大厅门，在墙边挤成一团。克拉丽认出卢克狼群中的许多成员，里面有迈亚，走过来时一直对她咧着嘴笑。精灵像冰凌一样苍白、冰冷而可爱。巫师背着蝙蝠翅膀，迈着山羊脚，有一个甚至长了鹿角，他们在大厅里走动时，指尖迸发出蓝色的火光。暗影猎手在他们中间转来转去，看起来很紧张。

克拉丽双手紧紧握着石杖，焦急地看着四周。卢克在哪儿？他消失在了人群中。过了一会儿她看到了他，正和马拉奇谈话，而马拉奇在猛烈地摇头。阿玛提斯站在附近，朝这位执行官投去刀子般的眼神。

“不要让我因为告诉你这些事情而感到后悔，西蒙。”克拉丽怒气冲冲地瞪着他说。他帮她挤过人群，走到高台，在座位上坐下来的过程中，她几乎一直都压低声音，尽可能简略地跟他讲了乔斯琳的事情。坐在高台上感觉很怪异，仿佛她如女王一般俯视着整个大厅。可是女王不会这么惊慌的。“而且，他亲吻的技术糟透了。”

“或者只是粗鲁而已，因为要知道，他是，你的哥哥。”西蒙似乎对整件事觉得有趣，克拉丽却认为他没有权利这么做。

“不要让我妈妈听到你说这个，不然我会杀了你，”她又瞪了他一眼，“我已经感觉要呕吐或晕倒了。不要让事情更糟。”

乔斯琳从高台边走回来，刚好听到最后几个字，却幸运地没有听到她和西蒙讨论的内容。她轻轻拍了拍克拉丽的肩膀，让她放松。“不要紧张，宝贝。你之前那么棒。你有什么需要的吗？毯子，热水……”

“我不冷，”克拉丽耐心地说，“我也不需要洗澡。我没事，只是想让卢克过来告诉我发生了什么。”

乔斯琳向卢克挥手引起他的注意，悄悄地用口型默示着克拉丽不太明白的东西。“妈妈，”她着急而愤怒地说，“不要。”可是已经太晚了。卢克抬头看——于是许多其他暗影猎手也抬头看。他们大多很快又转移了视线，可是克拉丽却觉察到他们眼神中的兴趣。她妈妈在这里是某个传奇人物，这样想让她觉得很诡异。

只是这间大厅里几乎每个人都听说了她的名字，对她有某种看法，好的或是坏的。她看起来并不为此烦恼——她显得冷静、镇定又危险。

片刻后卢克也来到高台上他们中间，阿玛提斯在他旁边。他依旧看起来很疲惫，可是也很警觉，甚至有点兴奋。他说："停一下。大家都过来。"

"马拉奇，"乔斯琳说，说话的时候并没有怎么直接看卢克，"他在找你的麻烦吗？"

卢克作了一个不理会的手势。"他认为我们应该送个信给瓦伦丁，拒绝他的条件。我说我们不应该摊牌。就让瓦伦丁带着他的军队出现在布罗斯林德平原期待我们的投降吧。马拉奇似乎认为这样有失公正，我告诉他战争不是英国学校里学生的板球比赛，他说如果这里任何暗影魅族失控，他就会进行干预，结束整件事情。我不知道他认为将发生什么事——似乎暗影魅族连停止争斗五分钟都做不到。"

"他就是那么想的，"阿玛提斯说，"马拉奇就这样，他可能担心你们会开始互相吃对方。"

"阿玛提斯，"卢克说，"可能会有人听见你说话。"这时有两个人在他身后登上台阶，他转过身：一个是高高瘦瘦的精灵骑士，黑色的长发披落在他窄脸的两侧。他穿着白色铠甲做成的紧身上衣，是由重重叠叠的小圆圈坚硬金属制成的，仿佛鱼鳞一般。他的眼睛是叶绿色的。

另一个人是马格纳斯·贝恩。他过来站在卢克身旁时没有对克拉丽微笑。他穿着一件黑色长外套，纽扣一直扣到喉咙处，黑色的头发向后拢去。

"你看起来这么朴素。"克拉丽盯着他说。

马格纳斯微微笑了一下。"我听说你要给我们看一种如尼文。"他只是说道。

克拉丽看看卢克，卢克点了点头。"哦，是的，"她说，"我需要能写字的什么东西——一些纸。"

"我问过你需不需要什么东西。"乔斯琳小声说，听起来十分像克拉丽记忆中的母亲。

"我有纸。"西蒙说着，从牛仔裤的口袋里掏出某样东西，递给了她。是一张揉皱了的为他的乐队七月在针织厂表演作宣传的传单。她耸了耸肩，把它反过来，举起借来的石杖。石杖尖碰到纸的时候发出微微的火花，她还担心传单可能会燃烧起来，可是一会儿这微小的火焰消退了。她开始画了，尽量把一切都抛诸脑后：人群的吵闹，以及每个人都盯着她看的感觉。

画出来的如尼文和以前一样——线条相互弯曲缠绕，延伸至页面那端，似乎在等着画完并不在那里的部分。她把灰尘拂到一边，然后举起来，感到很滑稽，仿佛是在学校里向全班展示自己的作业一样。“就是这种如尼文，”她说，“还需要第二种如尼文使之完整，以起到相应的效果。一对如尼文。”

“一位暗影魅族，一位暗影猎手。搭档中的每一个都要画印记。”卢克说道。他在纸的底端模仿着草草画好如尼文，撕成两半，把一张图递给阿玛提斯。“开始传阅这种如尼文，”他说，“向拿非力人展示它怎么起效。”

阿玛提斯点了一下头，然后走下台阶，消失在人群中。精灵骑士目送着她，摇起了头。“总有人告诉我说，只有拿非力人才能经受得了天使印记，”他有些不信任地说，“我们其他人如果画了印记，会发疯或死掉。”

“这一种不是天使印记，”克拉丽说，“不是《灰色格雷》上记载的。这是安全的，我发誓。”

精灵骑士似乎不为所动。

马格纳斯叹了口气，挽起袖子，把手伸给克拉丽。“画吧。”

“我不能画，”她说，“为你画印记的暗影猎手将会是你的搭档，而我不会参加作战。”

“我希望你不会。”马格纳斯说。他看了一眼站得很近的卢克和乔斯琳。“你们两个，”他说，“那么继续吧。给精灵看看怎么做。”

乔斯琳吃惊地眨着眼睛。“什么？”

“我想，”马格纳斯说，“你们两人是搭档，你们实际上都算结婚了。”

乔斯琳的脸上一片通红，小心躲避着不看卢克。“我没有石杖——”

“用我的，”克拉丽递给她，“去吧，展示给他们看。”

乔斯琳转向卢克，卢克似乎十分惊讶。她还没来得及说，卢克就把手伸了出来，然后她匆忙在他的手掌上精确地画起来。她画的时候，他的手在发抖，于是她抓着他的手腕以让他的手稳住。卢克看着她画，克拉丽则想起他们之间关于她妈妈的谈话，他告诉她的对乔斯琳的感觉，然后感到一阵伤心。她疑惑妈妈是否知道卢克爱他，假如她知道的话，会说些什么。

“好了，”乔斯琳放下石杖，“画好了。”

卢克举起手，手掌朝上，把手心里黑色的螺旋印记给精灵骑士看。“还满意吗，米利翁？”

“米利翁？”克拉丽说，“我见过你，是吧？你以前常和伊莎贝尔·莱特伍德一起出去。”

米利翁几乎是面无表情，可是看起来却是前所未有的不自在，克拉丽对此可以发誓。卢克摇摇头。“克拉丽，米利翁是希丽宫的骑士，他根本不可能——”

“他百分之百和伊莎贝尔约会过，”西蒙说，“而且她还把他甩了。至少她说过要把他甩了。分手不好过啊，兄弟。”

米利翁朝他眨巴着眼睛。“你，”他鄙夷地说，“你是挑选出来的黑夜之子的代表？”

西蒙摇头。“不，我来这儿只是为了她。”他指着克拉丽。

“黑夜之子，”卢克稍微犹豫了一下说，“不参与，米利翁。我已经把这个消息传达给了你们的女王。他们选择——按自己的意愿行事。”

米利翁精致的面容拉长了，露出不悦之色。“我早就知道会这样，”他说，“黑夜之子是聪明谨慎的人。任何惹恼他们的方案都会引起我的怀疑。”

“我没有说过任何惹恼之类的话。”卢克开口道，带有一种从容不迫的平静和些微的夸张——克拉丽怀疑，任何不了解他的人会知道他被惹恼了。她感到他的注意力转变了：他向下面的人群看去。随着他的目光，克拉丽看到一个熟悉的身影挤过大厅——伊莎贝尔。她乌黑的头发摇来摆去，她的鞭子缠绕在手腕上，像一串金色的镯子一样。

克拉丽抓住西蒙的手腕。“莱特伍德家的人。我刚看到伊莎贝尔了。”

他皱起眉，望向人群。“我没意识到你在找他们。”

“请替我过去跟她说句话。”她小声说着，打量着是否有人注意他们。没有人注意，卢克正跟人群中的某个人做着手势，这个时候，乔斯琳正和米利翁说着什么，而米利翁却带着某种警觉看着她。“我得待在这儿，可是——拜托，我需要你去告诉她和亚历克我妈妈跟我说的事情，关于杰斯究竟是谁，还有塞巴斯蒂安的事。他们得知道。告诉他们尽快过来和我谈谈。拜托，西蒙。”

“好的，”西蒙显然让她强烈的语气给弄得担忧了起来，他松开她的手，摸摸她的脸颊，让她放心，“我会回来的。”

他走下台阶，消失在人群中。她转身看见马格纳斯正看着她，嘴巴弯成一条线。“我很好，”他说，显然在回答卢克刚才问他的什么问题，“我很熟悉布罗斯林德平原。我会在广场那里设一个移空门。不过那么大个的不会坚持很长时间，所以你最好让大家画好印记后快速通过。”

卢克点点头，然后转身和乔斯琳说话，这时克拉丽将身体前倾，悄悄地说：“对了，谢谢你为我妈妈做的一切。”

马格纳斯不对称的嘴巴咧得更开了。“你以为我不会那么做的，是吧？”

“我怀疑过，”克拉丽承认道，“尤其是考虑到我在小屋看见你时，你连告诉我杰斯带着西蒙穿过移空门来阿利坎特都觉得不合适。我以前没有机会向你说出这些，不过你是怎么想的？觉得我不会感兴趣？”

“你会太感兴趣了，”马格纳斯说，“你会丢掉一切，立即冲到防御厅。而我需要你去寻找《白色魔法书》。”

“这太残忍了，”克拉丽生气地说，“你错了。我会——”

“做任何人会做的事。如果是我关心的某个人，我也会这样做。我不是责怪你，克拉丽，我那样做不是因为我觉得你弱小。我那样做是因为你是人类，而我知道人类的方式。我已经活了很长时间。”

“正如你从来不因为有感觉而做任何蠢事，”克拉丽说，“对了，亚历克在哪儿？你现在为什么不去选他做你的搭档？”

马格纳斯似乎眨巴了下眼睛。“他父母在时我不会靠近他。你知道的。”

克拉丽用手撑着下巴。“有时因为你爱一个人而去做正确的事简直糟透了。”

“确实，”马格纳斯说，“是这样。”

乌鸦懒洋洋地慢慢盘旋着，在树顶上方向山谷西边的谷壁飞去，杰斯沿着树木的边缘追它。月亮高挂，都省得用巫光了。

山谷的谷壁高耸，灰色的岩石形成了陡峭的山壁。乌鸦似乎是随着溪水的转弯，绕行着向西飞去，最后消失进古壁上一处狭窄的裂缝。在潮湿的岩石上，杰斯好几次都差点扭伤脚踝。他真希望能大声咒骂出来，可是雨果肯定会听到的。相反，他弯身难受地蜷伏着，集中精神不要摔断了腿。

到达谷壁时，他的衬衫已被汗水浸透。有一会儿他以为已经把雨果跟丢了，心底一沉——然后看见一个黑色的影子下落，是这只乌鸦俯冲到很低的地方，然后消失于在谷壁岩石上开口的黑暗洞穴中。杰斯向前跑去——不用爬而是跑，让他感到如此轻松。他靠近裂缝时，能看见后面是一个大得多也暗得多的缺口——一个山凹。杰斯从口袋里摸出巫光石，跟着乌鸦冲了进去。

只有一点点光从洞穴口透过去，走了几步后，甚至那点光也被令人窒息的黑暗吞噬了。杰斯举起巫光灯，让光线从指间倾泻出去。

起初他以为自己不知怎么又找到出去的路了，头顶上星星清晰可见，星光灿烂。伊德里斯星星闪烁的样子和别处不同——而现在星星不闪烁。周围岩石里好多闪亮的云母矿在巫光中显露出来，而岩壁在璀璨的光点中则变得生动起来。

这些光点向他显示，他站在完全从岩石中凿刻出来的狭窄空间里。他身后是洞穴的入口，前面则是两条分叉的黑洞洞的地道。杰斯想起父亲给他讲过的故事，故事中在迷宫里迷路的男主人公用线缆或麻绳来寻找返回的路。然而他身边什么都没有。他走到地道前，在那里静静地站了很长时间倾听。他听到滴水的声音，很微弱，从远远的什么地方传来；还有溪水湍急的流淌声，翅膀扑扇的沙沙声，还有——说话声。

他猛地退回去。说话声来自左手边的地道，他对此很肯定。他把大拇指伸到巫光上让光线变弱，直到发出刚好照路的微光。然后他一头扎到黑暗之中。

“你是说真的吗，西蒙？真的是这样？好极了！太棒了！”伊莎贝尔伸手去抓她哥哥的手。“亚历克，你听到西蒙说什么了吗？杰斯不是瓦伦丁的儿子。他从来都不是。”

“那么他是谁的儿子？”亚历克回道，虽然西蒙感觉他有些心不在焉。他似乎在扫视着整个大厅找什么。他的父母在有段距离的地方站着，朝他们的方向皱起了眉。西蒙一直担心也要跟他们解释整件事，可是他们很好，允许他和伊莎贝尔还有亚历克单独在一起几分钟。

“谁在意！”伊莎贝尔快活地抬起手，然后却皱起了眉，“真的，这是个好问题。谁是他父亲？是迈克尔·维兰德？”

西蒙摇头。“斯蒂文·希伦戴尔。”

“那他是大审判官的孙子，”亚历克说，“这肯定是她为什么——”他停了下来，眼睛盯着远处。

“她为什么什么？”伊莎贝尔问，“亚历克，集中精神。或者至少告诉我们你在找什么。”

“不是找什么，”亚历克说，“是找谁。马格纳斯。我想问他愿不愿意在战斗中做我的搭档。可是我不知道他在哪儿。你看见他了吗？”他对着西蒙问道。

西蒙摇头。“他刚才在上面的高台上，和克拉丽在一起，可是，”他伸长了脖子看，“现在他不在那儿。他可能在人群里什么地方。”

“真的？你要让他做你的搭档？”伊莎贝尔问，“这就像沙龙舞，这种搭档的事情，除了杀戮这一点。”

“那么，和沙龙舞一模一样。”西蒙说。

“也许我会请你做我的搭档，西蒙。”伊莎贝尔说着，轻轻挑起一边眉毛。

亚历克皱起额头。他像大厅里其他暗影猎手一样，完全武装起来——全身黑色，系着一条皮带，上面挂着好多种武器。一把弓挎在他的背上，西蒙看见他找到一把替换被塞巴斯蒂安砸坏了的那把，感到很高兴。“伊莎贝尔，你不需要搭档，因为你不参加战斗，你太小了。即使你只是想想，我都会杀了你，”他昂起头，“等等——那是马格纳斯吗？”

伊莎贝尔随着他的目光看去，哼道：“亚历克，那是一个狼人。一个女狼人。事实上，她的名字是，梅。”

“迈亚。”西蒙纠正道。她正在稍远处，穿着棕色的皮裤和紧身黑T恤，上面写着“凡不杀我者……最好开跑”。她的头发编着麻花辫，用一条发带束在后面。她好像感觉到他们在看她，转身微笑起来。西蒙也报以微笑。伊莎贝尔则怒目而视。西蒙匆忙收起微笑——究竟是从什么时候起他的生活变得这么复杂了？

亚历克神采飞扬。“马格纳斯在那儿。”他说，然后头也不回地走过去，挤过人群到这位高个子巫师站立的地方。亚历克走来时马格纳斯的惊讶显而易见，即使从远处也看得出来。

“真是甜蜜，”伊莎贝尔看着他们说，“你知道，只是有些可惜。”

“为什么可惜？”

“因为，”伊莎贝尔解释道，“亚历克努力想让马格纳斯对他一心一意，可是他从来没有跟我们爸妈说过马格纳斯，或者连他喜欢，你知道——”

“巫师？”西蒙说。

“真可笑，”伊莎贝尔瞪着他，“你知道我的意思。这里正在进行的是——”

“到底正在进行什么？”迈亚迈着大步走到声音所及的距离，问道，“我是说，我不太明白这个搭档的事情。这要怎么做？”

“像那样。”西蒙指着亚历克和马格纳斯，他们站在自己的小空间里，和人群稍稍分隔开来。亚历克在马格纳斯的手上画着如尼文，脸上是热切的神色，黑色的头发掉在前面挡住了眼睛。

“那么我们全都要那么做？”迈亚说，“画上如尼文。”

“只有你要去战斗的情况下，”伊莎贝尔冷淡地看着这个女孩，说，“你看起来还没有十八岁。”

迈亚勉强笑了笑。“我不是暗影猎手。人们认为狼人十六岁成人。”

“好吧，那你要画上，”伊莎贝尔说，“由暗影猎手画，所以你最好找一个。”

“可是——”迈亚仍然看着亚历克和马格纳斯说道，然后停下来挑起了眉毛。西蒙转身看见她正在看的——然后瞪起了眼睛。

亚历克抱着马格纳斯亲，嘴对着嘴。马格纳斯显得很震惊，僵硬地站着。好几群人——既有暗影猎手，也有暗影魅族——一边张望一边窃窃私语。西蒙看了一眼旁边的莱特伍德夫妇，他们睁大了眼睛，看着这场表演。玛丽斯用手捂住了嘴巴。

迈亚看起来很困惑。“等一下，”她说，“我们也都要那么做吗？”

克拉丽已是第六次扫视人群找西蒙了。她找不到他。大厅里是喧嚣的暗影猎手和暗影魅族人群，他们拥过开着的双扇门，来到外面的台阶上。到处都是闪光的石杖，暗影魅族和暗影猎手结成对子，互相画如尼文。克拉丽看见玛丽斯·莱特伍德把手伸给一个绿色皮肤的女精灵，正如她一样苍白而高贵。帕特里克·潘海洛正严肃地和一个头发闪着绿光的巫师交换着画印记。穿过天使大厅的门，克拉丽能看见广场上移空门闪耀着明亮的光。灿烂的星光从玻璃天窗洒下，给一切蒙上一层超现实的气氛。

“太神奇了，是吧？”卢克说。他站在高台边，俯视着大厅。“暗影猎手和暗影魅族，在同一个房间里混合在一起，共同忙活。”听起来他是在惊叹。克拉丽想的只是，希望杰斯能在这里看到发生的事情。无论她多么努力想要把对杰斯的担心置之一边，却做不到。她想着他可能凛然面对瓦伦丁，可能拿自己的生命冒险，因为他觉得自己是被诅咒的——他可能根本不知道真相就死了。

“克拉丽，”乔斯琳带着一丝取笑说，“你听到我说的话了吗？”

“听到了，”克拉丽说，“是很神奇，我知道。”

乔斯琳把手放在克拉丽的手上。“那不是我说的。卢克和我都要去战斗。你和伊莎贝尔还有其他孩子待在这里。”

“我不是孩子。”

“我知道你不是，可是你太小了，不能去战斗。而且即使你不是太小，你也从来没有接受过训练。”

“我不想只是坐在这儿，什么都不干。”

“什么都不干？”乔斯琳惊讶地说，“克拉丽，要不是你，这些都不会发生。要不是你，我们甚至都不会有机会去战斗。我为你感到骄傲。我只想告诉你，即使卢克和我要离开，我们会回来的。一切都会好的。”

克拉丽抬头看她的妈妈，盯着她和自己这么像的绿眼睛。“妈妈，”她说，“不要说谎。”

乔斯琳深深吸了口气，站起身来，抽回了手。她还没来得及说什么的时候，有什么东西吸引了克拉丽的目光——人群中一张熟悉的脸庞，一个苗条的黑色身影，向他们走来，带着刻意而令人吃惊的悠闲穿过拥挤的大厅——仿佛他能从人群中飘移似的，像一缕越过篱笆空隙的轻烟。

克拉丽在他走近高台时意识到他是拉斐尔，穿着她第一次见他时的白衬衫和黑裤子。她都忘了他是多么纤弱。他迈上台阶时，看起来刚满十四岁，瘦削的脸庞很平静，像天使一样，宛若一个迈着台阶走向圣坛的唱诗班少年。

“拉斐尔，”卢克克制住了惊讶，语气中透着轻松，“我没想到你会来。黑夜之子重新考虑加入我们和瓦伦丁作战吗？如果你愿意接受，还留有一个长老会席位给你。”他向拉斐尔伸出一只手。

拉斐尔清澈而可爱的眼睛注视着他，不动声色。“我不能和你握手，狼人。”卢克看起来受了冒犯，这时他笑了，刚好露出尖牙的白尖。“我是投影，”他说着，举起手让他们看光是怎么闪过的，“我什么也碰不了。”

“可是——”卢克抬头看从屋顶倾泻过来的月光，“为什么——”他放下手，“好吧，我很高兴你在这儿，不管你选择怎么出现。”

拉斐尔摇摇头。他的目光在克拉丽身上逗留了一会儿——一种她真的不喜欢的目光——然后他转过头去看乔斯琳，微笑的嘴巴咧得更大了。“你，”他说，“瓦伦丁的妻子。在大叛乱中和你一起作战的我的同类中的其他人，告诉了我你的事情。我承认我从来没想到会亲眼看到你。

乔斯琳前倾着头。“那时黑夜之子中的很多人都非常勇敢地战斗。你出现在这里，意味着我们会再次一起战斗吗？”

克拉丽想着，听到妈妈用这种冷静而正式的方式讲话真奇怪，然而对乔斯琳来说这似乎很自然，正如穿着老旧的罩衫坐在地上，拿着沾满颜料的画笔一样自然。

“我希望如此。”拉斐尔说。他的目光又扫视了一遍克拉丽，像一只冰冷的手抚过。“我们只有一个要求，一个简单的小请求。如果被接受，多数黑夜之子将会高兴地站在你们这边去作战。”

“长老会的席位，”卢克说，“当然——可以正式通过，文件很快就能起草好——”

“不是长老会的席位，”拉斐尔说，“别的东西。”

“别的——东西？”卢克茫然地重复着，“是什么？我向你保证，如果在我们的能力之内——”

“噢，在的，”拉斐尔的微笑令人缭乱，“事实上，是在这大厅里面的某个东西。”他转身向人群作出优雅的手势，“我们想要的是西蒙这个男孩，”他说，“这是一个日光行者。”

地道又长又弯，呈之字形，杰斯仿佛在一个巨形怪物的肠子里爬行一般。这里有潮湿岩石的气味，还有灰烬和别的什么东西的气味，是某种阴湿的怪味，让杰斯隐约想起骸骨之城的味道。

最后，地道进入一处圆形的房间。巨型的钟乳石从高高隆起的石壁顶悬挂下来，表面像宝石抛光了一样。地面很光滑，好像磨光过，到处镶嵌着闪光的石头，上面有神秘的图案。房间的四周是一圈参差不齐的石笋。房间的正中央立着一支硕大的石笋，仿佛一只巨大的尖牙从地面上耸起，上面布满一种红色花纹的图案。靠近些看，杰斯看见石笋的侧面是透明的，红色的图案是什么东西在内部旋转移动造成的，就像充满有色烟雾的玻璃试管那样。

光线从高高的岩石上的一个圆形孔滤下，是天然的日光。这个房间肯定是人工设计而成的——地面铺展的复杂图案使这一点很明显——可是谁会挖出这样一个巨大的地下房间，为什么？

一阵尖利的乌鸦叫声在房间里回荡，让杰斯的神经一阵惊慌。他躲到大石笋后面，熄掉巫光灯，就在这时两个身影从房间远远一端的阴影中显现出来，向他这里走来，他们的头低在一起交谈着。他们到了房间中央，光线照在他们身上时，他才认出了他们。

塞巴斯蒂安。

还有瓦伦丁。

西蒙希望能避开人群，于是从大厅边上一排柱子后面绕路退回高台。他走路时一直低着头陷入沉思。亚历克只比伊莎贝尔大一两岁，就要出发作战，而其余的人则留在后方，这似乎很奇怪。而伊莎贝尔对此却很平静，似乎她已经想到了。也许她是想到了，也许他们都想到了。

他走到高台跟前时，抬头吃惊地看见拉斐尔站在卢克对面，看上去面无表情。另一方面，卢克却显得很恼怒——他摇着头举手抗议，而他旁边的乔斯琳，看起来满面怒容。西蒙看不见克拉丽的脸——她背对着他——可是他太了解她了，只从她低垂的双肩就看出她很紧张。

西蒙不想让拉斐尔看见他，于是躲到柱子后面偷听。哪怕在人群喋喋不休的说话声中，他也能听见卢克提高了的声音。

“这根本不可能，”卢克说着，“我甚至都不相信你会开口要求这个。”

“我还不相信你会拒绝呢，”拉斐尔的声音冷冰冰的，很清晰，是年轻男孩那种尖利的嗓音，“这么微不足道的一个东西。”

“他不是一个东西，”克拉丽听起来很生气，“他是西蒙。他是个人。”

“他是个吸血鬼，”拉斐尔说，“你们似乎一直忘了这点。”

“你不也是吸血鬼吗？”乔斯琳问。她的语调像每次看见克拉丽和西蒙做了什么蠢事惹了麻烦一样冰冷。“你是在说你的命一钱不值吗？”

西蒙紧紧靠在柱子上。这是在干什么？

“我的命很值钱，”拉斐尔说，“和你们不一样，是永恒的。我可能成就的事情没有止境，而你们则有清楚的尾声。但这不是问题所在。他是一个吸血鬼，是我们的一员，而我要求他回去。”

“你不能把他要回去，”克拉丽厉声说道，“你从来没把他放在心上。你甚至从来都对他没兴趣，直到你发现他能在日光下走动——”

“可能，”拉斐尔说，“但不是因为你们想的原因。”他昂着头，明亮、柔和的眼睛像鸟的眼睛那样黑黑的瞪着。“吸血鬼不应该有他那样的能力，”他说，“正如暗影猎手不应该有你和你哥哥那样的能力。多年来，我们一直被告知我们是错误的，是反自然的。可是这——这才是反自然的。”

“拉斐尔，”卢克的语调是警告性的，“我不知道你希望什么。但是我们不可能让你伤害西蒙。”

“可是你将让瓦伦丁和他的恶魔军队伤害所有这些人，你的盟友们，”拉斐尔做了一个扫荡整个房间的手势，“你们将让他们拿生命冒险，可是却不给西蒙同样的选择？也许他会做出和你们不同的选择。”他放下胳膊，“要知道，不然我们不会和你们一起作战。黑夜之子将不参与今天的事情。”

“那就不参与，”卢克说，“我不会用一条无辜的生命去买来你的合作。我不是瓦伦丁。”

拉斐尔转向乔斯琳。“你呢，暗影猎手？你打算让这个狼人决定什么是对你们最好的吗？”

乔斯琳看着拉斐尔，仿佛他是一只爬过她厨房干净地板的蟑螂。她十分缓慢地说：“如果你动西蒙一根汗毛，吸血鬼，我会把你剁成碎片喂我的猫。懂吗？”

拉斐尔抿紧了嘴巴。“很好，”他说，“你们躺在布罗斯林德平原奄奄一息之时，你们可能会问自己一个人的生命是否真值这么多。”

他消失了。卢克很快转向克拉丽，可是西蒙不再看他们了：他低头看着自己的双手。他原以为他的双手会颤抖，可是它们像一具尸体的手一样一动不动。非常缓慢地，他把双手握成了拳头。

瓦伦丁看起来和往常一样，身材高大，穿着修改过的暗影猎手战斗服。他宽厚的肩膀和精致而轮廓鲜明的脸庞显得很不协调。他背上斜背着圣剑，还有一个很大的帆布包。他系着一根宽皮带，上面插了许多武器：打猎用的宽短刀，窄匕首，还有剥皮用的刀。杰斯从石头后面看着瓦伦丁，一如往常地感受到——被无望、失望和不信任腐蚀的对家人固执的爱。

看到父亲和塞巴斯蒂安在一起的感觉很奇怪，塞巴斯蒂安看起来——不一样了。他也穿着战斗服，腰间挂着银柄长剑，但不是他的穿着让杰斯觉得怪异。是他的头发，不再是一头黑色的鬈发，而是金色的，闪亮的金色，某种发白的金色。其实这比黑发更适合他，他的皮肤不再呈现那种让人震惊的苍白。他肯定是染了头发以像真正的塞巴斯蒂安·维莱克，而这是他真正的面貌。杰斯突然感到一波酸酸的恨意在体内激荡，而他只能躲在石头后面，却不是冲向前用手捏住塞巴斯蒂安的喉咙。

雨果又叫了起来，扑下来落在瓦伦丁的肩头。看到这只乌鸦熟悉的姿势，杰斯突然感到一阵奇怪的痛苦。不管霍奇做过什么，雨果过去一直是生活在他的肩头的，而看到它在瓦伦丁的肩头让他感到奇怪又陌生，甚至觉得是错误的。

瓦伦丁伸手抚摸着这只鸟富有光泽的羽毛，点着头，似乎他们两个交谈甚欢。塞巴斯蒂安看着，浅色的眉毛挑了起来。“有来自阿利坎特的消息吗？”他说，这时雨果从瓦伦丁的肩头升起，又翱翔到了空中，翅膀扫过钟乳石的尖端。

“没有我可以理解的消息。”瓦伦丁说。父亲说话的声音，一如往常地冷静沉着，仿佛一支箭穿过杰斯。他的双手不由自主地扭曲，用力按压着身体的两侧，幸亏石头很大，挡住了他的视线。“有一件事情是肯定的。圣廷正在与卢西恩的暗影魅族势力结盟。”

塞巴斯蒂安皱起了眉。“可是马拉奇说——”

“马拉奇失算了。”瓦伦丁咬紧了牙。

让杰斯吃惊的是，塞巴斯蒂安走向前，把一只手放在瓦伦丁的胳膊上。那种抚摸中有某种东西——某种亲密而自信的东西——让杰斯感觉肚子里仿佛有一窝虫子攻击一样。没有人像那样抚摸瓦伦丁，即使是他也不会那样抚摸父亲。“你生气了吗？”塞巴斯蒂安问道，说话的语调都是一样的，带着同样奇怪而特别的亲密腔调。

“圣廷走得比我原以为的远。我知道莱特伍德夫妇堕落得没有希望了，而那种堕落会传染的。这就是我努力不让他们去伊德里斯的原因。可是对于其余的人，这么轻易就让卢西恩的毒药塞满了脑子，甚至在他已经不是拿非力人的时候……”

瓦伦丁的愤慨显而易见，可是他并没有从塞巴斯蒂安的身边走开，没有把这孩子的手从他的肩膀拿开。杰斯看着，越来越感到难以置信。“我很失望。我以为他们会明白道理。我本来不想用这种方式结束事情。”

塞巴斯蒂安看起来感到好笑。“我不同意，”他说，“想想他们，奔着荣耀，准备作战，却只会发现一切都没用。他们的姿态是徒劳无益的。想想他们脸上的表情。”他的嘴巴咧出了大大的笑容。

“乔纳森，”瓦伦丁叹气道，“这是让人不愉快却必须做的事，不是什么高兴的事。”

乔纳森？杰斯紧紧抓着石头，双手突然很滑。为什么瓦伦丁叫塞巴斯蒂安他的名字？是叫错了吗？可是塞巴斯蒂安并不显得吃惊。

“我喜欢正在做的事情不更好吗？”塞巴斯蒂安说，“在阿利坎特我的确很快乐。莱特伍德夫妇比你说的更好相处，尤其是那个伊莎贝尔。我们分开时肯定互相评价很不错。至于克拉丽——”

一听到塞巴斯蒂安说克拉丽的名字，杰斯的心脏突然痛苦地跳了一下。

“她一点也不像我以为的那样，”塞巴斯蒂安任性地继续说着，“她一点也不像我。”

“世界上没有一个人像你，乔纳森。至于克拉丽，她一直和她母亲一模一样。”

“她不愿意承认她真正想要的东西，”塞巴斯蒂安说，“目前还不会。可是她会改变的。”

瓦伦丁扬起眉毛。“你什么意思，改变？”

塞巴斯蒂安咧开嘴笑了，让杰斯感到不可遏制的愤怒。他使劲咬着嘴唇，都尝到了血的味道。“噢，你知道，”塞巴斯蒂安说，“站到我们这边。我不能等了。哄骗她是几年来最好玩的事。”

“你不应该觉得好玩。你要发现她在找什么。而她确实找到了——我可以补充，没有你的情况下——你让她把它给了巫师。然后她对我们构成了威胁，可是你离开时，却没能把她带来。这不算是光荣的成功，乔纳森。”

“我试图带她来。他们不让她离开他们的视线，而我也不可能在天使大厅里面绑架她，”塞巴斯蒂安听起来感到闷闷不乐，“而且，我告诉你，她根本不清楚怎么使用她拥有的如尼文力量。她太天真了，构不成任何危险——”

“不管圣廷现在计划着什么，她都处于中心位置，”瓦伦丁说，“雨金传递了很多信息。他看见她在天使大厅的高台上。如果她能向圣廷展示她的力量……”

杰斯替克拉丽感到一阵恐惧，又夹杂着一种奇特的骄傲——她当然处于事情的中心。这就是他的克拉丽。

“那么他们会作战，”塞巴斯蒂安说，“这是我们想要的，不是吗？克拉丽无关紧要。战争才要紧。”

“你低估她了，我想。”瓦伦丁静静地说。

“我一直在观察她，”塞巴斯蒂安说，“如果她像你认为的那样有无限的力量，她就能用它把她的小吸血鬼朋友从监狱里弄出来了——或者在霍奇那个傻子垂死时救他——”

“力量不一定能无限大，”瓦伦丁说，“至于霍奇，也许你可以在他的死亡这件事上表现出一些保留，既然是你杀了他。”

“他要告诉他们有关天使的事。我不得不那样做。”

“你想那么做。你一直都想，”瓦伦丁从口袋里掏出一双厚厚的皮手套，慢慢地戴上，“也许他是要告诉他们。也许不是。那么多年来，他在学院照顾杰斯，肯定疑惑他抚养的是谁。霍奇是知道不止有一个男孩为数不多的人之一。我知道他不会背叛我的——他太胆小了，不敢那么做。”他皱着眉，把手指伸进手套。

不止一个男孩？瓦伦丁在说什么？

塞巴斯蒂安挥了一下手，不想再谈霍奇了。“谁在乎他怎么想？他死了，总算摆脱了，”他的眼睛闪着幽暗的光，“你现在要去湖边吗？”

“是的。你明白要做什么吗？”瓦伦丁用下巴指向塞巴斯蒂安腰间的长剑，“用那个。它不是圣剑，可是有它的帮助足够了。”

“我不能和你一起去湖边吗？”塞巴斯蒂安的声音中带有明显的抱怨，“我们不能现在就放出军队吗？”

“还没有到午夜。我说过给他们时间到午夜。他们还可能会改变主意。”

“他们不会——”

“我发了话，就要遵守，”瓦伦丁的语气坚决，“如果你午夜时没有收到马拉奇的消息，就打开大门。”看到塞巴斯蒂安的犹豫，瓦伦丁显得不耐烦，“我需要你做这个，乔纳森。我不能在这儿等到午夜，穿过地道到湖边需要用近一个小时，而我不打算让战争拖延很长时间。将来人们肯定会知道圣廷败得有多么快，而我们的胜利又多么有意义。”

“只是我错过召唤会遗憾。你召唤时我想在那儿。”塞巴斯蒂安看起来依依不舍，可是这种表情下面又算计着什么，同时奇怪而故意地又有某种嘲讽、领会和计划的意味…… 是冷漠。瓦伦丁对此似乎并不在意。

令杰斯不解的是，瓦伦丁快速地摸了摸塞巴斯蒂安的脸庞，这是一种毫无掩饰疼爱的手势。之后他转身，朝山洞较远的另一端走去，那里投射着浓重的阴影。他在那儿停住了，在黑暗的衬托下，显现出淡淡的身影。“乔纳森。”他转回头喊道。杰斯情不自禁地抬头看了一眼。“有一天你会看到天使的脸。毕竟，一旦我离去了，你将继承致命秘器。也许有一天，你也要召唤拉结尔。”

“我想那样。”塞巴斯蒂安站着一动不动地说。这时瓦伦丁最后点了下头，消失于黑暗之中。塞巴斯蒂安降低声音，几乎是耳语一般。“我很想，”他怒吼道，“我想吐口水到他的臭脸上。”他转过身，在幽微的光线下，他的脸就像一个白色的面具。“你也出来吧，杰斯，”他说，“我知道你在这儿。”

杰斯僵住了——不过只有一瞬间。他想都没来得及想，身体就弹跳着站了起来。他向地道口跑去，只想着出去，想办法把消息传递给卢克。

可是地道口被挡住了。塞巴斯蒂安站在那里，表情冷酷，沾沾自喜。他张开双臂，手指几乎触碰到地道的墙壁。“真的，”他说，“你不会真以为你比我还快，对吧？”

杰斯猛地停住了。他的心脏像坏了的节拍器一样不规律地跳动着，可是说起话来还是平稳的。“既然我在每项其他可见的方面都好过你，这也不是没有可能。”

塞巴斯蒂安只是微笑起来。“我能听见你心脏的跳动，”他轻柔地说，“当你看着我和瓦伦丁的时候。那干扰到你了吗？”

“你似乎在和我爸爸约会那件事吗？”杰斯耸耸肩，“诚实地讲，你就是他的年轻缩小版。”

“什么？”自从杰斯遇见他，塞巴斯蒂安似乎第一次惊得目瞪口呆。然而杰斯只是享受了片刻，塞巴斯蒂安就恢复了平静。可是他的眼睛里闪着黑暗的幽光，表明他没有原谅杰斯让他失去了镇静。“我有时会对你感到好奇，”塞巴斯蒂安用同样轻柔的声音继续说道，“有的时候，似乎你有某种东西，在你金色眼睛后面的某种东西。一种智慧的闪光，不像你蠢笨的收养家庭里的其他人。但是我想那只是一种姿态，一种态度。尽管你受到了十年的良好抚养，还是和其他人一样愚蠢。”

“你对我的抚养知道些什么？”

“比你以为的要多，”塞巴斯蒂安放下了双手，“抚养你长大的那个人，同样也抚养我长大。只是在第一个十年过后，他没有厌倦我。”

“你什么意思？”杰斯的话说出来时变成了耳语，然后，他盯着塞巴斯蒂安不动也不笑的脸，仿佛是第一次看见他——白色的头发，黑如无烟煤的眼睛，脸庞上坚硬的线条，宛如石头凿出来的东西——他在脑海中看见父亲的脸，正像天使展现给他的，年轻，尖刻、警觉、饥渴，于是他明白了。“你，”他说，“瓦伦丁是你父亲。你是我哥哥。”

可是塞巴斯蒂安已经不站在他面前了，他突然出现在他身后，双臂环抱着杰斯的肩膀，似乎想要拥抱他，可是他的双手却握成了拳头。“致敬告辞，我的弟弟。”他吐出这句话，然后他的胳膊突然上来勒紧，要切断杰斯的呼吸。

克拉丽筋疲力尽。画结盟如尼文的结果是，仿佛重击般的头部钝痛在她的大脑前叶扎了根，感觉好像有人试图要从错的一面把门踹倒一样。

“你还好吗？”乔斯琳用手摸着克拉丽的肩膀，“你看起来好像很难受。”

克拉丽低头看了一眼——看见妈妈手背上的蛛网样的黑色如尼文，和卢克手掌上的是一对。她的腹部一阵紧缩。她在设法接受这样的事实，几小时之内她的妈妈可能真的要与一支恶魔军队作战了——可是每次这个想法浮现时，她只能故意置之不理。

“我只是在想西蒙在哪里，”克拉丽站起来，“我要去找他。”

“那儿？”乔斯琳担心地凝视着下面的人群。克拉丽注意到，现在人群开始变得稀少了，因为那些画好印记的人们从前门拥出，到了外面的广场上。马拉奇站在门边，古铜色的脸庞面无表情，引导着暗影魅族和暗影猎手们去要去的地方。

“我会没事的，”克拉丽走过妈妈和卢克的身边，向台阶走去，“我很快回来。”

人们转身看着她从台阶上下来，钻进了人群中。她能感觉到人们看她的目光，那种盯着她的目光的重量。她扫视着人群，寻找莱特伍德家的人或是西蒙，可是一个认识的人都没看到——由于她那么矮小，看过人群非常困难。克拉丽叹了口气，溜到大厅的西边，那里人少一些。

她刚靠近那排高高的大理石柱子，就有一只手突然从两根柱子之间伸出来，把她拉到一边。克拉丽吃惊地喘着气，然后就背靠着冰冷的大理石墙面，站到了其中最大一根柱子后面的阴影之中，西蒙的手抓着她的胳膊。“别叫，好吗？是我。”他说。

“我当然不会叫，别滑稽了，”克拉丽左右看了看，奇怪发生什么事了——她只能从柱子中间看见那边宽敞的大厅中零零星星的东西，“可是为什么搞得像特工詹姆士·邦德？我反正是来找你的。”

“我知道。我一直在等你从高台上下来。我想在没人听见的地方和你谈谈，”他紧张地舔了舔嘴唇，“我听见拉斐尔说什么了，他想要什么。”

“噢，西蒙，”克拉丽垂下了肩膀，“听着，没发生什么事。卢克把他打发走了——”

“也许他不该那么做，”西蒙说，“也许他应该给拉斐尔他想要的东西。”

她朝他眨着眼睛。“你是说你？别傻了。不可能——”

“有可能，”他抓紧了她的胳膊，“我想这么做。我想让卢克告诉拉斐尔交易成交。要么我自己告诉他。”

“我知道你要干什么，”克拉丽抗议道，“我为此敬重你，崇拜你，可是你没必要那么做，西蒙，你没必要。拉斐尔的要求是错误的，没有人会因为你没有为一场不属于你的战争牺牲自己而批评你——”

“可是就是这么回事，”西蒙说，“拉斐尔说的是对的。我是一个吸血鬼，你总是忘了。或者也许你想忘记。可是我是暗影魅族，你是暗影猎手，而这场战争是我们共同的。”

“可是你跟他们不一样——”

“我是他们中的一员，”他故意说得很慢，似乎要确保她能明白他说的每个字，“我将一直都是。如果暗影魅族和暗影猎手一起打这场战争，而拉斐尔的人没有参加，那么就不会有黑夜之子的长老会席位。他们将不会成为卢克要创造的世界的一部分，一个暗影猎手和暗影魅族共同努力的世界。共同。吸血鬼将会被排除在外。他们将是暗影猎手的敌人。我将是你的敌人。”

“我永远不会是你的敌人。”

“这样会杀了我，”西蒙只是说，“但是站在后面假装我不是其中一分子帮不上任何忙。我不是在请求你的允许。我想要你的帮助。可是如果你不肯帮我，我就让迈亚想办法带我到吸血鬼营地，我把自己交给拉斐尔。你明白吗？”

她瞪着他。他把她的胳膊抓得很紧，都能感到抓着的皮肤下面血管的跳动。她伸出舌头舔了一下干涸的嘴唇，嘴里一股苦涩的味道。“我能做什么，”她小声说，“来帮你？”

他告诉她时，她难以置信地抬头看着他。他还没说完，她就已经开始摇头了，头发来回摆动着，几乎盖住了眼睛。“不，”她说，“这想法太疯狂了，西蒙。这不是礼物，是惩罚——”

“对我来说也许不是。”西蒙说。他向人群瞥了一眼，克拉丽看见迈亚站在那里，看着他们，表情明显很好奇。她显然是在等西蒙。太快了，克拉丽想，所有这一切发生得太快了。

“这比别的好，克拉丽。”

“不……”

“这根本不可能伤害我。我是说，我已经受到了惩罚，对吗？我已经不能去教堂，我不能说——我不能说与神有关的名字，我不会变老，我已经和正常的生活绝缘了。也许这不会改变任何事情。”

“可是也许会的。”

他放开她的胳膊，把手滑到她的侧面，从她的皮带上抽出帕特里克的石杖。他把石杖递给她。“克拉丽，”他说，“为我这么做。拜托。”

她用麻木的手指接过石杖，然后举起来，用它的尖端碰触着西蒙的皮肤，就在眼睛上面。第一印记，马格纳斯曾说过。第一个印记。她想起这个，手里的石杖像音乐刚刚响起舞者开始舞动起来的样子。黑色的线条划过他的前额，仿佛胶片快放时一朵花的绽放。她完成后，右手疼痛，有刺感，可是当她收回手打量时，她知道她画了某种古老而奇特的完美的东西，某种前无古人的东西。西蒙带着迷茫又困惑的表情用手指掠过额头，它在他眼睛的上方，像一颗星星一样闪耀。

“我能感觉到它，”他说，“像在燃烧。”

“我不知道会发生什么，”她小声道，“我不知道长期会有什么副作用。”

他带着一丝扭曲的微笑，举起手摸着她的面颊。“让我们希望能有机会来发现。”

第十九章

毗努伊勒[①]

去森林的路上，迈亚大多沉默着，低着头，专注地皱起鼻子，偶尔瞥几眼两边。西蒙想她是不是在用嗅觉认路，觉得这虽然有点古怪，但肯定算是一种有用的才能。他还发现，不管她走得多快，他都用不着匆忙赶路来追上她。甚至等他们到了通往森林的那条压实的路上，迈亚开始跑时——她跑得很快，静悄悄地，紧贴着地面——他跟上她的步子也毫无困难。这是成为吸血鬼他真心喜欢的一件事情。

这条路很快就走完了，森林变得更茂密了，他们在树木中间奔跑，脏乱的地面上铺着厚厚的落叶。在点缀着星光的夜空下，头顶的树枝相互交错，它们从树上向外伸展着。一块林中空地上，布满了大大的圆石，像白色的牙齿反射着微光。到处都是落叶堆，仿佛有人用一把巨大的耙子在这地方耙过似的。

“拉斐尔！”迈亚用手在嘴前弯成喇叭状，大声喊道，惊起头顶高高树梢上的一群鸟儿，“拉斐尔，你出来！”

一片寂静。然后树影婆娑，出现一阵轻柔的拍打声，像雨打过锡屋的屋顶。一小股旋风将地上成堆的落叶吹到空中。西蒙听见迈亚在咳嗽。她举起双手，好像要把落叶从她脸上和眼前拨开。

正如风突然吹起一样，风也突然停住了。拉斐尔站在那里，离西蒙只有几步之遥。他的周围是一群吸血鬼，苍白，静默，仿佛月光下的树木。他们表情冷漠，显露出十足的敌意。他认出有些是迪蒙酒店的：娇小的莉莉和金发的雅各布，雅各布的眼睛眯得像刀子一般。可是还有许多是他以前从没见过的。

拉斐尔迈步向前。他皮肤蜡黄，眼睛顶着黑眼圈，可是看到西蒙他微笑起来。

“日光行者，”他发话道，“你来了。”

“我来了，”西蒙说，“我在这儿，所以——交易完成。”

“远没有完成，日光行者。”拉斐尔看向迈亚。“狼人，”他说，“回到你的狼群

① 出自《圣经·旧约·创世纪》第二十二章第三十节，意思是“神之面”，为雅各与神角力并获胜之处。

首领那儿，谢谢他改变了主意。告诉他黑夜之子将在布罗斯林德平原跟他的人一道作战。”

迈亚绷紧了脸。“卢克没有改变——”

西蒙匆忙打断她。“没事，迈亚，走吧。”

她的眼睛很明亮，透露着悲伤。“西蒙，想一想，”她说，“你不必这么做。”

“不，我要，”他的语气很坚定，“迈亚，非常感谢你带我来这儿。现在走吧。”

“西蒙——”

他压低了声音。“如果你不走，他们会把我们两个都杀了，那所有这一切就没有意义了。走吧，拜托。”

她点点头，转身离开，边转身，边变形，前一刻她还是一个苗条的人类女孩，系着珠子的辫子在肩膀上甩动，而下一刻她就四脚着地地奔跑，变成一匹敏捷而沉默的狼。她冲出这块林中空地，消失于阴影中。

西蒙回身面向那些吸血鬼——几乎大声喊叫出来。拉斐尔站在他正前方，他皮肤的下面显现出暗沉的窗花格图纹，暴露着他的饥饿。西蒙想起那晚在迪蒙酒店——从阴影中露出的脸，一闪即逝的笑声，血液的味道——浑身颤抖。

拉斐尔伸手拽住西蒙，抓着他的双肩，富有欺骗性的纤小的手像钢铁一般。“转过头，”他说，“看着星星，那样会容易些。”

“那么你要杀了我。”西蒙说。让他惊讶的是，他并不觉得害怕，甚至不太恼怒。一切似乎都慢了下来，呈现出完全的清晰。就在同时，树枝上的每一片树叶，地上的每一个微小的石块，每一双盯着他的眼睛，他都了然于胸。

“你以为什么？”西蒙觉得拉斐尔的语气有点悲伤，“不是个人的恩怨，我向你保证。像我以前说过的——你太危险了，不能允许你继续这样存在。如果我早知道你会变成什么——”

“你永远也不会让我从那个坟墓中爬出来。我知道。”西蒙说。

拉斐尔迎上他的目光。“每个人都做必须要做的事情以生存下去。从这方面来说我们和人类一样。”他针样的尖牙从牙鞘中滑出，仿佛精巧的剃刀。“保持不动，”他说，“很快的。”他倾身向前。

“等等。”西蒙说。拉斐尔不悦地缩回去时，他更有力地重复了一遍：“等等。我有东西要给你看。”

拉斐尔发出低沉的嘘声。“你最好不要试图耽搁我，日光行者。”

“我认为有个东西你应该看看。”西蒙举起手把头发从前额撩开。这让人感觉是一个愚蠢甚至是戏剧性的姿势，可是他这么做的同时，脑海里浮现出克拉丽拿着石杖盯着他时，那张绝望苍白的脸庞。于是他想，好吧，为了她，至少我试过了。

拉斐尔大吃一惊，他睁大了眼睛，猛地退回去，好像西蒙向他挥舞了一个十字架一样。“日光行者，”他说道，“谁给你搞的这个？”

西蒙只是瞪着眼睛。他不肯定他之前期待着什么样的反应，可是不是这种。

“克拉丽，”拉斐尔自问自答，说道，“当然了。只有像她那样的力量才能做到这个——给一个吸血鬼画印记，而有了一个像那样的印记——”

“一个像什么的印记？”雅各布说。这位身材纤弱的金发男孩就站在拉斐尔身后。其余的吸血鬼也瞪着眼睛，脸上的表情既困惑，又恐惧。西蒙想，任何吓到拉斐尔的东西，肯定也吓到了他们。

“这个印记，”拉斐尔仍然只看着西蒙，说，“不在《灰色格雷》书上。它是更古老的印记。是古代的一种印记，由创造者亲手画的。”他似乎要去摸西蒙的前额，可是看起来又不太做得到。他的手盘旋了一会儿，然后放到了一边。“这样的印记有人提到过，可是我从来没有见过。而这个……”

西蒙说：“‘凡杀该隐的，必遭报七倍。耶和华就给该隐一个记号，免得人遇见他就杀他。’你可以试试杀我，拉斐尔。不过我不建议你这么做。”

“该隐印记？”雅各布难以置信地说，“你身上的印记是该隐印记？”

“杀了他，”一个站在雅各布近旁的红头发女吸血鬼说，她讲话带有浓重的口音——西蒙认为是俄罗斯口音，然而却不能肯定，“不管怎样，杀了他。”

拉斐尔的表情则既狂怒又惊疑。“我不，”他说，“任何加之于他的伤害将遭报七倍。这是这种印记的特性。当然，如果你们想做那个冒险的人，没问题，请便。”

没有人说话，也没有人动。

“我没想到，”拉斐尔的目光打量着西蒙说，“像童话故事里的邪恶皇后一样，卢西恩·格雷马克送给了我一只有毒的苹果。我想他希望我会伤害你，然后就可以遭到报应。”

“不，”西蒙匆忙说，“不——卢克连我做了什么都不知道。他的姿态是诚心诚意的，你必须尊重。”

“所以你自己选择这么做？”西蒙觉得，拉斐尔看他的样子第一次有种轻蔑以外的东西，“这不是简单的保护魔咒，日光行者。你知道该隐的惩罚是什么吗？”他轻柔地说，似乎在和西蒙分享一个秘密，“现在你必受诅咒流离飘荡。”

“那么，”西蒙说，“我将去流浪，如果这是要来的结果。我会做要做的事。”

“所有这些，”拉斐尔说，“所有这些都是为了拿非力人。”

“不只是为了拿非力人，”西蒙说，“我这么做也是为了你，即使你不想。”他提高了声音，以使他们周围沉默的吸血鬼能听见，“你们担心如果其他吸血鬼知道我身上发生了什么，他们会认为暗影猎手的血也能让他们行走在日光之中。可这并不是我有这种能力的原因，而是瓦伦丁的所作所为。一个试验。他造成了这个，不是杰斯。而且不可复制。它不会再次发生。”

“我想他说的是真的，”雅各布说，这让西蒙感到吃惊，“我认识一两个尝过暗影猎手血的黑夜之子。他们没有一个变得喜欢阳光。”

“之前拒绝帮助暗影猎手是一回事，”西蒙又转向拉斐尔说，“可是现在，现在他们把我送给了你——”他让这句话剩下的部分悬在了空中，没有说完。

“别想勒索我，日光行者，”拉斐尔说，“一旦黑夜之子做了交易，就会承认的，无论他们被多么糟糕地对待。”他轻轻笑了，尖牙在黑暗中闪着幽光。“还有一件事，”他说，“我要求你的最后一件事是证明你在这里的行为的确是出自好意。”他把这句话的重点放在最后两个字上，冰冷地作了强调。

“是什么？”西蒙问。

“不是光我们这些吸血鬼参加卢西恩·格雷马克的战争，”拉斐尔说，“你也要参加。”

杰斯在一阵银色的漩涡中睁开了眼睛，嘴巴里充满了苦味的液体。他咳嗽起来，想了一会儿他是不是要淹死了——可是如果是这样，他却是在干地上。他直直地坐着，背部靠着一个石笋，双手被绑在身后。他又咳嗽了，嘴里满是咸咸的味道。他意识到，不是要淹死，只是被血噎住了。

“醒了，小弟弟？”塞巴斯蒂安跪在他前面，手里拿着一段绳子，咧嘴笑着，像把没有鞘的刀，“很好。有一会儿我还担心让你死得有点太早了些。”

杰斯把头转向一边，吐了一大口血到地上。他的脑袋感觉好像有只气球在里面膨胀，挤压着头骨内部。头顶上方银色的漩涡缓慢下来，静止了，原来是透过山洞顶部洞口能看见的星星形成的明亮图案。“等着一个特殊的日子杀我？圣诞节快到了。”

塞巴斯蒂安意味深长地看了杰斯一眼。“你有一张巧嘴，你不是跟瓦伦丁学来的。你跟他学了些什么？在我看来，他好像也没教你多少作战的本领，”他前倾得更近了，“你知道我九岁生日时他给了我什么礼物吗？他给我上了一课，他教给我，人后背有一个地方，如果你扎进一刀，你就能刺穿他的心脏，割断他的脊柱，一刀即可。你九岁生日得到了什么，天使小男孩？一块饼干？”九岁生日？杰斯努力吞了一下口水。“那么告诉我，我成长的同时他把你放在什么洞里？因为我不记得在庄园周围看见过你。”

“我在这个山谷长大。”塞巴斯蒂安将下巴努向山洞口，“这样说的话，我也不记得在这儿周围看见过你，然而我知道你的情况。我打赌你不知道我的。”

杰斯摇摇头。“瓦伦丁不怎么吹嘘你。我想不出为什么。”

塞巴斯蒂安的眼睛闪着光。现在很容易看出他和瓦伦丁的相似之处：同样不寻常的银白头发和黑色眼睛的组合，同样优美的轮廓，在另一个线条不那么坚硬的脸上会显得很精致。“我知道你的一切，”他说，“可是你什么都不知道，对吧？”塞巴斯蒂安站了起来。“我想要你活着看这个，小弟弟，”他说，“所以看着，认真看着。”他用快得几乎看不见的动作，把剑从腰间的剑鞘里抽出来。它有着银色的剑柄，像圣剑那样发出黯淡的暗光。黑色的剑刃上刻着一个星状的图案，塞巴斯蒂安转动剑刃时，它在星光的照射下，像火焰一样燃烧起来。

杰斯屏住了呼吸。他不知道塞巴斯蒂安是否打算要杀了他。可是不，塞巴斯蒂安本可以杀了他。杰斯看着塞巴斯蒂安走到房间中央，手里轻轻握着剑，虽然剑看起来十分沉重。他的大脑在飞速旋转。瓦伦丁怎么会有另外一个儿子？谁是他的母亲？集团里的某个人吗？他比杰斯大还是小呢？

塞巴斯蒂安走到房间中央略带红色的巨大石笋边。他走近时，似乎它在脉动，里面的烟雾盘旋得更快了。塞巴斯蒂安半睁着眼睛，举起剑。他说了什么——恶魔语言的一个词，听起来刺耳难听——然后勇猛又迅速地横剑下来，划出一道弧线。

石笋的顶端被削开了，里面和试管一样是空的，充满了一团黑色和红色的烟，盘旋上升，像气体从扎破了的气球中逸出一样。一声咆哮吼出——与其说是声音，不如说是一种爆炸的压力。杰斯感到耳朵都炸了，呼吸突然很困难。他想抓起自己衬衫的领子，可是手却动不了：被牢牢地绑在身体后面。

塞巴斯蒂安半藏在冒出来的红色和黑色烟柱后面。烟雾弯曲着盘旋上升——“看！”他叫道，脸庞发着光。他的眼睛焕发着神采，白色的头发在上升的风中飘扬，杰斯想父亲年轻时是否就是那个样子：很吓人，然而从某个方面来说又令人着迷。“看瓦伦丁的军队！”

他的话音被一种声音淹没了。这声音就像潮水拍击着海岸，像巨浪携带着大量砂砾在冲撞、裹挟着整个城市的碎骨，涌动出巨大的邪恶力量。一个巨大的黑柱，扭曲着，涌动着，忽闪着从削破了的石笋中冲出，飘到空中，向——并且穿过——山洞顶部裂口处涌出。恶魔们！它们尖叫着，号叫着，或是吼叫着升起，一片鼎沸的脚足、利爪、牙齿和冒着火焰的眼睛。杰斯想起躺在瓦伦丁船上的甲板上的时候，周围的天空、大地、海洋都变成了梦魇。现在却更糟糕。似乎大地被撕开了口，地狱涌了进来。恶魔们带着一股千具腐烂尸体般的臭气。杰斯的双手用力互相扭动着，直到绳子勒进手腕，流出血来。他的嘴里升腾出一股酸味，无助地被血液和胆汁噎得窒息。这时，最后一个恶魔升起，消失在头顶上方，让人恐怖的一片黑暗，阻挡了星光。

杰斯以为他可能昏过去了一两分钟。当然，有那么一阵，头顶的尖叫和低吼渐渐消退，他仿佛悬在空中，固定在地面和天空之间，感到一种超然，不知怎么，这倒有种平静的感觉。

这种感觉很快就结束了。突然他身体上挨了一下，手腕很痛，肩膀向后用力扭着。空气中恶魔的恶臭很浓，他把头转向一边，无助地在地上干呕。他听到一声干笑，于是抬起头，用力咽下喉咙里的酸液。塞巴斯蒂安跪在他旁边，他的腿跨在杰斯的腿上，眼睛闪着光。“好了，小弟弟，”他说，“它们走了。”

杰斯的双眼流出了泪水，喉咙疼痛，声音嘶哑。“他说午夜。瓦伦丁说午夜时开门。还没有到午夜。”

“我总认为，在这种情况下，请求原谅比请求允许好，”塞巴斯蒂安抬头看了一眼已经空荡荡的天空，“它们从这儿只要五分钟就能到达布罗斯林德平原，比父亲到湖边用的时间稍短些。我想看到一些拿非力人抛洒鲜血。我想让他们在地上翻滚着死去。他们在被毁灭之前应该感到羞愧。”

“你真以为拿非力人对抗恶魔的胜算这么小吗？他们可不是未作准备——”

塞巴斯蒂安轻拍了一下他的手腕，打住了他。“我想你听见我们说话了。你没明白这个计划吗？你不知道我父亲要干什么吗？”

杰斯没说话。

“那天晚上，”塞巴斯蒂安说，“带我去找霍奇真是太好了。要不是他揭示出，我们寻找的圣镜就是林恩湖，我还不能肯定今天晚上的事会发生。任何拿着两件致命秘器站在圣镜前面的人都能从里面召唤出天使拉结尔，正如暗影猎手乔纳森一千年前做的那样。而一旦你召唤来天使，就能要求他一件事。一个任务。帮一个……忙。”

“帮一个忙？”杰斯感到浑身发冷，“瓦伦丁将要求暗影猎手在布罗斯林德的战败？”

塞巴斯蒂安站起来。“那是浪费，”他说，“不。他将要求所有没从圣杯中饮水的暗影猎手——所有那些不追随他的人——被剥夺掉他们的力量。他们将不再是拿非力人。这样，画有印记的他们……”他微笑道，“他们将变成弃魔，恶魔很容易就捕获他们，而那些没有逃走的暗影魅族将很快被灭绝。”

杰斯的耳中响起难听的尖细声音。他感到头晕目眩。“甚至连瓦伦丁，”他说，“甚至连瓦伦丁也永远不会那么做——”

“拜托，”塞巴斯蒂安说，“你真的以为我父亲不会执行他的计划吗？”

“我们的父亲。”杰斯说。

塞巴斯蒂安低头瞥了他一眼。他头上一圈白发，看起来像那种可能已经跟随路西法离开了天堂的坏天使。“对不起，”他感到有些好笑地说，“你在祈祷吗？”

“不，我说我们的父亲。我是说瓦伦丁，不是你的父亲，是我们的。”

有一会儿塞巴斯蒂安面无表情，然后他的嘴角咧开笑了。“小天使男孩，”他说，“你是一个傻瓜，不是吗——正像我父亲总说的那样。”

“你为什么一直叫我那个？”杰斯问，“你为什么喋喋不休地说天使——”

“天啊，”塞巴斯蒂安说，“你什么也不知道，对吧？我父亲跟你说过的话有一个字不是谎言的吗？”

杰斯摇摇头。他一直在拽绑着他手腕的绳子，可是每次扯一下，似乎都变得更紧了。他能感觉到每根手指脉搏的跳动。“你怎么知道他不是在跟你说谎？”

“因为我流着他的血。我和他一样。他走了之后，我将统治圣廷。”

“如果我是你，我可不会拿和他一样来吹嘘。”

“这一点也是，”塞巴斯蒂安不带感情地说，“我不假装是我之外的任何人。我父亲为了拯救他的人民，做了他需要做的事情，即使他们不想要这样——或者，如果你问我，值得——拯救，我并不为此而恐惧。你更愿意由谁作儿子，为你是他的父亲而感到骄傲的男孩，还是那个由于羞耻和恐惧而躲开你的男孩？”

“我不害怕瓦伦丁。”杰斯说。

“你不该怕他，”塞巴斯蒂安说，“你应该怕我。”

他的声音中有某种东西，让杰斯放弃了对绑缚的抗争，抬头看他。塞巴斯蒂安仍然举着他那闪着黑色反光的长剑。杰斯想，即使塞巴斯蒂安压低了剑尖，划过他的喉结，指着他的锁骨的时候，这剑也是一个黑暗而美丽的东西。

没有任何东西，没有一丝感情掠过塞巴斯蒂安苍白的脸。“你，”他说，“对我不是威胁。你是害虫。讨厌鬼。”

“那你为什么不松开我的手？”

塞巴斯蒂安一动不动地瞪着他。杰斯觉得，他看起来像一尊雕塑，像早已死去的王子的雕塑——某个英年早逝，被宠坏的人。而这是塞巴斯蒂安和瓦伦丁的不同之处。虽然他们都有同样大理石般冰冷的外表，塞巴斯蒂安却有种什么东西毁坏了的神情——某种东西从内部腐蚀了。“我不是傻瓜，”塞巴斯蒂安说，“你不可能诱使我。我留你活着，只为了让你看到恶魔，这样你死了回到你的天使祖先那里，就能告诉他们在这个世界上不再有他们的位置了。他们有负于圣廷，圣廷不再需要他们了。我们现在有瓦伦丁了。”

“你想让我给上帝送信所以要杀了我？”剑尖擦过杰斯的喉咙，他摇摇头，“你比我想的更疯狂。”

塞巴斯蒂安只是微笑，然后把剑推得稍微更深了一些。杰斯吞咽时，能感觉到剑尖压到了气管。“如果你真要祈祷什么，小弟弟，现在说吧。”

“我没有任何要祈祷的，”杰斯说，“不过我有个口信。给我们父亲的。你能带给他吗？”

“当然。”塞巴斯蒂安平稳地说，可是他说话前有一丝犹豫，这证实了杰斯已有的想法。

“你在撒谎，”他说，“你不会把口信带给他的，因为你不打算告诉他你做的事情。他从来没让你杀我，而且他发现后不会高兴的。”

“胡说。你对他什么都不是。”

“你认为，如果你杀了我，他永远也不会知道我在这里发生了什么事。你可以告诉他我在战斗中死了，或者他只会猜想一下发生了什么。可是如果你认为他不会知道，你就错了。瓦伦丁总是会知道。”

“你不知道你在说什么。”塞巴斯蒂安说，可是他的脸绷紧了。

杰斯不停地说，要把他的优势说清楚。“可是你无法隐藏你正在做的事情。有证人。”

“证人？”塞巴斯蒂安看起来几乎大吃一惊，杰斯把这当作某种胜利，“你在说什么？”

“那只乌鸦，”杰斯说，“它一直在阴影中看着。它会告诉瓦伦丁一切。”

“雨金？”塞巴斯蒂安猛地朝上看去，虽然哪儿也看不到乌鸦，塞巴斯蒂安低头看杰斯时，脸上却充满疑惑。

“如果瓦伦丁知道你在我被绑起来、非常无助的情况下杀了我，他会厌恶你的。”杰斯说道。他听见自己的声音压低成了瓦伦丁抑扬顿挫的语调，瓦伦丁想要什么的时候就这样说话：很温柔，又很有说服力。“他会叫你懦夫。他永远都不会原谅你。”

塞巴斯蒂安一言不发。他低头瞪着杰斯，嘴唇在颤抖，眼底的仇恨像毒药一样在沸腾。

“松开我，”杰斯轻柔地说，“松开我，和我打。这是唯一的方式。”

塞巴斯蒂安的嘴唇又剧烈地颤抖起来，这次杰斯想他要求得太多了。塞巴斯蒂安把剑收回，然后举了起来，月光照射在上面反射出光，形成成千上万的光点，像星光的银色，像他头发的银色。他露出牙齿——将剑旋出一道弧形，呼啸声划过夜空，伴随着的还有一声尖叫。

克拉丽坐在天使大厅高台的台阶上，手里拿着石杖。她从未感到如此孤单。整个大厅完全空了。战士们全部穿过移空门之后，克拉丽到处找伊莎贝尔，可是却找不到。艾琳跟她说过，伊莎贝尔可能在潘海洛家，艾琳和其他几个十几岁的孩子要在那里照看其他更小的孩子们。她本来想让克拉丽和她一起去那儿，可是克拉丽谢绝了。如果找不到伊莎贝尔，她宁愿独自一人，也不愿与差不多是陌生人的人在一起。或者她是这么想的。可是坐在这儿，她发现这种寂静和空虚变得越来越压迫。她却仍然没有动。她尽量不去想杰斯，不去想西蒙，不去想妈妈或卢克或亚历克——而唯一不想的方法，她发现，是保持一动不动，盯着地上一块方形大理石地板，一遍又一遍地数上面的裂缝。

有六个。一，二，三。四，五，六。她数完了，又从头开始。一——

头顶的天空爆炸了。

或者至少听起来是这样的。克拉丽抬起头，透过大厅透明的屋顶向上看。片刻之前，天空还是黑的，现在则是一团乱糟糟的火焰和黑暗，闪过丑陋的橙色光。在那光下，有东西在移动——她不想看见的邪恶东西，偶尔的一瞥已经够糟糕了。

大批恶魔经过时，头顶上透明的天窗都起皱变形了，似乎遭到巨大的热量冲击，最后发出了一声类似枪响的声音，玻璃也出现了巨大的裂缝，裂成蛛网一般无数的缝隙。玻璃如落泪一般倾泻在克拉丽周围，她双手抱头，躲避着。

声音传来时，其他人已经到了战场，夜空被劈成了两半。有一阵子，森林里黑洞洞、静悄悄的。接着，天空发出难看的橙色微光。西蒙一个趔趄，几乎摔倒。他抓住一根树干稳住身体，然后抬起头，几乎不能相信眼前的景象。随着一个又一个的噩梦划过天空，他周围所有的吸血鬼都抬头望着天空，他们白色的脸仿佛夜晚盛开的花朵，向上张开着接受月光的照耀。

“你在我身上晕过去了，”塞巴斯蒂安说，“极其让人厌烦。”

杰斯睁开眼睛。疼痛刺穿他的头部，他举起手摸摸脸的侧面——这才意识到他的手已经不再绑在后面了，一段绳子从他的手腕拖下。他把手从脸上放下，手黑黑的——是血，在月光下一片暗黑。

他打量着四周，他们已经不在山洞里了。他躺在山谷柔软的泥土和草地上，离石屋不远。他能听见小溪的声音，显然就在近旁。头顶上方结节的树枝遮住了一些月光，可还是非常明亮。

“起来，”塞巴斯蒂安说，“在我杀死你之前，你有五秒钟的时间。”

杰斯以他认为能对付的速度慢慢地站了起来。他还有些晕眩。他挣扎着要保持平衡，把靴子的后跟踩进了柔软的泥土，想要让自己稳住。“你为什么把我带到这儿？”

“两个原因，”塞巴斯蒂安说，“一，我很享受把你打晕。二，在山洞的地面上弄上血对我们两个都不好。相信我，我打算让你流很多血。”

杰斯摸了摸他的皮带，心一沉。要么是塞巴斯蒂安把他拖出地道时他掉了武器，要么更可能的是，塞巴斯蒂安扔掉了它们。他剩下的只有一把匕首，刀刃很短——太短了，不能和长剑比。

“不太算是件武器，那个。”塞巴斯蒂安咧嘴笑了，在月光照耀下的黑暗中他显得很白。

“我不能用这个打。”杰斯说道，尽量让声音听起来显得颤抖、紧张。

“真遗憾。”塞巴斯蒂安笑着走近杰斯。他轻轻握着他的长剑，夸张地显得不在乎，指尖在剑柄上有节奏地轻轻敲击着。杰斯想，如果需要有什么开场白的话，可能这就是：他朝后抡起胳膊，用尽力气朝塞巴斯蒂安的脸上击了一拳。

指节下的头骨嘎吱作响。这一击将塞巴斯蒂安打得躺倒在地。他在泥地上朝后滑去，手里的长剑飞了出去。杰斯冲向前捡起来，一秒钟后，他握着长剑站在塞巴斯蒂安身旁。

塞巴斯蒂安的鼻子流血了，在脸上流出猩红色的血道。他伸手把领子拽到一边，挡住苍白的喉咙。“好的，继续，”他说，“杀了我。”

杰斯犹豫了。他不想犹豫，可事实是：他不愿意杀死任何在他面前无助地躺在地上的人。杰斯想起瓦伦丁在伦维克时讽刺他，激他杀死自己，而杰斯却做不到。可是塞巴斯蒂安是谋杀犯。他已经杀了麦克斯和霍奇。

他举起了剑。

塞巴斯蒂安从地上一跃而起，快得杰斯的目光都来不及追随。他似乎是飞到空中，优雅地一个翻转，姿态优美地落到近旁的草地上。在这个过程中，他飞脚踢出，这一脚让长剑从杰斯手里滑落出去。塞巴斯蒂安大笑着从空中接住剑，挥舞起来，朝杰斯的心脏刺去。杰斯向后跳开，剑在他面前的空中劈下，把他的衬衫划开直到前胸。一阵刺痛袭来，杰斯感到鲜血从胸口一处浅浅的划伤处涌出。

塞巴斯蒂安轻声笑了，向杰斯逼近，杰斯退后，从皮带上摸出不够用的匕首。他环顾四周，急切地希望有件别的可以用作武器的东西——一根长棍，或其他什么类似的东西。而他的周围什么都没有，只有草地，流淌而过的河水，还有树枝，在头顶伸展着茂密的枝叶，仿佛一张绿色的网。突然他想起大审判官把他关起来的马拉奇牢室。塞巴斯蒂安不是唯一一个会跳跃的人。

塞巴斯蒂安又挥剑过来，可是杰斯已经跳起——直直地向上跳到空中。最低的树枝大概六米多高，他抓住树枝，纵身翻了上去。他跪在树枝上，看见塞巴斯蒂安在地面上，转着圈向上看。杰斯掷出匕首，然后听见塞巴斯蒂安大叫一声。他屏住呼吸，站了起来——

塞巴斯蒂安突然跃上树枝，就在他旁边。他苍白的脸愤怒地充血变红，先前拿长剑的那条胳膊淌着血。显然他的长剑掉到了草地里，然而在杰斯看来，他们只是打了个平手，因为他的匕首也不见了。他有些满足地看着塞巴斯蒂安第一次表现出愤怒——又生气又惊讶，好像一只他认为驯良的宠物咬了他似的。

“很好玩，”塞巴斯蒂安说，“可是现在都结束了。”

他向杰斯猛扑过去，抱住他的腰，把他推到树下。他们抱在一起从六米多高的空中掉落，互相撕扯着——然后重重地摔在地上，杰斯觉得眼前直冒金星。他伸手抓住塞巴斯蒂安受伤的胳膊，手指使劲嵌进去，塞巴斯蒂安喊叫起来，反手拍打杰斯的脸。杰斯的嘴里一股咸咸的味道，他把血吐了出来，同时他们一起在泥土里滚过，互相还挥拳击打着对方。突然，他感到一阵冰冷，原来他们滚过小小的斜坡，滚落到河水里了，一半在里面，一半在外面地躺在河水里。塞巴斯蒂安大口喘着气，杰斯趁机伸手抓住他的喉咙，用双手扣住，用力勒。塞巴斯蒂安感到一阵窒息，他抓住杰斯的右手腕，用力向后拽，力气大得扭动了骨头。杰斯听到自己尖叫起来，声音仿佛来自远方，塞巴斯蒂安趁势残忍地扭着他断了的手腕，直到杰斯放手，向后倒在冰冷的泥水里，疼痛得号叫起来。

塞巴斯蒂安半跪在杰斯的胸口，一只膝盖用力压着他的肋骨，低头朝他咧嘴笑着。在满脸的污泥和血中他的眼睛闪着光。有什么东西在他的右手中闪闪发亮。是杰斯的匕首。他肯定是从地上捡来的，匕首尖直直地抵着杰斯的心脏。

“我们正好在五分钟前所在的地方，”塞巴斯蒂安说，“你有过机会，维兰德。有什么临终遗言吗？”

杰斯仰头瞪着他，他的嘴里淌着血，眼睛被汗水扎得生疼，却只感到一种完全虚空的疲惫。他真的就要这样死了吗？“维兰德？”他说，“你知道这不是我的名字。”

“你应该叫这个名字，正如你不应该叫摩根斯特恩一样。”塞巴斯蒂安说。他弯身向前，将身体的重量压在匕首上。匕首的尖刺破了杰斯的皮肤，一阵火辣的疼痛传遍了他的全身。塞巴斯蒂安的脸离得很近，他生气地压低声音说：“你真以为你是瓦伦丁的儿子？你真以为像你这样一个哼哼唧唧的可怜东西配姓摩根斯特恩，做我的兄弟？”他把白色的头发甩到后面，平滑光泽的头发上浸透了汗水和溪水。“你是偷换过来的，”他说，“我父亲划开一具尸体把你拿出来，让你成为他的一个试验品。他努力把你当作自己的儿子抚养，可是你太柔弱了，对他没用。你做不了斗士。你什么都不是。没用。所以他欺骗了莱特伍德夫妇收养你，希望将来你作为一个托儿，或者是诱饵，可能对他有些用处。他从未爱过你。”

杰斯眨了眨喷着怒火的眼睛。“那么你……”

“我是瓦伦丁的儿子。乔纳森·克里斯托弗·摩根斯特恩。你从来没有权利叫这个名字。你是一个幽灵，一个假冒者。”他的眼睛乌黑，闪着亮光，像死昆虫的甲壳。突然，杰斯听到母亲的声音，仿佛是在梦里——可是她不是他母亲——说乔纳森不再是个婴儿了。他甚至不是人类。他是个怪物。

“你是那个，”杰斯哽咽道，“那个有恶魔血的人。不是我。”

“没错。”匕首在杰斯的肉体上又扎进一毫米。塞巴斯蒂安仍然在咧着嘴笑，嘴却歪着，像一具骷髅头在笑。“你是那个天使男孩。我不得不听关于你的一切。你和你漂亮的天使面孔，你翩翩的风度，还有你脆弱的、脆弱的感情。你连看到一只鸟死了都会哭。难怪瓦伦丁为你感到羞愧。”

“不，”杰斯忘了嘴里的血，忘了疼痛，“你才是那个让他羞愧的人。你以为他不肯带你去湖边，是因为他需要你留到午夜打开移空门吗？就像他不知道你不会等一样。他不带你去是因为他不好意思站在天使面前给天使看他做了什么，给他看他制造的东西，给他看你。”杰斯抬头看着塞巴斯蒂安——他能感觉到自己的眼睛里闪耀着一种可怕的胜利般的怜悯，“他知道你没有人性。也许他爱你，但是他也恨你——”

“闭嘴！”塞巴斯蒂安把匕首捅进去，转动着手柄。杰斯尖叫着倒下来，疼痛像闪电在眼底迸发一样。我要死了，他想。我就要死了。是的。他不知道他的心脏是不是已经被刺穿了。他无法动弹，无法呼吸。他现在知道了蝴蝶被钉在木板上是什么感觉。他努力想要说话，努力想叫出一个名字，可是从他嘴里出来的只有更多的鲜血。

然而塞巴斯蒂安似乎读懂了他的眼睛。“克拉丽。我几乎都忘了。你爱她，是吗？你为人所不齿的下流乱伦冲动差点杀死了你。太糟糕了，你不知道她并不真是你妹妹。你本来可以和她共度余生，只要你不这么笨的话。”他弯身把匕首插得更深了，边缘都刮到了骨头。他在杰斯的耳边柔声说着话，像耳语一样。“她也爱你，”他说，“你死的时候记着这个。”

黑暗慢慢覆盖杰斯的视野，就像染料打翻，浸染了照片，遮住了图像。突然没有任何痛苦了。他什么感觉也没有，甚至连塞巴斯蒂安压在他身上的重量也感觉不到，仿佛在飘浮一样。塞巴斯蒂安的脸庞从他身体上方飘走，是黑色背景下的一团白色，匕首在他手里。有什么明亮的金色在塞巴斯蒂安的手腕上闪闪发光，似乎他带着手镯似的。但却不是手镯，因为它在动。塞巴斯蒂安看着他的手，吃惊不已，这时匕首从他松了的手里落下，掉到地上，发出清楚的声响。

然后手和手腕分离开来，重重地落在匕首旁边。

杰斯疑惑地看着塞巴斯蒂安的断手弹起来，靠在一双黑色的高靴上。这双靴子连着一双纤细的腿，上面是苗条的身躯和熟悉的脸庞，披着一头瀑布般的黑发。杰斯抬起眼看见伊莎贝尔，她的鞭子浸满了血，眼睛盯着塞巴斯蒂安，而塞巴斯蒂安则张大了嘴巴，惊讶地瞪着他鲜血淋漓的手腕。

伊莎贝尔冷笑道：“这是为麦克斯，你这个混蛋。”

“婊子。”塞巴斯蒂安生气地叫着——跳了起来，这时伊莎贝尔的鞭子以不可思议的速度又抽向他。他躲到一边，不见了。有沙沙声传来——他肯定消失在树中间了，杰斯想，可是他太痛了，没有转头看。

“杰斯！”伊莎贝尔在他身边跪下来，左手里的石杖闪着光。她眼里噙着明亮的泪水。杰斯意识到，他肯定看起来情况非常糟，才会让伊莎贝尔这副模样。

“伊莎贝尔。”他想说。他想让她走，快跑，无论她多么能干，多么勇敢，多有能力——她这些都具备——她也不是塞巴斯蒂安的对手。而塞巴斯蒂安无论如何不会让手被砍掉这样的小事阻挡自己。可是杰斯嘴里发出的只有类似咯咯的声音。

“别说话，”他感到她的石杖尖正灼烧着他胸膛的皮肤，“你会好的。”伊莎贝尔颤抖着低头向他微笑。“你可能奇怪我究竟在这儿干吗，”她说，“我不知道你知道多少——我不知道塞巴斯蒂安告诉了你些什么——可是你不是瓦伦丁的儿子。”

移除文几乎画好了，杰斯已经能感觉到疼痛在减退。他微微点了点头，用力告诉她：我知道。“不管怎样，你跑掉后我没打算来找你，因为你在纸条里说不让找你，我看到了。可是我决不能让你想着自己有恶魔的血而死去，也不能不告诉你你没有问题，虽然老实说，你怎么会先想到这么愚蠢的事情——”伊莎贝尔的手猛地一动，然后僵住了，不想弄坏如尼文。“你需要知道，克拉丽不是你妹妹，”她更温柔地说道，“因为——因为你刚才知道了。所以我让马格纳斯帮我追踪你。我用了你给麦克斯的那个小木头士兵。我以为正常情况下，马格纳斯不会这么做，不过他情绪非同寻常地好，而且我可能还告诉他亚历克想让他这么做——虽然严格说来不是的，不过他只用了一会儿就找出来了。我一知道你在哪儿，嗯，他就已经设好了移空门，而我很善于溜——”

伊莎贝尔尖叫起来。杰斯想要伸手拉她，可她被举起来扔到了一边，杰斯够不着。她的鞭子从手里掉了下来。她爬着跪起来，可是塞巴斯蒂安已经站在她的面前。他的眼睛喷射着怒火，一块浸满血的布裹着他残留的手腕。伊莎贝尔冲上去拿鞭子，然而塞巴斯蒂安的速度更快。他转身用力踢她。他穿着靴子的脚碰到她的肋骨，杰斯几乎觉得伊莎贝尔向后飞落在地，笨拙地侧身摔在地上时，他都能听见她的肋骨咔嚓断了。塞巴斯蒂安又向她踢去，然后抢过她的鞭子拿在手里挥舞。他听到她哭出声来——从来没有因为疼痛而哭泣的伊莎贝尔。

杰斯翻滚身体侧躺着。几乎完成的移除文起了作用，可是胸口仍然痛得厉害。他仍在咳血，这很可能意味着他的肺被刺穿了。他不能肯定这会让他有多少时间。几分钟，也许。他在塞巴斯蒂安掉落匕首的地方，也就是他吓人的断手旁边，到处翻找匕首。杰斯摇摇晃晃地站了起来。到处都是血的腥味。他想起马格纳斯看到的景象，世界变成一片血海，他黏滑的手握着匕首的手柄。

他向前一步。然后又一步。每一步都感觉像拖着脚穿过混凝土。塞巴斯蒂安一边用鞭子抽打伊莎贝尔的身体，一边还在大笑，伊莎贝尔则尖叫着咒骂塞巴斯蒂安。她的尖叫声引着杰斯像条上了钩的鱼向前走动，可是同时，尖叫声变得越来越弱。世界在他周围旋转，仿佛游乐园里的转杯。

再走一步，杰斯告诉自己。再一步。塞巴斯蒂安背对着他，他正集中精神在伊莎贝尔身上。一步，他告诉自己，可是他却做不到，走不动了，无法让自己拖起脚再走一步。他的视野不断涌现出黑暗——比睡眠时的黑暗更深的黑暗。一种会抹去他见过的一切，让他长眠的黑暗。平静的黑暗。突然，他想起了克拉丽——他最后一次看见的克拉丽，睡着了，头发散落在枕头上，脸颊枕着手。他那时觉得，他人生中从未见过这么平静的景象，当然她不过只是在睡觉，就像任何其他人睡觉一样。让他吃惊的不是她的平静，而是他自己的。和她在一起时感到的平静是他以前从未经历过的。

疼痛顺着脊柱向上震荡，他惊讶地意识到不知怎么回事，完全不是出于他自己的意识，他的腿带着他向前，迈出了至关重要的一步。塞巴斯蒂安胳膊向后抡起，鞭子在他手里闪闪发光；伊莎贝尔躺在草地上，成为瘫倒的一堆，不再尖叫了——完全一动也不动。“你这个莱特伍德小婊子，”塞巴斯蒂安说着，“我应该用那把锤子锤扁你的脸，直到确保你不再呼吸——”

杰斯举起手来，手里拿着匕首，插进塞巴斯蒂安的后背。

塞巴斯蒂安摇摇晃晃地向前，鞭子从手中掉落下来。他慢慢转过身看着杰斯，杰斯恍惚而恐惧地想，也许塞巴斯蒂安真的不是人类，他终究是杀不死的。塞巴斯蒂安脸上一片木然，敌意已经消失了，眼睛里的暗火也消失了。然而他看起来不再像瓦伦丁了。他看起来——吓坏了。

他张开嘴，似乎想要跟杰斯说什么，可是他的膝盖已经弯了。他重重地倒在地上，倒地的力量推着他滑下斜坡，滑落到了河里。他慢慢地平躺下来，眼睛无神地看着天空。河水流过他，把丝丝暗色的血液带进了水流。

他教给我，人的后背有一个地方，如果你捅上一刀，能一下子刺穿心脏，割断脊柱，塞巴斯蒂安曾说过。我猜我们那年得到了同样的生日礼物，大哥，杰斯想到，是吧？

“杰斯！”是伊莎贝尔，她的脸上都是血，挣扎着坐了起来，“杰斯！”

他努力转向她，努力说些什么，可是说不出来。他身体一滑，跪在了地上。沉重的重量压在他的双肩，而大地在叫：倒下，倒下，倒下。黑暗把他带走了，他几乎听不到伊莎贝尔的叫喊。

西蒙是参加过无数战斗的老兵了。也就是说，如果算上玩地牢探宝游戏时的战斗的话。他的朋友埃里克是军事史爱好者，他通常是组织游戏中战争部分的那个人，游戏中有许多小雕像排成直线，走过防水纸上画出来的平地。

他想起战争总是这个样子——或是他们在电影中的样子，两队人马越过一大片平地互相逼近，排成笔直的队伍，有秩序地前进。

可却根本不是那么回事。

这里一片混乱，大家乱糟糟地喊叫和移动，而且不是在平地上，泥和血混在一起被踩踏成又稠又滑的泥浆。西蒙还想象黑夜之子将走到战场，由某个负责指挥的人迎接。他想象着他会先从远处看到战斗，能观看两个阵营的人马相互进攻。

可是没有迎接，也没有阵营。战斗从黑暗中令人惊恐地突然开始，仿佛他在一条行人稀少的街道闲逛，却偶然卷入时代广场中央的骚乱——突然周围有人向他进攻，他们的手抓着他，把他掀到一边，而吸血鬼们都分散开了，一头扎进战斗中，没有谁回头看他一眼。

还有恶魔——到处都是恶魔，他从来都想象不到它们发出的声音，那些尖叫、鸣响和呻吟，更糟糕的是那些扯开、撕碎和饥饿得到满足的声音。西蒙希望能关掉他吸血鬼的听力，可是却不能，这些声音像刀子一样刺穿他的耳膜。

他被一个一半在泥里一半在泥外的身体绊了脚，转脸去看是否需要帮助，于是看见脚边的暗影猎手从肩膀往上没有了。白骨在黑色泥土上闪着幽光，虽然西蒙是吸血鬼，也感到反胃。我肯定是世界上唯一一个看到血会恶心的吸血鬼，他想。然后什么东西从后面用力击打他，于是他倒了下去，顺着一个泥坡掉到一个坑里。

西蒙不是唯一一个在那坑里的。恶魔在他上面赫然出现，就在这时，他翻身坐起来。它看起来就像中世纪木刻中死神的样子——一具会动的骷髅，都是骨头的一只手里抓着一把血淋淋的短柄小斧。斧头劈来时他翻到一边，离他的脸只有咫尺之遥。这具骷髅发出失望的嘶嘶声，又举起了斧头——

它的侧面被一根结节的木头击中。这骷髅像一个装满骨头的彩色礼品包一样迸裂开来，咔嗒咔嗒地裂成碎片，发出的声音就像响板的声音，然后消失在黑暗中。

一个暗影猎手站在西蒙身边，是他从来没有见过的，个子很高，留着胡子，血泼溅得到处都是。他低头看着西蒙，用一只脏手摸过西蒙的额头，留下黑色的道子。“你还好吗？”

西蒙吓呆了，点点头，开始爬起来。“谢谢。”

这个陌生人倾身下来，伸给西蒙一只手帮他起来。西蒙抓住他的手——然后飞出了这个土坑。他在坑边落下脚，脚在湿泥上打滑。陌生人羞怯地咧嘴笑了。“对不起。暗影魅族的力量——我的搭档是一个狼人。我不太习惯，”他注视着西蒙的脸，“你是一个吸血鬼，是吗？”

“你怎么知道的？”

这人笑了。这是一种疲惫的笑，可是没有任何不友好。“你的尖牙。你战斗时它们出来了。我知道是因为——”他停住了。西蒙可以替他说完剩余的话：我知道是因为我杀了我需要杀的那些吸血鬼。“不管怎样，谢谢，谢谢和我们一起作战。”

“我——”西蒙正要说他还没有真正开始战斗，或作出任何真实的贡献。他嘴里刚要说出一个字，然后一个长着爪子和翅膀、巨大得匪夷所思的怪物从空中扫过，把它的利爪深陷进这个暗影猎手的后背。

这个人甚至都没有叫出来。他仿佛因为惊讶抬头看，疑惑是什么抓住了他——然后他就不见了，在牙齿和翅膀的旋转中，迅速升到黑色天空中。他的木棒重重地落在西蒙脚边的地上。

西蒙没动。整件事情，从他掉进坑里的一刻起，不到一分钟。他麻木地转过身，瞪着周围在黑暗中旋转的刀剑、恶魔的利爪、像萤火虫飞过树木一样穿过黑暗来来去去的微光——然后明白它们是什么了。六翼天使刃闪烁的光。

他看不见莱特伍德夫妇、潘海洛夫妇、卢克，还有他可能认识的任何人。他不是暗影猎手，然而那个人感谢了他，感谢他的战斗。他跟克拉丽说的是对的——这也是他的战斗，这里需要他。不是那个痛恨看见血绅士的宅男人类西蒙，而是吸血鬼西蒙，一个他甚至都不怎么了解的东西。

一个真正的吸血鬼知道自己已经死了，拉斐尔曾说过。可是西蒙不觉得自己死了，他从没感觉这么有活力过。他转过身，另一个恶魔在他面前出现：这是一个类似蜥蜴的东西，长着鳞片和啮齿动物的牙齿。它用张开的黑色爪子扫过西蒙。

西蒙跳开了。他扑到这东西巨大的侧面紧紧抓着它，指甲深陷进去，鳞片在他的抠抓下都掉落了。他用尖牙咬进恶魔的脖子，前额的印记此时轻轻地跳动起来。

它的味道真可怕。

玻璃不再掉落后，天花板出现一个洞，很宽，好像被一个陨石撞穿了似的，冷风从这个缺口灌进来。克拉丽颤抖着站起来，把碎玻璃从衣服上抹掉。

照亮天使大厅的巫光已经被熄灭了：现在里面黑洞洞的，只有阴影和灰尘。广场上的移空门正在消退，透过打开的前门，暗淡的光亮微弱可见。

待在这里很可能不安全了，克拉丽想。她应该去找潘海洛夫妇，和艾琳一起。她穿过大厅走了一阵，听见大理石地面上响起了脚步声。她的心脏怦怦跳着，转身看见马拉奇迈着大步向高台走去，在暗淡的光亮中投下长长的蜘蛛一样的影子。可是他还在这里干什么？他不是应该和其他暗影猎手一起在战场上吗？

他走进高台时，她注意到某个东西，让她用手捂住了嘴巴，没有发出惊讶的喊叫。马拉奇的肩上有一个弓着的黑影。是只鸟。确切地说，是乌鸦。

雨果。

马拉奇迈上高台台阶，这时克拉丽躲到一根柱子后面蜷缩起来。他左右扫视的样子有点鬼鬼祟祟，不会错的。他显然对周围没人很满意，于是从口袋里掏出一个小小的闪亮的什么东西，套上手指。一枚戒指？他伸手转动它，克拉丽想起霍奇在学院的图书室里从杰斯的手上拿走了戒指……

马拉奇面前的空气微微地闪烁起来，仿佛受了热似的。一个声音从里面说起话来，一个熟悉的声音，冷酷又文雅，带着一丝恼怒。

“怎么了，马拉奇？现在我没心情跟你闲聊。”

“我的瓦伦丁。”马拉奇说道。他平时的敌意已经被一种谄媚的逢迎取代了。“刚才雨金带给我一个消息，我猜想您已经在取圣镜的路上，所以他才来找我。我想您也许想知道。”

瓦伦丁的声音很严厉。“很好。什么消息？”

“是您的儿子，主人。您另一个儿子。他甚至可能通过地道跟着您去了湖边。”

克拉丽紧紧抓住柱子，手指都发白了。他们说的是杰斯。

瓦伦丁哼道：“他在那儿遇见他的兄弟了吗？”

“雨金说他们两人在那里打起来了。”

克拉丽感觉胃部一阵翻滚。杰斯，打塞巴斯蒂安？她想起塞巴斯蒂安在防御厅山上把杰斯举起来然后扔掉的样子，仿佛他一点儿都不重似的。她感到一阵恐慌，以至于有一会儿耳朵嗡嗡作响。等到她的注意力又回到这个大厅里时，她已经错过了瓦伦丁回复马拉奇的话。

“我关心的是那些年龄已经大到可以画印记却又不到参加作战年龄的人，”马拉奇现在说，“他们在长老会的决定中没有投票。那些作战的人们必须受到惩罚，可是用同样的方式来惩罚这些孩子，似乎不太公平。”

“我的确考虑过这一点，”瓦伦丁发出低沉的轰鸣声，“因为十几岁孩子的印记轻，要更长的时间才会变成弃魔。至少要几天。我相信这个结果还能反转回来。”

“而我们从圣杯中饮用过的那些人将会完全不受影响？”

“我很忙，马拉奇，”瓦伦丁说，“我告诉过你，你会安全的。我在用自己的性命进行这个过程，有些信心吧。”

马拉奇垂下了头。“我很有信心，我的主人。许多年来，我一直保有信心，默默地，一直为您效劳。”

“你会得到回报的。”瓦伦丁说。

马拉奇抬起头。“我的主人——”

可是空气已经停止闪烁了。瓦伦丁走了。马拉奇皱起了眉头，然后迈下台阶，向前门走去。克拉丽缩回到柱子后面，急切地希望他不会看见她。她的心脏怦怦直跳。那一切是怎么回事？关于弃魔的所有这些是什么？答案在她脑海的角落里闪现，却似乎太可怕了，她不敢去想。甚至瓦伦丁都不会——

这时有什么东西朝她的脸飞来，黑黑的一团盘旋着。她几乎来不及举起胳膊挡住眼睛，什么东西就在她的手上划开一道口子。她听见凶狠的乌鸦叫声，然后有翅膀拍打她举起来的手腕。

“雨金！够了！”是马拉奇严厉的声音，“雨金！”又响起一阵乌鸦的叫声，还有重重的一声撞击，然后安静了下来。克拉丽放下胳膊，看见乌鸦一动不动地躺在执政官的脚边——吓呆了还是死了，她辨别不出。马拉奇低吼了一声，凶狠地把乌鸦从跟前踢开，咄咄逼人地大步走向克拉丽。他一把抓住她流血的手腕，把她拽起来。“愚蠢的女孩，”他说，“你在这儿听了多长时间了？”

“长得足以知道你是集团的一员，”她叫道，用力扭动被他抓着的手腕，可是他抓得很牢，“你是瓦伦丁一边的。”

“只有一边，”他生气地说道，“圣廷愚蠢，受了误导，迎合一半是人一半是怪物的东西。我想要的只是让它纯洁，恢复它先前的荣耀。一个我本以为每个暗影猎手都会赞成的目标，可是不——他们听从傻瓜和喜欢恶魔的人，就像你和卢西恩·格雷马克。现在你们把拿非力人的精英送进这场可笑的战争送死——你们将一无所成。瓦伦丁已经开始仪式了，很快天使将会升起，而暗影猎手将变成弃魔。所有那些，除了受到瓦伦丁保护的——”

“这是谋杀！他在谋杀暗影猎手！”

“不是谋杀，”执政官说道，他的声音透着狂热的激情，“清洗。瓦伦丁将建造一个暗影猎手的新世界，一个清除了弱点和堕落的世界。”

“弱点和堕落不是在这个世界上，”克拉丽厉声说道，“它在人身上。而且它将一直存在。世界需要好人来平衡，而你们要把他们全杀掉。”

他非常惊讶地看了她一会儿，似乎被她语气里的力量震动了。“一个背叛自己父亲的女孩说的好听的话，”马拉奇猛地把她拉过来，野蛮地拽着她流血的手腕，“也许我们应该看看瓦伦丁会不会介意，如果我教你——”

可是克拉丽永远也不会知道他想教她什么了。一个黑影冲到他们中间——展开翅膀，张开爪子。

乌鸦用爪尖抓住马拉奇，在他脸上割开血淋淋的一个口子。执政官大叫起来，放开了克拉丽，举起胳膊，可是雨金又绕回来，狠毒地用喙和爪子猛划他。马拉奇挥舞着胳膊，摇摇晃晃地向后退去，直到他用力地撞到一只凳子的边。凳子哗啦一声倒了，他失去了平衡，随着凳子躺倒在地上，发出一声哽塞的叫喊——很快就断了气。

克拉丽冲到马拉奇在大理石地面上瘫倒的地方，他的周围已经出现一摊血泊。他掉在一堆打碎了的天花板玻璃上，一大块参差不齐的玻璃刺进了他的喉咙。雨金还在空中围着马拉奇的尸体盘旋。克拉丽瞪着它，这时它炫耀般地抓了一下马拉奇——显然它不喜欢执政官的踢打。克拉丽想，马拉奇应该知道不要攻击瓦伦丁的宠物，鸟和它的主人一样不宽容。

可是现在没有时间想马拉奇的事了。亚历克说湖四周有魔法屏障，如果有人在那里设移空门，警报就会响起。瓦伦丁很可能已经在圣镜那里了——没有时间可以浪费了。克拉丽慢慢地从乌鸦旁边退开，转身朝大厅前门和远处移空门的闪光处跑去。

第二十章

被称在天平里 ①

水像拳头一样拍击她的脸。克拉丽窒息着下到冰冷的黑暗中。她的第一反应是移空门已经消退，无法修复，她被夹在了旋转着的黑暗中间地带。

她的第二反应是她已经死了。

实际上她很可能只是有几秒钟失去了意识，虽然感觉像一切都结束了。她慢慢醒过来后，感到的震惊就像穿破冰层一般。她刚没有了意识，而现在，她突然醒了。她躺在冰冷潮湿的地上，凝望着繁星密布的天空，仿佛有人将一把银色亮片撒过黑色的表面。她的嘴巴里充满着咸咸的液体。她把头转向一边，咳嗽着吐出来，接着大口喘气，然后才又能呼吸了。

胃部不再痉挛后，她翻向侧面。她的手腕被一根发着微光的带子绑了起来，腿部很沉重，有种奇怪的感觉，浑身感到很多针扎般的刺痛。她想自己是不是很奇怪地躺在针上了，还是差点被淹死的副作用。她脖子后面感觉灼痛，好像被黄蜂蛰了似的。她喘着气用力坐起来，双腿笨拙地伸在前面，然后看了看四周。

她在林恩湖岸边水面和细沙交接的地方。黑色的岩壁耸立在她身后，这处悬崖她和卢克一起到这儿时就看见过。沙子本身是暗色的，闪着云母的银光。沙滩上到处是巫光火把，空中充满了银色的光芒，给水面投上图案交织的光亮线条。

离她坐的地方不远的湖岸边，立着一张由平坦的石头堆叠而成的矮桌。它显然是匆忙堆成的，虽然石头之间的缝隙用潮湿的沙子塞住了，然而有些石头滑开了。放在矮桌上的，是让克拉丽屏住呼吸的东西——圣杯，交叉着放在它上面的是圣剑，在巫光中闪着黑色的火舌。祭坛周围是刻在沙滩上的黑色如尼文线条。她盯着这些如尼文线条，可是它们很乱，毫无意义——

一个影子跨过沙滩，走得飞快——一个男人长长的黑影，火把摇曳的光使影子显得游移而模糊。克拉丽抬起头时，他已经站在她的跟前。

瓦伦丁。

---

① 出自《圣经·旧约·但以理书》第五章第二十七节："提客勒，就是你被称在天平里，显出你的亏欠。"

看到他让她如此震惊，几乎是出离震惊了。她抬头瞪着父亲，什么感觉都没有。他的脸在黑暗天空的衬托下，仿佛悬停的月亮：很白，很严厉，黑色的眼睛就像陨石坑。他的衬衫外面系着好多皮带，上面插着十几件或者更多的武器，像豪猪的尖刺似的竖在他身上。他看起来很魁梧，不可思议的高大，仿佛一尊战神的雕像，专注于毁灭。

"克拉丽莎，"他说，"你冒险通过移空门来这里，真是很幸运，千钧一发之际我看到你出现在水里。你都没有意识了，要不是我，你已经淹死了。"他嘴边的肌肉轻轻抽动了一下，"我不会让你对圣廷设在湖四周的警报屏障过于感兴趣的。我一到这儿就把它给拆除了。没有人知道你在这儿。"

我不相信你！克拉丽张开嘴对他吐出这些话。可是没有声音。这就像是她做的一个噩梦，她努力想要大声尖叫，却叫不出来。只有一口干气从她的嘴里吐出，是那种喉咙断了的人想要喊叫时的喘气。

瓦伦丁摇摇头。"不要费力气说话了。我在你脖子后面用了无声如尼文，无声使者用的那种。你手腕上是绑缚如尼文，另一个如尼文用来让你的腿伤残。如果是我的话，是不会尝试站起来的——你的腿支撑不了你，只会让你疼痛。"

克拉丽怒气冲冲地瞪着他，想要用眼神刺他，用仇恨砍他，可是他并不在意。"要知道，情况可能会更糟。我把你拖到岸上时，湖里的毒素已经开始起效了。顺便提一下，我治好了你，不过并不期待你因此感谢我，"他淡然一笑，"你和我，我们从未谈过话，是吧？没有真正谈过。你肯定奇怪，为什么我似乎从来没有像一位真正的父亲那样关心你。如果这伤害了你，对不起。"

这时她的眼神从仇恨变成了难以置信。她连话都不能说的时候，他们怎么能谈话？她努力想要吐出这些话，可从她的喉咙里什么也没发出，只有轻微的喘气声。

瓦伦丁转身面向他的祭坛，把手放在圣剑上。圣剑发出黑色的光，某种逆光，仿佛它在吸收周围空中的亮光。"我不知道你妈妈离开我时怀着你。"他说。克拉丽想，他正在用一种从来未曾有过的方式跟她说话。他语气平静，甚至亲切，但事实上却不是。"我知道有什么不对劲。她以为她把忧郁隐藏起来了。我从伊修列身上取了一些血，制成干粉末，混在她的食物里，以为可以治好她的忧郁。要是我知道她怀孕了，我不会这么做的。我已经决定了，不再用我自己亲生的孩子做试验。"

你撒谎，克拉丽想向他喊叫。但是她又不肯定。他的话仍然听起来很陌生。是不同。也许是因为他在说真话。

"她逃离伊德里斯后，我找了她好多年，"他说，"不只是因为她带着圣杯，还因为我爱她。我以为只要我能跟她谈谈，我就能让她理智起来。在阿利坎特的那天晚上，我在一阵狂怒中做了我所做的事情，想要毁灭她，毁灭我们共同生活的一切。可是后来我——”他摇了摇头，转眼望着远处的湖面，“我最后终于跟踪到她，听见她有另一个孩子的传言，一个女儿。我以为你是卢西恩的孩子。他一直爱着她，一直想把她从我身边夺走。我想她肯定妥协了，同意和一个肮脏的暗影魅族有孩子。”他的嗓音显得生气起来，“我在你们纽约的公寓找到她时，她几乎还没有清醒的意识。她愤怒地对我喊叫着我把她的第一个孩子变成了怪物，她要在我还没来得及对第二个孩子做同样的事之前离开我。然后她就瘫软在我怀里。那么些年我都在找她，而这就是我和她所有的一切。她看我的几秒钟里，带着一生的恨。我那时意识到些什么了。”

他举起梅拉塔奇之剑。克拉丽记得，还未完全转换的圣剑要拿起来有多么重。她看见剑举起来时，瓦伦丁胳膊上的肌肉突了出来，非常坚硬，就像一股股绳子绞在皮肤下面。

“我意识到，”他说，“她离开我的原因是要保护你。她恨乔纳森，可是你——她会做任何事情来保护你。保护你不接触我。她甚至住在凡人中间，我知道这肯定让她痛苦，永远都不能用我们的传统方式来养育你。你只有你本来可以拥有的能力的一半。你有如尼文的天分，可是却被你凡人的养育方式浪费了。”

他放低了剑。现在，剑尖就悬在克拉丽的脸边。她从眼角能看见剑尖悬浮在她视野的边缘，仿佛一只银色的飞蛾。

“那时我知道乔斯琳永远都不会回到我身边，因为你。在这世界上，你是唯一一个她爱你比爱我更多的人。而且因为你，她恨我。因此，我痛恨看到你。”

克拉丽转开脸。如果他要杀她，她也不想看见死亡来临。

“克拉丽莎，”瓦伦丁说，“看着我。”

不。她望着湖面。她能看见湖的那边，有暗淡的红光，仿佛火苗熄灭成了灰烬。她知道这是战斗中的光。她妈妈在那儿，还有卢克。也许他们在一起才合适，即使没有她。

我要一直看着那里的光，她想。不管是什么，我要一直看着。它将是我有生之年看见的最后的东西。

“克拉丽莎，”瓦伦丁又说道，“你长得很像她，你知道吗？很像乔斯琳。”

她感到脸颊一阵剧痛，是圣剑的剑刃。他把剑刃按在她的皮肤上，想要迫使她把头转向他。

“我现在要召唤天使了，”他说，“我想让你看着这一切的发生。”

克拉丽的嘴里有股苦苦的味道。我知道你为什么对我妈妈这么念念不忘。因为你以为对她有完全的控制，可她却转身咬了你。你以为拥有她，可你没有。这就是为什么你想让她在这儿，就在此刻，来看你赢。这就是为什么你将就着让我看。

圣剑刺进她的脸颊更深了。瓦伦丁说：“看着我，克拉丽。”

她看了。她不想，可是太疼了——她的头几乎是违背她的意愿，猛地转到一边，鲜血从她脸上大滴大滴地落下，洒落在沙子上。她抬起头看着父亲的时候，感到一阵恶心欲呕的疼痛。

他低头注视着梅拉塔奇之剑，剑刃也沾上了她的血。他又将目光投向她时，眼睛里闪现出奇怪的光芒。“要完成这个仪式需要血，”他说，“我本来打算用我自己的，可是当我看见你在湖里，我知道这是伊修列要告诉我，用我女儿的来代替。这就是为什么我要清理掉湖水对你血液的沾染。现在你已经纯净了——纯净，准备好了。所以谢谢你，克拉丽莎，谢谢你的血。”

克拉丽想，从某种程度上来说，他是真的，真的表达他的感激。他长久以来已经失去了区分强迫和合作，恐惧和愿意，爱和折磨的能力。意识到这一点，她突然感到没有了知觉——瓦伦丁甚至都不知道自己是一个怪物，恨他又有什么意义？

“现在，”瓦伦丁说，“我只需要再多一点。”克拉丽想，多一点什么？他抽回圣剑，星光从剑上迸发出来。就在这时她想，当然，他想要的不只是血，而是死亡。到现在为止，圣剑已经吸收够了鲜血。它可能喜好血，正如瓦伦丁自己一样。他挥剑向她时，他的目光跟随着梅拉塔奇的黑光——

然后剑飞了。它从瓦伦丁的手里被踢了出去，飞落在黑暗之中。瓦伦丁睁大了眼睛，他低头看去，先看了一眼他在流血的手——然后抬头，和克拉丽同时看见是谁把圣剑从他手里踢飞的。

杰斯，他的左手拿着一把熟悉的长剑，站在沙滩上隆起的一处，离瓦伦丁不超过三十厘米。克拉丽从瓦伦丁的表情可以看出，他和她一样没有听见杰斯靠近。

克拉丽感觉心脏一沉。干了的血在他脸边结了一层硬壳，喉咙处还有乌青的红印记。他的眼睛像镜子一样在发光，在巫光中，它们呈现出黑色——像塞巴斯蒂安的眼睛一样的黑色。“克拉丽，”他说着，视线并没有从他父亲身上移开，“克拉丽，你还好吗？”

杰斯！她挣扎着叫他的名字，可是什么声音也不能越过她喉咙里的障碍发出来。她感觉自己仿佛窒息了。

“她无法回答你，”瓦伦丁说，“她不能说话。”

杰斯的眼睛闪着光。“你对她做了什么？”他用剑刺向瓦伦丁，瓦伦丁向后退了一步。瓦伦丁脸上的神情很警觉，却没有害怕。他的表情中有种算计，克拉丽不喜欢。她知道她应该有胜利的感觉，可是她没有——如果有什么的话，她比刚才更恐慌了。她已经明白瓦伦丁要杀她——已经接受了这个事实——而现在杰斯在这儿，她的恐惧已经扩展了，把他也包括了进去。而他看起来如此……狼狈。他的战斗服从胳膊的一半处被扯开了，下面的皮肤上交错着白色的线条。他的衬衫前面撕破了，心脏处有消褪的移除文，下面依然残留着严重的红痂。他的衣服上沾着污泥，好像他在地上打过滚似的。可是最让她害怕的是他的表情，是如此的——凄凉。

“静默如尼文，伤害不到她。”瓦伦丁的眼睛盯着杰斯——饥渴地盯着，仿佛杰斯对他而言意味着酒精。“我不认为，”瓦伦丁问道，“你是来加入我的？要站在我旁边接受天使的祝福？”

杰斯的表情一成不变。他注视着他的养父，眼睛里什么也没有——没有一丁点儿恋恋不舍的爱或回忆，甚至都没有恨。只有……鄙视，克拉丽想。冷漠的鄙视。“我知道你计划做什么，”杰斯说，“我知道你为什么召唤天使。我不会让你这么做的。我已经让伊莎贝尔去警告军队——”

“警告对他们没有好处。这不是那种你可以逃离的危险。”瓦伦丁的目光移到杰斯的剑上。“放下那个，”他开始说，“我们可以谈谈——”然后他停下了，“那不是你的剑。那是摩根斯特恩家族的剑。”

杰斯笑了，一种隐秘的甜甜的微笑。“是乔纳森的。他现在死了。”

瓦伦丁看起来非常惊愕。“你是说——”

“我从他掉落的地方捡起来的，”杰斯不带感情地说，“在我杀了他之后。”

瓦伦丁似乎惊呆了。“你杀了乔纳森？你怎么会？”

“他会杀了我，”杰斯说，“我没有选择。”

“我不是那个意思，”瓦伦丁摇摇头，他仍然看起来很惊愕，仿佛一个拳击手被对手打得太狠，倒在垫子上之前的那一刻，“我养大了乔纳森——我亲自训练他。没有比他更好的斗士了。”

“显然，”杰斯说，“有。”

“可是——”瓦伦丁的嗓音嘶哑了，这是克拉丽第一次在他那平稳沉着的声音中听到缺陷，“可是他是你的哥哥。”

“不，他不是，”杰斯向前迈了一步，把剑刃朝瓦伦丁的心脏推送得又近了些许，“我真正的父亲怎么了？伊莎贝尔说他死于一次战斗，可他真是这样吗？你是像杀了我母亲一样杀了他吗？”

瓦伦丁仍然显得很惊愕。克拉丽感觉他是在为自我控制做着斗争——对抗悲伤的斗争吗？还是只是害怕死？"我没有杀你母亲。她自杀了。我划开她死了的身体把你取出来。如果我不那样做，你就会和她一起死了。"

"可是为什么？你为什么这么做？你不需要儿子，你有儿子！"克拉丽想，杰斯在月光下看起来很吓人，也很奇怪，像是某个她不认识的人。那只握着长剑指向瓦伦丁喉咙的手坚定不移。"告诉我真相，"杰斯说，"不要再说我们是同样血肉的谎话。父母跟他们的孩子说谎，可是你——你不是我父亲。而我想要真相。"

"我需要的不是儿子，"瓦伦丁说，"是战士。我本来以为乔纳森可能是那个战士，可是他身上有太多恶魔天性。他太残忍，太突猛，不够机智。甚至他才刚刚过了婴儿期时，我就害怕他永远都不会有耐心和同情心来追随我，按我的方式领导圣廷。所以我又试了你。而对于你我有相反的麻烦。你太温柔。太有同情心。别人的痛苦你感觉像是你自己的痛苦，你甚至不能忍受你的宠物死去。明白了这个，我的儿子——我因为这些爱你。可是我爱你的东西让你对我变得没有用处。"

"所以你认为我柔弱，没用，"杰斯说，"那么我猜，你柔弱没用的儿子割了你的喉咙时，会让你大吃一惊的。"

"我们已经经历过一次了，"瓦伦丁声音平稳，可是克拉丽觉得她能看见在他的太阳穴上，在喉咙底部，汗水在闪光，"你不会那么做的。在伦维克你不想那么做，现在你也不想。"

"你错了，"杰斯的语气很克制，"自从我放了你，我每天都后悔没有杀了你。因为那天我没有杀你，我的弟弟麦克斯死了。因为我住了手，几十个，也许几百个人死了。我知道你的计划。我知道你希望屠杀几乎每个在伊德里斯的暗影猎手。我问自己，在做我本应在布莱克韦尔岛上做的事情之前，还有多少人要死？不，"他说，"我不想杀你。可是我要杀了你。"

"不要这么做，"瓦伦丁说，"求你了。我不想——"

"死？没人想死，父亲。"杰斯的剑尖滑得更低了，然后更低，直到指在瓦伦丁的心脏上。杰斯的表情很平静，是那种天使完成神圣正义任务的脸。"你有什么临终遗言吗？"

"乔纳森——"

剑尖所指之处，血液弄脏了瓦伦丁的衬衫。克拉丽在脑海中看到了在伦维克的杰斯，手颤抖着，不想伤害他的父亲。瓦伦丁则在激他。把剑尖扎进去。七厘米——也许十厘米。现在却不是那样了。杰斯的手很稳，瓦伦丁则显得害怕。

"临终遗言，"杰斯生气地低声说，"是什么？"

瓦伦丁抬起头。他看着面前的这个男孩，黑眼睛很严肃。"对不起，"他说，

"非常对不起。"他伸出一只手，似乎想要伸向杰斯，甚至想要去摸他——他的手转过来，手掌朝上，手指张开——接着银光一闪，什么东西像从枪里射出的子弹一样飞过克拉丽。子弹飞过时，她感到移动的空气拂过她的脸庞，然后他从空中接住了它，放低下来，曾经在他手中闪光的东西变成了长长的银色火舌。

是圣剑。瓦伦丁将剑刃插进杰斯的心脏，在空中留下了交错的黑光。

杰斯突然睁开了眼睛，脸上掠过难以置信的困惑表情。他低头看看自己，梅拉塔奇之剑荒谬地扎在他的胸口——看起来与其说恐怖，不如说是奇异，像噩梦里的道具一样，完全不合逻辑。随后瓦伦丁收回手，把剑从杰斯的胸口拔出来，就跟把匕首从鞘里拔出来一样。杰斯倒下跪在地上，似乎圣剑是支撑他的所有力量。他的剑从手里滑落下来，掉在潮湿的土地上。他困惑地低头看了看剑，好像不知道为什么他刚才拿着它，又为什么让它掉落似的。他张开嘴，似乎要问个问题，然后血涌过他的下巴，浸染了他破破烂烂的衬衫剩下的部分。

那之后的一切对克拉丽而言，似乎都进行得非常缓慢，仿佛时间延伸了似的。她看见瓦伦丁坐到地上，把杰斯拉到他的膝盖上，好像杰斯还很小，可以轻易地抱着。他把他抱紧，摇起他，然后低头用脸靠着杰斯的肩膀。有一会儿，克拉丽以为他可能在哭，可是他抬起头时，眼睛是干的。"我的儿子，"他小声说，"我的孩子。"

时间在克拉丽周围慢得可怕，仿佛令人窒息的绳子。瓦伦丁抱着杰斯，把他沾上血的头发从前额拨到后面。杰斯死的时候他抱着他，光从他的眼里消失，然后瓦伦丁把他养子的身体轻轻放到地上，让他的两只胳膊交叉着放在胸口，似乎要遮住那儿张开着的鲜血淋漓的伤口。"致——"他开口道，似乎想为杰斯说几句话，暗影猎手的告别，可是他的声音嘶哑了，然后他突兀地转过身，又向祭坛走去。

克拉丽无法动弹，几乎不能呼吸。她能听见自己心脏的跳动，听到干渴的喉咙中呼吸的声音。她从眼角可以看见瓦伦丁站在湖边，血从梅拉塔奇的剑刃淌下，滴到圣杯里。他在咏唱她听不懂的词句。她并不在意，没想要懂。很快一切就会结束，她几乎感到高兴。她不知道是否还有足够的力气爬到杰斯躺着的地方，她是否能在他身边躺下，等着结束。她看着他，一动不动地躺在被踩踏过的血污的沙滩上。他的眼睛闭着，脸很平静。要不是划过他胸膛的伤口，她会告诉自己他是在睡觉。

可是他不是。他是一个暗影猎手，他在战斗中死去，理应接受最后的祝祷。致敬告辞。她的嘴唇作出这些词的口型，虽然它们是在静默的送气中从她嘴里吐出。念了一半，她停下来，屏住了呼吸。她应该说什么？致敬告辞，杰斯·维兰德？那个名字并不真是他的。她心痛地想，他甚至从来都没有真正取过名字，只是把一个死去了的孩子的名字给了他，因为那名字符合瓦伦丁的目的。而名字中有这么多力量……

她扭过头来，瞪着祭坛。它周围的如尼文开始发出了微光。这些是召唤如尼文，命名如尼文，还有联合如尼文。它们就像将伊修列囚禁在维兰德庄园地窖里的如尼文。现在她虽然很不情愿，可还是想起杰斯那时看着她的样子，他眼里有信任的火光。他总是认为她很坚强。他做的每件事里，每个表情里，每次触摸里都显露了这一点。西蒙也信任她，然而他抱着她时，仿佛她是什么易碎的东西，某种由精致的玻璃制成的东西。可是杰斯是用他全部的力量抱她，从来不管她是否受得了——他知道她像他一样坚强。

瓦伦丁现在一遍又一遍地将血淋淋的圣剑浸在湖水里，时快时慢地咏唱着。湖水荡起了涟漪，仿佛一只巨手的手指轻轻滑过湖面。

克拉丽闭上了眼睛。她想起释放伊修列的那个晚上杰斯看她的样子，情不自禁地想象起来，如果他知道她尽力要躺在沙滩上死在他身边，会怎样看她。他不会感动的，不会认为这是一个美丽的姿态。他会为她的放弃感到生气。他会那么——失望。

克拉丽拖着麻木的腿，放低身体以躺在地上。她拖着膝部和绑着的双手，推着自己慢慢地爬过沙滩。手腕上发光的带子灼热又刺痛。她拖着身体爬过地面的时候衬衫破了，沙子摩擦着她腹部裸露的皮肤。她却几乎感觉不到。这样爬行很费力——汗水顺着她后背肩胛骨之间的地方淌过。终于到了如尼文圈里时，她大声喘着气，很害怕瓦伦丁会听见。

可是他甚至都没有转身。他一手拿圣杯，一手执圣剑。她看见，他收回右手，说了几个听起来像希腊语的词语，然后把圣杯扔了出去。圣杯仿佛一颗坠落的星星，闪着光冲向湖水，然后随着微微的泼溅声，消失在水面下。

如尼文圆圈微微发热，像封了一半的火。克拉丽不得不扭动着身体，挣扎着去抓塞进皮带的石杖。她的手指靠近了石杖的柄，这时手腕的疼痛突然剧烈起来。她抽出石杖，压低声音松了口气。

她无法分开两个手腕，所以笨拙地双手抓着石杖。她撑着肘部爬起来，低头打量着这些如尼文。她能感觉到如尼文在她脸上的热度。它们开始像巫光一样闪亮起来。瓦伦丁摆好了圣剑的姿势，正要把它扔走，同时他在咏唱最后几句召唤咒语。克拉丽爆发出力量，把石杖尖插进沙里，没有沿着瓦伦丁画过的如尼文照画，而是在上面画自己的如尼文，在象征瓦伦丁名字的如尼文上面，画了新的如尼文。她想，这是这么小的如尼文，这么小的改变——一点儿也不像极其强大的结盟如尼文，也不像该隐印记。

可是这是她所能做的全部。她筋疲力尽地翻滚到一边，就在这时瓦伦丁收回手臂，让圣剑飞出去了。

梅拉塔奇之剑翻滚着冲出去，形成黑色和银色交加的模糊影子，无声地进入交织着黑色和银色的湖水，升起巨大的水花：铂金色的水盛开的花。水花越来越高，仿佛融化了的银形成的喷泉，就像雨水在向上冲。一声巨大的破裂声响起，那种冰层破碎、打破冰川的声音——然后湖水似乎劈开了，银色的湖水向上迸溅着，仿佛逆向的雹暴。

随雹暴一起升腾而起的是天使。克拉丽不能确定她期待什么——像伊修列的某个东西，可是伊修列已经被多年的囚禁和折磨搞得奄奄一息了。而这是一个拥有全部力量的天使。他从水里升起时，她的眼睛开始灼痛，似乎在盯着太阳一样。

瓦伦丁的手已经放到身体的两侧。他全神贯注向上张望着，是一个男人在看着他最伟大的梦想成真。“拉结尔。”他吐气道。

天使继续上升，仿佛湖面在下沉，在湖水中间显露出一根巨大的大理石柱子。首先他的头从水中现出，飘扬的头发像金银链子。然后是肩膀，白得像大理石，随后是光秃秃的躯干——克拉丽看见天使浑身都刻画着如尼文，正像拿非力人那样，虽然拉结尔的如尼文是金色的，活动的，在他的白皮肤上移动，就像火中飞溅出来的火花。不知怎么回事，天使看上去既巨大又和人一样大：克拉丽努力看他的全貌时，眼睛疼痛，然而他又是她所能看到的全部。他升起的同时，翅膀从背后伸出，张开在湖面上，翅膀也是金色的，上面还有羽毛，每一根羽毛上都嵌着一只金色的眼睛在张望。

这景象很美，也很可怕。克拉丽想要看别处，却又不愿。她要观看这一切。她要替杰斯观看，因为他看不到。

这就像所有那些画面，她想。天使从湖中升起，圣剑在一只手里，圣杯在另一只手里。两者都流着水，而拉结尔却干如枯骨，翅膀也不潮湿。他的双脚白白的，光秃秃的没有穿鞋，站在湖面上，湖水激起了小小的涟漪。他的脸，美丽而冷酷，低头注视着瓦伦丁。

接着他说话了。

他的声音既像哭，又像喊叫，还像音乐。没有任何话语，然而却完全能让人理解。他呼吸的力量差点把瓦伦丁击得后退，他靴子的后跟插进沙子里，头向后斜着，仿佛正顶着飓风走路。克拉丽感到天使呼吸引起的风吹过她：热得像火炉周围的空气，有股奇怪的香味。

“自从我上次被召唤已经过去一千年了，”拉结尔说，“那时乔纳森暗影猎手请求我把我的血和凡人的血在圣杯中混合起来，创造一个斗士族，他们将让地球摆脱恶魔族。我满足了他全部的要求，告诉他我不会再做别的。现在你们为什么召唤我，拿非力人？”

瓦伦丁的声音很急切。“一千年已经过去了，荣耀的第一个千年，可是恶魔族仍然存在。”

“那对我而言算什么？一千年对一个天使来说眨眼之间就过去了。”

“您所创造的拿非力人是伟大的种族。多年来他们英勇战斗，要让这个星球摆脱恶魔的玷污。可是由于他们中某些成员的柔弱和堕落，他们失败了。我意欲把他们带回先前的荣耀——”

“荣耀？”天使似乎稍稍有些好奇，似乎这个词对他很陌生一样，“荣耀只属于上帝。”

瓦伦丁没有动摇。“第一批拿非力人创立的圣廷已不复存在。他们已经和暗影魅族结盟，那些受到恶魔玷污的非人类像老鼠尸体上的跳蚤一样，出没在这个世界。我的意图是要清洗这个世界，毁灭每位暗影魅族和每个恶魔——”

“恶魔没有灵魂。不过至于你说到的族类，月亮之子，黑夜之子，莉莉丝和精灵，都是有灵魂的。你关于什么构成和什么不构成人类的规定比我们更严格，”克拉丽可以发誓，天使的声音呈现出干哑的语调，“你打算像另一个和你有相同名字的启明星一样挑战上天吗，暗影猎手？”

“不是挑战上天，不，拉结尔阁下。是我自己和上天——”

“在一场你制造的战争中？我们属于天堂，暗影猎手。我们不参加你们凡人的战斗。”

瓦伦丁再开口说话时，听起来几乎受到了伤害。“拉结尔阁下，如果您不打算帮我，您肯定不会允许通过仪式召唤您这样的事发生。我们拿非力人是您的孩子。我们需要您的指引。”

“指引？”现在天使似乎觉得好笑，“这好像不是你带我来这里的原因。你其实是寻求你自己的声望。”

“声望？”瓦伦丁沙哑地重复道，“我为了这项事业付出了一切。我的妻子。我的孩子。我没有拒绝交出我的儿子们。我为此付出了所有——所有。”

天使只是盘旋着，用他诡异冷酷的眼睛低头注视着瓦伦丁。他的翅膀缓慢而随意地动着，就像云朵在空中穿行。最后他说："上帝要求亚伯拉罕在祭坛上献上他的儿子，倒很像这个，看看亚伯拉罕更爱谁，以撒还是上帝。可是没有人要求你牺牲你的儿子，瓦伦丁。"

瓦伦丁低头瞥了一眼脚边的祭坛，上面溅着杰斯的血，然后又抬头看着天使。"如果必要，我会强迫您这么做，"他说，"可是我更愿意得到您自愿的合作。"

"乔纳森暗影猎手召唤我的时候，"天使说，"我给予他帮助是因为我能明白，他没有恶魔的世界的梦想是真实的。他想象着这个世界的天堂。可你只梦想着你自己的荣耀，而且你不爱天堂。我的兄弟伊修列能证明这一点。"

瓦伦丁脸色发白。"可是——"

"你以为我不知道吗？"天使微笑了。这是克拉丽见过的最恐怖的微笑。"你画的圆圈的主人能强迫我做一件事，确实是这样的。但你不是那个主人。"

瓦伦丁瞪大了眼睛。"我的主人拉结尔——没有别人——"

"可是有，"天使说，"你的女儿。"

瓦伦丁转过身。克拉丽半清醒地躺在沙滩上，反叛地回瞪着他，手腕和胳膊痛得让她想要尖叫。他们的目光相遇了一会儿——他看着她，真的在看着她，她意识到这是她父亲有史以来第一次看着她的脸，眼里看见了她。第一次也是唯一的一次。

"克拉丽莎，"他说，"你干了什么？"

克拉丽伸出手，用手指在脚边的沙滩上写着。她没有画如尼文，而是画的字：是他第一次看见她的能力后对她说的话，那时她画的如尼文毁灭了他的船。

MENE MENE TEKEL UPHARSIN.

他的眼睛睁大了，正像杰斯在死前睁大了眼睛一样。瓦伦丁面如死灰。他慢慢转过身面向天使，举起手作出恳求的姿势。"我的主人拉结尔——"

天使张开嘴吐了口唾沫。或者至少在克拉丽看来好像是这样——天使吐唾沫，从他嘴里出来的是白色火焰喷射的火花，宛如一支燃烧的箭。这支箭笔直地飞过水面，刺入瓦伦丁的胸膛。或者也许说"刺入"不合适——它戳破了他的身体，就像一块岩石穿过薄薄的纸，留下一个拳头大小冒烟的洞。克拉丽抬头凝视了一会儿，能透过她父亲的胸膛看见湖水和那边天使火焰般的光。

这一刻过去了。瓦伦丁像一棵被砍伐的树，轰然倒地，静静地躺着——他的嘴巴张着，像在沉默地喊叫，看不见的眼睛永远定格在最后对背叛难以置信的表情上。

"这是上天的正义。我相信你没有受到惊吓。"

克拉丽抬起头。天使在她上方盘旋，仿佛白色火焰形成的塔，遮住了天空。他的双手是空的。圣杯和圣剑放在湖岸边。

“你可以要求我做一件事，克拉丽莎·摩根斯特恩。你想要什么？”

克拉丽张开嘴，却没有发出声音。

“啊，是的。”天使说道，现在他的声音里有一丝温柔。如尼文。他翅膀上的许多眼睛眨巴着。有什么东西拂过她，很柔软，比丝绸或任何布料都柔软，比耳语和羽毛的轻拂还要柔软，假如云有手感的话，就是她想象中云的感觉。随着触摸还传来一阵微微的香气——一种好闻的香气，甜甜的，令人陶醉。

手腕的疼痛消失了，她的双手不再绑着了，放到了身体两侧。脖子后面的刺痛也消失了，还有腿部的沉重感也没有了。她挣扎着跪起来，最想做的是爬过洒满血的沙滩到杰斯躺着的地方，在他身边躺下，用胳膊抱着他，即使他已经离去了。可是天使的声音吸引了她的注意力。她待在原来的地方，抬头注视着他耀眼的金色光芒。

布罗斯林德平原的战斗即将结束。摩根斯特恩对恶魔的控制随着他的死亡也消失了。已经有许多恶魔在逃离，其余的将很快被毁灭。此刻，有暗影猎手向湖边进发。“如果你有任何要求，暗影猎手，现在就说，”天使停了一下，“记住我不是瓶子里的妖怪。明智地选择你的愿望。”

克拉丽犹豫了——只犹豫了片刻，可是这一刻仿佛延伸得从来没有那么长。她可以要求任何东西，她头晕目眩地想，任何东西——结束痛苦，世界上再没有饥饿或疾病，或者是世界和平。可是也许这些东西超出了天使赐予的力量，也许它们已经被赐予了。也许人们应该自己找到这些东西。

不过这也没关系。最后只有一件事她可以要求，只有一个真正的选择。

她抬起眼睛看着天使的眼睛。

“杰斯。”她说。

天使的表情没有变化。她不知道拉结尔觉得她的请求是好还是坏，或者是否——她突然非常惊慌地想——真的愿意赐予。

“闭上眼睛，克拉丽莎·摩根斯特恩。”天使说道。

克拉丽闭上了眼睛。无论心里怎么想，你不能对天使说不。她的心怦怦直跳，坐在飘浮于眼睑后面的黑暗中，努力不想起杰斯。可是不管怎样，他的脸显现在她闭起的眼睑里空白的屏幕上——不是在向她微笑而是斜眼看着她。她能看见他太阳穴那儿的伤疤，他嘴角不对称的弯曲，他喉咙上西蒙咬过的地方的银色线条——所有这些印记、缺陷和不完美构成的这个世界上她最爱的人。杰斯。明亮的光线把她的光感点亮成了猩红色，她向后倒在沙滩上，疑惑着她是否要晕倒了——或者也许要死了——可是她不想死，尤其是现在她能如此清楚地看见面前杰斯的脸的时候。她几乎也能听见他的声音，喊着她的名字，就是他在伦维克小声叫她的样子，一遍又一遍。克拉丽。克拉丽。克拉丽。

“克拉丽，”杰斯说，“睁开眼睛。”

她睁开了。

她躺在沙滩上，穿着破烂潮湿还满是血污的衣服。这是相同的地方。不同的是天使已经不见了，和他一起不见的还有把黑夜照亮得如同白昼的耀眼的白光。她张望着夜空，白色的星星像镜子似的在黑暗中闪烁，而在她上方倾斜着身体、眼睛里的光比任何星星都要璀璨的，是杰斯。

她的眼睛贪婪地看他，他的每个部分，从他乱糟糟的头发、满是血污脏兮兮的脸到他透过几层污垢仍然闪亮的眼睛；从撕破了的袖子里可以看见的淤肿，到衬衫浸满了血、扯破了的开口处裸露出来的皮肤——没有印记、也没有伤口显示出圣剑扎进他的身体过。她能看见脉搏在他颈上跳动，几乎一看到这个，她就抬起胳膊抱住了他，因为这意味着他的心脏又跳动了，那就意味着——

“你活着，”她耳语道，“真的活着。”

他稍微迟疑了一下，伸出手去触摸她的脸。“我刚才在黑暗中，”他轻柔地说，“那里什么都没有，只有影子，我也是个影子，我知道我死了，结束了，所有的一切。然后我听到你的声音。我听到你叫我的名字，它又把我带了回来。”

“不是我，”克拉丽的喉咙发紧，“天使带你回来的。”

“因为你请求了他，”他默默地用手指抚过她的脸，仿佛在确保她是真实的，“你本可以拥有世界上其他的东西，然而你要了我。”

她向他微笑着。虽然他很脏，浑身都是血迹和泥污，却是她见过的最美丽的事物。“可我不想要世界上任何其他东西。”

这时，他眼里已经很明亮的光，突然变得如此耀眼，她几乎都无法忍受看着他。她想起天使，他是怎样像一千把火炬一样明亮，而杰斯身体上有那相同的耀眼的血，现在那种炽热又是怎样通过他闪耀，通过他的眼睛闪耀，就像光透过门上的缝隙。

我爱你，克拉丽想说。还有，再来一次，我还会这样做。我一直都会要你。可她说出来的不是这些话。

“你不是我哥哥，”她有些无法呼吸地告诉他，“你知道这个，对吧？”

透过污垢和血迹，杰斯轻轻地笑了。“是的，”他说，“我知道这个。”

尾声

以星辰书写我志在天空

我爱你，所以我才领此波涛人马在手中
以星辰书写我志在天空①

——T. E. 劳伦斯

① 《智慧七柱》扉页的题诗《致 S. A.》中的前两行。引诗为蔡悯生所译。

一缕青烟懒洋洋地盘旋升起，在晴朗的空中留下纤细的黑线。杰斯独自坐在俯瞰着墓地的小山上，肘部放在膝盖上，看着青烟向空中飘荡。嘲讽的神情并没有在他身上消失：这毕竟是他父亲的遗留。

从他坐着的地方可以看见被烟火模糊了的停尸架，还有站在周围的一小群人。他从这里辨认出了乔斯琳明亮的头发，以及站在她身旁的卢克，他的手放在她的背上。乔斯琳把头转向一边，不去看燃烧的柴堆。

杰斯本可以是那群人中的一员。他过去的几天是在医院里度过的，只是今天早上他们让他出院了，部分的原因是让他能参加瓦伦丁的葬礼。可是他往火葬柴堆走到一半，意识到不能再往前去了。柴堆由剥了皮的树枝堆叠而成，色如白骨。他转身上了山丘，离开送葬行进的人们。卢克在后面叫他，可他没有回头。

他坐着看他们围在停尸架旁，帕特里克·潘海洛穿着羊皮纸白的衣服点燃了木头。这是他那周第二次观看尸体烧掉，可是麦克斯的尸体令人心碎的小，而瓦伦丁则是个身材高大的人——甚至他平躺着的时候也是如此。他双臂交叉着放在胸前，手里握着一把六翼天使。他的眼睛按照风俗用白色的丝绸绑着。无论如何，他们还是给予了他尊重。

他们没有埋葬塞巴斯蒂安。一队暗影猎手返回山谷，却没有找到他的尸体——被河水冲走了，他们这样告诉杰斯，虽然他有自己的怀疑。

他在围着停尸架的人中寻找克拉丽，她却不在那儿。自从他上次在湖边见到她，几乎有两天了，他很想她，感觉身体似乎少了什么似的。他们没有见对方不是她的错。她一直担心他不够坚强，那天晚上不能从湖边通过移空门回到阿利坎特。事实证明她是对的。第一批暗影猎手到他们那里时，他已经头昏脑涨陷入无意识中了。第二天他在城里的医院醒来，马格纳斯·贝恩正带着奇怪的表情低头盯着他——可能是深切的担忧或只是好奇，马格纳斯总是很难揣测。马格纳斯告诉他，虽然天使治愈了他的身体，但他的精神和思维似乎已经筋疲力尽，以至于只有休息才能让他真正好起来。不管怎样，他现在感觉好些了，除了葬礼的时候。

一阵风吹来，吹走了青烟。在远处他能看见阿利坎特闪闪发光的塔，它们恢复了先前的荣耀。他不太肯定，他坐在这里看着父亲的尸体燃起是希望完成什么，也不知道如果他在下面的哀悼者中，会对瓦伦丁说些什么最后的话。你从来都不真的是我父亲，他可能会说，或者你是我人生中认识的唯一的父亲。无论多么矛盾，两个说法都一样是真实的。

当杰斯在湖边刚睁开眼睛——以某种方式知道他刚才死了，而现在又活了——他所能想到的全部都是克拉丽，她躺在离他不远染满血的沙滩上，眼睛闭着。他几乎是恐慌地向她爬去，想着她可能受伤了，或者甚至死了——她睁开眼睛后，他那时能想到的只是她没死。直到有别人到了那儿，把他扶起来，惊讶地为那里的情景呼叫时，他才看见瓦伦丁的尸体躺倒在湖边，腹部仿佛挨了一记重拳。他已经知道瓦伦丁死了——不然他会亲自杀了他——可是不知怎么，看到这一幕仍然让他痛苦。克拉丽悲伤的目光看着杰斯，他知道即使她恨瓦伦丁，也有足够的理由去恨瓦伦丁，可她仍能感受到杰斯的痛失。

他半闭着眼睛，一幕幕景象涌到眼前：瓦伦丁轻轻一扫把他从草地上抱起；湖面上，瓦伦丁在船头稳稳地抱着他，向他展示怎样保持平衡。还有其他阴暗些的回忆：瓦伦丁用手掌掴他的脸，死去的鹰隼，囚禁在维兰德庄园地窖里的天使。

“杰斯。”

他抬起头。卢克站在他身边，阳光投下他黑色的剪影轮廓。他像往常一样穿着牛仔裤和法兰绒衬衫——没有特别给他的白色葬礼服。“结束了，”卢克说，“仪式。很简短。”

“肯定是的，”杰斯用手指抠着身边的地面，故意让指尖刮得生疼，“有人说什么了吗？”

“只是惯常的话。”卢克轻轻坐到杰斯旁边的地上，蹙起了眉头。杰斯没有问过他战争的情况，他并不真想知道。他知道战争比任何人预期的都结束得更快——瓦伦丁死后，他召唤来的恶魔连夜逃窜，仿佛被太阳照射散去的浓雾。但是这并不意味着没有死伤。这些天来瓦伦丁不是阿利坎特焚烧的唯一尸体。

“克拉丽不是——我是说，她没有——”

“来参加葬礼？不，她不想去，”杰斯能感觉到卢克正斜眼瞄他，“你没有见过她？自从——”

“没有，自从湖边以后没有，”杰斯说，“这是他们第一次让我离开医院，而我不得不来这里。”

“你不必来，”卢克说，“你可以待着的。”

“我想来，”杰斯承认道，“无论这说明什么。”

“葬礼是为活人办的，杰斯，不是为死人。和克拉丽相比，瓦伦丁更是你的父亲，即使你不是他亲生的。要说再见的人是你。你是将会怀念他的那个人。”

“我认为自己不被允许去怀念他。”

“你从来都不认识斯蒂文·希伦戴尔，”卢克说，“你还只是孩子时来到罗伯特·莱特伍德身边。瓦伦丁是你童年时期的父亲。你应该怀念他。”

“我不断想起霍奇，”杰斯说，“在防御厅那里，我不断问他为什么一直都不告诉我我是什么——那时我仍然以为我部分是恶魔——他一直都说那是因为他不知道。我当时觉得他在说谎。可现在我想他说的是实话。他是为数不多知道希伦戴尔还有一个活着的婴儿的人之一。我出现在学院时，他不知道我是瓦伦丁的哪一个儿子，是真的那个还是收养的那个。而我可能是任何一个，恶魔的那个或天使的那个。我想他一直不清楚，直到他在防御厅看见乔纳森，然后才明白。所以不管怎样，所有那些年，他对我尽力了，直到瓦伦丁在此出现。这需要某种信仰——你不这么认为吗？”

“是的，”卢克说，“我认为是这样。”

“霍奇说他觉得不管血统是什么，也许教养会造成区别。我只是一直在想——如果我是和瓦伦丁在一起，如果他没有送我到莱特伍德家，我会像乔纳森一样吗？我现在会是那样吗？”

“这有关系吗？”卢克说，“你成为现在的你总是会有原因的。要是你问我，我觉得瓦伦丁送你去莱特伍德家，是因为他知道这对你是最好的机会。也许他也有别的原因。可你不能离开这样一个事实，他把你送给他知道会爱你并且会用爱养育你的人。这也许是他曾经真正为别人做的不多的好事之一。”他夹住杰斯的肩，父亲般的姿势几乎让杰斯微笑起来，“如果我是你，我不会忘了那些的。”

克拉丽站在伊莎贝尔的窗前向外看，望着青烟染黑了阿利坎特的上空，仿佛脏手摸着一面窗。她知道他们今天要焚烧瓦伦丁的尸体。就在墓地大门外焚烧她的父亲。

“你知道今晚的庆祝会，是吧？”克拉丽转身去看身后的伊莎贝尔，她在身上比划着两条裙子，一条蓝色，一条铁灰，“你觉得我应该穿什么？”

克拉丽想，对伊莎贝尔来说，衣服永远都能疗伤。“蓝色的那件。”

伊莎贝尔把裙子放在床上。“你打算穿什么？你要去的，不是吗？”

克拉丽想起阿玛提斯箱底的那条银色裙子，有可爱的薄纱。可是阿玛提斯八成永远也不会让她穿的。

“我不知道，”她说，“可能牛仔裤和我的绿外套吧。”

“没意思。”伊莎贝尔说。她看了一眼坐在床边一把椅子里阅读的艾琳。“你不觉得没意思？”

“我认为你应该让克拉丽穿她想穿的，”艾琳头都没从书上抬起，“而且，似乎她也不需为任何人打扮。”

“她要为杰斯打扮，”伊莎贝尔说，好像这是显而易见的，“而且她也应该打扮。”

艾琳抬起头，迷惑不解地眨眨眼睛，然后微笑了。“哦，对。我总忘了这个。对，知道他不是你哥哥肯定怪怪的吧？”

“没有，”克拉丽坚定地说，“想着他是我哥哥才怪怪的。这样感觉——对了。”她回头看向窗户，“自从我们回到阿利坎特后我就没见过他。”

“太奇怪了。”艾琳说。

“这不奇怪，”伊莎贝尔说着，意味深长地看了艾琳一眼，而艾琳似乎并没有注意到，“他一直在医院，今天才出来。”

“那他没有立即来见你吗？”艾琳问克拉丽。

“他不能，”克拉丽说，“他要去瓦伦丁的葬礼。他不能错过那个。”

“也许吧，”艾琳快活地说，“或者可能他对你不再那么有兴趣了。我的意思是，既然这不是禁止的了。有些人只想要他们不能有的东西。”

“杰斯不是，”伊莎贝尔迅速说，“杰斯不是那样的。”

艾琳站起来，把书扔到了床上。“我要去换衣服了。晚上见你们？”说着，她哼着小曲走出了房间。

伊莎贝尔看她走了，摇起了头。“你有没有觉得她不喜欢你？”她说，“我是说，她是嫉妒？她好像的确对杰斯感兴趣。”

“哈！”克拉丽仅仅觉得好笑，“不，她不是对杰斯感兴趣。我觉得她就是那种不管什么时候，想到什么说什么的人。谁知道呢，也许她是对的。”

伊莎贝尔从头发上取下发卡，让头发垂在肩上。她走过房间和克拉丽一起站在窗前。恶魔塔那边的天空现在明净了，烟已经不见了。“你觉得她说得对？”

“我不知道。我要问问杰斯。我猜今天晚上在派对上我会见到他，或者是胜利庆祝会或者不管怎么叫它，”她抬头看着伊莎贝尔，“你知道会是什么样吗？”

“会有游行，”伊莎贝尔说，“八成有烟花、音乐、舞会、游戏之类的。像纽约的大型游街会。”她怅惘地看着窗外，“麦克斯会喜欢的。”

克拉丽伸出手抚摸着伊莎贝尔的头发，如果她有亲姐妹，她就会这样抚摸她的头发。“我知道他会的。”

杰斯敲了这所运河边的老房子两下门，才听见快速的脚步声赶过来，他的心跳得很快，然后门开了，阿玛提斯・希伦戴尔站在门口，惊讶地看着他，他的心跳回落了。她看起来似乎一直在为庆祝会做准备：她穿着一条鸽灰色的长裙，戴着白色金属耳环，使她灰发中的白发丝显得醒目起来。“有事吗？”

“克拉丽。”他开口道，然后又停住了，不知道要说些什么。他的口才哪儿去了？即使他别无所长，却一直很有口才，即使他别的东西什么都没有。可是现在他感觉自己似乎被撕裂开来，所有聪明伶俐、信口开河的话从体内流了出去，留下空空的他。“我不知道克拉丽是不是在这儿。我希望跟她谈谈。”

阿玛提斯摇摇头。她茫然的表情不见了，而是死死地盯着他，让他很不自在。“她不在。我想她和莱特伍德家的人在一起。”

“哦，”他吃惊地发现自己是多么失望，“抱歉打扰你。”

“不打扰。我很高兴你来这儿，实际上，”她轻快地说，“有些事情我想跟你谈谈。到门厅里来，我马上回来。”

杰斯走进来，这时她走过过道不见了。他奇怪她究竟会跟他谈些什么。也许克拉丽决定不想再和他有任何瓜葛，而选择了阿玛提斯来传送消息。

阿玛提斯很快回来了。她没有拿着任何看起来像纸条的东西——这让杰斯松了口气——相反，她手里紧紧抱着一只小小的金属盒子。这是一个精致的物件，雕刻着鸟儿的图样。“杰斯，”阿玛提斯说，“卢克告诉我你是斯蒂文的——斯蒂文・希伦戴尔是你父亲。他告诉了我发生的一切。”

杰斯点点头，感觉有人要他这么做似的。消息正在慢慢地泄露，这是他喜欢的。希望伊德里斯的每个人都知道而且不停地盯着他看之前，他就回到纽约了。

“你知道我在你母亲之前嫁给了斯蒂文。”阿玛提斯继续说道。她嗓音发紧，仿佛这些话说出来会疼似的。杰斯瞪着她——这是关于他妈妈的吗？她是怨恨他引起她的难过回忆吗？“在现在活着的所有人中，我很可能是最了解你父亲的人。”

“是的，”杰斯说道，真希望自己是在别处，“我相信是的。”

“我知道你可能对他有很复杂的感情，”她说，这让他感到惊讶，主要是因为真是这样，“你从来不认识他。他没有抚养你长大。你甚至看起来都不很像他，除了你金色的头发——可是你的眼睛，我不知道是从哪儿来的。所以也许我疯了，说这些来烦你。也许你根本就不想知道关于斯蒂文的事。可他是你父亲，如果他知道你——”然后她把盒子塞给他，差点让他跳回去，“这些是这么多年来我保存的他的一些东西。他写的信，照片，家谱，他的巫光石。也许你现在没有疑问，但是有一天也许你会有，而你有疑问时——你有疑问时，你可以看这个。”她静静地站着，把盒子给他，仿佛在给他稀世珍宝。杰斯伸手过去，一言不发地从她手里接过。盒子很重，金属触手生凉。

“谢谢你。”他说。这是他能做的最好的反应。他犹豫了一下，然后说：“有件事。我一直疑惑的一件事。”

“什么？”

“如果斯蒂文是我父亲，那么大审判官——伊莫金——是我奶奶。”

“她是……”阿玛提斯停了一下，“一个非常难缠的女人。不过，是的，她是你奶奶。”

“她救过我的命，”杰斯说，“我是说，很长一段时间，她的样子像恨我恨得要死。可是后来她看见这个，”他把衬衫的领子拽到一边，给阿玛提斯看肩膀上星形的白色伤痕，“就救了我的命。可是我的伤痕对她而言代表着什么？”

阿玛提斯的眼睛睁大了。“你不记得那个伤痕怎么来的，是吗？”

杰斯摇摇头。“瓦伦丁说那时我还太小，不记事的时候受了伤，可是现在——我觉得他在说谎。”

“它不是伤痕。它算是出生记号，是希伦戴尔家族的秘密。斯蒂文跟我讲的故事是，很久以前，希伦戴尔家的一个祖先遇见一位天使。天使触摸了一下他的肩，于是这触摸就留下一个像星星的记号。它是和天使有过接触的人的记号。这个记号会传给后代：所有他的后裔都会有。”

杰斯想起伊修列，在维兰德庄园的地窖里受着折磨，奄奄一息。他没有告诉任何人那次碰面，他怀疑克拉丽也没有。这太野蛮，太原始，太痛苦。“那任何和天使有过接触的人——一个真的、活着的天使——都会有一个？不只是希伦戴尔家的人？”

阿玛提斯显得很困惑。“我猜是，不过我从来没听说过任何其他人有那样的接触。你知道圣廷除了乔纳森暗影猎手，没有人曾经见过天使。不过那是你父亲告诉我的，”她摸了摸她的右臂上方，“他的伤痕在这儿。我从未听说过任何不是希伦戴尔家的人有那样的记号。伊莫金肯定是看见它后，猜出了你是谁。”

杰斯盯着阿玛提斯，可他没有看她：他看见在船上的那晚；潮湿黑暗的甲板和在他脚边死去的大审判官。“她跟我说了什么，”他说，“她临死的时候。她说，‘你的父亲会为你骄傲。’我还以为她很残忍。我以为她是指瓦伦丁……”

阿玛提斯摇摇头。“她是指斯蒂文，”她柔声说，“她说得对。他会骄傲的。”

克拉丽推开阿玛提斯家的正门进去，想着她多么快就熟悉这房子了。她已经不用再费力记住通往正门的路以及把门推开时门把轻微卡住的样子。她熟悉阳光洒在运河上波光粼粼的样子，正像透过窗户看到的阿利坎特景象一样熟悉。她差不多都能想象出住在这里的样子，想象出假如她的家在伊德里斯会是怎样。她好奇她会想念这里的什么，中式外卖？电影？城中的漫画？

她正要下楼，这时听到妈妈的声音从客厅传来——很响亮，有些恼怒。可是乔斯琳会为什么事不高兴？现在一切都好，不是吗？克拉丽想都没想，退回到靠近客厅门的墙边，贴着耳朵听。

“你什么意思，要留下来？”乔斯琳说，“你的意思是你根本不打算回纽约了？”

“他们要我留在阿利坎特，在长老会中代表狼人，”卢克说，“我告诉他们今天晚上会给他们回复。”

“不能让别人做代表吗？伊德里斯这儿的某个狼人首领不行吗？”

“我是唯一一个曾经是暗影猎手的狼人首领。所以他们想要我，”他叹了口气，“我开始了这一切，乔斯琳。我应该留在这儿，一直到这一切结束。”

有一阵短暂的沉默。“如果你这样觉得，那你当然应该留下。”最后乔斯琳说，可是她的声音听起来不太肯定。

“我还得卖掉书店，把我的事情安排好，”卢克的声音有些生硬，“不是说我立即就要搬家。”

“我可以照料。在你做了这一切后……”乔斯琳似乎没有力气保持她明快的语调。她的声音渐渐变小，然后沉默了。沉默持续了这么长时间，克拉丽都想要清清喉咙，走进客厅，让他们知道她在那儿。

过了一会儿她庆幸自己没有那样做。“听着，”卢克说，“我想告诉你这个很久了，可我没说。我知道因为我的身份，即使我真的说了，也永远都没有意义。你一直都不想让那个成为克拉丽生活的一部分。可是她现在知道了，所以我想也没什么不同。我也不妨告诉你。我爱你，乔斯琳。我爱了二十年。”他停了下来。克拉丽使劲去听她妈妈的回应，可是乔斯琳却沉默着。最后卢克又说话了，声音很沉重。“我得回长老会告诉他们我要留下。我们永远都没必要再谈这个。我只是感觉好些了，这次终究说出来了。”

卢克低头走出客厅，克拉丽后背贴着墙站在那里。他从她身边擦肩而过，似乎根本就没看见她，然后一下子打开了正门。他在那里站了一会儿，茫然地望着运河的河水反射着阳光。然后他走了，门在他身后啪的一声关上了。

克拉丽站在原来的地方，后背靠着墙。她为卢克感到非常悲哀，也为她的妈妈感到非常悲哀。看起来乔斯琳真的不爱卢克，也许永远都不会爱他。这就像她和西蒙一样，不同的是她想不出任何能让卢克和妈妈修复关系的办法。如果他要留在伊德里斯，一切都是徒劳无功。泪水刺痛了她的双眼。她正要转身进入客厅，听到厨房门打开和另一个人说话的声音。这个声音听起来很疲惫，还有些无可奈何。是阿玛提斯。

“抱歉我无意中听到了，不过我很高兴他要留下，”卢克的姐姐说，“不仅因为他会离我近，还因为这会给他从你这里恢复过来的机会。”

乔斯琳像是在辩解。“阿玛提斯——”

“很久了，乔斯琳，”阿玛提斯说，“如果你不爱他，你应该让他走。”

乔斯琳沉默了。克拉丽真希望能看见妈妈的表情——她看起来很伤心？生气？无奈？

阿玛提斯稍微喘了下气。“除非——你真的爱他？”

“阿玛提斯，我不能——”

“你是的！你是的！”突然响起很尖利的声音，好像阿玛提斯在拍手似的，“我知道你是的！我一直都知道！”

“没关系，”乔斯琳听起来很疲惫，“这对卢克不公平。”

“我不想听这个。”响起了轻轻的摩擦声，乔斯琳还发出抗议的声音。克拉丽不知道阿玛提斯是不是真的抓住了她妈妈。“如果你爱他，现在就去告诉他。现在，在他去长老会之前。”

“可是他们想让他成为长老会成员！而他想——”

“卢西恩想要的全部，”阿玛提斯坚定地说，“是你。你和克拉丽。那是他一直想要的全部。现在去。”

克拉丽还没来得及有机会迈步，乔斯琳就冲进了过道。她跑向门口——这时看见克拉丽贴着墙根站着。她停下脚步，惊讶地张开了嘴巴。

“克拉丽！”她听起来似乎努力想让自己的声音明快又快乐，却悲剧地没有成功，“我不知道你在这儿。”

克拉丽从墙边走开，一把抓住门把，把门推得大开。明亮的阳光倾泻进过道，乔斯琳站在耀眼的光亮中，看着她的女儿。

“如果你不去追卢克，”克拉丽一字一句清晰地说道，“我会，亲自，杀了你。”

乔斯琳有片刻显得非常震惊，然后她微笑了。“好吧，”她说，“如果你非要那样说。”

很快她出了房子，沿着运河边的小路匆忙赶往天使大厅。克拉丽在身后关上门，斜靠在门上。

阿玛提斯从客厅出来，跑过她身边，靠在窗台上，急切地透过窗玻璃向外张望。“你觉得她会在他到大厅之前追上吗？”

“我妈妈一辈子都在到处追我，”克拉丽说，“她跑得很快。”

阿玛提斯看着她笑了。“噢，这提醒了我，”她说，“杰斯来看过你。我想他希望在今晚的庆祝会上见你。”

“是吗？”克拉丽若有所思地说。不妨问一问。不冒险就没有收获。“阿玛提斯。”她说道，而卢克的姐姐从窗边转过身，好奇地看着她。

“嗯？”

“你那条银色的裙子，在箱子里的，”克拉丽说，“我能借一下吗？”

克拉丽穿过城市回莱特伍德家的时候，街上已经到处是人。这是暮光时分，阳光开始变弱，空中充满了淡淡的光。一束束熟悉的白色花朵从墙上的花篮里垂下，空气中满是它们浓郁的气味。暗金色的火焰如尼文在她走过的房门上燃烧着，这是代表胜利和欢庆的如尼文。

街道上有暗影猎手出来了。没有人穿装甲——他们穿着各式各样华丽的衣服，从现代的到接近历史的服装。这是一个温暖得非同寻常的夜晚，所以很少有人穿外套，许多女人穿着在克拉丽看来像舞会晚礼服的服装，长及脚踝的裙子轻轻扫过地面。她转到莱特伍德家所在的那条街时，一个纤细的黑影在她前面穿过，她看到是拉斐尔，和一个高挑的穿着红色鸡尾装的黑发女子手牵着手。他回头看了一眼克拉丽，朝她笑了，这笑容让她浑身发抖。她想起暗影魅族有时真的有某种古怪的东西，某种古怪而吓人的东西。只是也许吓人的东西并不一定都是不好的。

虽然如此，她还是怀疑拉斐尔。

莱特伍德家的房门开着，有几个人已经站在了人行道上。玛丽斯和罗伯特·莱特伍德在那儿，和两个大人在聊天。他们转过身时，克拉丽有些惊讶地看到是潘海洛夫妇，艾琳的父母。她经过他们时，玛丽斯朝她笑了笑。她穿着深蓝色的丝质套裙，头发从严肃的脸上拢到后面，用一根粗粗的银色发带系起来。她很像伊莎贝尔——如此地像，以至于克拉丽想伸出一只手放在她的肩上。即使玛丽斯笑起来，却仍然显得很悲伤。克拉丽想，她想着麦克斯，就像伊莎贝尔那样，同时还想着他本来会多么喜欢所有这一切。

“克拉丽！”伊莎贝尔跃下门前的台阶，黑色的头发在身后飞扬。她没有穿之前给克拉丽看过的那身搭配，而是穿了一条匪夷所思的金色锦缎裙，裙子紧紧裹在身上，仿佛一朵花合着的花瓣。她脚上是戴穗的凉鞋，克拉丽记得伊莎贝尔曾跟她说过她多么喜欢自己的脚跟，然后暗自笑了。“你看起来太漂亮了。”

“谢谢。”克拉丽有些局促地拽了拽银色裙子的透明衣料。这可能是她穿过的最女性化的衣服。她的肩膀裸露着，每次感到发梢弄得裸露的皮肤痒痒的时候，她都得抑制住要去找一件开衫或连帽上衣裹起来的冲动。“你也是。”

伊莎贝尔弯下腰在她耳边小声说：“杰斯不在这儿。”

克拉丽直起身。“那在哪儿——”

“亚历克说他可能在广场上要放烟花的地方。对不起——我不知道他怎么了。”

克拉丽耸耸肩，努力掩藏起失望。“没事。”

亚历克和艾琳在伊莎贝尔后面跑出了房子。艾琳穿着一条鲜亮的红裙，让她的头发显得不可思议的乌黑。亚历克穿得和平时一样，一件毛衣，黑色裤子，虽然克拉丽不得不承认，这件毛衣至少没有什么能看见的洞。他朝克拉丽微笑，她很吃惊地想，他竟然真的看起来不一样了。有些轻松了，似乎肩上卸下了些重量。

“我以前还从来没去过有暗影魅族参加的庆祝会呢。”艾琳紧张地看着下面的街道说。那里有一个精灵女孩把长长的头发编进了花朵——不，克拉丽想，她的头发就是花朵，由纤细的绿色卷须连在一起。她正从悬挂的篮子里摘白色的花，若有所思地看着，然后吃了起来。

“你会喜欢的，”伊莎贝尔说，“他们很懂怎么办派对。”她向父母挥手再见，然后他们就出发向广场走去。克拉丽仍然抑制着把胳膊交叉在胸部遮盖上半边身体的冲动。她的裙子在脚边像随风飘转的烟雾似的。想起那天早些时候在阿利坎特升起的青烟，她打了个寒颤。

“嘿！”伊莎贝尔说。克拉丽抬头看见西蒙和迈亚沿着街道向他们走来。这天大部分时间她都没有见到西蒙，他去天使大厅观看长老会预备会议了，他说他很好奇他们会选谁持有长老会吸血鬼的席位。克拉丽不能想象迈亚穿裙子的样子，她真的穿着低腰迷彩裤，黑T恤，上面写着“选择你的武器”，字的下面是一枚骰子的图案。克拉丽想，这是游戏玩家T恤，不知道迈亚真的是游戏玩家还是穿这件T恤来打动西蒙。如果是这样，这是不错的选择。“你们要回天使广场吗？”

迈亚和西蒙承认说是，然后他们结伴一起向天使大厅的方向走去。西蒙落到后面走在克拉丽身边，他们一起沉默地走着。又和西蒙亲密起来是件好事——他是她一回到阿利坎特想见的第一个人。她紧紧地拥抱了他，很高兴他活着，摸了摸他额头上的印记。

“它救了你吗？”她问，急切地想要听到她为他做的不是没有用的。

“救了我。”他只回答道。

“我希望能去除它，”她说，“我希望我能知道你会因为它出现什么情况。”

他抓过她的手腕，轻轻地把她的手放到身侧。“我们等着，”他说，“等着看。”

她紧紧地盯着他看，不过不得不承认这个印记似乎并没有明显影响到他。他看起来就是平常的样子，就是西蒙。只是他会用不一样的方式轻轻梳理头发，以遮盖印记。你要不是已经知道它在那里，你根本就想不到。

“会议怎么样？”克拉丽现在问他，匆匆上下扫了他一眼，看他有没有为庆祝会装扮好。他没有，可她很难责备他——他身上的牛仔裤和T恤衫是他全部的衣服。“他们要选谁？”

“不是拉斐尔，”西蒙说，听起来似乎对此很高兴，“某个别的吸血鬼。他有个假名，夜影还是什么的。”

“他们问我是否想画新长老会的标志，”克拉丽说，“这是一种荣誉。我说我想画。它将会是被四个暗影魅族标志环绕着的长老会如尼文，月亮代表狼人，我在想用四叶草代表精灵，魔咒书代表巫师。可是我想不出用什么代表吸血鬼。”

“尖牙怎么样？”西蒙建议道，“也许还滴着血。”他露出他的牙。

“谢谢，”克拉丽说，“很有帮助。”

“我很高兴他们让你画，”西蒙严肃了些，说道，“你配得上这个荣誉。你理应为你做的获得一枚奖章，真的，结盟如尼文以及所有一切。”

克拉丽耸了耸肩。“我不知道。我是说，在那一切之后战斗持续了几乎不到十分钟。我不知道我帮了多大的忙。”

“我参加了那场战斗，克拉丽，”西蒙说，“可能有大约十分钟长，可那是我人生中最糟糕的十分钟。我真不想谈论它，然而我要说即使只有十分钟，要不是你，会有更多人丢掉性命。而且，那场战斗只是一部分。如果不是你的所作所为，就不会有新的长老会。我们会是仇恨彼此的暗影猎手和暗影魅族，而不是一起参加派对的暗影猎手和暗影魅族。”

克拉丽感到喉咙里升起一团东西，她直直地盯着前面，希望自己不要涌出眼泪。“谢谢，西蒙。”她非常短暂地犹豫了一下，除了西蒙，谁都不会注意到。但是他注意到了。

“怎么了？”他问她。

“我只是在想回家后我们怎么办，”她说，“我的意思是，我知道马格纳斯关照过你妈妈，所以你走后她没有大惊失色，可是——学校。我们错过了很多课，我甚至都不知道……"

"你不回去了，"西蒙静静地说，"你以为我不知道这个吗？你现在是暗影猎手了，要在学院完成你的教育。"

"那你呢？你是吸血鬼。你还打算回去读高中吗？"

"是的，"西蒙说，这让她很惊讶，"我要回去。我想要正常的生活，尽量正常的生活。我想读高中，然后大学，所有那些。"

她使劲握了握他的手。"那么，你应该拥有那些，"她抬头向他微笑，"当然了，你出现在学校的时候，每个人都会大吃一惊的。"

"大吃一惊？为什么？"

"因为你现在比离开时帅多了，"她耸了耸肩，"真的。肯定是某种吸血鬼的东西改变了你。"

西蒙显得迷惑不解。"我现在更帅了？"

"你绝对是。我的意思是，看那两个，她们都完全迷上了你。"她指着前面不远处，伊莎贝尔和迈亚歪着头靠在一起，肩并肩地走着。

西蒙看了看前面的两个女孩。克拉丽几乎都能发誓他脸红了。"是吗？她们有时候在一起说悄悄话，还盯着我看。我不知道是怎么回事。"

"你当然不知道了，"克拉丽咧开嘴笑了，"你这个可怜虫，有两个可爱的姑娘在竞争你的爱呢。你的生活很艰难啊。"

"很好。那你告诉我要选哪一个。"

"不可能。这是你的事，"她又压低了声音，"听着，你可以和随便哪一个约会，我都完全支持你。我对支持可在行了。支持是我的中间名。"

"所以那就是你从来不告诉我你中间名的原因了。我就猜是什么让人感到尴尬的名字。"

克拉丽没理睬这个。"可是一定要答应我件事，好吗？我知道女孩们怎么想。我知道她们多么恨她们的男朋友最好的朋友是个女孩。只要答应我你不会把我完全从你的生活中剔除出去，我们还能有时候一起出去玩。"

"有时候？"西蒙摇头，"克拉丽，你疯了。"

她的心一沉。"你是说……"

"我是说我永远都不会和一个坚持要把你剔除出我生活的女孩约会。这事没得商量，"他指着自己，"我不会把你剔除出去，克拉丽，就像我不会砍下我的右手，送给某人作为情人节的礼物。"

“讨厌，”克拉丽说，“你非要这样吗？”

他咧开嘴笑了。“必须的。”

天使广场几乎都认不出来了。天使大厅在广场的那头发出白色的微光，被广场中央冒出来的繁复森林挡住了一部分。这些大树显然是魔法的产物——虽然，想起马格纳斯眨眼之间把家具和一杯杯咖啡迅速移过曼哈顿的能力，克拉丽想假如是移植过来的，也许树是真的。这些树差不多和恶魔塔一样高，银色的树干上裹着缎带，绿色的枝叶交织成网，上面挂着各色彩灯。广场上飘荡着白花、轻烟和树叶的味道。广场四周的边缘放着桌子和长凳，一群群暗影猎手和暗影魅族挤在周围，喝着酒水，笑着，谈论着。然而尽管有笑声，庆祝的氛围中混合着一种阴郁——欢乐的同时还有悲伤。

广场周围的商店都敞开大门，光线洒在人行道上。参加派对的人们拥动着，端着盛着食物的盘子和装着葡萄酒以及各种鲜艳颜色液体的高脚杯。西蒙看见一个马形水鬼拿着一杯蓝色的液体跳过，于是扬起了眉毛。

“这不像马格纳斯的派对，”伊莎贝尔让他放心，“这里的一切应该都是安全的，可以喝的。”

“应该？”艾琳显得很担心。

亚历克看了一眼那片森林，眼睛中的蓝色反射着彩光。马格纳斯站在树荫下，和一个穿着白色衣服、一头浅棕色头发的姑娘说话。马格纳斯向他们看过来时，她转过身，克拉丽盯着她看了一会儿。她令她觉得眼熟，虽然克拉丽说不出原因。

马格纳斯离开她向他们走来，一直和他说话的那姑娘钻到树影中不见了。他穿得像维多利亚时代的绅士，一件黑色长礼服大衣，里面是紫罗兰色的丝绸坎肩。坎肩的口袋露出一块方手帕，上面绣着他名字的首字母 M.B.。

“很漂亮的坎肩。”亚历克微笑着说。

“你想要件一模一样的吗？”马格纳斯问，“当然了，可以是你喜欢的颜色。”

“我不太在意衣服。”亚历克抗议道。

“我爱你这一点，”马格纳斯宣称，“虽然如果你拥有一件，也许是名牌套装的话，我也爱你。你要什么？杜嘉班纳？杰尼亚？阿玛尼？”

亚历克语无伦次的样子让克拉丽笑了，马格纳斯趁机倾斜着身体靠近克拉丽，在她耳边小声说：“天使大厅的台阶，去那儿。”

她想问他什么意思，可是他已经转身到亚历克和其他人那里了。而且，她有种明了的感觉。她走时握了握西蒙的手腕，他转身向她微笑了一下，然后又继续和迈亚谈了起来。

她穿过魔法变出来的森林边缘，走过广场，在树影中出出进进。这些树一直长到天使大厅台阶脚下，可能因为这个，台阶上几乎空无一人，但不完全是这样。克拉丽看向门口，辨认出一个熟悉的黑黑的轮廓，坐在一根柱子的影子中。她的心跳加快了。

杰斯。

她不得不用手提起裙子爬楼梯，害怕会踩到它，扯破这精美的布料。她靠近杰斯的同时，几乎希望自己穿着平时的衣服了。杰斯背靠着柱子坐着，望着广场。他穿着最平常的衣服——牛仔裤，白衬衫，外面是一件黑夹克。自从她认识他以来，她觉得这是第一次他好像没有带着武器。

她感到自己穿得过于华丽了，她离他稍微有些距离时停住了，突然不知道说什么。

杰斯仿佛感觉到她在那儿，抬起了头。他正抱着平放在膝盖上的一个东西，是一个银色的盒子。他看起来很疲惫，眼睛下面有黑眼圈，淡金色的头发乱糟糟的。他的眼睛睁大了。“克拉丽？”

“还会是谁？”

他没有笑。“你看起来不像你了。”

“是衣服，”她害羞地松开了裙子，“我通常不穿这么……漂亮的东西。”

“你一直都很漂亮。”他说。她想起他第一次称她漂亮，是在学院的花房里。他说这话的样子不像是恭维，而像这是众所周知的事实，就像她长着红色的头发，喜欢画画的事实一样。“可是你看起来——有距离感。好像我不能碰你。”

然后她走过来，在他身边坐下来。隔着裙子，石头很冷。她伸出手给他，手在轻微发抖，刚好可以看见。“握着，”她说，“如果你想的话。”

他抓过她的手，贴着脸颊放了一会儿，然后拿下来放到她的膝盖上。克拉丽有些颤抖，想起在伊莎贝尔卧室里艾琳说的话。或者可能他对你不再那么有兴趣了。我的意思是，既然这不是禁止的了。他说了她看起来有距离感，他眼里的神情像银河一样遥远。

“这盒子里是什么？”她问。他的一只手仍然紧紧抓着这个银色的长方形盒子。这看起来是个贵重的东西，精致地雕着鸟儿的图案。

“我今天去阿玛提斯家找你了，”他说，“可是你不在那儿。所以我和阿玛提斯谈了会儿，她给了我这个。”他指指这个盒子，“它是我父亲的。”

有一会儿，她只是疑惑地看着他。这是瓦伦丁的？她想道，然后突然明白了，不，他不是那个意思。“当然了，”她说，“阿玛提斯嫁给了斯蒂文·希伦戴尔。”

“我一直在翻看盒子里的东西，”他说，“读信件、日记。我以为这样做，可能会和他产生某种联系。会有某种东西跳出那些页码，对我说，是的，这是你父亲。但是我什么也没感觉到。只是一些纸张而已。任何人都会写这些东西。”

“杰斯。”她柔声说。

“还有一件事，”他说，“我不再有名字了，不是吗？我不是乔纳森·克里斯托弗——那是别人。可是我习惯了这个名字。”

“谁想出来用杰斯作昵称的？是你自己想出来的吗？”

杰斯摇摇头。“不是。瓦伦丁总是叫我乔纳森。我刚去学院时他们就那么叫我。我本来不应该认为我的名字是乔纳森·克里斯托弗，你知道——这是个意外。我从我父亲的日记里看见了这个名字，可是他谈论的并不是我。他记录的不是我的进展，是塞巴——是乔纳森的。所以我第一次告诉玛丽斯我的中间名是克里斯托弗时，她告诉自己说她记错了，克里斯托弗是迈克尔儿子的中间名。毕竟已经过去十年了。从那时候起她开始叫我杰斯：好像她想给我取一个新名字，属于她，属于我在纽约生活的某个东西。而且我喜欢这个名字。我一直都不喜欢叫乔纳森，”他把盒子在手里翻转过来，“我不知道玛丽斯是否知道，或猜到了，但只是不想去知道。她爱我……她不想相信那个。”

“这就是为什么她发现你是瓦伦丁的儿子后那么难过，”克拉丽说，“因为她以为她早该知道了。她确实知道那么一点。可是我们总不想相信有关我们爱的人的那种事情。而且，杰斯，她对你的判断是对的，她对你究竟是谁的判断是对的。你的确有名字。你的名字是杰斯。瓦伦丁没有给你取那个名字，是玛丽斯取的。如何让一个名字显得重要，取决于它是由某个爱你的人取的。”

“杰斯什么？”他说，“杰斯·希伦戴尔？”

“噢，拜托，”她说，“你是杰斯·莱特伍德。你知道这点。”

他抬眼看她的眼睛。他的睫毛投下浓浓的影子，眼睛的金色变暗了。她觉得他看起来有点不那么遥远了，虽然也许只是她的想象。

“也许你和你以为的是不同的人，”她继续说，对他能明白自己的意思仍抱一丝希望，“但是没有人一夜之间就变成一个完全不同的人。发现斯蒂文是你的亲生父亲并不会自动让你爱他。而你也不必那样。瓦伦丁不是你真正的父亲，但不是因为你的血管中没有流淌着他的血，是因为他的行为不像个父亲。他没有照顾你，一直是莱特伍德家的人照料你，他们是你的家人，就像妈妈和卢克是我的家人。”

她伸出手摸了摸他的肩膀，然后抽回了手。“对不起，”她说，“我在这儿对你说教，而你可能只想一个人待着。”

“你说得对。”他说。

克拉丽感觉呼吸都要停止了。“那么，好吧，我走。”她站起来，忘了提起裙子，差点踩在裙边上。“克拉丽！”杰斯放下盒子，急忙站起来，“克拉丽，等等。我不是那个意思。我不是说我想单独一个人。我是说关于瓦伦丁你说得对——关于莱特伍德家的人——”

她转身看着他。他站着，一半在影子里，一半在影子外，派对中明亮的彩灯在他的皮肤上映出奇怪的图案。她想起第一次看见他，觉得他看起来像狮子，英俊又致命。现在他看来不一样了。他套着的那层坚硬的、防卫的外壳不见了，取而代之的是他的伤痛，他让人看得见的骄傲的伤痛。他甚至都没有用石杖去掉脸上、下巴、衬衫领子上面露出的皮肤上的淤青，可在她眼里他仍然英俊，比以前更俊美，因为现在他更像人——人，真实的人。

“你知道，”她说，“艾琳说也许你不再对我有兴趣了，因为这不再是被禁止的了，你想的话就能和我在一起。”她双手抱着肘部，在轻薄的衣服下有些颤抖，“是真的吗？你不……感兴趣了？”

“感兴趣？好像你是一——一本书，或者一条新闻？不，我不感兴趣。我——”他停了下来，摸索着那个词，就像黑暗中某个人摸索电灯开关一样，“你记得我以前跟你说过的话吗？关于你是我妹妹这件事就像对我开的某种天大的玩笑？对我们两个人开的玩笑？”

“我记得。”

“我从来都不相信这件事情，”他说，“我的意思是，我在某个方面相信它——它逼得我绝望，可是我从来都感觉不到它，从来不觉得你是我妹妹。因为我对你的感觉不是对妹妹的感觉。这不是说，我不觉得你是我的一部分，我一直都觉得是。”看到她不解的表情，他停了下来，发出不耐烦的声音，“我这种说法不对。克拉丽，我讨厌你是我妹妹的每一秒钟。我讨厌对你有感觉意味着我有问题的每个时刻。可是——”

“可是什么？”克拉丽的心脏跳得很剧烈，以至于让她眩晕得厉害。

“我明白瓦伦丁乐于见到我们彼此有感觉。他用它作为对付我们的武器。而这让我恨他，比他对我做的任何其他事情都让我恨他，最终让我背叛他。也许这是我需要的。因为有段时间我不知道自己是否想追随他。这是艰难的选择。”他的声音听起来绷紧了。

“我曾经问过你我是否有选择，”克拉丽提醒他，“你说，‘我们总是有选择。’你选择了反对瓦伦丁。那始终是你做出的选择，无论这个选择多么艰难都无关紧要。重要的是你做了。”

“我知道，”杰斯说，“我只是说我选择这条路部分原因是你。自从我遇见你，我做的很多事的原因都是你。我不能把我自己和你分开，克拉丽——我的心，我的血，我的精神，或其他任何我的部分都不能。而且我也不想。”

“你不想？”她小声说。

他向她走近一步。他的目光凝视着她的脸庞，仿佛不能离开似的。“我一直觉得爱情让人变傻了，让人变得柔弱。一个糟糕的暗影猎手。爱是毁灭。我相信这句话。”

她咬咬嘴唇，可是她的目光也无法从他身上离开。

“我过去一直以为作为一个好斗士意味着不在乎，”他说，“任何事情，包括我自己。我冒任何能冒的风险。我扑到都是恶魔的通道上。我想我的行为让亚历克有了心结，只是因为他想活着。”杰斯歪着嘴笑了，“然后我遇见了你。你是一个盲呆，柔弱，不是战士，没接受过训练。之后我看见你是多么爱你妈妈，爱西蒙，是怎样甘愿走进地狱不惜一切地救他们。你的确走进了那个吸血鬼酒店。有十年经验的暗影猎手都不会尝试那种事。爱没有让你柔弱，它让你比我见过的任何人都坚强。于是我意识到我才是那个弱者。”

“不，”她感到震惊，“你不是。”

“也许不再是了。”他又向前一步，现在已经近得能够着她了。“瓦伦丁无法相信我杀了乔纳森，”他说，“因为他觉得我是弱的那个，而乔纳森进行了更多训练。按理他应该杀了我，他差一点就做到了。可是我想起了你——我看见你在那儿，很清楚，似乎你就站在我面前看着我，于是我知道我想要活着，比我曾经想要的任何东西都更想要，只要我能因此再看一次你的脸。”

她希望自己能动，希望能伸手去摸摸他，可是却不能。她的双臂在身体两边僵住了。他的脸和她的脸靠得很近，近得她都能在他的瞳孔里看见自己的影子。

“而现在我看着你，”他说，“你在问我是否还想要你，好像我不爱你了。好像我想放弃那让我变得更坚强的东西。我以前从来都不敢给任何人太多自己——给了莱特伍德夫妇一点，伊莎贝尔和亚历克一点，可是这用了好几年的时间——可是，克拉丽，自从我第一次看见你，我就完全属于你了。我现在仍然如此，如果你想要我的话。”

刹那间，她站在那里一动不动。然后不知怎么，她抓住他的衬衫把他拉向自己。他的双臂抱着她，几乎把她从凉鞋里拽出去了，然后他吻她——或者是她在吻他，她弄不清楚，不过这无关紧要。他的嘴唇在她的上面，感觉电击一般；她的手抓着他的胳膊用力拉着，让他紧紧靠着她。隔着衬衫他心跳的感觉让她快乐得眩晕了。没有谁的心跳能像杰斯这样，也永远都不会。

最后他放开她，她喘息起来——她都忘了呼吸了。他双手捧着她的脸，手指滑过她的颧骨。他的双眼又恢复了光亮，像在湖边一样光亮，可是现在有一丝坏坏的火花。"这，"他说，"这没那么糟，是吧，即使不是被禁止的？"

"我觉得更糟。"她笑笑地说。

"你知道，"他说着，弯下身用唇轻轻扫过她的唇，"如果你担心的是没有禁止了，你还是可以禁止我做某些事情。"

"什么样的事情？"

她感到他的笑容贴在她的嘴唇上。"像这样的事情。"

过了一会儿他们下了台阶走进广场，那里人们开始聚集起来，等着看烟花。伊莎贝尔和别人在广场边找到一张桌子，他们围着桌子，挤在长凳和椅子上。他们走进这群人时，克拉丽准备从杰斯的手里抽出她的手——然后又阻止了自己。如果他们愿意，可以牵着手，没有什么不对的。这想法几乎让她无法呼吸。

"你们在这儿！"伊莎贝尔雀跃着跳向他们，拿着一杯紫红色液体，塞给克拉丽，"尝尝这个！"

克拉丽斜眼看着。"它会把我变成啮齿动物吗？"

"信任去哪儿了？我觉得它是草莓汁，"伊莎贝尔说，"不管怎样，很好喝。杰斯？"她把杯子给他。

"我是个男人，"他告诉她，"男人不喝粉红色的饮料。一边去，女人，给我拿棕色的东西。"

"棕色？"伊莎贝尔做了个鬼脸。

"棕色是男人的颜色，"杰斯说，然后用空着的手拽了一下伊莎贝尔一缕散落的头发，"看——亚历克穿的就是这个颜色。"

亚历克低头忧伤地看看自己的毛衣。"是黑色的，"他说，"不过后来褪色了。"

"你可以用带有亮片的发带装饰一下，"马格纳斯一边建议道，一边给他男朋友某种蓝色闪耀的东西，"只是一个想法。"

"抵制住这种冲动，亚历克，"西蒙坐在一堵矮墙边上，旁边是迈亚，然而迈亚好像和艾琳谈得正欢，"你看起来会像《仙那度》里的奥莉薇亚·牛顿强。"

“还有更糟糕的事。”马格纳斯说。

西蒙从墙上跳下来，向克拉丽和杰斯走来。他双手插在牛仔裤后面的口袋里，若有所思地注视了他们很长时间。终于他说话了。

“你看起来很高兴。”他对克拉丽说。他把目光转向杰斯。“她高兴对你来说是好事。”

杰斯扬了扬一边的眉毛。“你的意思是如果我伤害她，你会杀了我吗?”

“不，”西蒙说，“如果你伤害克拉丽，她自己就有能力杀了你，可能用各种武器。”

杰斯像是被这个想法弄得很开心。

“听着，”西蒙说，“我只是想说如果你讨厌我，没关系。只要你让克拉丽幸福，我就和你了无瓜葛。”他伸出手，杰斯脸上现出困惑的神情，把手从克拉丽手中松开，握了握西蒙的手。

“我不讨厌你，”他说，“事实上，因为我喜欢你，我要给你一些建议。”

“建议?”西蒙看起来很警觉。

“我明白，你发挥吸血鬼的魅力有些成功，”杰斯说，朝伊莎贝尔和迈亚点了一下头，“许多姑娘爱那种敏感又不会死去的东西。但是如果我是你，我会丢掉音乐家的特质。吸血鬼摇滚明星已经有了，而且，你可能不会更好。”

西蒙叹了口气。“你有可能重新考虑一下不喜欢我的那部分吗?”

“够了，你们两个，”克拉丽说，“你们不能永远都当对方是坏蛋。”

“从技术上说，”西蒙说，“我能。”

杰斯发出不太优雅的声音，过了一会儿克拉丽意识到他在抑制自己不笑，可只成功了一半。

西蒙咧嘴笑了。“知道了。”

“好了，”克拉丽说，“这是美丽的一刻。”她环顾四周找伊莎贝尔，她肯定和自己一样高兴西蒙和杰斯可以相处融洽，虽然是以他们自己奇特的方式。

她却看到另一个人。

就在魔法森林边缘光影交错的地方，站着一位苗条的女人，她穿着叶绿色的衣服，长长的红头发用一个金色的圆圈束在后面。

希丽宫女王。她直直地看着克拉丽，克拉丽和她目光相遇时，她举起纤细的手招呼她。来。

克拉丽不知道是出于她自己的愿望还是精灵的魔力，但她还是低声说了一个借口，然后离开其他人，蜿蜒穿过派对上狂欢的人们，向森林的边缘走去。随着她走近女王，她明白有许多精灵站在她们附近，在他们女王周围形成一个圆圈。女王即使想单独出现，也不能不带着臣仆。

女王傲慢地举起一只手。“那里，”她说，“不要再近了。”

克拉丽在离女王还有几步远的地方停住了。“我的夫人，”她说，她还记得杰斯在女王的宫廷里称呼她的方式，“您为什么把我叫到您身边？”

“我想让你帮个忙，”女王开门见山地说，“当然了，我会给你一个好处作为回报。”

“让我帮忙？”克拉丽疑惑地说，“可是——您甚至都不喜欢我。”

女王将一根纤长的白手指若有所思地放在嘴唇上。“精灵族不像人类，不太在意喜欢。爱，也许，还有恨，都是有用的感情。可是喜欢……”她优雅地耸了耸肩。“长老会还没有从我们族中挑出人选持有长老会席位，”她说，“我知道卢西恩·格雷马克对你就像父亲一样，他会听从你的请求。我想让你问问他，他们是否会选我的骑士米利翁担当此任。”

克拉丽的记忆回到了天使大厅，米利翁说他不想参加战斗，除非黑夜之子也作战。“我认为卢克不太喜欢他。”

“又一次，”女王说，“你说到喜欢。”

“我以前在希丽宫看到您时，”克拉丽说，“您称杰斯和我为兄妹。可是您知道我们不是真兄妹，不是吗？”

女王微微一笑。“同样的血流淌在你们的血管中，”她说，“天使的血。所有那些皮肤下面带着天使血的都是兄弟姐妹。”

克拉丽打了个寒颤。“您本来可以告诉我们真相。您却没有。”

“我告诉了你我看到的真相。我们都讲我们看到的真相，不是吗？你曾经停下来想过你妈妈讲述给你的故事中可能会有什么慌话吗？你真以为你知道你过去的每一个秘密吗？”

克拉丽犹豫了。不知道为什么，她头脑中突然听见多萝西娅夫人的声音。你将会爱上错误的人，闪烁其词的女巫曾经跟杰斯说过。克拉丽明白了，多萝西娅只是说杰斯对克拉丽的爱会给他们两人带来多少麻烦。然而她知道她的记忆里仍然有空白——即使现在，那些她想不起来的东西和事情。她永远也不知道的秘密的真相。她以为忘记了，不重要，就放弃了，可是也许——

不。她感到双手在身旁发紧。女王的毒很微妙，然而很有力量。世上有人真能说他们知道自己的每一个秘密吗？有些秘密由它去不是更好吗？

她摇摇头。“您在宫殿里的所作所为，”她说，“也许您没有说谎。但是您不善良。”她转身要走了，“而我受够了不善良。”

“你真要拒绝来自希丽宫女王的好处吗？”女王问，“不是每个凡人都会有这样的机会。”

“我不需要来自您的好处，”克拉丽说，“我有想要的一切。”

她从女王面前转过身走开了。

她回到先前离开的那群人那里，发现罗伯特和玛丽斯也加入他们了。他们在——她惊讶地看见——和马格纳斯·贝恩握手。他收起闪耀的发带，表现得极其彬彬有礼。玛丽斯的胳膊抱着亚历克的肩膀。她其余的朋友沿墙坐在一起，克拉丽正要走过去，这时有人拍了一下她的肩。

“克拉丽！”是她妈妈，向她微笑着——卢克站在她身边，和她牵着手。乔斯琳根本就没打扮。她穿着牛仔裤和一件宽松的衬衫，衬衫至少没有染上颜料。然而，从卢克看着她的样子你能看出，她看起来简直完美无瑕。“真高兴终于找到你了。”

克拉丽向卢克咧嘴笑了。“那么你不搬到伊德里斯了，我想？”

“不了。”他说。他从来没有这么高兴过。“这里的比萨饼太难吃了。”

乔斯琳笑了起来，走到旁边和阿玛提斯说起了话。阿玛提斯正在欣赏一个飘浮的玻璃球，球里充满了不停变换颜色的烟雾。克拉丽看着卢克。“你是真要离开纽约，还是只是说说逼她做出决定？”

“克拉丽，”卢克说，“你会给她这样的建议让我震惊不已。”他咧开嘴笑了，然后又突然严肃起来，“这件事你完全正确，不是吗？我知道这意味着你生活中的大变化——既然你们的公寓现在不能住了，你和你妈妈会不会想搬过来和我住——”

克拉丽哼道：“大变化？我的生活已经完全改变了。好几次了。”

卢克瞥了一眼杰斯，他正在墙边的座位上看着他们。杰斯朝他们点点头，他的嘴角弯起一个感到好玩的微笑。“我想是的。”卢克说。

“改变是好事。”克拉丽说。

卢克举起一只手。结盟如尼文已经消褪了，正像其他人的那样，可他的皮肤仍旧带着它无法掩饰的痕迹，疤痕永远都不会完全消失。他若有所思地看着这个印记。“它也是。”

“克拉丽！”伊莎贝尔从墙边喊道，“烟花！”

克拉丽轻轻打了一下卢克的肩膀，加入她的朋友中去。他们沿墙坐成一排：

杰斯、伊莎贝尔、西蒙、迈亚，还有艾琳。她在杰斯身边停下来。“我没看到一个烟花。”她假装愁眉苦脸地对伊莎贝尔说。

“耐心些，蚂蚱，”迈亚说，“好东西给那些善于等待的人。”

“我总以为是‘好东西给那些招手的人’，”西蒙说，“怪不得我的生活一团糟。”

“‘一团糟’是个形容它的好词。”杰斯说，可是他显然只用了部分注意力。他伸出手拉过克拉丽，几乎是漫不经心地，条件反射一样。她斜靠在他肩上，仰望着天空。天空被恶魔塔照亮，恶魔塔在黑暗中发出柔和的银白光。

“你去哪儿了？”他问，声音很小，只有她能听见。

“希丽宫女王想让我帮她个忙，”克拉丽说，“而她想给我一个好处作为回报。”她感觉杰斯很紧张，“放松。我拒绝了她。”

“很少有人会拒绝来自希丽宫女王的好处。”杰斯说。

“我告诉她我不需要好处，”克拉丽说，“我告诉她我有想要的一切。”

杰斯听到这个轻柔地笑了，他的手滑过她的胳膊来到肩上，他的手指漫不经心地玩着她脖子上戴的链子，它在裙子的衬托下发出银光。自从杰斯把摩根斯特恩戒指留给了她，她就一直戴着，有时候她还在想为什么要这么做。她真的想要想起瓦伦丁吗？而遗忘真的是对的吗？

你不能擦掉所有引起痛苦的记忆。她不想忘记麦克斯和玛德莱娜，还有霍奇，大审判官，甚至塞巴斯蒂安。每个记忆都很珍贵，即使是坏的记忆。瓦伦丁想要忘记：忘记世界要变化，暗影猎手要随之改变——忘记暗影魅族有灵魂，而所有的灵魂对于世界的构成都起作用。他只考虑暗影猎手和暗影魅族的不同之处。可是他却因他们相同的方面而落败。

“克拉丽。”杰斯说道，打断了她的思绪。他用胳膊抱紧了她，于是她抬起头。随着第一批烟花上天，人群欢呼起来。“看。”

她看着烟花炸开，落下一片火花——火花给头顶的云朵染上了颜色，它们一个个坠落下来，形成一条金色的火线，仿佛天使从空中坠落。